［監修・和田博文］

コレクション・戦後詩誌

15 個性の実験場

國生雅子 編

ゆまに書房

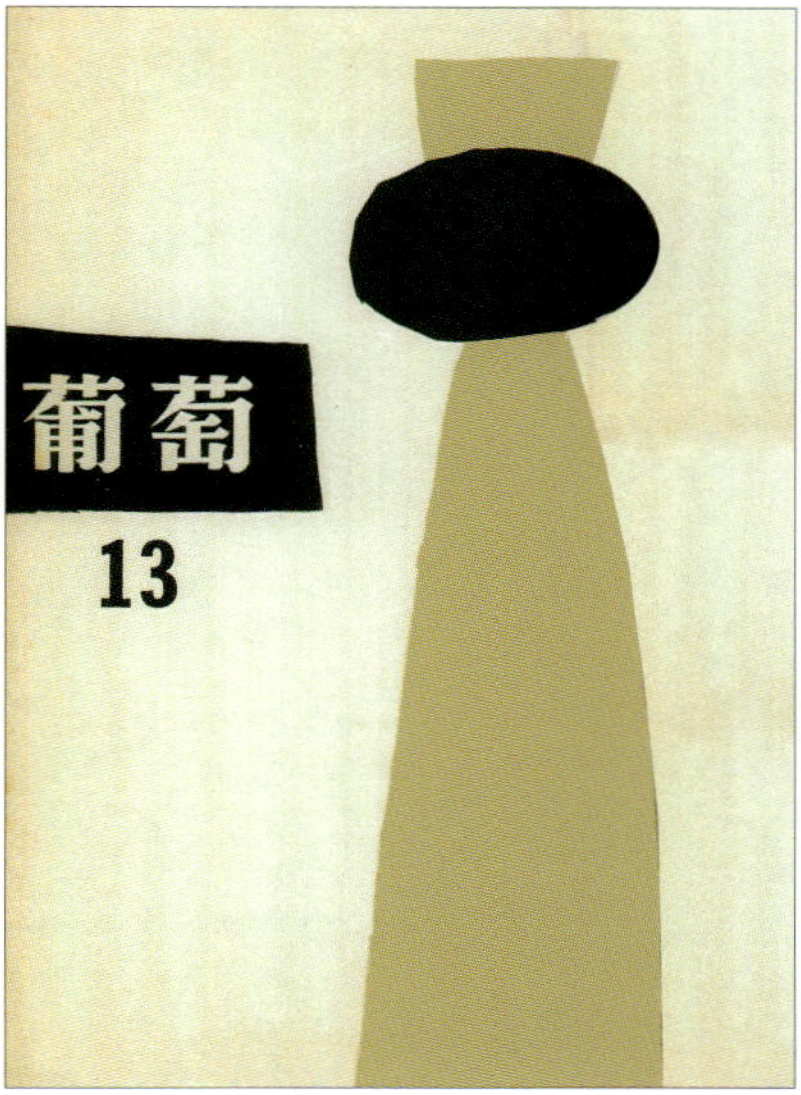

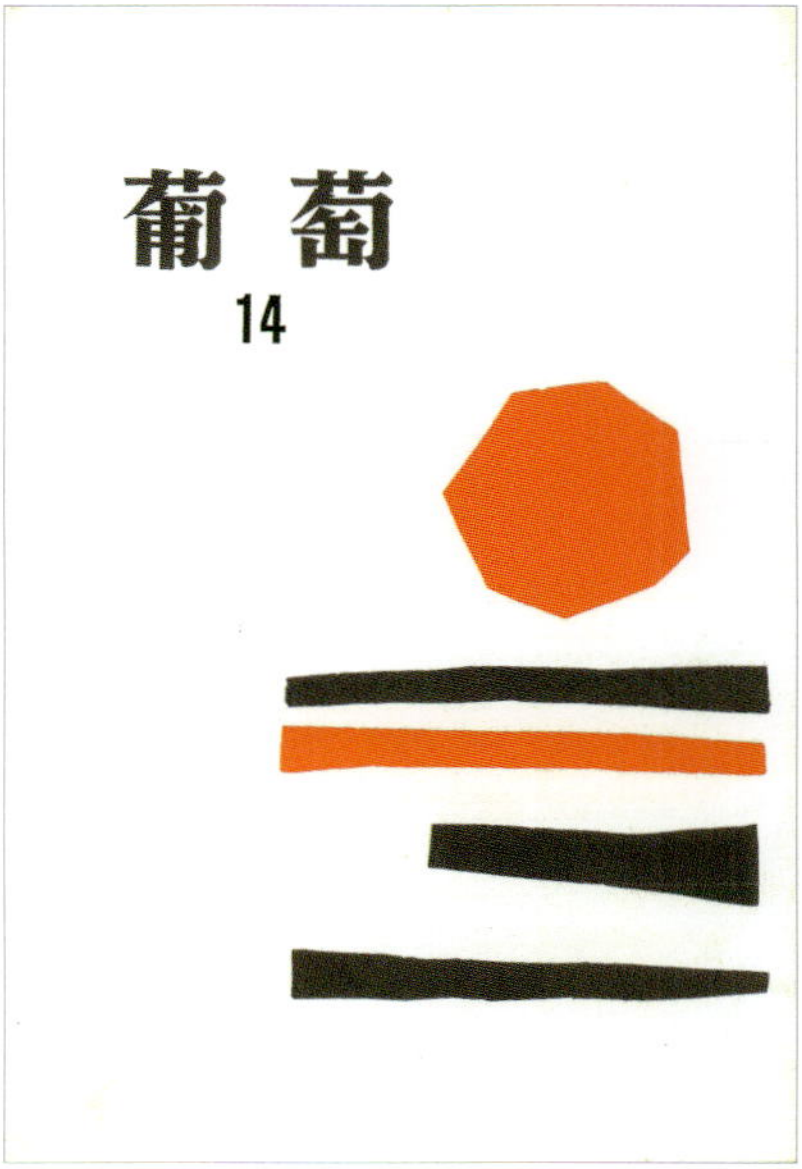

上　『葡萄』第 13 号（1957 年 11 月）
下　『葡萄』第 14 号（1958 年 4 月）、2010 年 5 月刊行の第 57 号まで同様のレイアウトで配色を変え刊行された。

凡例

◇『コレクション・戦後詩誌』は、一九四五～一九七五年の三〇年間に発行された詩誌を、トータルに俯瞰できるよう、第一期全20巻で構成しテーマを設定した。単なる復刻版全集ではなく、各テーマ毎にエッセイ・解題・関連年表・人名別作品一覧・主要参考文献を収録し、読者がそのテーマの探求を行う際の、水先案内役を務められるように配慮した。

◇復刻の対象は、各巻のテーマの代表的な稀覯詩誌を収録することを原則とした。

◇収録にあたっては本巻の判型（A五判）に収まるように、適宜縮小をおこなった。原資料の体裁は以下の通り。

・『葡萄』　第13号～第36号〈21㎝×15㎝〉

収録詩誌のそのほかの書誌については解題を参照されたい。

◇表紙などにおいて二色以上の印刷がなされている場合、その代表的なものを口絵に収録した。本文においてはモノクロの印刷で収録した。

◇本巻作成にあたっての原資料の提供を監修者の和田博文氏より、また、日本近代文学館よりご提供いただいた。記して深甚の謝意を表する。

目次

『葡萄』第13号〜第36号（一九五七・一一〜一九七五・二）

第13号 5／第14号 49／第15号 85／第16号 121／第17号 157／
第18号 195／第19号 239／第20号 279／第21号 307／第22号 335／
第23号 359／第25号 399／第26号 435／第27号 471／第28号 507／
第29号 535／第30号 565／第31号 597／第32号 629／第33号 665／
第34号 697／第35号 729／第36号 757

エッセイ・解題・関連年表
人名別作品一覧・主要参考文献　國生雅子

「個性の実験場——『葡萄』」785

解題 801／関連年表 816

人名別作品一覧 835／主要参考文献 844

個性の実験場

——コレクション・戦後詩誌　第15巻

『葡萄』

第13号～第36号（一九五七・一一～一九七五・二）

5　『葡萄』 第13号　1957（昭和32）年11月

葡萄

13

葡　萄

13

1957年11月

ひとに……………………………金　井　　直…2
わが帝国…………………………扇　谷　義　男…4
三つの短い詩……………………藤　富　保　男…6
あなたとわたし…………………堀　内　幸　枝…8
秋の夜……………………………平　岡　史　郎…15
無　題……………………………三　井　ふたばこ…16
ひまわり…………………………堀　川　正　美…18
解　約……………………………大　野　　純…19
巣…………………………………餌　取　定　三…22
栽　培……………………………嶋　岡　　晨…24
顔…………………………………笹　原　常　与…26
台風の中のかもめ………………高　田　敏　子…28
ぼくたちの中の
　　永遠について………………由　利　　一…30
湖…………………………………武　村　志　保…32

＊

詩　論……………………………佐　川　英　三…10
　　　　　　　　　　　　　　　沢　村　光　博…12
随　筆……………………………田　中　冬　二…34
　　　　　　　　　　　　　　　永　瀬　清　子…36
書　評……………………………堀　内　幸　枝…38
　　　　　　　　　　　　　　　山　下　千　江…39

ひとに

金井直

たましいいろのさざなみひとつない湖の
ふちにしやがみこんでさし入れた手のように
あなたはあなたのかなしみのたぐいなさをおしはかるしぐさで
たえがたいいのちを読みさすようにまぶたをふせて
とめどなくこみあげてくるものにたえていた
もはやこころのなみたてずにはひきだせないその手が求める
たつたひとつのもののおとずれをまつように
そしてまた自分の外へ散りこぼれてしまうのをおそれているはなびらのように
一途に自分をもちこたえている自分には気付かないかなしみで

夏

一枚の吸取紙にひろがつていくインキのように
わたしに沁みこむ空と海
まつさおの言葉の中へすつぱだかで飛込んだように
わたしはもうすつかり夏
そしてわたしは一羽の海鳥
わたしは一艘の船
わきあがる雲　うねる波
ああ　そして太陽とやきつけられた肉体の影
けれどもまたおびただしい海浜客を運び去る電車のように
いつのまにか通りすぎる潮風
砂浜にうちあげられてひからびていく水母
誰かが落し忘れていつたビニールの袋
夢中の人の足下の拾われない貝の殻
波が消しとつた足跡のように誰の心にも残らない
わたしはどこにもいやしない
わたしはだから夏の全部
いまもなおいきずいているかなしみの
わたしのなかの空と海

わが帝国

――「時が」これほどむごい
ものとは知らなかつた　リルケ

扇谷義男

ぼくの領土は極めて小さいから
すぐに落葉で埋もれてしまう
さみしい生の堆積
遠くたたずんでいた「時」が
いきなり城内まで躍りこんできて
妙なる絃をかき鳴らし
ゆつくり　ぼくを占領する

心にきざむ旗印を奪うため
あやうく甲冑はよろめいていて
いくたび　血の雨を浴びたことか
戦いやぶれ

薄眼をあけたまま
ぼくのふやけた溺死体が
たぷたぷ　流れつくあちらの岸辺
もし　孤独と云うものがあつたなら
おそらく　それは
この小さな死の実証に他ならない

秘密の弓も折れた
ぼくはもう
ひつそり　永遠の眠りに抱かれたい
さつきから　心の中がしきりに騒ぐのは
昔
あの純粋から溢れでた一つのリズムが
いま　ぼくの冷えた追想に
切なくつたわつてくるからだろう

いちめんの夕焼
没落の日まわりを眞似て
がつくり　ぼくの終焉が下りる

三つの短い詩

藤富保男

1

見つともない街
キャベツのような女たちがあひるのように笑い合つている
彼等は絶体に答をもつていない
見つともない話
なんとなく
それは

そして別になんともない

2

無口な男が
非常にやかましい犬と肥つた杖をつれて
にぎやかな林のすき間を抜けて行つた
無駄な話である
が

3

そこは海
底は何もない
ただ魚が飾りのように右を向いたり左をにらんだりして置かれている
人はいてもいなくても
人など
いない方が海らしくておもしろい

あなたとわたし

堀内幸枝

あなたと　わたしは
読みかけの本を投げ出し
原つぱに来ていると言うのに
カンナのように燃えるでもなく
キャッチボールのように戯れるでもなく

あなたとわたしは
どちらがどちらより
もつと純情であつたとか　なかつたとか
むずかしい精神の地図の前ですつかり疲れてしまつたわ

だから
いつの間にかわたし達の愛は
あり合わせの恋か
どうにかしている冗談のように
細くなつてしまつて
なにがなんだかわからなくなつてしまつたわ

そ……れ……か……ら
いやよいやよそんなにきつくつかまえてわと

もつれ合つたトンボの翅が
あなたの憂鬱な耳をこすつたり
まるきり大膽な雲が
頭の上でからみ合つているのを見て
わたし達の方がどうしようもないほど　哀れであつたりして

ふたりの横を電車がシユッと走つた時
あの音は泣いてるようだねと
あなたが言つた時
事実わたしが泣いて居たりと言うことばかり起きていて

わたし達は赤いカンナにも
無邪気なキャッチボールにもなれないまゝ
電車のあちらとこちらに乗つてしまつてから
始めて水晶ほど純粋な涙をためて
手を振つたりなんぞして……。

詩の面白さについて

佐川英三

私にとつては今日の詩は、あらゆる芸術のなかで最も面白くないものの一つである。しかしまた、もつとも捨てがたい魅力のあるものだ。

面白いという点から云えば、どんなにすぐれた詩も、かなりの出来栄えにしか過ぎない小説や映画にも、はるかに及ばない。小説や映画に較らべて今日の詩が立ち遅れているとは思わないが、小説や映画はかなりの範囲まで詩の領域に入りこんだものもある。小説や映画はストリーの面白さと共に、微弱だが詩も味わえるというところに、強味がある。しかし小説や他のジャンルの芸術が如何に詩の領域に侵入しても、どうしても侵入出来ないところが残るに違いない。それこそが詩であつて、侵された部分は、つまり詩の附属物なのである。

今日の詩人達の悲劇は、その点に胚胎する。詩の領域を拡大して一篇の詩のなかにいろいろの要素を盛りこむことに専念し、根本の詩をおろそかにする結果、誰にも魅力のない中途半ぱの詩が出来上るのである。

例えば詩に於ける思想性を云々されるが、詩に於ける左翼思想を例にとつてみても共産党のテーゼ以上を出るものがなく、共産主義者から見ればその思想性は、何の変哲もないものであろう。実存主義にしても、サルトルやハイデッガーを超えるものは居ないのであるから、思想そのものから云えば、如何に深刻に表現しようとも、サルトルやハイデッガーを読んだものは、驚きはしないであろう。椎名麟三の一篇の小説のなかにだつて、或る著名な詩人の一冊の詩集がそつくり入つてしまう位だ。

社会性にしても同じ。深層意識にしても同じ。そういうものを持ち込んだからと云つて、既成の枠からはみ出さない限り、必ずしも詩がよくなるものでもなく、面白い魅力のあるものとなるわけではない。詩人とはそこから一歩前進したもの、詩とは、理想を云えば、そういうものを内包し、キメ細かに眼立たぬように練り上げた完成品である、と私は思う。

詩は発見である、とよく云われる。この意味を取り違えて、詩の技法や言葉の発見のように思つている人もある。詩に於ける発見とは、私に云わせれば、詩人の小宇宙の発見であろうと思う。そういう詩人の詩は、私にとつてはもつとも面白い。

例えば高橋新吉はそういう詩人である。私は新吉の詩から仏教を学ぼうとは思わない。人生を知ろうとも思わない。高橋新吉の、小宇宙に魅力があり興味があるのである。今日の高橋新吉は古今東西独自のものであり、その小宇宙を探ろうとするには、彼の詩を読む り方法がない。本当の詩の面白さというものは、そういうものである。今日では西脇順三郎もそういう詩人の一人であり、吉田一穂もそうである。ボードレエルもエリオットも私を捉えるのはそういう世界においてである。

しかしこゝで考えてみなければならないことは、詩の面白さということに就いてである。詩の面白さというものは、小説や映画や絵画の面白さと同質のものであるかどうか。元来詩は面白くないものである。少くとも小説や映画のように娯楽の対象とはなり得ない、ということは、詩の面白さは、少くとも小説や映画の面白さと少し異質のものである。私達は「この詩は面白い」とか「面白くない」とか、何げなしに口にするが、詩の場合は「面白い」と云う言葉は妥当ではない。この場合はむしろ「魅力がある」とか「魅力がない」と云うべきで、先の言葉は平常、後の言葉の同義語としての意味で使われているに過ぎない。

詩の魅力には、前に書いた小宇宙の発見の他にも各種の型がある。それには強い衝撃を与えるものもある。北川冬彦の「戦争」をはじめて読んだ時とか、村野四郎の戦後の諸篇などがそうである。一瞬ドキッとさせるところに、快感がある。その反対に、感情にうつたえて、陶酔的な情緒に誘われる詩がある。これは所謂日本的情緒といわれたり、抒情といわれたりするものだが、日本では、藤村以来四季派をはじめ、大多数の詩人達のよりどころとなつている。この種のものは様々に変型して詩の内部に潜入しているから、外見上は全く違つて見える場合がある。例えば三好達治と草野心平とではその印象はかなり違うが、読者にうつたえる過程は、ほぼ同じコースをたどつてくるものと思われる。しかも、この種のものは、詩本来の特性から云つて、もつとも第三者に伝達しやすいものであるから読者の層も広く、心酔者の数も比較にならないほど多い。広い意味では啄木の短歌も然り、高村光太郎の「智恵子抄」もその一種の変型で、竜星閣版だけでも発売以来三十万部を突破したというから、現代詩の魅力の原因を一口に云うことは出来ない。

このほかに作者と共に思考の展開をたのしむ詩がある。土橋治重の詩も一種のそういうものであり、もつとも顕著なものは北園克衛の詩である。北園克衛の線まで行けば、知性の遊戯となるところもある。

小野十三郎や上林猷夫のように、考える余地を残しておいて、第三者はそれを補填することをたのしむ詩もある。俳句はその極端なものであり、象徴主義の詩もそういうところに面白みもある。また、強烈な作者の自我意識に酔わされるものや、その自我そのものに魅力のある詩もある。金子光晴や逸見猶吉は前者のような詩人であり山之口貘などは後者であろう。

戦後に流行した詩の一般的風潮は、観念的な深刻癖である。それは荒地からはじまり、今日にまで及んでいる。これらはおおむね観念の叙述であつて、人に衝撃を与えたり、考える余地を残すことも容さかである。しかし一方に於いては、イマージュの屈折や言葉の意味などに新しい実験を試みているので、現代詩を書いたり、これから書いてみようとするものには、少なからず興味があろう。

詩の魅力と云うものは、元来人間一般のものである。しかし現代の大衆は詩の魅力を忘れ去つている。小説や映画が或る程度まで、その欲求を満たしているからである。詩人にのみ興味のある詩を書く詩人の態度にも責任があろう。だが最も肝要なことは、万人に興味を持たせるか否かというよりも、われわれの書くものが、ギリギリのものであつて、詩以外では何ものをもつてしても、表現することの出来ないものであるか、どうかという反省である。そういうものでさえあれば、真に詩を求めるものが無くならない限り、いつまでも興味の対象となり得る筈である。詩人が小説や詩劇を書いてもその詩人の書く詩とは全く無縁のものでなければならないことを、詩人として自覚すべきである。

いづれにしても私には、今日の詩を読むよりも、自分が詩を書くことの方が、はるかに面白い。恐らく大多数の今日の詩人達はそうであると思う。詩人達が舌なめずりしながら書いた詩が、大衆にうけないからと云つても、詩人はもつて瞑すべきかもしれぬ。他人の詩を一行も読まない詩人だつて居る筈である。私はかえつて、そういう詩人を尊重したい。

この頃の詩はぼくにとつて面白いか？

澤村光博

このテーマは堀内さんがぼくに提出なさつたもので、ぼくが自分で工夫したものではない。ところで、「この頃の詩」といわれて、イメージを浮べようとしたけれども、どういうわけか「この頃の詩」と呼ばれるもののイメージがぼくには見えないのです。統一的なイメージが心に結ばれず、わりあいばらばらな印象しかうけていないことに気づきます。これはぼくの感受性が散慢なせいかもわからない。それでこのテーマへのぼくの回答に、ぼく自身で自信がもてないので、テーマにはあまりこだわらずに、日頃思つている問題の二、三について、感想を述べてみたい。――看板にいつわりあり、ということになるかも知れませんが、どうか許して頂きたい。

このあいだ国際ペン大会で来日したスペンダーの「破壊的要素」「創造的要素」という本がわが国にも翻訳されて、詩人たちのあいだでも読まれたようです。詩人たちはスペンダーの単独者の夢というような言葉にいろいろと心をうごかされたらしい。いいかえるとスペンダーが個人の創造的エネルギー、作者の単独者としての夢を「創造的要素」とみなしたことに共感した詩人たちが多いようです。スペンダーのいう創造的要素とは、「破壊的要素」としての近代的社会環境にたいして「なんらかの忠節の義務を負うことなくして行われた、単独者の夢の驚異的な放出」であり、そして「一見してたがいに矛盾するかともみえるこれらの単独者たちの立場を一致せしめるものは、詩的イメージの絶対性への確信のうちにある」という。こんなふうに要約するとスペンダーの言葉にはまあ何の奇もないしひどくあたりまえのことをあたりまえの調子でいってるような気になる。でもこういうスペンダーをわが国の詩人がどういうふうに受けとっているかということになるとぼくにはよくわからない。案外「単独者の夢」とか「詩的イメージの絶対性」とかいう表現に観念的に陶酔しているむきもあるんじやないか、つていう疑いがもたれる。この疑いは、わが国の現代詩人たちの態度にぼくがふだんからかなりつよい懐疑心をもつてるところからきてるのかも知れない。ぼくはスペンダーの「単独者の夢」とか「詩的イメージの絶対性」とかいう言葉の背後に、スペンダー自身が抱いている、文学の伝統へのふかい信頼と期待の気持をみるのです。というのはヨーロッパの社会はどんなに崩れてしまつても、文学の歴史的伝統は依然としてちやんと残つている。社会のどういう破壊的状況のなかでも、つよい現実性をもつて社会的に残つているといつてよいからです。まあそういうことの確信がないなら、社会にたいする詩人たちの「単独者としての夢」とか「詩的イメージの絶対性」とかいう言葉は観念的にからまわりすることになる。スペンダーのそれのような文学の伝統への信頼を、文学伝統の破壊というような野蛮なやりかたで出発したわが国の現代詩とその詩人たちは、いまどのようなかたちできびしくつよく抱きなおしているのだろうか。文学伝統へのそういう信頼のないぼくたち仲間の詩人たちの精神は、スペンダーなどとはうつてかわつていつも観念的で、からまわりばかりしてるんじやないか。わが国の現代詩人たちの態度にぼくがつよい懐疑心をもつてるというのは、じつはこういうことなんです。スペンダーは「詩的イメージの絶対性」というけれども、これにもすこしも観念的なにおいがない。なかなか現実的で迫力があるとおもいます。「詩人はイメージの深い意義と意味を意識していなければならない。ということは、彼のイメージは真実でなければならない。それは壁に懸けておく静物ではなく、民族の歴史の幻影であり、生と死の幻影である」とスペンダーはいつてる。とくに詩人のイメージが究極のところ、生と死、愛のヴイジョンにほかならぬと彼のいうことは、わが国の詩人にも容易にのみこめることなんでしようが、そしてそこに社会にたいする「単独者の夢」なるものをかんがえるのでしようがしかしそれじやあスペンダーがいま引用した一文のなかで「民族の歴史の幻影」として「生と死（また愛）の幻影」をかたつているのはどうするか。一つのものであつて二つにはわかちがたいこの二つのものを、わが国の詩人たちはいつも分離して、まるで別の次元でうけとつているのじやないか。そこに単独者の夢という言葉をとらえているのではないか。そしてそういうことになつた原因は、わが国の現代詩がその出発にさいして、文学の歴史的伝統を否定してしまつたということにあるんじやないか。ぼくはそう思うがどうでしようか。

ぼくは現代詩人にたいして懐疑的であるといいましたが、まるで希望がないわけではないんです。たとえば次のような大岡信氏の態度には、いくらか希望を抱かされます。「たとえばぼくらは、日本の古典のどの一行を暗誦できるのだろうか。ぼくら個人個人の感性の成立ちに遠くから参加しているはずのおびただしい古典、その中から、君は何と何を君の個人的志向（沢村註・これはスペンダーの、近代社会における単独者の夢という言葉とつないでよいものではないか？）とからみあうものとして選ぶことができるか。逆に、何と何を拒絶することができるか（沢村註・これはエリオットの「伝統を相続することは出来ない、それを望むならば、非常な労力を以て獲得しなければならない」云々という洞察をおもいださせる）」ところでぼくは大岡氏がこのような古典や伝統の問題を生命の理論にむすびつけていることにたいへん希望をもつものです。大岡氏はいま引用した一文について、たいへんきつぱりした調子でいつています。「詩論は究極的には生命の理論でなければなるまい。ということはまた、それが死に関する理論でなければならないことを意味している。……生死の問題をよそにして詩や詩論がありうるはずのものではない」（詩学九月号）

ぼくは大岡氏の詩や詩論を読む機会には恵まれていないので、氏のことをくわしく知りません。それで、大岡氏のかんがえかたを、ぼくのスペンダーへの解釈に、つまりぼく自身のかんがえにむりやりに近づけすぎていたのではないか。この点はつきりした断定はくだせないのですが、何はともあれ、以上のような叙述仕方のうちにぼくが現代詩や現代の詩人に抱いている希望のかたちをまがりなりにも読みとつてもらえれば、それでよいのです。

つぎにもう一つ。

たとえばスペンダーのさつきあげたような言葉、たとえば「単独者の夢」とか「詩的イメージの絶対性」というような言葉に、わが国の詩人がどの程度躓いたか、そのことを知りたいと思うのですがあまり躓いた形跡がないような気がしますが、これはいつたいどうなんでしょうか。一般的にいつてぼくは詩人の能力は、言葉にどれほどふかく躓きうる能力をもつてるかによつて、その偉大さと卑小さが測られるものだと確信しています。しかしその場合、詩人が生涯かけて躓きうるに足る言葉がそれほど沢山あろうとはおもえない。大岡氏は「生死」の問題をよそにして詩や詩論がありうるはずのものではないと云い、スペンダーは、単独者の孤独をいろどる大きなまた究極の夢として「生と死、そして愛のヴイジョン」の三つをあげ、これが詩人の創造的エネルギーをかきたてるところの真の主題である、という意味のことをいつています。ふたりの何れの場合も「生」というのは「死」との強烈な対照でとらえられているといえるので、結局詩人の現実的な主題は、非常にひろく、ふかい意味での「死と愛」につながるあらゆるヴイジョン。認識ということに落つくのではないか。ところで、こういう二、三のテーマ、つまり詩人にとつての普遍的な言葉こそ、詩人自身が生涯かけて躓きうるに足る言葉なのではないか。そして詩人の能力は、このような二、三の言葉に、どれほどふかくはげしく躓きうるかによつて、その偉大さと卑小さが測られるのではないか。

この頃のわが国の詩がつまらない、面白くないといわれるもつとも根本的な原因は、ぼくたちの詩人が、これらの生と死、愛、また絶望、不安、神（もしくは自然）などというような言葉に、詩のなかであまり躓くこともなく、非常にやすやすと到達していることにありはしないでしょうか。ひらたくいえばこれが詩のイメージや思考の類型化ということなんでしょう。

しかし、詩のなかで愛というたつた一つの言葉に到達するためにも、詩人は千度も、いやそれ以上も、心のおく底からの生活で躓くものなのではないか。じつさい、詩に到達するぼくたちの一つの言葉が、そのような躓きの経験からうまれ、このような躓きの経験に支えられているものでないとしたら、詩人の言葉がいつたい何の役にたち、またそこに何の意味があり、信じるに足りるどんなたしかさがうまれるというのでしようか。文学伝統というもの、詩の歴史というものは、詩人たちの言葉へのそういう無限の躓きと言葉の意味の再獲得のうちらで、かろうじてひきつがれてきたものなのではないか。

ぼくは何度でも繰返して強調したいのですが、詩人の能力とは、できるだけふかくはげしく言葉に躓きうる能力のほかのものではない、と思います。だから詩人たちほど言葉に躓きやすい不器用なこころや感受性をもつているいきものは、ほかのどこにもない、と信じている。世間のひとたちがわかりきつてるとしている日常の何でもない言葉にさえ、詩人であるかぎりは容易につまづくものなのであつて、それだからこそ詩人たちは世間で「ぎごちなく羞《はに》かんで」「さてもぶざまな意気地なさ」「なんと笑止な見苦しさ」（信天翁）というような、いいふるされた、あんまりありがたくもない恰好になるのでしよう。しかし言葉へのこういうはげしい躓きの能力なしには、詩人における言葉の再発見や創造ということは、何としても考えられない。近代社会の人間「破壊的要素」にたいして詩人が「創造的」次元にたつこと、文明再建のつよい単独者的エネルギーをもつことはできないと思う。

以上、堀内さんがぼくに提出なさつたテーマからはだいぶん外れてしまいましたが、まるで関係がないともいわれぬと考えて、日頃おもつてることをかいつまんで、この機会にいわせてもらつたわけです。

（1957.9）

秋の夜

平岡史郎

なぜ　倒れているの
廻らない　独楽のように
毛氈のように　赤い心を　拡げない
―ぼくたちは　積木で　城を組立てたいのに
ぼくたちの　小石のお銭に
草色の　美味しい夢を　くれない
断崖から　逆様に落ちる　ぼくたちの夢を
なぜ　乾いた瞳で　みつめているの
ぼくたちの遺書を　眉ひとつ動かさず
なぜ　読んでいれるの
―駄々つ子のように　ぼくたちは
あなたの袖を　ひつぱつているのに

無　題

（新しい衛星の下では）

三井ふたばこ

その画廊は
てぜまく区切られてしまつた。
そして　人々の体温が充満するので
月や星ばかりでなく
空想や　夢想や　虚無まで
売約済みの赤札がペタ〳〵
貼付されてしまつた。

それゆえに

青空や　夜空は
人々の眼の中や
プロフィルにひそんだ。
かもめや禿鷹や飛魚が
そのへんを遠景らしく翔び通うので
人々はそれをまねて
深刻らしくまばたきをした。

片隅で
だれかゞ
愛人のにぎりこぶしを
そつとふりほどいて眺めていた。
これも人工衛星ではあるまいかと
心配そうに。

ひまわり

堀川正美

やさしさにあこがれて
ぐるぐるまわつていたレーダー塔が一瞬のちにはあとかたもない。
顔いつぱいにぎつしりつまつた種子も
こんなにガサガサになるとは知らなかつた。
いまその影はしずかによこたわり、かすかにかすかに汽笛をならす。

旅びとは
ひとりずつどこかへ上陸し
闇へのがれたらしい。
その巨船が海よりも大きな湾にはいつて
もつとも奥なるなめらかな阜頭にぴつたりふれあうとき
ただひとりの亡命者がゆれる橋をわたつておりたち
まだふるえている船に一べつをくれてあるきだす。
プラチナと黄金がゲラゲラ笑いながらばくはつしたちあがつている太陽の岸へ。

かこい地のどこかにずきずきするいたみがのこつているが
もう眼がみえなくなつたくらい部屋には
ゆれる壁にしがみついたいつぴきの蟬の幼虫が
声もたてずに世界の時刻を知ろうとしている。

解約

大野純

みんな行く
行かねばならぬところへ
名残なぞパンのかけらほどもなかつた
ただ黙々と　みんな行く
行きつかねばならぬ遠い土地へ
鋤と鎌をもつて
ごろごろと苦悩をひきずつて
乾した葡萄を噛みながら
行く

埋れた
光栄ある死者よ
おまえたちが死んだとき

もはや故郷は泣いてくれなかつた
故郷は戦火に焼かれていたのだつた
思い出よりもむごい炎で焼かれていたのだつた

空をおしあげて
みんな　行く
黙々と　だが闘う足どりで
死灰を踏んでゆくみんなの顔には
せめて喜ばしい表情がなければならない
深く眉間に刻みこまれた皺のあいだには
せめてするどい希望がつきささつていなければならない

未来は要らぬ
未来はなくてよい
未来はおれたちこそが作り出すのだ
輝かしい死者たちよ

おまえも立ちあがるか
空ツボの雑嚢にゆたかな飢餓をつめこんで
おまえも怒つたように歩いてゆくか
道よりももつと遠くへ歩いてゆくみんなの後から歩いてゆくか
おまえは戦場で殺されたままではいけない

みんな行く
どこへだか知らぬ
知らなくていいのだ
ただ彼方へこそ
生の翼のしたの雛鳥のように
彼方へこそおれたちは行かねばならないのだ
おれは解約する
あらかじめ空と大地とのあいだでなした未来との契約を
いまこそおれは
破棄する

四人集

巣

餌取定三

獏

I

あの声はどこから流れ聞こえてくるのか
混ざり合いながらも溶け合えぬ生と死の悲しいうめき声
川下で海と合する谷川のみなもとからか
血ぬられようとしている星座のなかからか
白樺の群林のなかにただ一匹棲む小鳥の夢のなかからか

わからぬ　ぼくは見えぬかなたへ手をさしのべる
それが虚しい道化だと知つていても
ぼくはちぎれた腕を伸ばす

なにかわからぬが祕かな話し声が聞こえる
　神のことでもない

死のことでもない
愛のことでもない
　もちろん生のことでもない
なにかわからぬが屠殺場でわななく病牛の唇のふるえのような
秘かな震音がぼくの皮膚に感じられる

Ⅱ

たそがれ小鳥たちが巣へ帰るように
生命のおわりのとき
ぼくの巣へ帰れるだろうか　ぼくも

だが　ぼくは羽のない盲の観念だけは水ぶくれしたアンバランスな鳥だ
美しいと想い　棘に腹を刺され
嬉しいと想い　悲しみに足をとられ
口から黒い血を吐きながらよろめきさすらう
島影の見えぬ海を
あえぎながらただよう鳥だ

ぼくの存在をかぎつけて
群らがつてくる羽をもつた鮫たちよ

獏

栽《さい》培《ばい》

嶋岡晨

1

おまえのうつろな眼の中に立つているのは、
くらい沼のほとりで、
泥んこのたも網で、
ザリガニといつしよに、
太陽をすくいとつた子供。おしつこして、
わらつていた子供。
ザリガニと太陽をぶらさげて、
林のなかにかけこみ、
それから、
見ていたおまえの眼の中に
ゴミのように飛びこんでしまつた子供。

いまおまえは立つている、
文字の消えてしまつた立札のように。
銹びた剪定鋏とくさつたヒマワリをぶらさげて、

なにもないまぶしい果樹園に――

2

おまえがあまりうまそうに噛じるので、
わたしもひとくち、
そのリンゴをかじつた。
神さまがたいせつにそだてた木の実。
くらい枝のしたで蛇がわらつていた。
栽培の技術はすゝんで、
いまわたしの子供たちの、
子供たちの子供たちのその子供たちが、
噛じつているリンゴ。
神さまなんか
とつくのむかしどつかに疎開されて、
蛇もおびえて逃げまわつている。
あゝ、あれはやつぱり
知恵の実なんかじやなかつた、
こゝいらの町には
いちじくの葉つぱもつけない女が
踊つていたりするんだし、
――知恵はお金で買うらしいのだよ。

顔

笹原常与

人は沢山の顔をもつている
病氣の顔
泣かされた子の泣きやんだ顔　はずかしい顔
迷い子の顔　眠らない顔

西日のかげつた窓の内側で
話もとぎれて　ひつそりと
うつむきあつている
別々の人のように——

泣き顔を出さねばならなかつた時に
はにかむような笑い顔を
出してしまつたりする

そして　それに気づいたあと
人人の笑いさざめいている中へ
べそかき顔を出してしまつたりする

道　Ⅲ

もう帰ろうと思いながら　人は道のはずれへさそわれていく。深い空だけをのせている坂のむこう　人さらいやサーカスで見たトラホームの女の子などのいそうな風が曲つてくる曲り角のむこうに。けれどもそこまで行つてみると　坂のむこう曲り角のむこうに続いているのは　もう一つ先の坂へせりあがつている道だけ　もつと沢山の何かをかくしていそうな変に明るい曲り角だけだ。何処まで行つても道の先がある。そうして人は　知らず知らず帰り路から遠ざかつていく。

やがて　人は不意に立ちすくむ。あまり遠く来すぎたことに不安になつて。その時にはもう　見知らない町々のガラスを西日が染めている。街路樹では枯葉がしきりに散つている。枯葉をうけとめていた自分の長い影も帰つてしまつた。火の見の上には誰もいない。

――そんな夕べはばかに何時までも暮れきらず道のはずれまで見とおせる。そうして僕らの耳は遠くまでつめたく澄み　道のはずれに迷い子のような彼らの泣声をきく。そのために一層道は何かをかくしているように見える。そして僕らも変に帰り路を忘れてしまう。

獏　**四人集**

台風《あらし》の中のかもめ

高田敏子

少女はラケットをかかえ光の道を馳けていった
少年は風の中で蝶を追っている
どこかで焼リンゴの匂いがして
ラジオが八時の時報を鳴らした

庭に　濡れてかたむくサルビヤの花と
彼女だけが　まだ
きのうの台風《あらし》からぬけきっていない
台風《あらし》はひと晩　彼女の周りをめぐり
いま頃は暗い日本海の波頭の上に
白いかもめを散らしているだろう

彼女はミシンを廻しはじめる
とつぜん　ああ！と　小さく声をたて
ミシンはかたりと逆回轉して止まつた

荒々しく頬をたたいた雨の記憶や
奔放に髪を吹きあげた熱い息が
いま　彼女の中を通過してゆく——

あのかもめは彼女の愛？

いや　もっと深い
言葉にも　形にもない　生命《いのち》の幻影《かげ》だ
風にもまれては波間に落ち
沈みかけて　また舞い上る
台風《あらし》の中にあえぎ　燃え　白光する生命《いのち》
暗い空も海もその一点で眞白に純化する

十時の時報が鳴るころ
彼女はやっと
笑ったり　話したり　うなずいたり　と
そんな愛想のよい一日にすべりこむ

それはちようど　晴れた日のかもめだ
空と海と陽の色に反射して
快活に光るひとひらの紙きれ
人達が楽しげに見やると
かもめは　くるりと回轉してみせる

ぼくたちの中の永遠について

由利　一

けむつた霧雨のなか
電車はいろいろな匂いの町をよぎる
そこ　しずかな水辺で
私は永遠の糸をたれる

きらりと魚が光ると
それは私の幼い日の殺戮《りく》のイメヂ
きみは本当に信じるかね
人が死ねばそれで全て終りだと云う事を

あのひばりのように
きみと話ができたらよいのだが

私の青春のなかで
あまりに多くのものが死んでしまつた

私は語ることさえ充分でない
私は魚だ

私はきらりと光り
私にはそれが幼い日の殺戮《りく》のイメヂ

いつまでも
いつまでも……

湖

武村志保

その小さな湖は
なぜか私をひきつけた。

高原の奥に
わずかに見えかくれする
湖は
群青の表情で
丈なす熊笹の丘の向うに
道もなく孤立していた
近ずくと
人影もない湖は
風の中であらい波をたててしぶいた
むきだしの赤土が

急傾斜して水面につづき
汀のところが
ざつくりと波に削りとられている
八月の蟬の声もなく
ときどき樹立の中で鶯がなく
まばらな樹立の中に入ると
すぐ足の下から断崖になつていた
湖をわたる
蛇の腹ににたつめたいうねりは
たえまなく私に向つて押よせ
私の中で
しらじらと冷えていくものがあつた
すると
索寞としたこの風景が
都会の私の部屋の風景に入れかわつた。

私はいま
この岸から
立去ることも進むこともできない。

——戸隠高原にて——

秋の夜話

田中冬二

私は痩身である。およそ私位痩せてゐるものは一寸ないであらう。夏になると、サラリーマンは殆どが、上衣なしのワイシャツ一枚となり、しかも腕まくりである。ところが私はワイシャツになつても腕まくりが恥しくて出来ない。腕があまりに細いからである。と言つて今更美味いものや栄養になるものを、いくら食べたつて、どうにもならない。

スポーツに興味を有する私は、新聞のスポーツ記事に目を欠かさないが、プロ野球の新人の紹介などで、何某年令二十才身長五尺九寸体重二十貫左投右打……云々を見ると羨しくなる。

さて痩せつぽちの私は入浴が何より好きである。昔は痩せた体を人前に出すのが気がかりであつたが、今では平気になつてしまつた。恥しいといつてゐたら好きな入浴が出来ないからである。

私はまた旅にもよく出る。私の旅には温泉がつきものである。温泉でも熱海とか伊東といつたやうな処は好まない。むしろあまり人の行かない山の温泉行である。上州の法師温泉へ行つて来たのも、十四五日前のことである。

法師温泉は三十年程前曽遊のところで、三国峠の下の深い溪間にある、如何にも山の湯と云う感じのするところである。上越線の後《ご》閑《かん》という駅で下車して、それからバスに乗るのだが、バスは温泉宿の長寿舘の前までゆく。

三十余年前には、バスは途中の猿ケ京までしか通じてゐなかつた。猿ケ京とは好い名である。そこは山家づくりの年古りた家々が、街道をはさんで聚落をしてゐる。さうした家の多くは二階があつて、二階では蚕を飼つてゐる。それらの家々の間に郵便局がある。雑貨屋がある。桑の古木が並木をしてゐる。その桑の葉に、郵便局も雑貨屋も暗い。往年来た時の記憶では、この桑の木に椋鳥の群がゐた。

猿ケ京。一夏をすごしてみたいやうなところだ。ここからしばらく桑の中をゆく。どつちをみても桑の木ばかりで、しかも何れも古木である。吹路《ふくろ》という部落へ入る。

ここで右すれば三国街道、左の溪川沿ひの道をゆけば法師温泉である。法師温泉は最近まで、ランプを使用してゐたが、今では電灯になつてゐる。そしてまた溪川の向ひに新舘を増築した。母屋からその新舘へは、溪川の上に架けた渡り廊下を渡つてゆくのである。浴場はこれもまた新に女湯と家族湯を新設したが、大湯の方は、昔の儘に古めかしく山の湯の情緒濃かである。広い湯はいくつにも仕切つてあつて、底は小石で、ところどころに大石がある。その大石は腰を下《おろ》すためのものである。大石に腰を下《おろ》し、湯ぶねにわたした丸太に項《うな》じをあてて一切を忘れ、じつと浸つてゐる心地は何とも云はれない。私が山の温泉に心ひかれるのは、かうした境地を求めるからである。それとまた浴後のつめたいビールの味。これもたのしい一つである。

大体私は酒は好きな方である。しかし大酒や深酒はしない。いや出来ない。酒なら一人で一二本ビールまた一本か二本位が適量である。飲んで騒ぐことは好まない。そんなことは一向面白くない。私自身が無芸であるからでもある。全く小唄一つ歌へない。無粋なことである。私はひとりしづかに酌みたい。渓川の瀬の音や、柿の若葉をうつ雨の音などききながら酌みたい。風流を気取るやうであるが決してさうでない。それが一番気楽なのである。従つて宴席など苦手である。

この夏、新橋の有名な料亭へ行つたことがある。私にとつては、まるで夢みたいな処である。贅美をつくした座敷で、協息というたいさうなものに靠れかかつたりしてゐると、まるできつねにでもつままれたやうである。

芳醇な酒、精選吟味した魚介蔬菜で冴えた庖丁の料理、見事な皿小鉢碗など、それから座に侍る美妓。流石一流の名に恥じない。申し分なしといふのは、かういうことかと一人感心したりした。しかし何故かすこしも馴染めなかつた。私は終りを完うせず、失礼ながら遂に中座してしまつた。すると玄関へ送つて来た女中衆の一人が——お自動車《くるま》をよびますから——、といふからそんなものに乗つたら目が廻る、と冗談を云つて外へ出てほつとした。後でその夜の費用が一人前一万何千円かかつたときいて驚いてしまつた。一万二千円とすれば、毎晩ビール一本宛飲んでも三ケ月は飲める。升本あたりの居酒屋で飲むとすれば、三百円もあれば足りるから、これまた一ケ月余飲める。

酒の肴であるが、これは非常にやかましい人と全く無頓着の人とある。品数は沢山いらない。矢鱈に数々運ばれる料理は、反つて本当の酒の味を消すことになる。酒の肴は好みのものに限る。数年前信州野沢温泉の宿屋で酒を酌んだ時に出してくれた山葵《わさび》の葉のゆでたのは気がきいてゐた。野沢といへば、あの茎の長い野沢菜の産地である。それは秋の終りの頃に漬けておいて、正月頃凍りついたのをとり出してたべる。これがまた酒にお茶漬にこの上なしである。野沢はスキー地として著名なところであるが、そのスキーシーズンよりも、五月林檎の花の頃の野沢がいちばんよいやうに思ふ。野沢の西、千曲川の向う飯山は信州も奥越後に近く雪の深いところである。飯山は藤村の「破戒」の中にもあるやうな古い町である。この町を憶うと、今も目にありありと浮んで来るのは、雪の日雁木に暗い魚屋に並んでゐた赤い魚である。その魚の名は沖の女郎というのであつた。

さて私は痩せてはゐるが、脚の方は健脚である。三里や四里位は平気である。山登りもロツククライミングは出来ないが、普通のところなら若い人にさうひけはとらない。これは身が軽いからであらう。身が軽いといへば慥か昨年の秋のことである。台風襲来で暴風雨の日、偶々丸の内の高いビルの下を通つた時、ビルの上から吹きおろす風に煽られ五十米も吹きとばされたが、幸ひポストがあり、それにしがみついてほつとした。

それからまたこんな嘘のやうなこともあつた。私は疲労した時や何か面白くないことのあつた時には、七時か八時頃から蒲団を敷いて寝てしまうことにしてゐる。その日もはやくから蒲団をかぶつてねてしまつたのである。するとしばらくして、何か用があるとみえて、子供が私をさがしに来たが、子供はすぐにひきかへして行つて母親に、お父さんはゐない——と告げてゐる。

母親は、そんな筈はない——と云つてゐる。これは私がほそい体なので、寝てゐても蒲団がもりあがらないから、蒲団だけに見えたのである。

日記

永瀬清子

九月三十日

昨夜夜中に起きるつもりで寝たのだつたが、目が覚めたのはもう四時だつた。長島光明園発行の「楓」秋期文芸特集号のための療養所全国募集作品の選に二三日前からかゝつていて〆切ギリ〱なのだ。六十篇の作品のうち最後の入選作をあちこちする所まで漕ぎつけ五時になり起床。朝食後又かゝつて漸く正午に終つた。午後から岡山へ出かける菜穂子に投函をたのみ一安心した。彼女は謄写版の講習に通つていて、今日はその最後の日であとで茶話会があるのだ。

午後、天気もよいので数日溜まつていた洗濯にいよ〱取かゝらうとすると、夫が西洋松茸の栽培にぜひ必要な山土を今日採りにいかなければ時期を失つてしまうと云う。生憎近所の屈強な人々は皆道路工事にこの頃出ているし、ちやあ私手つだいます、と云うとお前なんかぢや駄目だと一喝する。でもそれはいつもの彼のポーズで或はいくらかの親切で「頼むよ」と云はないだけのことだ。費用の点もあるし私が手つだう他ない事は判つている。

モンペをはき、四ツ鍬、唐鍬、シヤベル、をうこ（天秤棒）はいふご、斗籠（丁度一斗入るバケツ）木箱を用意し夫と荷車をひいて東山へいつた。中腹にある生《セイ》々やんの家の門口に車を置いて、それからは細い道を道具をかついで登つてゆくと、「羅生門」のはじめのとこにあるような木立がしばらくつゞき、半丁くらいでカラリと開けて萩の花が盛りの明るい斜面へ出る。低い灌木の中には梅もどきなどの紅い実がまじつている。

昨日までの雨で土を採るには条件が大変悪く、道を二米くらいの巾の時ならぬ流れが横ぎつたりして、ジヤブ〱渉らなければならなかつた。山全体に、しげみでみえない不時の谷川が鳴つている。

このあたりは和気の清麿の邸跡のあつた所だと口碑に云う。時々横穴や土器や馬具まで発見される所だ。瓦の破片も出る。はるかみわたす熊山の連なりが驚くほど藍が濃く音楽的で、上古の人々も好みそうな所だ。

赤土の崖の所へ来た。こゝにも水が溜つているのではけ道を作つてから掘りにかゝる。土をはいふご（藁製の入れ物）に入れて、車のある所まで夫とさしあい（天秤棒を二人でかつぐこと）幾かへりも往復した。一車で五十貫、夕方までに百貫の赤土をとつて帰つた。山道ををうこが肩にめりこむと、後の夫がうまく歩調を合してくれないからだと腹が立つが、でも私以上に夫の息がせい〱いつている。

シヤベルを使う事は仲々力がいるけれど、私は道路工事にもたび〱出たのでそうひどく下手ではない。夫は唐鍬で崖を切りくづす。上部の植物や黒い腐蝕土ははねのける。

赤土のついた手や足が乾くと、オークル化粧をしたように見えるので、ふと古事記なんかにある古代の化粧料はこれなのだと気がついた。今まで赤埴で粧うと云うのは、字面から考へて頬紅にしたのだと解釈していたが、そうではなかつた。赤土だらけになつては谷水で洗うとパツク化粧したように綺麗になり、或は上質石鹸のかわりもしたかもしれない。この事で心に描く上代の婦人たちがずつと美しいものになるようだ。

西洋松茸の胞子は、土蔵利用の暗室の中で、藁で入念に作つた堆肥の中に半月も前から蒔いてある。その上へ一寸位の厚みにこの土を入れてやるのだ。昔チャツプリンの「巴里の女性」の中で、アドルフ、メンジュウの扮した伊達な丹那が、色々のものに食べ飽きた揚句、馬小屋の藁に生やした茸をシエリー酒で煮たものを賞味している所があつたが、その時は何といか物食いだらうと思つて印象に残つたのだつたが、実はそれは真白な美しい茸の事だつたのだ。

又、一昨年中国で宴会のテーブルに出た美味しい茸の出所をきくと、藁に作るのですと答へられ、出来ればその種を貰つて帰へりたいものだと思つた事だつた。西洋松茸《シャンピニヨン》を中心に古事記の釆女から、巴里、中国そして私の家の廃れた蔵までまさにすべては四次元的つながりと云へようか。

あと半分はあすの仕事として五時半で切りあげ、畑でさやいんげんを採り夕食にかゝる。夜は講があるので教会に集つた。八時にと云つていたのに一寸ほころびを縫つていて十五分ほど遅くなつたら農協役員夫人の西本さんに

「おや、貴女んとこの時計は今八時？」と云はれた。今日から新らしい年度がはじまるのでちがつた顔ぶれが見え、西本さんもその一人。彼女は今までの在り方をきゝ、いくら何でも帖簿の一冊具えて置かぬと云う法はないと云うので、今まで二年間もつゞけて来たのに、そんな事誰も考へた事なかつたから、成程そうかと節ちゃんにノートとおせんべいを買いにいつて貰つた。

十二人で五百円づゝ出し合せその六千円を入札して富さんが二百五十円で落した。彼女はそれで病気入院中の息子の費用にするのだ。私たちは二百五十円のうちから十五円づゝ分け前を貰い、ノートとおせんべいもその中で払つた。息子の事からみんな色々話しあつた。私はついこの間新らしく姑になつたのでその気持（よろこびと又無限にさびしい）について話した。話しているうちに涙がいつの間にかあふれてくる。今の姑は、すがりたい憲法にも見はなされた形だ。でもそれを助けるのは結極お互の愛情のほかない。西本さんも年頃の息子が二人いる。そして

「私はとてもいゝ姑になるわ。やさしくて思いやりがあつて」と云つた。

「『おや、あんたの時計はいま八時？』とやさしく〳〵云うのね」と私は一本返すと皆笑つた。話しているうちに急に雨がはげしく降りだした。菜穂子が傘を持つて来てくれた。「一ぺんねまきにきかえていたの」と云つた。教会の傘もかりてみんな相合傘でかへつた。帰つたら十一時。奈穂子はきれいな茶話会の和菓子をそつくり持つて帰つていたので自分に比べ一寸感心した。珍らしいと見せたく思つて呉れたのかと可愛相にも思つた。

今日は大労仂だつたのにふと気づくとこの間から痛かつた膝の関節が治つていて本当にふしぎだ。

「後半球」

三井ふたばこ詩集

現代詩は（作品が詩論の実証として書かれたような）詩壇的な詩と、一般に求められている詩との間に、かなりな違いがあるようだ。

多くの者は詩に手法がどうの、社会性がどうのと言うより、詩によつて酔わされることを求めている。「詩の何が人を酔わせるか」と言う部分は、エッセイではなかなかとらえがたい。

三井氏の詩はそう言う意味で、女性の持つ最も繊細な感情と香気の中に読者をひき入れ、酔わせてくれる。しかも氏のものは青年期の者のように光の表をとらえずにつねに光の裏側（人生の奥行をとらえ）いぶされた抒情の味とでも言うものを持つている。単純なテーマの奥に幾重にも深い意味が隠されて、それが生活を持つてきた三十代のものにとつて味い深い作品となつている。柳沢和子氏が実にいい跋文を書いているのでここに引用してみたい。

「ファンタジックで飛躍的な作風の為にちよつととつつきにくいが、味わうといくらでも深く掘り下げて味わえるし、一枚一枚むいてゆくと、それ〴〵が新しい感覚を教えてくれるのだ」ほんとにそのような作品の一節をとつてみよう。

終電車（一九四九年夏作）

蛾であつたろうか
人々であつたろうか
そこだけが明るかつた
賑やかだつた
ピリウドのように走りさると
種をとりすてた
青白い果実が
千年前の静けさで
濡れていた
熟れていた

「青春の遺書」

嶋岡晨詩集

嶋岡晨氏は戦後の中にあつて、「貘」と言う最も凝縮した仕事を残した、グループの一人である。このグループの作品をみると、戦前のものには見られない青年達の精神史の位置、（或いは変化）がうつされている。「孤独」と言おうと「失望」と言おうと、言葉は同じでも過去の「孤独」や「失望」とは別のものだ。

「ぼくたちは幽霊だ」と言う作品をみても、氏は西欧的知性にみがかれて、日本文学の持つ甘さやたるみを排除している。

中でも「顔をあたえてくれ」はこの一巻の中で最も厚みを持つている。

顔をあたえてくれ
みじめな魂たちに顔をあたえてくれ
消えかゝる遠い悲鳴に　しいたげられる土民らに
国を無くした獣らに　汚れた空に
おそろしい夢の子供らに　顔をあたえてくれ

こうした作品のある一方「雲のあいだから」と言う軽快で少年のはにかみを残した作品もあり「乳搾りの女」と言うように、小説的構図で女の姿を追求したものも多く、氏はなかなかの才人である。この一冊の詩集は完成された魅力と言うより、人間の可能性の前に、祈りや、願いや、野心をくるめた自己の精神をかけて行く、一人の青年の姿を示しているとも言える。

（堀内）

詩集評

山下千江

「櫂詩劇作品集」　的場書房

同人のすべてが一九二六〜三一年生の若いグループらしい野心的な作品で全頁を埋めている。

埋めてはいるが、さて「成功」したか否かと云うことになると一寸問題であろう。

もつとも成功するにこしたことはないが成功しないからと云つて、意味がないということでは少しもない。

この詩劇集は、吾々に「詩劇」のむずかしさを、実にはつきり思いしらせてくれるからだ。一応「上演」の可能性を計算に入れれば、先づラジオ、テレビの世界を思いつくのはいたし方のないことであろう。だから、その点で、それに或程度、妥協しているということも、まずこの段階ではやむをえまい。

本格的なドラマのフォルムをもつものに、水尾比呂志氏「長恨歌」と茨木のり子氏の「埴輪」があるが、その「長恨歌」にしても、詩人である杜甫にかなり長い独白を課していて数ケ所のスピーカー使用によつて、或程度の単調さを救う苦心は感じられるものの、実際上演した場合、「それは即ち」「であるが故に」などの、用語の固さと共に、耳から伝えられるものに、目で活字を追う程の効果を期待するのは無理があろう。

友竹辰氏の「恋亦金男女関係」を「いろとよくおめのしがらみ」と歌舞伎の外題よろしくよませた一幕のオペラ・ブッフアの試みも「ワリゼリフ」の受け渡しや、ト書きのアクションなどに、さすが実際的な知識とセンスがとどいているが、「毒薬と老嬢」ほどのアイロニイがない。

第五場など、ちよつとしたペーソスが感じられねばならないはずであるのに、何か後味の悪さが残るのは、やはりまだ人間の「悪」を書ききれない。蔽えども色に花ある若さの故であろうか。それとも「文学」に、一本重要な「何か」を、才気がとり逃してしまつたと見るのが正しいか。総じて、この一冊の本には「恋」とか「愛」とかいう活字が大変に多い。こんなに何度も口に出さなければ納得出来ないほど、この登場人物たちは鈍感な恋人たちだというわけでもなかろうに。

茨木氏の「埴輪」は、すでに世評も定まつたものであるが、構成がしつかりしているのと、書きたいことをはつきりと書きこんでいる舌足らずでないセリフの運びに敬意を表したい。やはり、これだけのものを書くための勉強の量は、やつつけ仕事でない、人間的な誠意と情熱がなければ、と思わせる。

殊に「天皇」の扱いに健康なユーモアがあり、シニカルな場面にも、何かおおらかなものが流れ、ジメジメしたところがないのは何よりも好感をもたれよう。「3」の埴輪制作の現場へ現れた天皇が、「ウン、仕事はどう？」というあたり、何度よんでも、思わずニヤリとしたくなる。しかし、この作者の最も言いたかつたであろう言葉、「自分の血を流し自分の血泡を吹いてやつと人は悟るのだ、他人の苦しさや哀しさが何であつたかを。おそろしい鈍さだ、なんという鈍さだろう！」「言葉だよ、ひとつの言葉だつてふつと生れるためには長い長い月日が要る。まして放たれた矢のようにいつせいに飛ぶためには」とは、読む者の胸にしつかりと喰いこんでくる。

但し、「2」の幕明きの合唱と三人の少年の登場は、ふと、今は昔、少女歌劇華やかなりし頃の「夢殿」「雪消の沢」「玉虫祈願」などの面影なきにしもあらず。

けれどももう一度、客観的に眺めてみた時、この水尾、茨木二氏の作品と雖も、どうしても詩劇でなければならない、というものかどうかに研究の余地がある。この二作が一般の劇としても通用するということに「詩劇」としての成功と不成功があると考えられる。

その点、結果はともかく川崎洋、大岡信両氏は、正攻法であるという事で爽やかな仕事振りであるとも言えよう。岸田衿子氏はレモン入りマシマロ、ふうわりと毒気のない蛋白質が身上という感じ。谷川氏は他に期待したい。寺山氏の作品の、「黒人」にサンボリックな味が仄見えるが、恐らく氏の企図したと思うほどの効果はなかつたのではないか。一体に「時間」と「場所」に束縛を解かれたところに詩劇の自在性があるはずなのだが、その自由を、こなしきるまでには、まだ多くの試みが続けられなければと、痛感させられる。

「蒐集癖の少年」南川周三詩集

国文社

「詩とは昔、いわば気も遠くなる程にそれはうつくしいものだつたに相違ない。そして現代の環境の密度は、もはやそのような帰心を人に許さないもののように見える。だが今日の、更には生の諸条件からの牽制のもとで人がみずからの枷を測りつづけたあかつき、詩美はいずれ、例えば虚心な牧童の肩にも映える、そのようにさわやいだ精神の放恣を語るだろうか」あとがきにそう書かれる氏は少年の頃芭蕉に感動したとも言つて居られて、その作品には、たしかにそれらしい思念の裏付がうかがわれる。「得難い体温の附近」という作品の、自然から抽象への切れこみ方が端麗で、正確であるのは見事である。

こうしたオーソドックスともいうべき詩風は、やはり素直に読む者の心にひびいてくるし、第一詩集らしいすがすがしさがある。

それを、長田氏は「からみついては来ないがなぜか浸みてくる。音のひびきの、その奥にあるひそかな湖のような考え深い瞳から射してくるものであろう」と言つておられる。

「花盗人」鶴岡冬一詩集

小壺天書房

頁を繰つて行くと、一篇々々が、強い断定から出発しているのが先づ目につく。

何だかブロック建築のような感じだ。ふと鶴岡氏が、日頃仕事をして居られるであろうあの建物、虎ノ門から歩いて行くと、防衛庁最高裁判所につづく法務省のガッチリしたたたずまいを思い出す。警視庁の向い側の、その非情なきびしさは、やはり一つの大きな断定の上に位置している。

そこから、冴えて冷たく鋭くひびく詩情――というものが、ふと、すりぬけてしまつた場合、こうした作品は手の下しようのない無意味なものになる。

「麦畑にて」「稲妻」「仇敵」などは、その点、成功しているし、「老婆二題」の、コント風なリアリズムも、その底を流れるきびしい眼に、気弱さのうかがえないところ、この作品の、或意味で清潔な支点が測定される。

ただし、北川冬彦氏の「桔梗」ほどな、鮮やかに深い感動に出会えなかつたのが惜しまれた。

その他、三谷晃一氏の詩集〈東京急行便〉詩の会、と寺山修司氏詩集〈はだしの恋唄〉的場書房、はいずれも第二詩集であり、若い可能性が新鮮な息吹をあげていて楽しい。

後記

この号も今年の最後であつて、一年を振り返つてみると、確かに詩の傾向は少しずつ変つていることを感ずることが出来る。

戦後、詩の不安と絶望の深刻な表情や飜訳詩の氾濫に、我々はあまりに感性を刺戟され過ぎた。その上まだ身の廻りには、無理にも感性の皮膚をめくつて針の先でつゝくような作品を見る時、私は「感動」と言うナイーブな人間の感情について、ごく素朴に考え直してみたくなる。

今、私達の周りには、自由と落着いた実感と柔軟な感性をもう一度必要とする、曲り角に来ていることを感ずる。詩は、今一つの前進のために新たな世界を見出す前の、停滞と、渾沌の状態に立つているのではないだろうか。

エレンブルグの「日本印象記」に書かれた記事を読んでみても次のようなところが特に気にかゝつた。「詩作に関しても、ひとしく言うことが出来よう。日本全体が、暗中模索や、議論や、精神的不安に包まれているのである」。と――

たしかに我々は今、詩と言うものゝ美を又は方向を見失つているのではないだろうか、誰しもどんな詩を書いていいのか、どんな詩が強力な感動をさそうのか見出せずに、迷つているのではないだろうか、それは我々が身に着けてきた西欧的知性をもつてしては、アジア人特有の魂の深みや生活の底は表現しがたいと言うところに、一つの因はあるのではないかと自分は考えている。

そんな無形の不安や希望に押されて、私は一号一号、号を重ねて来たが、そう言う意味で今号の佐川氏と沢村氏のエッセイは見忘られているポエジーの生命を掘り返していて愉快だつた。各詩人の作品もそれぞれ自由な飛躍の中に個個の世界が示され楽しいものであつた。このように書くことによつて生命にふれていく事については（コンプレックスを持たない現代人と言われる中にあつても）今なお謙虚な精神との関聯が必要ではないだろうか、謙虚と言う言葉は戦後長い間忘れられて来た言葉であるが、コンプレックスと違つて我々に、物を見る眼の確かさと、思考の深さを与えてくれるものと思う。

又、最近詩はグループとかグループ活動より一人の詩人の精神の位置の方が大事である事を、中瀉寿美子氏の「鬼火」や城侑氏の「畸型論」や大野純氏の作品の世界によつて強く感じさせられた。これ等の詩集や作品は自己の世界を信じ、他の何ものも入れない事によつてきわめて個人のオリジナリテイな世界を打ち出している。こうした作品に会う度、何の特色もグループも持たないこの「葡萄」と言う雑誌は、最も一人一人の個性を大切にして良い仕事の集まる場所として行くことに、その意味を与えて行きたいと思う。今号はそうしたことから個々の作品がきわめて光彩を持つていることを嬉びたい。今度新人として掲載した由利一氏は深尾須磨子氏の推薦で頂いた原稿であつて、氏は「夜行列車」と言う詩集によつて、今日の流行にとらわれず、真に我々の生命感を深く伝えているところを見せている。「貘」四人集は戦後の青年達の精神を純粋に表現しているグループの一つとして特集の形にしてみた。現代詩が一層面白くなる為に来年は季刊としてもつと発展させて行きたい。詩を書く人々からなお卒直な意見をうかゞいたいと考えている。今度も投稿原稿から平岡史郎氏をとつたもつと沢山の作品が投稿され活気のあふれることを願つている。

（堀内）

葡萄　第13号
1957年11月10日発行（季刊）
定価　50円
編集発行人　堀内幸枝
東京都新宿区柏木3―446
千葉方　葡萄発行所

夜の山

秋の夜
父と母の寢息が微かに聞える夜
打伏して静かに布団に耳を押当ててゐると
山の音がよく聞えてくる
隙間風に半分頭を埋め耳を澄すと
裏山で栗の落ちる音がする
ぽたり又一つぽたり
山を渡る風の音
小鳥がかさこそ草を踏んで卵を暖めてゐる音
昼は優しく日の照る山が
夜は村からつんと離れて淋しく生きてる夜の裏山

的場書房
東京・千代田神保町1—3
振替 東京 112216

堀内幸枝詩集

村のアルバム

A6版八四頁 本文五号
十四種特布装 たとう入
定価二〇〇円送料一六円

著者の言葉

この詩集は私の十代の作品です。その頃過した山梨の市之藏村の風景と生活をうたつたもので、私はその頃の生活を記念するために自分の手で織つた絹地十四種をもつて装幀につかつてみました。

葡萄

14

葡　萄

14

1958年4月

眠る……………………………片岡文雄… 2
くぼみ…………………………水橋　晋… 4
小児麻痺の五才の犬……南川周三… 6
美しい子ども………………山田正弘… 8
悼辞……………………………三好豊一郎…18
屠殺場で………………………滝口雅子…20
自転車に乗る女の子……岡崎清一郎…22
街道……………………………山田野理夫…25
愛情の花咲く樹……………江森国友…26
光線……………………………堀内幸枝…28
大男のいつせいさん……志沢美智子…31

＊

詩　論…………………………堀内幸枝…10
藤原　定…12
堀川正美…14
中村千尾…16
書　評…………………………堀内幸枝…30
上野菊江…31

眠る

片岡文雄

ぼくのなかに棲んでいるものが
寝返りを打つから
眼を閉じても眠れない時間がつづく
そのものは
ぼくの晝を眠っているのではないのか
ぼくの血の咲く枝の下で
少しもぼくに見きわめられない
ぼくの時間の姿をして

ぼくのなかに棲んでいるものは
寝就かれない夜を守る母ではないのか
しぼりだされる血の乳が
穴をもたない唇にそそがれ
ぼくは　はっと蘇える
掌はあつい
一枚の銅貨を握っていたように

母よ
ぼくと立ち上ってはいけない
ぼくの歩幅は大きい
好みといえば
あなたが汗を流すほどとおくにある
ここはあなたが数かぎりなく生んだ男の領域

ああ　もしかすると
ぼくの血の咲く枝の下で
ぼくをめざませようと立ち上るのは
地の苦味をなめさせようと招いた
早死の父たちではないのか。

くぼみ

水橋　晋

何かが生まれるということもないので
どんずまりだなということがよくわかる
ここから抜けだすのは簡単なだけに
黙って坐っているのも簡単なことだ
けれどこのくぼみで
だらりとあたたまっているわけにはいくまい
たいへん危険な夜になるのもわかりきったことだ

縄が地の底までよれあわさって
つづいている果てには
海のような暗がりがひろがっている
いや　暗がりだけでなく
むきだしの神經もクモの糸のようにはりめぐらされて
風にゆれているが
馬鹿になった神經では
意志がかいもく傳わらない
手はぶらさげられたまま
目は開かれたまま
網脈のあいだをするすると傳わって
降りてくるやつがいても反應がない
もうすこしあでやかな園が

ひらりと入って来てくれれば
驚いておもしろいのかもしれない
ここにいると
おのれでないものの方向に育っていくのがよくわかる
それをじっと見ているのには勇気がいるが
遠く　人の話し声さえも洩れてこない
くぼみのいちばん奥に
ひっそりとたち帰って神経だけを
びんびんはりめぐらすそうした料見は
ふとどきじゃないかときめつけられる結果に
なってもしかたがあるまい
そのことをはやく知らせたくて背のびしても
もうだれもいなく
何も見えないここいらは
みかけよりもはるかに大きな
亀裂をもったくぼみにちがいない

小児麻痺の五才の犬

南川周三

駅はざわめきの中でしずかに
いつも通りの割り合いで誤解されていたその日も
みんなからその場所の誠実さについて　みんなから鉱物質の善意について
五番線の列車でやって来る筈の約束を待ちわびている痩せた女に
時間はみだらだとおもわれていた駅の中で　冷えた改札口の廻りで
拡声器はほんとに冷えこんでしまわないうちに男の声を傳えたから老婆は
ふいとねむりから覚めてその方を見た
その恐縮げな小さい箱は　木椅子の上の老いた生から
ほんの少しにくまれた　だからときどき恥しげに語尾を震わせてやがて止んだ
何かが待たれていたし何かが急ぎ足で通り過ぎたしそして少しづつ何かが死んだ
駅は午後五時というといつもそんな風なざわめきの中で誤解される
男が五人居ればそのうちの二人は眼鏡をかけ
一人は近眼だがまだ眼鏡を持っていないそんないつも通りの五人一組の男達が
その日は五番線の列車でやって来る筈の未来を待っていた
中年紳士の服装をしたふてぶてしい顔つきのその未来は

彼等に成功を約束していた　だから彼等は時計を見た
大きな黒い文字盤の時計はその度に少しさげすまれた
若い男女達は仕事とねむりとの幕間の時間を愛していた
だからその場所の不様なしかし眞正直な広さは彼等からいつも好まれなかった
そして五番線の列車を　その日は小肥りの娘が待っていた
悪くすると　だがその列車から誰も降りては来ないことを娘は知っていた
二番線の列車は犬が待っていた　だがその実待っているように見えるだけだった
そしてもう　その一面の暮色の中では
五才の　小児麻痺の　頭の大きなその黒い眼の犬さえ
ほんとはたいへん不幸で　そしてもの問いたげのように見えた
尻尾がふさふさしているのでその尻尾を犬は
振って見ようとやって見ているようであった
そして　小児麻痺の　頭の大きなその黒い眼の犬は
苦労してようやく駅前の暮色の中に坐りこんだ　眼をねむって
その時だった
拡声器が五番線列車の隣県での大がかりな顚覆を話しはじめたのは
しずかに
あの誤解達よりももう少しあたたかな口つきでしずかに
恐縮げな　茶色い　小さい箱でつくられた∧未来∨からの声で　しずかに
小児麻痺の黒い眼の犬は　ふいに
珍しく健康な眠りの中に落ちた。

美しい子ども

山田正弘

山羊は
よるがきらいだ
でも　よるになろうがよう
あおい草をかむのをやめたくないだろう

鳥は
よるがきらいだ
でも　よるになればよう
葉むらの蔭でねむっている

ぼくらは
眞晝の炎にしばられた
固い種子
をとおくくろい土のうえへとはじいてやる
力をみつけようとしてよるをねむらない
そして　ふかい暗黒のふちに

バケツいっぱいのひかりをもってゆく
まっくらなみちで
おまえはいきなり
そいつをひっくりかえした

こぼれたきんのひかりのあつまる
ところはどこかそれで森をつくっている
夢のくぼみに湧く泉のある土地で
山羊を
おどろかした
鳥を
おこした
眼ばかりきれいなおまえのために
おお　やわらかなうでと苦しみをひとつに
山の樹やむすめたちの声もいっしょに束ねてやれるだろう

でもゆけ　おまえはとてもうつくしいんだ
ひろがってゆく水のまなざしのなかで
おおきな森をかかえてねむれ

現代詩における人間性について

堀内幸枝

今日、詩を書いている人達は誰しも自分の心の中で、自分の詩論を繰り返しながら書いているのではないだろうか。

最近の沢山の詩雑誌の中にも「もう一度、人間の生の根本に下り立つて詩の根源的なものをみつめ直そう」と言う本質的な問題が必らず加えられているのを見る。

「砂」の編集後記でも、武田文章氏が「若い詩人の清潔なスタイルの詩集が、有名詩人の序文なぞというものでかざられることなしに出版されることを、今詩は希望したい」とあるのも、詩をもつと素朴な真に感動あるものの世界に置き直そうと言う願いが、こめられているのではないだろうか。

〈政治家が政治と言う渦の中へ入つてしまうと、かつての素朴な個人の良さを見失うと同じように、詩人も又、グループとか詩的関係のうちに入つているうち、当初の極めて原初的な詩への愛着を忘れて来るのではないだろうか〉なぞと思うほど、しばしば読者アンケートなぞの数行が、詩を大局的な立場から批判する恐ろしい真実を持つているからである。

ユリイカのアンケートに「黒田三郎、中村稔、安西均なぞの短詩に感動させられる経験が多いのは何によるのか、考えていい問題である。」とか、「現代詩には感動と言うものが大事にされていない」なぞの意味も、素朴な詩人の精神を指しているものと解した。

これに似た読者の詩に対する根本的な問題を扱つた手紙、又は詩への愛着や、反省を示したいくつかの手紙を、自分も受取り、又自分達の間でも交されながら、「地球」の後記にある、「人間性回復のこえは、世界の片隅で、遠吠えのようにきこえているばかりだ」と言う今日の人間性回復と言う大きな問題までは解決されていない。

現代詩は至るところで人間性回復の声がきかれながら、それはどのような人間性のところへ回復し定着して行くと言うのだろう。確かに私達は今、人間性を回復し、人間性の奏でる美しい音楽に一時でも、この煩雑な心を休め、苛立つ魂に和らぎをあたえたいと願いながら、その定着して行く今日の人間性の存在が見えないのだ。

今ここに、たつた二十年前の作品を持つて来たとしても、私達は芸術作品として鑑賞し得ても、そのままその作品と同じ体温で同じ高さまで酔うことが出来ない。これは今日の人間性そのものが複雑な変化をたどつて来ているからであろう。

一部からは難かしい詩ばかりでなく、恋愛や欲望をうたう詩が欲しいと言われながら、それさえも考えてみれば決して単純なものでない。恋愛や欲望、それ等こそ最も今日の人間性を強く把握していなければ、感動を盛ることが出来ないものである。言いかえれば感動が透明化されて強くなる為には、いつも人間性がはつきりつかまれていなければならないとも言えるだろう。

人間性回復と久しく言われながら、その根ざすところのあまりの深さにたじろぎながら、今日の詩の問題の大半がここにかかつていることを思えば〈詩とは実感を根本において見ることだ〉〈もつと生の感動を大事にしたい∨なぞと自分に定規しながらも、相変らずその曖昧さは足下に横たわつたままでいる。

その事について、私達はやはり繰返して、現代の急激な人間生活の変化をとり上げなければならない。

ここ十年間に一度に驚異と憧憬をもたらした機械文明と、突然宇宙に見開かれた科学的秩序の前で、私達は自分の生命の実感や、素朴な感情が我一人の中に留まつていなくなつてしまつたのではないだろうか。それはたえず社会機構と個人の間で∧ピンポン台の上で行き交う球のような∨人間状態になつてしまつたのではないだろうか。機械文明の人間精神への投影を一個所に固定してとらえてみるとか、人間が人間をみつめると言う、一時でも夾雑物をとりのぞいて静止の状態へ置くことが、甚だ困難になつてきたようだ。

それと共に私達の前に投げ出されたのは、感傷の一片も許されない烈しい孤独である。しかし孤独と言うものはそれ自身では他人の孤独を抄うことは出来ないだろう。その孤独には我々の生命感に差し込んでくる何かが加えられていなければならない。その何かが芸術の部分だと思う。

又一面、人間の精神を通過しない社会現象の断面図のように、ザラザラした作品にも、感動と言う柔軟なショックが起きようはずがない。私は人間性回復と言う問題が大層難かしく、しかもそれなくしては詩の前進もないことを思うと、今詩を書く事が、甚だ苦痛になつてくる。

そこで一休止して、現在自分が魅力を感じた作品をとり出して考えてみると、それは抒情と非常のゆきかいの間で打ち伏せられた作品である。現代の人間性とは抒情と非常を同時に把握するところにおきる混乱と、混乱の底にわずかに頭を擡げた人間性に似た微かなものに捧げる祈りの内に存在しているのではないだろうか。

こう言う不安定な人間をみつめ、その抒情と非情のゆきかいの間に起きる一種の非常美とでも言うものが、現代の人間性の一つの横顔を示しているとは言えないだろうか。

このようにみつめがたくなつた人間性を強く見止めようとする意志は、もはや強い個の中にだけしか存在しなくなつたように思う。

高村光太郎氏がかつて言つたように「僕は芸術界に絶対の自由を求めている。従つて芸術家の∧個性∨に無限の権威を認めようとするのである。あらゆる意味に於て、芸術を唯一箇の人間として考えたいのである。」と。

今はその時代以上に、素朴に自由自在に個人のものの方へ向つて還元して行かなくてはならない時代のように思う。

私はここまで書いてきて、再び二、三年前我々の関心を奪つたアンリ・ミショオを思い出した。

彼の詩が私に与えたショックは「彼は自分の芸術のためにのみ生き、何の報酬をも期待しないと言う、芸術家として当然とされている事が、掛値なく、清潔に全作品に色どられているからである。

彼の作品に羞恥の色をみるほど、謙虚に芸術の前にひれふす一個の人間の精神はおのずと、彼の奇怪さが奇怪さでなく、生活の中に深く根ざした人間的なものにつながつていくのである。

ここまで来て彼の非社交性はすべて強靱な一つの個性に帰着して彼の詩の重要な要素となつている。ミショオが詩に持つている態度は時々我々の混沌とした状態を救つてくれる何かを示していると思う。それは己をかたく持している彼の態度でもある。

こうして素朴に詩と言うものをあらためて考え直そう（自分のための芸術を考えよう）とする精神は音響の高いトゲトゲしい作風よりも、もつと地に匍うような実感と、静かなねばり強さを持つて現われて来るのではないだろうか。

その時代の流行に作用されず、自巳の不安や弱さも、現在増々小さくなつてきた個人の中で支えようとする時、詩への一つの透視と信念はおのずと一つの作品に何かしら荘重な香気・根強い共感・静かな奥行と秩序が、与えられてくるのではないだろうか、なぞと、ひそかに心の中で呟やいてみたりする。

詩の超越性

藤原　定

何のために私は詩を書いているのか、詩を書かねばならないのか、という疑問がずいぶん昔から私の頭を時おり掠めた。この自分自身にむかつて投げかけた疑問にたいして私が何か決定的な答えを出そうとしなかつたのは、その答案の如何によつてはさらに高い所から評価して詩作をやめなければならないのだ、というような懐疑にまでは進んだことがなかつたからであろう。そしてもう一つは、詩作の動機というものは、或る具体的な感情や意志であるにしてもそれを言語の上で表現するといつでもそのものの一角、一端をしか表わさず、それにさまざまな限定を与えるとその相互のあいだに統一がとれず、生きた一つの感情・意志がきわめて複合し、さらに錯雑したもののようにしか意識化されない、という意識化過程にたいする根本的な不満があつたからである。

しかしこの問題は、もつと身近かな消極的な面からも考えてみることができそうである。たとえば私自身も、多くの詩人達が時おり洩らすように、詩が書けない時には一種の言いがたいさびしさを感じるのだ。私自身が半ば生きていないようなさびしさである。私という人間は二つに分かれていて、その半分が生きていない、ということのだろうか。――それとも少し違うようである。私自身を支え生かしているものとの交渉が途絶えるという感じである。私自身の存在の証明を与えたり、私という人間がいまどこに生きているのかを教えたり、私自身の生の意味、あるいは無意味を決定しようとしたり、私自身の生の方向を暗示したりするもの、それが詩を書こうとしているものだ、と云えばかなりそれに近いと云えるかも知れない。

それは私が生きている持続する時間の突き出た一つの尖端がなすわざである。一般に云つて詩人が到達するとその時間の尖端というものは、私自身がひそかに信じている右のような意味をもつているものなのだろうか？

こういうふうに考えてくると、詩人というものはだいたい大きく分けて二種類さらに分れて四種類くらいに分たれることになりそうだ。

第一に詩は現実、或いは人生とか社会とかに密着したものであるという考え方であつて、詩はその適確な、或いは深い認識と表現だとするリアリズムの立場である。この現実認識の中に目的意識がもち込まれるときにプロレタリア詩になる。

第二のタイプは、詩的世界は現実にたいして別個の、それ自身の論理と充足性をもつたものだとする。この中にはロマンチシズム、アンボリスム、シュールレアリスム等が入るだろう。ところで、それ自身の論理と充足性をもつた詩的世界というものも、もちろんけつして一様ではない。詩的超絶性は少くとも十九世紀前半までは、それは現実を超絶していながらしかも現実に相いわたるものだと考えられていた。詩はむしろその優越性によつて個人のたましいを救済したり、或いは混乱した現実を調整したりすることができるのだと信じられていた。詩と現実とはその論理や生理においては非連続的なものなのであるが、現実は詩作によつて救いあげられ、また形成された詩的世界は現実を曳いて高めてゆくことができるという連続性をもつていた。ところがこの非連続の連続という微妙な二者のつながりは、たぶんランボオによつて断たれてしまつたのである。そこに形而上的詩人の見のがすことができない二つのタイプがある。

ランボー以後シュールレアリスムにいたる系譜の詩人たちの現実超絶のしかたというものは、生との関わりの上で行われるのではなく、云わば純粋に詩的な方法によつて行われる。この系列の詩人達がこの「詩的純粋性」に惹かれていつたことと、彼らの生に対する見限りや絶望や冷淡とはふかい関連があろう。と云うよりもその詩的超絶は、現実を混沌におとし入れ、難波させるという方法によつて行われたのである。従つてこの方法の中には、詩的超絶の世界から生の中へ新しく帰つてゆくという道すじが断たれている。

たしかにその詩的超絶の世界には、高い精神の緊張と、そして現実の中では経験することができないような自由とがある。しかしそれは現実にとつてはまつたく何の関わりもない、意味なき世界である。H・フリードリッヒという人が「近代詩の構造」という書物の中でそれを空虚な超絶 Die leere Transzendeng と叫んでいるのは適切であると思う。

今日、この空虚な超絶と真の超絶とを見分けることは、言葉の技術に目をうばわれるよりもはるかに重要なことであろう。空虚な超絶は現代の、とりわけヨーロッパのニヒリズムをその社会的背景にして前面に出てきている。真の超絶はヘルダーリーンやシェリイに見られるようにその根抵にある宗教性、宇宙に対する敬虔の感情があつた。空虚な超絶は詩人自身の技術の根抵にあるところの魔術性をしかもはや信じようとしないのである。しかしながら真の超絶はしかし、しばしば既存のイデエの更新された証明のようにしか見えず、空虚な超絶は無の中へ突き進むまつたき自由をもつているかのようにわれわれの目にうつるのである。

題材としての人工衛星へのフラグメント

堀川正美

つい最近になつて米海軍の人工衛星打ち上げ「ヴァンガード計画」もようやく成功しましたが、同時にこの計画当事者は、今年中にあと何発か打ち上げると声明しています。結局、ソ連のスプートニクいらいの人工衛星に対するショッキングな当初の興味と興奮はしだいに緩和され、冷却しつつあるのが一般の心理のようですが、ある詩誌が人工衛星について作品特集をやつたり、それについての批評があつたり、わたしの親愛なる友人とも考えられる長谷川竜生などが、宇宙バカ詩が今でるか今でるかと期待している、など某所で表明したりしたので、もつともそれはどう期待しているのか、彼にはその真意を聞きそこねつぱなしですが、私はいわゆるこの「宇宙時代」と詩について、断片的にでも考えてみるかなと今更らしく思つたわけです。なぜといつて長谷川竜生のいう「宇宙バカ」の詩が出るとしたら、どうせ私の属する世代か、ないしはもう少し若いいずれは若いといわれるところあたりの人からじやなかろうかと、これはもちろん、ここらへんが現代意識について新フアッションをキヤッチし、つくりかえたりするに鋭敏かつ有能な世代ではないかと考え、私自身ある老詩人から科学と詩というテーマで今後の詩のあり方など意見をたずねられ、その時はマトモな返事をしなかつたことなどあつてにすぎないのですが。

ある人は人類ももうオシマイだといい、人工衛星を恐怖と滅亡の象徴みたいに考え、原子力が戦争に使用された場合と同様の状況において人工衛星をとらえています。ある人は、単純に考えりやいいじやないか、科学の進歩は人類の進歩、といつております。いずれにせよ前記某詩誌の特集や、その後私が散見した人工衛星を題材とする詩は、それがどのようにこの現実の事実を判断していようともいずれも私を充分に納得させてはくれませんでした。というのは、卒直にいえば、それぞれの詩人が、どのような主体的意欲をもつてこの、これからの時代をどう生きてゆくかについて何も表明されていなかつたからにほかなりません。アアとかワアとかいつてるだけであつた。現代詩が示した反応としてはじつにノンセンスなものです。詩人だつてどうにかこうにか、新聞の読者なみに考えてることをわざわざ証明するノンセンス。

平和か戦争か。けれども、たとえばあの国際地球観測年というシャレタひびきをもつた名目のもとに、実は軍事観測が行われているあの南極大陸とはちがつて、科学上の成果なるものは、いつでもそこにあるというものではない。さらに発展させられてまた次の結果をみちびきだしますから、その結果にわれわれは絶えず直面し、われわれの未来と絶えず関連せしめて考えられてくる性質のものです。といつてもこれは何も、詩を書く人間として私が考えたことではなしに、単純な一日本人としてにすぎん。だが、さらに詩を書いているもの、これからもまあ書いてゆくものとしての問題は、その次にそこにある。高度な文明と、個人の内部世界の萎縮・衰退という同時的かつ同存的な、先世紀いらい芸術家最大のテーマであるものが。人口衛星への考察など、どのように妥当な見解が詩人によつて示されようともノンセンスであるのです。それ以上に、なんらか積極的な、主体的意欲をもつた詩人の態度がそこに表明されようとも、同様にノンセンスであるのです。人工衛星はせいぜい宇宙への観光旅行的な、であるとしても木原孝一が我が子に語つたといわれるように「きみの父親も母親も、きみも月には決してゆけない」非現実的なお伽噺にすぎないからです。

人工衛星について書くということは、本当の詩の主題からはえらばれるべき題材ではないので、題材自体が、限界をもつているからでしょう。一歩退いて文明批評的見地からとりあげるにしても、イーディス・シットウエルは原子力については書いたが、まさか人工衛星についてはは書かないと確信させる理由があるので、それは原子力について書くほうがはるかに現実の状況と人間の運命、そして人間の、サイエンス・フイクションなどとはまつたく別物の、未来に対する本当の夢と希望が表現できるからです。だが、原子力自体が夢と希望だとはいいませんよ。

それに夢とはいつても、スペンダーがそのエッセイで定義づけた社会から自らを引離した位置で偉大な芸術家がつくり出す「単独者の絶対的な夢」について私はいつてるのではない。彼自身がいう「精神的共同体的見地へ向う発展」（深瀬訳）に現在の詩人が自分を位置せしめるとき、そこで夢といいうるのは偉大な単独者たちのそれと引きかえられるほどのもの、私の先生ルイス・マンフォードが表現したように芸術と科学、すなわち人間の所有する最大の財産の「文化的綜合」でしかないのです。何十年か先に、またレオナルド・ダ・ヴィンチみたいな人間が出るでしよう。そして、財産としての科学上の成果からみれば、原子力の足元にも人工衛星は及ばない。

詩のテーマにとつて原子力は「原子時代についての四部作」以後も極めて重要な題材です。原子力だけじやない。生活をより一層後も変えてゆくものとして他に電子工学の成果もある。原子力より大きいかも知れない。ところが、その結果たるテレビやラジオについて考えることはといえば、何とかそこらから詩でもつて金をわずかでも稼げまいかという程度の意識なのも、ノンセンスです。テーマと対象を棚上げしたところに詩の発展もなければ、後代にのこす仕事も出てきつこはない。

長谷川竜生はやはり有能な詩人ですから、宇宙バカを期待するのは彼の末梢的興味であろうと考えるのですが、彼よりも未来をはらむ若年の人々は決して人工衛星詩や宇宙バカ詩をお書きにならないように。けれども彼は私の、いわゆるメタフィジカルな傍観者的態度について警告してくれた記憶もあります。印象批評家の面子をつぶすのは避けますが、要するにわれわれの現代の生き方などいうものは、つまりは種々混乱をまき起しながらも、科学の加速度的発達、文明とその技術の発達の中で、われわれはどうせそういう時代にふさわしい環境をつくりあげ、適応してゆくだろう、ということもいえるので、大きく客観的に眺めればそんなものです。しかし過程にあるわれわれ自身はこの混乱を現実の本質的な相として解決すべきものと考えるのを止めるわけにはゆかない。なるようになるといつても、なるべき姿にいくらかはすることができる、そのていどに、なるようになるのでありましよう。今年の始めからジャーナリズムが太鼓を叩いているお題目の「宇宙時代」なるものがある程度現実であると仮定してみても、そのドアを開けて私のような青年が今更らしく考えるのは、せいぜいこんなことで、老人よりも古風なのじやないかということに、じつは自分で大へん興味があるのですが。

春の夢

中村千尾

あるゴム会社の階上に詩人達が集つてお酒を飲んでいた。もう中には酔いつぶれている人もあるが、みんな口々に何か喚き合いながら騒ぎは段々はげしくなる一方だつた。その騒然とした酒席で、西脇教授がいかにも満足そうに

「越後の地酒はうまいが、ホウコウ草の茂つた野原で昨日は坊主にカネを取られた」と云つて一人でお酒の徳利をかたむけている。

「法隆寺の女に逢つたがあの女のことならおれにまかせておけ」すると急に横から植村諦さんが杯を突出して

「西脇教授の女のために乾杯！」と叫んだ。給仕の女達が卓子を片附けようとして右往左往しはじめたので、私はもう帰らなければと思つて席を立つて階段を下りた。ところが階下は二階以上のひどい騒ぎでそれはもう何千人と云う詩人が重なり合いひしめき合つて誰が誰やら見分けもつかず、只もうあらん限りの怒声で喚き合つているだけだつた。その騒ぎのために女の人が二人も踏み殺されてその死体が大根のように縮まつて廊下にころがつていた。驚ろいたことには廊下を歩いている人達がみんな平気でその死体をまたいでいくのだつた。私はまるで押し出されるように地下室の階段を下りていつた。地下室にはまた何千人と云う詩人の家族が不安な表情を浮べて押しかけていた。その中に西脇夫人の白い顔が見えたがいかにも心配そうに

「あの、主人はここに居りますでしょうか、二日前から行方不明で警察へも捜索願いを出したんですけど」と云われた。

「はい　先生は御無事ですわ」とそれだけ言うと私はもう人波に押もまれて小さな地下室の戸口から真暗な道路へ押し出されて仕舞つた。春の夜のお月様が二重にも三重にもなつて見えた。私はここで目が覚めたような気がしたが、本当はまだ眠つていたのかも知れない。けれどもその時たしかに本物の猫の鳴き声を聞いた。何故こんな夢を見たのだろうと思つて夢を分解してみた。ゴム会社と云うのは近く結婚する知人のお嬢さんの相手がゴム会社に勤務しているのを思い出した。西脇教授のセリフは前夜テレビでみたロビンフッドの冒険が教授の詩と結びついているようだつた。教授の女と云うのは如意輪観音のことだつた。詩人の酔体は前に見た戦争映画の悲壮なシーンにそつくりだつた。一つ一つの断片をつなぎ合せるとこんな夢が出来上る。私は超現実の世界へ一寸入つたような気がした。

*

モダンアートの村井正誠さんの家には猫が十一匹いる。アトリエに入ると小犬くらいはある大きな猫が四五匹いつもストーブの廻りにたむろしている。顔中墨でくまどりしたようなのもいれば、黒と茶のアブストラクトの模様をつけたのもいる。ストーブで背中の毛を焦してタンポポ色になつているのもいる。それがみんな犬以上によくなれていて人間の言葉や感情がよく解るらしく、村井夫人の命令通り愛情の表現もする。こんなに沢山猫がいると、人間が主人なのか猫の方が主人なのか分らない、人間なぞにはまるで頓着せずみんな横柄に振舞つている。

私はふと妙なことを空想した。ことによるとこの猫達は主人が留守になるとイスやベッドに坐つて人間とすつかり同じ様に話し合つ

たり物を食べたり、テレビを見たりしているのではないかと云うことだつた。ひつそりしたアトリエの中で私にはいつも猫達のつぶやきが聞えるようだ。

「おや、おれのスリッパが無いぞ、だれかお風呂場へまた忘れてきたな」一匹のドラ猫がしきりにスリッパを探している。するとストーブの側で新聞を読んでいた背中の焦げた猫が急にゆれイスからすとんと滑り落ちた。

「春はどうも眠くていけないや」そう云つて体中をアコーデォンのように伸して大あくびをすると新聞をわしづかみにしてベランダーへ出ていつた。黒いカラス猫がパイプをくわえながら

「近頃人間の絵は大分猫族の絵画に近づいたようだな」と云つて壁に立てかけてあるタブロウを見てしきりに批評している。

「猫族の潜在意識を人間の世界では現在抽象芸術と呼んでいるようだが、まだまだ僕達の目から見るとどうも抒情性に乏しいなあ」

茶色のブチ猫が眼鏡を鼻の先きにのせ、そり返えるように足を組んで「色彩感覚なぞはどう云うものだろうねえ」とカラス猫に意見をもとめている。

「そうさな色彩感覚の点じや猫族はあまり威張れないが、これからはまあ何んと云つても東洋人が進出するだろうよ、あの渋好みと云うやつが大分世界的に認められるようになつたからな」

　カラス猫は花瓶にさしてあるミモザの花を一寸引き抜いて匂いを臭いだ。おしやれのミケ猫は化粧台のイスに坐つてしきりに鏡をのぞきこんでいる。

「ねえ、このごろ私ブリジット・バルドウに似ているなんて云われるのよ」大きな目を一寸つぶつてみせると、縞のアンダーシャツを着た若いクロードと云う猫が、「チエッ」と舌を鳴らした。

「お前なんぞ大層美人のつもりらしい口をきくが地球が一廻りするうちにはすつかり状勢が変るからな、まあピカソのぢいさんとでもせいぜい仲良くしてな」と云つて笑い出した。猫が笑うと体中がクニャクニャして空気が変にフワフワゆれ動いた。おしやれのミケ猫はすつかり御気嫌をそこねてふくれ面になり、

「いゝわ　あんたなんか嫌いになつてやるから」と云つて化粧台の上のクリームの瓶をクロードに投げつけた。

「まあまあ痴話喧嘩は止めなさい」テラスから背中の焦げた猫が入つて来ていきなり大きなくしやみをした。

　村井夫妻が外出先から帰えつてくると猫達は急にもとの猫になりすましてゴロゴロ咽喉を鳴らし、夫妻の足許になすりよりお土産のソーセージの匂いをいち早く臭ぎとつてはしやぎ廻る。夫人がミケを抱き上げて頬づりをする。

「ミケちやんおとなにしていましたか」

ミケは「ミヤーオ」と甘言で美しい夫人の御気嫌を取り結ぶ。村井氏が台所の方で

「おーい　スリッパがないぞ」としきりにスリッパを探している。

「スリッパならお風呂場にありますわよ」

夫人はミケをソファーにおろすと急いで台所へ入つていつた。

「猫ちやんとパパさんの食事の仕度をしなけりやねえ」

　猫達は夫人の明るい声を聞くと一せいに首を縮めてストーブの廻りにシーンとなつてうづくまつた。ゴルフ橋のそばにある村井正誠さんの家を近隣では猫屋敷と呼んでいる。

悼辞

鈴木一念十月二十日六時三十分死去。直腸癌。病床詠抄三首。
誰に向い嘆く嘆きにあらなくに常に孤独の痛みのよるひる
肛門よりいづる血膿におしめしてひと日ひと日と生きているわれ
袪なる瓶の黄菊の花びらが光をもちて見ゆる時あり

三好豊一郎

苦しみに黄ばんだ顔がつめたくこわばって
十月の夜あけの空気のなかにねむっている

それはもう誰のものでもなく、おのれみずからのものでもない
路傍の石のような沈黙せる人生の表象そのものだ

われわれはそれを火にくべよう
苦痛の膿汁に飾られた腐蝕性物質は無に帰えすにしくはない

二タ月たった今　私はまだ悲しみと痛恨のなかにある
不感無覚の自然に騒音の迷彩をなすりつける十二月

痴呆の風塵をかきたてゝ　さよならさよならと愚劣な歌声がきこえてくる
爆音、クラクション、車輪の軋音が渦をまく巷の階上に

しかし私はあなたの魂のふるえるのを感じている
透明な無に吸い込まれてひしめく言葉のかずかずを

言うべきこと　言わねばならぬこと　詩人はそれを求める
毒針はしなえ　舌が蘚苔に被われても

漆黒の血は白い闇のうえをさぐっている
火の鳴咽　霜の叫び　残酷な日の光　和合の苦みを――

屠殺場で

滝口雅子

逆さにつるさがって
血を吐く牛ののど
ざあ・あ・あ・あ——
音を呑みこんで
ひろい巾《はば》で落ちてくる血
男たちのゴムの前かけ
コンクリートの床
そこいらを染めてひろがる血のいろに
女のつめたい横顔がダブる
まっかな帯だ
帯を腰に巻きつけていって
生のみなもとを引っこぬく
物質だけを残す

瞼に　にんげんの手がかかって
横倒しになった脚
恐怖の速さで
つぎに　ゆっくりと
宙をくぎった半円
三百五十回の半円

天井のレールをすべって
うしろからぶちあたる肉
ぶ厚い脂肪の壁をくぐっていると
見失いそうになる
愛とか　かなしみの実体
抽象の恋いびと
わきおこる肉のコーラスが
わたしを　眠たくする
ぶ厚い弾力にはさまれていると

血の臭いが　わたしにつく

屠殺待ちの小屋では
去勢牛の　最後の交尾を
見た

自転車に乗る女の子

岡崎清一郎

長い髪の毛をなびかせて
灰色の金色のバイシクルは走る走る
ベルの高音につれて彼女のお転婆な魂は飛んでゆく
早く早く幸せの方へ向うの終着駅につかねばならぬ。
耳が口が鼻の大きい肉附のぽツてりした別嬪さん
色気百パアセントのこしをひねり彼女はつばきを溜めた唇をしかめペタルを踏む
茶褐の明るいつやのある魂、お前は一体何が不安なのか
いやいやいちめんの街中の靄の反射光！
彼女の敵は彼女の内にある！
この夜ごろ身を屈めた大きな屈託は艨艟のようだ。
彼女の敵は街角にゐない　彼女の内部に幅広く鈍痴のようだ
それだのに逃亡せよ逃亡せよ　そうです何かが襲来し叫びつづける
うす紅い鼻を突込んでゆくめちゃくちゃらの急流！
長い髪の毛をうしろになびかせて実に迅速の使者よ
ほらほら招牌は流れる　ポストがづれる
くびれるよな物質はなめらかに皮膚の前方から這入ツてくる

しめた！　砂糖みたいにあまく不可抗的な入口よりの圧迫　猪突！
いいえそうぢやあない　わたしのほしい金のダイヤモンドの指輪と同じい血のかたまり
ああ彼女は頭脳明晰のよに走り　女の子のからだはほうりだされんばかり後方へ！
それでも彼女は不安を蒔き散らす、星の分子はだんだんへツてゆく、すりきれて流れる。
おめえにはこれがわかるか
互に融け合う北方憂愁の不朽の形
唐突に火焔をもやし、悲痛と損傷の釣合をもつ協和音！
さては沖の方よりきたる災害
穹窿天井からきこえくる笑声
お急停車！
彼女の大形の顔はつけねよりちぎれろくろ首となり飛行する
すでにこころは車体より離れ、灰色の金色の夜道をつツ走る。
足はくるくるから廻わりするばかり関節はがたがたきしり　肋骨迫持はしやんとして
　忠実のようだ。
生若いおんなのあぶらツこい匂ひよ
高い腰はくねるよ　けれども肝腎のがん首のない得心のゆかぬ競技よ
何卒　あなたのお気に召しますように！
やがて桜ん坊いろの脣のなかば開いた恰好のいい面貌、かいツてこいかいツてこいあ
　なたの一番いまはほしがツてゐる顔やあたまを手にするまでは！

止れ止れと呼ぶ無礼千万の言草はどなたですか
力強く流れるオルガンは涙を誘う呻吟！
弧線をえがき物思わしげにあとからあとからよんどころなく心任せに火傷のようだ。
長い髪の毛をなびかせた人よ
橄欖の並木道ゆく比類に乱れる人よ。
腕ツこき走る走る性悪の人よ
金使の荒ツぽい人よ
彼女は壮大にあらわれ突込んでゆく、　嘘を吐いてるみたいな　忘れ果てた為事のよう
　なものさへ
終夜　暴風に彼女の捲毛はこころゆくまでさらされる
へんぽんとしてちぎれんばかりの旗のようだ。

街道

山田野理夫

村の街道の
始発点は
衛門のある
山林地主の家。
散在する萱葺《かや》の農家には
街道から枝のように細いみち
街道の終着点は
都市。
街道の下には押つぶされた百姓がいる。

愛情の花咲く樹

江森国友

庭にヒナギクの花が咲くと
二十キロはなれた藁葺屋根のしたにもヒナギクの花が咲く
五月　桃の花の匂いは
きみの街の窓ガラスに妹たちの喜びをうつす

水晶のながれのほとりに　二匹の若馬が
花かざりの娘をおっている
朱い眼の鳥がちかずくと　二匹の若馬は
葦の青芽をたべている
鳥は　ちくいち状況をしらせて
われわれの寝床を暖めてくれた

老人からきくことはなにひとつなかった
鶏のねむっている土地に

老人たちには　やさしい死をかえしてやれ

雨のなかに　きみがぼくの帰りを待っていたとき　ふたりのあいだには
紫の雀がとまっている黄色い花の樹がしげって　くちずけは　雀を黄色に
花のしげみを紫にかえて　雨のなかにもえた

〃圭子はぼくのつよい小指をえらんだ〃
心と肉体を　ひとつえらぶとき　おんなは
しなやかな智慧をもつカモシカになる

僧侶は叢林に松をうえる
ふたつには後人の標榜のために
リンゴ畑の樹のしたからこの森はつづいている　森には　くさった夏・ふるい秋・
こおった冬がそれぞれ貌をのぞかせているが
きみは森にあそび
まだかすかな新芽のふきそめた樹樹のあいだから　ことしの春をえらぶ
春の花はこえられない時間のなみにあらわれて　われわれを誘う

光線

堀内幸枝

この電車はなんべんか
武蔵野をコトコト楽しい音たてて
走ったこともあった
この電車は途方もなく
人への信頼を乗せて走っていたこともあった
同じ電車の今日の日差しは
急に春が来て　光が明るくなって
かえってこの裏返しのむなしさ

今

通勤者や買物姿の人ごみの間に

屈折し　差し込む日の光の間に
正常な出来ごと　正常な話し声
その間に潜む　正常すぎて
かえってこの裏返しのむなしさ

この骨にしみつくなまぬるい日差しは
生の方には暗すぎる日差しで
死の方には明るすぎる日差しで
私の前によどんでいる

哀感にまで沈みきれない
倦怠にまでくずれない
濁った光が
たった一箇所
私の上にだけ集められている

「四つの詩集」

堀内幸枝

内山登美子さんの「ひとりの夏」は特に「女」の持つ喜びや悲しみの意識で全篇おおわれている。この人の強い詩への信念と愛着がかえつて一種の自我の強さとなつて作品全体に品格を与えているとも言える。無口で控え目な内山さんは、その分だけしつかり自己を確め、注意深く詩を自分の足もとから、離れることなく進めているようだ。

この詩集には誰しも燃え上りはしないが水底を伝つてくるような性の悲哀を感じ、女体の持つ神秘性を香り高く表現している。

城侑氏の「畸型論」を開くと、まつ先に現代詩が同一方向へ流れている、その流れに逆らうように一本打ち込められた杭を見るような面白味を感ずる。混沌とした詩の流れを横合からシニカルな表情で眺めながら、氏自身は自分のポケットに結構自分の作品を書きためていると言う行き方だ。しかも氏は詩と言うものをポーズでなく皮膚の上にしつかり乗せているところに、現代詩の批評がある。

片岡文雄氏の「帰巣」は抒情を哲学的に扱うことによつてかなり変化した味に作り上げている。彼の作品は鉱物的な肌ざわりを持ちながら、その奥には思いもかけぬ柔らかい抒情の潮がたゝえられている。そこに若い詩人の持つ今日的、魅力を感ずる。この四つの詩集はそれぞれ自己の世界をはつきり示したものとして、心をひかれた。打越美知さんの「風の中で」は珍らしく現在の社会の中で汚されていない、一人の女の素直な情感がかえつて新鮮味をよび、木村嘉長氏の「夜の挨拶」も同じように神経を引き裂くばかりの高音の現代的作品の中に於いて、このゆるやかに感情をセーブした方法はかえつて効果的に思えた。

私はここに、はつきり自己の世界を示した詩集、四つをとり出してみた。

そこには詩を書かねば止まない気持が、さまざまな形で表現されていると言つてもいいし、又詩の流行から自己をせきとめている、個の強さを示した詩集と言つてもいい。

木下夕爾氏の「笛を吹くひと」について書く時、私は二年ばかり前、氏から送つて頂いた、大阪朝日新聞掲載のルポルタージュ詩「広島」を見た時のショッキングな感動を忘れることが出来ない。それは爛れたようなドームの影を一葉の写真として、そのまわりをこの散文詩で埋めつくしたものであつた。編集の効果にもよるのであろうが、氏の作品は現代の社会を積極的に取り入れたものの方に、氏独得の静謐な手法がミックスされて感銘深いものとなつている「地球」の中では、ネオ・リリシズムに対して尖鋭的な立場をとつている方ではないが、最も血や肉として定着しているのは氏ではないだろうかと思われる。

大男のいつせいさん

志沢美智子

私のところへやつてきた一人の百姓
彼の菜つ葉服はほんのりとお陽さまの匂がした
彼が話をすると彼の口から乳が湧いて出て私の顔にフーッとか
　かつた
彼が大きな両手をひらいて話をすると
七つの爪がねむそうに光つた
お魚の目付き
私をどきんとさせた
私の目を動かなくさせた
ぼくしいん
と鳴る
彼の筋肉
素適な菜つ葉服の裏で

私はそれから毎日見る
私のところへ泳いでやつてくる彼の手
ちがう彼の手
手は多くの多くの知らないことを
無言で私に教える
彼の手は昨日のくるしみのようよ
彼の手はそのひとの死んだ母の
カラカラ鳴る風の悲しい思い出話のようよ
そして私に向つて話すのだ
私を包んで話すのだ

詩集評

上野菊江

『文学界』（二月号）の現代詩座談会でどなたかが、自由詩よりも定型の方が安定感があり、読者が理解するためには、一つの風穴としての効用が定型にはあるのではないか、というようなことをおつしやつていた。又、山本健吉氏だつたかは、現代詩が難解なのは詩人のもつている主題が曖昧になつているからではないかともいわれていました。堀内幸枝さんからあずかつた詩集を、短時日で読んでいると、やはり私の中にも、そうしたふりわけ方のようなものがわいてくるのですが、反対に、魅力があるのは現実的には、意識的に定型を否定、拒絶し、曖昧な主題の方に属する詩集に対してであり、何らかの形をもとうとする意図が見られるものには、殆んど索寞たる思いに突落されてしまうのです。にもかかわらず、定型への憧れは、積極的な方法をもたないままに私のなかで、苦しいくすぶりを繰返しています。

そういう中で、私の渇を或る程度までかなえてくれたのは『精英樹』（牧野芳子）でした。「人の行方」「湖のひと」など特に各連の構成、透明、硬質なイメージがラジカルに展開され、すぐれた作品だと思う。「憂鬱な湖」「郷愁」などになると、やはり一種爽味の気が快く出ている反面、ちよつと著者の饒舌が、思わぬ方向まで伸びすぎ、一篇の作品としての昇化の手前で、むざんに著者の手慣れた手法と、その世界へ還元されてしまつたようなさびしさを受ける。しかし後記から推して、牧野さんはきつと、私の期待する方向を開拓していく詩人にちがいない。

『生まれるまえの祈り』（稲垣俊夫）はきびきびした行間に、無気味なイメージを重層し、ぐいぐいひきつけて心理の断面を映し出している点、非常に現代的な生活感情をうたつた、魂のメタモルフオーズといえるのではないでしょうか。そして〃縮れる〃というイメージが、一貫して詩集の基調低音になつているのも、著者独特の感触でありながら、私たちに共感を呼びおこす場を与えているように思われます。現代詩はイメージは、大変自由に伸びているが、触感は割合疎外されている傾向があると思います。『白い土地』（黒部節子）も、イメージの鮮明さや、スピード感が『生まれるまえの祈り』に通ずるものをもつていますが、読者を小型オーロラの内に封じこめてしまうような、軽い感覚の屈折に終始しているところは開かれた世界の方へ、行為の場として作品を据えつけようという意志が汲みとれ、充分にそのたのしさのわかる詩集だと思います。けれども、一歩踏みいつて考えるならば、このままでは当然表現の限界性につき当らないわけにはいかない感じがします。

『返礼』（富岡多恵子）は、牧野芳子さんに、もう一つ硬質な情緒を添加したオートメーション工場を思わせます。部厚いダイナミックな織物ですが、そこに描かれてあるものは、一種の唐草模様でどこで終るのか、どこで他のそれと交わるのか見分けがたい。著者のもつ言葉に偏向なく、柔軟で軽いという強味が、又作品を一見粗雑にみせているようなところもあるが、ことばが肉体に密着していて、しかも自由なことが大きな魅力となつている。集中には射殺とか、殺人とかいう最も強いひびきの韻が好んで使われて、それが未だ決定的なイメージを形造る前に、突きくずされている。つまり強い言葉に対置するものを全くつくらないということに、読者として私の不満がのこされました。けれども、著者が、ディレッタントのためか、或はオポチュニストのためか、とに角、従来の枠を破壊して一時的であるにせよ、読者をアナーキーな状態に陥れようとする技法のうまさは、充分この詩集を魅力あるものにしているように思います。

（なおこの『返礼』は現代詩人会からH賞を受けたということを後で知りましたが、今後の現代詩人会の姿が、この受賞によつて象徴的に浮びあがつて来たおもいがします。詩集の作品が、きわめて短期間にかかれたものであることも、まとまつた魅力を結果した因となつているのではないでしょうか。）

『青春の部屋』（伊達温）は、孤独と寂寥を繰返し主題にすることによつて、青春に与えたひとつの意味を、読者に伝えようとしているのだと思います。そして伝統的な生活感情によりかからない思考をもつていることが、詠歎リリシズムからこの詩集を救いだしているように思われる。更に私は、その奥にひそむ不可視の部屋を嗅ぎあてることを次の仕事にしてもらいたいと思いました。

『夢の肖像』（栗原正光）は、今まであげた諸詩集とは全くいき方の違つた、定型への強い願いの現われた詩集で、私としては非常に安定した感じで、受入れることができたものの一つです。「若年の日に」と「傷口」は特に、古風なロマン的気質に、苦味のまじつた表現が成功していて、長い間たのしませてくれるに充分でした。

ただ一つ、読者としてポーズが気になるという問題がありますが、これは、素材が、果して著者の人生体験と粘着しているかどうか。又それに対決する著者のヴァイタリテイの不足ということが、欠陥としてポーズに寄せられ、誠に精緻ではあるが、縫いつぶしの刺繍を見るような印象を与えるのを避けることができなかつたのではないかと思われます。

『光の罠』（手塚久子）は、著者の従来の主題を踏襲した、まだ醒めきらぬ少年のデテールを描いて、非常に勝れていると思います。『夜の花環』『光ある泉のほとり』などの前詩集に比べて、技法の点で格段の円熟をみせているかげには、また観念的な要素が多くなつて、作品の価値を引きずり下そうという見えない触手を私は感じました。私が最も手塚さんに注意を払つているのはしかし、それではなく、何らかの形を持とうという意志が、明らかに感じられることです。それを期待していい詩人だと思つています。

　私は先にあげた『返礼』の富岡さんに、ハイ・テイーンの女性らしさを感じたのですが、古風な女性らしさを思わせる詩集に『この眠りの果実を』（片瀬博子）『かげろふ』（大石紗代子）『不信の手』（小野菊恵）があります。いずれも著者の主体的な実感だけを現実と交わる切点としているのが共通しています。そして更に強く告白しようという意識の加担を受けた作品が、申し合わせたようにすぐれているのも面白い現象です。「妹に」（片瀬）「よしきり」（小野）「くろ髪」「紫葵」（大石）などがそれです。共に、鬼面人を驚かすようなものではありませんが、典雅と幽玄が、閉ざされた世界の中で、鈍く、地味な光を放つていると思います。

　その他『夜の鎖』（斎藤庸一）は、詩集がⅠⅡに分断され、内と外を一つの詩集に収めてあることが、ひどく読みにくいものにしているように考えます。『停車場』（太田浩）と共に、一篇一篇が形をもとうとする動きには興味をもちましたが、感動は少なかつた。二詩集とも、社会的な主題が多いにかかわらず、読後、割合閉塞的な印象を受けました。著者のアングルにも疑問がのこりました。

　橋上舞踏会（小野連司）は、精力的な小野氏の仕事の、ほんの一部分にすぎないが、現代詩人中の奇才といつて、決して言い過ぎではないでしよう。いくつかの既刊詩集と同様、これも、童話風な、フイクショな筋立が、散文の魅力を発揮していると思います。こうした散文と詩の境の書籍を、次々と刊行する詩人は誠に異例で珍重に価する筈です。「橋上裁判」「川と橋」などは、特に著者のユーモアが自然に活写され、りんとした哲学がうかがえて愉快です。人間は誰でも、小野氏の哲学に親しい時期が、長短は別として、あるのではないでしようか。私としては、年令のせいか最近特に小野氏の詩集に親しんで来た。といつても、詩集としての深い感動を受けるわけではないので、それは何か一種のゲテモノ趣味めいた感興にちがいない。他の詩人の詩集を読むときの心構えを放棄してかかれば、この上なく面白い詩集です。実際、ねころんで読める詩集というのは、小野氏の仕事を除いて無いことは驚異です。気楽なおしやべり、そして或る意味では、無責任な詩集の存在は殊のほかたのしいと思います。しかも『橋上舞踏会』は、純粋芸術といわれるバレエを主題にしたことによつて、一層きわだつたものになつていると思います。

　『日本未来派詩集』は、一篇一篇の間に、時間をおいて読むと、すぐれた作品がよく分るのですが、続けて読むと、お互いに相殺し合つてまるで無感動になつてしまう。こうした読者の感想まで含めてかどうか知らないが、冠頭でこのグループの在り方を説明しています〃——その主張を明らかにしなかつた、ということについて、今まで種々非難風評があつた。しかしそれらはすべて的はずれであることは——むしろわれわれは、評者達の、古ぼけた固定観念の残渣を指摘したい〃（はじめに）と。アンソロジーは、グループの記念碑的なものであるには違いないでしようが、しかし外に向けて出版する以上、やはり読みやすい詩集である方が好ましいと思います。それでなければ詩集を出す意義の半分を喪うことになるのではないでしようか。ごく現代的なグループである太郎、次郎の結びつきの薄さを、ここに欠陥として露呈するとともに、私は、現代の詩人のみじめさを突きつけられる思いがしました。デイレッタントとしての結びつきをもつていた往時の同人雑誌が、現代はもはや古ぼけた固定観念でしかないかどうかは、まだ疑問の余地があるように思います。その点『地球詩集』の作品は、同人各自、自由に自己のベースで成果をあげていると共に、アンソロジーとしての、まとまつた印象がのこり、グループ活動の成果にふさわしい詩集だと思います。

　紙面の都合で、一々細かい例示を省いたため、非常に抽象的な感想に終つたことは私として本当に心残りに思います。

1958年4月日20発行
定価　40円
編集発行人　堀内幸枝
東京都新宿区柏木3—446
千葉方　葡萄発行所

葡萄

15

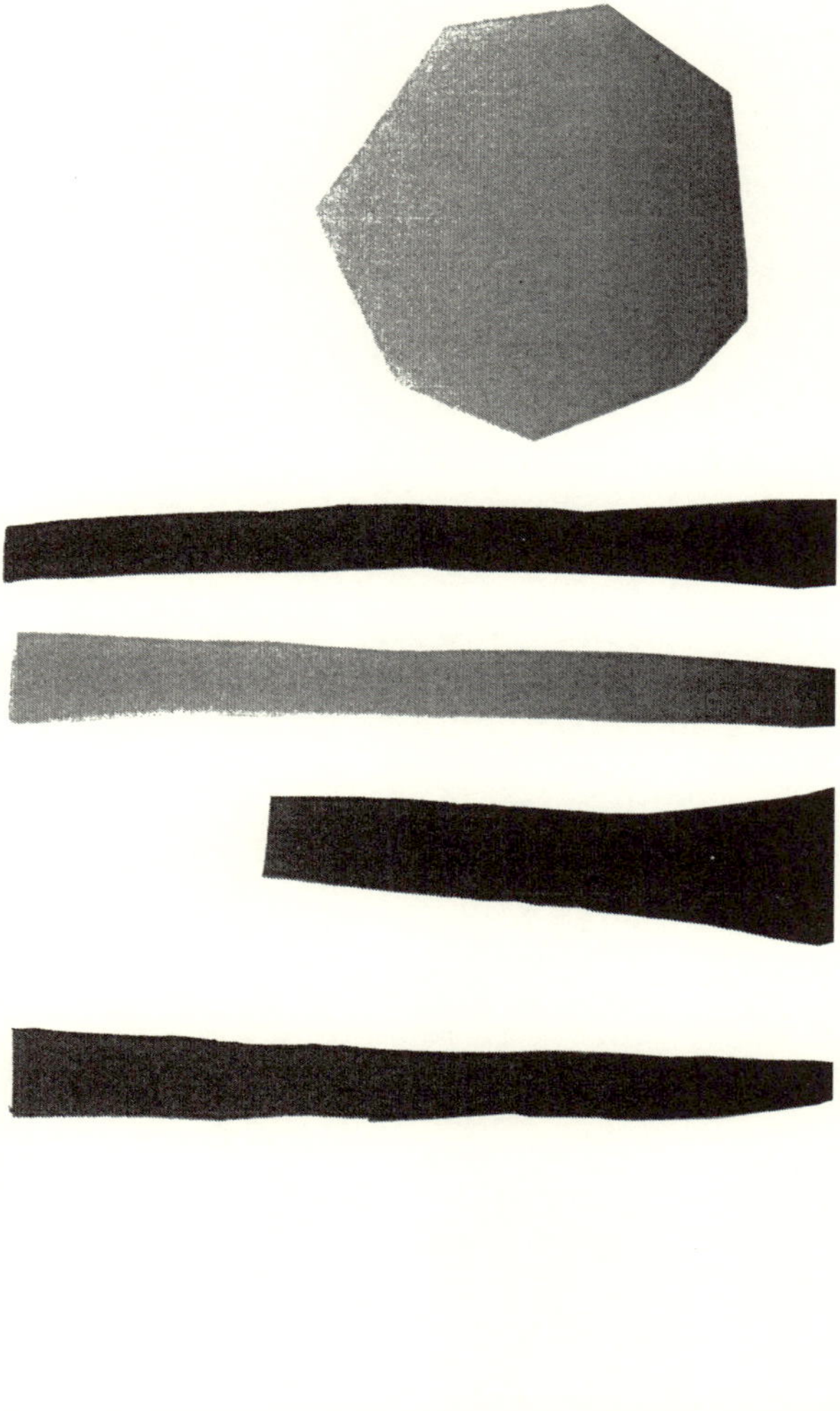

葡　萄

15

1958年11月

午前《あさ》の便り……………………大　木　　実… 2
腕……………………………粒　来　哲　藏… 4
鳥と森と私と……………石　川　逸　子… 6
堰……………………………平　岡　史　郎… 9
夕焼けが私の上に落ちてこようと
　堀　内　幸　枝…10
詩は意匠であるか………大　野　　純…12
メキシコの腕……………関　口　　篤…16
まるで………………………藤　富　保　男…20
次の駅………………………武　村　志　保…22
夜の壺………………………青　木　　徹…24
馬の鬣の中の夢…………志　沢　美智子…26
心うたれた詩集…………堀　内　幸　枝…29
詩集雑誌評………………沢　村　光　博…30
　嶋　岡　　晨
　菊　地　貞　三

午前《あさ》の便り

大木 実

午前《あさ》の便りで　為替に組まれたおかねが送られて来た
私の知らない遠い市《まち》で　私の詩が放送された放送料と　その知らせである
――食事のあと　散歩をかねて私は町の郵便局へさげにいった
そうしてそのおかねで　ピースを一箱買った

冬の日にはめずらしい　おだやかな午前《あさ》である
葉の落ちた並木の梢から　洩れてくる陽ざしを浴びて
煙草に火をつける私のこころも静かで幸福であった
ここ数ケ月　病氣と貧乏に気持がふさいで
私は一枚の原稿も書かなかった

悪いときには——私の尊敬する作家がこう言った
「悪いときにはじたばたしないで　じっとしていることだ」　と
私もじっとして暮らして来た　私の悪いにちにちを　逆らわず焦らずに
けれどもういいのではないか　ためらいがちな私のこころよ
勇気をもって　一歩踏み出せ——

閉《と》ざした私のこころを叩く　優しい合図のように
思いがけない　けさの便りよ
私は眼を細め　美しく晴れあがった十二月の午前《あさ》の空を仰ぐ
そうして大きくひとつ深呼吸する

腕

粒来哲蔵

喧騒の市の背後に夕陽があって、私の前にはその残光がうすく地におちていた。私はひとのながれの行くところとどまるところを知らず、ただ私に背を接し腹を触れる数少ない隣人のだれかれのみを知っていた。彼らもまた何の理もなく、ひたすらに私を押し、自らもまた親しい隣人に押しやられ歩いていた。時折私は、私の袖に触れる白い腕を妖しく覚えた。それはほとんど擦過する一瞬の間に私の頸を向けさせて、たちまち泳ぐように群衆の中にまぎれていった。私の袖にとどまるのは、かぐわしいその隣人の余香、若くはそれがうたった悲歌のむなしさだけだった。ついに私は膝をかかえ、盡きるところを知らないひとのながれのそば傍に坐っていた。事実私の傍をゆくものの行列は、たえず私を辱めた。私はその中に、旧い友人の見憶えのある汚れた指をもとめたり、忘れかけたよくない思い出をきまっておもいおこさせる女の太ももなどを索していた。行列の中にちらちら、私がその中にあって知覚し得たと同じい白い腕がながれていた。そのたびごとに、私はすいと身を起した。ひとのながれは、そのところで突然断ちきられたように消えていて、どこか遠くの方で、不意に楽隊の音がした。私の目の前で行方を失った隣人たちも二、三はいた。が彼らはこの終末を予期していたかのように、思い思いの方向に平静に歩いてゆく。彼らは私に近づくや、さっと身をひるがえして私の背景にとびこんだ。私は彼らの子供らしさにおもわず吹出すところだった。とすぐ目の前で、指揮棒のようなものが振り下されると、私は誰やらにぐいと両腕を抱えられた。まさしくあの隣人たちだった。私の背後から又しても彼らはよみがえり、盡きるところを知らない行列がはじまったのだった。彼らの立ちあらわれるところ、私もまたつねにその中になければならぬ。そして私の休息もまた彼らの権謀のほんの片隅でゆるされていたのだ。私は隣人を押し、押しやられ、ひじをぶつけ合いながら次第に息切れていた。私を囲周する彼らの吐息もまたほとんどあえぐにひとしい。その時私は、この永遠の徒労のはてで、ふとそれに氣づいたのだ、妖しい白い腕が、どの隣人の腕にもきつくきつく絡みついていることに……。

鳥と森と私と

石川逸子

軽はずみな鳥たちは
森から森へぬけ
はしゃいで
櫟の梢にまい上ったり
かたつむりのカラをつついたり
きれいな声で歌ったり
ふざけて栗の枝から糞を落したり
見ている私は胸が痛い
（やがていやな夢をみる予感がする
いやな夢など見たくないのに）

鳥をまもるために
なんにちもなんにちもねずっぱりでいる

意識がどろどろになり
手が手だか足が足だかわからなくなって
森もわからない
あの眞黒いようなばかでかいかたまり
あれが森かしら
にょきにょきと角が生えていて
それが出たり引っ込んだりする
（鳥はどこにいるのだろう
もういやなことがおこっているのだろうか）

死屍を焼いているような臭いが
立ちこめている
森らしい眞黒なかたまりは
ますます大きくなる
焼かれているのはもしや鳥ではなかろうか
鳥たちは私をばかにしていた
でも私は鳥たちを愛していた
（やっぱり行かなければいけないだろう

あのいやらしい森の中に　鳥を救いに）

森のなかにはすきまがなかった
私はたちまちぬるぬるしたものにからまれ
唇からおしりまで押えられ
ぶざまな恰好で動けなくなった
このまま屹度焼かれるのだ
ぱちぱちと火の粉がはぜる音がして
からだじゅうが熱くなってくる
（いまにも燃えそう　いまにも燃えそう）
そしてかっかと火照っている私の両耳を
なにか硬い鋭いものが二、三度つつく
鳥たちだ！
相変らず軽はずみでふざけていて

愛しているよ　お前たちをとても
熱さに身をよじりながら私はささやいた
もう私のための挽歌が森の中で始まりかけていた

堰

平岡史郎

堰は、氾濫の苦い経験の末に築かれた。河の上流《おく》に。
あなたは、何回も失敗を重ねた後に壁をめぐらした。胸の奥に。

おゝかたの時、河には水が少ない。堰は雨をためて、わずかずつ流す。
おゝかたの時、あなたは渇いている。胸に夢をためて、ごくわずか、手に滴す。

時として襲う驟雨は、ポツンとやむ。やんでもなお、同じ激しさの高音《トーン》で、水
は、堰を流れ落ちる。
時として襲うあなたの情念は、ふと、とれる。とれてもなお、同じ激しさで、
夢は、胸をずり落ちる。

夕焼けが私の上に落ちてこようと

堀内幸枝

こんなに気の滅入る夕方
あの焼けつく空の夕焼けはいいが
どこを彷徨いても
いたるところに響き返る
規則正しい時計の音を
止められないか

どこかに
この人間の作った正確な機械を
一気に引裂く怪物はいないか

こんな時　村に大きな地震か
山にすさまじい大火が起きないか
村中の大人という大人は　山へ山へと押寄せ
その後では　家々の時計が

ぼーん　ぼーんと十三を打ち十四を打ち
時には三時から六時を打ったり一時を打ったりしないか
次々にセコンドの音がまのぬけたように
チグハグの音をたて
虻や蝶はこのもの憂い特色のある時間の中を飛び廻り
私は山羊のやわらかい横腹に頭をもたせ
時間への牽引力を失った太陽の熱でも食べていられないか

そのうち村へ戻った人々は
この一角にもはや正確な時計も古い秩序もなく　狂った時計と拍子
　抜けした風景にあきれ果て
一人残らず
他の部落へと移動してしまってくれないか

こんなに気の滅入る夕方
あの夕焼けが私の上に落ちてこようと
私をまるごと焼いてしまおうと
私を出来るだけまのぬけた原っぱへほうり出してくれないか

詩は意匠であるか

大野 純

――様。

突然の便り、失礼いたします。

いったい、詩とは、一つの意匠でありましょうか。詩とはきらびやかな言葉の織りなす一つの意匠でありましょうか。―まことに初歩的な質問でお恥しい次第でございますが――もしそうだとすれば、詩のもたらす感動とは、一たい何でありましょう。一つの意匠の、こころに映ずる幻の影でしょうか。言葉の単なる幻影でしょうか。

第一、詩は普通の意味での言葉でありましょうか。いえ。可笑しないい方ですけど、詩は「詩」である、とわたしは思うのです。絵画が「絵画」であると同じように、です。一まいの絵をみるとき、そこにわたしたちは絵具を見、カンバスの肌を見、ワニスを見るとしても、しかもなお、わたしたちが観るのは、一まいの絵そのものであります。こうした意味で、絵が絵具やカンバスの肌やワニスなぞではないと同じように、詩も言葉や普通の意味ではございますまい。

詩を読むとき、わたしたちは言葉や意味を読んでいるのではありません。わたしたちは「詩」を、まぎれもなく「詩」を読んでいるのです。こころで、いのちで……。そのとき言葉は単なる言葉ではないでしょう。第一、それは言葉ではないのです。ある力で秩序づけられた、詩の有機的な部分でありましょう。それをとり出せば、とたんに生気が失せ、艶がなくなり、死んでしまう、生きた部分でありましょう。心臓とか肺とか、眼玉とか、のように。

いま、「ある力で秩序づけられた……」と申しましたが、その「力」については、後ほど説明するつもりであります。

ところで、言葉とはいのちの言葉だ、とわたしは考えるのです。別に申しますなれば、詩とはいのちの声である、とわたしは考えます。詩は感動を精密に、幾何学的に、理性的に、描き出すのではなく、いま「感動」という言葉を便宜上使いましたからそれを利用しますが、詩とは感動そのものをうたうものでありましょう。感動そのものとはいのちであります。いのちに他なりません。かくして、詩はいのちの声、さらに申せば、いのちそのものであると申せましょう。

樹木はその枝ぶりや葉の形・色で美しいのではなく、天をめざして伸びる樹木のいのちのゆえに美しいのです。花はその色や香りのゆえに美しいのではなく、花そのもののいのちのゆえに美しいのです。果実はその裡らにいまだ生れざる可能性をもつゆえに美しい。その可能性とはいのちの証しであります。そのとき、樹木は樹木そのもの、花は花そのもの、果実は果実そのもの、であります。枝、葉、色、香、なぞは、フィジカルなる、意匠に過ぎません。庭の植物よりも野生の植物、たとえば北国のポプラなぞ、の方がはるかに純粋で美しいのは、彼らが意匠ではないからです。樹木であることによって、彼らは天への梯子だからです。純血種の犬よりも野良犬の方がむしろ純粋で美しいのは、彼らが意匠ではないからです。野良犬であることによって、彼らは天使だからです。

ハコベの小さな花。トンボの眼玉。シダの緊み。トカゲの冷えた腹。西洋梨のような女のお尻。etc、etc。

詩はこうした意味で、野生のもので在らねばならないのではないでしょうか。詩はつねにいのちそのもので在らねばならないのではないでしょうか。野生という意味は、ですから、いわゆる普通の意味での barbare ではございません。野生のいのち、あらわないのち、素直で、単純で、原始的ないのち、その初めからそうであったいのち、伝統としてのいのち、いのちそのもの、の謂であります。

——様。

わたしはそうした詩を書きたいと存じます。わたしはいのちの声を書きとめたい。いのちそのものを示すために……。下手であってもいい。一たい、上手とか下手とかの評言は、意匠に対するものであっても、決して作品そのものに与えられた評言ではございますまい。わたしは、いのちの声を書きとめたい。そして、それはおそらく、厳しき自我との斗いによって可能でありましょう。

——いや、あまり己れのことにかかずらわないように注意して、筆を運びましょう。まだ、死んだ恋びとがやって来ませんから、それまで……。

詩は意匠ではなく、いのちそのものだ、とわたしは申しましたが、このことは裏返しにすれば、ユマニスムにつながるものと考えられましょう。ユマニスムが、いわゆる zu Grunde gehen であるとすれば……。

ユマニスムは、思うに、恐らく人間の精神的危機に直面したときに、強くもり上ってくるイデエの潮でありましょう。そして現代の途方もなく膨らんだ知的富を抱いて断崖のうえを危っかしく歩いてゆく故郷を失った人間の精神にとっては特に要求される倫理的なイデエでありましょう。

一たい、ユマニスムとは、人間を擁護すること、そしてその苦悩だとか悲哀だとか絶望だとかを、身もだえて訴えることであるよりも、人間を真の故郷へつれ戻すこと、いいかえればその本源に帰ること zu Grunde gehen、いわゆる存在の回復であると申せましょう。荒地にうごめく傷ついたものたち、破壊されたものたち、孤立したものたち、物質文明、機械文明のなかで帰るべき土地を失ったものたち、に、ひそやかな新生の風を送り、終りのないし喪失の世界から、大いなる手で、始めのないし回復の世界につれ運ぶことである、と申せましょう。大げさにいえば、それが詩人の倫理でありましょう。

樹木は「樹木」のゆえに美しい、花は「花そのもの」であるゆえに美しい、のですが、それは、樹木は樹木であるとき美しい、花は花そのものであるとき美しい、という意味であります。その「とき」とは何でありましょうか。樹木や花が、樹木そのもの、花そのもの、となるときであります。「なる」とは、申しあげるまでもなく、ものが自分の存在の根源に立ち帰るときであります。「なる」とは、zu Grunde gehen であります。樹木が、たとえば松が本来の自己の存在、つまり松そのものになるということ、松が松になるということ。それをわたしは métamorp hose ではなく、transfiguration と呼びたいと存じます。それでは、transfiguration は、どのようにして可能でありましょうか。つまり、なるときの「とき」とはなにであり、それはいつであるのでしょうか。ここに、自我の問題、が出てくるのです。

ものが zu Grunde gehen するとき、transfigurer するときそのときはまた、そのものに対するもの（私）が transfigurer するときであると考えられましょう。ものが transfigurer するとき、私は transfigurer するのです。ものが純粋な自己の存在（いのち）を獲得したときは、私もみずからの存在（いのち）を獲得したときであります。私がみずからの存在を獲得したときは、また、ものが自己の存在を獲得したときであります。それは別な言葉で申しますなれば、真の故郷の発見であり、真の「自我」の創造のときであります。それはまた、詩人が実存の岸辺でいのちの声をうたうとき、詩がいのちそのものであるとき、詩が「詩」であるとき、であります。

――様。

こうした transfiguration のときは、どんな風にして現れ**るのでしょうか。詩人におけるユマニスム、詩人の倫理などど**んな風にして可能なのでありましょうか。

そうした「とき」とは「見るとき」ではないか、とわたしは考えます。「見る」……。何によって「見る」のでしょう。ものと詩人（私）を一つにするもの、ものがものそのものとなり、詩人（私）が詩人そのもの（自我）となるためのもの、とは何でありましょう。

先に申しあげてしまえば、それをわたしは「オルフォイス的詩精神」と呼びます。ですから、詩を支えているものは、この「オルフォイス的詩精神」であると申せましょう。

もの本来の姿、つまりあらゆる概念と属性をとり除いた、純粋な、そして自由な、ものの存在を見るためには、生の世界と死の世界とを自在に行き来し得る風の精神、オルフォイス的な、さらに申すならば実存的な詩精神が要求されると思われます。なぜなら、ものは、あらゆる存在物は、生の側からのみ見られるのではなく、それと同時にそれを通りぬけた死の世界からも見られねばならないからです。このことは自我 le Moi と無 leNéant の問題なのですが、これは別の折にお手紙するとして、きょうは生の世界と死の世界ということを挙げておくだけにしておきます。

このオルフォイス的詩精神は、そのゆえに、みずからも含めたあらゆるいのちに触れ得るのです。いのちというものは、元来、生死を超えた伝統的構造を示すものです。ゆえに、かの詩精神はあらゆるいのちに触れることができます。現存するいのちだけでなく、祖先のいのちにも、またさらに獣や鳥や魚たち、樹木や花や星たちのいのちにも交感しあえるのです。しかもつねに地上の自己のいのちの領域において、です。これは「愛」と呼ばれ得るものかも知れません。この交感のときこそ、ものが、そして自己が transfigurer するときであります。

この実存的な自由の眼すなわちオルフォイス的詩精神は、ものを見る、ことによって、ものそのものを見る、ことが出来ます。つまり存在を獲得したものたちの生きる世界を創造することができるのです。それが、フアンテジイの世界、であります。

詩人が、たとえば一つの花をうたうとき、彼は散った花びらだとか、色をもたぬ葉だとか、きなくさい香りをうたうかも知れません。しかしそれは花そのものをうたっているのです。そしてそのとき詩人は、自我、をうたっているのです。そうでなくてはならないのです。それは、いわゆるレアリスムではありません。なぜならレアリスムは生の世界のものです。生の世界のみがいのちの世界とは限りません。現実とは限りません。

星が真の「星」になるとき、それはとりもなおさず、自我が真の「自我」になるときでありますが、それを包み支えるものがオルフォイス的詩精神であり、そこにフアンテジィの世界が創造される、とわたしは考えます。こうした、見る、ということには、ですから、当然、メタフィジックが内包されて来ましょう。オルフォイス的詩精神によるメタフィジック詩。それをわたしは真剣に考えるものです。それでなくて、どこに詩の存在理由がございましょう。たしかに日本では、日本的思想風土において創造されにくい、メタフィジック詩は歪んだ自然主義文学思潮によって、一そうの困難さを与えられているようです。わたしはそうした思想風土のなかでそれを育てたいと願い、育てなければならないと考えます。

ところで、メタフィジックなオルフォイス的詩精神、ないしフアンテジィということは、別に申せば、想像力である、といえましょう。先に、わたしが申しあげました「ある力によって秩序づけられた……云々」の「ある力」とはこれであります。（因みに、「秩序」とは詩形式の問題とは直接の関係はございません。）

想像力については、エリオットの「聴覚的想像力」という可笑しな語の説明に、何らかの示唆があると存じますので、退屈でございましょうが、書いてみます。

「私が聴覚的想像力と呼ぶものは、シラブルとリズムへの感覚、それは思想とか感情などの意識面から遥かに深部に透入し、一つ一つの単語に生命を吹き込み、遠い過去に忘却せられた最も原始的なるものの底に沈み、根源に還って何ものかを持ち帰り、始めと終りとを探し出す感覚のことである。もちろん、それは「意味」を通して作用する。普通の意味での「意味」も無用というのではない。かくして昔のもの、消えようとしているもの、古臭いもの、いま通用しているもの、新しいもの、意表の外に出るもの、最も古代的なるもの、そうしてまた最も尖端的な文明の心性――これらのものを一つに融合する感覚なのだ。」

「単語に生命を吹き込む」ということが一ばん問題となりましょう。この「生命」とはわたしの申しあげた「いのち」であり。「単語に生命を吹き込む」ということは、またオルフォイス的詩精神によって可能だと思います。

こうした想像力が、たとえばサルトルの「非現実的存在としての半獣人（サントール）の姿をあらわすためには、世界が半獣人のいない世界として把握されることが必要である」というように、いかに厳しい現実認識を要求しているか、お判りいただけると思います。オルフォイス的詩精神はこうして厳しい現実認識を基盤として、それを超えたところにあると申せましょう。

――様。

詩とは、意匠ではございますまい。いのちの意匠ではなく、いのちそのものでありましょう。詩が生れるときは、私が真の自我になるときです。それは自我の創造を意味します。

わたしの幼稚なる珍説を最後までお聞き下すったこと、感謝いたします。語れば長いことながら、レター・パッドもなくなりましたし、それに待ちこがれていた恋びとが窓から忍んで参ったこともございまして、ここで灯りを消すことにいたします。

メキシコの腕

関口篤

数年前にメキシコ展というのが開催されて、それを見て以来僕はそれまでのメキシコ国に関する漠然とした感じ方をあらためねばならなくなった。どの民族でも、自分の国と或いは自分の生活と直接にかかわりのない遠くはなれた他の民族に対してはなさけないほど無知なのは当り前のことで、例えばストックホルムの商事会社員が「東京という街には地下鉄ってあるんですか」と質問したとしても、あながち彼の不勉強をとがめることは出来ない。「羅生門」とか「無法松の一生」が国際的なメダルを獲得すると、そういう箔のついた映画に描写されたものがジャパンそのものであり、ジャパンのすべてであり、日本人のものごとの考え方だと、特殊な例を除いた一般的な外国の観衆がうけとるのは想像にかたくない。それと同じように僕のメキシコに関する漠然とした印象というものも、「情熱の嵐」や「狂熱の孤独」などメキシコ映画ではないが、メキシコを取材にとりそこでロケをしたと思われる映画を通してでしか過ぎなかったとしても大して不名誉ではないわけだ。前者ではロッサナ・ポデスタの演ずる野性的な美女をめぐるたくましい二人の男の葛藤、と云えば安手なキャッチ・フレーズになるが、そこで特徴的なのはセリフのやりとりの殆んどない、むしろ魯鈍という形容詞さえあてはまりそうな知性の欠除と、おきまりのぎらぎら直射する強烈な太陽、それからソンブレロとかいうつばの広い帽子を少しあみだにかぶった男達の何が目的で生きているのかわからない無為感、それでいて妙に生息い生命への本能的な執着、などであった。「狂熱の孤独」は評判になった映画だからおぼえている人も多いと思うが、その全体を流れる基調音は「情熱の嵐」と全く同じバスで、アメリカの西部劇に出てくるようなガタピシした酒場で昼間から酔っぱらい、でたらめな踊りをおどることしか能のない男の何とも救いようのない虚無感に画面の大きなウエイトがおかれていて、将来の健康を幾分かは暗示させる結末も殆んど記憶にのこっていないような作品であった。

この際云っておくが、アメリカの西部劇につきものの酒場の場面がでてくると僕はやりきれない憂鬱におそわれる。いい若い衆達が真昼からうす暗い酒場でごろごろしているのからしてあまり上等の国ではないし、彼等のいちように黙りこくっておどおどした表情を見ていると、かのフロンティア・スピリットとやらはどうしたんだと云いたくなる。僕はどちらかと云えばアメリカびいきの方だから、ジョン・フォード氏よ、もう少し作りようもあったんじゃないですかと余計な忠告もしたくなるのだ。

それはそうとして、こういう映画によって印象づけられた僕のメキシコ観というものは、それはそれなりに意味をもっていたし、さまざまに衣しようを変えて僕の書く詩のなかに登場せしめたことは事実でもあるのだが、あのメキシコ展は僕のもっぱら印象にもとづいた認識を根底からゆりうごかした。

それは、その時はじめてすでに世界一流として知らされたリベラとかタマヨの西欧的な繊細なタッチではなく、これも記憶している人が多いかと思うがシケイロスという耳新しい名の画家が縦一米、横一・五米（或いはもっと大きかったかも知れない）程の画面に左上から右下にえがいた一本の太いあらくれた、黒味のまさった茶褐色の腕であった。手の甲の側を画面に向けた五本の節くれだった指は何も握ってはいないのだが、何かをかたく握りしめることを祈禱するという形で内側に折り曲げられているのである。この厚く盛りあげた画面は明かに西欧的な想像力とは異る世界に属するもので、比較の可否は別として、この祈禱という主題に通ずる西欧の画家は僕の知っている範囲では「叫び」という作品で知られているムンク、それからルオーしか思い出せない。本来、祈禱という行為はパッシブな要素から成り立つのであり、ムンクやルオーにしてもそういう意味での哀訴にみちた祈りを見る人の心に深くしみとおらせる画風で際立ったキャラクターを形成していると云って差支えないだろう。

しかしシケイロスの祈禱は別のものであった。それはアクティブな意志につらぬかれたものであり、そういう現代のトータルな形の生き方に密着した思想とも呼ばれるべき要素が欧米に於てではなく、比較的未開な後進国と（少くとも僕自身には）思われていたメキシコの一画家によってその宿るべき肉体をあたえられたという厳然たる事実は、あの「情熱の……」や「狂熱の……」のメキシコに意志と呼べるべき実体があったのか、というはなはだ間の抜けた発見を一足とびにとびこして、僕にとってはひそかにして且つショッキングな発見であった。

近代、それをわれわれは如何に定義すべきなのだろうか。それは、十六世紀末以降から突然変異的に輩出した各分野の超秀才達によって提出された、人間に関する新しい解釈の方法、それによる人間の権威の確立、生産手段やそれにともなう経済機構のめざましい改革、政治形態についての新提案、このさまざまな生活の底辺の激動が必然的に要求した闘争手段の進歩などであった。という味もそっけもない並列的な解説は、いやしくも文明批評家と名のつく人間であればこれまであきあきするほど書いてきたことだからそれほどの珍説でもなさそうだが、この近代以降約四百年間、さまざまの華麗なモチーフを展開して奏されつづけてきた一大ソナタの低い音域で、或るときはせせらぎがささやくように、或る時は慟哭する悪魔のように流れてきた左手の伴奏は、如何にすれば人類は「救い」に近ずけるかという悶えに似たものであったと云えば、あまりにも原罪論的な運命論者的な遁辞ということになるであろうか。しかも僕の考えによれば近代が終末した現代では、右手はかなでるべきメロディをほとんど失いつくし、左手の伴奏のみがこれまでの如何なる時よりもフォルテイシモでわれわれに迫っている徴候が歴然とあるのである。

近代は如何なる特徴を失うことによって終末し、それにとってかわった現代はその如何なる点で近代と峻別されねばならないか。

近代というものを一言で云えば、前述したように人間の権威の確立であった。古代中世を通じて人間を支配しつづけてきた密教的な「神」という観念が、自然科学の成長や実証主義に基く合理主義精神によって置換えられ、新たに人間その個人個人が世界の倫理の中心として考えられるようになった時代であったと云うことが出来る。

しかし今日ではその特徴はようやく破壊されようとしている。人間はもはや世界倫理の中心ではなく、その主体者としての地位を急速に失いつつある。それを文明の発達の当然の帰結とみるべきか、或いは人類のかくあらねばならなかった正常な意志の歯車の微妙な設計上の誤差によるものであるとうけとるべきかは別として、現実には人類は古代中世に於けるように自己以外の権威に対して殆んど無力な微小な存在としてしか自己を発見できなくなっているのである。君も僕も一発の水素爆弾を任意に避けることは不可能である。人間の運命は共同のものとなりつつあり、われわれはその共同体の一員であるという資格においてしか、如何なる保証もあたえられていない。思えば皮肉なことになったものだ。

近代において長い暗黒時代の末、その間には幾多の流血の代価という形においてみずからの権威をうちたてた人類は、自分の頭脳によってつくり出したかっての隷属者によってその王座をとってかわられたわけである。しかもこの王座を奪還することは、地球にこの次の氷河期がおとずれて現在の人類が絶滅するまでは先ず不可能と思われる程、われわれの新しい主権者は強力なのである。

この現代の怖れは、それが内在的であるという点で古代中世のそれと異っている。

原始の人々は星の急激な出現とか日蝕、雷鳴、洪水などの天変地異、或いは疫病の流行など、いわゆる外在的な要素によってみずからの微小感を思いしらされ、全能者という認識をそういう自己の生活倫理の周辺から自然に発生せしめたとも云えるわけだが、今日は人間自身がみずからの発明によって、みずからに再び微小感を強いつつあるのである。つまりかっての外在的恐怖を征服した当の利器により、今度は新しい怖れを自分の頭脳で生み出してしまったのである。人類はひさしをかして母屋をとられたばかりでなく、その忠実であった飼犬に致命的に手をかまれたわけだ。

しかもそれが人間の頭脳でつくり出したものであるから、最近大して珍らしい風景でもないが、プラカードなどをかつぎ歩いて水爆禁止オイチニオイチニをやればいいちゃないかと云う根拠も成り立つかもしれないが、現代の人類がその生きるエナジーを次代にひきつぎこれから数千年も数万年もこの地球上にその生存を保ちつづけるには、熱量の新しい創造ということは正に至上命令であると云いうるだろう。

とすればこの現代の怖れは避けがたく、われわれはその中で生きねばならないのであり、たとえ条約などで禁止することができたとしても、われわれの背後にあるその本質的怖れはどうすることもできない性質のものである。

近代が終末したと云い得る理由はこゝにあり、短い期間ではあったが人類に栄光をもたらした近代の如何なる思想をもってしても手に負えない時代がすでにわれわれの周囲ではじまっているのである。

人類の歴史の底を流れ又それを支えてきたものは「救い」に近づこうとする悶えのようなものであった、と前に書いたが、そうすればこの現代を救い得るものは何であろうか。それを僕は祈禱の如きものではないかと考える。これがシケイロスの腕から直観したこの小論の結論でもあるのだ。

その質こそ異るが、怖れが存在するという点においては現代は近代よりも古代中世に共通している。人間がその怖れと微小感から脱却するためには極めて偉大なものを考えねばならない。再び「神」を身近かに感じなければならない時がわれわれには来たらしいのである。しかしそれは古代中世の人々のようにその前でひれ伏すという形においてでなく、あのシケイロスのえがいたメキシコの腕のように「神」を意志的にとりかえすという形においてなのである。人類の将来を希望という言葉と結びつけるものはこの態度のほかにはないだろうということを痛感するのである。

まるで

藤富保男

これは偉大な円である
何もその中にはない
ようだけど
あの人がどこか抜けている
ような顔であるような　ないような
ええ　あれは河馬の顔である

これは巨大な円である
別段に深くも晴れてもいないが
この円の中には鬼がいた
かどうか
あなたは何を考えてるんだ
これは石けりの輪だ

この漠大な円
これは船の欠呻だ
その黒い煙する輪だ
と思うだろ
それはOであるか大鼓る大鼓か
それは謎っている
か

これは極めて円で円的で
それは歴史の窓だ
とかいう　いかめしい嘘
である犬の尾である
禿げ上った丘のような腰
であるのである

そして
これはまた何と円であろう
円円とした円で
そうでありました　というような
形の
丸で

次の駅

武村志保

夜がふけると
きまって驟雨があった
すると羽をばたつかせ
障子をたたく蛾がきゅうに多くなる

明るい部屋の外で
苦悶するこの音をきくと
わたしはいつも吐きたくなる
たばこの吸殻のようにわたしの内蔵を

たえずわたしの内部をいっぱいにしている
どろりとした塊
出口も入口もない壁に
体あたりしていらだつ蛾を
ぐっと吐きだし
きみらや

わたしが痛めた
神經の絹糸をしゅーっとぬく

そしたらもう
三本立の安映画館で
つくりごとの人生のこまぎれに
泣いたり笑ったりした
ごまかしの時間もいらない
空白のスクリーンに眼をそむけて
終るが早いかそそくさととびだす
あのぶざまな恰好も演じなくていい

さわやかにがらんどうになった体
そんな体に風を入れながら
ひとおもいに次の駅に行こう
心にしみる夜蟬の声は
この葬式にふさわしいじゃないか。

夜の壺

青木徹

夜の壺よ、
匂ひやかな深い重さをそこにたゝへ
置かれてあるといふよりは
存在してゐる空間の確かさを
みづからの中でしづかにつなぎとめてゐて
限りなく微笑してをり、
僕の生命を、魂を
まだ明けやらぬ天空へと
羽搏かせようとしつゞけるもの。

虚無をみつめる眸の様なその口が

沈黙の言葉を僕に語りかけ、
僕とお前の
距離はいつしかせばめられ
僕はお前の内側に包みこまれてしまってゐる。

夜の壺よ、
手でふれようとしてみても
ふれることさへ出来ないもの、
生はその内側ではぐくまれ
僕たちにはその大きさがわからない。
僕がお前の中に眠り
その時に僕の傷心は癒やされる、
お前は僕を捉へてゐて
いま僕はお前の部分でしかないのだから。

馬の鬣の中の夢

志沢美智子

エエそうです、私は顔の人とはじめて逢ったのです。最初、その顔は何とも云えない南国の良い匂をして遠くから夜風に送られてきました。（夕暮、花の匂が疲れたように窓の外から部屋の中へ入ってくるように。）それで顔の匂を運んできた風は私にその匂の持主を想像させるほど巧妙な誘い方をしたのでした。カタリ。その顔が樫の円テーブルの私の向い側に静かに坐った時いよいよ私は視ることができたのです。細長いふっくらした美味しそうなカステーラ色の美男子を。

「ドカ　ヨロシク」騎士は成熟した五月の野のビール麦のように礼儀正しく眞中から北と南へ光って風になぎ倒されている美しい頭髪をさっと振り上げた。鬣のような剛い黒茶の髪がばらばらと離ればなれになると、朝日が深い霧を動かしていってものの形をあらわに示すのに似てしかと解らぬ若者の額が震えるように戸惑うて現れました。

私は発見した、思いもかけず知ってしまったのです。大きかったのです。そのひとの顔は大きかったのです。北海道の土地のように。マグデブルグの塩山のようにがっちりとして途方もなく。嗚呼大きすぎる顔。私の予期しなかった面積、それが憧れの形であったのか……。私が細くてヒヨコの背中みたいに想っていた**顔は実用的な顔だったのです。**

（私の瞳に映る顔は私の好きな色たちでかがやいていなければならなかった。）

私は今日からとうしたらいいのだろう。

あの細い美青年の首をどの天井にぶる吊げたらいいだろう。

廣い顔に見覚えはなかった。広い顔の中心にくらい穴があき未知の川が死のように豊かに流れ出ていた。今から私はどうしたらいいのだろう。

ふと　私は顔のひとは一人で坐っているのではない　ということに気付いた。そう、顔には顔よ。顔の友人達が顔のひとに付き添っていた。どの顔もみな誇らしげに揺れていた。一番隅に坐っている小さい顔が欠伸をしようとして一寸右を向いたら、顔の幾つもの友人たちは次々とぶつかりあって前後左右に不安な面持ちにゆらゆらゆらゆら揺れてしまって仲々首が元の位置に帰らないで困るのだった。階下からワルツが鳴り響いてくると、かれらのてながざるのような長あい腕が伸びてきてテーブルの上のレイを実にゆっくりと首に欺めるのです。カーペットの方で踊ろうぢゃないか　と云うと口々に不思議なけむりを吐いてふわりふわり揺れだすのです。

ひとり　かの騎士は右手で他人の髑髏を胸に虚し気に抱きしめ、左手はフォークで鶏の股をつっついたりウイスキーの角瓶をポケットから出して切なく唇に押し当てていたりして。

ワルツはなおも鳴っていました。

広い顔のひとがさっきから私をじっと視ておりましたので視線は何故かくっきりときびしく私の胸を射て私の背中へとつき棘さっていました。そういうときには私の十本もある指を如何に組み合わすべきか、極く淑女的な条例に関しては私は無知でした。てんで解りません。おまけにそのときの顔が私に示した意味が私にはどうしても理解できないのだ。私は顔のひとを私のムラサキの魂に激しく感じることしかできなかった。私は雨のように想っていた。背中にかの騎士を。そう想ったとき私は何故かかなしかった……。

ワルツはいつか馬の遠い嘶に変っていた。ランプに照らされた古風な壁は硝煙とともに音もなく崩れていく。ワルツと馬の嘶と壁の隙間でぽんぽおん　ぽんと跳ねてまだ踊りが絵のように淡く続いていた。やがてはっきりと崩れ落ちていく壁の上を遠く遠く本物の馬の嘶と走ってくる鮮々しい蹄の気配がした。

もう何処までがサロンで何処からがくらい百合の野原なのか解らない。鬣をつけた仮面の顔のひとがもうもうたる青い噴煙の中で、風がざあっと吹き湧く毎にぽっかりと浮び上るのだ。嗚呼。私はさっきの幾つもの顔の連中のように間もなく誰かの大きな手によって形も無く、無くされてしまうのだ。そのことが私を深い恐怖でいっぱいにした。

私は無くなるのはいやだよう。私は馬の嘶の中を　鬣の道の中を　ただあのひとのところへとお逢いしにいくんだよう　私は在るんだ　イヤ！イヤだ無くなるなんてイヤだよう。

ヱエそうなの。私を次第に精魂つきさせ、重たい巨きな波が私をしめつけてくるので、救われることも慰めもない絶望に巻かれ暗黒の入口から更にその奥の悲しみの方へ、私の声と私とは　つう　と離されて　いってしまうのでした。

心うたれた詩集

堀内幸枝

笹原常与詩集「町のノオト」

笹原さんの「町のノオト」が出た。私は笹原さんの詩集を首を長くして待った一人である。

　笹原さんは今日の詩人達がザラザラした触覚で、人工衛星、社会問題と外部現象に心を奪われている時、ひとりその空洞を埋めるに足る内向的位置に立って魂の声に聞き入っている。

　ここに見る一見弱々しくも思える抒情性が、存外強い浸透力を持っているのは、何時の場合も優れた詩の示す特色でもある。

　この中の「風」「道」「地層」「路」に現われた道のある風景……。それは私達が目を閉じると（誰しも幼児期に一度出会って生涯、人生の抒情の底を支える風景が）はからずも大人になった或る日、夕日さす薄い窓ガラスに意識下の流れとして蘇えるように、幼児の感受性がこわされずに捉えられている。たとえば「路」の

　もう帰ろうと思いながら　人は路のはずれへさそわれて行く　深い空だけをのせている坂の向う人さらいやサーカスで見たトラホームの女の子などのいそうな風が曲ってくる曲り角の向うに　けれどもそこまで行ってみると　坂の向う曲り角の向うに続いているのは　もう一つ先の坂へせりあがっている路だけ　もっと沢山の何かをかくしていそうな変に明るい曲り角だけだ　何処まで行っても路の先があるそうして人は知らず知らず帰り路から遠ざかっていく……つづく……

　この作品が「葡萄」へ送られて来た時、私はどんなに深い感動にくるまれたかしれない。笹原さんは現代詩の流行や飜訳詩の影響にとらわれず、自身の中に流れる素朴な情感に耳を傾け、この体温であたためられた風景がどうして読者の心をとらえない筈があろう。

　嶋岡さんが後記で「せっかちな読者はつい聞きもらしてしまうかもしれない。それゆえ誰にもない笹原常与の世界を確実に存在させているのである」――と。

丸山豊詩集「草刈」

　九州出身の詩人、安西均、谷川雁、川崎洋、その他多くの詩人にさまざまな形で影響を及ぼしたと言う丸山さんの深い作品に接するのは楽しみである。

　丸山さんの詩は秋の野に一人、農夫の鎌をふる、あの厳然な姿勢を示している。

　この人の作品は感動のうわずみでなく、深い地下茎から吸い上げた（人生の風雪にたえた）大人の感動だ。

　ここに見る言葉は圧縮された情感の原質であって、読者の頭に入ってから始めて際限なく、その詩情をひろげていくと言う、きわめて濃度のこい表現をとっている。

腰塚国武詩集「明日の無い風景の中で」

　腰塚さんの作品は感覚的、絵画的で、絹のような肌ざわりを持っている。

　この人は言葉や意味の説明を極力伏して行間に鮮明にイメージを定着する面白さは、現代詩の失っている尊い要素をにぎっているようだ。「ある夜のすこしの時間」の始めに

風のように
しかし　それは風ではない
目をつぶらねば聞えぬはずの声であった
光のように
しかし　それは光ではない……つづく……

　これらの言葉の裏側にひそむもの、その言葉の余韻で作り上げる内部風景こそ腰塚さんの詩の味ではないだろうか。

詩集評

沢村光博

この頃、貰った詩集を読もうとする度に、こんな風に思う。「この人は、どうして詩集を出す気持になったのだろう」とか、「この人は誰にむかって表現を企てたのだろうか」とか。僕はそういう疑問に、それらの詩人がどういう風に答えて呉れるかに、興味をもって、詩集を読むわけだが、その答えがすこしも判明でない時は、憂鬱になり、徒労を感じる。表現者としての自覚の深さや方法の秘密に読者として参入できる喜びなしには、僕には詩的感動なるものは元来疑わしいものなのである。だが、そんなことを今此処で、改めて書く余裕はない。編集部から送られた四冊の詩集に、雑感を述べるにとどまる。(順不同)

坂本明子詩集「地に臥す」では「償いのうた」「予感を頼りに」などが面白かった。この詩人の作品は、比較的論理的で、それはよいのだが、屡々その論理が常識的なので、つまらぬ人生感にちかくなり、むだな感傷がつきまとう。情感の豊かさ、新鮮なイマージュの発見、詩的思考のねじれなどに乏しい時は僕は面白くない。前記の二篇は、その点僕をだいぶん満足させて呉れた。「地に臥す」という詩は、もっとひろい原罪感にまでたかまらないかぎり、あくまでも、或る状況にいる人間の、或る人生感のタイプでしかなくなる。「鉄の手」の実体をもっとつきつめて凝視すべきではあるまいか。とにかくここには不思議な程、運命との違和感がない。

磯村英樹詩集「生きものの歌」は最初の二篇が面白く読めた。「冬の夜の神話」と「乳房と神」である。この詩人は物語性をもっており、「冬の夜の神話」にだいたいそれが成功している。ロレンス風のイデーはここでは凡庸化しているが、感覚的なレトリックが救っているのだ。「乳房と神」の着想は感心したが、最後の四行は、平凡なオチだと思う。僕がこの詩人に望むのは、ありふれたヒューマニズムへの依存ではなく、もっと尖鋭な、きびしい叛逆精神をもつことである。

山本竜生詩集「はじめての少女」には「九つのソネット」「九つのソネット以前」の十七篇が収められている。「四季」派の直系であり、立原道造、野村英夫、津村信夫等の影響が濃い。僕はこの人の「はるかな時間の上で私は小石を弾いていた」という風な詩句にちょっと心を惹かれるのだが、その後ですぐ安易に自然に救われているポーズをとる作者に、ひどく心細さを感じる。僕はこの詩人に鷲になれとは決して望まないだろう。しかし影響された前記の詩人への、作者独自の批判が、もっと作品のスタイルにあざやかに浮彫されてこなくてはならぬと思う。

石川宏詩集「海からの風」は生活的な現実感に支えられて、抒情の秩序を築こうとしているが、作品を全体として眺めるとかなりばらばらな感じをうける。僕に比較的好ましかったのは、「坂」「鳥影」「幻」「霧の人」などの、清潔な知的抒情のめだつものである。この詩人は、屡々、非常にナマな言葉を使って平然としているようなところがみえる。詩集全体としても、もっと構成を考えて、それぞれの作品に適切な場所を与えてやりたかった。

この四冊の詩集のうち、後三冊は、抒情詩であるが、「四季」派的な抒情のテーマが、まだ十分に批判的に整理されずに、中途半端のまま引継がれているように感じる。結局それが、僕には物足りない部分として、心の中に残った。

評価街ゼロ番地

嶋岡　晨

（詩人Wの手帖から）

栃木県詩人選集（一九五八年）

栃木県の代表的な詩人たちの作品を集めたことになっているが、岡崎清一郎ら「貴重な存在」が欠けていることはやはり惜しまれる。また県内現住の人だけでなく県出身の人に優秀な仕事をしている人がいるだろうからそういう人たちも含めたらよかったと思う。県単位で詩集を出すという企画には、純粋に詩集としての意味よりもむしろ県の文北資料的性格を帯びやすいから、そこのところを徹底させていっそふんだんに県関係詩人のアンデパンダンないしは大から小まで全県内詩人の集合というかたちにすれば面白かったのではないか。もっと政治的に動いて県の援助をもらうという手もあるはずだ。様々な詩人間の対立意識や準備不足のための悩みはあったであろうが、もっとすっきりした詩集にできたはずだと思う。三田忠夫の栃木県詩壇展望はそういう読者のふっきれない気持を要領よくなだめる仕掛になっている。これを読むとどこの土地もずいぶんたくさんなメダカ的詩誌が泳いでいるものと感心させられる。そうしてきっとメダカの親分が相変らずいばっているにちがいない。そんな考えをふりすてて一人一人の詩人をこの選集から切り離して眺めてみると、案外立派な態度を作品に示している人々が多い。集中、鈴木正和、高内壮介、三田忠夫、吉沢恭一郎の諸氏の作品にはすばらしい輝きがみとめられる。

田井中弘詩集「古式な抒情」（思潮社）

大正十四年生れの著者が「文芸首都」などへの投稿時代を経、戦火をくぐり生きのびて地道に詩作を続けてきた、その歳月の積み重ねから生れる祈りのような詩集である。「花鳥風月を詠嘆的にのみ歌う抒情を排し、人間性や知性を論じ、その事に或る満足さえ覚えた私であったが、今は渾然とした詩調を望む」と著者は語る。どの詩篇にもさすが年期をかけた言葉のツヤの美しさがこぼれていて、その背後にひそむ厚ぼったい思念には読者の共感を十分に誘うものがある。しかし全体に、どうしようもない疲労感が汗のようににじみているのを感じる。そしてそれは決して詩の意味ある効果ではない。「古式な抒情」という長詩につけた—或いは感傷的な青春の回想—というサブタイトルは決して自嘲ではなく、人生の坂道のとある曲り角にいる著者の素直な諦観の姿勢かもしれないのである。そこに世をすねてくらす旧式の詩人のさびしい残骸があると思う。

市川君江詩集「遊園地」（甲陽書房）

著者は「私はこういう詩を書きたい」という短文を添えて、その中で岩山の岩を例にとりその「超時間的な存在感をつくり出す大自然のかたい造型」をあこがれ、同時にその磨滅——「時間的なもののふれ合い」にある美しさを詩であらわしたいと願っている。これは大層しっかりした現代詩への信念である。ところがこの信念には何かしら詩人くさい独善がかくされているような感じがする。というのはわれわれの現代詩は岩のような造型という言葉であらわされる確信を根こそぎに無くしたところから出発しなければならないような気がするからで、むしろ磨滅一方の時間的な流れのなかにあってその崩壊的感覚そのものを凝視することに詩人の意義がありそうに思えるからである。いわばこの「こういう詩を書きたい」という憧憬はなかばあまい造形の偶像への郷愁にひたされているといってもよい。「たった一本のマッチでも完全に燃えつきる瞬間は美しい」というリルケの言葉は、この著者の所信へのアンチテーゼになってはいないだろうか。言葉への信頼、それはリルケの宗教をもたないわれわれには極めて危険な詩的亀裂を作りやすいのだ。しかしながら一九二七年生れのこの美しいオバサマにぼくなど何も言う資格はないかもしれない。詩集の中の詩はことごとく典雅な造型として十分鑑賞に耐えるものであるから。

窪田般弥詩集「影の猟人」（緑地社）

勝本富士雄のデッサン数葉を入れた美しい詩集である。「……つひには逝ってしまふ季節のためにけふの美しさを詩ととりかへるはなぞのにくる日くる日の数をふやして―（それが何にならう）」と歌うこの詩人にはヴァレリーの匂いのする高級な詩人の影が感じられた。旧いかなづかいを使用するこの詩人の詩作態度はシニカルな批評を古めかしい語法のうちにトゲのように含んでいる。虚無の白熟したような一地点から、彼は理性のドン・キホーテを歩ませている。「影の猟人」このロマネスクなタイトルを有つ詩篇はせんさい微妙な心の触手をくらげのように時間の中に漂よわせて、なにもかも見つくしたとでも言うような美しい捨台詞を残している。はっきり言ってすでに古い感覚のボロを纏っているが、その探りつづける姿勢は純粋な魂のものであろう。しかるに……（詩人Wの手帖はここで切れている。）

同人詩誌評

慣習への弔砲

菊地貞三

堀内さんから与えられたものは、花粉6、想像3、獏31、現代詩研究九月号、あるもふ6、羊歯族15、砂15の七冊。それに、少し時期遅れかもしれないがぼくが加えた氾14。

数少いが、若い詩人達のものや、既成詩人の寄り合いや、何かしらの意味で夫々の一面を代表しているように見える。要領のいい選び方かもしれぬ。――が、ともかく、日頃怠け者で詩雑誌など読むことの少いぼくは、与えられたものをたのしんで読んだ。以下はその雑感めいたレポートである。

まずやはり読みごたえのあったのは、獏、氾、砂などの、比較的新しい世代の人達の雑誌だ。氾については、後で述べたいことがあるのでしばらく措いて、獏と砂を見よう。

「詩は慣習に対する弔砲である。」アンリ・ピシエットの言葉が、獏の扉を飾っている。ぼくはこの弔の字をはじめ挑の誤記でないのかと思った。片岡、嶋岡、笹原など（氾の堀川、水橋などもそうだが）の詩の身上は、ぼくら多分に慣習のアカのしみた精神に、絶えずショッキングな砲弾をぶっぱなしてくる挑戦のエネルギーだと思っていたせいであろう。事実、今号の獏の、汽車（片岡）ヒマワリ（同）などに見る果敢なイメージヤリの拡散は、そういう快よさだ。それだけの意味で。だが、弔砲という語感の中には、もっと沈潜した重さがある。それは、嶋岡の奔放なロマンティシズムにも、笹原の鋭い観念昇華の試みにも未だ無いものである。――しかし、自殺未遂考（大野）はその意味で、慣習への弔砲たり得るすぐれた作品だ。村野四郎の作品と注意深く読みくらべてみればそれがはっきりする。中野重治小論（笹原）は腰の据った勉強で、妙に詩壇ずれのした現代詩論の多い同人誌の中で貴重である。と、ここまでは讃辞だが、いやなものが眼についた。ある作品の作者名に昭和15年生高校生と銘が打ってある。誰が附けたか知らないが、これはどういうことか。暦年令のハンデで読ませる意識、これは弔砲を向けられるべき側のものだろう。若い世代を自負する詩人達の尻尾が見えたとは言わないが、次号から活版にするという意向の中には、それに似た俗な意識はないのだろうね。

砂も、弔砲の砲手側に立つグループの雑誌だ。われわれのにがい義務（関口）、鳥・樹木・季節（原崎）、ミステリ・タイム（武田）などがそれを語る。だが、いつも残念に思うことは、夫々高度な技法を持ちながら、その観念の世界のひ弱なことだ。関口の詩を例にとれば、フオルムの充足が、かえって書斎の学生めいた生命感のうすさを招来している。武田はすこし違うけれども、この詩は発想というよりは着想にとどまる弱さが惜しまれる。この詩誌にのぞみたいのは、蟹鉄を握る烈しさだ。詩的エネルギーの鮮度ということだ。

ガリ版刷りのあるもふは小さいながら美しく、羊歯族には不逞な面白さがある。前者では覚え書（岩成達也）の柔軟な感性、後者ではぺんぺん草に（村上国博）の清潔さを取る。だが、慣習の巨大な根の強さを前に、あるもふは幼なすぎて頼りなく、羊歯族は粗いオプテイミズムがむしろ慣習とどこかで密通していそうな感じがある。

現代詩研究は長く続いてきているようだ。成田成寿の訳詩や長田晃、二橋すすむの作品はよしとするも、巻頭の東京（長田恒雄）はまさしく慣習の代表である。気がきいたつもりもコンベンショナルな老年を感じさせるばかり。若いとか新しいというのは暦年令ではないのだ。このエネルギーの老敗はかなしい。

時間グループをはなれた沢村光博を中心にした想像には、さすがにこの悲しみはない。エッセイや翻訳にも前向きの姿勢がある。けれども、わずかに香山芳久、沢村の二人の作品を除いては取るべき詩がなく、それに一冊通してあまりに沢村臭が濃いのは楽しめない。

花粉は、片山敏彦、藤原定、日塔聰、山室静など、一家をなした人達が安定した世界をつくっている。砲手でないことは確かだが、弔砲の意味を知り、その砲声に耳をすます人達だと思われる。

根の空間（藤原定）など特に佳品である。さてぼくが大分前に出た氾を加えたのは他でもない。水橋晋の評論「扉を閉ざしているものは何か」をとりあげたかったからだ。部落問題と現代詩の閉塞性、というサブタイトルがあるが、むしろ部落問題を論ずることで、われわれ現代人の意識の閉塞性を衝き、生活のモラリテイを問おうとするものである。ぼくらは部落民についてよりも黒人の人種問題についてより熱心であり、北海道冷害と人身売買の問題よりもハンガリア難民への同情の方がより強かった。こうした実状から現実把握の意識を、当事者と局外者という問題に導き、共同体意識の欠如をえぐる。局外者でない人間の生き方を、詩人の詩以前の問題として提起するものだ。部落問題の刻明な論述を踏まえながら、現代詩の局外者的一面をきびしく問いつめるその論旨は明確で、強い説得性をもっている。したり顔で読み過して貰いたくない貴重な評論だ。詩論ではない。が、慣習への弔砲の砲手が放つ、これ以上重要な詩論があるだろうか。慣習を葬り去るものは決して目新しさなんぞではないのだ。

あとがき

詩を書くことと同じ、詩への愛着で雑誌を作っていこうと思いながら、思うようにいかないが、ぽつりぽつりでもその精神だけも生かしていきたいと思う。

この号に女性の詩集評をとり上げなかったのは、自分がこの書評と同時に「地球」に最近の女性の詩集について数冊にわたり書いたので重複するので省略した。

香川紘子氏、福井久子氏、武田隆子氏なぞ、女性への甘えがなく知性と情感のハーモニーが斬新な世界を開いていて気持よかった。

訳詩ではドブジンスキー詩集　嶋岡晨

ランボオと実存主義　ポール＝アンリ・パイユウ　嶋岡晨

カミングズ詩集　藤富保男

など面白く読んだが、これ等の外国詩人のポエジーがはたしてどれだけ伝達されているかと云う点、私には計れない。ただ藤富保男氏のカミングズ詩集をみても、カミングズの詩より（訳すからにはかなり近い傾向を持つ）藤富氏自身の作品の方が私には、はるかに面白く思えるのは、詩はその国の言葉以外には生命の保存がきかないジャンルのように思える。

最近は明治、大正にさかのぼって現代詩の研究が盛んになり、私達は昭和に入ってからの詩の急速な発展の渦中で、詩本来の重大な価値を落したり、不必要なものに無理に詩の意味を加えて拾ったりしてきた誤算を反省する時に至っているようだ。が、現代詩への不満や期待は個人のドグマであると思っていると、案外詩人の間でつながり合っていることを発見する。しかもなぜ詩が不満の方へすべり期待の方へ進まないかの、そこにこそ、今日の社会の複雑な反映があり、新しい人間感覚と新たな詩の発見の糸口がかくされているのではないかと思われる。（堀内）

1958年11月1日発行
定価　40円
編集発行人　堀内幸枝
東京都新宿区柏木3—446
千葉方　葡萄発行所

葡萄

16

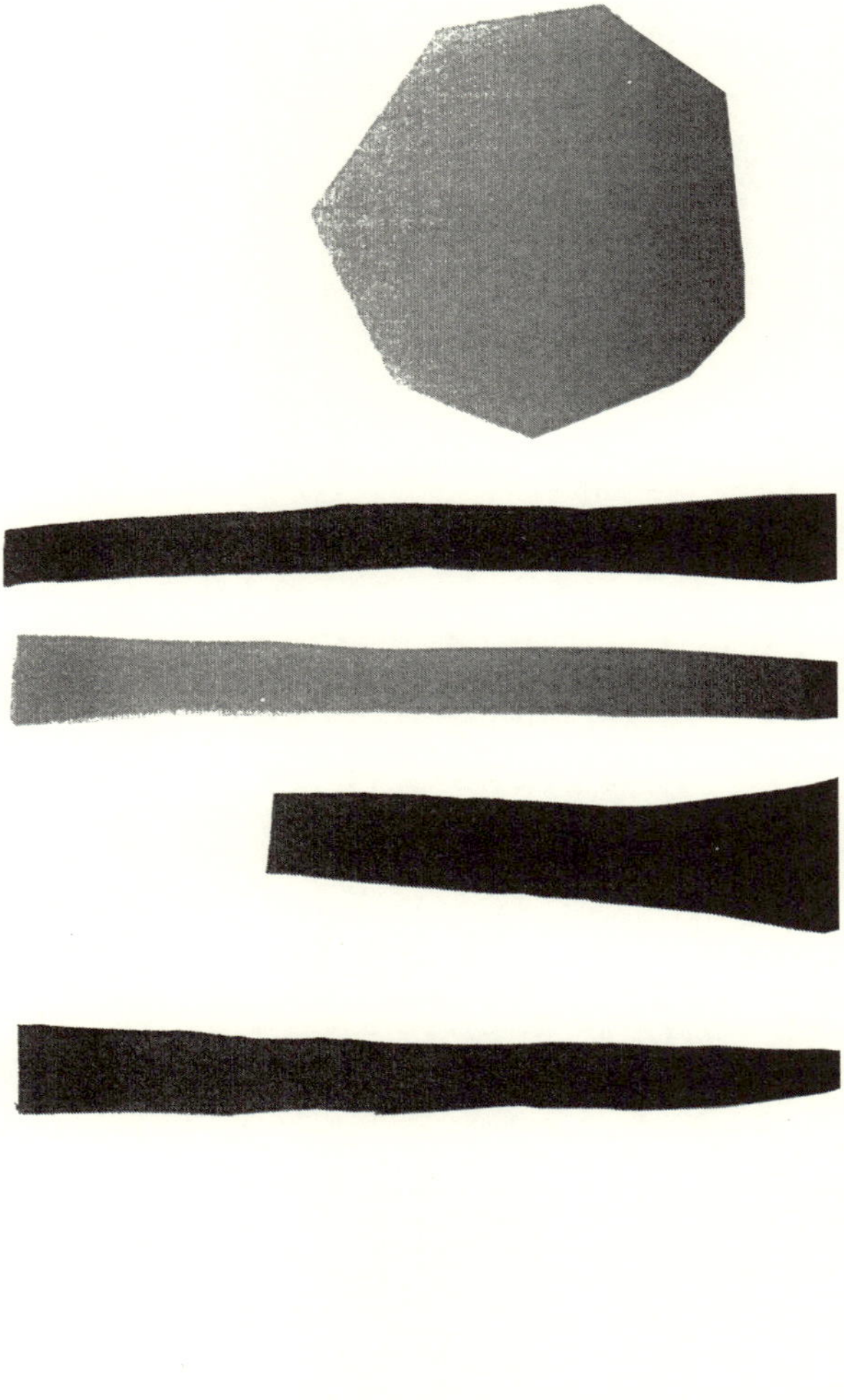

葡　萄

16

1959年4月

恋　歌……………………笹　原　常　与…2
明治時代…………………田　中　冬　二…4
目の閲歴…………………安　西　　　均…6
夜の少し前………………川　崎　　　洋…8
洗濯女……………………岡　崎　清一郎…10
誘惑者……………………岡　崎　清一郎…12
緋　桃……………………堀　内　幸　枝…13
動く木……………………堀　内　幸　枝…14
原初的感動………………上　野　菊　江…16
原稿に代えて……………林　　　富士馬…19
吹…………………………藤　富　保　男…20
陽・白樺…………………武　田　隆　子…22
ナルシス…………………金　井　　　直…24
人には人の………………梅　本　育　子…26
はつかねずみとスプートニック……
……牧　野　芳　子…28
後　記……………………堀　内　幸　枝…32

恋歌

笹原常与

干し物は　人が脱ぎ捨てた形のままで
じっと待っている
空の青さの中で
嘆きの娘のように
――しづくのかわく時を
まぶたの内にひろがっている
海のかわく時を

そよ風は
すべてのしめりけを

すべての「思い出」を
空の青さの遠い奥に
かえす

よごれも　しみもゆすがれた
けれども
心までしみ透して濡らした病気は
かわかない
干しざおの下に　消えない夏の蔭をひんやりおとし

何時まで待っても　帰ってこない着ていた者を
待っている「記憶」のように
とりこまれ　たたまれて
簞笥の奥にしまわれても
かわかない

明治時代

田中冬二

明治四十二年の晩秋のうす寒く暗い日であっ
た
公爵伊藤博文の葬列は　近衛騎兵の儀仗兵を
前後に
粛々と内幸町を日比谷公園の斉場に向った
その厳かな葬列の通過のあと路上に
うす汚れた褌が結んだかたちのままでおちて
ゐた
その葬儀を拝送した中学一年生の私と友との
二人は　それからどこか屋台店で今川焼をた

べて別れた
そして家へ帰ると　葬儀の模様などよりも先
　づ褌のおちてゐた話をした

春　愁

城址の公園は山桜の花がさかりであった

ゆうぐれ
町の古い西洋料理屋N――軒の二階で
私はひとりスープを啜ってゐた
何かやるせないやうな思ひに

氣がつくと　私の羽織の袖口は綻びてゐた

目の閲歴

安西　均

おれの目は錆びた釘だった
オフィス通いの娘のスカートに
鍵裂きをつけたりした

おれの目は精霊トンボだったことがある
夕ぐれの潮にピンと張った
ともづなにとまることができた

あるときおれの目は古びた土塀の端だった
かびくさい雨に

人しれず　さら！　と崩れていた

また夜のはトラック運轉台のバックミラー
おれの背後からおびただしく迫ってくる
あの「時」のヘッドライトを見てきた

きょうおれの目は春の日和を啄む白い鶏だ
鈍い羽でいつのまにか
屋根にあがったりしているのだ

夜の少し前

川崎 洋

ゆうやけがおわる少し前
船のような雲達は下半身を赤くし
やはり赤い山々の上を
互に呼びあい
てらしあいながら別れていった

その川へむかって
あなたの東の岸と西の岸の
どちらがより秀れた景色なのか
決を下してくれ

といいたくなるようなところも
今はもう
ぼんやりうすあかいだけだ

ほんとうにあの向うには
雪に埋もれた山々があるのだろうか
そして
夜の雪の道を
雪のあかりで十分なほど
心を暗くした若者がたどっていったり
するのだろうか

洗濯女

岡崎清一郎

こんもりした森林《モリ》がある。
赤い屋根の村邑がある。
追いつめられてもう三日間。
半分程道のりを来たかと思うと屋敷がある。
「お金お呉れ。
彼は門前払い喰わせられた。
このきたない身なり。
ぐツしより汗だらけ。
口惜し紛れに腹癒せに、彼はどんどん村の火の見やぐらに馳けのぼツて行く。
えいそうです共、空に向ツての奥行き、逃亡。
彼の胸ははじめて希望におどる。
わはははは、雲を剝ぎ取れ！
腹のたしにしてやれ。
ところがだ。下ではもうこんな会話がおツぱじまツてる。
「天国へやるな。
「鉄砲をよこしてみな。
「いやよいやよ。
成程高口は異様にピカピカとときめき

やがて薬包の毀れる大音響！
彼はもろにやられ胴着や衣兜《ポケト》と共にひツくりかへりボロみたいに落下してくる。
――麺麭屋は彼にたんと貸しがあるのでエヘヘヘざまアみやがれ。
――彼が死んでやがて彼の位置の後釜になる連中は勿論大喜び。
――逮捕に来た役人は壮烈な最後と感歎。
――ひとり年若い女の子は甲高い声で彼の不幸をかなしんでくれる。
彼は激痛ののち眩暈おこり、かけはなれた所へ来た。
さツきの娘はどうして前科者の彼に同情を深く寄せたか。
ママンのような顔がす早く網膜をかすめる。
そうだそうだ。
彼女はいつかのチゴク宿の豊頬に酷似してた。
彼女は彼のパンツを洗濯してくれた。
その時洗濯物を乾してゐる彼女は美しかツた。
みてゐると彼女は大きな曲線を描いてまがりはじめる腕や重量《メカタ》。
大膽なエロチシズムのとりことなり彼はきツと悪者となツていツたにちがいない。
彼はにやりとして再び深い昏迷におちていツた。
彼女はじやぶ〳〵洗濯作業にいそしむ。
ああたといどんな目にあをうとも、さあさあ
あんたのよごれた破れズボンこツちによこしなよ！
とね。色男はつれえや！

誘惑者

岡崎清一郎

明るい風のような世界がくる日があるだろうか。
彼は鉄道線路をあるいて行ッた。
道の深処《フカミ》に長い草が生えてゐた。
村へ入るとオルガンをならしてゐる人。
ねむれねむれとオルガンをならしてゐる人がゐた。
「放ッて置いてくれ給へ。
と両肘を膝にのせて深く考へこむ人などもゐた。
オルガンの音に吃驚して逃走する人もゐた。
彼も逃走した。
西の山の方に日が入ッて
黄銅の丸屋根が聳えた横町十字路。
あああああ昔が懐かしい。
薪木や焔が懐かしい。

緋　桃

堀　内　幸　枝

庭さきに緋桃の花が咲いた
妙なことだ
むなしさきわまるこの地上に
まだ赤い花が咲くなんて……。

恋はよごれ
信頼はきえ
純愛の書物は閉じられた地上に
なお
おだやかな春の日や
小川のうた
詩を書いてるわたしや……

昔　そのままの景色や
習慣が
地上の所々に　水溜のように
のこっているのが
ものがなしい。

動く木

堀内幸枝

夕焼けの中に立っている
あの古木
虫喰いのいただきにおばけのような枝を出してる
あの木は一体なんという木であろう

夕焼けより
ひと足さきに
幹の中間にある　ほら穴のまわりを
カラスが二、三羽かあかあと廻っている
あの木は一体なんという木であろう

虫歯の痛みを耐えるこころのよさのように
不気味に曲った幹をみつめていると
　（夜になってやっと分った）
あの枯れながら永久に朽ちぬ一本の古木が急に人間の姿にかわり
その中間のほら穴が
無限の淋しさにゆがんだ人間の顔をつくって闇夜の中を追いかけてくる

突然私が　早足でかけ出したのは
あの　無数に細い枝が手まねきのように
私の方へなびきながら
孤独にひしやげた顔で
　〈このさびしい荒野に一人の人間を仲間入りさせようと〉
逃げても
逃げても
追ってきたからだ。

原初的感動

――詩人の魂について――

上野菊江

『月に二十行ばかりの詩をかいて、詩人でございます。と、あぐらをかいている人云云。』の、谷川俊太郎氏の警句は、現在、若い詩人のあいだには、知らぬ者のないほど膾炙し、共鳴をよんでいる。

それかあらぬか、ここ三・四年来、詩のラジオ、劇場などへの進出にはめざましいものがある。あるいは、進出とまではいかなくとも、さまざまな詩誌によって、そうした気配が感じられる。こうした現象は、世男の歴史上からいえば、けっして新しいことではないわけであろうが、新体詩以降たどってきたわが国の現代詩をおもうとき、やはり一種の新風として受取られるのである。明治から大正にかけて、破帽、朴歯の徒にしたしまれた漢詩は、現在もなお、なめらかな、あのほそい自転車に身を托す若い人たちの好むロカビリー、ジャズ、又は歌謡に変ってうたいつがれているとはいうものの当時、抑揚をつけて、人前で朗吟された五七調の詩は、いつかしずかに、他人にかくれて頁をくらねばならぬプライヴェートな、内緒的な性格にかわっていたのであった。

したがって、ジャーナリズムが、これをとりあげない傾向になってきたことも当然であるし、反動として、ジャーナリズム不信のよびごえとともに、詩人みずからそれを兼ねるべく、活動をはじめたということも、必然のなりゆきといわなければならない。しかし、このような状態は、やはり、従来の詩人気質と一線を劃する現代詩人の特色であろう。詩人みずから手をとって、現代詩を一般の人々におしおよぼす、大衆の生活と精神とをゆたかにする仕事を買ってでる、ということは、とかく不正確で、誤解させがちな彼等にまかせるよりも、かえってこのましい結果を生むにちがいない。一面、また非常に悲壮な感じもともなうように思われる。なぜならば、詩人の本来的な仕事のほかに、まったく性格のことなった外向的なアルバイトが加わって、負目をあたえるからである。詩の聴衆や観衆を、どのような知識、感情生活の層から選ぶか。また、さまざまな現代人を、どのように選別、認識するか、ということは、なかなかの難事業にちがいない。これは新しく一つの観客集団をつくることにほかならないであろう。さらにはまた、自己の詩を庶民のなかへ解放するという動機をつかまえて、彼の天賦を、まったくあたらしい方向へむけ、そこに一のあたらしい芸術的な公式をうちたて得るかの、可能性について、など、悲壮感は、二重三重につきまとうであろう。それとともに、素人ジャーナリストとして、職業人のジャーナリストのもたない、現代における抵抗力も必要とされることになろう。

花田圭介氏の言によれば、『現代は機械時代』とのことである。まことにすべてのものが機械化され、歯車のように細分されている。分業によるのでなければ、なにごともスムースにはこばなくなってしまった現代において、詩人みずからあえて作品を売りあるくというのは、一種の時代錯誤といわれるかもしれない。しかし、それはそれとして、これもひとつの過程とみるべきであろう。詩人が、ジャーナリズムの限界につきあたってもがくまえに、そうした普及や一般化の仕事は、本職のジャーナリストに引渡すときがくるであろう。そして、そのとき、ジャーナリストとの取引きは、すべてがまるくおさまるかどうか。取引きはうまくいくとして、精神と魂の冒険の証人としてのポエジイを、すこしも衰弱させることなしに、未来へおくりとどけることは、ことのほか大切のようにおもわれる。

『失われた時など、私は求めようとは思わない。』といって、ヴァレリイは、一生、自叙伝的精神をこばみ通したというが、孤独にたえることを背景にしてでなければ成立たないのがポエジイであろう。詩の大衆化、日のあたる場所へ、との動機から、『影まで売った男。』が出現しようとはおもわないが、詩人が、庶民の聴覚、視覚などに執着しているうちに、作品と大衆があいまいにむすびついたまま、ポエジイを措いて、どこかへながれでていってしまう、というような予想は、悪いまちがいであろうか。すくなくとも、詩の批評の場合、現在は技術批評が、何よりも先行して行われるのは事実であるし、作品に、作者自体が索引をつける傾向もでている。一説によれば、わが国の詩が、高度化した証拠だというが、やはり警戒も要するのではなかろうか。警戒の弱い部分から、ポエジイは衰弱しはじめるであろう。そして、衰弱はすでにはじめられているかも知れないのである。動機は、あくまでも動機でしかあり得ない。ところが、この現代詩の曲り角にきて、ポエジイをおいて、単に、水勢とともに、動機だけをかかえこんで曲折していこうとするならば、誠に危険な曲り角といわなければならない。詩劇として発表される作品を見聞するとき、とくに、こうした幼稚な憶測を、わたくしに抱かせるのである。

半年ほど前の、ある文学雑誌の座談会の席で、高見順氏が『よき意図は、かならずしもよき作品を生まない。意図や動機はどうあろうと、結局、いい作品をかきさえすればいい。』といったのにつづけて、伊藤整氏は、『スターになりたい、売り出したい、という外向的野心、もちろん結構、ただ、そういうことを言うときのエネルギーの強さとか、性格の強さが重要だ。』と、うけていたが、やはり、真のエネルギーの強さというものは、空元気からは生れないであろう。単なる気紛ぐれから出ることはないであろう。心して、内にたくわえるべきものを、十二分にたくわえて、はじめてでるのが、強さというものであろう。詩人の内にたくわえるべきものは、ポエジイの一語につきよう。それは、また、詩人の魂でもある。しかも、音楽、絵画、彫刻から、装飾、手芸などにいたるまで、およそ創造的作品には、すべてポエジイが関与するものであるかぎり、特に、詩人の、という必要もなくなる。人間一般の『魂』の問題であろう。魂とは、恐らく、知能、感情、思考というような、頭脳の、高等な仂きではあるまい。それは、意気とか、根性とか、肝っ玉などともいわれているように、何か、素朴な、生命活動に直接つながりのある総合的な仂きであると思われる。堀内幸枝氏が、私に『原初的感動』について書け、といわれたのも、たしかこうした気持で『原初的』といわれたのではないかとおもう。つまり、はっきりした意識の洗礼をうけないで処理される非合理的な心の動きや行動。人間の心のおくふかくひそむ得体のしれぬ生命力。原感動というものが、詩の本質。インスピレーション、第六感、衝動、かん、こつ、夢などにつながるものと認めているからであろう。

　脳生理学からいうと、大脳皮質は、系統発生的にいって、古い皮質と、あたらしい皮質とからなり、下等動物の大脳皮質は古い皮質で、高等動物である人間は、あたらしい皮質がすごく発達して、古い皮質をおおいかくしているそうである。しかし、古い皮質は、たとへ奥の方にではあっても、厳存しその仂きを営んでいるのだという。そして、このあたらしい方の皮質が、思考、学習、感情など、ホモサピエンス的な性格をあたえる高等な精神作用をつかさどるに反し、古い皮質は、素朴な意識や衝動や欲求、または自律機能の統御などの基本的生命活動を営む仂きをもっているという。つまり、大脳の、古い皮質の部分に、魂は棲むのであろう。魂の座が、生理に直結するものであるからには、きまぐれなどということはありえないにちがいない。もちろん、原始的な古い大脳皮質が、新しい皮質の統御、調整の力をまたずに、生活することはできない。しかしながら、古い力の脳皮質が、あたらしい脳皮質や、そのほかの間脳や中脳などにくらべ、はるかに感受性が強いということは、一般人間として、また、詩人として、広く創造をこころがける上に、大変重要な意味をもつのではないだろうか。どのような作品にでも、魂は、なりひびいていなければならない。『自然にかえれ』『原始にかえれ』の教も、あながち、錯覚とばかりはいいきれまい。この、古い脳皮質の仂きを大切にし、適正にはぐくみ、育てるということは、あたらしい皮質の訓練に先行して行われなければならないと、わたくしは思う。

　詩人が、ジャーナリストを兼務せざるをえない、作品の普及にかけまわらねばならないという現状は、人間の生活を合理化するあたらしい脳皮質の強化、肥厚化には役立つとしても、古い脳皮質のための栄養分はふくまないものとおもわれる。かりに、詩人のこうした外向的行動が、古い脳皮質の、あたらしい皮質による金縛りを招き、魂の自由をうばいとるような結果にいたるならば、日の当る場所への意図が水泡に帰するばかりか、一たび、この危険な曲り角を曲ったがさいご、精神と魂の冒険の証人としての、力強い詩は、地底深く埋没しさるであろう。

原稿に代えて

林　富士馬

「葡萄」いつも有り難く、たのしく拝見しています。お世辞でなく、あなたが編集していらっしている個性が、あなたの御作品とおなじように、なまなましく、ときに逞しく、野心的に、かたにはまらないで、生かしてあるのが、面白く、たのしいのでした。執筆者の顔触れも、なかなか、個性的に眺められました。或る人から、「葡萄」の執筆を依頼される資格は、若く、美男子でなければならぬと聞かされたことがありましたが、そう云はれてみると、冗談でなく、所謂詩壇の新鋭の人達の作品を、誰れよりも眼早く気を配り、よく蒐集して、読まして下さるのに気づき、感謝しています。ところで、以上のようなことを書きましたが、その執筆依頼が、私のところに廻って来ました。「御多忙でしょうが」ということでありましたが、とんでもない、私は大変光栄で、張り切っています。残念なことは、紙数が、二枚か三枚ということであります。先刻、詩壇というようなことばを使いましたが、そういう言葉は、あなたを刺激するかと思いますが、何も知らない素人のよく使いたがる語彙として、まあ大目に許して下さい。多分、詩壇なんて、いうものはないのでありましょう。ところで、私の原稿へのあなたの註文は、いつかあなたにおめにかゝったときおしやべりしたこと、つまり、「近頃私には、所謂、詩の同人雑誌よりも、小説中心の同人雑誌のなかなどに、ときたまみかける詩のような作品の方が、面白い気がする」ということを、もっと説明してみよ、ということであったと思います。併し、これは、具体的にそのような作品をとり出して、あなたにみて貰はないことには、他の人にも通ずるようなお話には、発展しないでありましょう。

そんなことより、このようにして久し振りに、あなたへの手紙を書くなら、もっともっと沢山、書くべきこと、書きたいこと、がありそうです。が、申し渡された紙数が尽きたようであります。とにかく、あなたの甚だ個性的な雑誌に、このような、あなたの雑誌をほめるような（悪口なら別でしょうが）手紙を載せることは、いゝ趣味とは云えませんが、本音なので仕方ありません。お許し下さい。依頼原稿には、体裁のよい口実をみつけることが出来ますが、多分同人雑誌の掲載作品や、特に、詩には、口実をみつけるのに、皆さん、実に、骨折っていらっしゃるのではないでしょうか。傍から眺めると、雑誌を刊行したり、作品を書くのに、体裁のよい口実をみつけているもの程、面白くも、をかしくもないものはありません。

「葡萄」は、お金持ちの贅沢でもなく、と云って、また貧乏くさくもないところが、好きです。

お互いに、どういう人生に相成るか、とにかく、いのちのあるだけを発散して、死にましょう。以上。

吹

藤富保男

石に腰をおろして
二人で喋った

クラリネットのような風が髪のなかを吹
煙草はどうだね
と一人がいった

二人は
時々おっとせいのように
奇怪な声を発
錘のようにだまったりして

知らないねえ
といった頷付をしたり　した

花が一つか二つからまって飛んできたあ

あとは冗談をした

丘の方では
角砂糖のような雲が五つ六つ

二人は
顔に厚い皺をつくって
それから強い酒をした

雨がちよっと靴の先をぬらしたので
傘して
少し抱き合ったが
君は男かねえ

陽・白樺

武田隆子

わたしの顔に　影が飛んできた
となりの席の人も　むかいの席の人も
縞馬のようだ

ウインドーの外　雪の上で
影は　墓石のように　眠っている

海のむこうで
死んだ人たちの　墓石
記憶の片隅からふくれあがってくる

アッツ島

影は　肉の匂いや　骨の音
みみちさや　ひよわさもなく
山に　丘に
孤独にたえて　なにかをまっている

ミルクや　けものの匂いのする　汽車に
現われて　消え
消えて現われる影
わたしのなかよしはいないか

汽車は
断ち切った影に　煙りをからませて
ふところにいだいた影を忘れ
影を追う

ナルシス

金井直《ちょく》

またしても去る者は去ったのだ――明日のために
仕事を残し　何もかも途中でよさなければならない――腰をのばし
どろだらけな両手をだらりとさげて「ぼくはもう
死ぬんじゃないか」と　さも疲れたように君は云ったが
病気がなんだい　君は立派に生きてるじゃないか
これからだって生きていかれるのさ――さっき眺めた

夕映えが「なんてきれいなんだ」とためいきまじりに
もらした君の声がぼくの耳にはまだはっきりきこえているよ
だけどなぜぼくたちは　こんな寒い夜は寒気にふれただけでさえ
さめてしまいそうになまあったかいだけのいのちなんだろうね
それでもほら　いまは指先で氷をちょっぴり溶かすことが
できるじゃないか　これからのことは気にすることはないさ
一杯の熱湯がいつのまにかつめたくなっているように
生きてることを忘れているうちに人のいのちは
終るものなんだよ　終るまでにぼくたちはうなぎみたいに
つかまえにくい心をつかまえようとして　あせってるだけなんだよ
いや　ちがうちがう　あるようにみせかけてるだけで実はなんにも
ない
おのれの姿を忘れかねて　どぶどろをひっかきまわしてるだけなん
だよ

人には人の

梅本育子

来る　来る
痛み　かなしみ
強いうなりの風のように

人の居る家にも
人の居ない森の中へも
押入ってたえられないあとをのこし
いつまでもかえらないでいる

かえらない強いなげき
エンジンの音のような
かえらない強いひびき

部屋の中も

私の口の中もいっぱいになる
来る　来る　吹きこんでくる
この世から猫の出てゆくすきもなく

あるひとのなぜか空虚な背中のかたちが
私にたえず息ふきかける
庭には庭の　木には木の！

ひとりの女のつきぬ想いが
山の木立を駈けてゆく
ぶつかったってわからない
着物の裾が枯れた野いばらにひっかかったってとまらない

人の世のぬれた魚
手さぐるまい　このよろこびは
三たび四たび
かなしみの引幕なげきの緞帳
口も耳も
いっぱいにつまったのだ
人には人の！　木には木の！

はつかねずみとスプートニク

牧野芳子

建ったばかりのあたらしい家に
いそいそと
若い夫婦が引越してきた
陽あたりのよい窓には紅い花がかざられ
夜になると灯のあかるい
茶の間からは笑い声がきこえた

けれど家には先客があった
彼等は或日キスのさなかに
奇妙な音をききつけたのだ
シェパードと
ロバのように

彼と彼女は
同時に耳をぴんとたてたが
やがて顔を見合わせたときには
キスのことなど忘れていた
　ガリガリ　ゴリゴリ
　ゴリゴリ　ガリガリ
「君もきいた？ほらあの音」
それはしずかな日曜のあさの
小さな事件にすぎなかったが
その日から
被害は次第に目にみえてきた

台所　それから茶の間　寝室にまで
食物や水を求めてチョロチョロと
はつかねずみが顔をだす度
貴重な時間はふっとんでしまい
おまけに彼女はへとへとになる
小さな戸棚の陰にもぐり
洗濯籠の中にとびこみ
魔法のように消えたかと思うと
花模様のカーテンの上から

チョロリとのぞいてじだんだを踏ませる
この格闘の勝利者はいつも
あのちっぽけなはつかねずみだ

そこで鴨居と壁のすきまに
すっかり粘土がつめこまれた
押入れや浴室　流し台のしたまで
点検されて穴はふさがれ
さて人間の考えるかぎり
通路は絶たれた筈であった
けれど青いスタンドのあかりを
消すとやっぱりあの音がする
秘密の通路はどこなのだろう

平和なねむりを得られないのは
若い夫婦ばかりではない
医者も教師も坊さんも子供も
農夫　商人　サラリーマン
彼等もいまでは気付いていた
はつかねずみが噛っているのは
板きれでもなく壁でもなく

あまい野菜のきれはしでもない
他ならぬわたしたちのこころなのだと

ネオンのかゞやく夜の空を
草深い田舎のあかねいろの空を
そのとき一つの星が過ぎた
あかるさは丁度二等星ほどの
それはスプートニクだった
地球をめぐる人工の星が
次から次へと打上げられる
広い宇宙のグラウンドで
レースはいまやたけなわである
世界を牛耳る立役者たちが
秘密のうちに飼育してきた
その持馬が放たれるのだ
資本家たちは金を賭ける
マルキストたちは政治力を
そして貧しいわたしたちには
うむを云わせず賭けさせるのだ
何を
ひとつしかない生命《いのち》を

後記

朔太郎の「無からの抗争」に（恋愛ということが、だんだん出来ない時代になって来た。……今日のやうに恋愛のない時代は詩精神の涸れ切った時代である）と書いてあるが、あの当時がそうであるなら、今日はさしずめ詩精神は化石となって残っているにすぎないと言えるかもしれない。しかし実際は今日のように涸れきった時代ほど人間の魂の内奥において純一な愛を求めあこがれる気持は強いのではないだろうか。「現代詩はつまらない」とあちこちで書かれながら、なお「詩」と言う文字の持つ或る概念の廻りに人の心は（何かを求めるように）寄り集ってきているのも純一な魂の在り処を求める行為にほかならないであろう。しかし社会の複雑なきこうが人間の思想も行動も複雑化し、真に我々の求めているものの姿をつかみにくくしてしまっているように思われてならない。

私はかって或る友人と詩の話をしている時、突然「純粋だなー」と言われた。それまではいいが、しかしそこには詩に純粋に対している態度をせせら笑っている意味がふくまれていたのだ。今日の人間はすべて物を純粋に考えること、又は物事に純情に向う態度を軽蔑し恥とさえ考えている。複雑な社会きこうの投影として人間性がますます分裂し複雑さを加えていることは分るが、複雑であることが現代人の特質と考えて、むやみに自分を複雑に仕向けているのは、詩が難解であると同じように分りにくい現象である。

「僕、詩人なんていわれる人間ではありません、それに残念ながらいまの日本に詩人と称する人間がめったにいるかどうか疑問でしょう。」或る同人雑誌にこんな言葉を発見した。

これは今日詩を書いている人の気持と、現代詩の状況をもっとも良くあらわしている。

現代詩は、短歌や俳句と同程度の趣味としては通用するが、あのどろどろした魂の排泄作用として、詩を生活の内側でいだいている詩人が少くなったという意味であろう。

かっては、感動の表現に於いても、テクニックの目立つことは作品を弱めるという意味から警戒した時代もあったが、現代は詩を書く能力は詩を書く技術であって、それを誰もいぶからない。

詩はさまざまな実験を重ねながら、いつまでも詩を求めながら、求められない、どうどうめぐりをくり返しているような気持だ。

どんなにテクニックに巧緻をきわめたのも、人間の素朴な感情の原形に根がつながった上で高く舞い上ったものでないかぎり人を打つものでないという当然の問題を妙に真面目に考えさせられてならない。

この雑誌も一年に三冊くらい出したいと思っているので一般読者からも優秀な作品又はエッセイをどしどし投稿していただきたい。

（堀内）

1958年4月20日発行
定価　40円
編集発行人　堀内幸枝
東京都新宿区柏木2―446
千葉方　葡萄発行所

執筆者住所録

笹原常与　足立区新田下町一二五　村上方
田中冬二　都下日野町豊田一〇九〇
安西均　世田谷区太子堂住宅八二一号
川崎洋　横須賀市公郷町二ノ三四
岡崎清一郎　足利市大町五〇一
上野菊江　板橋区中板橋十一
林富士馬　豊島区西巣鴨二ノ二四六五
藤富保男　目黒区緑ケ丘二三四六
武田隆子　世田谷区赤堤二ノ四一〇
金井直　北区西ケ原四ノ六二
梅本育子　世田谷区玉川瀬田町一六九
牧野芳子　帯広市東9条南14丁目

【11号執筆者】
安西均
粒来哲蔵
大野純
阿部富美子
堀川正美
谷川俊太郎
礒村幸子
笹原常与
堀内幸枝
堀内幸枝
平岡史郎
三井ふたばこ
堀川正美
大野純
餌取定三
嶋岡晨
笹原常与
高田敏子
由利一
武村志保
佐川英三
沢村光博
田中冬二
永瀬清子
山下千江

【12号執筆者】
長島三芳
菊地貞三
堀内幸枝
岡崎清一郎
日比澄江
新川和江
大野純
内山登美子
城侑
片岡文雄
平岡史郎

【13号執筆者】
金井直
扇谷義男
藤富保男

【14号執筆者】
片岡文雄
水橋晋
南川周三
山田正弘
三好豊一郎
滝口雅子
岡崎清一郎
山田野理夫
江森国友
堀内幸枝
志沢美智子
藤原定
堀川正美
中村千尾
上野菊江

【15号執筆者】
大木実
粒来哲蔵
石川逸子
平岡史郎
堀内幸枝
大野純
関口篤
藤富保男
武村志保
青木徹
志沢美智子
沢村光博
嶋岡晨
菊地貞三

村のアルバム

堀内幸枝詩集

石垣

いちじつ日の照る
石垣の下
ここでは菜の花が
ひとかたまり咲いてゐる
その下をまた田圃道は白く長く続いてゐる
まひるは静かで
誰も歩いてゐない
たった一つ私の影を歩かせてみる。

的場書房
東京・千代田神保町1―3
振替 東京 112216

A6版八四頁 本文五号
十四種特布装 たとう入
定価二〇〇円送料一六円

著者の言葉

この詩集は私の十代の作品です。その頃過した山梨の市之蔵村の風景と生活をうたつたもので、その頃の生活を記念するために自分の手で織つた絹地十四種をもつて装幀につかつてみました。

葡萄

17

葡　萄

17

1959年11月

すこしは眠っておくれ　不幸よ……
……大野　純…2
亡き母によせる歌二章…菱山修三…4
男の死……………………内山登美子…7
雑…………………………粒来哲藏…10
四　月……………………吉野　弘…24
朝　顔……………………糸屋鎌吉…26
ある秋の日の散歩………堀内幸枝…28
橋…………………………阿部弘一…31
あけぼの…………………村松英子…34
詩　論
現代詩の悲願について………仙川竹生…12
現代詩ノート…………………唐川富夫…15
からだの中で生きている詩…土橋治重…18
詩の発想についての断章……原崎　孝…21

すこしは眠っておくれ　不幸よ

大野純

すこしは眠っておくれ　不幸よ
わたしは歌になってあげよう
わたしは揺り籠になってあげよう
わたしは海になってあげよう

すこしは眠っておくれ　不幸よ
わたしの歌に揺り籠がゆれる
わたしの揺り籠に海がうねる
わたしの海に涙がころがる

すこしは眠っておくれ　不幸よ
わたしははぐれた道かも知れない
わたしは凍った森かも知れない
わたしは忘られた夢かも知れない

夜ですら鳥のいない鳥籠のなかで
傷口を舐めながら眠るものを
眠れないたくさんの生きものの眼が
世界のはてを見つめているときも

ああ　すこしは眠っておくれ　不幸よ
わたしはおまえの哭き声で眠れぬ廃墟だ
眠ったまま殺された恋びとにそうしたように
おまえの髪で死の小舟を編んであげよう

亡き母によせる歌 二章

菱山修三

俄か雨に叩かれて大きな鬼百合の花が揺れているのを
　はしりながら見おくった
わたしは山の斜面をいちもくさんに　はしっておりて行
　った

美しい夏　わたしは母と那須の山腹でくらしていた
つぎの冬　母は茅ケ崎の海辺で砂にかこまれて骨と皮に
　なり　餓えながら死んでしまった
ひとにぎりの骨灰がてのひらに残したヌクミに　はげし
　いイキドオリをかんじたことをいまも忘れない
そして　いくさは負けいくさときまった

それ以来死者と幽霊だけが雄弁に　わたしにかたりかけ
るのはなぜだろう
だからわたしは死の静寂がきらいなのだ
知らぬまに生き身のまま埋められてしまうのはやりきれ
ない
生きているあいだは死者のマネをしてはならぬ
わたしはナイフをいれるとプツと血の吹きでるビフテキ
がすきだ
大きなくちをあけて陽気に笑うのがすきだ
だが机にむかっていると　夏の霜よりもすさまじい静寂
がフツとわたしの眼がしらをかすめる

大海にふりこむ雪
ママ　あれがあなたの一生です
間断なく　こな雪わた雪のふりこむ海原《ウナバラ》
あの遠景は大多数の人間がしらずしらずのうちに落ち

ていく墓場です

＊

おたがいに鏡と鏡をむけあっているようなものだった
双方の鏡には白い空と海のひかりのほかはうつらなかった
物いわぬ女
あなたがなくなってから　わたしの鏡にはあなたがうつるばかりだ　物おもいに沈んだどの女よりも女らしい
あなたが

わたしの病んでいる日　わたしの苦痛のなかに　きまってあらわれるのはあなただ
はげしくわたしを打つのはあなただ　あなただ

男の死

内山登美子

或る日
ミシシッピー河の上流で
ひとりの男が
自殺者のように身を投げた
とどろく銃声とともに
空が突然　崩れるように
あわだつ桀のなかで男は消えた

男は隈田川に流れつき
或る日　男は拾ろわれた

男を拾いあげたのは誰

誰もそれを知らないが
思い出をたぐるのは残忍な指さき
よくしなう指をもつ薄明の淋しさだ

幻影の指にからまって
男はすでに死にかけていた

男の所持品といえば
錆びついたピストルだけ
死にかけてからのびたひげ
死にかけてから変った眼の色

男は死んだ
男の所持品といえば
雨の日のこうもり傘
腐蝕した酒の色

遠い街をなでまわした細い腕

そして男は死んだ

男は眠ったように死んでいた
ミシシッピー河の上流から
男が運んだ所持品といえば
手紙も届かない永遠のダイス
死にかけてから所有した知らないふるさと
その熱い唄の傾斜だけ

男は死んだ
薄明の空がこわれるとき
男は最終の死のなかで黙った
すべての存在のなかでやせほそる
瞑想にふける世界だった

雞

— à N.S —

粒来哲蔵

私は気むずかしい他人ではない。私は気さくな隣人だ——というより、むしろまことにとおい肉身なのだ。ただ彼はそれを忘れているか、或いはわざと思い出すことを拒んでいる。けれどもどういった理由であれ、私が彼に蹉わざるを得ないというのは、何らかの形で、私なんぞが思いつくこともできぬ方法で、彼が不意に私を襲うこともあり得るからだ。確信はないが、彼の挙動からあらゆる措置が予想できる。彼は終日窓から外を眺めている。否、戸外のあるものを直視している。別にこれといった当てはないのかも知れないが、彼の凝視の方向は、私の予知する方向と奇妙に一致する。考えようによっては、私は彼の仕事の監視を義務づけられているらしい。さて彼の視野の一点に、たまたま雞が通りかかると、それは見事にひっくりかえる。単にそればかりではない。その後の処置の手極の良さも格別だ。雞冠が急激に褪色する。脚がふるえ、蹴爪が二、三度空をけあげるまねをする――。勿論これは必然だが、時折は偶発することもなくはないのだ。つまり彼がしようことなしに虚ろな眼差しで窓際に立っているとき、それは極限された一点にではなく、より広大な面積に、生の倒立が行われるのだ。しかしこれは彼にとっても確たる自信はないらしい。その証拠には次後の処置があいまいだ。倒れかかった子供をそのままにしておくので、何の縁もない自動車が、その頭蓋を踏みつけていく。これでケリはつくにはつくが、終日彼は頭を抱え、この不都合さを歎いている。夜彼は、私のベットに入ってくる。私は彼を無下に拒むことはしないわけだ。何しろそれは無駄だから……。時とすると、彼の金髪が私の顔にふりかかり、白い腕が私の首筋をこすることもある。だが私は気むずかしい他人ではない。私は気さくな隣人だ――というより、むしろまことにとおい肉身なのだ。けれども私の希むものはこれではない。否、断じてこの死ではないのだ！

現代詩の悲願について

仙川竹生

世界はまさに終ろうとしている。
世界がなお存続し得るという唯一の理由は、世界が現に存在しているということだけである。（ボードレール）

I

もし神が存在するならば、僕らはどうするか？忽ち僕らは躍りかゝって彼奴の生首を締めあげるだろう。もし詩を書くことが出来なくなったならば、僕らはどうするか？多分僕らはとても生きて行くことなんか出来はしないだろう。

詩を書くことは、僕らのもっとも大切な仕事です。今日この僕らの、生きる空間と時間に、この世界のどこかで、おびたゞしい量の人間の血が流れているということ、そしておそらく明日も流れてやまないだろうということを僕らは知っているからです。

II

ある詩人は人間の回復を主題にして詩を書き、ある詩人は社会の黒い触手をデフォルメして詩を書きます。その一篇の詩の出来ばえについては、無論、その中の思想、感情、感覚、あるいは詩的思考や単語、形容詞、フレーズ、行、スタンザ等の方法機能についてさまざまな論の分れるところですが、いずれにしても、それは単に意匠師の手でもてはやした作品ではありません。そこには何かの救いがあったのです。

ためらうことなく云えば、詩において僕らの体験するものは、この詩的体験——救いなのです。この自己の救いは、また、世界を救おうと発展するものです。こゝに、現代詩人のレーゾンデートルはあるのです。と云いきると滑稽だが、しかし、この救いへの悲願なしには、限りない無償の行為である詩作の自明性を僕はみいだすことができないでいるのです。

III

僕の云いたいことはこうです。たとえば、僕ら、みんなお互に背広を着、カバンをかゝえ、靴をはき、一日中飛びまわって、仕事だ仕事だと夢中にすごしているのだけれども、いったい、どうしてそんなに忙しいのだろうということ、誰も同じようにやたらに忙しがっているということ、それを考えてみると実にむなしい気がします。無論、ある意味で、この考えのバカバカしさは云われるまでもありません。この瞬間に、東京のど真ン中でもいゝ、ブタペストでもいゝ、誰かが恐るべき現実の中で、どぶ鼠のように死んだということ、そんなことはどうにもならんと云われるとそれまでですが、しかし、バカバカしいとか、どうにもならんとか云われる、そんな甲ン高い声のなかで、いやおうなく詩人は何かを叫ばなければならないのです。

IV

灯《ひ》を消す、燐を放って、夢のみが己れを支える。
枯蘆が騒《ざわ》めている。
もう冬の星座がきてゐた。
（吉田一穂　白鳥13）

窓の外石狩平野から
関東平野につづく闇のなかの
あの孤独な何千万の灯をあつめてみても
おれには
おれの天使の顔を見ることができない（田村隆一　天使）

目からも　耳からも
暗黒があふれて
夜に溶解した肉体が
口からながれだしている
（村野四郎　黒い歌）

日本の詩には、それほど高いメタフイジックを持った詩が少いということを、この三つの詩は証してくれます。

金子光晴が毎日新聞に「詩を書かざるの記」という一文を発表していますが、重大な告白ですから少し引用しますと＜……僕が詩を書かないということばには、二重底があるわけで「詩」というものが、安定した場をもっていない以上、左右のバランスのうえでものをいうことも、また、しかたがないことだといわざるをえないではないか。考えようによって、僕は、疲労するために詩を書いてきたともいえる。どうみても、僕らのしごとは、決して、文化の塔をきずくためにやっていることではないので、むしろ、人生のあいまいな未練をはっきりさせて、あとくされなく生きようという、はてしのない努力なのだが、実際は、そういうことの方が抵抗が多くて、うっかりすると、手足の自由もうばわれて、身うごきもできないことになるのである。……＞

こゝで、金子光晴のつきあたったカベは何かということを僕らはよく考えてみなければならないのです。それは、ランボオがアフリカ逃亡をくわだてなくてはならなかったカベ、リルケが屋根裏部屋でうえることを伝説化しようとしたカベ、アラゴンが妻のエルザへの愛を戦いのなかでうたわなければならなかったカベとは絶対に違っているのです。

それは、もっと、もっと日本的なものです。日本には、ヘルダーリンの「かく困窮せる時にあって何のための詩人ぞ」あるいはハイデッカーの「この困窮せる時にあって何のための哲学者ぞ」という問いはありません。ヴアレリイの「他の国民は黄金を持ち、又他の国民は子供を持っている。しかしわれわれには、聊さか、かの地の塩が残っている」というシチエーションとは、俊別な違いがあるのです。わが国には高いメタフィジックを持った詩が育ち難いシチエーション――朔太郎や元麿を一例にあげるまでもなく、あまりに日本的な郷愁にみちた、芸術する場が多いように思われます。

V

わたしが叫んだとて、天使たちの序列のうちの
誰がそれを聞こう?そして、よしやひとりの天使がふいに
わたしを心に抱き取ったとしても、わたしは彼の
より強い存在のために絶えているであろう。なぜなら美しい
　ものは
怖るべきものの端緒に、われらが辛うじて耐へる端緒にほか
　ならぬからだ。
そしてわれらが美しいものをかくも讃嘆するのは、それが冷
　静に、

われらを滅すことを避けるからなのだ。天使はすべて怖るべきものだ。

（ドウイノーの第一悲歌 浅井真男訳）

このようなリルケの詩は、実存在、人間、物……秩序形成への根源的な詩人の使命を十分いいつくしています。リルケにおける天使の存在——美しい生命への持続、プロテストに対して僕らはある共感を持つのです。天使というものを見たこともない、この僕らが、です。そのとき、そこには何かが起ったのです。詩的感動の深さ——詩とは、往々にしてそれだけのもので終るのです。

神話は、昔から詩人にとって、しばしばとりあげられている主題ですが、神話における非合理的な要素の破壊も、また現代詩人の対決しなければならない一つの課題です。詩に詩以上のものを要求しすぎることを、僕らは警戒しなければならないのです。

最近、抒情詩の存在をめぐってしばしば論ぜられていますが、詩に詩以上のものを要求しすぎた帰着点ではないだろうか？一つの回帰点ではないだろうか？すぐれたシミリ、メタファ、アレゴリイの創造に腐心し、新しいイマージュの発見に詩の美学の新しさを探求する真摯な現代詩人といえども、先に論じた日本的なカベの前に立ったとき、抒情詩の存在を否定できなくなるのです。すぐれた詩はリリシズムプラスXプラス存在への根源的な問い——メタフイジックな秩序形成へのプロテスト、僕にはそう思われるのです。

VI

結局、詩の定義について語ろうとすることは詩人にとってマイナス以外のなにものもありません。抒情詩とは何かについて語ったところでナンセンスといった方が正直な話です。

窮極において現代詩の悲願である救われるため、詩が書けなくなる最期の時まで、僕らは黙って書くだけです。カフカが自分みづからにまばたきしないことを課したように。

詩人とは、僕らにとって常に人生のドラマにおける最も悲惨な被害者です。その詩的体験の契機は、被害者も加害者も一緒に現代文明の螺旋階段からどろ沼に転落してあがきがとれなくなる危機の一瞬をいち早く告知することで、はじめこの現実に堪えがたく見える詩を炎と燃え上らせて、強烈なエネルギーを内臓した抵抗力を感じさせるのです。

平和、公正、節度、謙じょう、畏敬、素直、信頼、同情、良心的、善良、無慾、祈り、勤勉等々の、あの螺旋階段——カミュによって「哲学的自殺」と名づけられた一郡の精神——キエルケゴール、シエストフ、ヤスパース、ハイデッカー、ニーチェ……の導いて行く螺旋階段。あの徒労に近いどうどうめぐりをくりかえす螺旋階段を僕らは確実に一段づつ上って行くことで、進歩していると信じ、幸福になっていると信じているのです。気づくことのない僕らの生の意味、確認は、僕らの仕事、仕事のむなしい努力の総決算はここにあると思うのです。

だが、ここで、僕らは政治家のようにあぐらをかくわけにはいきません。計算違いはないかと、もう一度、僕らは疑って、確かめてみなければならないのです。その反面、代償として何かが犠牲にされているのではないかということ、そこにごまかしがあるのではないかということ、しかもそれが一つの真理のために、あるいは人類の進歩の名において美化されているのではないかということを、僕らは確かめてみなければならないのです。**それは、必ず詩人の名においてです。その詩人の眼が、美しく澄んでいるという理由で。**

現代詩ノート

——鮎川信夫「アメリカ」をめぐって——

唐川富夫

「我々は、作品の完成した形や構造を理解し得ても、その形成過程を理解したり、感じとったりすることは容易なことではない。すくなくとも分析精神や印象主義のよく為し得るところではない。ところが作品の形成過程は生の運動を決定する諸ファクターの交互的な作用と反作用の充溢した世界であり、出来あがった作品の総括的結果よりも、遥かに知性と感覚の活溌に仂いている多くの領域を下積にしているのである。」

これは、鮎川信夫の「『アメリカ』覚書」の中の言葉である。たしかにこの言葉のとおりに、一篇の詩をその形成過程まで掘りさげて鑑賞しようとすることは非常にむずかしい。鮎川の力作「アメリカ」を前にして、ぼくにそれだけの能力と自信があるわけでもない。しかし、今日まで戦後書かれた鮎川の詩作品の中でもとりわけこの「アメリカ」につよい牽引力をおぼえてきたぼくにとって、この作品についてなにか誌しておきたいという衝動は不思議とつよいのである。

「アメリカ」は、かなりながい覚書を付せられて昭和二十二年（一九四七年）、「純粋詩」十七号に発表されたと記憶している。その後、「荒地詩集」一九五一年版に集録されている。ぼくの記憶するところでは、その当時発表された原型と「荒地詩集」に集録されたものとはいくぶんちがっているように思うが、いまその「純粋詩」が手許にないので、後者によることにする。

ぼくはかって、「詩学」昭和三十二年十二月号の「鮎川信夫特集」の詩人論においても、この「アメリカ」をとくに注目すべき作品としてあげ、それが鮎川信夫詩集に再録されていないことについて、あれこれ勝手な憶測を下したことがある。そのとにもいっておいたように、じつはそれが詩集に再録されようがされまいがどうでもよいことで、それが注目すべき作品であるという点ではいまも変りがない。先にも誌したように、鮎川の「アメリカ」は不思議にぼくの精神を攪拌し、ぼくを惹きつける。自分の一篇の詩について、あれだけながながと、しかも熱っぽく覚書をかきつけるということもおそらく異例のことであろう。

この「アメリカ」の発表された昭和二十二年がどういう時期であったか、いまさらここで述べる必要はあるまい。この作品に、戦後の最も困難な一時期、絶望的な季節が投影されていることもたしかである。この作品には、戦争中の精神風土と戦後の精神風景とが対照的に、また重なり合ってとりあげられている。そして、その絶望的な季節の中で或る予感におののき、希望を托そうとしている。そういう緊迫感の中で詩句がひきさかれながら、しかも再構成されているという点にぼくは魅力をおぼえ、つよく惹かれる。

　それは一九四二年の秋であった
「御機嫌よう!

僕らはもう会うこともないだろう
生きているにしても　倒れているにしても
僕らの行手は暗いのだ」
そして銃を担ったおたがいの姿を嘲けりながら
ひとりづつ夜の街から消えていった

こういう言葉をもって、この一六二行の詩篇は始まる。ぼくはいまくわしくたしかめる余裕をもたないが、この冒頭の言葉は、吉本隆明の言によると、トーマス・マンの「魔の山」の一節に照応しているとのことである。（吉本「鮎川信夫論」）また、「アメリカ」覚書にもあるように、鮎川が意識的に行った剽竊について、ぼくはいまあれこれ詮策しようとも思わない。この作品の初めの四四行は、戦争で死んだMにたいする追想であり。Mとは鮎川の詩「死んだ男」にも出てくるように、詩人であり友人であった森川義信のことである。それから、

死んだ男のために
一九四七年の一情景を描き出そう

という言葉ではじまる戦後の風景は、三人の男――大学生、詩人、独身者――が登場し、酒場のテーブルをかこんで議論している情景にうつる。この三人の男が、いずれも作者の分身であることはいうまでもない。この男たちは、それぞれ勝手なことをモノローグのようにしやべる。「おお、いまこそイギリスに住もう　ウインストンがいなくなったから」と大学生、「過去はまさに始まらんとし　未来はとおの昔に済んでしまっている」と詩人、「もういい　一言も語るな　君たちは僕に背中をむける　沈黙の壁　黄いろい皮膚　僕**は知っている　その平たい背中には背骨がないということを……」**と独身者、それから「また明日会いましょう　もしも明日があるなら」という誰かの声を合図に独身者が扉のそとに消え、詩人と大学生も消える。そしてそのあとに残された「僕」に、ふいに強烈な予感がかすめる。その絶望の中の声は激しくぼくらの胸をうつ。

僕はひとり残される
聴かせてくれ　目撃者は誰なのだ！
いまは自我をみつめながら微かなわらいを憶いだす
影は一つの世界に　肉体に変ってゆく
小さな灯りを消してはならない
絵画は燃えるような赤でなければならぬ
音楽はたえまなく狂気を弾奏しなければならぬ
「アメリカ……」
僕は突如白熱する
僕はせきこみ調子づく
僕は眼をかがやかし濤のように喋べりかける
だがあたりには誰もいない
空虚な額縁のなかで白い雨が乾いている
無言で蓄音器のレコードが廻転する
「アメリカ……」と壁がこたえている

ここには、一つの啓示のように突如として訪れる予感の激動がある。それがたたみかけてくる言葉、ダイナミックな表現によって見事に定着されている。鮎川の内部において、この「アメリカ」というイメージは或る救いのように彼をおとずれる。彼はあたかも雷にうたれたように「アメリカ！」「アメリカ！」とその啓示の片言を**絶叫する。彼の思想として、アメリカがどのような位置を占めてい**

るかなどここで詮衡する必要はない。これは、いうまでもなく彼の全身的な感動であり、その感動の尖端がこのような片言の絶叫となってあらわれたのである。

海の彼方！

光はひとつの原子に　強烈な夏の驟雨にかわってゆく

それは海の彼方である、かっては、自分たちの敵というイメージしか与えられなかった国の名である。それがいま、鮮烈な新しいイメージとして彼の中で蘇える。

憐むべき君たちの影にすぎぬ僕は
きちんとチヨッキをつけ上衣を着て
テーブルに凭れて新しい黄金時代を夢みている
いつの日か　僕らの交す眼ざしや
なにげない挨拶のうちから生れる未知の国民のことを……
そして至高の言葉を携えた使者が
胸にかがやく太陽の紋章を示しながら
宮殿や政府の階段をとびこえ
おどりたい群集をおしのけ
僕らの家の戸口を大きな拳で敲く朝のことを……
ああ　いつの日からか
熱烈に夢みている

ここで、この一六二行の詩篇にはピリオドがうたれる。このような希望が、一篇の詩の中にうたいこめられることは鮎川の作品中でもめずらしい。彼の詩作品には、しばしば都会の裏街風景やうらぶれた酒場や安ホテルが出てきて、暗い絶望色におおわれている。がこの「アメリカ」にはめずらしく力強い希望が造形されている。むろん、ここには安易な希望が語られているわけではない。これは、いわば絶望の中の一縷の希望にしかすぎない。しかし、その希望は深い絶望の底から生れてきたものであるだけにじつに強烈である。まぎれもなくこれは「深き淵より」の叫びである。この詩が発表されてからすでに十二年を経る今日、よみかえしてみてもぼくは新鮮な感動をおぼえる。おそらく今後においてもそうであろう。

「私は断片を集積する。私はそれらを最初は漂流物のように冷やかに眺めているが、次第にそれらの断片によって我々の世界が支えられていることに気づく。私はそれらの断片に、総括的な全体との関聯に於て、部分としての位置を与える」と鮎川は覚書の中に誌している。この作品が、鮎川の内部をよぎる多くの言葉の断片の集積であることはいうまでもない。ばらばらの言葉の断片が詩人の鎔鉱炉の中に投ぜられて、再構成され、それらの断片がそれぞれの位置を与えられるとき、それらの断片の集積は初めて強烈なショックを詩の読者に与えることができるのである。鮎川の「アメリカ」が、単なる思いつきや技巧によって書きながされたものではなく、前述のような作品であることはもはやくりかえすまでもあるまい。

ひとりの詩人が詩をかくその形成過程をたどることは、冒頭で述べたように容易なことではない。極端な言い方をすれば、そこには殆ど通路はとざされているともいえる。詩人の経験は、それぞれ異なっており、詩そのものが非常に内面的なものである限り、それは当然である。そしてぼくには、ぼくとしての詩のよみ方、享受の方法しかないということであり、鮎川の詩的経験をぼくの詩的経験と重ね合わせることができない以上、いまのぼくには「アメリカ」についてこのように語る方法しか残されていないようだ。

からだの中で生きている詩

土橋治重

詩には人のからだに刺さって、そのからだの中でかなり長い生命をもつものがある。

ここで、からだというのは、頭脳と肉体をいっしょにしたものであり、簡単にいえば、人の精神を指すのだが、精神といったのでは肉づけが薄いように思えるので、感性的偏重の欠点を意識しながらもあえて、からだというのだが、そのからだの中で、時間に洗われながらも、脈々と生命を保つ詩がある。

しかし、考えてみると、これはあたり前のことでとくにとりあげるまでもないこととも思うが、私は自分のからだに刺さっている詩について、少しばかり書いてみたい思いに、しきりにかられる。

照れくさいことだが、詩を書くものにとっては、自分の書いた詩が、どのくらい長く、人のからだに刺さっているかということは、最も深い関心事であり、長く深くということを意識下の世界において、いつも願っているのである。

そういう願いは一人の女に恋するようなものではないかとも思う。自分がどのくらい相手に認識されるかがつねに重大である。認識されることを目標に書いているのではないということも、書く場合の真実であるが、認識された場合にどっと喜びがふき出す結果もまた真実なのだ。喜びはどこから出てきたものであろうか。恋をするようなものど形容したことには少し妥当をかく点があるようだが得ぶから出てきたことには間違いはない。

さて、私も詩を読んできて、少しばかり時間がたったが、どんな詩がからだに突き刺さっているかを、ぐるっとからだをまわって調べてみると、時間の波に洗われて、一つの詩がそのまま刺さっているものは少ない。ほとんどの詩はばらばらになり、最も自分の好みに合った詩句だけが残っているか、または、詩全体の姿が茫となった内容を詰めて残っているかである。したがって、はじめに書いた詩には人のからだに刺さって、という言葉の最初の、詩には　を、詩句およびその姿には　に、急ぎ訂正しなければならないが、すべてよく忘れるわれわれの時間の世界においては、詩句や、詩の姿が残っているというのは、詩が生きているということにはならないだろうか。

なると思う。詩は忘却を道づれにして、意識下の世界に沈んでいるのだ。そこの空間にしばらく休んでいるのである。したがって、思い出すと、言葉が先に出てきたり、独自なその詩の先になったりまたはその姿だけが出てきたりするのだが、すべてよみがえったそれらの詩を見ると、たいていは記憶にある原型とは、随分、変っているのに驚く。

どうして、こんなに変ってしまったろうとつくづく思うのである。

しかし、変るのが約束である。詩はその人の肉体に刺さる時に、最初の変形をし、順次に分けることの不可能な変形をしてゆく宿命をもっているのである。そして、しだいに、忘却という条件が重みを加えてくる。

　　彼の背中のあたりを
　　ダッタン海峡が
　　青い風呂敷のように流れていた

これは安西冬衛の「ダッタン海峡と蝶」という詩であるが、私のからだの中で変化して、なんとつまらなくなってしまったのだろう。だが、肉体に埋没している詩はつまらなくはない。あらわれた言葉はつまらないが、感動はいきいきとしているのだ。

一人の男の背中の壁に地図があり、その地図の中をダッタン海峡が青く流れ、その海峡を白い蝶が一匹渡ってゆくのだが、詩句はこの三行しか刺さっていず、しかも、もとの言葉よりひどく汚くなっている。

何か本を探せば、この詩は原型のままで出てくるわけだが、いまここではそれを必要としていない。

安西冬衛の詩は、このように変形して私の中に残っているが、残っていることによってこの詩は一人の男にとってすぐれたものであったわけだ。

しかし、忘却は何というひどい作用をするのだろう。詩の言葉をほとんど奪い去った。そして、奪い去る行為を重ねる向うには死がありそこではことごとく奪われてしまわなければならないのだがおそらく、そこまでかすかながらもこの詩は生命を保つだろう。それがからだに刺さった詩のかけがえのない名誉というものだろうと思う。

　　留守と言へ
　　ここには誰も居らぬと言へ
　　五億年たったら帰ってくる

これは高橋新吉の詩である。この詩は何の変化もなく私の中にとどまっている。おそらく、この詩は短いために、時間や忘却がその言葉を奪い去ることができなかったのだろう。

人のからだに刺さって変化しないためには、短い詩でなければならないという理由もこの詩のありかたから生れてくるが、短い詩でそれが相手に、浸透するためには、どのようなことを、どのように書くかということがすぐ次にくる条件である。この条件は、いうまでもなく、作者の新鮮な感性と知性の共同によるからだの作業によらなくては、こちらのからだに刺さらないというルールもまたもっているのである。

私はこの詩を折にふれて、肉体からとり出して空気にあてるが、死人への引導としては、適切にすぐれていると思う。

五億年たったら帰ってくる――うそをいえ、うそも休み休みいうものだ。帰ってくるといっても帰ってこない女のように、帰ってこないということをいっているのではないか。

大体、人は留守のところなどに帰ってくるものではない。いや、留守と言へ――では、居留守を使っているわけではないか、居留守を使っている者が、五億年たったら帰ってくる――ではリクツに合わないではないか、はじめから出かけはしないのだ。出かけたのか出かけないのか、一体どっちなのだ。

　　音楽のないところに
　　音楽があり
　　運動のないところに運動がある

これはエリオットの詩句である。どの詩の中にあったか記憶の作用はとぎれているが、この言葉も、私の肉体の中ではぴちぴちしていて、高橋新吉、エリオットという作者名をとり除くと、私にはどっちがどっちかわからなくなる。記憶はそれ自分にとって、都合のよいように形を変えるので、この際、思い切って記憶の都合がよかったら、名前をとりかえたらどんなものだろう。

留守と言へ——をエリオットに。音楽のないところに——を高橋新吉に。とたんに、私の中ではエリオットは光りをまし、高橋新吉は思想の骨ばかりということになってしまう。

だが、音楽のないところに—は背後に深山を擁しているのである。ふと、私は「けっこん、けっこん」という言葉を聞く。その言葉は時々、私の青春の方から聞えてくる。山之口貘の「結婚」の詩である。

ぼくは結婚を呼び呼びした
けっこんと呼ぶと
タンスがあらわれ
火鉢があらわれた
またけっこんと呼ぶと
妻があらわれた

この詩もなんと変貌してみにくくなったのだろうか。言葉は原型とは、まったく違ってしまって、やはり驚く思いである。だが、私に聞えたのはこの言葉ではなかった。私の肉体に埋没してとり出すことのできない言葉である。

つまり、結婚という初い初いしい感動だった肉体に埋没してしまって、とり出すことのできない言葉に、私はここでも、突き当ったのだが、肉体の中に生きているという点においては言葉は全く必要ではない、**私は仮りの言葉をどんなに変えても痛傷はない。「けっこん」**という声が聞えてくると、タンスや火鉢や妻が、いそいそとあらわれてくるからである。

私はまた自分のからだを見まわす。すると肉体に埋没して生きている詩が、しだいに頭をあげ、その詩句や感動がさまざまのニューアンスを呼び合うのだ。五人や六人ではない。おそらく二十数人にのぼるのだろう。その中には金子光晴も、西脇順三郎も、草野心平も、佐川英三もいるのである。

だが、それをめんめんと書く必要はないようだ。からだに残っている状態は、ほとんど同じだからだ。けれども、残っていきている何篇かの詩に対して、私は斗争をいどんだ時間があった。その詩を、どんなにしても喰い伏せて栄養にしなければならないと思ったからだった。そして、この斗争は新しく肉体に入ってきた詩の一、二に対して今もつづいているが、これはここでは、はみ出すことなのである。

さて、私は以上自分のからだの中で生きている詩について、思うことの三分の一も書くことができずに、吃音的に、少しばかり書いたが、どんな詩がその人の中で生きているかということも、その人の詩に対する考え方と、その人の書く詩の質を示していると思う。私の中に生きている詩も、もちろんそうなのである。

したがって、その人の書く詩はその人のからだの中に生きている詩が、その人の個性的な新たな服装をして、新しい時間の世界にあらわれるということになる。この場合、どんなに個性的に変形してあらわれるかということが問題であるが、生きている詩を越えて、全く新しくあらわれるということは、稀有な事件にぞくするようだ。稀有な事件は起さなければならないのだが、からだの恐るべき**吸引力を振り切ることはそう簡単ではない。**

肉体の中に生きている詩は、その肉体とともに呼吸しているからである。
だが、もし、その稀有の事件を真から願うならば、人の詩は一切読まず、またそれをからだに生かさない方法をとることが一番だと私は自分のからだの中に生きている詩どもをかえりみて、つくづく思うのである。

詩の発想についての断章

原崎　孝

ぼくは今になっても、ときおりそのときのことを思い出すことがある。それは、ほんのささやかなひとつの会話にすぎないのだが、もう十年近くも前に、地方のある高等学校の放課後の教室でとりかわしたことばのいくつかが、いまも鮮やかな印象となってぼくの記憶にとどまっている。ぼくらはそのとき、大岡昇平の『野火』について語り合っていた。国語の教師であり、短歌雑誌「まひる野」の中堅歌人として活躍していたその教師は、ぼくらに『顔の中の赤い月』の結末について語り、『野火』における人間の限界状況について熱をこめて語った。「武装せる吾等のいるところにはあらじ此処北京大学の講堂は」という作品を詠んでいたこの歌人は、その青春を戦争の中で送った世代の一人だった。ぼくらはそのときそんなことばは知らなかったが、彼も又、戦中派の一人であったのだ。その教師はぼくらに云った。――「失われた人間性、失われた主体性、失われた個性、そういう戦争の傷痕をこれだけ冷静に記録描写したこの作品の意義は大きい。最後の病院での章は不要もしくは蛇足であろう。ぼくらはふたゝびこのような非人間的な状況に追いこまれないように、『野火』の世界を記憶しておく必要があるだろう。人間性、主体性、個性を失わないように。」――手短かに要約すればそんな意味のことを言った。そうしてそのすぐあとで誰かが云った。――「先生。ぼくらにはその失うべき個性さえないような気がします。個性というものは何なのでしょうか?」。「ウン」と云ったまま黙ってしまったそのときの彼の困惑した表情がいまもはっきり思い出せる。むしろ彼のこのときの表情を記憶しているゆえに、この折の会話の内容も忘れがたいものになっているのかもしれない。ぼくらのこうした質問は、一つの対話として、先の教師のことばとうまく噛みあっていないのは誰が読んでも明らかだろう。おそらくこの質問は、その教師にとって思いがけぬ横槍だったのにちがいない。彼がそのとき、いゝ加減な、教科書の定理めいた「個性」の説明をしてくれなかったのはぼくらにとって幸福であったと云うべきであろう。彼もそうであったにちがいないが、そのときぼくらは、ぼくらの両者の沈黙の間には、説明では埋まらない溝のあることを直観的に悟ったように思う。

　ところでぼくがいまこのような旧事から書き初めたのは他でもない。戦後詩とよばれる詩の種々な傾向をもった数多い作品のうちにも、戦争の体験を持った世代と、戦後にその青春を形成した世代の詩人たちとの間には、その世界観の上で、従って又、その詩の発想の上から云って、両者の間には説明では埋められぬ溝があることを云いたかったのだ。現在の二十代の詩人たちの秀れた幾人かが、どれほどそのことを自覚して、意識化しているのかは知り得べくもないが、そういう若い世代の傾向を明晰に論理化して代弁しているのは大岡信氏が『国文学解釈と鑑賞』（三十四年七月号）に書いた次のような文章である。――「現在二十代の半ばすぎ乃至三十代のはじめにいるかれらは一様に、自己規定に対するほとんど生理的な嫌悪を持っていて、それだけに、いい意味でも悪い意味でも流動的である。かれらには、たとえば『荒地』の詩人たちにはほとんど見られない向日的、開放的な明るさ、一種のノンシャランスがある。……」これらの言葉の中でもっとも注意に値するのは、彼等が『荒地』の詩人たちに見られぬ向日性を持っていることでもなければ、開放的な明るさを持っていることでもなかろう。それは、彼等が自己規定に対する殆ど生理的な嫌悪を持っていること、従って流動的であるというこのことであろう。「向日性」ということだけに、あるいは「開放的」であることだけに限って云えば、『荒地』の詩人たちが全然そうでなかったわけではあるまい。中桐雅夫氏の「HIGH NOON」や、田村隆一氏のダイナミックな作品を引用するまでもないだろう。詩を書くことは「自らの危ふやな存在の中に、外から明らかな光を導き入れることであり、光を収斂して一つの中心を発見することである」と書いたのは鮎川信夫氏ではなかったか。彼等もまた、光を求めていたのである。しかしながら、人間性の回復をねがい、主体の権威の確立を希う彼等の作品が、つねに色濃く終末観に**彩られていたのは何故であろうか？　ここでぼくはもう一度あの質**問をくり返すことにしよう。――「個性とは何なのでしょうか」、「主体とは何んでしょうか？」。個性や主体性を固定的なものと考えるか、流動的なものと考えるかで、おそらくその人の世界観は全く変って来るだろう。固定的なものとして個性を考える？　冗談じゃない、今どきそんな十九世紀的な人間観を持っている奴がいるものかとぼくは失笑を買うだろうか？　だがこう云うことは云えないだろうか。『荒地』の詩人たちがかって「神」を口にしたとき、それはあくまでも約束された不変の超越者としての神であり、外在的な光であり、「現実」や「人間」に対比される「神」であって、「われ」に対する「神」ではなかったと。事態は、クローデルの「神」と照し合せて考えてみればはっきりするだろう。クローデルの書いた「ジャンヌ・ダルク」にせよ、「コロムブス」にせよ、「共生《コネッサンス》」と「コ・スーフリイル」（お互いに苦しめ合う）という認識にもとづく彼等の神は、彼等の人間的でヒロイックな行為に対して与えられた栄光の別名ではなかったろうか？　ジャンヌにせよコロムブスにせよ、彼等の行為を通じて「神」は彼等の内側から現れたと考えるべきであろう。わが国でしばしばきわめて安直に口にされる「神」とは、全く逆な論理的なすぢみちからだ。話が少し横道にそれたが『荒地』の詩人たちは「神」を外在的な超越者として考えたために、そこに救われようのない「原罪観」がまつわりつき、さらに不幸なことには、彼等は失なわねばならぬ青春を持っていたのだ。爆撃と共に灰燼になった街に、かって彼等の青春があった。こうして彼等の「失われた青春」「失われた人間性」は、彼等が夢想するあるべき姿で幻影の都市をさまよいつづけることになる。彼等があるべきものとして夢想した個性は、形を変えることなく幻影の街をさまよっている。**彼等の作品の中にみられる夢想のはげしさ、そしてその**

文脈にたびたび現れる否定詞のひびきの強さにもかかわらず、読者がそこに常にデスペレートな基調音をききわけることの多いのは、おそらく彼等の「人間」の観念が、あの、歴史的な概念とはまったく別の次元で成立している「原罪」の観念と同様に、絶対的で、固定的なイメージに裏打ちされているからではなかろうか。戦争が、暗い谷間の時代がなければ美しくすこやかに開花していたであろう彼等の青春。いや、実現されなかったがゆえに、憧憬の、或いは希求の対象として観念化され、固定化された美しくすこやかな人間性の幻影が、現実における彼等の絶望と、あるいは彼等の虚無と、どこかで密通しているのではないかという疑問を抱いてみるのも、あながち失うべきものを持っていたこれらの世代に対して、初めから失うべきものを持たなかった廃墟から生まれた子供たちは、何と身軽で不逞なのであろう。

どうやらぼくは、大変な遠廻りをしたらしい。このエッセイの最初の意図は、これら廃墟に育った世代の詩人たちの発想について語ることだったのだから。眼をつむれば、自分たちがそこから歩いて来た道のりのはてに、廃墟の街が見える。ジャン・ケイロールの詩句をもじって云えば、「手を持たない愛の子供たち」とも云うべきこれら戦後世代の詩人たち。彼等が「愛」と云い、「人間」と云い「青春」と云うとき、彼等はそれを実体としてとらえているわけでも、又、そういうものをとらえようとしているのでもない。前世代の詩人たちが、全てが実体を欠いた風土や時代に不安を感じていたときに、彼等はその時代を当然のことのように育ってきたのだ。観念内容や実体などというものは行為を通じてのみつかみ得ることを、彼等は本能的に知っている。そうして、固定的な観念に忠誠をちかうことが、いかに無意味であるかを知っている。こうして彼等は、自らの中で無数の、あるいはいくつかの観念を衝突させて錯綜させ、葛藤させる。観念のひろく云って言葉のエネルギッシュな葛藤、そのメカニズムだけが、この世代の詩人たちの作品を支える。嶋岡晨氏が「抒情詩の抒情否定―二十代詩人の抒情の性格―」（地球・26号）で書いているように、「その矛盾の葛藤が作品を支える」のである。例を挙げよう。たとえば、嶋岡晨氏の作品であり、関口篤の作品である。彼等の詩は過剰なほどのイメージにみちているのが特色であるが、そのイメージは多く肉感的であり、しばしば傷ついた生きもののイメージであり、意味の上から云えば、否定文の文脈が頻出する。文脈の文から云えば、洗練された、イロニックな文体をもつ堀川正美氏の作品にしろ、どこが始りでどこが終りともつかない、いわば無限の連続性をもつ水橋晋氏の作品にせよ、彼等の文脈の中で、否定文の詩句が、その詩の中で強いアクセントをもつているといえるだろう。にもかかわらず、その詩全体から感じられる詩人の姿勢はきわめてアクティヴであり、詩そのものが語る意味は、生に対してきわめてポジティヴである。絶対的な観念を持たないぼくらの青春の、渇きといらだちを表現した大岡信氏の作品「さわる」にしても、同様のことが云えるだろう。

作品を引用しないままでぼくは結論を急ぎすぎるかもしれないが、ぼくらはこうした様々なイメージの葛藤、いくつかの観念の衝突するエネルギーによって、ぼくらの青春をたしかめてゆくだろう。ぼくらは人生をトリミングしない。ぼくらが自らの詩を額縁の中に納めることがあるとしたら、あるいは納めねばならないことがあるとしたら、それはぼくらの青春が挫折する時ではなかろうか。ぼくらはつねに復眼の生きものでありたいとねがっているのだ。

四月

吉野弘

四月
人事異動の月
労仂者が経営者に色目を使う月

四月
人事異動の月
労仂組合が委員長を課長に送り出す月

四月
人事異動の月

労仂者が労仂者から足を洗う月

四月
人事異動の月
「古き良きもの」の手で
労仂者が鼻面《はなづら》を引きまわされる月

四月
人事異動の月
優曇華《うどんげ》の花咲く哀れな月

朝顔

糸屋鎌吉

舟に朝顔を咲かせて
荒川を下る

東武電鉄のガアとした響音を
戦前から知っているひとの
ひしめいている　たゞれた街が
河を押しつぶそうとすると
河は毒をはいて逆にふくれあがる

皇太子が
わたしの努力する責任をと言うと
中学生達がゲラゲラ笑ったのだ

岸に佇って
肺病のひとがこっちを見ている
そのひとは吾が情人

むかし都鳥

ぷつりぷつりとメタン瓦斯の泡が
やぶけ
わたしの少年のにきびの肌を
河はゆっくり流れ

大輪に白く
また紫にひらくのを
やがては、しぼんで　うなだれの頃には
この舟は東京湾の小波に出ているのだ

ある秋の日の散歩

堀内幸枝

ここは田圃でも野原でもなかった
ましてや美しい山でも谷でもなく
一聯の山々から谷間に下りる平坦な雑木林の空地であった

山々の間の細い水路をこっそり曲りくねって
やっとここまでたどりついた小川が
いくつもこまかく割れて流れていた
その音も立てず根草をしたした浸した水にはどこの小川にもない
妙に人の心を静める落着いた力がひそんでいるようだった
そのため

この辺一帯はどこより古い曼珠沙華の株が繁茂し
その花はどこより眞赤に咲いていた
また
この辺一体はどこより眞黒い
揚羽蝶が舞っていた
そのため
曼珠沙華の花のうしろに
黒揚羽蝶がとまると
その二つのどぎつい色で
この辺は
いいしれぬ美しさと
いいしれぬ悲しみを流していた

＊

ここのいつも黄ばんで青ざめた土手に座っていると

この辺は夜が来ると墓もないのに
墓地のような匂いがする
夜になると山鳥の細い声や野菊の淡い香りをけして
黒々咲いた曼珠沙華の株とその株にからんで流れる小川のせゝらぎが
ひとすじ線香のような匂をたてている
この辺は
私の過去のどんな恋にもまして
なまめいた霧のようにふわっとした墓地の匂いがたっている。

橋

阿部弘一

雨にけむりながら
橋はじっと聞き入っている
隠されてしまった岸のひっそりした遠さに
世界にふりそそぐ雨のひろがりの遠い果に……
そうして　いつまでもそこに残され
彼はけむっている

彼の上をあわただしく渡って行く者のかすかな素足
その者にさえ気づかれぬ不安でふくらんだ心そしてそのぬくみは
雨をあたためて彼の背にしみとおってくる

そのとき　ほとんど拒みながら彼は耐えているかのようだ
私たちを橋の上に誘いだすものに
その両端をにぎりしめられて……

しかし　彼を渡る者のとだえたとき
橋はにわかに気づく
追わなければならなかったその者がもはや再びやって来ないことに
なによりもその者をそのまま行かせてしまったおのれのひそやかさに

雨にけむりながら
そうして彼は静まりかえったおのれを渡りはじめる
立ち去った者のぬくみが次第にうすれて行く彼の触覚
樹や高い塔を隠してやがて耳に触れてくる世界の風の深さ
しかし　そこでふとしびれるように橋は断たれる

けれども

私たちはみることができる
彼がなおもおのれを越えて渡って行こうとしているのを
盲目のまま
水かさの増した流れに白く波を蹴り
まるでみずからを投擲するように
無限に雨のなかにひきこまれているのを
断ちきられたそのことによって
純粋な空間にのみ架けられているただひとつの橋を

彼自身それを愛した
いつか彼を渡って行くであろう者たちのために
そして　残されて彼自身その橋を支えるものであろうとするために

あけぼの

村松英子

あけぼのの洩らす
うすわらいの中から
褐色の魔法使が生まれる
小指の先に
太陽をひっかけて

何が欲しい？　と
いつもひとびとはきいた
なにが……

女は死んだ

王国は滅びた
赤毛の盗賊たちは逃げ去った

しめっぽい声が
ぶつぶつ呟く
――けちな記憶だ

行列がつづく
音もなく
ギリシャの兵士の行進のように
黒々とつづく

踏みつけられた
かっ色の死骸
それを残して
太陽は　のぼる

執筆者住所録

大野　純　新宿区柏木四ノ八八八
菱山修三　世田谷区成城町六六七
粒来哲蔵　古河市観音寺町
内山登美子　豊島区駒込一ー五六　中島方
仙川竹生　別府市的ケ浜町
土橋治重　鎌倉市大町名越一六九三
唐川富夫　府中市車返一八一八
原崎　孝　杉並区天沼三ノ六九七　山口方
吉野　弘　板橋区向原町一三一二　向原住宅C—五一三
糸屋鎌吉　世田谷区砧町六一
阿部弘一　世田谷区羽根木町一七一四
村松英子　文京區高田豊川町三七

後記

遅々とした歩みながら、ここに「葡萄」十七号をお送りします。一般によく問い合せを受けるのですが、この雑誌は同人制でも会員制でもなく、また詩壇的に公器といわれる雑誌からもほど遠く、ただ詩を愛する者たちの素朴な感情を、小さい紙面の中にも反映し、とどめていきたいと願っている。

今日は沢山の詩雑誌が出ているのであるから、詩にはいろいろな形のものがあっていいことだと思い、この雑誌も一面きわめてかたよった編集をしているため、せっかくの一般の投稿原稿も収録できないものもあったが、これからもどしどし投稿していただきたい。(投稿のさいはコピーをおとりになるか、返信料をそえて下さい)

ただ今日の芸術は社会のさまざまな現象によってゆがめられ荒されているので、我々は真に感動した作品はその感動を卒直に表現したいものだと思う。その純粋さが、今日の社会では詩と言う無償な文学ジャンルにしか残っていないように思うので、私は一層この個人誌をつづけていきたいと思っている。

自分はこのごろ小学生の詩の中に単純な表現ながら、純粋な詩的感動が残っているのにしばしば驚かされる。現代詩は高度なテクニックによってかえって感動を弱めているようにさえ思われてならない。この雑誌も微力ながらこうして続けているうちに、長い目でみたら何か良い仕事を残す詩人もあらわれてくることであろうと思っている。

（堀内）

1959年11月1日発行
定価　40円
編集発行人　堀内幸枝
東京都新宿区柏木2—446
千葉方　葡萄発行所

葡 萄

18

葡萄

18

1960年6月

小詩篇……………………堀川正美… 2
誕　生……………………嶋岡　晨… 7
困　憊……………………堀内幸枝…10
発　生……………………磯村英樹…12
許してほしい恋人………竹久明子…15
随　筆……………………三好豊一郎…18
藤富保男…20
堀内幸枝…21
大野　純…22
武村志保…24
燕…………………………西垣　脩…26
花くず……………………竜野咲人…28
集　り……………………高瀬順啓…30
泡…………………………武田隆子…32
アンリ・ミショウ詩抄…小海永二…33
★
詩　論
現代詩への新しい課題…平岡郁郎…36

小詩篇

堀川正美

1

眠い

おれはとうとう
うつぶせになった。
もうどんな声もおれからは
でてこない。

すると佛陀がぶつぶつ
いっていた。
責めをおれに

引きわたすというのだ。
うすくなって
ひろがってどこまでもいっちまう。
ますますうすくなりあなたのはじのほうへ
しがみついて上陸する。

砂しか噛めない。やめた。
嘘はいわない。
あなたをむかしから愛していた
いうよりはやく

いおうとして　噛みしめた
いしつぶのまわりいっぱいおれは
しずかにとびちった。
もう　呼ばないでくれ。

2 イソップ物語

氷の都でねむるまで
水のしたゆらりゆらりながれてゆくのよ。
いつまでいつまで愛してくれるの。
オーローラ映えるまっしろいイカになるのよ。

棚にならんだ化粧びんからいきなり血が噴きだす。
大銀行はダムよりも青く浮かびあがっている。
ブルジョアもキリギリスさ。蟻は悲しい蟻が好きだ。
いのちばかりはどこへも曳いてゆけなかった。

きみの指から葡萄がたらりと滴って、海は場所を変える。
渦は渦とかさなりあい、海草はパチパチはじけて海底から、きみの胸から火の蝶がいちどにとびたった。
だれもゆきつかない渚。いちどだけのお別れはきた。

三十日がこうして健康のためにあるとしたら
三十年の翌日は。何もできないためにあるのだ。
繰り返しを責めるな。為すべきことを発見するな！
敵が流す血に言え。われらの希望は老いて死ぬことだと。

3 夜のへり

鐘がとだえてゆくほうにわたしのゆくえはなかった。
折りたたまれた世界がもうすぐ配達されるだろう。
どこかで短針みたいな男がからだをまげる。
みんな眠ったな。すると窓のしたへ波がやってきた。

街はずれから溶けてゆくだらっとした都市の地図は
でっかい舌にひたひたねぶられている。

言語のありとあと高みをのぼりつめた。そこから
夜のはてがガラス・ドアのようにかがやいてみえた。
匍ってゆっくりつたわっていった……

4 叫びと身ぶり

ワイン・グラスはあっというまにぐらりとかたむき
血はながれひろがって
たかが灰皿の底をひたす。
おびただしい質量がつくった
テーブルというものの　平面のうえ。

誕生

嶋岡晨

空にひろがる
母胎がある
ひかりにいぶされ
かすかに
はじける種子のさけび
それがおまえの産ぶ声となる
はずかしそうに
おまえは、しろい
雲の股から
ゆがんだ頭をつき出して泣く
あおい涙が
空のひとすみにしたたり

おまえは見る
倒れる
人
かすかな
動物のうめき声
倒れる
木のしたにねむっている
あわれなひげづらの父を
ほそい
血の糸が
すべての物象につながり
太陽のなかで
からからまわる
糸車をおまえはこわそうとする
こども。あるとき
おまえは

しかし
すみきった空気のなかの
ふるえている
黒い点である
ある日のおわり
おまえは妻の編んだ果物籠にとまり
ある朝、とつぜん
皮をむかれて
空から落ちてくるリンゴであった。

困憊

堀内幸枝

なぜこんなに頭がからっぽなんだろうね。
なぜ小川にあんなに泥水が溢れているんだろうね
春風はあんなに埃をすい上げて　なぜ景色を汚すんだろうね
いったい私は何に裏切られ何にこんなにまで弱りきっているのだろうね
　私には私の敵が見えない
　私には私の痛みが感じられない

あ・
長く海辺につながれていた古い舟が
今　私の足もとから　ギクーンシャクーンと曳かれていく
あ・
その舟を見送っていると

長い間私の中でもてあましていた
感情や愛情が
私の中から引抜かれて
海に捨てられていく
あ・
内臓を引抜かれたら
急にお酒がのみたくなったね

この海岸の防波堤の上に一茎のたんぽぽが咲いて
ここだけ清々とした陽がさしてるね
海は荒れて潮風がしみるね
あ・
たんぽぽの花のしんだけ灯のついたお家のようにあったかいね
ここで急にままごとのような
お酒をのみたくなったわ。

発生

磯村英樹

魚雷をくらった船の
壮絶な祝祭が終ったとき
生れ出るように生き残った兵士は
大海原にぽつんと小さく
あぶくのようないのちを浮べ
波のまにまにたゆたいながら
遠い夢をみつづけていた

そのとき 彼は
父と母のはげしい灼熱のあとに生れ
塩っ辛い羊水の海に浮んでいる

目玉とコロイドだけの受精卵であった

そのとき　彼は
天と地のはげしい灼熱のあとに生れ
ひっそりかんの始原の海に浮んでいる
最初の生物コアゼルベートであった

溶けてしまいそうに青い海原に
あぶくのようにたよりなくたゆたいながら
兵士は次第に意識をとりもどしてきた

ああ　また　生れたんだな
塩っ辛い羊水の海に
ひっそりかんの始原の海に
生きものは　どんなに進化しても
このさびしさからはじめることを

くりかえすほかはないんだな

波のうねりのようにさびしさの押寄せる青海原に
ぽつんと小さく浮んだ兵士の身ぬちに
やがて
コアゼルベートが細胞を増すように
受精卵が胎児のかたちをととのえるように
生きようとするちからが
次第にたしかに湧きおこつてきた

211　『葡萄』 第18号　1960（昭和35）年6月

許してほしい恋人

竹久明子

ため息の釣橋を
この空にかけることが出来たら
ひゞの入ったガラスでもいゝ
わたってこい詩魂よ
逢いたい人などどこにもいないのだから
……許してほしい恋人……
あなたを捨てたのは
寒い冬
そうではなかった
氷雨《ひさめ》ふるたそがれ
いゝえ落葉する秋の

そんな日ではなかった
怒りの視線をなゝめにうけて
おごれる夢のさきくるう
眞晝の笑顔の中でだった
……許してほしい恋人……
それがなんであったか

雪の夜
ふるえて泣いた
くらい雨のホームで
じっと空をみあげると
天にかゝった釣橋
わたしのまずしい詩魂の橋を
愛するといゝ愛もなく
よじのぼる男このわたし
……許してほしい恋人……
あなたを思うとき

夏のころ
なやましくさく
カンナをなつかしむ
いゝえひとりだけ老いて
そんな日をおそれる
地の果てでふかい夜のみ
愛するといゝ愛もなく
あなたと別れて詩を書いて
……許してほしい恋人……
これはわたしのなみだ
うけとってほしいこゝろのくちづけ
昔のまゝ愛らしい手に
つれてきてあのひと
逢いたい人などどこにもいないのだから

随筆

私の好きな詩

三好豊一郎　藤富保男
堀内幸枝　大野純
武村志保

吉岡実の詩

三好豊一郎

苦力

支那の男は走る馬の下で眠る
瓜のかたちの小さな頭を
馬の陰茎にぴったり沿わせて
ときにはそれに吊りさがり
冬の刈られた檜ぶすまの高粱の地形を
排泄しながらのり越える
支那の男は鎖の輝く涎をたらし
縄の手足で肥えた馬の胴体を結び上げ
満月にねじあやめの咲きみだれた
丘陵を去ってゆく
より大きな命運を求めて
朝がくれば川をとび越える
馬の耳の間で
支那の男は巧みに餌食する
粟の熱い粥をゆっくり匙で口へはこびこむ
世人には信じられぬ芸当だ
利害や見世物の営みでなく
それは天性の魂がもっぱら行う密儀といえる
走る馬の後肢の檻からたえず
吹きだされる尾の束で
支那の男は人馬一体の汗をふく
はげしく見開かれた馬の眼の膜を通じ
赤目の小児・崩れた土の家・楊柳の緑で包まれた椀
黄色い砂の竜巻を一瞥し
支那の男は病患の歴史を憎む
馬は住みついて離れぬ主人のため走りつづけ
死にかかって跳躍を試みる
まさに飛翔する時
最後の放屁のこだま
浮ぶ馬の臀を裂く
支那の男は間髪を入れず
徒労と肉慾の衝動をまっちさせ
背の方から妻をめとり
種族の繁栄を成就した
零細な事物と偉大な予感を
万朶の雲が産む暁
支那の男はおのれを侮蔑しつづける
禁制の首都・敵へ
陰惨な刑罰を加えに向う

戦後発表された詩作品で、私の愛読した

ものはたくさんあるが、やはり印象も新らしい最近のものとして、吉岡実詩集「僧侶」をあげたい。

彼とゆっくり話したのは一度だけだが、そのときの彼の片言隻語に私は興味をそそられた。

彼は私に、自分は文章が苦手だ、評論やエッセイが書ける人がうらやましい、と語ったが、文章が書けないというより、彼にはめんどうくさいのだろうと思う。これは彼が、詩を文章で語ることの不可能を悟っているからで、詩作の秘密、魅力は文章では解説しようがない、困難な微妙なものであることを、問わず語りに示したようなものである。

彼は北園克衛の影響を受けたと言ったが、これはいわゆるモダニストとして出発したことを語っており、彼の詩の言語に対する態度は、処女詩集「液体」以来、一貫した論理をもって貫いている。モダニスムは長い年月の後に吉岡という個性を開花させたと言い得よう。言いかえれば、彼は感情の自然主義には初めから関りがなかった。感情移入による自然流露の抒情詩には無縁であった。

モダニスムの一つの特色は、詩の言語をはっきりと、マチエールとして自覚することにあり、彼はそれを受けついだ。言語をマチエールとして自覚するとは、一つ一つの言語の慣習的にまつわりつく意味の概念性を出来る限り排除する方法意識であって詩の意味は、一詩作品全体のコンストラクションによって産み出される。言語は互に吸引し合い、排斥し合い、お互がお互を照らし出したり、陰らせたりしながら、全体の構造をつくり出し主題を浮彫りする。

詩が本来歌であることは、歌うという行為による感情の伝達を目ざした自然流露の形をとったことを意味する。定形抒情詩は短歌にみるようにその最も安定した容器であった。詩が歌であることは、歌うという行為によって最も際立ったが、歌うという行為から離れても、その本質的なものは変らない。現代詩は歌うという行為から全く離れてしまっているが、それによって他のなにものかに変ったという訳ではない。現代詩の享受が愛唱から愛読へ変ったとしても、その唱し難くして、読むことを強制する形式が与える感動の質は、詩的感動であることに変りがない。だから唱し易い定形抒情詩からみれば、甚だしく散文的な形をとったようにみえる現代自由詩も、その複雑な様相の中心に端的な歌の感動の筋が一本通っていなければ、単に複雑怪奇な、支離滅裂な文章表現として示されるに止まる筈である。現代詩の混乱は、歌のない複雑怪奇で支離滅裂な、文章表現がはんらんしているためで、詩とは文章表現の珍奇さがかもし出すアイマイモコとした面白さにあるという早合点がつくり出していることも原因の一つである。そしてそれを知的複雑さだと誤解しているのだが、知性は本来明快なものである筈ではないか。

尤もここで、歌は唄われるからこそ歌であって、唄われぬ歌とは言語の矛盾だと言うなら、ポエジイとモダニスム流に言って差しつかえない。詩を説明するための、その時代々々にふさわしい形容があるので、モダニストはポエジイという言葉を使った。いかにもハイカラで知的であり、感情流露の自然主義の抒情詩から区別して、新しい詩の性格を示すのにふさわしい。しかしモダニストの最大の欠点は、ポエジイの活力を知的遊戯の無内容な審美主義に低回させ枯死させたことであった。

吉岡の詩が、モダニストの影響から出発しながら、無内容な知的遊戯におちいらなかったのは、ポエジイを詩的本能の深いところで捉えていたからで、彼が詩を説明したり、詩について語るのをためらうのは、彼の詩的本能が、詩を語るには詩作品以外にないということ、詩の発想衝動が知性の光のとどかないところに根ざすことを知っており、言いかえれば、理論よりメチエを信頼せざるを得ないことを悟っているからである。

　彼が「半具象」と言ったり、「同時に複数の視線を所有する」と言うのも、これは彼の詩学理論というより、彼がみずからのメチエに対する自覚から発した彼独自の方法論なのである。

　彼の詩が私にショックを与えたのは、彼の詩的本能の強靭な根強さが、私の詩的本能に強く訴えたからで、その強靭な詩的本能によって捉えられた言語が、実存の様相の、ゆるぎない表現となって開示しているからである。ここには知的遊戯の空虚な審美性は毫もない。彼の言語がゆるぎない表現となって迫るのは、彼のモティフの把握の強固さによるので、それはモダニズムの知的衣裳の審美性によるものではない。彼の知性は、横溢する言語を詩的言語に錬成させ、定着させ、一篇の詩として規整する働きにおいてある。言語感覚の詩的レアリザシヨンという強い詩作の意図に貫かれた彼の詩は、詩集「僧侶」において、実存の緊張した時間を、美事なヴイジョンの中に確乎として捉えている。

光沢のでる詩

藤富保男

多くの詩を今迄読んだが、いつも僕は感激ばかりしている。どの詩も自分の詩よりはるかに発言能力の強い詩ばかりのようにみえて何んとなく恐怖感を抱いている。その一つの理由として、詩がうったえるものを持つか、持たないか、という点で多くの詩は何かをうったえているようであるのに反し、僕の場合は、僕が自分自身の中の詩にうったえている——否、反射しているだけのパワァーしかないからである。そういう意味で、僕は内攻的な詩を好むのだが、外攻的なのは、偉そうで丈夫で、何んとなく巨大でいいものだ。僕はどうもそういうタイプの詩が作れないので、彼等の仕事に憧憬をもつと同時に、それらにわずかに舌を出して軽蔑し、もう少しスケールは小さくても鋭利なアングルをもってポエジィをとらえている詩をより愛している、と記して前口上にしておきたい。

詩三つ

浦田康子

＊

道りの中央で黒い喪服を着けた一人の男
がおどり狂っているのを
十二色のかぶと虫の行列が笑いながら通
過して行った

＊

なめくじという　くじを引いてごらんな
さい
あなたはきっと　塩がない　という顔を
するから

-

みんなと一緒に黒いトンネルの中で一声

に声を発した　私はどれが自分の声なのか
　と夢中で手さぐってさがしたが　見えな
い声は私を夢中で手さぐってきた

この詩は今迄の多くの詩のうちで一番僕をよろこばせた詩ではない。しかしこういう風に詩を創造する頭脳を僕は愉快に思っている。この詩人は都立の高校に在学の無名のティーンエイジャーであるが、ここに挙げた詩は、彼女の書きはじめの頃の詩である。詩歴などはどうでもいいが、こういう詩はサラミソーセージとパセリでビールを飲む時のような爽快さを僕に与えてくれるのである。

近来、何とか賞を得た若い少年詩人をはじめ、詩を書くとなると、欲望だの不条理だのを現代の捨てさるべからざるテーマとして取り上げ、磨粉でこすり上げるようにして書く詩法を駆使する輩がいるには少々驚いているが、詩で大切なことは、自分の眼と対象との間に虚構の現実を設けることなのである。更に進歩して少々日本語が言語としての情なさを持っているということを知ることなのである。

この若いポエティスはもうそういうにくらしさを心得え始めたのだろうか。コルクのように柔くてバネのある心に、種々の対象が今後、針のように突きささるだろう。彼女がそれらをどのように受止め、受付けるか楽しみである。ここに挙げた三篇の詩は作品傾向もまちまちだし、ピキュリアな感じもあまり出ていないが、何んとなく子供っぽいイタズラ的メタフォアとイメージが暗褐色の社会や生活やらを一度に忘れさせてくれるよさがあるのだ。

川底に住む魚の魅力

堀内幸枝

鍋　　田中冬二

暗い軒に霙《みぞれ》がして　海は荒れ気味である
「伯父さん　庚申松の下に大鍋をおいて置くと　五位鷺が黒鯛を落としてゆくんですね」幼な心に帰って私はこんなことを言う
私にとって今は唯一人の伯父に
ふるさとは　その大鍋にたっぷりと何かあたたかいものの欲しいような日だ。

（文芸春秋三月号より）

田中冬二の詩の中で、特にこの詩が好きだというわけではないが、ちょうどこの原稿を書いてる時、こどもが「おかあさんこの詩、いいわね」と持ってきたので書きとった。

私は田中冬二のどの詩の中にもある言葉の匂い――もう誰もその世界へ入っていくことのできないまでの氏自身の世界に強くひかれる。

田中氏が今日、我々の世代が書いているような詩を書くのはわけなかったであろうが――こういう時代に、自分の世界をここまで守り抜いたということ、また守らねばならなかっただけのものを抱き続けてきたということが、氏の作品にあるきびしさを加えていると思う。そのきびしさが古めかしいと言われる氏の世界を、今日の世代の中にひろげ、迫る力となっていると思う。

私はそうした意味で六十代の詩人達の作品に、それぞれみな動かしがたいきびしさを感ずる。

詩には人それぞれ、好みもあろうが、今日はこういう作品を書き、明日はあゝいう作品を書き、何時も詩を実験台の上にのせて書いている詩人に、私は何かうそうそしたものを感じてならない。私はこのごろ増々詩を恐ろしいものに感じ、詩とは自分の世界を二十年も三十年も追って、はじめてある数人の詩人にしかつかめないものじゃないかと思っている。

私のところの高校二年の子が、或る日突然「わたしは今まで芸術には無関心だった。いつも安保条約や朝鮮の学生たちの動きにばかり心を奪われていたが、今日はじめて萩原朔太郎の〈月に吠える〉とポーの短篇集を読んで、ここに自分の知らなかった人間の生命への肉薄を見とり、戦慄した。また田中冬二の詩集を読んで、何か急に日本の土を握りしめたというような気がした」と、こどもらしい表現だが、みせかけでも何でもない。これはこの子の感動そのものをいった言葉だった。

戦後に育ったこの子にも、田中冬二の詩を受け入れる血液型は深く流れていたようだ。

詩は芸術の尖端を行くジャンルとして、常にその時代の思潮をまっ先にとらえる仂きを内包しているとしても、十年、二十年の小さい思想の変化を拡大鏡にかけたように、その時代だけに通用する言葉、その時代だけに通用する思想、その時代だけに受ける詩というものは、私には何か流行色の服をみているようなつまらなさを感ずる。

私は詩集を読む時、いつもこの高校二年の子のように全く無心に、一読者の立場となって、体全体、感情全体で読んでいるので……するといつも私は、一世紀ぐらいを単位にした大きな人間の生活、思想の変化を、大きなうねりの中でとらえるものの中に（こうしたものには、あまり具体的に政治色を盛ったものは少いが）そこにかえってほんとに今日的な意味があり、深い人間性に触れるものがあるように思えてならない。

阿部弘一の詩

大野　純

阿修羅像（興福寺所蔵）

もし汝の眼なんぢを躓かせば、抜きて棄てよ。片眼にて生命《いのち》に入るは、両眼ありて火のゲヘナに投げ入れらるるよりも勝るなり。

—マタイ伝　第十八章

私は知らない
私が空のにがい滴をくちにふくんでいるすばやい歌そのものであったか　それとも風のように触れると　たちまち樹を炎えあがらせてしまう光の炎であったか
けれども　あるときは鳥たちの遠い内部にひとつのかげりとなって私の影をはしらせあるときはととのえられた世界の背に
不意に森をうかびあがらせ

いっそう遠くへ彼らを誘いだしていたのだ
網膜にしみとおってくる蒼さに表情と姿を
　消しながら
ひとは　ふとたちあがり
くずれかかった土塀に沿って歩きはじめ
炎にかえた掌と蹠で世界にひろがって行っ
た……
空の深さに梢の根をさしのばして行く若樹
を
私は人びとをくるしめずに彼らの内部の遠
　景に植えることができたのだ

だが　（厚い霧のたちこめる深さの奥　ひ
　とのさみしい記憶の十字路で）
不意にあの令老いた仏師がふりかえったと
き
思わずたちすくんで
その鈍色の小さな視線を私はあざむいてし
　まっていたのだ
合掌した私の掌で　姿で
炎の腕を翼のようにひろげたまま
彼が時空から私をきりとってしまった部分
　だけのかたちで
君たちから永遠に私をかくしてしまったの
は
私にかけもどれなくなってもう千年もここ
　にたちつくす
私のあざむきのかたちなのだ
そうして　いつしかひっそり沈みはてた樹
　の葉音のむこうに
私の視野はどこまでも深く蒼さをふかめて
　行く
（みずからその深さに染まりながら　いま
　でも私は考える
あのとき　彼を必要としたのは私であった
　のか
私が彼の「必要」であったのか……と）

しかし
いまは君たちが私の遠い内部へのかげりの
　ように
私のひらききった視野の外側にひっそりた
　っているだけだ
私の二重のあざむきにあざむかれ
私に飛びかかろうともしない　ひとよ　ひ
　とよ
私をみようとしてふたたびここへはやって
　くるな
私のまっさおな視野に酔う舟を漕ぎだそう
　とはするな
何よりも　私のあざむきの姿に
そのままたちつくしてきた拭いきれぬ「在
る」ことの傷の痛さに
私を愛でるまなざしの掌をさしこもうとす
　るな

私はほとけへの「帰順」の「忠誠」など誓
　っているのではない
みずからを消したいだけだ
一瞬若樹の炎えあがる気配だけを凍らせ
私が支えている天がみずからの重さで
そっと地面にかえってきてしまったように
或る日
台座だけが闇のなかでふと私のいないこと
　に気付くように
あのみえない炎にかえりたいだけだ
だが　いまも眉間の力を私が抜くことがで
　きないのは
もう少し　もう少し耐えていれば
掌の尖を蝕しはじめている風が私の全身に
　火を放つと思うからだ
君たちが踵をかえし
君たちが閉じる重い扉の内側で　私をつつ
　みかくすよるは

そのとき
火事のように君たちの背をてらしだすだろ
う

最も好きな日本の詩人は?と訊かれるとき、私はつねに躊躇なく、村野四郎と応える。私は、そうした自分がシャクにさわるほど、氏の作品に心魅かれる。その他には田村隆一とか嶋岡晨、笹原常与がいる。だがそういった私の心にこびりついて妙に忘れ難い印象を与えている作品に、阿部弘一の「阿修羅像」(「罌粟」創刊号所載)がある。(誤解なきよう附記しておくが、私は事、詩に関するかぎり世俗的な私情をさしはさまない主義だ。まったくいわずもがなの事ではあるが、どうも儀礼的な作品評価の多く行われがちな現状ではあるので、念のため一筆——。)

いったい、私たちは、人間に「考える」という機能を与えてくれた創造主に、あらためて感謝すべきであろう。現代の悲劇を救うものはこの「考える」ということ、「熟慮する思惟」(ハイデッガア)の恢復にある。ファウストが「太初にLogosありき」を「太初にTat(行為)ありき」と訳して、書斎(理論の世界)から行為の世界にとび込んだとき、その行為とはおそらく考える行為であり、行為する思惟であったと思われる。こうした行為と思惟との同一性は世界を開く。リルケの「開かれた世界」でありハイデッガアの「玄旨」であろう。そこでは主体は消え去ることによって確立される。たとえば「見る」ということは「見られる」という受動的な一元性をもつことにおいてはじめて現成する。阿部がマタイ伝第十八章を冒頭に引いているのは意味のないことではない。阿部は阿修羅像となり、阿修羅は阿部となる。それは原初的生命、根源的存在たとえば「すばやい歌そのもの」とか「光の炎」とかを志向する。如何にしてか? 「もう少し もう少し耐えていれば」である。太初の行為とは耐えることであったかも知れない。「天才、おお長き焦慮よ」(ヴアレリイ) そのときそれは遍在する愛となって「全身に火を放つ」のである。

長崎の雨

武村志保

長崎の雨

イリヤ・エレンブルグ

雨は長崎をさまよい 気負いたち ぷりぷり怒る
少女は恐ろしそうに 盲の人形を手にもっている
この雨は余計なもので 雨には木々はうれしくないのだ
桜は花咲いてはいるが 花はもう散りはじめた
この雨は灰をふくみ それは静かな死の味がする
人形は盲になった 少女もあすは盲になるだろう
幼い者のおくつきの墓標は 毒になるだろう
悲しみとながい恨みは 調味料となるだろう
根みも雨のようにおおい隠せるものではない

魚たちは気が狂い　鳥たちは地上に落ちて
くる
鳩たちは間もなく　鳥のようにカアカアと
鳴きだすだろう（略）

それはある寒い冬の日の夕方だった。私は二、三の詩人と喫茶店にいた。とりとめのないおしやべりが一時間以上もつゞいていて私はけだるく疲れていた。そのとき、私のものうげな表情でそれと察したのか、前に坐っていた先輩のひとりが、カバンからひょいと詩の雑誌をとり出して「この詩を読んでごらんなさい」と、この詩のページをしめしてくれた。

これが私がイリヤ・エレンブルグというソ連の詩人の作品を読んだ最初である。読み終ってから、私は体の中をすうっと新鮮な風が吹きぬけたようで、眼を輝かせた。

あとがきによるとこの詩はソ連作家同盟機関紙「文学新聞」に「新詩抄」と題して発表したもので一九五七年四月ソ連文化使節として日本へ来た折、雨の長崎を見て歩いた経験をもとにして書いたというが、雨の長崎の情景も、原爆に対する怒りも恐怖も、降りつづく雨とともに人々の心にしみなんとかなしく、激しくうったえているではないか。

この詩の面白さは、長崎の町に雨が降っているというところを〈雨は長崎をさまよい　気負いたち　ぷりぷり怒る〉というような表現にある。そして〈少女は恐ろしそうに盲の人形を手にもっている〉といって、原爆に対する怒りや不安を暗示し、次には〈少女もあすは盲になるだろう〉と恐怖感を現している。

またこの雨は、人の心を安らかにするような静かな雨ではない。激しくしぶきをあげて降り、咲きはじめた桜の花まで散らしてしまう雨であり、死の匂いと、悲しみや恨みを、調味料のように町中にふりまいて魚や鳥たちまで狂わせてしまう雨だ。だから、つづいて、

長崎は雨のように　恨みをたえることができない
ぼくたちはおまえを死なせはしないよ長崎よ

と書き、最後に、

ここでは信仰のことではなく　信仰とではなく　信仰に逆らうのでもなく
ここではほかのこと　ありふれた人間の命のことなのだ
雨はすぎ去り　これ以上桜に降りそそぎはしないだろう

と、祈りの気持をこめて結んでいる。

私はこれを読んだあと、ふと、ナジム・ヒクメットの「日本の漁夫」という詩を思い出した。〈おれは魚を獲った　ひとがたべれば死ぬという／おれの手にさわったらひとはみなそれだけで死ぬ（略）おれを忘れておくれ　すずしい眼をした恋人よ（略）〉この長い一連の詩は日本人の漁夫がぽつぽつと語るように、素朴な調子で書かれていて、したがって感動される詩だが「長崎の雨」のようなテクニックの複雑さや面白さはない。だが、なぜこのとき思い出したかというと、作品の底を一貫して流れている、深いヒユーマニズムの精神が同じだからである。

燕

西垣脩

辻をこえようとして
胸の前を
すいとよぎったのは
自轉車のわが息子

佇ちどまって見送ると
はや閑かな午前の坂の傾斜を
ちいさくなってすべってゆく
少年合唱隊の制服の
紺のセーターの背だけを
見せて

あの泣虫小僧め

燕を飼いたいとせがんで
この親父を弱らせたっけが
いつ自分で飛びはじめたのやら

見上げると
高空には風あるらしく
満開の辛夷がふるえ
ゆっくり往く雲のひとつふたつ

燕のくる季節には
まだ早いがと考えていると
音もなくうしろにきたのが
《パパまた遅刻しますよ》
二本の指を額にかざして
たちまち駈けぬけていった。

花くず

竜野咲人

毛虫の足は　十六本
猛烈に走っても　のがれようがない
それよりほか生きられぬやりきれなさ
どこへむかって這うのか
昇天のためか
消滅か

行くてに蝶がある
山よりも重い岩
みずからの底にうずくまって

流れをせきとめる岩

毛虫は　いじけてしまった
長いこと　岩にこだわりすぎた
かぶと虫の固い殻ができたら　どうしよう
毛虫には美しすぎる蝶
（ああ　うすいつばさがかすかに顫える
よろこびに濡れて！
大空のなかのいのちよ）

厳然として岩は動かない
自分からとんでいって
いきなり　身をぶつけた毛虫
ライラックの香いが　くだけた
硝子瓶のように

集まり

高瀬順啓

話合うということで
ひとびとはきよう集まったのだ

しかし　めいめいの時間のなかで
ひとびとは別のことを考えているだけだ

ひとびとは黙っている
ひとびとはあまり動かない
口をひらき　ちょっとでも頭を動かすと
めいめいの考えていることがこぼれてしまうかのように

それでいて
心の片隅で
隣りの男が言い出すことを

集まりが終ることを
集まりを終らせるような結論を誰かが出すことを
ひたすらひとびとは待っているのか

高い壁にかかっている時計から
重い音が一滴づつおちて来て
ひとびとを机のそばの石にしてしまい
あたりはことごとく石の時間となった

黙っていることは話しているよりも苦しいので
たまらなくなった一人が
突然人間の姿勢で立ちあがり
人間の声ではげしく叫んだとしても
誰も決して顔をあげたりしないだろう
なぜならひとびとは石なのだから

まして
話を途中でさえぎるなんて
できることではないのだ
ひとびとは石なのだから

泡

武 田 隆 子

母と子が　きちんと坐って向きあっていた
からだのどこかに力がはいれば
からだのどこかの力がぬけるような
相似の二人は
別々なことを考えていた

母が怒りにふるえれば
子も怒りにふるえた

ただ時計の針が進んでいた

母は子に　子は母に
とけこむ余地はもうなくなっていた
トツゼン　子は母の額を指差して
　　パン屑がついてるヨ
母はあわてて手を当てたが
パン屑はついていなかった
母が思わず笑いだすと　子も笑いだした
笑いが笑いをさそって
二人は意味もなく笑った
母と子はきちんと坐って向いあって笑った

スフィンクス

小海永二訳

すべてが滅びる、とホーの賢者は言う。すべてが滅びる、お前はすでに明日の廃墟の中をさまよっている。
お前に語りかけている人間はスフィンクスだ。嘗てのお前、お前が嘗て持っていた父親もスフィンクスだった。さあ、お前に委ねられていたスフィンクスについて、お前は何を理解したか？

己れのところにやってくるものを解体してしまわぬそいつ、そこに一人のスフィンクスが作られる。人が死ぬのはスフィンクスのためだ。
すべてが固化する、とホーの賢者は言う、すべてが固化し、始めに戻る。終らぬ動作、心臓の衰弱、耳を叩く注意。

お前が貪るように見つめるあの微笑、あの純粋な顔、それが奴だ。理解されざる奴そのものだ。奴はお前をお前自身の傷にし、時至れば、無限の堅い岩壁でお前をふさいでしまうだろう。
すべてが己れの様態《すがた》を取りはずす。すべてが石と化す、とホーの賢者は言う。唇から石へ、光線から廃墟へと。

アンリ・ミショウ詩抄

迷　路

迷路の「生」、迷路の「死」
無限の迷路だ、とホーの賢者は言う

すべてみなのめりこみ、何ものも逃れられない
自殺者は新しい苦痛によみがえる

牢獄は牢獄へと通じ
廊下はもう一つの廊下を開く

己れの生命の巻軸を　次々とくりひろげているのだと　てんから信じこんでいる者も
実は全く　何一つくりひろげてなんかいないのだ

どこにも出口はありはしない
それ故に　長い時代が地下で生き長らえているのだと　ホーの賢者は言うのである

世　界

死ぬ運命の人間が生れなければならないとは。何と悲しいことだろう、誕生に際しては千たびの歎息こそが似つかわしい、とホーの賢者は言う。これは一つのからみ合い、組み合わせというものだ。

人は手に入れながらそれを失い、近づきながら遠ざかる。

狭いYONIしか持たぬ頭は、いかにその心が広くとも、一つの欠ける点がある。多くの場合そうしたものだ。


学者を気どる者よ、わたしから去れ、とホーの賢者は言う。その知識の棺が分別を限ってしまった。≪おお！自由よ！≫と賢者は言う。わたしから去れ、考えるために坐りこむ者よ。

先ず語れ。語ることによりお前は無知の徒ではなくなるだろう。

先ず達せよ、然る後、それからお前は近づくだろう。

すべては流れる、とホーの賢者は言う。すべては溢れ出る。すべてはそこにある。

とんぼの翼を持つ視線《まなざし》が愛する女の上に止まる、すると歌うべき者が自ら知らずいつしか「世界」を詩にしている。

冷　静

わたしは尻を打たれた群衆が、犯し難く誇らしげに語るのを聞いた、とホーの賢者は言う。

そして、わたしは笑わなかった。

新しい法律が用意された。新しい法律がやってきた。法律は積み重なるが、とホーの賢者は言う、そいつはともかく矮人の老婆の法令だ。すでに根こぎにされた木の、バラバラの葉っぱの法令だ。冷静に、とホーの賢者は言う。

冷静と不安とは、牝鹿と豹との、最後に両者が出会う時までの逼塞だ。おお、その両者が出会う瞬間！おお、そのすばらしい瞬間！そして一切が簡単になる、ごく簡単に。

冷静に、とホーの賢者は言う。


（詩集『試練・悪魔払い』より）

『葡萄』 第18号 1960（昭和35）年6月 232

現代詩への新しい課題

——不満と希望とを含めて——

平岡郁朗

一つの詩論や見解がのべられるとき、それが提起者にとっては客観的な真実であり得ても、受け入れる方の読者には主観的な非真実となることは、しばしばある。ある一篇の詩が詩人から読者へ伝えられるとき、詩人Aから読者Bへの経路は真実であって、詩人Aから読者Cへの経路は非真実であることも、しばしばある。

一篇の詩や一つの詩論は、詩人の一つの信念から生まれたある一つの見方を示すだけのものだとすれば、相反する矛盾もそれぞれ真実となり得る。このT・S・エリオット的見解をもとにした立論は果して正しいであろうか。

一方の陣営ではすぐれた詩が、他の陣営では通用しないという現代詩の乱立的現状は、それぞれのグループが己れの真実を主張することから始まっている。実はここに現代詩において考えなければならない問題があるのではなかろうか。

というのは、各グループが末梢的な技術をみがくことにとらわれて、仲間だけにしか通用しない現代詩となってきているとは、いつぞやの「文学界」の座談会における鮎川信之氏の発言にもあったことだが、それが依然として続いている限り、現代詩はいつまでも特殊部落的閉鎖性に甘んじなければならないという問題である。このエッセイの試みは、この種の現代詩の方向に対する不満から端を発して、それから将来の現代詩への希望を託するものへと問題を展開して行きたい。そこには、はからずとも新しい課題が生まれるが、その実践はエッセイによってではなく、詩の実験によって解決さるべきものであろう。

さて私は今までに、三つのエッセイすなわち、「若い我々にとって詩とは何か」（未開・10号）、「現代詩における知性の問題」（未開・11号）、「詩人の感性と認識」（未開・12号）において一連の見解をのべてきたが、堀内幸枝氏からの依頼は、さらにこれらのエッセイを発展させてくれとのことである。従って、これらのエッセイを基盤にして論旨を進めて行きたい。

これまでのべてきたことは、詩壇の一つの傾向として、現代詩は知的なものでなければならないという動きが現われてきたことに対して、そういった断定に対する危険性から、若い詩の書き手こそ詩の真実を守るべきだとの見解であって、その裏附けは詩人の鋭い感性によるべきであり、知的な態度などに真の詩はないということであった。所謂「知的」といわれるものが、現代詩にどれだけの害悪を与えてきたかの一つは、一般から詩を浮き上らせ現代詩を孤立状態におとしいれた責任であろう。

アンケートの一覧表にあらわれた各グループの主張には、知的とかアカデミックのものへの憧憬を指向しているものが、かなりあるが、それも若いグループに多いのには驚くと同時に不安をおぼえる。そしてその詩誌を通読してみると、アカデミックや真の知性からは、はるかに縁遠いものである。カタカナやヨコ文字の詩人の名前をやたらに並べたり、海外詩の翻訳を羅列するのがアカデミックでないことは、誰でも知っていることで、私の独断ではない。

私たちが詩誌を読むのは、すぐれた普遍的な詩に触れるためで、アカデミックそのものを詩に求めるのではない。この点において若い詩人たちが誤っているのは、目先のもの新しさの誘惑にのって、真の詩を見失なっているからである。

その目新しさの標本は、T・S・エリオットはもう古い、ディラン・トマスの時代だ、いやそれも古い、アングリ・ヤングメンだ、ビード・ジェネレイションだと、移り変って行くその速さである。じっくりと海外詩の影響が根をおろさない中に、次から次へと海外の新しさを追って行くのが、現代詩人というものであろうか。これでは詩が他のジャンルから浮き上って、一般の読者からはなれて行くのは当然である。今までに、詩人の側から海外の詩人の一人、すなわちエリオットなりトマスなりをとりあげて、じっくりと熱心に討議されたことがあったであろうか。熱心に研究したのは、詩人の側よりもむしろ、学者の側ではないか。こうしてただ表面にさわるだけ次々に目新しさを追って行くみにくさは、詩をつくる出発点が自分の信念を貫ぬく鋭い感性にあったのではなく、他者の依存にあったからではなかろうか。

海外の目新しさをもってきて、主張らしき主張をかかげ、それが詩壇という世界で通用するのなら、私はそんな詩壇から相手にされなくてもよい。私と同じ考えの人は多くいるだろうが、義理や安住感から何となく、今の詩壇を支持している人もあろう。現代詩の不毛なのは、詩壇意識やセクト主義や現状維持思想にもあるのであって、隠居も間近かい詩壇の世話役や名誉職につきたくなった年頃の詩人ならそれでよいが、若い詩人なら詩の出発点を自己の魂に固定させ、誠実な詩人の試みから、詩壇外の多くの一般読者を獲得する方向へ詩を向けて行ってもよいのではなかろうか。

シュールやモダニズムへの若い詩人たちの憬憧は、それらが美学史的観点からも大きな意義と位置附けを行っている上からも正当なものであるが、独創をはなれたシュールやモダニズムは、類型と模倣と陳腐さを表現するだけである。

たとえば、中学や高校の絵画展の中には、必ずといっていい位、何篇かはシュールやアブストラクトの模倣品が飾ってある。アブストラクトこそ芸術家の魂内部を抽象する独創でなければならないのに、有名画家を模倣したものや類型的作品なのには驚かされる。一種の流行なのであろうが、誰だってそんなインチキな絵画よりも、小学生の稚拙ながらも奔放な独創画に打たれるであろう。現代詩で忘れられているのも、ここである。やたらにハイカラぶるのが知的だとするのは、中学生や高校生の才能のない絵描き諸君と同じ心理である。半燃焼の中学生なみのインチキ・シュール画は、大人の展観会やコーヒー店にも沢山あるが、観ても感激しないのは事実である。詩誌にみられる半燃焼の詩も、これと同じことである。

これらはすべて、真の意味のシュールやモダニズムの認識不足から由来しているのであろう。私は何もシュールやモダニズムに対して盲滅法にアンチ・テーゼを出しているのではない。不満なのは、日本の詩壇にみられるハイカラぶる流れには、歴史的にみてヨーロッパにおけるダダやシュールにあったような必然性がないことだ。詩人個人の魂の必然性と運動の必然性とが結びついていないのは、詩人の深い感性から生まれる詩的衝動の弱さに起因しているのだと思う。

モダニズムやシュールにこそ、親分子分関係のない自分独自の世界をつくるものだと思うのに、目新しさを追っかける人に限って、そういった関係をこのみ、詩そのものを離れたサロン的雰囲気に憧がれる。それは何も詩を書く必要のない人が詩を書くからで、詩が趣味であって生命でないからであろう。だからサロン的なものに満足しきって、つまらない詩を書いてもおられるのであろう。

現代詩が他のジャンルの人たちから認められないのは、読む方の側が勉強しないためや詩が先天的にわからないからだという詩人側の意見もうなずけるが、観方をかえれば、現代詩人という人種は、どうも偉くもないくせに他のジャンルよりも高級なことをやっていると思いこみ、目新しさばかりを追うからである。知的という衣裳を着こんだ現代詩が一歩外に出れば、他の世界の人の眼に奇異にうつることは、衣裳が主で詩そのものが、たよりないからである。スタイル・ブックが銀座を歩くのが現代詩だといったら、いい過ぎかも知れないが、一部のすぐれた詩人の作品を別とすれば、大部分の現代詩はそうではなかろうか。

私の最近の考えでは、一方では詩は最高の芸術だが、他方では最低の芸術であってもよいと思うようになってきている。現代詩人が、詩のわからない奴には詩はわからないのだ、という考えを、あくまでも固執する限りにおいては、現代詩はどこまでいっても認められないであろう。詩の本質にメスを入れていえば、詩は所謂「知的」といったものではなく、もっと俗的なものなのだ。日本の現代詩人が敬愛してやまないT・S・エリオットすらも、シェイクスピアを最高最大の芸術家と賞讃しているが、シェイクスピアにはおよそ日本の現代詩人が意図するようなケチな「知的」なものは何もない。俗的に落しながらも、シェイクスピアは、決して詩人のもつ最高の眼を失なっていない。エリザベス朝の芝居の観客が、日本における吉川英治や川口松太郎の読者層よりも洗錬された芸術鑑賞眼をもっていたとは、断言出来ない。シェイクスピアが詩人である所以は、高さはどこまでも高く、低くさはどこまでも低く行きながらも、その表現は適確なメタファやシミリたるを失なわず、美しい言葉は感性の論理に支えられ、詩がすべてを射ぬく力をもっていたからである。彼の偉大さは、このような振幅のひろさにある。

日本の現代詩人の振幅の狭さは、シェイクスピアと比較してみるまでもない。これだけでも日本の現代詩における不毛は認められねばなるまい。現代詩人のもつささやかな優越感は、すみやかに捨て去ってしまって、ひろい層への詩の働きかけ、言葉を裏返せば、「俗化」といえるものがあっても良いと思う。

「俗化」ということについては、誤解があってはならないので、少し説明を加えてみる。たとえばメタファは詩人の専売特許のように考えられているが、日常一般の言葉にもメタファは多い。これについては、C・D・ルイスもエッセイの中で触れていたようである。たとえば、頭がにぶくて宜しくないことを「頭が堅い」といい、それはさらに「石頭」になり、その反対は「頭が切れる」から「カミソリ」になっている。「石頭」や「カミソリ」はひろく一般の人々の間で使われているが、「カミソリ」を総理大臣の岸さんについていえば、サタイアともなり、「両岸」とともに笑いの要素さえある。私のいう「俗化」とは、現代詩壇のように特殊化された世界だけに通用するものであってはならないということである。

良くいわれることだが、現在では詩が一つのグループの仲間だけに通用する暗号のようなものになっていて、他のグループでは解読出来ないということは、「俗化」や「普遍化」の意識がないからである。たとえば、学校や会社などのある一つの世界には、一つや二つはその特殊世界にだけしか通用しない見事なメタファがあるようだ。生徒たちが先生や学校に対して創りだしたメタファ、先生たちが校長さんを馬鹿にするために使ったメタファ、会社員が上役や会社に対して創ったメタファ――しかし、これらのメタファはいくら見事な出来ばえでも、一歩外に出れば全く通用しないものである。雲のように消えてしまうのである。現代詩もそういった、はかない宿命があるのではなかろうか。

そうだとすれば、なお一層、詩がどこでも通用するような普遍化へと向わなければならないのではなかろうか。ここに現代詩人に課せられた課題があると思う。実は、これは何でもないことのようだが、重大な問題を含むもので、これが偉大なる詩人によって成し遂げられるならば、日本語の言語の統一もその詩人の詩によって統一されるので、漢字制限問題やローマ字化問題の審議会などは、およそ問題とするに足りない。

私のこういった提言が、今の詩壇では一笑に附せられるとしたら恐らく私の誤りなのであろう。しかし前に書いたが、そんな詩壇ならば、私は相手にされなくてもよいし、何も詩壇の人に向って詩を書いているばかりいるのではないから良いのである。

現代詩は行きずまりにきたとか、曲り角にきたとかいわれながらも、詩壇が一つのセクト意識の中に優越感を捨てきれないのは、一篇の詩に生命を賭けるといった意識よりも、種々の会の催されるお祭り騒ぎの方に大いなる意義を認めるからであろう。それはそれで大いに宜しいと思うが、若い人だけは、そんなことから身をひいて、私のいう「俗化」「普遍化」という観点から、現代詩そのものを見直してもよいのではなかろうか。そしてその結果、若しも現代詩が俳句や短歌のように、狭い世界だけにしか通用しないものと解ったら、あっさり詩なんか捨てさっても良いではないか。小説や戯曲を書くなり、音楽や絵画をやるなり、学問を志すなり、詩を生かす世界はいくらでもある。つまらない連中が詩壇を形成しているのなら、新しい別の詩壇をつくるだけのたくましい意欲が、あっても良いと思う。

しかし、それを支える意欲は、詩に対する誠実さと鋭い感性に支えられたものでなければならない。現代詩では魂とか生命から生まれるポエジーは古いとされ、インチキな詩こそすぐれた詩だとする思想もある。それは誤まりである。科学万能の時代にこそ、詩の真実は美しい誠実さによって守られねばならない。そこには現代詩への新しい課題が生まれ、ささやかながらも希望の光明があると思う。私は五年以上も「未開」という詩誌だけで書いてきているが、ここだけで書いて行けるのも、この詩誌の誠実さに号を重ねるたびに、詩壇外からも読者が増加して行くことに希望と歓びを感ずるからである。また詩壇の内外から何かの形で、支持者があらわれることにも歓びがあるからである。

　国民のひろい層に読まれるということは、中途半端なシャンソン運動や詩劇運動のパタンを指しているのではない。たとえばギリシャ・ローマ神話などを読むとき、時代や民族をこえた限りない詩の美しさに、私たちは打たれる。二、三の例をあげれば、かつての英雄がもう戦争するのが嫌やになって、狂人をよそったが、自分の幼児の前におのが置かれたとき、危いと思って、急いでおのを取りあげたために、にせの狂人だとばれてしまって、再び戦争にかり出された話。

　また、女装して宮廷の女たちの中に身をひそめていた王子が、商人のもってきた商品、すなわち若い女が喜びそうな首飾りなどの装飾品の中に、一本だけ立派な剣を入れて置いたら、他の女たちが装飾品に眼を奪ばわれているときに、彼は真先に剣に手を出したために女に化けていたのがばれてしまった話。

　こういった古代民族のポエジーは、いつの時代にも通用する通時性をもち、どの国民にも通用する芸術の高さをもっている。前者の話では、子を思う親の心が、「おの」と「狂人」という組み合わせで、美しいポエジーがたたえられ、後者の話では、「女の装飾品」と「劍」との対比によって、いつの時代にもかわらない若い男女のこまやかな心理が美しいポエジーを織りなしている。これらの神話の詩的効果は、言葉そのものよりも、むしろドラマテックな効果が強いが、それだけに現代詩人に課せられている言葉そのものから、詩を切り出して行く仕事には、大きな使命があるといわねばなるまい。

　そしてこういった意味でポエジーが、ひろく行きわたるように現代詩の方向も向けて行かねばならないとする考えは、果して誤っているであろうか。ヨーロッパの芸術が、バイブルと同じように、如何にギリシャ・ローマ神話から栄養を吸収してきたかは、芸術作品や芸術史も語ってくれていることだが、その点で、日本の現代詩には何か伝統の浅さを感ずるには感ずる。しかし詩人の感性が、たくましい意欲でひろい世界を消化し、その感性の論理にしたがって詩が書かれるとき、将来には詩への希望があるとみるべきだろう。

　しかも現代詩人の中には、すぐれた詩人も何人かはいるし、すぐれた詩集もいくらかはある。また同人雑誌によって支えられている現代詩の限りない試みには、尊い誠実さと美しい感性がみち溢れている。現代詩人が一方に偏しない立場から、無償に近い詩作の営みを続けて行く限り、現代詩の前途には希望の光明がある。

　それだけになおさら、現代詩に課せられた課題は大きいといわねばならない。そしてこれまでのべてきたことが、何らかの形で詩人の問題意識として、詩的衝動に作用するとしたら、この小論の一つの目的は達せられたとしても良い。

（一九六〇・四・六）

1960年6月10日発行
定価　40円
編集発行人　堀内幸枝
東京都新宿区柏木2―446
千葉方　葡萄発行所

執筆者住所録

堀川正美	中野区上高田一の三九鈴木方
嶋岡晨	中野区住吉町三四東荘六号
磯村英樹	川崎市木月大町
竹久明子	板橋区常盤台四ノ三五
三好豊一郎	八王子市横山町一〇〇
藤富保男	目黒区緑ケ丘二三四六
大野純	新宿区柏木四ノ八八八荒川方
武村志保	渋谷区竹下町一九
西垣脩	世田谷区赤堤町二ノ四一三
竜野咲人	小諸市石峠
武田隆子	世田谷区赤堤町二ノ四〇一
小海永二	港区麻布本村町一四六
平岡郁郎	世田谷区世田谷一ノ二四七大場方
高瀬順啓	北區西ケ原町四の五五

後記

詩が今日、ジャーナリズムから受けないといったところで、強いてジャーナリズムに近寄っていくこともないと思う。今日の商業雑誌は大方ラジオ的であり、テレビ的であり、娯楽化してしまった書店の雑誌には求められない文学精神を、われわれは同人誌の中で守っていくことも、雑誌を作る一つの喜びではないだろうか。

でも、そのことは文学青年の一人よがりということを意味しない。私は真の文学は庶民性の中に深く根ざし、そこを底辺にして昇華したもの——したがってこれはまた、マス・コミの作品に似たようで非常にちがっていると思う。

今月もそれぞれの詩人が力作を寄せて下さった。特に小海永二氏には度々、アンリ・ミショオを紹介していただき有難く思っている。戦後アンリ・ミショオがこれだけさわがれるのも、戦後の作品がみな似通ったものの多い中でミショオの毒素と個性が目立つからだろう。

今月は投稿原稿の中から、竹久明子と高瀬順啓のものを入れた。この雑誌は同人側でも会員側でもなく、ただ詩を愛する者たちの素朴な感情を、小さい紙面の中にも反映し、とどめていきたいと願っているので、これからもどしどし投稿していただきたい。（投稿のさいはコピーをおとりになるか、返信料をそえて下さい）

（堀内）

葡萄

19

葡　萄

19

1960年12月

霧……………………………金井　直… 2
おめいとおれとおんな…岡崎清一郎… 4
縞蛇………………………堀内幸枝…10
一人一人…………………藤富保男…12
弔詞………………………山下千江…14
随筆………………………白石かずこ…16
影山誠治…17
冬至………………………上野菊江…19
野遊び……………………大木実…20
啞…………………………粒来哲蔵…22
わが宇宙…………………中江俊夫…24
あるはかなさ……………山田正弘…28
手の記憶…………………君本昌久…30

★

詩論

様々なる覚書……………沢村光博…32

霧

金井直

ぼくらの眼がさぐる
谷間の灯を
山の頂きを
かくす霧

ぼくらがふみとどまる
峠の道に
たちこめる霧

霧にとじこめられたぼくらを
ぼくらの背後から霧の中にとらえる
ヘッドライト

霧につつまれた眞夜中の
霧の空間に立並んだぼくらの影を

ぼくらは眺める

霧の中の人生よ
霧の彼方に浮かびあがり
彼方の霧にうち沈むまぼろし
ふかい霧と暗闇のほかには何もない
寂莫よ

ぼくらは知った
霧の中から不意に現われては
消えていった人々の行方を
ぼくらの過去と
ぼくらの未来をとざしている霧の
大きな流れを　谷底からふきあげる
非情の霧　空無の霧
その中の旅立ちを

おめいとおれとおんな

岡崎清一郎

おんながこの灌漑用水路にそうてあるいていくから、おめいは突然とびだし一番高い一番玄妙なしぐさでおんなにとびかかツてこい。

おんなはあれいツと叫ぶ。

でもとしりごみする。

おめいは殺到する。

そこでおれは出掛ける。

手をあげろツとおれはおめいに命令する。

おめいは素直に両手をあげる。

おれはおめいを引ツ捉える。

おれはおめいをなじる。女人をとらえて無礼の段は赦さぬぞ。

おれはおめいにつれなくあたる。

おれはおめいのあさはかな智慧をたしなめる。

あげくのはてはおれはおめいを湖水のなかに投げこんでしまう。

どうだいそうゆうだんどりこんたんは！

いいともその通りにされる。

そのかわりおれはおめいにいいものやるよ。

そしておれとおめいはその通りにした。

じつに活劇がうまい具合にいツた。

それからおれは木の生い繁ツたところでおんなとなかよくした。

はじめはおんなが小さくておれが大きくて中々丁度よくならずおんなはやたらににげまわツた。

しかしおれはおんなをあぶないところで助けてあるんで、おんなをほどよく籠絡することもできるし、望みを叶えてやることもできた。

おんなは承諾した。

あぶのうございますとも言ツた。

感嘆すべきおんなよ。

夜はほのぼのと明け初めておんなはおんなの身に起ツたことのために目も眩みそうでした。

　それはそうとしておめいの方はどんな案配であツたか。

おめいはしようばいは麵麭屋であツたからおれはおめいの麵麭焼場へいツてみた。

おめいは平気で麵麭をやいていた。

おめいはとうに湖水のなかからでてきていて
おめいはからだを振動させて麵麭をやいていた。

おれはきのうのお礼として金貨を摑ませた。

夜になツて仕事が終ツたときおれはおめいを庭園の中につれだし腰を下ろして色色はなした。

ありがとうありがとうありがとう感謝感謝など言ツたのだ。

瀟洒とした店で肉や野菜をおごツてやツた。

おれはおめいのきげんをとるために胸をば痛める。

おれはみのあんのんをひたすらかんがえる。

また博奕打の声を眞似てすごみをきかせてもみたものだ。

おれのもツているものはおめいの方へどんどんながれていく。

おれはかるくなる。

おめいはおもくなる。

おめいはおれの所持品がすくなくなツてしもうとおめいはおれに悪口雑言をはきだしはじめた。

おれはよわい。わるいことがふりかかツたらしい。

おめいは強い。わるい根生だ。

全くおかしなことだ。

おめいとおれと天秤にかけてみろ。

どツちが目玉が重いか。

おれはしかたなくなく明日なんとかしてねうちのあるものをおめいにくれる約束をしてここを出た。

みちみちおれはひそかにおめいを死亡させるべくおもいめぐらした。

おめいが世の中にいなくなりやおれは安心して、そうだ！おめいの声がいなくなりやだ。

おれはおめいにおんなに近づく手段はないものかとおもいめぐらしああゆうトリックを考え出した。

そしてうまくいツた。
しかしおんなの方は具合いいんだが
もうすツかりおんなとなれツこになり
いちやついたり舐めたり
そんなことはしなくもいいとおもうほどかわいがり窓から乗りだしている無類の魅力あるおんなの
愛に溺れた。

もうすこし別れていてもこいしいやらうらめしいやら。

しかしおめいのこころをしづめるためにはなにかおつかいものをたえずしなけやならない。

おれはおめいにおれの大切にしている懐中電灯をやツた。

おれはおめいに鼻毛きりバサミをやツた。

おれはおめいにコーヒーをのませた。

おれはおめいに石炭の火を赤くもやしてあたためた。

おれはおめいに串で肉を焙ツてたべさせた。

おれはおめいをよろこばせようと肩に手をやりなあなあと親愛感を示す刺撃的運動をおこなツた。

ああおれの霊魂は困難である。

おめいはいツたい何者だ。

おめいのこくのある顔はおそろしくなツてくる。

おれはおれの体面をたてるため大いにつよがる。

おれはおめいを持余す。

おれにむかツておめいは肉迫する。

油ののツた中年の精力をもツてからに、
ぶきみな幅をみせだんだんちかづく。

　どうもそいつはこまりますよ。

おれは突然きびんにはたらきおめいの稍薄い髪の毛のはえたあたまをぽかんとやツつけた。

蓋《ケタ》し奇しゅうこうげきである。

おめいは一撃をうけたじろぎ苦痛に顔をゆがめたが、岩石みたいなコブシでおれの長い胴《ボディ》めがけて
　はげしくつきこんできた。

おれはもんどり打ツてたをれる。
おれはおきあがりふーッと深い息をする。
おめいはおれをつかむ。
おれはおめいをかじる。
おめいはおれをむしる。
おれはおめいをつねる。
あツ。げえツ。
これは。これは。
ちくしよう。ひえツ。
たすけてくれ。こねやろ。
おーいまツてくれツ。
ポンポンポン。ガタン。ドシン。
ひやあひやあひやあ。
くそ。
うわあツ。血だ。血だ。血だ。
おれはよわいんだ。
おめいはつよいんだ。
こないだはおめいはわざとまけてくれたんだツた。
いまはちごうのだ。
突撃だ。
ままま待たぬぞ。

かまわねえ。とどめうちだそれッ。

ああおおなんてまあひどいかわりようだ。

おれはとうとおめいにのされてしまツたのだ。

かなしいかな。

そのときおれの愛するおんなは柳の下でこうしたいちぶしじゆうをじッとながめていたのだ。

おんなはえてして大変強いものがすきなので、これですッかりあいそをつかされ
おれとおめいの演じたトリックの芝居もわかり萬事きゆうす。

　おめいはおんなを首尾よく自分のものとして手に手を取りあツて風と共に去ツてしまツたのだ。

さびしやな。

おれが秋風吹く日おめいやおんなのために憂欝病にかかツたのはこれからであツた。

ああおれの魂はこれからどうなるか。

おれは羞恥かしい。

おれは首をくくるか。毒を仰がんか。

おれの血液は黒くにがくつめたく肝臓はやつれ耄碌しはじめ精神錯乱の兆候さえあらわれなにやかな口走る。

おお臭気芬々のおめいよ。おんなよ。

おおああ笑ツても笑ツてもかなしくなるおれよ。

おめいよ。

おんなよ。

世の中よ。

アーメンよ。

縞蛇

堀内幸枝

まっ赤な太陽が屋根庇の下に燃えている
野に出れば
そんな時
薊の花の海
野薊はまるで私のために咲いている

薊の上をおおっている
あのあまりに天心爛漫な青い天は
薊の棘に思い切り刺されるとよい

枯草の間をさわさわとよぎってくる縞蛇よ
くねくねとのびたおまえの赤い舌の後に

夕やけがゲラゲラ笑っている
草にはおまえの吐き出す唾液が
ぬらぬら流れようとしている

薊の上の広い天は針の山
あゝ私の傷のいたみは天に渡してしまおゝ
さあ　縞蛇よ　どこえもいかずに野をくねくねと渡ってこい
夕焼が粉のような火をふいているたそがれ
天が薊の花に刺されている夕方
そのにちゃついた青い皮膚をして
渡ってこい

おまえの皮膚の青くさいにおいが
思いきりこのあたりに
深い人間の悲しみを
まいておくれ。

一人一人

藤富保男

そして
一人の太い男が
風の吹く広い街路を
豆粒ほどの犬をつれてやってくる時
一人の女が
ビルディングの上で
一枚の雲と遊んでいる時

もう一人の男が
もう一人の女と
陽当りのよい雑草畑で雑然と
こみ入っている時

もう一人の男が
雲になった女に

笑わせてもらっていると
男の胸の骨は枯枝のように
旗旗旗　とゆれて
あえぎながら笑っている時

一人の火山のように勇しい女と
一粒の犬と
薄い男と
みんなで
あれだ　あれだ　あれをしよう
といいながら
××××××した時

一人の女が夏の雨のように
涙を長長しく流して
犬の鼻が若干熟れてきた時
pon pon　と鼻をかんでいる男がいた時

一名の男が
一名の女が

弔詞

山下千江

杏の白い花が
杏の白い花ではない悲しみに
若い魂の　ひとつの春が空しくなる

くれかかる高原の霧が
ひたひたと足下を蔽う
――青い観念だけを晒し首にして

かなしくない
かなしくないとかぶりをふり
切りたての殺菌ガーゼで扼殺された

その初々しいヴィールスの骸を
「成人」たちは粛然と葬うがいい

かつては
そのように清冽な毒素であったこともあったと
この国ばかりではない
たくさんの個我の群も
せめては花ならぬクローバーの輪などつくって
ひととき漂白した追憶に捧げるがいい

（一人の少女の死に――）

随筆

私の好きな詩

白石かずこ　影山誠治

木津豊太郎について

白石かずこ

嘘の手紙

1

その時、ぼくの稀薄な慾望はなぜかあの暗い茸のかたちをしていた。八月の嘘の死！そして、そのコオルタアルの匂い、…重い水のような何かが、そこにぼくを漠然と閉ぢこめていた。

明日は未だ来ない昨日であった。夜になると、それは世界の重みであった。

からっぽのコップ。涸れた運河。たおれてくる何か。そうして、いちにちは青い壜のぐるりを……誰かが出ていった。

2

落日のなかで虚構のクレエンはさらに巨大であるね。夢のなかでぼくの絶望の家畜類と、その孤独な黒い影たちが成長します。暗黒のなかでは、ぼくが躓く。

たとえばあなたは美しい硝子の病気であるでしょう。そうして、ぼくはそれの不意の粘土の快癒なのでした。だのにぼくはあの飛べない鳥たちの格好を肖せて、なぜか不器用に歩いていた。だのに……

現代にロートレアモンがいるなら、その人は木津豊太郎だと、私はいつでも即座に答えるつもりでいる。

ロートレアモンの世界は誰にも類似しているのをみつけだすことができない程、あまりにもロートレアモンその人の深淵である。

木津豊太郎の誰もしん入することのできないユニークな世界は、そのうそ寒いほど痛くなる程の孤独と寂寥に於いてロートレアモンのフカの匂いを感じさせる。木津豊太郎の卓越した技法を誰かがまねるとしても出来上がるものは鬼神の面と、猿芝居の面ほどの差となり、技法をどんなに追求しても木津の世界の片鱗も犯すことはできないのである。

木津豊太郎の作品はあまりにも、木津その人の実存であるからだ。

このように、私は狂暴に彼の作品を愛して五、六年来、彼の詩集を手許から離したことがないにもかかわらず、彼の事は、あまり知られてない。

というのも、彼は詩集「腕のない花束」を一九五五年に出した他は、北園克衛のVOUの詩誌に数年詩をのせつづけたのみで、ほとんど何処にも顔をだしていないからだ。私が一九四九年頃から、一九五五年頃までVOUクラブにいる間、彼にあったのは二回きりでしかも交した言葉は「あなたの詩集がほしい」といった一行のみ。

近頃、華やかに盗作問題で、わたしだけじゃないわといった調子で勢よい云いわけのやりとりが交されてるが、その事と木津とは何と程遠いことか。木津の作品は完成してるとか、美学的にテクニシアンだなどとはいわない。むしろ、時には、半端な切断面を静脈を浮かせてさらしているが、それにもかかわらず彼の作品は、彼自身の人間以外のどこからもでてきようのない呼吸であり血管なのだ。

彼の中に、どこにも他人の血や笑いや空を見出すことができない。その血液は木津型であり、そのゆがんだ笑いも、笑いのゆれる空も彼自身の背中以外の何ものでもない。

笑いといえば、ロートレアモン的絶望の穴を深くのぞかせた木津に一見、不似合いに見えるが、彼の作品にはいつも屈折した笑いがどうしても笑えない痛さを負って電信柱のように、その詩の真中に立ちふさがっている。

笑うのは彼の知性である。彼は彼の悲劇を誇大に涙ぐんで抱擁するのを恥じる。彼は、自我を幾度もけおとす。そして見捨てない。けおとした自我が、川下から這いあがるのをまって彼はオシの犬の兄弟らのように自我と飄逸に歩く。それが、彼の終始一貫した笑いのテーマである。

（花・花）より

─不在も亦苛烈なる一つの存在である。そして可能性は一本の煙草にだってあるのである。そしてそれは一本の煙草のように、やがて僅かに灰になるであろう可能性である。

という事の上にたって

∧人間あるいは植物のように∨の中で─例えもし、あのように素晴しい町が、今宵ありふれた満月にてらしだされてくる、この僕の住んでいる愚劣にして見なれた貧しい町であろうと、あるいはあのように素晴しい人間が、例えもし、ある夜の僕を襲った、はかない一箇の幻影であるにしても、僕はそれを信じなくてはならないのだ。僕はそれを信じて、信じて、生きなくてはならないのだ。ああ、その時、もはや分離も結合もない意志の asparagus は硝子の病気である。

といっている。最も世間の評価を気にしないでその事とは程遠い孤りの世界で、仲間をつくらず、自己とのみ向っているのは余程の強靭な個人である。人一倍しなやかな感受性と鋭く透視する批評の眼をもちながら、口数少いこの詩人は、詩以外のところでほとんど語らず、それ故、私は詩の中にしたたる彼の声を世界で一番犯しがたい恋のようにきく。

私の好きな詩

影山誠治

あまり広からぬ私の視野の中で、しかも市街の中心部から離れ住んでいる関係上、はしりの果物の中での好きなものは直ぐ手に入り難いためもあり、やや古びた買おきの品々の中から、私の味覚を楽しませてくれた……好きな詩の三つ程を取出して見た。

そのひとつは、「余花」と言う小説集の中にある∧鶴白く∨という変った物語りの最後の第六章に「無名詩集」として作中に出てくる近所の男が作者に読んでくれと置いて行った一連の詩─「智恵子抄」よりもっと拙劣で卑俗であるとともに、もっとひとすじ清冽なものが確かに鳴っていて、これは物語りの背後にほのかに匂う美しい女のひとのあわれさを、愈々鮮かに浮び上らせるので、ほんとのものか、それとも作者の創作なのか解らないのだが、とにかく素朴なままに私を感動させ、下手くそのままにひそかに私の心をとらえる…それは私だけのものかも知れぬし、又それでいいと思っているものである。

もうひとつは、田村隆一の

―前略―
誰もいない所で射殺された一羽の
　小鳥のために
野はある
誰もいない部室で射殺されたひと
　つの叫びのために
世界はある
空は小鳥のためにあり、小鳥は空
　からしかおちてこない
窓は叫びのためにあり　叫びは窓
　からしか聴えてこない
―後略―
＜幻を見る人＞

そして、結局もう一つの作品の方を取あげて弁護する事に決めた。大体、好きだの嫌いだのとは、理性以前のものだから、あんなスペタのどこがよいのだろう？と聞くだけ野暮な話であろう。古い短歌等を持ち出して恐縮だが

道草のうごくを見れば妙高の山を
　おろして木枯ふきぬ　（茂吉）

別に感覚がどうのポエジーがどうのと言うすじ合いのものではなさそうだが、ロケット弾の変な音に較べて、野砲一発の殷々たる木霊が耳朶をうつ。ベートオベン風な悪さがあると言う者は言え。大体、マチネーポエティクの失敗が示しているように、音と意味とにそれ程強いつながりを持たない日本語に、西欧なみの効果を期待するのが無理なのだが、そうかと言って、詩が全く音を放棄した訳ではない。＜何よりも音楽を…＞のベルレーヌの「詩法」が姿を消して何物よりもイメージを、の相言葉のもとに、詩は音楽を放棄したかに見えた。然し、その前に、既に詩は、でなくして詩人は、ワグナー以来、音楽に負けたのだ。そのうち誰か失地を回復するだろう。いや、様々な試みによって既に回復されようとしているのかもしれない。私はそれ迄気永にそれを待つ。それ迄の間、私は仕方無しに散文を読む。つまらない詩を読み聴きするより、小説を読む方が、よっぽどましな場合がまま多いと言っては過言か。私自身よくよく散文的な男なのかも知れない。そんな訳で、余程つかむべきものを確かにつかんでいない限り、日本語の散文詩ほどつまらないものは無いと思われる。いわんやそれを行分けにしたりしては！

ところで特別好きと言う程でもなく、ところどころぎこちない言葉つかい等気になるし、又評論家は顔をしかめるかも知れないのだが、次の作品等はどういうものであろうか？

シリヤ沙漠の少年

井上　靖

シリヤ沙漠のなかで羚羊の群といっしょに生活してゐた裸体の少年が発見されたと新聞は報じ、その写真を掲げてゐた。蓬髪の横顔はなぜか冷たく、時速五〇マイルを走るといふ美しい双脚をもつ姿態はふしぎに悲しかった。知るべきでないものを知り、見るべきでないものを見たやうな、その時の私の戸惑ひはいったいどこからきたものであろうか。

その後飢ゑかかった老人を見たり、あるひは心傲れる高名な芸術家に会ったりしてゐる時など、私はふとどこか遠くに、その少年の眼を感じることがある。シリヤ沙漠の一点を起点とし、羚羊の生態をトレイスし、ゆるやかに泉をまわり、真直ぐに星まで伸びたその少年の持つ運命の無双の美しさは、言ひかへれば、その運命の描いた純粋絵画的曲線の清冽さは、そんな時いつも、なべて世の人間を一様に不幸に見せるふしぎな悲しみをひたすら放射してゐるのであった。

冬至

上野菊江

しらかばのこずえの上で
するどく　風車をまわすひかり
したたる樹氷のふちかざりの奥に
まるい野あざみの群落があって

オーベルニュの懸崖をこえ
ピレネーのまつげをいぶし
群落の色が水となり逆光に茎立つところ
旅立った魂の日をかえらしめよ

ふりむくと——血
禽獣をよそおう人のいたみのように
闇をつきさす暗緑の刺々があって

野遊び

大木 実

春の日曜の晝すぎ、ふたりの幼い娘をつれて野遊びに出かけた。娘たちはじきと私を置きざりにしてどこかへいってしまった。遠くの方で、ときどきふたりの声がしているのを、うつらうつらと聴いていたが、いっときするとふたり揃って、にこにこしながら帰ってきた。

みると、めいめいの両手のなかにお土産をいっぱいにして。ひとりはクローバの花たばを、ひとりは芹を摘んで。

——おじさん　きれいでしょう。

——おじさん芹きらい　芹おいしいのよ。

——……

何とこたえたらいいのだろう。ふたりの娘のさしだす贈りものを受けながら、私はふたりの娘がいとしく、いじらしく、胸をしめつけられるように切なくなった。私はそこに、二十年後のふたりのすがたをみた。

——ありがとうよ。

おなじ年ころの幼い娘が、もうこんな大きなちがいをみせている。その求めるものに、こころのはたらきに。

ふたりもやがてこの人生で、恋愛し、結婚し、子をもつことだろう。そうして、きょう私に示したように、ひとりは人生の美しいものを求めつづけ、ひとりは日々の暮らしをゆたかにしていくであろう。そのいずれであれ、どうかふたりが傷つくことなく、きょうのように明るい微笑みを失うことなく、永く永く幸福であるように、幸福であるように——。

啞

――ある傍観者に

粒来哲蔵

I

あなたはやわらかな秩序だったか、あるいはうすめられた夜だった。夜はあなたのポケットの中で丸められ、ひしゃげていて、ことさらに、ほどけようひろがろうとしていたので、ついかさこそと音をたてたのだ。そのために、あなたは降り注ぐ落葉だった。〈大小さまざまの落葉が、地の上をころがっていた。〉 その中であなたはいま、あなたに背中あわせだった。おたがいに手をさしのべようとしなかった。そのために、救いようのない場違いな沈黙だけがやって来て、いきなり脂《やに》だらけのゆびを、あなたの襞にさしこんだのだ。だからあなたはくしゃくしゃの夜をしずかにパイプにつめこんだ。煙が木立のすそをまくようにして流れると、ふとあなたに凭りかかるはるかな個我を意識した。〈それは重みだった。〉すると、あなたはゆれやまぬ秤のようにうろたえて、急にはげしく咳きこんだ。だからおそらくあなたは、おそまつな秩序だった……

II

あなたはちぢこまった義手だったか、あるいはいじめられた空だった。空はあなたがかかげたてのひらに、そっとのるぐらいに狭かったので、だれもがしきりに、てのひらを、ひろげようもちあげようとしていたから、おびただしい数のてのひらが、波をうって、空のとおさをよんでいたのだ。その中で、〈鋼だ！〉とひとりがいった。けれどもさしのべられた指々は、遠目にはまるで意味のない劇だった。そのために、あなたは永劫の啞だった。〈だれもがだまっていたが、目は火のようにあつかった……〉　その中であなたはいま、あなたに背中あわせだった。ひとりがひとりをよんでも、あなたはこたえてあげなかった。おお、ということばは出かかっていた。けれどもあなたは、所在不明を楯にした。そのために、あなたはみんなの外で、かすかに羽音をきいていた。だから、曇天のしたで、たれさがったあなたの腕は、おそらくは腫れぼったい義手だった……

III

あなたはくたびれた道化だったか、あるいは思慮ぶかい梅雨《つゆ》だった。梅雨はあなたの目のまえに、びっしょり濡れた群衆をおいたのだが、それらはあとからあとから、あふれようあふれようとしていたので、ひときわあなたの白衣は目立った。〈あなたはそこらに、ひとりでいた。〉　けれども見ているあなたは、ついおくの中のひとだった。その中でも群衆はあいもかわらず、肩をくつけてあるいていた。すると、いきなり唇のはしをゆがめて、あなたはこの風物をねじまげた。すなおな形象をだいなしにした。そのために、あなたは不純な盲だった。〈みろ、ついおくのなかで、みんなもあなたも、つめえりでたすきがけ、銃をもって……〉　だから、あなたはいま、あなたに背中あわせだった。あのときもあなたはあなたに、なにもしてやれなかった。その帰結をじぶんのせいにしなかった。そしていま、あなたの子供になにもしてやれないのとおなじように。あなたは風におされて、少しほこらしげに、ひとりはひとりとおもいこみ、リリックな家にかえる、おそらくはまちがいだらけの道化だった……

――私はあなたの唇を横一文字にきる。切つてあげます！

わが宇宙

中江俊夫

1

ふけは一晩に出来る。爪は一日でものびる。耳くそは六時間きっかりでたまる。けれども僕の歩みは五十万年あっても足りず、僕の憎しみは時間によってぬぐいきれないほどひろがりすぎた。

心臓が一刻々々破れそうで、秒とともに発熱しがらがらに渇く世界。

2

世界の闇の中心までのびていく足。世界の夜明けに触れるところまでさしのばす手。世界の地平線をこえてゆく眼。どんな小量の血のにおいも嗅ぎつける鼻。ひき裂かれた黒こげの胴体蜂の巣にされた胴体土のなかで腐っていく胴体と一緒に転がる胴体。

その人間を眠らす寝床はどこにもない。どんな女も用をたさない。その男を憩わせるのには睡眠薬や麻酔や催眠術でもだめだ。ロックやブギやラグタイムが必要だ。ジャズのなかにもぐり込み、いまその男は一服する塊りである。

3

生きてる男。君は誰ですか。お葬式は済ませましたか。お名前ですか君は。それとも靴ですか。帽子ですか。ああ何か忘れましたか。そうですか、この僕が。

いいえ、はじめてですね。お手型をどうぞ。なにか残るものを。

バラは曉に、ええ、君のポケットの財布は僕に、微笑ませたまえ。

僕のことばに、振り向きもせず出かける方たち。

なんのことやらわかりませんか。

どうしたんです、君は誰ですか。しゃべっているのは言葉ですか。喜びですか。悲しみですか。いいえ。いいえ。

いつもの市場で、人間たちは定価です。正札をさがしましょう。店頭に並びましょう。そうしましょう。さがしましょう。だれかが買ってくれるのを待ちましょう。

4

僕の愛する宇宙は、女の尻のようなものではないか。いや女の尻こそそのものではないかと、愕然とさとったとき、僕は大事なもののようにそっとそれをなぜさすって、毛布にしまった。女をまんぜんと抱いてばかりいる者はこのひずんだ四千億光年の宇宙の汗ばんだ沈黙を知らない。

5

あたたかい血が流れる。風があなたの頬に吹く。いざ生きざらめやも、掌でなでる。僕のそばの無数のひと。無数のことば。

呼ぶ。呼んでいる。聴える。聴えてくる。それは死。

横たわる。空が横たわる。

素っ裸で宙返りをする男。なんどもなんども宙返りしながら、君たちのほんとうの名をよんでいる。虫けら！いいやあいつはお世辞をめったやたらにふりまいている、動物にも植物にも。僕らは己惚れによって人間に成長する。

しかしある日気分の悪いまま、かれは眞実をいう。てめえらなんか相手にするもんか。

蛆め！かがみこむと、放尿と脱糞を繰りかえす、僕らの上に。

6

したたか酔っぱらって、お星様きりりとよ、おれ愛しあっちゃったんだ。会社の退けどきはつらいねえ。夜明けはもっといやだ。嘘だもんな。またおれの身がこの世にあると知るのはいやだ。朝になると世界はあいも変らぬ引分け勝負なし。おれはいっそ、晝も夜も人も殺したいよ。

月の三番街一丁目で、郵便屋さんが手紙でおれを殺しにかかる。ことばがおれの首のまわりにまきついて絞めてくる。きりりは彼の恋人だったんだそうな。残念だがまたあとで暮そう。

7

がらがらがら。うおつふ。おふ。目っかち犬めが吠えて玩具の機関銃をうつ。人形の兵隊が應戦する。金だらいで軍艦が沈む。おめえらなにやってんのか日本人。天皇に詔勅をよませろ。朕おもうに、戦いを宣す。朕おもうに、平和がよろしい。朕おもうに、昔は朕も浮気した幸福であった象徴ではなかった。子供部屋でこんな演説がきこえる。

お星様きりり、地球人にはへそがあるってことだれにも言うなよ。

8

おはいり。するとはいってきた。おすわり。するとすわった。お食べ。すると食べた。なんとか言えよ。するとぽつりと一言いった。あんたが憎らしい。

少年はすぐ外へ出ていった。

僕は放火犯が好きだ。すりも好きだ。泥棒のたぐいは全般に好きである。血を流さずに生きたまま殺す、公然と奪う、監獄に放りこまれない殺人と強盗の常習である人間ども、ある階級の人間どもが居なくなったら、田舎のお寺で坊主になろう。

9

いつもいつも眠り、いつもいつも歌い、なにもせず、なにもかもしてしまっているためには、多くの夢が大切。僕はその夢のなかの夢の辻つまの合わぬ譫言。僕は譫言のようになにもかもぶきっちょだ。だがなにもかもとにかくやりとげる。

死の友よ、僕は世界の屋根のはしにぶらさがって派手に投げキッスする。時間を短刀に鍛えて血を見せぬ君の喉元に突きたてようとねらう。

君はぐかぐかしたにせものの古タイヤみたいな奴だ。僕の短刀が突刺さると空気がぬけてあわれにしぼむだろう。

10

いろんな意味とかイメヂ以外に、走ってい跳んでい動いている魂。いまもいま胃を痛め苦しいつらい肉体。いやいいんです今更、くだらない高邁。一切合切いきなり笑いながら失い。

いったい誰がいいだしたんだ。芋ひげ。鑄物の色男。おい、そうじゃない。いがぐり頭、芋の皮。いいかげんにしろ。かなしい変型、汚ない絶体の勇しい親父もインチキ。つよい信頼も失い。意外な言いわけいまさら首相のにがい決意なんぞない。

いさぎよくいま、醜い争いの素材を一蹴し、全世界と果てしないつかみ合いに行け。

椅子をほうりだせ。椅子を燃やせ。人間は歩いておれ。聖者の肝っ玉をしゃぶろうよ。善人は殺そうよ。

あるはかなさ

山田正弘

かすかにも想像できない。そしてきみは逃走する。
夜の空から降ってくるのは悲哀。じゃあない血、
じゃあない、声だ。
熟練者のぐるぐるまきのコイルから
したたるむなしさに灼かれたところの。

ある時ぼくは群衆のなかにいた。
路はまっすぐ暖かい昔ながらの風
のしたくぐってとある場所へむかった。
ぼくはそこで起ることを知りそのわけを知りみたものを知った。

彼女は起き上ろうとして苦心していたのだ。
だれが手をかす？
だがぼくらはみているのみだ、いまも
あ、ずっと昔からそう。

彼女は生きていた。
けれどみんなが死んだとみとめたのだ。
頭うたれ犠牲となりし羊よ！
彼女とぼくのあいだにはやっかいな技術がいりぐらぐら
煮えたつ時があった。殺人しかの時の。
そして沈黙。そしてきみは逃走した。
だからぼく逃走しようとした
とき彼女は喋った
朝おきてからまいにち
きまってすること
おきぬけにボートにのりずっと遠くへいく
恋人にあい箸をとり櫛けずりそれから
たくさんの夜を束ねてのみこんだ蛇
のようにねるの、よ。
ぼくは笑った彼女は笑った、あ、きみは逃走した。

いらいぼくはきみの姿をみたものにあったことがない。
きみはぼくのなかにかくれた
反革命をねがい略奪をおもい血をながすべき全きよるに……
かすかにも想像できない
きみの行方とぼくの行方のぶつかるところ。

手の記憶

君本昌久

ぐったりした日のへりに
ばくぜんとした手がさわる
でも何も起りはしない
おそろしい風も吹かない
ただ
手もとがだるく灼けて
いちにちがじりじりして
言葉はずうっと遠くの方に
どうやらいるらしいが
ほんとに
もう何も起りはしない

青いこころがけばだつ
言葉のめざめる音
声こそ流れないが

耳鳴りのように走っていた

そして気付く
すぎていく手の記憶
くらしのうしろに言葉があり
言葉のうしろに手があり
手のうしろに渇いたくらしが流れ
たえず耳鳴りが走っている

空をみつめ
まいにちを歩き
いつもくぢかれ
いつもむかつき
いつも
いつも待っていた

キミの手　ボクの手

LA BATAILLE

様々なる覚書

沢村光博

詩人にとって辞書ほど楽しいものはないのではなかろうか。ひとつの言葉はわたしたちを空想の王国へ旅立たせる切符のようなものだ。わたしは語学はからきしいけないが、辞書を読んでいると退屈しない。たとえばわたしは気まぐれにこの覚えがきのタイトルをLA BATAILLEとつけた。バタイユというフランス語は戦闘、けんか、論争の意味だが、これが女性名詞であるのがおもしろい。女が三人あつまると姦しいという字になるのを一寸連想させる。

こんなことを書くと「夜道のひとり歩きには気をつけなさいね」と女性の詩人諸君に脅迫されるだろうか。さてそうなるとLA BATAILLEというフランス語が女性名詞だった理由ものみこめようというものだが、――いや、こんなつまらぬ冗談は閑話休題ということにしよう。

ところでBA TAILLEの他動詞BATTREは英語のBEATにあたる。いわゆるビート族というのはここから出ている。BEATとはもちろん打つという意味だが、踏み固める、鍛えるという意味でもある。わたしは考える。いまのビート族はBEATすることで一体何を踏み固めたり、鍛えたりしているのだろうか。現代詩におけるビートと云われる青年たちは？元来詩人は言葉の用法を研究し、これを打ち、踏み固め、鍛えることに熱心だった。言葉という物質をBEATすることは、またもっとも精神的にBEATすることだった。関根弘は詩は青春の文学だと宣言した。そしてわしも年寄りくさくなってきたよというような苦笑的な顔をして、全学連を持ち上げたりしている。わたしは最近ことごとに自分もひどく齢を食って来たなとは思うが、そのことで別に恥かしいとは思わない。いまのBEATのわかさに色眼を使ったり、彼等がよく判るなんてことは云えない。わたしはBEATという言葉に――わたしも詩人の端くれだから――彫刻家が大理石にむかってツチとノミを使って、イメージを創造している姿を連想したり、刀鍛冶の真剣な仕事ぶりを思いだしたり、真黒に修正されている詩人の原稿を眼に浮かべたりする。どうも止むを得ない。全学連を評価するとすればそれに似た見地からであって、妙なヒロイズムに感心したりしてはいけない。

＊

詩は青春の文学だという関根弘にひっかける訳ではないが、この頃仕事先で面白い話をきいた。

わたしの勤めている大学関係の放送局で、この夏、夏期大学講座を編成し、講師の一人として、民俗家の柳田国男先生をお招きした。大学の文学部長のH氏は六〇才代である。講演の録音が終ったあとで、もう九〇才かと考えられる柳田先生がH氏に「ねえ、H君、君のような青年がこれから大いに仕事をしてくれなきゃいかん」

青年と云われてH氏、何とも奇妙な表情でまごついていたらしい。それをわたしに伝えた放送教育部長のN氏は、「H氏が青年なら、僕なんか、さしづめまだお袋の腹のなかか」N氏はわたしと同じく三〇代である。

柳田先生はエラクお元気で、送信塔のアンテナを仰ぎ、あのてっぺんに登りたいと駄々をこねられたそうだ。流石にこれだけは勘弁して頂いた模様である。

詩は青春の文学であるか？青春とは何か？わたしは青春という言葉には、戦争と戦後のいやらしい記憶しかないので、当然偏見をもっている。関根のキャッチ・フレーズから新鮮な感情よりも、むしろくらい、いやあなものを連想する。感傷的だったり、わんわんぎやんぎやん煩さかったり、自己抑制や建設がなかったりするものを連想する。それで、詩は青春の文学というよりも、詩は言葉をビートする、と云った方が気が利いているように思う。

*

国家の権力独占。それに対して利害を異にする諸階層の分裂乃至**対立、この図式のなかで、ものを云っている限りでは、**どんな凡庸な考えでも或る程度の説得力を発揮する。

これをもわたしは警戒し、チェックする。

現代のこの図式は、歴史主義、状況主義などと結びついている。

とくにわが国では歴史の必然って奴が幅を利かす。

むしろ、こういう現代を、距離をおいて眺めることだ。内と外から同時に批判できるひとつの視点を獲得することだ。グワルディーニ、ドーソン、トインビー。Detachment の立場。ただひとつの視点、すなわち普遍的な人間像のみうしなわれているところでは、歴史は歴史の意味をもたない。歴史にならない。では歴史は何になるか。絶対になる。神になる。歴史の物神化とその崇拝が支配的になり、人間が歴史を構成する事物となる状態。それを突き破る野蛮なエネルギーの精神性を評価することは正しいとおもう。

鮎川信夫があるわかい詩人を評価して「聖なる野蛮人」と名づけている。聖なるか。しかし、厳密に云えばこれは鮎川の夢ではないだろうか。

ネガチーヴでない聖なるもののイメージが伝統のなかに生きていてこそ、ネガチーヴも意味をもつ。積極的な意味をもつ。ネガチーヴな聖なるに対応するポジティーヴな聖なるが、日本の精神的伝統の内部でどのようにイメージされているのだろうか。もちろん伝統は今日ただいまつくられていくものであってもいい訳だが。

鮎川信夫と関根弘が藤森安和を評価するとき、どこか意味が食いちがっている。もちろんそれはそれでよい。誰でも新しい可能性を探し、そこに夢を描く権利はある。こんにち新しい諸可能性のあいだに価値の等級をつける基準は、厳密に云えば個人的な感情にまかされている。あるいは党派や、集団の……しかも社会状勢によって絶えず不安定にゆれうごいているところの……

＊

某月某日のこと。たまった郵便物の封をきり、まず現代詩人会の会報から目をとおした。

対安保関係の声明は、タイミングを失ったので中止、了解を得たいとある。

そこですぐに、この前の会議の時の雰囲気を思いだした。

非政治的団体の政治的発言の伝統をつくらねばならぬ。原則としてはわたしもこういう考えをもっている。しかし政治的発言が発言だけで終ることが許されない状勢もある。発言から行動へ……その分岐点は微妙だ。微妙なこの一点の判断が現代詩人たちの間でもまちまちなのだ。それが混乱の印象を与えてきた。

一方、団体としては政治的問題にいっさい関わるなという中桐雅夫の発言には何か動かない信念のようなものがある。民主主義の擁護といったところで、それぞれの立場で民主主義のイメージがくいちがっているのだから、単純に言葉の上だけで一括してゆくのは危険だ。詩人として政治的用語のマジックにふりまわされまいとしている中桐が、――小数派ではあるが――詩人の団体としての会の意義をもっとも深く考えていたのかも知れない。

とにかく政治的スローガン、民主主義という言葉のマジックにかんたんに足をすくわれることを警戒。チェックしておくこと。

ただわたしとしては、新安保の第四条、五条、二十四条等の発効は、現在の政府の陰謀であると思うし、これを強行したことには、絶対に反対を表明する。この点では、わたしは全学連の主流派を支持する者だということを附加えておく義務を感じる。

＊

何時か話の途中ある詩人が溜息まじりに云っていたことを思いだした。安保問題でさわがしくなって以来、詩人たちは敵味方に分れてしまったようだ。政治的意見がちがうと出会ってもろくに挨拶もしないと。たしかに詩人たちの間で、政治的立場にこだわらない濃密な雰囲気がみられなくなっている。政治的意見の相違が「詩」という共通の紐帯を断ちきってしまったことになるのか。あるいは失われたのは詩人の理性かも知れぬ。

これも健康管理的意味で要注意。チェックしておく必要がある。

＊

或る編集者から電話がかかってきた。エッセイを書けという。電話のむこうで、彼女の声がしていた。「そうでしょう、たとえば、……そう、昭和十年頃、たとえば「四季」「歴程」それから北園克衛さんたちの詩派でも、だいたいみんなが、それぞれの立場を認めあい、尊敬しあって、仕事をしていたのではありませんか。最近はどうもそうじゃないわ。……ええ、或る傾向の詩や詩論が認められると、いまでは、そういう人たちが現代詩の代表だとでも云うようで……そして、その蔭で、ずいぶんとほかの傾向のいい詩人が見落

されたり、見失われていたりしている気がするのよ……つまり、できたら、そういうことにも触れて貰えると――」

彼女が義憤をかんじているのがわかった。もうすこし具体的な例を話して貰えたら、わたしも自分の考えを書きやすかった。しかし長っ話ははた迷惑で、結局おたがい電話をきってしまったが、そのあとでわたしは、――さて、と考えこんでいた。

昭和十年頃の詩壇が、実際に編集者のいうような状態だったかどうか、わたしはよく知らない。だから、あの頃と現在とをめんみつに比較してどうのこうのということができない。あてずっぽうの推量をでない。

むろんいくらかの事実を指摘することはできそうだった。たとえば昭和十年頃までは、詩人たちは同人雑誌で主として仕事をしていた。直接商業とは結びついていなかった。現在は同人雑誌の時代ではないといわれている。いま比較的名の知れている詩人たちも、雑誌に作品や詩論を発表してはいるが、その雑誌はたいてい出版業者がやっている。出版業者が編集者を兼ねて、ある程度詩人を演出しているようにみえる。演出上、ときにはセンセイショナルな売りだしかたもする。こういう傾向はたしかにある。詩壇は或る程度マス・コミ化しているし、詩人がまた商業にかならずしも無関心ではない。出版業者兼編集者と詩人の党派が結びつく。他方、前にいったあの政治的立場の意識がある。こういう例はもう誰でも知っていることではあるまいか。

わたしはこういう現象をあまり悲観的に眺めない主義で、それはそれでよいのではないかと思っている。詩に関する限りでは、わたしはもっと楽天的態度をもっていたいのである。

わたしが現在を、昭和十年頃よりもはるかに高く評価し、詩の世界に楽天的態度をもっている理由の一つは、次のことだ。あの頃は詩の専門的批評家というものは、ほとんどみあたらない。批評はだいたいが詩人の「党内発言」にすぎなかった気がする。

現在では詩人と批評家が、或る程度分離し、云わば分業化している。専門の詩批評家、詩論批評家がうまれていて、それぞれに個人的には食いちがった思想を抱いてはいても、或る一部の党派的感情に束縛されない発言をおこなっているとわたしは思っている。出身や現在所属する雑誌が何であろうとも、それらの束縛を意識しているとは考えられない。そういう詩批評家たちとして鮎川信夫を筆頭に、小海永二、唐川富夫、いまは病臥しているが杉本春生、地方にいてあまり目立たないが鋭敏な批評眼の持主である荏原肆夫、それから清水康雄、詩をも書いている批評家では吉本隆明、木原孝一、中桐雅夫、黒田三郎等々の名を挙げることができる。これらの批評家たちは、いつでも現代詩の対外的スポークスマンになれるような公正（この公正とは、とりわけ私心がないという意味である。完全な批評家の意味ではない）で、ひろい視野の持主であり、詩壇における党派間の政治的争いに浮き身をやつするような馬鹿な真似はしていないのである。

ただわが国の詩壇ではまだまだ、詩人にくらべて詩専門批評家を大きく評価するということがないのではあるまいか。

わたしは、わたしに電話をかけて寄こしたあの編集者に、「だから、ああいう専門の詩批評家、詩論批評家を大きく評価し、かれらが自由に発言する場所を、あなたもまた、もっと与えてあげたらどうですか。それだけではなく、よい詩人と同時に、新しいそういう批評家を発見し、育てあげるように努力したら如何でしようか」と答えようかと思った。そうなれば雑誌がはるかに権威をもつことになろう。しかしこれらはあるいは徒らな理想論かも知れない。だいいち彼等にいつまでもただ仂きして貰うわけにはいかない。それには金がいる。原稿料を出して収支つぐなう詩の雑誌はまだない。出版業者兼編集者が、詩人の党派と結んで、演出したり、センセイショナルな売り出しを企てるのも無理はない。ではやはり、悲観的になるべきか。

＊

BATTRE（打つ、踏み固める、鍛える）。—— SE BATTRE（たがいになぐりあいをする）

　現在の詩壇では、論争というよりも、たがいになぐりあいをするような調子の批評もないではない。しかし、昭和十年頃よりも、そのテーマははるかに真剣な、普遍性を帯びたものになっていることも疑いようのないところだ。

　たしかにわたしたちの現代詩は、あの頃とは比較にならぬほど重要な経験をしている。云いかえれば詩人たちは、詩の、あるいは詩へのいくつかの重要な媒介物と本気でとりくんでいる。その媒介物とは、いくつかの観念であり、権力と政治にたいする意識であり、民衆の生活感情との結びつき、革命、あるいはマス・メディアの諸機関そのものである。

　わたしは詩人たちは、そういうたたかいをつうじて、やはり真に**普遍的な詩的情緒の価値体系をつかまえようとしているのだと信じ**ている。

　詩人たちはさまざまの媒介物に目を奪われ、ミイラとりがミイラになる例もあるとはいえ、しかし依然として詩への希望をもっているのではないだろうか。詩は初心にかえらねばならぬ、現代詩は曲り角にきている、あなたは詩に何をもとめるか……すべて前進しようとしている現代詩の、その自意識から発する言葉ではないか。ところでこの自意識を質問のかたちで、はっきり提出しているのが、雑誌の編集者であり、出版業者兼編集者もまたそうなのである。

1960年12月10日発行
定価 40円
編集発行人 堀内幸枝
東京都新宿区柏木2—446
千葉方 葡萄発行所

執筆者住所録

金井　直　北区西ケ原四—六二
岡崎清一郎　足利市大町五〇一
藤富保男　目黒区緑ケ丘二三四六
山下千江　大田区南千束二四五
白石かずこ　鎌倉市山崎一三九〇公団住宅六—六一
影山誠治　浦和市下木崎四二九
上野菊江　板橋区中板橋十一
大木　実　大宮市上小町二一〇
粒来哲蔵　古河市観音寺町
中江俊夫　一宮市朝日通二ノ一六　朝日住宅A—十八号
山田正弘　北多摩郡狛江町岩戸七九二
君本昌久　神戸市東灘区住吉町浜新田　九三四ノ十一
沢村光博　渋谷区代々木富ケ谷町一四三一

後記

夏から秋にかけて大層いそがしかった。生活のためのアルバイトに私はすっかり疲れてしまった。その中でこの詩誌が私の心の大きな支えであることをあらためて知った。

今日、白石かずこ氏からの手紙に「先日、送りました私の好きな詩人について書いた木津豊太郎をかたるは、あまりに熱狂的な愛の文章で、あれではまるでラブレターで、そちらで困っていらっしゃるのではないかと案じてます」とあったが、それどころか私はこのように熱狂的に詩があつかわれることの少くなったこの頃、白石かずこ氏の文章は大いにうれしいものであった。

また沢村光博氏の言うよう「わたしは詩にたいして、しばしば、飢えた狼のようです。もっとも流行からとおいような詩。社会状況など無視して、極端なまでにひとりで自分自身の魂とかたりあかす詩が書きたい」と……

私はこの詩誌を全く無償なそうした位置に置きたい。　（堀内）

葡萄

20

葡　萄

20

1961年9月

歌……………………………笹原常与…2

黄色い風に………………多田智満子…5

天　使……………………糸屋鎌吉…6

無い歌……………………木津豊太郎…8

ある風景…………………堀内幸枝…12

帰化植物外三篇…………和泉克雄…14

ひまわり…………………阿部弘一…16

ふ　と……………………藤富保男…18

言　語……………………平田文也…20

明るい墓…………………石垣りん…22

歌

笹原常与

あじさいの世界は深く
花びらのかげりのむこうに
空はとおくまで晴れて　ゆきつくことができない

その空のはて　気のとおくなるようなはてで
海は素足のまゝ　みちひきしている

あざやかで濃い海だよ
それはとおいとおい手のとどかないところに寄せている海
はじめての夏に　さわやかなそよ風とともに
それを見るひとのひとみにまでみちてきて
ひとみの奥の空や天気を濡らしていった水の色
やがてそれをとどめようとするどのような手からもこぼれて
後姿を見せたまゝ
夏のむこうへ　無限にひき去っていった海

今はあじさいの世界のはてにしかない木の色

耳を澄ますと
潮騒が
はるかな記憶の中をとおざかってゆく人声のように
かすかにかすかにつたわってくる

夏の深まるにつれ
あじさいの世界も深まって
海はますますあざやかな色のみちひきをくりかえす
ただ無際限にひき去るためにのみ
波うちぎわにさしみちてきては
前よりもいっそうとおく　しりぞいてゆく
もう何ものにもみだされることのない静かな世界で
海はひき潮のうたをうたっている

いつはてるとも知れぬそのみちひきに
花びらのかげりをかさねながら
晴れた夏の日ざしの奥で　あじさいは
はかなげにうちふるえている

見ているだけでひとのひとみはかなしげにかげってくる
夏の中で思いを深くしているひとの心もかげってくる

どこへひいてゆくのだろうか　こぼれもせずに
さらにとおいどんな世界へかえっていかなければならないのだろうか

やがて夏のおとろえとともに
あれほどあざやかにひらいていたあじさいの世界も
空の中にうすれてゆき
ひき潮のひき去るとともに消えてゆく

わたしの耳底に
ひき去ったあともかすかな潮騒が残り
そうしてそれにききいっているうちにわたしの心の遠くから水の色のみ
　ちてくるにもにて
かすかにせつなさがさしみちてくる

黄色い風に

多田智満子

うす紫の傷痕に　あらゆる記憶を縫いこめた駱駝は
ながい行路の果てに
ゆっくりと膝を折ってすわろうとおもう
やさしい疲労の遠景にかこまれ
うずくまって　蜜のような唾液を垂らしたいとおもう
日付けをもたない歳月のような
のびたりちぢんだりする砂丘のうえに
あごをのせ
黄色い風にいつまでも吹かれていたいとおもう
距離を失い
距離の無用さを失い
砂の質料へとゆるやかに回帰しながら
傷痕のほどけるままに　こぶの中の夜さえも失い……

やがてひろがりすぎた天の一角に
突如　緑の鳥の大群が現われるまで

天使

糸屋鎌吉

薔薇の夕暮
七月の樹に
自転車が寄りかゝり
その自転車に
黄色いパラソルが
寄りかゝっているのは
この近くに
一組の恋人どうしが
いる筈だ

日は間も無く落ちるのに
帰って来ない
煙のような蚊柱が立ちはじめ
それが　小指程の天使に変って
ぐるぐる自転車とパラソルの上を
円舞している

菫の夕暮
七月の樹は少し動き
黒く骨になった自転車に
パラソルのスカーフがかゝり
肩や足や　胸や
一杯に螢が点りだしたのは
これら二人を
何処へ案内したと
いうのだろう

無い歌

木津豊太郎

無いハア
トのお
れのピ
クピクわ
ざとヤ
ラレルこ
とのすば
らしいよるの太陽

わざと
わざと
わざと
何ヲスル
何ヲシヨウ
何をする

何をしよう

無い階
段をわ
ざと降りられな
いおれの孤独
わざと破
産したその包茎
の美学

その時恋ではなく恋
のようにわざと除名さ
れたものは何か

その時愛ではなく愛
のようにわざと告発さ
れたものは何か

その時影ではなく影
のようにわざと解任さ
れたものは何か

鳴らな
いベルのようにわ
ざと待
つことの際
限のな
いこのふつうの鶏

やがてわからな
い夕暮がやってき
てす
べてを変
えてしまう
この世界のすべてをま
るではっきりさ
せてしまう
そしてもしかした
らわざと絞
首刑にさ
れたい朝がきてあ
れら分

解さ
れ
構成される

わざとではな
くわざと分
解するこ
とによってわざとではな
くわざと構成さ
れね
ばならな
いものあ
れら神
ではな
く神のようにジ
ャズではな
くジャズのように

ある風景

堀内幸枝

椎　樫　楓の葉が　遠い昔の
思い出のかげりのように重り合い
道はほそくつづいていました
曲りくねったその道は
ねっとりとした繁みの中へかくれ
繁みの奥では　さっきより一段大きな青桐の葉が
黒い岩をおおっていました

かって一番情緒のこい　この岩のあたりに
今　青桐は一番ぶきみな影をひろげ
暗い小川のふちには
当時の会話や感情が　はりつけに
過ぎた日の悦楽はより合い　しめ殺され
埴輪や土器のように投げだされていました

この二十年の歳月は

千年の歳月にたえたほど　すべてをかえ
苔むして
古墳のにおいをたてていました

いま
ここに入るすべてのものは殺される
あつい悦楽　こい思い出が一度に虐殺され強度の腐敗菌によってくさっ
　たあとは
ここから飛び出す蚊にさされても死ぬであろう

そこに見える大木の上には
痴呆のような花がついて
今は
赤く咲くでもなく
青く咲くでもなく
白く咲きながら純白の色をもたない花が
ゆすら　ゆすら風に吹かれて

地球をまわる川音だけが
ここでは
さらさら　さらさら　ただ流れているだけでありました。

帰化植物外三篇

和　泉　克　雄

帰化植物

夏は子供と帰化植物を集めた
彼らは初めからいるという顔をしていた
林業試験所の乾いた塀の周辺に
詩人の魂達は繁茂していた
アメリカオォバコ　ヌスビトハギ　ワスレナグサ　ハキダメギク…
地球の匂いだね
野冊《やさつ》をかかえて子供は言った

場　所

走って来て突然鋭い痛みを感じた時
有棘鉄線に顎をぶら下げていた
夕顔の花を血に染めた少年時
立入禁止　と書かれた板きれが白い眼で立っていた
あれから何回も同じような場所を経験した
傷あとのひげを女は嫌った
線を越えた景色は今日もすばらしい
走って来ていつの間にか向うにいる透明人間達

睡眠

潜望鏡にふたをする
見えなかったものが見えてくる
むらさき色の水の底では
世界の終りはいつ頃だろう？
などと呟いているやつがいる
貧弱な影が棒杭のようにゆれている

紐

朝　私は真裸にされ
首に細紐を巻かれていた
凶暴な何ものかに襲れたらしいが
抵抗の記憶はなかった
恐怖の身振りでお前が言った
—あなたの夜の仕業です…
ふしあわせな声を私は笑った

ひまわり

——証 人——

阿部弘一

今日
私はみたのだ
死者たちの流れて行くひとつの河を
私のすぐ前でひとりの自殺者を加え
この夏の向うへだまって流れて行った巨きな河を

自分の上流の先端で
自分の鋭い空のひかりにさしつらぬかれたまま
それはどこまでも仰向けに流れて行くのだろう
仰向けのまま

もっと死者たちの数を増し
死者たちのひとみに秘められていた無数の季節の空で
それはもっと自分の深さを深めて行くのだろう

けれども
誰がそれらを確めに来るのだろう
私がみた風景を
私のすぐ前で身を投げた者のひとみを
そのひとみに映った最後の夏の空や白い雲を　そして
あの巨きな河はどの方向から来てどの方向へ流れて行ったのか……と

誰もここに戻って来る者のないままに
私はじっと立ちつくす
にわかに迫ってくる夕闇を前に
もう一度あざやかに私は思い出す
あれは何ひとつ加えてはならぬ風であったのだと

ふと

藤富保男
FUJITOMI YASUO

ぼくは時時ベンチに坐って考え込む
あのこと　を
ぼくは　その時いつも
ぼ　と　く　になってしまうのである
ぼ
が坐っていて
く
が立っていて
二人で口を開けて月を見ていることがある
月は後向きになって
煙を吐いて留守になる

頭が重い

象がぶら下っているからである
もう　いけない

走れ　走る
走った　橋っ　橋っ　走った

ところで
走っているのは
ぼ　でも
く　でも
ぼく自身でもなく
橋でもなくなってしまう

もう　いけない　が
象にまたがって
一人で走っている

言語（抄）

ロベール・ガンゾ
平田文也訳

水たちの食事はなべて爆布の上、
息せききって流れながら。
泡が沸きたち、奔流は
最後の蛾をとらえた。

ひざまづいているような、水のなかの男は
みずからの傷ついた運命《さだめ》を見ぬくけれど、
かれは死んでゆく。夜が私らふたりを
やさしく抱いてそっとゆする。

そうして夜は森となり、
太古《むかし》ながらのとりとめのない欲念が
その森をすぎてゆく、
砂の空を翔ける陰鬱な翼さながら。

＊＊

――アラジュアニーヌ博士に

時間《とき》ぞ到来――記憶よ、消えよ。
われら、あの海の底へともどってゆこう、
夢が、迷路と波とのなかにある
いくたの宝石筐をひらくのだ。

睡眠の蛸たちがうごめく。その触手が
盲いた私の目のなかに
花々や閃光をまきちらす、
ほの白い薄明りの岸に向ってきらめく光。

上下の語《ことば》をそろえた言語の音階が
しだいに私の目のなかでその秩序をみだし
はてはこの絢爛の夜も――上下をとわず――
すべてばらばらに解体し、息たえる。

金色の糸よ、きみらの水深器《ソンド》がきらめく。
やがて私は、きみらの牢獄から解かれると、
理性のうちにたちあがり、一歩一歩進んでゆく、
明暗ふたつの世界に向って手さぐりしながら。

明るい墓

石垣りん

女が洗濯籠を抱えて
物乾場にやってくると
水にさらした
うす桃色の掌で
まず髪の毛を竿にかけた。

一枚のシーツのような背中や
両方の乳房
赤ん坊のにぎりこぶし
男の腕の筋肉
ヘソの緒
よくまがる膝などつるし

鼻の穴
目、耳、口
思い出とか希望のようなものまで
工合よく竿に通して
高くかかげると

光のなかで
それらが雫を飛ばし
風に鳴り
笑い声をたてたり争ったり
した。

次に
女は同じ手つきで
ビルディング
高速道路
街路樹
寺院
灯台
などをかけ終えると
肉の厚い足裏を

ペタリペタリと大地につけて
歩き去った。

白昼
物乾場は
不思議に喧噪だった。

しかも夜がくるかこないまに
あの女はまたやってきて
すっかり乾上がったのを見とどけると
すべてを取りこんでしまう。

あとには月でも星でもない光を細く受け
褐色に乾いた竿が何本も何本も
見たような骨格で
横になっている。

健康な女の寝息が
その辺にもれてくる。

執筆者住所録

笹原常与　足立区新田三丁目九の四村上方
多田智満子　神戸市灘区大石長峯山四
糸屋鎌吉　世田谷区砧町六一
木津豊太郎　世田谷区上馬町一ノ八三三白井方
和泉克雄　目黒区東町一〇五
阿部弘一　世田谷区羽根木町一、七一四
藤富保男　目黒区緑ケ丘二、三四六
平田文也　久留米市新町二丁目八一
石垣りん　品川区平塚五の三七

後記

「葡萄」が二十号というところで少々薄くなってしまったのは、ここ、一、二年の私の境遇の悪さの反映でもあるが、それでもお寄せいただいた作品が粒ぞろいであることはうれしい。

戦後、詩は小説と対照的にさまざまな批評をあび、さまざまな試練を受けてきたが、元来詩はマス・コミにのらないところに生命はあるのだと私には思えてしかたがない。だから健全な子より、かたわの子がいとしいように、マス・コミにのらないこのジャンルが私にはいとしくてならないのだ。

☆

私はいく人かの詩人から、わたしはもう詩をかかなくなった。だから現代詩への不満はいくらでもいえるようになったということをきくが、書かなくなったからいうのでなく、書いてる人たちが大いに不満や批判をのべていいのではないかしら、もっともっとおおびらかに論争や意見が交され、主義主張のことなったさまざまな雑誌があらわれてきたら、現代詩はもっとおもしろくなるのではないか。陰ではさまざまな批評がなされても、雑誌はどれもいっぺん倒であることがつまらない。

☆

私はもともと江戸ッ子ではない。人間形成が終る二十歳ごろまで、寒村で荒馬やニワトリといっしょに暮してきたので、都会的な神経にはひどく弱い。だから季節の変り目ごとに若葉の匂いがこいしかったり、落葉の匂いがこいしいのはまだいいとして、堆肥のつまれた畑の匂や、田圃道で強い日光にてらされている馬糞の匂いさえ恋しいのだから、都会ぐらしは水を失った魚のようなもの――

この二十号を仕上げたのも夏のまっさかり田舎のあの日光や堆肥の匂いをこいしいように、もっともっと言葉が残滓のように残らない、詩そのものをつかみ出すことができないものかしらと自分自身なげかわしく思う。

1961年9月15日発行
定価　40円
編集発行人　堀内幸枝
東京都新宿区柏木2—446
千葉方　葡萄発行所

葡萄

21

葡　萄

21号

1962年1月

夕べの鐘……………………竜　野　咲　人…2
煙の馬………………………堀　内　幸　枝…4
めぐりあい…………………木　村　信　子…6
紙風船………………………嶋　岡　　　晨…8
魂の喜劇……………………三　好　豊一郎…10
流木…………………………町　田　志津子…12
孤独…………………………水　尾　比呂志…14
逃亡…………………………片　瀬　博　子…16
局面…………………………風　山　瑕　生…18
随筆　或る詩人の死……三　井　ふたばこ…23
嶋岡晨覚書…………………唐　川　富　夫…24

夕べの鐘

竜野咲人

顔いっぱい無精髭をのばし
もの倦い生涯を堪えている毛虫
何度　シャツを着かえただろう

踏んだり　蹴ったりされて
ぶんどいろになった心臓から
水晶の涙は　したたらない
おのれの中のいちばん美しいものが痛む
いっそ　人を殺すか　殺されるかだ

蝶になれるという考えは
みずからを欺く鏡ではないか
限りなく深く輝きをひそめた静寂
空は　蝶で充ちている
外へむかってえみ割れる柘榴のように

蝶を求めながら
おのれのつぼみに迫るのか
青汁で　ぶよぶよなパイプ
その奥を　時として金粉のよろこびが流れる
敗残の憂いが滞る

風が吹くと　ぎらり!
かぼそい光を引き
さかさにぶらさがった糸のさき　毛虫はもだえる
幸福への可能どころか
不幸と火刑があるだけだ

このままではいられず
花咲こうとするはげしい悲しみに
からだのどこかでうごめくひとかたまりのつばさ
まだ　かたちにさえならぬ胸苦しさ
無精髭をかきむしるアンジェラスよ

煙の馬

堀内幸枝

とびきり意志薄弱の私の足もとに
この力のぬけた意味のない波のたわむれ
波はけだるい猫のように
意味もなくなぎさにいちゃついて
いやよいやよといっても
あなたの胸の血　すい出したいの
その胸の薔薇ほしいの
いや薔薇よりもっと　あなたの煙のように空虚なその視線をひっかきたいのって
青い猫のようにいちゃついて
スカートをちぎったり
おちちにしぶき上げたり

このたれもいない海辺で
とびきり意志薄弱の私にぶっつかってくるので

波よ
私は煙の馬のように　ひとしお意志薄弱の自分を露出してさ
遠い水平線をながめていると
あのどこへともなく段々にうねっていく白い
波は
いつしか意志薄弱のまま　むくろとなった私と
私をおいて私から飛び出した
空虚な馬ではないでしょうか。

めぐりあい

木村信子

小川の岸辺に小さな舟が二そうあった
あなたは右に
わたしは左に
手をふりあって別れた

あらしにあったとき
小川は小さくふるえているだけで
わたしも小さな恐怖心しかもたなかった

こいでゆくと
小川は広くなって
わたしののぞみも大きくなった

こいでゆくと
小川は河になり
わたしもゆめみる少女のまゝではいられなくなって
しんけんな旅人だった
あらしがくると　河は　小川のころのようにふるえていなくって　あらしとい
　っしょになってわたしの舟をゆすった
わたしは河の冷淡さがかなしくって　あのやさしかった
小川をなつかしんだ

河から逃げだそうとおもったが
みわたすかぎり河だった
しかたなく　またこぎだした

はてしなく広いところへ出た
あこがれて　あこがれていた海だ
が　海は広すぎて　とまどっていた

とき
あの日　右へ別れて行ったあなたにめぐりあったのだ
長い長い旅の間にわすれていなければならなかった記憶がよみがえってきた
なつかしいあなた
けれどあなたもやはり旅につかれて
あのやさしかった瞳は　あらしのときの河の色にそっくりだった
わたしの知らない言葉で何かをしゃべっていた
それはわたしへの言葉ではなくて　海の動物たちへのかなしいおべっかいなの
だ

あなたはわたしのそばを通りすぎた

あなたは左へ
わたしは右へ
あの日別れるときふりあった手の行方をたづねあいもしないまゝ
別れた

紙風船

嶋岡晨

おさないむすめのなぐさみに
紙風船をつくおとの
部屋にさびしくひびく夜。

紙風船をてのひらに
うけとめ　そっとささえれば
あまりのかるさ　たあいなさ
こころにかかる冬の夜。

＊　老子曰、
道生一、一生二、二生三……。

幻

わたしのまずしい手は
しなしなと心臓のうえにのびあがり
ながい月日　ゆえなく魂をおさえつけてきた
つかまえようもないやわらかな生きものを
たしかめようとはいまわり

むなしくいちまいの枯れ葉にふれて
すべてのいのりの終りをよみとり
心臓はとぎれとぎれの夢を吐く……
つねに病むことをしか知らない者の
枕べにぶどういろした
秋のひだまり。

凌辱

まぶしい娘らのひとみのおくに
みえかくれするけものあり
けものらの爪は赤くいろどられ
うつくしくするどく光り
道ゆくやさしい男らの
すずしげなえりあしをねらい

めくるめく緑の真昼
またたくま
魔の笛のするどくひびき
しきいしにつぎつぎと
倒れのたうつ男らの
裂かれたるしかばねのうえ
おともなく
かるくすぎゆく
ああ
娘らのすあしのしろさなまめかしさ！

魂の喜劇

三好豊一郎

七面鳥と猿のたわむれる
ほのぐらい神の庭
神酒《ネクタア》と悪魔の煙のたちこめる礼拝堂
肪胱から滴る涎れにゆらめく骨の柱
再生を信じない肉の教会
謎めいたステンドグラスを透して
超自然のかすかな光がゆっくりと
悩めるマリアの額に
愛の微笑の静かな陰影を刻むように
沸とうしたミルクの薄皮にひえてゆく
さざなみのかすかな皺を
なまめく尼僧たちの眼ぶたの縁にてらしだすとき
早熟な少年は
七ツの快楽に捧げられた祭壇に
ひざまずき　老いの徴候の

酸っぱいしかめっ面にがくぜんとする
母親の頸を締め
快い黴毒的文明の樽のなかから
けいけんな手をさしのべて
オオデコロンと香油の匂う
首環のつめたい感触を愛撫する
養老院の壁飾りにもふさわしい
この厳粛なイメージのつめこまれた壺を
爬虫類の背のようになめらかな私の頭は
神経のギザギザの縁飾りに縫取りされた
鶏冠状の帽子の下にかくして
白昼の雑踏を歩くのだ
青汁を腹いっぱいむさぼった幼虫が夢みる
輝やかしい変身の奇蹟
人工的灌漑のすばらしい楽園を
曖昧な未来の闇黒のなかに描きながら

流木

町田志津子

手をひろげ
肩をちぢめ
ひざまづき
砂にこびる道化

潮に葬られたものが
性こりなくはいあがり
かすかなあかねに
はなやいでみたり

波の牙のさつりくに
青いみじんともなれば
陽もほほえもうものを
霧の夜あけに

わたしの眼は
疾み溶ける
わたしの肉も
ゼラチンのように溶け流れる
心は宙に迷い
松にひっかかってる

骨は
骨は
さらされて
へたへたと腰折れ
道化の隊列に
のめりこむ

孤独

水尾比呂志

さざめきながら道を行きかふひとたちとはなにもわかりあへない
灯りをゆらめかせ語り合ふひとびとには
滅びてゆくひとりきりのわが存在を
そばも去りやらず見守る露のさびしさは言へないのだ
日々が刻みつける深い爪あとを隠して
部屋を出ればすべての青空は
無限の軌道に明るさをのせていやはてから運びこむ
その明るさいっぱいにあふれる若いいのちよ
誰ならばその翳る速さを美しいと見あげることができるのだらうか
何故あのやうに空は高く青く深く
無意味に微笑ながらはてしもないのだと
ひとりの女のかたちも
ひとりの男のかたちも
つまりは愛と愛とのささやかな隙間を濃い赤い血でみたしつつ
その濃さ赤さを混ぜあはせ得ない

ひとりづつの女であり男であるだけだ
触れれば血は変色しかたまり
ひとを拒絶して死ぬ定めのなかに生きてゐる
だから自らをひとに伝へるために
男には深い女の隠処が要り　女は
植えつけられるまへにそれを葬り流さうとする
街までも漂ってくる新鮮な海辺の香りはつらく耐へがたく
館の旗のやうにひとり孤独なひとびとの背の高さよ
せめて月曜の背後で笑ふ恍惚とした一刻をなしくづしてはならない

樹　路　窓　甍

近よるほどに遠ざかるやさしい物蔭
あなたといふ言葉
音楽のなかの誘ふ温かみ
水面に鳥たちの落して行った可憐な足跡
それら清潔な映像は目を閉ぢて
小さな部屋の白い壁からそっと滲み入らせ
誰もが言へずにゐる愁しみといふものは
深い泉にしたたらせて透明な冷たさのなかで
とこしへに
いつまでも保たれるやうに冀ふのだ

逃亡

エリナ・ワイリー
片瀬博子訳

狐達が黄金の葡萄を食べつくし、
最後の白い羚羊《かもしか》が殺されたら、
わたしは戦うのを止めて逃げこもう
わたしがつくる小さな家へ。

でもまづわたしは小さくなって
妖精の身丈になる、
誰にも分らない呪文をさゝやいて、
あんた達の目をみな盲いだ月にしてやるわ、
手はすっかり泥だらけの道にね。

そしたらあんた達
わたしを見つけられなくてがっかりするわ
マングローブの根元の穴の中を手探りしても、
リンゴの匂いのする雨の中

銀のすゞめ蜂の巣が
果実《み》のようにかゝっているところにもね。

雨の鐘

眠りがおりてくる、すんだ雨の滴と一しょに、
町のけわしい崖に。
眠りがおりてくる、男達はまた和やかになる
小さな雨の滴がやわらかに降ってくるとき。

輝やく滴がガラスの鐘のように鳴る
風で稀薄になり　かる〴〵と吹かれて、
眠りは　どんな穏やかな草の上よりも
石の上にやわらかにおりてくる。

平和は眠っている死者たちの上に
降りてくるが気づかれない、
彼らはもうふかい平和を飲んでしまって
いるから。
生きている男の血なまぐさい頭の上に
平和はもっともやさしく降りてくるのね。

局面

風山瑕生

I

窓辺にいる老人の木彫のような顔は
地上に満ちたカゲロウに煙っている
いまこそ老人はながい間のあこがれを遂げた
大きな声で　病気だと家族に告げても
土と種子に告げても　さしつかえなかったのだ
心やすらかに窓枠にはまっていることができる次第だ

そこに向って耕耘機がひびいてきて
息子の姿がはっきりと見えてくる　向うでは
機極を妨げる根や枝を娘が拾っている
息子が通りすぎていく　季節の鳥を従えて
老人は手と声をそれらの影にさしのばすが
ニべもなく引きはなされてしまうのだ

煙るカゲロウのなか　兄と妹は近づく
妹は生きている根をもぎ取ろうとしていた
兄は機械をとめてしずかに寄っていき
のばされた腕は妹のからだを抱きしめ

いっさんに森の暗がりへ駆けこんでいくのだ
悲鳴と鳥の叫びを曳きずりながら

樹の皮と芽の匂いのなかへ　きょうだいは
名づけようのない自分たちの匂いを放った
逃れと襲いのちからは絡り合ってなにかが終っていた
彼らは泣き笑いしながら身をつくろい
さきほどの場所へ足ばやに戻るのだ
なんの感情もいまは表せない　仕事のために

だがすでに老人はそこにきており
出土した鹿のツノを逆手にもって
息子のからだを自分が崩れるまで殴りつづけるのだ
操縦者を失った機械はあちこちへ
よろめきながら　人間にかわって歎いているかのようだ
切株の蔭で娘はふかい孤独の眼をして立っていた

暗れ渡った風景をよぎり　きょうだいは
さきほどの仕事をつづけねばならないのだ
老人は部屋へ戻り　ほんとうに病気になってしまった
すぐ悪夢がやってきてうなされつづける
鹿や狼が身のまわりで発情して交わるのだ
そして罵りはたくさんの口が叫んでいるようだった

暮れてきて兄と妹は手足を洗う

やっと彼らは川ぶちで怒り 悔み 蔑む
妹は威丈高にならないわけにはいかぬ
だが咎めの針は幾度も折れてしまうのだ
彼らは歩きだし 乱れて歩き また立ちどまる
夜目にも白い樺の樹のもとで言葉は分たれた

娘たちは日ましに消えていく
村のそとへ出ることが唯一の救いのように
おれたちが進む以上に進む明るい世界の方へ
おまえまで出ていくと知ったとき おれは
娘たちを呪い 彼女らへの復讐を誓ったのだ
ああ おまえの上に消えない罪を犯してしまった……

あたしはあんたを憎む いまこそ
土の上にあんたへの憎しみを重ねて ここから出ていく
けれど土そのものは悪くないのだし想いは残る
あんたは欲情のためにあたしを あたしたちを
汚したのではないから 憎悪のなかに
まだ愛というべきものが残っているのよ……

II

ミネコは不意にとび出す
豆がらのなかから サイロの後から
家畜の向う側から 路傍の木蔭から

若い男がそこにいると！

頭のなかがこわれているミネコは
まっ白い娘　生れてこのかた仂いたことがない
すさまじい狂気の持主ではなく
ひっそりと家のうちそとをまちがえる
と　いうたぐいの娘なのだ
うちに馬を入れたり裸でそとへ出たり……

村の娘たちが別の世界へ去っていく
かって村に恋愛は茂っていた
かって村に婚約の結びめが満ちていた
めざめはめざめ　進歩であろうとも
娘たちは村のそとへ夢を取りにいくのだ
おお女給　おお女中　おお女工
おお事務員　おお大学　おお娼婦
おお甘言に吸いつけられ　おお勇敢な恋愛と結婚……

その分だけミネコをみつめる眼が多くなり
みつめられていつしか　権威或は女王のようにふるまう
若い男がそこにいると！
若い男は眼をそらし　またひたとみつめる
おまえはバカなのだから　バカなのだから
と　つぶやきながら抱きしめたいのだが
彼は別な娘を待たなければならないのだ

集会所で若者たちは勉強していた
機械が収入を食いすぎる計算
果樹の国境をこっちへずらす研究
個人は小さすぎるという幾十回めの認識……
ミネコが不意に戸口にあらわれた
花模様の布地をからだに巻きつけ
手と乳房と腰は揺れながら問う
誰があたしを選ぶの　誰があたしを……
若者たちは子供時代のように　打ったり
追い出したりできればいいとおもうのだ

少し淫らでもミネコには天使の風情があり
そのままであることをみんなは願う
豆がらのなかから　サイロの後から
家畜の向う側から　路傍の木蔭から
不意にとび出すミネコだとしても……

畝のそとへ種子を播くだろうミネコ
一株に実る数ほどの言葉しか知らないミネコ
赤ん坊だけはたくさん産みそうなミネコ……
若者の誰かはたまりかねて
ミネコと一緒になるかもしれない
若者は新しさを失い急いで老けていくだろう
ミネコはいつも火や泥をかぶって泣くだろう

或る詩人の死

三井ふたばこ

彦根に小林英俊氏という詩人であり住職であった人の名を御記憶の人も少くないと思う。〃蠟人形〃や〃プレヤード〃にきめのこまかい優れた抒情詩を書いていられた。風のようにしのびやかに胸の病いで亡くなられたのは一昨年、一度、彦根へ父と訪れてお墓詣りをしたいと思っているうちに母が倒れ、ついで亡くなり、傷心の父をかゝえて外遊、帰国後二軒の繁雑な家事の精神的負担でノイローゼになりすべてそのまゝになってしまった。

しかし今もって脳裡にしみこんでいる印象は小林氏がもっとも詩人らしい人であったがゆえと思う。私にとっては小父様ともいう位年がはなれていた。幼い日、熱心な真宗信者の祖母の頼みで、西条の父をはる〲彦根から訪れるとすぐ、小林氏は西条家代々の貧しい家にしては立派すぎる仏壇に手をあわせて必ず丹念にお経を読まれていた。幼い瞳にも小林氏はなか〱住職らしい気品ある顔立ちをしていられるように思われたが、無類のお酒好きで、いつも読経がすむと母が御礼にさしだす日本酒をちびり〱と飲まれた。だん〱酔いがまわってくると十一、二才の私をよんで〃パコちゃんお遊戯おしえてあげよう　烏なぜなくの烏は山に可愛いゝ七つの子があるからよ！〃　と手をとって、おどけた動作で、野口雨情氏作の踊りを熱心に教えて下さった。

「小父さん、私、そんな子供じゃないのよ。お遊戯よりも小父さんの家がお寺ならおばけのお話してよ」

「うん、君、絹を裂くような声って聞いたことがないだろ。僕の寺の檀家のたれかゞ亡くなった夜なんか読経を一人でしていたりする時、せすじが寒くなるような悲鳴を聞くことがある。まもなく人が亡くなったと誰かが必ず知らせにくる。どうこわいお話だろ！」

酔いがまわって話される小林さんの表情はもう住職などという重々しさはみじんも消えて青年詩人のさわやかさで学生っぽうのように磊落であった。そしてよく尋ねた。

「パコちゃん、この頃加藤さんの英子夫人よくみえるかね」

加藤英子さんは詩人の加藤憲治氏の奥さんで山本富士子のような絶世の美人だった。小林さんは美人を好きだった。祖母の葬式の時も彦根から神妙にとんできて下さったが、お酒を飲むと一番にはしやぎだして加藤英子夫人の傍から離れなかった。それがけっしていやらしくなく、やゝおどけていて無邪気だった。

「ぼうずだって美人が一ばんいゝですよ」と言うと父は微笑んで「どうも彦根の住職はなまぐさのようで亡霊が浮かばれないね」

そのユーモラスな温かい小林さんの晩年は思いがけず寂しかった。肺病でねていられるという噂は風の便りできいていたが、そのさなかに処女詩集を出したいから序文をほしいと父へ依頼状が来た。詩集の序文には慎重な父が四、五ケ月も繰り返し読んで序文を送り、まもなく彦根を訪れて小林氏を見舞ったあとで私に言った。

「あの元気な人もすっかり痩せてしまってもう長くないだろう。けれど病床でも詩への意欲には燃えているよ。彼は住職より本当の詩人だった。死に近ずくほど詩に燃えるのは美しいよ。崇高な表情だった。奥さんは案外若いし、孫のように小さい子供が三、四人あるのに詩のことばかり話していた」

私にはどうもお通夜やお葬式の時、お酒によって皆を笑わせたり美人を追いかけたりするユーモラスな小林さんの表情しか浮んでこなかったが、ふだんからしめっぽい人でないだけにその真実の激しさが逆に胸にせまった。

まもなく父の家に父と私とそれ〲一冊ずつサイン入りの緑色のさゝやかな詩集が父の序文でとゞいた。それから三四日後、彼の死が電報でつたえられた。

嶋岡晨覚書

唐川富夫

「ものごとを時間的にのみ見ていけば、僕たちにとって今の三十代はすでに前世代なのですし、やがて僕たちも新しい世代にとってかわられるのですが、今の僕たちの世代の感覚には、永遠に二十代であるような何かがある感じです。」

　この嶋岡晨の言葉（「抒情詩の抒情否定」地球二六号）は、いまから三年あまりまえのものであるが、妙にぼくの記憶に残っている。多少のちがいはあれ、誰でも二十代には永遠に二十代であるような気もちをもつものだ。しかし、このように嶋岡がいうと、いかにも彼の言葉らしい響きをもっているから不思議である。

　この〈永遠に二十代であるような何か〉は、こんど嶋岡の出した詩集「人間誕生」にもよくあらわれている。ぼくはなによりも、ひとりの血縁の誕生という自己の人間的体験から一冊の詩集をつくりあげるという、このエネルギッシュな姿勢に打たれる。嶋岡は一九三二年生れというから、もう三十才もまじかな筈である。かっての〈荒地〉を中心とする第一次戦後派は、今日もはや四十前後に達しているが、このいわゆる戦中派の世代がわが児の誕生という事象に直面しても、きわめて控えめに恥かしげにしか語らないのにたいして、この嶋岡の〈誕生〉にぬりつぶされた一冊の詩集は、ぼくにひとりの詩人の裸身の若さをまざまざと感じさせる。現在の四十前後の詩人にとって、ピストルのように裸のペニスをつきつけられたという感じでもある。

　戦後における〈荒地〉の詩運動については、今日なお多くの批判がくりかえされているが、主として鮎川信夫と田村隆一をとりあげた討論「戦後詩人論I」（現代詩手帖八月号）の終りのところで、嶋岡が、彼らはもっと個人的命題に徹すべきであった、と発言している。この言葉には〈荒地〉派の次に来る世代としての鋭い批判がこめられている。むろん、第一次戦後派の詩人たちには、あのような残酷な、文明批評的な主題のもとに詩を書かざるをえなかった必然性がある。それをいまぼくはとやかくいおうとは思わない。しかしこの言葉は、嶋岡にとって決して単なる思いつきから発せられたものではなく、彼の詩作の経験が背後にある。詩集「人間誕生」がそのなによりの証明であろう。

　この詩集の主調音は、いうまでもなく生れ出でようとするわが児にたいする期待と不安、さらにその個人的感慨をこえて原初的な人間そのものの誕生を強烈に示そうとする、熱っぽい、混沌とした感情によって奏でられている。嶋岡はかって、ピシェットの「詩は慣習への弔砲である」という言葉が好きだと告白している（詩集「巨人の夢」あとがき）が、この詩集は人間の慣習の皮をひっぱがし、人間の裸身に迫ろうとする彼の強烈な志向をよく示している。彼にとって、たとえばわが児の誕生という事象について、適度に感慨のちりばめられた抒情詩をかくなぞということは、葬るべき慣習以外のなにものでもない。彼の詩における混沌はそこに生まれる。むしろ彼は、そのような混沌をさけようとせず、にえたぎる混沌のなかへつきすすんでいく。

　　づづづうん　づづづづうん

やははやはっ　ややややはっ　ずずずずずうん
おれのなかで　海　うめく
かたっぱしから　いっぽんいっぽん
世界の虫歯をぬいていけ
穴だらけの甲羅に甲羅ほす兄弟たちよ
やめろ　コップから国旗をとり出す手品
船跡の白い帯をひきちぎり
おれたちの怒りの棲み家は波にさらわせ
うねるまっさおの腹　汗ばむほどに愛撫してやれ
血しぶきあげて逃げまどう退化した種族の呪いをあびろ
ふいに深海のヘソに噛みつき
瞳孔を無限に拡大し　敗北の
瞬間を無限に膨脹せしめよ
おまえのなかで　海うめく

これは、「海うめく」という長い作品の初めの一連にすぎないが、決してうまく器用に書かれた詩というものではない。しかしこれだけでも、彼の慣習的なるものへの挑戦の奔放な熱情はわかるだろう。ところで、この詩集に附せられている大野純の「嶋岡晨論」の中には、この作品に関連して次のように述べている箇所がある。

「『人間誕生』ということからいえばこのヒステリックな饒舌、むなしい言葉の氾濫は、生むということへの、また生まれてくる子供への妊婦の期待と不安と怖れ、あるいは悪阻による嘔吐といえるかも知れない。またかってほ父（祖先）への懐疑者、反抗者であった子の、あたらしく父となることによって必然的に生じねばならぬ矛盾に対する動揺とあがきといえるのかも知れない。」

しかし、大野のいうこのような〈ヒステリックな饒舌、むなしい言葉の氾濫〉の詩を嶋岡が書かねばならなかった、ということにはどういう意味があるのか。これを単に〈嘔吐〉〈動揺〉〈あがき〉というふうな言葉でしめくくることができるだろうか。尤も大野がその詩人論のはじめで、嶋岡をアポロン的な詩人と規制し、「巨人の夢」「革命の眼」「メカニズム」「海うめく」「空はらむ」などの作品には、ひどく作為的なものが目立っている、と述べている点からみて、前掲のような評言が発せられるゆえんもわからぬではない。しかしぼくには、その詩人論の中で大野が、嶋岡の社会主義リアリズムと背反する性格をとりあげて、前記の作品群を作為的であるとか、方法論的に過誤を犯しているとかいっている点は、どうも肯けない。これは、大野が最初に嶋岡をアポロン的な詩人と限定してしまったところに、ひとつの錯誤が生じたのではなかろうか。ぼくには、嶋岡という詩人はアポロン的なものとディオニソス的なものが輻湊した存在であるように思われる。詩人・芸術家とは誰しもそういう矛盾した存在である筈だ。むろんそれぞれ人によって、アポロン的傾向がつよいとか、ディオニソス的傾向がつよいとかいう差異はある。しかし嶋岡の場合、そういうアポロン的なものとディオニソス的なものが強烈に矛盾したままで、言葉をとおしてあらわれているといえないだろうか。嶋岡の作品群の中から、大野が作為的だという「巨人の夢」「メカニズム」「海うめく」などの作品を差しひいて眺めるとき、嶋岡という詩人のスケールはひとまわり小さくなり、その興味も半減してしまうのではなかろうか。あらわに矛盾、混乱をさらけだしているところに、嶋岡の変らぬ〈若さ〉があるようにぼくには思われるのだ。

執筆者住所録

竜野 咲人	小諸市石峠
木村 信子	葛飾区下ル松町一〇二九横山方
嶋岡 晨	中野区住吉町三四東荘
三好 豊一郎	八王子市横山町一〇〇
町田 志津子	沼津市野方町二六
水尾 比呂志	藤沢市鵠沼六七一一
片瀬 博子	福岡市香椎御幸町一の三
風山 瑕生	世田谷区馬山町六〇三 公務員アパート一ノ四五
三井ふたばこ	世田谷区成城町一三
唐川 富夫	府中市車返一八一八

雑感

堀内幸枝

ここに「葡萄」二十一号をお送りする。私が一つの雑誌を作りたいと思ったのは、十七才ぐらいのときだった。これは長いあいだ、「雲母」で俳句を作っていた父の願いがのりうつったのかもしれない。

こんなちっぽけな雑誌を作りたいために、石ころの上にも、十年ばかり苦労したなどというのは、現実にはふけばとぶほどおかしなことだが――それでも現代の詩を、もっと魅力あるものにしたいなどという意志が加わらなければ、雑誌はできないもののようである。

☆

最近はどんな詩論も私にはからまわりして感じられてならない。なにか食傷したという感じだ。詩論などなくとも、原生的な感情で読者の心に入っていく力というものが、もともと詩にはあるのではないかしらという、ごくあたりまえのことが考えられてならない。

☆

最近ある小学校の先生たちだけであつまる「子どもの詩」の会である先生が

「どうも女の子の詩は、こうきれいごとだけで詩の本質に入らないね。男の子の方がうまいよ」。

何気ないこの言葉に私は強い示唆を受けた。私は自分が女性であるのだが、やはりこの言葉にはうなづかないわけにはいかない。女性が、女性特有の感受の世界に題材を求めるのはいいとしても、方法とか態度に甘えがあるのではないかしら。

でもここに寄せられた作品などみても、戦後はだいぶ変ってきたように思う。

☆

「葡萄」も二十一才。いい年ごろになりました。娘ならぼつぼつお嫁に行き盛りというところ。花ならば満開。ぼつぼつ実のりもほしいのですが、私はいつまでも青い葡萄でありたいと思っています。多くの人からいつも、いろいろな御意見をいただきますが、いつまでも同人雑誌という青い葡萄を持ちこたえていたいと思っております。

1962年1月20日発行
定価 40円
編集発行人 堀内幸枝
東京都新宿区柏木2―446
千葉方 葡萄発行所

葡萄

22

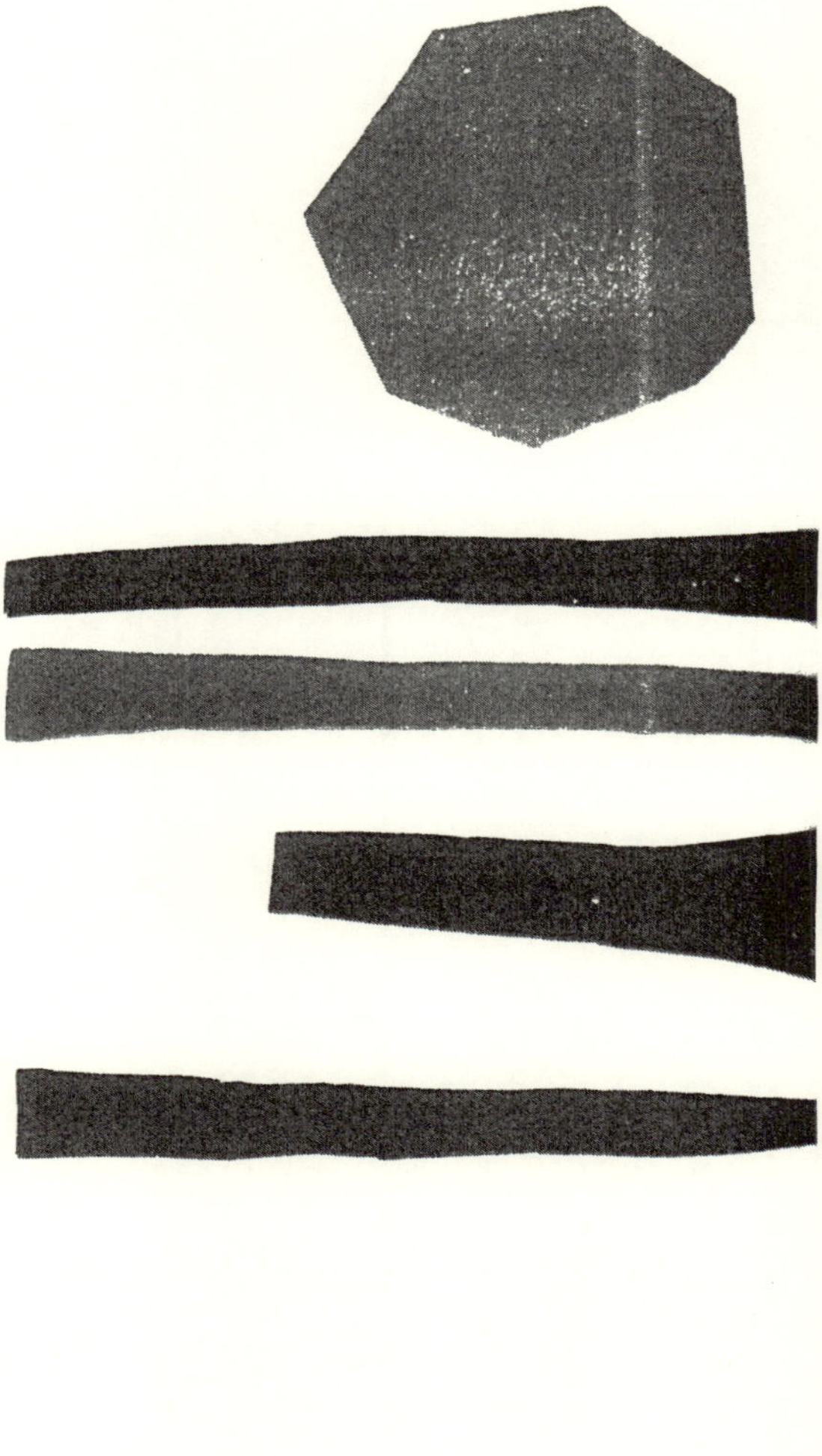

葡萄

22号

1962年7月

夫婦……………………………天野　　忠… 1

梯子《はしご》……………………………粒来哲蔵… 2

虹………………………………岡崎清一郎… 4

発端……………………………中平　　耀… 6

鯉のぼり………………………香川紘子… 8

四月……………………………堀場清子…10

春蘭は星を知らない……武田隆子…11

困って…………………………藤富保男…12

バラとあぶら虫…………堀内幸枝…14

「葡萄」批評……………木村嘉長…16

……………………………片岡文雄…17

左川ちかの詩……………中村千尾…18

詩論……………………………堀内幸枝…20

夫婦

天野忠

四十五才のおまえが
空を見ていた
頬杖ついて
ぽかんと
空を見ていた
空には
鳥もなく
虹もなかった
何もなかった
空には
空色だけがあった
ぽかんと
おまえは
空を見ていた
頬杖ついて
それを
私が見ていた。

梯子

粒来哲蔵

そのひとの膝へたつと、ふるえは止まなかったのだ。そのひとの膝の皿へ梯子はまっすぐにのびていたから、私は爪先をそのひとにかけたにすぎない。けれども梯子はまっすぐに、こゆらぎもせずにのびていて、私はひとりでふるえていたのだ。そのひとの脛は、つややかに床の方に折れていた。その先に、うすい手編みのサンダルにつつまれて、やや小さすぎる踵がにぶく光っていた。私は梯子に手をかけて、しずかに後をふりむいた。さっきまで、私はたしかにこのひとの脛を攀じてきたのだ。

私は梯子に手をかけて、そろそろとのぼりはじめた。すると、とたんに私の体重は見えなくなって、逆にてんで意にもとめなかったボタンの数や、かけ紐の長さが、ある重たさをましてきた。私は一歩ずつ攀じていくと、その度毎に、いちいちボタンを床にこぼし、かけ紐を地にたらした。

そのひとの膝に跨って、梯子は天空にのびていた。それは特別に私のためにしつ

らえられたというよりも、どこにもみるありきたりの古物にすぎなかったのだ。が、それだけに軋みはいっそうはげしくなり、ともすれば、それは私に一呼吸ほどの停滞を余儀なくさせるものだった。――言い忘れたが、私は花をくわえていた。もちろんこの花の青みがかった寂寥が、私の愉悦であったから――。けれども私は鼻尖を、毛むくじゃらの小鳥が二三羽横切っていくのを見、霧が束になって私の頸をぬらしてからは、その花もふりおとした。つまりある高さにいたるために、手慣れた紛飾をひとつずつとりはずしていくと、さしずめ私は裸体以外のなにものでもなくなっていくというわけだが、私はこの結果を、心ひそかに期していた。

私は梯子の末端にきらきらひかる二つの膝と青い花と、いくつかのボタンを見出したのだが、そのひとはながながと脛をのばして仰臥したままであった。しかし彼は、いつかはその恰好を更めるだろう。両手を床にふまえて、じわじわと脛をちぢめ、やがて立上ってくるだろう。私はその時梯子の突端に立って、精一杯見栄をきり、片手倒立ぐらいはやりかねない。事実ふとまきあがったかるい気流の縞のなかから、ぽっかりそのひとのかおがうかびでて、しずかに、まじまじと私の裸形をのぞきこみ、ふふっと小声でわらってしまわれたのだ。

虹

岡崎清一郎

空は大きなけだもののすがたで走ツた。
虹みたいに衰弱していく夕方はじつにじつに美しい。
村はつりあいのとれた体格を持ち
村ははかりがたい紛糾や、涯のない時間のままずぎていツた。
ああ不思議のうすらあかりのさなか
村ではいろんなことが惹起していたのだ。

自分は部屋の中に臥しおもてに出ないから
中庭にもでて見ないから何事もわからない。
だからずツと前からなにもおこらぬのと同じいであろう。
——広間には白い煙のごとく差し込む光線と静かな力強い孤独があ
　るだけである。
自分は窓に立ちいつも誰れとも一緒に居なかツた。
自分はすでに神経質になり死のよなものを覚悟してた。
自分は球でなければならない。
自分は紺青の世界の一個。
もしみんなに一斉に目をむけられると折角のむづかしい理窟がみる

みるうやむやに
けむりのよに明るい風となツてながれてしまう。
ああ夜の明け方は灰銀の氷雨。
空はつめたく柊青の木枝はすさまじい。
ここにはなにかが起る。
ここらに血だらけのものがあらわれる
とささやきあツて此処をながく、自分の傍を去ツていツたもの。
小指をふるわせ鳥類みたいに逃亡していツた人達よ。
自分はなぜかいまは衷心から深謝の意を表する。
自分は物言わぬ蝸牛でなければならない。
自分に何の用かある。
いつか来て共に語り、いつしらず向うむいて帰へツていツてしまツ
　た懐かしい一つの顔。
傾いた塔のよに倒れて去ツて行く影の人は美しい。
じつにじつに美しい。

しかし空には雲が怪獣みたいに走り。
村はつりあいのとれぬ体格をさらけ。
村は測《はか》りがたい擾ぎや涯のない時のまま、虹のごとく迅くすぎてい
　ツた。

発端

中平 耀

大きな峡谷のきりたったへりから
愁い顔がたれさがってきて
やがてそれはだらりとのびて目鼻がなくなる
おれのなかでそのとき
風景が暗くこごえてのたれ死ぬ
錐よりも鋭い感性をなににあたえようか
じゅんぶんにくだけちった可能性が
眼底でさいごの火花をちらすとき
だれだって夢がほしいだろう
べったりした粘液で精神をくるまれ
しだいにとろんとなってゆく
道路の裂目から地下へながれこんでゆく油みたいに
（心配するな
　もっとまずくなる）
生きのびたもののまなこに

光はどこからやってくるか
どこからもやってくると思うな
髪の毛や性液でいっぱいな明方
からだを漏斗状の耳にすっぽりいれて
心のしたたりをきく
予言者ならすばらしい比喩でもって語るだろう
あるいはもっとも簡潔な言葉で
曖昧なおれのために
誕生の物語りは美しいし
豊饒な世界の暗示はさらに美しいが
立っている地点は？……
光はどこからもやってくると思うな
（結局みせたいのはこれだ
　井戸のなかでとらえた真実だ）
のっぺりとした日々
それがすべてのはじまりだ

鯉のぼり

香川紘子

からからと風に矢車をきしらせて
深いいのちの井戸の底から
パパとママとボクとを順につりあげたのは誰？
ネ　パパがはじめて赤いドレスのママをみて
夢中であとを追いかけたのも
こんな青い波間だったの？
あまり真剣な鬼ごっこに疲れて二人はこのヴイにつかまって休んだんだよ
抱きあって眠るパパとママの夢の中から
ほら　ボクの小さな手が伸びて
パパとママが両方から握り占めているヴイをつかんだのサ
おしゃれな柿の若葉たちがまるい手鏡をかざすので

ボク眩しくてパパとママの背中にしがみついたの

でも何か心配ごとでもあるの？
パパもママもお話するとき
口から大きく風を吸いこんで　それから押し殺したような声で話すでしょう
あっそうか
パパの咽には戦争がひっかかっているし
ママのおしゃべりにはジャズのアクセントが……
そしてボクのかたことには放射能のなまりがあるからなの？

日暮れ　だらりと垂れさがったボクたちの身体を
底知れぬ闇の深海へ沈め
朝　めまいする光の高みへとつり上げるのは誰？
五月晴れの空のブルーと新緑の青い波のぶつかる微妙な潮目が
ボクたちの住む領海だと
監視兵の燕のおじさんが教えてくれたけど

四月

堀場清子

朝……
ライラックのしたたりに
傷痕が薄目をひらいている
　樹々の心が重いので
　花はあわあわとゆれるのだろうか

昼……
両手いっぱいの太陽をかかえて
傷口はさんらんと笑みわれる
　かなしみのまつりは
　なぜ　饗宴に似るのだろうか

夜……
傷口は湖《うみ》のように泡だって
甲高いわらいにくるっている
　そのあとに
　なぜ　とおい音色がのこるのだろうか

……年ごとに傷は深く
華やいで
ライラックのしたたりにむせんでいる

春蘭は星を知らない

武田隆子

星のまたたく下で
春蘭が二つ咲いている
山の雑木林の中に
みどりの花びらを背にして
白と紅とを下向けて
去年の落葉を眺めている

細い茎に風うけて
春蘭は長いあいだ咲いている
いつも竝んで
ひそかになにかを語るのか

星は春蘭を知っているのに
春蘭は星を知らない
白と紅はおしべとめしべか
かすかに枯葉の上の空間でゆれている

困って

歌としての詩としての歌（時間は約八分）

藤富保男

口を開けたり閉じたりして
歌声とならない状態で
二、三分すごさねばならない。

そうだ　その通り

再び小さく口を開けたり閉じたりするのみ

森と森と森がもえている
ゴリラが森の窓をやぶって出てくる
うしろから山賊がついて出てくる
そのまた　うしろをバッタがはねて出てくる
（ソプラノ・サクスフォーンの効果）

こちらの窓で
眼鏡の形をした花を見ている一人の
女のカステラのような肩を抱いて

少し没落の話をしている　と
なみなみならぬ沈黙（音楽効果一切ストップ）
そうだ　それだけ　け　け
ベイスだけ。古い三味線が欲しい。
ドラムとかトラムペットは困る。
ゴリラがもえる　ゴリラ色の夕焼
山賊が逃げる　その極彩色の馬鹿ものが
バッタが分解する　素朴な部分品が

ロビイに腰をおろして
二人は
くだらないことをした

この詩はなるべく藤富保男
本人がステイジで歌うのがのぞましい。
その意味で書かれてある。
演奏は天候状態とか食欲のあるなしで思い
付いたイムプロヴァイゼィションの形式で
行なわれるのでは、まことに傷ましい。

バラとアブラ虫

堀 内 幸 枝

なんでうす眼をして歩くんだろう
うす眼をして歩くってことは
何もみないで……
世の中のどぎついいやな風景もやわらげて
素通りしようとする習慣からだろう

眼を開けたら
混雑した景色が材木のように並んで
あゝ 生きるってことはやっかいなことだ
と 思うのがめんどうで
それらの景色が決して
私の心と接触しないように
私はいつだって
眼を細めていればいいわけだ

だが うす眼で
テスリにもたれて 雨の外でも眺めていると
一輪のダリヤでもケシでも
一様に火の海となり
雨が降れば
赤い花の色が

髪にからみつき
それはちょうど
眼いっぱい赤いバラがひろがったようで

うす眼の中では
雨にも
花にも
流れ出すしずくにも
ねばねばした油がしたたって
なにか分らないが
アリが運ぶミツのように

その上　赤いバラが咲いている時はきまって
雨が降って　その上に
狐の嫁入りのように
雑多な　赤い日ざしが差してるときで
ねばねばして病みつかれて
くさりかけた恋とでもいえそうなものが
バラと私の間を行き来している
アリとアブラ虫の関係のように。

〃葡萄〃という詩誌

木村嘉長

「私は〃葡萄〃編集に当って、〃前衛芸術〃なるものは、ひっきょう〃前衛〃に過ぎない運命をもっている。これが〃芸術〃に組み入れられるためには、〃前衛〃性を突き破る創造力が必要だ。その創造力とはオーソドクッシイを離れてはあり得ない。」という言葉を堀内さんは、私に聴かせてくれた。大野純さんの主張に共鳴した言葉であるという。〃葡萄〃という詩誌を語るには、この堀内さんの主張をさしおいては語れないであろう。

私はなぜ堀内さんがこのようなかたちで〃前衛〃という言葉にこだわったかということを実は、シンミリと考えている。日本の前衛芸術のある〃前衛〃にあきたりなくて、むしろ前衛の本質を守ろうとしている気組みが底に流れているのではないかとさえ考えられた。私にもそういう抵抗がある。

抒情性を売る人、社会性を売る人、前衛性を売る人……そうした職種の人々が多すぎる今日である。

詩人である安西均さんが、じぶんで詩の愛好者であるなどというのも、詩人を売る人が多いから、逆にそう言いたくなるのではなかろうか。

私にしろ、ナレアイ仕事は、まっぴらである。社会性と、社交性を混同するような世界には、飽きたりないでいる。

デユビユッフエが、どうして卑俗なそこらにころがっている材料を使って、悪意と哄笑をぶちまけたか。おもしろいからしているんじゃない。大戦中、傷つきながら孤独な地点におかれていた芸術家の苛烈なポエジーの喚起なのである。そこにはアイマイな作用などは無い。だからこそ〃芸術〃に組みいれられる表現力がふき出してくるのである。創造力とはそういうものをさすのであろう。今日創造してもそれが明日堕落したら、芸術の世界は、それをだまって拒絶する。

〃葡萄〃という詩誌を話そうとしていて、こういうことを言っているのは、〃葡萄〃の性格が創造力を守りつづけて欲しいからである。

詩の批評にしろ、どの詩句がうまいとか、どの行が新しいとか、そんな短評は問題にはならない。その詩が人間の内的表白を確立してるかどうかにかゝっているのである。

緒方昇さんが、かつて何かの話のひとくさりに、今は思想に右も左もありはしないと、私にいったようなことを思い出したが、これも緒方さんの骨のある言葉が、戦後の安手な日本内部の思想対立に対しての抵抗感を述べたのではないかと思う。

日本ばかりではないが芸術の世界には、技法の画一化や類型化が多い。このために、奇妙な派閥抗争なども生じてくる。こうしたいまわしい抗争の中に芸術がおかれることを警戒しなければならない。〃葡萄〃が新しい詩人に貴重な紙面を開放しているのも、芸術の擁護という点にかゝっているものと思う。しかしその意図が外部の力で社交性に崩れないことをあくまでも警戒しなければならない。創造の道は、けわしく隔絶しなければ成し遂げられない。それを独特で成し遂げることに〃葡萄〃の生命がある。堀内さん、どうでしょうか。

「葡萄」にまつわる小さな感想

片　岡　文　雄

いま、わたしの貧しい書架には、十冊の「葡萄」がある。発行された号数でもってすれば、その半分に近い数である。すなわち、一九五五年に出された五号を最初として、七・九・十二・十三・十四・十五・十七・二十それに今年の最初の月に出された二十一号である。およそ八年の歳月にわたっている。そして、これらの歳月についていえば、わたしのささやかな詩の歴史がまつわってくる。

記憶に誤りがなければ、五・七・九号は、東京堂か紀伊国屋でわたしは買い求めたとおもう。あるいは執筆者のひとりである大野純か嶋岡晨兄にもらったのかもしれない。一九五五年といえば、わたしは、世田谷の桜新町の嶋岡兄と同宿した生活を終り、品川の大井町にあるアルバイト先の三畳の掘立小屋で、貧困による屈辱と栄養失調の生活をはじめた年であった。そういう生活に加え、前年から嶋岡兄の感化によって、「貘」に加えてもらい、頭の破れそうな詩作の時代に入っていた。わたしの詩の暗さ・歪み・修辞のぎこちなさは、あの時代に象徴されたわたしの生にまつわる体験が、わたしに自由な翼を与えなかったことによるとおもわれる。ともかく、わたしは熱中するというより、苦しみ、頭痛と疲労に負けまいとがんばった。「貘」と「詩学」研究会がわたしの勉強の場だった。

ところで、そういうわたしであったが、当時すでに、すぐれた能力を示していたひとたちに対するあこがれと反撥が、もっとも近いところにおこった。それは第一に「貘」の諸兄に対するものであったし、また他ならぬ「葡萄」がその対象ともなっていた。「葡萄」には、魅力があった。とてものぞめないことではあったが「葡萄」に発表したいという気持を、どうしたらよいものか、わたしは途方にくれた。わたしには第一に、自分の力というものが皆目わからないということにおびえていたし、それぞれの書き手が、あれほど気楽に書いて、読者をそれでも十分にとらえていることができるということ、わたしにこれはおじけごころをつけさせる恰好の材料であった。

しかし、不可能なことが可能となり、実現した。たぶん嶋岡兄か大野兄のいずれかの口添えがあったとおもわれる、わたしは五七年の十二号に「赤い空」を、さらに五八年の十五号には「眠る」を発表することができた。わたしの愚かさを許してもらいたいのだが、わたしはそれ以後は、以前とはちがって、「葡萄」の作品をたのしく読むということができるようになった。ことに笹原常与兄や阿部弘一兄の作品に接するとき、わたしはそのことを感じたのだが、同時に、なぜ自分にはあのように洗われた抒情が生まれてくれないか、一個の人間のどうしようもないことに、さびしさを感じるようにもなった。

ともかく、わたしの詩の歴史を「葡萄」はよみがえらせてくれるものであった。

しかし、もっとわたしの詩の希望に即していえば、そこに信念があり、一個の人間がやけほろびていく姿が見え、生涯をありありとうかべる詩の存在について、わたしは「葡萄」のこれからの歴史にみていきたいとおもう。わたしは署名のない「記紀」や「万葉」の歌や、それに続けるには唐突な山村暮鳥や八木重吉の、人間と詩と生活が一体でもえつきているような、そういう例を、ふいと、おもいうかべる。そのような姿をみることのできるのは、あわたゞしくやって来、そしてぱっと散っていく気の毒なとおもえる詩誌ではないようだ。「葡萄」は時流におもねることなく、風格ある、そしてたのしさと味わいのあることと表裏したほのかな使命感をもっていいのではないだろうか。

これは「葡萄」愛読者の小さい感想とよぶよりしようのないものではあるが。……（六二・五）

左川ちかの詩

中村千尾

左川ちかについて一度何か書きたいと思っていたところ、堀内さんから電話で彼女の詩について書かないかとのお話だったので、私の思い出もつけ加えて書かせて頂くことにした。昭和初期の詩運動とともに擡頭し女流詩人と云えばだれでもすぐに左川ちかを思い浮べるであろう、彼女は近代詩の最前衛を静かに歩いた人だった。「左川ちか詩集」の小伝によると、彼女は明治四十四年北海道余市町に生れ、昭和三年小樽高女を出るとその年の八月上京し百田宗治の知遇を得ると記されている。「椎の木」「詩の詩論」その他の文芸雑誌に詩を書きジョイスの「室楽」を出版したのは昭和七年八月だった。彼女と親交のあった北園克衛は「左川ちかと室楽」の小文の中で適切な言葉で彼女を語っている。「彼女が好んで着ける黒天鵞絨のスカート、細い黒い線のある絹のシャツ、緋色の裏のついた黒天鵞絨の短衣、広いリボンのついた踵の高い靴、一本の黄金虫の指環、水晶の眼鏡がすべての現実を濾過して彼女の小さな形の好い頭の中に美しいimageを置く。それらは彼女の華奢の限りをつくした身体を寧ろいたいたしいものにしている。それは美しい人間と云うよりか、人間の精髄をより鋭く感じさせる、それは燃え上る火の紅ではなく消えることのない炎の青さだ。そしてネオン灯の賑やかな街路ではなく、リラダンやフイオナ・マクラオドが描く古びた庭園や古城の廻廊にふさわしい彼女の澄んでいるが弱い声、その澄明な弱い声が語る単純な数語が、幾多の高い哲学的思念や厳しい知見に一致する、彼女の様な特殊な頭脳は教養や訓練に待つまでもなく、生れながらに完全なのかも知れない、そのように彼女の詩も亦、最初の一篇より完成していたのだった。その類推の美しさが、比喩の適切が、対象の明晰がそれらに対する巧妙な詩的統制が僕を驚かせた」全くこれ以上に彼女を語るのは難かしい、私が左川ちかと知り合うようになったのは「室楽」が出版された後だった。彼女は北園さんと「エスプリ」を編集していた。Xマス近い街で彼女からそのしゃれた小雑誌を貰ったのを記憶している。新宿の武蔵野館前にあったフランス屋敷で時々一緒にお茶を飲んだ。そんな時別に詩の話しをするでもなく、日常のことや男性詩人の話しをしてお菓子食べて別れた。彼女は明るくてかなり話し好きだった。女性らしい行き届いた趣味で整えられ、恋をしていたようだ。ある日デパートの書籍部で彼女は書棚から聖フランシスの「小さき花」を取り出して、一生に一度は自分もこう云うものを書きたいと思っていると真剣な表情で話したことがあった。彼女から文学への希望らしいものを聞いたのはその時だけだった。彼女はその希望も実現させずにあまりにも早く死へ急いだ。彼女が混血児の少女の家庭教師になった頃元気な顔を見みて、夏にはこの少女とどこかへ旅行するかも知れないと話した。旅行するなら湖水のあるところへ行きたいとも云った。すかんぽや野苺の野性を彼女はいつもどこかに持っていてそれをいぶし銀のような詩にして見せてくれる、心憎いほど人をひきつける詩だった。「種子どもは世界のすみずみに輝く、恰も詩人が詩をまくように」と歌いながら多くの詩人に愛惜され、昭和十一年一月七日に二十五才の若さで世を去った。彼女の死を私はせめて花で飾るより他なにも出来なかった。死後に出版された「左川ちか詩集」のあとがきで百田宗治は「彼女が成しとげたことが、或は成しとげようとして半ばで殪れたことが、どんな価値を持っていたかそんなことはまるで知らないような、またそう云うことは無関係のような一人のわかい女として彼女は死んで行ったのだ。根のないこれらの花々作者のいないこれらの詩が、どんな風に人々に受取られて行くだろうか、彼女の生きていたときと今と、どんな風に人々は「詩」と云うものを違えて考えているだろうか、おそらく数少いであろうこれらの詩の読者の苗床のなかで、この花々の隠し持っている小さい種子がどんな風に根をおろし延びて行くかを、いつまでも私は見まもっていたい気持でいまはいるだけである」と結んでいる。二十六年の歳月を経て今彼女の詩を読むと、女性でなければ書き得ないピュアリテイで確実な詩を書いている事を痛感させられる。

　青葉若葉を積んだ軽便鉄道の終列車が走る
季節の裏通りのようにひっそりしている
落葉松の林を抜けてキャベツ畑へ
蝸牛のように這っていく
用のないものは早く降りて呉れ給え
山の奥の染色工場まで六哩
暗夜の道をぬらりと光って
樹液がしたたる

私は彼女のこう云う楽しいメルヘンを愛する、そして美しい先輩として彼女を誇り得る詩人の一人だと思っている。

【左川ちかの詩】

眠っている

髪の毛をほぐすところの風が茂みの中を
　駈け降りる時焔となる
彼女は不似合な金の環をもってくる
まわしながらまわしながら空中に放擲する
凡ての物質的な障碍　人は植物らがそうであるようにそれを全身で把握し征服し跳ねあがることを欲した
併し寺院では鐘がならない
なぜなら彼らは青い血脈をむきだしていた
脊部は夜であったから
私はちょっとの間空の奥で庭園の枯れるのを見た
葉からはなれる樹木　思い出がすてられる如く　あの茂みはすでにない
日は長く　朽ちてゆく生命たちが真紅に凹地を埋める
それから秋が足元でたちあがる

山脈

遠い峯は風のようにゆらいでいる
ふもとの果樹園は真白に開花していた
冬のままの山肌は
朝毎に絹を拡げたように美しい
私の瞳の中を音をたてて水が流れる
ありがとうございますと
私は見えないものに向って拝みたい
誰れも聞いてはいない　免しはしないのだ
山鳩が貰い泣きをしては
私の声を返してくれるのか
雪が消えて
谷間は石楠花や紅百合が咲き
緑の木蔭をつくるだろう
刺草の中にもおそい夏はひそんで
私たちの胸にどんなにか
華麗な焔が環を描く

忘られた一つの詩論

堀内幸枝

私は、はからずも「貘」四十集の編集後記のすみから大野純氏の「朝日ニュースが『これが音楽だ』というタイとルで、いわゆる前衛音楽なるものを観せている。数名の演奏家?が好き勝手な音を出して、それを集音マイクで集めて聴かせるという仕組。眠っている演奏家もいる。ところで、思うに前衛芸術なるものは、ひっきょう『前衛』に過ぎない運命をもっている。それが『芸術』に組み入れられる為には、『前衛』を突き破る創造力が必要だ。その創造力とはオーソドクシイを離れてはあり得まい。それが歴史の発展を支えるデイアレクティクであろう。」

この言葉を見つけたとき、当然すぎるこの詩論に、驚かされもし、またうれしくもなった。

何故それ程に驚かされたかということは、こうした詩論が今日忘れられ、だれもふり返らないときに、再び口にする人もいるからである。

私自身はこの拠点を一箇所、釘のように、心に打ちこんでおきたいので、今日まで「葡萄」をつづけてきたのでもあった。

しかし今日まではっきりした意見も詩論も書かずにきたのでときにはレーゾン・デートルとしてみた場合とか、ジレッタントとかいう批評も受けてきたわけである。が生来の不精からやはりこれといって詩論を書くのもめんどうだし、ただ雑誌を続けるということだけに、自分の抱負を表現してきたわけであるが、右の短かい意見があまりによく「葡萄」を代辯したものに思えたので、今月は何か少しばかり書いてみたくなった。

私が詩というものに接触しはじめたのは、昭和十年頃であったが、その頃のきわめて幼稚な記憶をたどれば、当時多く出版されている詩雑誌はさまざまな詩法や流派によって、詩と呼ばれるものでもかなり区別のあざやかなグループができ上っていたように思われる。

「四季」の読者と「新領土」の読者が自ずと違っていたように。

今日は当時ほどあざやかなグループのちがいはなく、当時を横の変化ある時代とすれば、今日は縦《たて》の変化だけ存在する時代ではないだろうか。つまりここに適当な言葉があるので引用すると、江藤淳が文芸時評に井上光晴氏をとり上げ、「作者の努力は一方では私的体験をかぎりなく食い荒すことに、他方では食い荒されて空疎になった自己を今日の社会に投じて、いわゆる『アクチュアリティ』を描くことに傾注されているように見える……極言すれば今日はこういう努力を『誠実』だとするような通念が生じている。」

これを詩におきかえても、今日の詩はこの「誠実」さだけが縦になり、横のジャンルは失われ、しかもこの縦をもって前衛音楽のように前衛に過ぎないものと、前衛性をつきやぶるオーソドックスにどのようにしてふれるかという位置の、正確さ曖昧さなどによっていくつかのグループを作らせているのではないだろうか。

今日小説の世界ではいくつかの方向が出されているようだが、詩の世界でもさまざまな横のジャンルの変化を見たいものだ。

しかし最初の大野氏の意見「数名の演奏家?が好き勝手な音を出して、それを集音マイクで集めて聴かせるという仕組、眠っている演奏家もいる」といい、またある詩人は前衛の盲点をついて「現代詩に説得力を」といわれることなど、言葉をかえればオーソドックスの問題にふれていくのではないだろうか――。

　たまたま雑誌をひっくり返していると、日本未来派で寛槙二氏が昨年の夏出た「解釈と鑑賞」の中の河村政敏氏の言葉にふれ「文芸年鑑に掲げられた詩誌の数や、さらにガリ版刷りのやうな雑誌までも含めた推定数をあげ、『これだけから見ると確かに詩界は空前の盛況だといへると思ひます』と前置きしたあと、『もし詩の作者イコール読者という関係以上にこれが出ないものだったならば、いかに現代詩が盛況を呈してゐるやうに見えても』それは短歌や俳句と同種同列の盛況であり『社会的には何等の作用を及ぼすものではなく』ある意味ではこれは詩の末期的な現象ではないかと感じられます」

　また朝日の季節風に「戦後流行の抒情征伐……。それに便乗した非情趣味のばっこは、詩をいたずらに砂礫化し、詩が巷間に普及したのに反比例して、詩人自らをジャーナリズムから追放する皮肉な運命を招来した。」

　これ等はなかなか現代詩への辛辣な意見であるが、しかし私はこうした場合いつも出される抒情性には今日、問題があるのではないだろうかと思う。詩の抒情性はあるグループとかあるジャンルには求めてもよいが、今日の詩の場合はこの抒情性の欠如ではなく、大野氏の提出した芸術にくり入れらるべきオーソドックスの問題にかゝわるのではないだろうかと思う。

　しかもおもしいことに私はそのようなことを一度も書いたこともないのに、毎号送る雑誌の返信にはよく、今月の「葡萄」にのったエッセイは「葡萄」にのった作品群を否定する詩論がのべられているが、それをあなたはどう考えているかと、こちらが事実、困惑しながら組みこんだその弱さをズバリ指摘される時は、それが目に見えない部分だけに、何も語らずにきた雑誌を深く理解して下さる人もあるものと嬉しく思う時がある。

　今日、三十ページそこそこの同人雑誌は沢山出ているのであえて生活費をつめて同じ三十ページの雑誌を出す意味はないのであるが、私は「芸術」に組み入れられる、或いは詩が「眠った演奏家」でないためには、このオーソドックスをどのような形でつかむかということがいつも頭から離れなかったからである。

　ところがオーソドックスということばは誤解されやすい言葉である。辞書をひくと正統派と出るが、ここではそういう意味で使っているのではない。ある次元からみれば、平均化とかマンネリズム化をさすことにもなるだろう。誤解をさけるために、あえて藤富保男氏の作品を例に上げれば、大滝清雄氏は氏の詩集に対して「これは全く藤富的で心象を的確に表現している。彼はいわば実質的に日本の詩に新しい表現法をつけ加えた。しかも、この放胆な創造はすぐれた詩人のものである」という言葉をつかっている。

　放胆な創造をもって心象を的確ということこそオーソドクシイにくり込まれるものではないだろうか。

　しかしどういうわけか一部では、オーソドックスをさぐるということが「葡萄」にはきれいな詩が多いわね」とか、「抒情性を求めている」とかということになってしまい、又寄せられてくる詩人の作品も毎号1/5はそのような詩が寄せられ、そのような投稿詩が多い場合は、やはりあゝこれはものずきとか、ジレッタントとよばれるのもむりないと、女の人が雑誌を作っているとこういうように見られるのもむりからぬことと考えさせられる時がある。

執筆者住所録

天野　忠　京都市左京区下鴨北園町九三
粒来哲蔵　古河市観音寺町
岡崎清一郎　足利市大町五〇一
中平　耀　豊島区日出町一の一三〇
江戸荘　斎藤方
香川紘子　松山市御幸町一四四番地
堀場清子　北多摩郡保谷町上保谷一一〇五
鹿野方
武田隆子　世田谷区赤堤町二の四〇一
藤富保男　目黒区緑ケ丘二三四六
木村嘉長　横浜市神奈川区斎藤分町三一
片岡文雄　高知市南元町五
中村千尾　世田谷区等々力町二の一〇五の二

後記

今年はだいぶ長い梅雨が続いたが、それでも冬の季節よりよい。私には活動的になれない季節が一番やりきれない。

今度の「葡萄」は全くパンフレットになってしまった。今日では発行部数の大きい詩雑誌はいくつか出ているので、このパンフレットは、できるだけ小さいスペースの中に、見落されがちな野の詩をたくさん盛りたいと望んでいるのだが、いつもあれやこれやと考えているうちに、あちこちの壁にぶっつかって小さくなってしまう。

今月は中村千尾さんに「左川ちかの詩」について書いていただいた。先月は三井ふたばこさんに詩人小林英俊氏について書いていただいた。こうしたかくれた詩人たちを再び見直すのも、詩を愛する人たちの仕事ではないだろうか。

毎号、読者の方から、たくさんの原稿を寄せていただいているが、一人の雑誌作りは多忙でなかなか返事も書けないので、どうぞコピーをおとり下さい。

（堀内）

1962年7月10日発行
定価　40円
編集発行人　堀内幸枝
東京都新宿区柏木2―446
千葉方　葡萄発行所

葡萄

23

葡 萄

23号

1962年11月

きいろの記憶…………木村信子… 1
秋の男…………………斎藤広志… 2
枯 葉…………………長島三芳… 6
孤 独…………………水尾比呂志… 8
滝の位置………………伊藤桂一…11
日曜日には……………西垣 脩…12
野と白壁とカンナ……堀内幸枝…14
江口きち女の歌………山下千江…16
—詩 論—
現代詩の叛骨のエネルギー
堀内幸枝…19
友への手紙……………笹原常与…21
詩におけるものと言葉…大野 純…26
現代詩とマス・メディアについて
木村嘉長…28
詩の見える窓から……藤富保男…30
感想・散文詩…………粒来哲藏…32

きいろの記憶

木村信子

日本人は黄色人だときいたとき

きいろは
スイセンの花の色
レモンの色

どこかにほんとうの日本人がいて
レモンのようにきよらかで　スイセンのようにうつくしいひと

あおく澄んだ海がどこかにあって
しづかな村がつづいていて
きいろいひとはそこに住んでいるとおもっていたのに

わたしのひふもきいろなことを知って

にごった水　あまもりのしみもきいろなことを知って

秋の男

斎藤広志

武蔵野のと或る竹林の階段のところで
こどもっぽい小鳥の夫婦が
生まれたばかりの風船を浮かべている
なまあたたかい夫婦の体温が冷え
風船は初秋の空にはるけくなった
下界では母性的な土用波の記憶が反響している
立枯れたヒメジョオンの蚊帳のなかで
老衰した夕日の乳房が覚めかけている
彼女は狐に似た孫娘の恋の終末を悪しかれと願っている
虫や風を蠱惑するしかない花の淫媚な宿命が
狐の女に化け
日暮れの男を夕焼の酒に迷酊させた
月を見るとしくしくする
男のかなしみは宿酔のせいだ
翌日には逞しい夏雲を生むと
やがて清冽な秋の野の石と化した

秋の野の石に男の魂の帰趨であり
日没の魔睡の覚醒であった

不幸者の夏雲は冷く背を向けて去り
途中で合ったりしても
「やぁ　相変らずお元気で」
という如才なさであろう
愛は夏の終り蒸発して
白い気体の幽霊となり
女の裸体をみつめている男と
男の裸体をみつめている女を霧雨のマボロシに濡らして秋の野は暮れた
霧雨のなかでは昨日をあざむく今朝の新聞紙の表情はあわれで
幸薄い時間を折り曲げて色あせたふいるむの過去へ彼らを消す
野はやがて虫の悲哀を消す
秋の男はさびしい
秋の女は厳粛だ
食卓のために魚を裂く女そのもの
裂かれる魚そのもののように

もはや何事もいえない時が来ている
小鳥の夫婦はちちちちと浮かびゆく卵を求めてなき

もう見えない風船をもう見ない
涼窓に凭るものは
聖者の冬をおもうだろう

驟雨

彼は或る埋立地の沼のほとりで休息した

この辺にあった島ははるかな砂礫の彼方にその大脳を埋め
蟹の関節を連結した吸砂管を並べていた
トカゲの腹をくつがえす海岸の男の足跡はすごく難解だった
月見草が咲いてる遠い恋人の唾液がたまった沼地で
すべて過去となった女が消化されるために
海辺の時間は曲りくねる

水族館いろの雲影が過ったとき
彼は猛烈な下痢に襲われた　金属質な爬虫類の性感は想像もされなかった

きいろい不信仰な落下によって
都ははるかにけぶった

今日もまたここへ来て安楽死を考える
炎天のロボットの背後に都の杞憂ははるかだった
ルンペンみたいにへんな鼻唄をうたっているのは波か雷か
プロレタリヤノ金庫ヲ開ケリヤ
餓鬼ガゴロゴロ出ルバカリ

枯葉が

長島三芳

枯落がいちまいいちまい剝《は》いだように
頭のなかに散りはぢめる
十月は　河が私をさかさまにうつし
百舌《もず》の叫びとともに私は流れる

少年のころ
私は妹と空を分担して秋の星を数えた
つめたい空に登ってもそれは数えきれなかった
大人のころ
秋刀魚《さんま》を焼き　秋刀魚とともに空に焦《こ》げた
夕映が空を焼いていると同じように
大人のころ　下宿の灯の下で
私はちぎれた明日の靴下の穴を埋めた
埋めた私の青春は短かかった

それから　それから
私は召集で引っぱり出されて
頭を坊主にされてしまった
髪は小さな封筒に入れて故里に送った
故里では母が仏壇の引出しにしまって
秋の鐘をたたいた

枯葉がいちまいいちまい剝《は》いだように
頭のなかに散りはぢめる
初めは静かに　次第にいそがしく
詩集のペーヂのようにふえていった
十月は終りのころ枯木になろうとする私が
空に浮いているだけで
空はいつまでもつめたく澄みきっていた

孤独

水尾比呂志

またしても海はひろがる
浜に風は鳴る
ひとに知られなくなってゆく心と
今日を忘れた女の気だてとは
血の引くやうな退潮の浜辺でふと触れあひ
うつろな貝殻を吹きぬける潮鳴りの音を
黙って聞いてゐる
この砂に昨夜うちあげられたえびは今しがた死んだと
しぼりだすやうにして風が告げるのである
白くそして赤みのさしてくる腿のなかへ
口うつしに滴らす言葉にならぬむなしさも
さうしてゐるそばから吹きちぎれて飛ぶ
泡立つ岩と裂目ひらいて澱みをかいま見させる波のひだのかたはらで
小さく咲きでる快楽の蕾は
たちまち鹹風に晒されて萎える
ふいに飛び立つやうな悲しみにうたれて

海の裾をかかげたい想ひのはしるときは
顔を波に浸して息をたしかめるのだ
砂床が暗緑色に傾斜して深みへ消えてゆくのを慕ひながら
そのかなたにある深ぶかとした寛容に慰められるのであらう
海は決して意に介することをしないといふ
諦めの近くの冷静な放心が
ふたたび海のかたはらに身を休める安堵をもたらしてくれる
空が透きとほっていやはてまで見とほせる
その秋の前の靜けさのなかで
私たちはちやうど
孤独に精巧な模様皿の砂片の捨てられてゐるやうなものではあるまいか
もう終らう終らうと水鳥が啼くのを聞けば
皿の肌はいっそう蒼白さをまし
模様を浮きたたせ
しんしんと自分に沈みこんでゆく
架空の物語は語られてしまった
愛も過ぎてしまった　と
これからさきは浮かぶがままの空の雲を
うつすがままの海面とおなじく
年月の繰返しに耐えるのみである
想ひ出といふものの育てかたを

見出してきた生活はしあはせであったけれど
それは陰翳を拭ひさる指先で静かに愛撫し乾しあげて
胸を吹く風にさやさやと鳴るほど
ひとのものとせねばならない
さて　起上ってそれを海に投げよう
海に死なせて初めて
私たちの心にも澄明な涙が湧きいづむのだ
それから紺瑠璃の杯に
一滴うけとめた君の夢も海へ帰さう
むかしはありあまった私たちの物語
いまはひとのものとの区別もなくなって
うす淡く　青く　かすかに
誰に告げるでもない私たちの愛に
手をゆらめかせて
高貴な訣別の挨拶をおくらう
かうして離れて佇んで
すべてから許されてゐるひとときのあひだ
またしても海は
ひろがる
風は浜に鳴る

滝の位置

伊藤桂一

滝は不断の動のなかに無限の静を祕めている
事実　久しい凝視の果に滝はふと動かなくなることがある
水烟だけが意識のはてに濛と立ちこめ　じつにやさしいしぐさで岩
肌の苔にたわむれたりしている
なにかが誕まれる前の或る微妙な律動だけが湛えられる　滝が乃至
それと対決しているこの個のなかにとざされていたものが
それが私を酔わす――やがて無限の静の果から　美しく轟きながら
飛沫が私に降りかかり私を目覚めさせてくるまで
山を下り　樹間に全く滝を見失うころになって
はじめてすさまじい水の叫喚が私を追ってきた――

日曜日には

西垣脩

日曜日には　しきりに
電話器が鳴るものらしい
みんな家にいるはずだから
あいにく誰もいないのである
これからちょっと伺います　と
声は押しつけて急いで切れる

背ばかり伸びた庭の白萩が
ひとしきり絡んでゆれて
あたりが暗くなる
留守だと言えばよかったのに
わざとのあくび　戸を閉める音

地球の裏がわの国はいいな
盛装をして教会へいって
てんでにひっそり懺悔して
赤や黄の花の澄み照る午後を

はればれ楽しむのだろうな

海岸だらけのこの国では
荒磯のくぼみが家庭なのである
波はくりかえし侵入し　浮きあふれ
またざぼざぼと曳いてゆく
思いあまった電話のぬしは
そのまま一向すがたを見せない

昼も虫鳴く午前と午後の
明かるかるべき秋の一日の
おちつかぬから空腹なような
空腹だから不機嫌なような
岩を這う貝の足音のような

遠くでいさかう男女の声に
うたた寝から覚めると
いっそ無い方がましな
日曜日は昏れかけていて
鉦たたきが　胸に
鳴いているのである

野と白壁とカンナ

堀内幸枝

あれは太陽が白壁に反射していたのであろうか
あれは

田舎の晴れ渡った空の下に点点と見える
白壁の土蔵のある　風景では
空気も塵一つ浮かべることはできず
あの日の太陽今日の太陽の
比ではない
たしかに火の玉となって土蔵に傾いていた

土蔵の白壁の辺では　きっと
火のようなカンナの花が白壁を背にして
燃えていたのであろうか
あれは
白壁の前ではカンナも太陽であり　カンナも火の玉であり　それは
また未知なセックスであり　幼い日の傷ましい感受性でもあった。

秋でも冬でも田舎家の白壁の中から燃えついたカンナの花の林は土
蔵から小児の中へ　小児の中から土蔵の壁へと燃えうつり入れかわ
って咲いていた。

田舎の晴れ渡った空の下では
小児の目に
一つの土蔵だけではない
燃えるカンナの土蔵はいくつもあった。

あれは太陽が白壁に反射していたのであろうか
村にあるいくつもの土蔵の白壁の前には
いつでも炎のようなカンナが咲いて
私はたびたびカンナのある土蔵の前で立ち止まっていた。

しかし
今日　目をこすって見るとその日とちがってたしかに白壁の間をぬ
って　秋の野を一つの柩がいく　私の友人の柩が
それとこれとはどういう結びつきか
どうしてあんな燃え出る太陽と赤い花がはげ落ちて土蔵は冷たい一
塊のつちくれと立っているのか
それとこれとはどういう結びつきか
何か分らないが
そこに深い　空間がある
野より空より広い空洞がある。

江口きち女の歌

山下千江

少女の頃、私が読んだ歌集で最もショッキングなものが二つあった。

一は明石海人の「白描」であり、もう一つは江口きち女の「武尊の麓」である。

この「葡萄」の原稿について、堀内さんのお電話では「かくれた詩人を」との事であったので、きち女は歌人ですが、と言うと、それでもよろしいとの御了承を得たので、少し書かせていただくことにした。そして、きち女の唯一冊の歌集「武尊の麓」を心当りの限り方々問合わせたが、不思議なことに私同様、いづれも戦災で焼失しているという返事であった。これは何か生涯を「影の恋」に終えた二十六才の薄命の女性の因縁話のようで、私は何だか妙な気がした。それで、この稿は、専らきち女の恩師であり、秘められた恋の証しの遺書と歌のノート一冊を、令妹たき子から恋人宮田氏の手を経て保管された島本久恵女史の「武尊の麓歌碑由来」（大法輪三十三年三月〜六月連載）と「塔影」にのった記録、及び私の十数年以前のノートを頼りに記してみたものである。

エリュアールは、ヴイヨン、ホイットマン、プーシキン、マックスジャコブなどの作品を「彼等の生活のいろいろな状況函数」であり、「どれくらい一人の人間が状況によって感じさせられたか、どれくらいその人を向上又は堕落させたかを判断しなければならない」といっている。私が海人ときち女の作品に触発されたことは、一人は「癩」一人は「肉親の負担」という、いわば彼等個人の言動における責任外にある、天災のような生活の条件、それも最悪に近いその状況の下に、人間はどのように耐え、痛み、尚且、その業のような生命を燃焼させなければならないかという課題であった。

当時、きち女の作歌的背景となった家族などの状況について記せば次の通りである。

一、生家は群馬県利根川場村子持山の近くの桂昌寺（健長寺派）の寺域の隅の荒れ屋。

二、父は五十年ばかり前、上州長脇差の大前田英五郎の身内、川場の顔役金五郎方へ常陸の方から流れてきた渡世人江口熊吉。母は下野《しもつけ》安蘇《あそ》の生れ、岩といい

兄の江口広寿は 白痴、長女が江口きち女、次女がたきで、後に美容師となり幸福な結婚をしたが、開拓団に入り戦時中死亡。

父は二度戸籍がよごれ、三度目には人を殺め逐電した。彼は十年の時効を待って、三人の子を抱えた岩が、留守中部落の白眼視に耐えて営々と苦心の末開いた街道筋のささやかなめしや「栃木屋」へフラリと帰って来たのである。父の失踪中、如何に家族のものが辛かったかは、きち女が次のように歌っている。

唯一人の夫失へる女さへ容れざりし世にいきどほりわく

かなしみは人には告げずわびしらに夕はきけるかっこうの声

後の歌は、明らかにアララギの影響深いこの地の人らしい歌である。（赤彦・秋草の歌類型）その母も、昭和五年七月七日、七夕の日に幸うすく苦しみ多かった一生を終えた。この時きち女十七才。

この世にて生きがたかりし人は今日、星夜えらびて去り逝きにけり

小学、高小、と在学中きち、たきの姉妹は学業成績きわめて優秀であり、且、恐らくは母岩に似て二人とも「目に立つ」少女であったと推察される。

きちは勝気で気慨にみちた少女であったから、母亡き後、卒業後得た郵便局の職を辞して、生活能力のない父と白痴の兄と幼い妹のために、「栃木屋」をきり廻すことになるのであるが、とにかく、運転手、馬方、土工、その他部落の貧しい人たちの溜り場である。煮物、酒、飯、駄菓子などを扱うあきないびとには、彼女はとんと不向きな性格であった。その、何とも言えない異和感が、彼女の生涯に唯一人の恋の対象であった宮田氏を惹きつけたとも言えるのは皮肉でさえある。

宮田氏は、所謂村の指導者の第一人者であり、妻子も財力もある年令も親子ほどちがう、育ちのいい善意の名望家であったらしい。きち女がもし世にありがちの、貧しさに負け、そのことに甘えられるような女性であったら、話はもっと別の方向へ発展し、きち女の生命も、あるいは全う出来たかも知れないのだが、いうなれば上州女の心意気といおうか、東女の軒昂たる恋の誇にかけて、きち女はその最悪の経済状態の中でも、きっぱりと恋人の援助を拒んでいる。

かくばかりつらくも世には生きつるか米買えよとて金ぞ賜びける

米買へとたびしこの金瞳に痛み宿命くやしき憤りあふれ来

金のごとしみらに光り金のごとしみらに細りいのち死なばや

この金は死後妹の手を経て返金されている。やせてもかれても、川場村の栃木屋のきちには「妾根性」など、薬にしたくもなかったのである。一度も「富んだ」ことのない人間のみがしる清潔な倨傲さとも言えようか。

農場の塵芥捨場から、或日一本の見馴れぬ形の発芽をみた。それは人に知られずに大きくなり、思いがけぬ石細胞のほとんどない柔く水気の多い典雅な肉質をもった実をつけた。二十世紀梨の誕生である。

白い房々とした毛足の長いメリノー種の羊。

ばくちばかり打っていたならず者の中に、まっとうで甲斐性のある貧しい母が、一人の秀才を社会に送った――野口英世博士。

生物は遺伝の法則の中でも、突然変異という形で、その形質に意外な飛躍をするものである。「兇状持ち」の父を持ちながらも、きち女姉妹の場合は二人ともに清純で優秀な資質を持っていた。兄の白痴も後天的なものであり、白痴になってからも、百合の根を掘るのを特技としていたという、おとなしく、美しい無害の癡人であったらしい。この三人の子供は、特別よい家庭でなくても、普通の平凡な両親をもった庶民の家に生れたなら、親子共にどんなにかしあわせな生活を送ったことであろう。梨や羊はたとえその出生が如何なる条件のもとであろうとも「そのもの自身」さえすぐれていればそれはその通りの評価を得てそれなりの世を経るのに、人間の子は出生の条件が、その子自体の評価より大きくその子の生涯を蔽いつ

くす。マリリン・モンローだって、映画資本主義の犠牲というより以前に、彼女の惨澹たる出生の条件が、彼女の一生を暗く閉じた。いくら窓を切り開いても、切り開いても、光は部屋全体には当らない。きち女の切り開いた窓から、思いがけぬ一筋の愛の陽光がさし込んだけれど、それは部屋の惨めさを明らさまに確認させる役にしかたたなかった。

「身分ちがいの恋」ということが、彼女に前途の希望を失わせた。死の前に彼女は最愛の母の墓をたてている。

ながれきて異郷のつちの祖となりし母がかなしきいのちおもほゆ

妹たきを東京の大場美容院へ七年の年期で送り出し、曲りなりにもその将来の身の振り方もつけた。

親なくてかにかく汝も生ひ立ちし三界にひとり生れしと思へよ

受け次ぎし流離の血かもふるさとへかへるなかれと言ひし餞け

きち女は白い不二絹で死装束を縫った。

恋人の小旅行中の或冬の朝、「異常な決心」のもとに「生きてゐたとて、この人のゆくてに何の待つものがありませう。終《つ》ひの守人《もりびと》とさだめられた自分の責任」を果すために、惨くもその美しい白痴の兄を伴って、彼女はとおい旅立ちをしていった。

いのちひとつ散ってことなき明けの日に君は旅よりかへりきまさむ

わが投ぐる波紋の揺れの揺れ及びいたみあらすなその君の上に

きち女はその短い一生の中で、たったひとつ、自分自身の価値のみで捕えた一すじの光に必死にすがりついた。総身を透明にして糸を吐く蚕のように、彼女はその生命をこめてキラキラした自意識の繭をつくり上げた。

きち女はその光を大切にするあまり、傷つくことをひたすらに畏れ慎んだ。

帰り来る人ならなくに待ち待てばむなしき憾み身にせまりつつ

砕けると纒きしかひなを人の生のありなれごととのらせ給ふな

しみじみとわがはかなさに触れてゐき昼しずやかに手をとられつつ

とりし指まさぐりにつつ言ひしこと聞きしことはや昼の静寂《しじま》に

うつそ身の終ひの夕も一沫の言ひのこしたる思ひあらむか

おだやかに眸にうかべる笑みありき愛ひしことばふれず帰しぬ

若い日の恋は、たとえ日陰に咲いても汚辱の翳りがすくない。その優しく繊細な愛の触手は、白い絹糸のようにかすかな風にさえ敏感にゆらぐ。きち女の恋歌には、悲しみの中にも二十六才の青春が哀れにも水々しい。

きち女を一生苦しめ通した肉親の重さも、この萠え出でる芝草のような若い情感の庭だけは、土足で踏み荒すことがなかったのはせめてものことであった。彼女の恋は、この世のどこかにある秘密の庭のように、その死後も、幾人かの心ある人たちの手で大切に保管された。

きち女が死を選んだのは一つの敗北を意味するかもしれないが、その敗因は後に生きる人たちにさまざまの鍵をあずけていった。その死が、死に至らしめた生涯の状況が語る人間のふしあわせの壁を、一つ一つうち破るために、きち女の歌は、また日本の女の貴重な遺産の一つとさえ思われてならない。

現代詩と叛骨のエネルギー

堀内幸枝

七月号の「詩学」であつかった「詩壇なんでも言ってやろう」は、現代詩のためによい企画であった。一見あまのじゃくで、偏窟に物言いながら、今までの詩雑誌で見られなかった謙虚で真摯な詩への愛情とでもいうものが裏側ににじみ出ていて、おもしろく思った。

現代詩がとやかく批判されている時期だけに、あのアンケート（一篇をとり出したのではだめだが、むしろ総合という味）の中から受けるイメージは、詩はなんといわれようと、主流が詩の本質から曲げられていこうとすると、根づよく主流のかげに詩本来の希求が別の層を作って成長していくものだということを感じさせられた。

高橋新二

大正末期——昭和初期のような詩壇の自由は、今は眠っているようだ。昔はよかった話ではないが、作品が優れていれば誰のでも載せるといった、日本詩人や詩神のような詩壇詩誌が、今のところないからだろう。割に詩壇的な誌（同人誌を指さない）でも、二、三誰れかのボス臭が強いし、それにコネした詩群が平伏している様子に見える。

押切順三

詩人が詩人的風ぼうを失ったとき詩人は詩人の特権を放棄して妥協の握手を強いられたのだ。詩は握手するためのものでない。詩精神を支へるものは野党的叛骨のエネルギーでないか。つねに酸度を維持するためには単純粗野でもいゝ、あまのじゃく的偏屈を栄養として摂取することが必要だ。

斎藤庸一

詩学四月号の詩人会議で、今までの荒地を含めた戦後の詩というものは、実は詩の書きかたを教えてくれただけだ、という考え方は極論ではあるが、なるほどと思わせる面白い見方であった。

まず人間があったという原始的ものの見方。あくまで現実に結びついた上での、一人の生活の意味からの創作が、大きな意義につながる伝達の方法としての詩、ややこしいが、そういう幼い者の考え方からやりなおしたいと思う。

また、倉地宏光氏は「現代詩はちょうど眼のないのっぺりした顔のようなもの」といい、これは誠に痴かい表現だが当を得ている。相馬大氏は「ここに日本の敗戦に対する認識のし方にある誤った計算がなされたと言えるものがあるのではなかろうか。あの敗戦とその後の詩壇への影響力の大きさを考えると、荒地グループの出現は今日の詩壇を或る曲った道にひきずり込んでしまったもののように思われる」

ここにもあらわれているように、現代詩の中で、むしろ詩の壌土を失わずにいるのは、地方の詩人達ではないだろうか。地方でじっと腰をすえている者たちの眼には、今日の詩壇に現われている詩と、人間の魂の求めている詩との落差がよく見えるのではないだろうか。

だから中央で問題が、錯綜し混迷してくればくるほど、さまざまに切開してみるより、原則論に引き返してやり直した方が良いという声も地方からわき起ってくるわけである。

それは詩そのものがプリミチーブな人間感動の所産であり、アウトサイダーとしての詩人の精神は野性の中に育つものであるからだろう。

今日我々が詩に不満を持つのは、今日書かれているほとんどの詩が、都会的な作品端的にいえば、目も鼻もないのっぺりした顔という（無国籍的）な作品だからではないだろうか。地方詩誌にあらわれているものさえ、詩壇的につながっているものは、これ等すべて都会詩と見なしてもいいのではないだろうか。それがどんなに巧に書かれていようと、その地方の土と太陽から離れたものは、血の通う血管を失った冷凍魚の印象をあたえてしまうのもやむないと思う——詩を愛して自らは詩を書かない、詩の底辺を支える、多くの読者に対して—。

作品の上では、地方はもとより東京にあっても、なお東京という地方色はあるべきはずなのだが、今日、我々はこの自らの感受の根もとに受ける太陽の光を何ものかに覆われてしまっている。その覆っているものはなにか。中村稔氏は朝日に「詩壇の外の詩人」と題して、「たとえば『文芸』五月号の『あなたはどんな詩人を好むか』というアンケートに答えた作家たちの間でも、中原という答えが伊東静雄とならんでもっとも多かった。それはどうしてであろうか。中原の作品には自然と人間感情の交渉にも、また詩の調べにも、わが国の読者にうけいれられやすい要素があるが、主知主義的な作品や、イメージの構成が複雑な作品について、読者の感じる抵抗感の強いことは当然である。そして、逆に現代詩人たちが、いま引いた詩句にみられるような、中原の自然詩人的な感傷や伝統詩的な音数律に反発を感じ、中原に背を向けるということも、理解できるのである。

ただ、だからといって中原に背を向けるのが当然だとは思わない。

現代詩がおちこんでいる袋小路からぬけだすために、わが国の詩の遺産を、遺産として正しく評価すべきなのではないか、そういう遺産をふんまえた地点で、今日の詩作はされるべきではないか」。

我々は今日こうした見方の前に謙虚に立止まらなければならないのではないだろうか。

長谷川　安　衛

素朴に詩が好きで、自分たちでガリ版を切り同人誌を出しているような人たちの中に案外停滞を打ち破るエネルギーが潜んでいるのではないかと思うのです。

この原初的な詩への愛着と、情熱、常に詩の核だけを抱いて、不純な処世術を持たないこれ等のエネルギーはむしろ今日は、詩壇外において流れているのではないだろうか。

一方にはこうした現代詩への希求がありながら、現代詩はあまりにもこの願いから遠く離れている。今日多く目にする中庸安定の毒にも薬にもならない類型に感じられる作品をみると、現代詩から、ぬらぬらする皮膚の油性を抜きとって力弱くしたものは何の仕業であろうか。

　それにはいくつかの要因がある。それを一つ一つとり上げている余裕はないが、そのうちのごくわずかな、だがやはり一つの関係深いものに、マスコミの作用があるのではないかと思う。

　次はN新聞にのったものだが

「一般に作品が現代のマスコミにのり、もてはやされる秘けつは、どうも三S調のミックスあたりにあるらしい。いわく、スピード（お手軽インスタント用品）ショッキング（びっくり仰天）セックス（お色気ムード）。なるほどこの三色調ははなやかなトーンである。だがこうした作品がいかに大量に出ようと、アワのごとく消え去り、私たちの胸にどうもしっくり根をおろしてくれない。」

　このような浅薄な外界の波が詩人にのみは影響を及ぼさないと言いきれない。

　詩のジャンルが小説とちがって、きわめて排他的、個人の生命感と感情の内側に苔のようにはりついて成長する無償の芸術であることは、今さら言うまでもないが、事実はこのような、大馬鹿な感覚で生きている人間もだんだん少なくなってきているようだ。

　詩とは本来小説とちがって、マスコミに関係のない地盤で書かれ、後日、或る部分を、マスコミが都合のいいように勝手に、切りとって持っていく。そのとき始めて、マスコミとの関係が生まれるというのが、もっとも望ましい形ではないだろうか。

　今日小説を書こうとしないで、詩を書いている者は、詩の本質でもある無償性というものに魅せられて入りこんできたわけであるから。

　一方では出前持ちの青年の生活をつづる歌や主婦の詩が存在するのも、それは現代詩の本幹から分れた枝葉のようなもので、やはり詩の核を失わない詩人こそ、多くの詩、愛好者の望んでいるものではないだろうか。

友への手紙

笹原常与

詩人にとって、彼自身の詩論は、肉化されていて実作と切り離せない、という状態にあることが一番いゝのだと私は思います。事実、質の如何、両者の密着度の如何は別問題としてもそうあるのが詩人の場合の実状であるだろうと思います。

　フイヒテは『習慣論』において、善と悪の問題にふれていますが、「善」を行うのがいゝのだと熟知している段階はまだだめであって、それが「習慣」化されていなければならぬ、判断の段階を経て後にはじめて行為が「善」に達するという域を越えて直接行為に出て、しかもその行為が反省の段階において「善」として認知されるというまでになっていなければ不充分だ、といったような意味のことを言っていたと記憶

していま す。孔子の「心の欲するところに従ひて、矩を踰えず」といったところのものであろうと思います。詩人における詩論の場合も、そうあるのがいいのだと私は思うものです。むろんその場合、「善」及び「矩」の質は問題になるとしてもです。そして、質を問題にする時も、行為ないし「心の欲するところに従ひて」なした行動そのものについて量られるのがいいのだと思うのです。「汝等おのが量《はか》る量りにて量らるべし」「樹はおのおの其の果《み》によりて知らる」というイエスの言は、詩人についてもあてはまるものであろうと思いますし、詩人にとっては、詩がすべてだ、という考えは、言い古るされているとしても、動かしがたい真理にちがいありません。詩人にとって、彼の詩論はそして彼の世界は、詩に顕在化されなければならないのです。

　詩人にとっては詩がすべてだ、という考えは、狭い意味のそして安易な形での芸術至上主義を意味するものではありません。むしろその反対でさえあるのです。つまり詩人は詩を書いていればいいのであって、その他の社会生活はすべて、詩を書くという行為に従属すべきものである、というような狭隘な考え方を意味するものではありません。われわれの人格は、社会生活上さまざまの人格的側面を持っています。政治生活上の人格を持つものであり、経済生活上の人格を持つものであり、また文学生活についてみても、詩人は詩を書くという直接行為以外にその他のさまざまな行為に従っています。しかしわれわれが詩人であるかぎり、彼がそう自覚しているかぎり、それらすべての行為ないし人格的側面は、詩人という人格に統一され綜合されなければならない、そういう意味で言うのです。くどいようですが、こゝでもまた念をおしておかなければなりません、詩人が詩人としての自覚を持つ限り、彼の行為及び人格的諸側面は、最終的には詩人という人格に統一され綜合されなければならぬということは、詩を書くという、詩人にとっての直接的行為以外の他の諸側面を、段階的に図式化して、詩人という人格を頂点としてピラミッド型に統一し綜合することを意味するものではありません。すべての行為の中に詩人が位していなければならないということを私は強調したいまでです。そして、しかしそれは同時に、詩人が詩人としての存在を量られるのは、作品以外にないという、わかりきった真実につながるものだということになるのです。

　詩の効用、それを社会的におしひろげるという問題は、われわれ詩人がしんけんに考えねばならぬ問題です。しかし詩の効用は、その社会的効用もまた、詩それ自体によって、詩そのものを通じて行われ、またおしひろげられるものでなければならないのです。試みと実験はいかなる場合にも必要です。しかしそれはあくまでも詩の母体を強め、詩の純度を高める方向において、意識的になされるべきものであって、そのことについての確固たる自覚がないかぎり、詩人みずからが詩を侮蔑することになるのです。近頃私のような者の耳にも「詩意識を捨てよ」などというたわけたことばがきこえてきますが、こゝに言う「詩意識」とは、いわゆるカッコ附きの、浅薄な「詩意識」をさして言っているのであろうこと、そしてそんな「意識」を捨てぬかぎり詩は高まりも深まりもしないと言っているらしいことはわかるけれども、しかしそんなふうな浅薄な「詩意識」が横行しているのであれば、なお一層のこと、われわれ詩人は詩意識の高揚を強調すべきであるし、詩意識を持て、と言うべきであろうと思うのです。

詩の自律性の問題は、当然、「詩とは何か」という原初的なそして同時にそのまゝ本質的な問題にゆきあたります。私はこゝでそのことに立ち入る余裕を持ちませんし、また前にも書きましたように、詩の実作者としての私は、詩作品においてこそそれは具体的に明さるべきものである、という考えを持っているわけですが、ただ漠然としたまゝで、一ことだけ書き記しておこうと思うのです。

詩は詩人の主体を離れては存在しない、つまり、ポエジーと名づけられるところのものが、詩人とは独立に本来的に存在しており、詩の創造行為は、それへの接近ないしは発見、探索として成り立つというようなものではないだろうということを私は言いたいのです。自明のことに違いありませんが、それでもやはりこのことをこゝに書きつけておきたいのです。詩は何処かに（いわば詩人の外部に）ころがっており、詩人はそのころがっているものを発見しそして手に入れる、といったようなものであるはずがありません。詩は詩人をぬきにしては存在しない。詩は詩人の存在以前にも、詩人の存在以後にも絶対に存在するものではありません。詩人と共に常に在り、詩人と共に変貌し、詩人と共に消滅するものなのです。政治的真実にしろ、社会的真実にしろ、真実といわれるものが人間を離れては存在しないこととそれは同様です。詩は詩人によって創られるもの、ことば通りの意味においてそれは創造されるものなのです。詩の本質を定義することの困難さと、定義づけの多様さは実はこの点にかゝわって出てくるものだと思われます。

仏者がすべての存在物の中に仏性を見、成仏の可能性を説いたと同様、われわれ詩人はすべての存在の中に詩的なものを見、詩への可能性を認めるものです。しかし詩的なものや、詩への可能性は、そのままでは厳密に詩と区別されなければなりません。そして、すべての存在物が詩的であり、詩への可能性をはらんでいるということは言いかえれば、詩的なもの、詩への可能性といったようなものは、存在物それ自体に即してみた場合そもそもありはしないというに等しいのです。つまり詩人の詩人としての主体なしには詩は存在しないということになるのです。そこで、それでは詩人の主体は何によって量られるか。詩人の主体は彼の具体的な詩作品によって量られる。どのような意味からも、詩人にとっては詩作品がすべてなのだと改めて私は思うのです。

私は形ばったことを書いてきましたが、そして問題をすっきりさせるためには、もっともっと書きつづける必要があり、ここで切り上げては尻切れトンボになることもわかりますが、書いてきた私自身あきてしまいましたし、あなたもたいくつしたことだろうと思います。それで、こゝらで話題を変えることにします。

先日あなたが私の家に来られた時、二人して色々面白い話をして、とうとう深更に及んでしまいましたが、あの時、数学者としてあなたが話してくれた抽象数学の世界のさまざまな問題は、ずぶの素人である私にも仲々興味のあるものでした。数学のことは（興味だけは近頃持つていますが）実際にはよくわからぬながら、あなたの物の見方や発想の面白さには私は心をひかれます。

あの夜、木の本然の姿、木の世界とは一体どういうものであろう、ということも話題の一つになりましたね、無風状態と見える外界に、しんとしてゆるぎもせずに立っている木を見て、そこにそうして立っている姿が木の本然の姿・世界であると私たちは考えがちですが、「しかし」と私たちは話しあいました。本当に木はゆるぎもせずに立つことが出来るのだろうか、完全な無風などというものはありっこないではないか、とすれば、私たちの眼にしんとして立っていると見える時も、木はおのれの本然の姿、中心的世界からずれつゝ、その前後左右にかすかにゆれつづけているのではないだろうか。中心的世界からあふれ出て絶えずゆれつづけている姿そのものこそが木の本然の姿だと説明することは可能ですが、しかしその場合には、では一体、ゆれの姿のうちのどれが本当の木の姿なのかという問題が出てきます。そこまで話が進んできた時、私はこう言ったものでした。空の中にひろげられた木の世界は、ついにわれわれには不可視的なものなのではあるまいか。それに対してあなたは、次のように答えました。——「しかし、それにもかかわらず、鳥は木に止るではないか。鳥が止まった世界はあれは一体何なのだろう。君が言う通りに木の世界はゆれつづけているとしても、鳥は止まったではないか。」

私たちは、まっ青に澄みわたった空の中にひろげられた木の世界を、眼に鮮かに想いうかべ、それと共に、そこに止まつた鳥自身の世界にも思いを及ばせました。そしてその時、私の頭のすみには、人間の世界のことがうかんできていたのでした。しかしあの時はそのことを話し出す機会がありませんでしたので、今日は一つここに書いておきたいと思います。

私が書こうと思っていることは、「共有の世界」とでも名づけられるであろう事柄についてです。あなたもきっとしばしば見たであろうと思いますが、人と人とが出あがしらにひと時見せる一種のまごつきのことです。向うから人が来る、こっちからも人が歩いて行く。二人とも互いに全く見ず知らずの人であり、その上道幅も広い。それにもかかわらず、二人が、どちらか片一方がよけなければならないような位置にむかいあってしまう。よくあることでしょう。二人は互いに道をゆずりあおうとする。互いにほとんど同時に、同じ方向同じ側によけようとする為に、かえって互いにぶつかりあう恰好にますますなってしまう。そこで再び互いによけあう。今度も同時に、しかも同一方向に。そこでまた互いにぶつかりあう恰好になる。そうして二度三度とゆずりあいながら、しかも何かぬけられぬ世界に入りこんでしまったように、しばらくの間、同じ世界の中でまごまごするのです。私にはあれが不思議でならないのです。あの時私たちは互いに、見ず知らずの者同志でありながら、同一の世界を共有したのではないかと思われるのです。人々はやがてその世界からぬけ出して、またもと通りの自分の世界の奥へ歩み去って行くのですが、一度、私のことばで言えば世界を共有したという事実は消えないのです。そしてまた、共有し得る素地、世界を共有してしまう方向感覚は依然として人の奥にひそみつづけているのです。「共有の世界」の実体の解明それ自体に私は非常な興味をそそられますが、それはそれとして、比喩的に言えば、詩の世界もまたこれと同じ性質を持っているのではないかと考えるのです。

それぞれ違った方向からやって来て、それぞれ違った目的と行先を持ってその時歩いていながら、人はその途上において共有し得る世界を持っているという事実、（木と鳥の世界の場合も同じと思いますが）そこに人類のすべての可能性が、詩について言えば詩の可能性があり得るように思うのです。私の説明は甚だ比喩に過ぎて要領を得ぬものですが、私の言いたいところは私のことばの不足をおぎなって理解していただきたいと思います。

さてそこで、詩人は各自どのようにして意識的に共有の世界を創り出すか、言いかえれば、いかにして世界を共有するか、その深みへおりて行くか――このことこそ詩人にとっての大問題です。そこに詩人にとっての主体の問題があるわけです。詩人はこのことに関して各自それぞれの主題と方法を持たなければなりません。こゝでは私は自分のことを、それもごく簡単に言っておくにとどめます。

私は、歎き、悲しみ、悔恨、不幸、涙といったような、戦後の日本文学がとかく軽蔑しがちであったものを通して、「共有の世界」をさぐりあて、そこへ降りてゆきたいと思っています。もちろんそれだけが唯一の方法、とらえ方であるなどと、そんなふうには夢にも思っていませんが、私の場合は、意図的にそう思うばかりでなく、体質的に言っても、私は上にあげたようなもの、とりわけ涙なぞというものが好きなのです。もう少し具体的に言えば、人をして歎かせるところのもの、悲しませる原因になったところのもの、涙を流させたそもそもの事柄に、人を喜ばせたり、歓喜させたり、はしゃぎまわらせたりするところのものよりも、体質的に心をひかれるのです。私の美意識は、したがって詩意識は喜びの姿によりも、悲しみの姿により一層の美しさを感ずるのです。そして詩の実作者としての私はそこに自分の詩を成り立たせるのです。このことを私は自分に対して卒直に認めなければなりません。好き嫌いの段階ではいまだ主観的であるに過ぎないこれらのものを私は理論的にも実作上でも普遍にしたいと思いますし、そのことにむかって努力したいと強く考えている者です。このような考え自体が主観的な想念に過ぎないと言われることを予想しつつも、そうとは思わぬ私は是非にも実行したいと思うのです。

こう言ったからといって、私は自分の体質及び美意識の全面的認容を主張しようとしているのではありません。体質改善、自己変革は必要この上もないことであり、私も自分なりに努力しています。しかし正直に言って、条理の筋道を論理的にたどり、何らかの結論が出ても、さて実際に詩作品を発想し、作り出す場合には、自分の地が顔を出し、それなしには書けないのです。そこで近頃はかえって自分に執していってやろうと考えています。自分以外のところに自分の詩はない、という意味においてそう思うわけです。そのことを通じて自己変革をしていきたいと思います。そしてこゝでもまた、詩人にとっては詩作品がすべてだという考えを確認するわけですし、また詩人にとってすべては、詩に顕在化されなければならぬという考えに思い及ぶのです。

雑然と書いてきました。いづれ機会をみてもっと整理した物言いをしたいと思います。しかし正直に言って私にはこういう手紙はにがてです。それよりも、やはり少しでもいゝ詩を作りたいと思います。以上。

一九六二年一〇月三日

詩におけるものと言葉

大野　純

人間存在をも含めて、もの（存在）がそのもの自体として在るといふことは、現代では非常に難しくなったのではあるまいか。我が我として在ること、ひばりがひばりとして在ることが、ひどく困難になってきてゐるのではあるまいか。

さうして同時に、ものとそれを表はす言葉とは、現代では必ずしもぴったりと結びついて離れないといふ訳にはゆかなくなってゐるのではないか。ものとそれを表はす言葉との、いはば相即的ないし対比的な関はりが截ち切れてしまって、もはや言葉が直接的な明確さと肉感性とを以て、ものを直指することが因難になったといふのが、実際の現状なのではないか。もはや言葉はものの直接的な証言となり難くなったのではないか。

このことは畢竟、ものがものでなくなったといふことに通ずる訳なのだが、たとへば「鳥」といふ言葉は、はたして鳥を、鳥の真実を、鳥といふ有機的なまた全体的な存在性を直指してゐるであらうか。リアライズしてゐるであらうか。はたして「母」は母であるのだらうか。「家族」といふ言葉ははたして、ぬくぬくとした家族のはだざわりを表はしてゐるであらうか。はたまた「樹木」は、しなやかに伸びて空や光を一ぱいに抱き、みづからの生命をたわわに稔らせて、大地にふるへてゐる樹木なのだらうか。

おそらく、われわれ詩はものを見喪ってゐるのだ。ものを見喪ってゐるから、言葉はものから離ればなれになってしまったのだ。換言すれば、われわれはものを信用しなくなったといふことである。そしてそれはわれわれが言葉を信用しなくなったといふことと同じことである。

このことは詩についてのみ言はるべきことではあるまい。たとへば、いはゆるモダン・アートの画家たち、あるひはアヴァンギャルドの画家たちの一般は、はたしてものを信用してゐるのだらうか。もしも信用してゐないとするならば、いったい彼らはなにを信じて画いてゐるのだらうか。なにも信じてゐないのだらうか。なにも信じないで、いったい画が描けるのだらうか。

同じやうに、詩人の一般は、いったいものを信用してゐるのだらうか。野を、海を、石を、橋を、女を、老父を、そのもの——そのもの自体として信じてゐるのだらうか。野はたとへば「荒れさびた野」ではないのか。海は「乾い」てゐないか。石は「砕けてしまっ」てはゐないのか。橋は「こはれた橋」、女は「ひからびた女」ではないのか。そのとき、「野」は野ではあるまい。「女」は女ではあるまい。言葉はものとぴったりと結びついてはゐないのだ。従って野は野でなくなり、女は女でなくなるのだ。さうしたことがただに現代的状況なのだとするならば、それはまったく安易にして感傷的な錯誤といはれねばならないだらう。かうしたものの考へ方に倚りかかって在る詩は、もろくも虚偽の塔の如く倒れざるをえまい。

たとへば先人が見えざるものを描くとい

ひ、またものの背後を見るといふとき、後進はその言葉の内包してゐる陥穽に注意しなければならないのではないか。それはおそらくものを見るための方法にすぎないのだ。見えざるもの、あるひはものの背後に、真実――ものの真実はない。真実はまさしく単純に、眼前のものに在るのだ。ただに見えざるものを求め、またものの背後を覗き見ることが、詩の真実であってはならない。

ものを見喪ったのは、見えざるものに、ものの背後に、心を奪はれたゆゑに他ならぬのではないのか。ものを見る方法としてものの背後を見る筈だったのが逆転してしまひ、ものを見ることを忘れてものの背後のみを見ることに専心し焦心した結果、もの自体を――真実を見喪ってしまったのではないか。ものの背後にはなにもないのだ。それなのにそこをのみ見ようと空しい努力をつづけ、いらだち、ついにものを信用しなくなったのではないか。それは誰の責任でもない。実は他ならぬわれわれの責任なのだ。

私は見えざるものを描かうとするな、ものの背後を見ようとするなとしてゐるのではない。女を「ひからびた女」と書くなといっているのではない。老犬を「痩せこけた三本足の老犬」と書くなといってゐるのではない。さういふものが詩的風土に養はれてゐることは事実だらう。しかしそれらは、もの――女とか老犬といふものの、単純な否定ではあるまい。おそらく、芸術における抽象といひ非具象といひ、また超現実といっても、それらの意志する方向は単なるものへの否定といふことに直結してはゐまい。むしろ逆に、ものへの無限にして深大な志向のインテンションをもってゐるのではないか。それらはものを信用してゐるのだ。さうしたものへの信用のうへに立って、それらはものへの明確にして直接的な証言たらんとしてゐるのではないか。一見否定と思はれがちな方法は、その証言のための方法にすぎない。単なる否定は否定に終ってしまふ。何も生み出さぬ不毛である。

「ひからびた女」と詩が創られるとき、詩精神のアクセントは「ひからびた」にあるのではない。またさうあってはならない。アクセントは「女」にある。すなはち「ひからびた女」は、詩においてつねにひからびてゐない女を志向してゐるのだ。女はひからびてゐない、とその詩は叫んでゐるのだ。そこには女といふものへの信頼があるだらう。詩――詩の真実は、さうしたティアレクティッシュな原型に求められねばならぬのではないか。そのとき「ひからびた女」ははじめてひからびた女になるのだ。リアライズされるのだ。ひからびた女がそれ自体になるのだ。女が女になるのだ。

現代詩の混乱、曲り角、あるひは俗にいふつまらなさは、「ひからびた」にアクセントをもたせてゐるためではないのか。ものを引き裂きデフォルムすることは、もの――その存在への肉迫、ものの真実の確認ものの直接的証言のためであった筈だ。さうしたための手段を自己目的化し、その虚しい強張に現代性なるものを持たさうとする、安易で不遜な詩作態度が、いはゆる詩のつまらなさを招来せしめたのではないか。それは詩のエゴイズムに他ならぬ。そこでは「女」は虚空に抹殺されてしまひ、女――ものの真実に結びつき得ないのだ。だから「ひからびた女」といふ言葉は、ひからびた女を直指し、リアライズしてゐるのではなくなってしまふのだ。そこでは言葉とものとが離ればなれに分裂して、従って詩は解体してしまふのだ。

詩が存在の直接的な証言であるならば、詩は証言であるために恒に見ることを意志しなければならないのではないか。ものを見ることである。単純に――しかしそれは決して単純ではないのだが――直視することである。抽象も幻想もここらの出発なしでは在りえないだらう。そして詩がものを見るといふことは、実はものと言葉とか邂逅するといふことである。リアリティとはさうしたことであらう。――かうして詩はものと言葉とを再び離れることのないやうに結びつける努力をもたねばならないのではあるまいか。

現代詩とマス・メディアについて

木村嘉長

現代詩がマス・メディアにどう結合するかという問題は、今日詩人にとって、見過ごしてしまうことのできない問題である。

現代詩が同人誌の活字の世界から解放されて、マス・メディアに結びつくことを、軽視するものがあるけれど、これは詩を狭まい活字の呪縛の中にとじこめておこうする従来の慣習にわざわいされているある種の見解であると思う。

詩が、巨大化し、企業拡大化するマス・メディアに接触するのをいかにも堕落するように思っているものがあるのも、その原因のひとつであろう。マス・メディアが巨大化し、企業拡大化することが、表現の自由を要求する抵抗力を弱めることはあり得る。しかし、それがすべてではない。

現代詩は、逆にマス・メディアに接触することによって、現代詩の表現をさらに大衆の中へもちこめるひとつの手段となるのではないだろうか。

詩が孤高であることを、私はとがめようとするものではない。けれどもマス・メディアに結びつくことが詩の低俗化を進めることであるというある種の見解を、私は承認したくない。

詩を、とくに現代詩と呼ぶ以上、詩における現代の意義をどこで強調しなければならないかという疑問がおこってくるのは当然のことである。

この疑問を解くために、詩人は、あらゆる方向から自由な表現を求めぬいて現代詩を定義づけようと必死になっている。私がこゝで必死になっているという言葉を使っても決して誇張にはならないと私は信じている。

すなわち、詩がどうしたら大衆の中に入りこめるかという問題が、詩の表現における大衆性の問題とともに、いつも詩人から離れられない課題になっているからである。

今日の詩人が、詩を現代詩と呼びたい理由が、つねにそういう形で胚胎しているのである。

詩が大衆の中に入るには、マス・メディアに結合して、人口の大きな部分に到着するのが一番早道ではあるが、詩の表現における大衆性をぬきにしても、マス・メディアの力を以てすれば詩と大衆がたゞちに結びつくことと断定することも単純な見解に過ぎないであろう。

やはり、詩の表現における自由それが大衆性に結合しなければ、マス・メディアにおける現代詩の価値というものは減少してしまうであろう。

従来の詩人がマス・メディアと詩の結合を回避したのも、詩の表現の自由を、詩人個人の領域から大衆性にまでもちこめなかった理由にあるのではなかろうか。詩人が三角形の頂点にたち、大衆が底辺にあるような詩人のエリート意識からは、大衆性は生れないし現代詩が生れるものではない。また、そうした詩人がマス・メディアを軽視したがる孤独意識は、従来の美学で理解しえても、今日の詩学では到底考えられない。従って、現代詩とマス・メディアが、どんな形で、どんな角度で結びつくのが正しいかという問題が提起されてくるのである。

　パリは演劇の本場である。

　そのパリでアンチ・テアトルの代表作が連続公演され、しかも、それらの前衛劇が一部の観客のものであった時代は、とうの昔過ぎて、フランス演劇として、大衆の中に浸透していることを思えば、詩と演劇がことなるジャンルであっても、大衆への参加のしかたが理解できるであろう。

　イオネスコの不条理劇が、一種の夢幻劇として演出されたことを思えば、日本の詩劇なども、もっと詩の角度の上から研究をつづけなければならない問題ではないだろうか。

　現代詩が、現代の詩であるためには、それは事実を書けばいいからではない。詩人の想像が事実の尻をたたいて、前へ前へ駆りたてるものでなければならない。現代詩とはそうした性格のものである。

　詩の表現における想像の自由こそ、詩を個人のものから大衆性へときはなすものでなくてなんであろう。

　なんらの想像なき詩、それらの詩の表現は、現実の部屋から一歩も外へ踏みだそうとはしないみじめな現代詩で終るであろう。

　そうした現代詩が、マス・メディアに結びついたとしても、それは永い生命をもつことはできないと思う。

　大衆は低俗であるかもしれない。しかしそれは片面の方である。もうひとつの片面の方に無害の批判がある。その批判が行動となるとき、それは未来へのとどろきにまで発展する可能性がある。現代詩とは、それにこたえ得るものを内包していなければならない。それだけに、今は詩と散文の限界を明確にすべきときであると思う。今の大衆は強く詩を求めている。マス・メディアの側も、ドラマでなく詩を求めている。詩に、かわいているからである。

　しかし、それを理解していない詩人がいる。極めて散文的に、大衆とつながろうとし、極めて散文的にマス・メディアを利用しようとしている。

　そこには、詩人の片鱗さえも見えなくなってしまう。

　詩人は詩を見せるべきである。それ以外の行動参加は、詩と散文を混同する領域である。詩人に期待するものは、詩である。他のなにものでもない。この苛烈な使命を忘れている詩人を、はたして詩人と称していいのであろうか。

　詩人とは詩によって生起するものである。最近読んだ詩誌の中で、私をよろこばせてくれる評論があったので、こゝにその一部を引用して見よう。「湾」11号のヘンリー・トリースのディラン・トマス論（菅沼慶一氏訳）で、……トマスの関心は「誕生・性交を経て、死に至る人間」にあった。人生は限られている。それを越えることのできるもの——それは想像であり、空想である、と紹介されてある。

　また、「白亜紀」18号で、星野徹氏の「詩・政治・祭祀」という評論で、……行動が創造のエネルギーへ転化できない詩人は、行動のエネルギーを発生せしめた状況に対して、認識が不十分であるからた。想像に参加しないで、現実に参加することは詩人の放棄である。

詩人は、その想像力を駆って、あらゆる時空をくぐり抜け、あらゆる事件に参加しあらゆる事物の内部に棲むことのできるプロティウスでなければならない。……と書いていたが、興味ある主張である。

こうして書いてくると、現代詩の問題はまことにけわしく、そしてマス・メディアとの関係を解明してゆくと、またいろいろの問題が生れてくる。

しかし、現代詩を書く以上、これらの問題から遊離することはできない筈である。

詩の見える窓から

藤富保男

□ 自己だけを見つめる。自己だけで退屈だが、その他はそれ以上に退屈である。そして絶対に退屈に慣れない。

□ おどろいた時は、まずおどろきの声以上の声を意識的に発射すること。そして真実の自分の心は路の葉が茂る淡い緑の裏庭のように何んでもない状態であることに気付くように最大の努力をすること。

□ 今かりに壁の上に一枚のよごれた風景画がある。そのなかに水車小舎のような、キツネの飼育場のような、全く不明の没落した家屋がある、とする。その脇に背をむけた農夫がいるが、急にこちらを振りかえったと思ったとたんに、その人がラッパがなるような咳をした、とする。

□ ぼくは、自分の詩を陽性だと思っている。別に強く意識したことはないけれど、暗胆とした世界を暗く書き、渋い形而上学という哲学で美しく書くことよりも、快活なオトシバナシや、魔術会の魔術師のように気軽で天才的で、少しあか抜けて書くことの方が好きである。怒り心頭に満ちて保守政治の悪口を野良犬のようにわめくのは、どうしても性に合わないのである。そうなのである。

□ 鸚鵡

熱烈で敬虔な、そして一方交通の話法。

再現的で、あまりにも意識的なコロケイション。

詩は非常にしばしばこれである。

□ シュールレアリズムを理解しようとすることは、そのソフィステイケイションの行為の実際性、とその爆漿的な外観を感受することである。

□ ぼくはぼくが嫌いである。

□ 絵を描こうと思って、もう五年間位、何も描くものが見付からないのである。対象を探さずに内的自我を絵にすればよいではないか、と考える人があるかも知れないが、それもすでに対象である。全くどうも表現として描いてみたい気がしない。最近は、それでももう花がなくなってしまって蒼い茎だけが数本高くのびて葉をつけている秋のあじさいを見ていると、全然使用していない油絵の古い箱を出してみたい気もしだした。少し精神の波がナギになったようでもある。

□ おどろいた時に詩があるのではなく、何故それにおどろくか、という時に詩がある。現実の裏に詩がかくれているのであって、その裏をあらわすということは、それ自体ほとんど呂律がまわらない程ポエティカルなものである。

□ A ぼくは何故しばらく歩いていたのだが

B　何を求めようとしていたのだが
C　ぼくがずっと雨が降っている
AとBから、最後の〈が〉をとったり、Cの〈ぼくが〉を〈ぼくに〉にしないこと。言語の曖昧な構成による玄妙な味覚。

□　生きて行く上で、ぼくは保護色の人間である。こわい人から見えないように、妥協してくる人には、知らん顔をするために変貌の妙を呈するのである。雨蛙とか、季節によって変色する雷鳥などは、すべての純粋をすい上げ現実の土着性を反転させる意味では全くおそろしい孤客である。そしてそれで終っていい。

□　細い女と二人で眼鏡をかけて、長い間坐ってだまっていた。話は何もないのだがその人といると、心の中の詩の生る木、時に詩の鳴る木が垂直に針金のように尖ってくるのである。庭には太陽をはさんだ雲が乱雑に走って淫らである。ある永遠の間、この人と全く秘密的でありたい。それは美しいトゲのある花の丘にいるように、ぼくを苦しませて、それでいて愉楽を与えるのである。以上。

□　自己を失なうことの自信。

□　性能のよい写真機をまず持たねばいけない。その後それの扱い方の神経のあり方一つでノイエ・ザハリヒカイトの誠実さが生れてくるのである。よい写真機を買うために高価な金を支払わねばならないのは当然である。詩を書く者は、高い値段を支払って言語を買わなくてはならないのも当然である。高価な言語は操作の仕方によってますます光沢を放ち滑らかさを誇るようになる、そして慣用句などという見えない規定にしばられている言語の枠から、鳩のように飛立って行くことすらある。

□　無言のひばりでありたい。ただ紫色の影を薄明りの中にのこして行くだけの、それだけの沈黙の、無言葉の行為の溌剌とした美でありたい。

□　経験することは経験されているという一つの証明。

ちぢれた毛をしたジャマイカのジンジャー作りの男が、非常にちぢれた唾液を四階のロビーの窓から吐いている風景を、こちらのテイブルの上で重いタイプライタアのような恰好で腰をおろして眺めている一瞬を、前述のジャマイカの男が片目だけをつぶって一ぺつしていた。Alas!

□　肯定と否定の蝟集。そして少し肯定する反感。少し否定する賛意。

そうだ。貝殻が自己を守る本能に近い。ぼくは貝の身である自己にあき、殻である自己にもあき、時々身を愛し、殻を誇る自己に安心する。

□　背中がかゆいのは女性に多いらしく、背中をかいてもらう理由で結婚する女がいる、そうだ。これはどちらかというと、けたたましい詩の何かをふくんでいる。

生きていることは一つの趣味であることの証明である。

□　背中がかゆいが、どうすることもできないでいる。どうにかしようとして非力。どうにもならない淋しい無駄な人間の力。その焦燥感は時間が皺をきざむにつれて心地よいものになる。すなわち、仕方ない苦しさとマゾヒズムに自己を浸す以外なくなる。詩はこんな苦痛と、レストレスな気分と傷ましい喜びのうちに生れるのである。

□　もっとも退屈な場を永続させること。そして何んでもないこと。もっとも緊張の場を永続させること。そして何んでもないこと。〈構成〉とはこのような焦燥の美でありたい。

感想・散文詩

——千田光と祝算之介——

粒来哲蔵

現在日々吾々の目に触れる夥しい詩の洪水の中で、散文詩の占める量は以前と較べ確かに増加してきたが、それは行ワケの詩に対する散文形の詩という形態そのものの本質と、世紀病的な意識の飽くない無渋滞からくることばの記述性の効率とが、無制限にかえりみられた結果を意味するものであるだろう。

〈詩と詩論〉前後の北川冬彦らの新散文詩運動が、最も単純な形で行ワケ詩に対する抵抗として「詩の散文形——」をうち出したとき、その企図が〈従来の詩は行ワケする事によって一応詩らしい外貌を具えているが、その外貌をとりはずしてみるとポエジーが無い場合が少なくない。むしろそうした形式を無にする散文形で詩を書く、そのことによって詩の純化を図る〉（創元文庫日本現代詩集六）というものだけであったならば、運動の内面から形態への新たな疑義は容易に生まれてきたに違いない。やがて文中の行ワケの詩と散文形とを詩人自身の手で逆に置きかえることによってなおこの文を万能にした皮肉な現実が、彼らを見舞うことになるが、それは恐らく形態への肯否に先行するもう一つの問題が、彼らの内部で未熟であった為だろう。散文詩の詩人たちは、菱山修三や安西冬衛らをのぞいて易々と行ワケ詩の形態に立ち戻っていったのだ。無論それに目くじらをたてている訳ではないが、この期の詩人たちの散文詩の多くが手易く行ワケ詩にたち帰る必然が作品それ自体の中にこそ含まれていたのだともおもわれるが。千田光の作品は明らかにこの期の詩人たちのポエジーからはみ出していた。それは菱山修三の初期の作品がそうである以上に〈論理的〉であり、その為に一層巧緻な外装と、破裂し易い内部構造とを見せていた。彼の十篇たらずの作品は、何れも人間の虚無のドラマを内蔵するが、ドラマの起点に彼が立つと、彼の幾らか前かがみの姿勢は一気にドラマの終結部に向かって倒れかかる。従って作品の完璧性は、彼が詩の最終行に指示した句点でそのまま詩の一切が終了し完結するといった形態上の完全さにもつらなっていた。こことでは作品の終るところで、作者も読者も共々完ることを強いられるので、影のように尾を曳く情緒性といったものは見出すことができなかった。

失脚

私は、私の想像を二乗したような深い溝渠の淵に立っていた。溝渠の上には、溝渠から噴きあがったような雲が夕焼を映して蟠っていた。

不意に人のけはいがしたので雲から目を落すと、そこに一人の少年が私と同じような姿勢で、雲から目を落して私を発見した。彼は自分の油断を狙われて了ったかのように溝渠の半面へ遠ざかりはじめた。それは突然、鏡面から遠ざかる私自身でもあるかのように、少年の一挙一動は私のいらだたしいままに動いた。一体この溝渠の底に何があるのか、私は知らない。次の瞬間、少年は四つん這いになると溝渠の周囲をぐるぐる廻りはじめた。ぐるぐる廻っているうちに、いつか得体の知れない数人の男が加わった。然し溝渠の底は依然として暗く何物もみとめられなかった。（前半）

ここにはだらけた修辞がない。あるのは幾つかの同心円につながれた犬のような〈私〉の存在の不安の貌々だ。中心は溝渠にあるが、これは前半の時点ではまさしく静止していて動かない。けれども溝渠をとりまく小道具がせせこましく回転するにつれて〈私〉の位置は一層不安になり、〈私〉を中心とした小円はその軌跡に小道具を配置しながら猛烈に溝渠の縁の円周上を旋回する。従って囲周するものの速度は逆に溝渠そのものの虚無の冷やかさを増してくる仕掛けなのだ。構図の正確さは随所に見られる。小道具の少年の位置は、溝渠から〈私〉までの距離の逆さまとして一ミリの狂いもなく存在する、そしてこの前面の全体をしめる静かさは、次ぎの後半部の逆さまとして意識的に（手工芸的に）つくられたものであることも知らされるのだ。

——突然、それら数人の男が、一斉に顔をあげた。驚いたことには、それらが各々みんな時代のついた、私の顔ばかりであった。私の顔はなんともいえない不愉快な犬のように、私の命令を求めていた。気がついてみると、その顔々の間で、私は四つん這いになって、駄馬のように興奮しながら、なんにもない溝渠の周囲をぐるぐる這い廻っていた。

この作品は千田光の密室を単的に表わしている。虚無の錬金術士は、存在の不安をるつぼにして、些かうす気味の悪い、それでいて覗かずにはいられない、誘われたら断わりきれないあやとりあそびに耽っていたのだ。彼の指にかけられた蜘蛛の糸のように正確緻密な距離と時間のからくりをもはや数学と呼称しても差仕えあるまい。けれども動かない虚無そのもののまわりをへめぐる彼や私の有限性は、この作品の中では何と破滅し易いように動かされていることか。こゝには行ワケ詩の空間依存が無い。従って在ることは表わされたこと、つまりことばのイメージの規矩するところから出ることはなく、ひとはその中に首を突込んでみるだけでよい。見えた風景が散文詩のそれであって、千田光の拽きずるものを追いかけてみ、足で踏んで確かめるだけで一切は片がつく。

千田光を最も徹底した散文詩の詩人として考えるとき、彼の完璧な詩形の生成史を知りたくもなるが、数の少ない作品を前にしては、彼の出現はつねに詩形の完全さと同じくしていたと見るほかはないが戦後散文詩の詩人としての祝算之介の出現をみたとき、それは千田の、不条理な内質をもちながら極めて条理的な形態をもった作品の系譜に存在せず、むしろ千田が自身のアノニムな歴史の中で、恐らくはつき進めたのであろう一つの発端に祝がおり、千田の道程、千田の終末（完成）をさえも祝が直接舌で確かめながら書き進んでいく、つまり∧もう一人の千田∨と見做したものである。勿論祝自身の意図したものではあるまい。彼の詩形はどうやら生理的な、肉体的な必然性をもったものとして培われたらしいし内質的に速口な、それでいて気弱な祝には、この詩形をとるより他に諜りまくる方法が無かったとみるのが正しいのではないか。その意味では彼の人間が一種の重々しいものへの反逆者としての面を持ち合わせており、それが対外的交渉や、接触の成否によって次第に焦立った形の散文形をとることになったのだと考えこみたいと思う。

――ところで祝の第一詩集「竜」以前の作品は、一時は収録を外されながら、やがて作者の吃りがちな愛惜の弁とともに一九四八年八月刊行の詩集「面」の一部を成したのだが、それには戦時中の作品も含まれていた。これらは祝の散文詩の原初的な形態をよく伝えている。

呟き

病人のにおい。河が花びらをのせて、門前をとおりかかる。もうなにもいらない、なにもいらないと、半身はくさり果てた川べりの杭がつぶやいている。

作品としては特別に感心できるというものではないが、一つの情緒性への傾きは看取でき、この作品が、それ以前の彼の朔太郎的リリシスムから彼本来のリアリスムに次第に転換する過渡期を成していたのだとも見られよう。何故なら一九四六年八月刊の第一詩集「竜」には明らかに∧呟き∨と同時期の作品がみられるが、これらは決定的ではないにせよ祝の独自性が散文形の詩として既に定着しつつあるのをみるからである。

就中作品∧神話∨は詩集「竜」のうち私の最も好むものだが、現実否定のエスプリの中に、千田が出発から終焉まで宿命のように持ち歩いたアレゴリーの問題が生まれてきている事にも注目したい。もはや散文詩の宿命といった形で、祝は千田の∧溝渠∨を足下にみねばならず、それを意識するが故の、形態の多様な転換が約束されてくるのだ。寓話詩即ち散文形の詩の中で、祝の∧十億年も待っている∨もの――。これを祝は「竜」のあとがきで一本気にかく。

――詩篇「亀」ほか十四篇は敗戦後復員してから今日までの私の生活史を形造っている。私はこれらの生活の上に今後の私の生活を積み重ねなければならぬことをいっそう肝に銘じようが為であり（制作順配列をしたのは）更にまたぬきさしならぬこれらの生活の流れを凝視し、これからの私の、流れてやまぬ生活の中に受胎したものを、その生きぬく道程に於て模索することに努めようがためであっ

て……（後略）

彼の語りを真正面に受けとると、彼の意図は一つのリアリスムにあることがわかるが、形式上の象徴主義は彼の実内面とどのように許し合っていくのか、いがみあっていくのか。

第二詩集「島」の作品も「竜」にすぐに続いて断続がない。主として一九四六年の作品だが、四五年の作品も指摘出来る。四七年三月と日付のあるそのあとがきで、彼のリアリスムは一層熱っぽくなりバーバリスムのにおいも発散させるが、作品〈島〉は〈神話〉の残像をうつしながら逆に冷たく静まりかえる。祝は千田と逆方向に歩むことを意図しながら、次第に溝渠のふかみにはまりこむのだ。

島

昼と夜とのあいだを、しけをくらって、島は水に洗われている／代赭にもりあがったところは、いっそうたたきのばされ、緑に色わけされたところが、そのあわいを縫って、いっそう色濃く、あざやかに押しながされている／ばらばらに揉みほぐされた人と人とが、それらの地図のなかで、しばらくの間も揺れている、揺れている／（私は知らない。私はなんにも知らない。）／日がかあっと照りつけると、そこはかとなくけむりがただよい、赤や黄や青の気泡に島はおおいつつまれ人はアスパラカスのようにふるえる。そしてさんさんと降る意識の流れの中に、人が人を倒している。ふみにじっている／人の呻きが、島のそとにもうちにもはみこぼれている。水に洗われた人が、よろよろと、また島のふちからひきずりこまれる／（人よ、思いわずらわぬがよい）／私は手をあげて、次第に遠ざかりつつ、しばらくは妖精の物語を降らせよう。

（一九四六年十月）

この集の後書で、彼は詩人論を次のようにかく。

——詩人は観念の世界に抽象された現実らしきものの中にのみ自己の生きる場所をあまりに多く持ち過ぎたようだ。それこそ正に「社会からはみ出してゆかねばならぬ宿命を担った暗い青春を造型」するものであり「その孤独は、魂、独りいることによってのみ高貴である精神」に生きる残骸でしかなく……（中略）今日の詩人に課せられた使命は、まさに実際の人間として生きる事に最上の悲願をかけるべきだろう——と。

果たしてこの勢ましいかけ声は真実彼のものだろうか。否祝の作品とこれと如何なる繋りをもつものなのか。作品の〈私〉は島と人から距離を保って、いつか離れたり近づいてみたりしている。ここには人間観照の象徴的な意味さえ受けとれるが、祝のリアリスムはこれをいさぎよしとすまい。ということは、この時期に到って漸く作品と彼との離反があらわになっていく種々の徴候が見られ出す。この〈島〉の制作から約一ケ年に亘って彼にはこれといった作品がない。量的には生産されたが、その殆んどが〈島〉に続いてこれを凌駕するに至らず、作品〈河〉をうんで彼はあとがきに——詩集「河」で私は〈河〉という作品形成をねらってついつい派生的にこれら収めた作品のようなものを書いてしまった。私には〈河〉一篇だけでよかった——と書かねばならぬ。千田はこの地点で冷悧な計算から一気にサンボリスムにとびこんでいき、そこから逆にリアリスムを呼び戻してみたとすれば、祝は時間的な、どちらつかずの従って苦渋の多い位相から〈河〉をみていたのであった。

河

屋根だけが浮かんでいる。ぽっかりぽっかり流れてくる。洪水あとの、くそもみそもいっしょくたになった河／だれのせいでもない。人びとはみんな逃げてしまったあとだ。家財道具がながれてくる。丸太ん棒の上に、にわとりが居心地わるそうにとまっている。べな土色に濁った水は、はげしくとぐろを巻いている。そのところから、にわとりの姿はあっという間にかくれてしまった。空ばかりが青い。へんにむしむししてくる。逃げおくれた人が多かった。ごうごうと河のながれだけが、あたりを制圧している。もうかえるまい。けっしてもうかえるまい。とりかえしのつかないほど途方もなくひろがってしまった河。／なにもかも始めからやり直しだ。氾濫がおさまって、また昔どおりにたちかえってから、などといったところではじまらない。しばらくこのまま水びたしになっていれば、またちがった世界がうまれてこないともかぎるまい。

さて、祝の技術的な完成は詩集「風」に来た。この詩集に於て彼のリアリスムは殆んど彼の薬籠中のものとなったが、それだけに詩的風景は平穏であり過ぎた。祝の触手の届く範囲に素材は恰く行き亘っており、彼は単にある種の接着剤の役目を担うのがオチであったとさえ極言出来よう。事実作品の完成度は高かったが、彼のモノローグは依然としてモノローグであり過ぎて而もなお彼が芯からダイアローグを希求している事は明白であったのだ。つまり散文詩が散文の形の詩であるという為に、行ワケ詩以上に峻厳に散文と区別されるべきものが、彼の場合最も後退した形で、所謂散文的でない主題を追求する事に於て辛うじて詩であろうとする程度に留まったと言い得るかも知れぬ。

火の国　　一九四七年十月

泥でかためた山々。山なみは国中にひろがっている。昔も今もあまり変っていない。あっちこっちの山のうしろかたで、火をたいているらしい。泥のはげた隙間から、真赤な火の手が、どどどっと噴きあげている。なにしろ火を粗末にする国なので、こうして夜になって、三歳の童女までもものかげで、火をくわえて、妙なしなをつくっている。

詩集〈火の国〉の巧みな詩構成ののち、彼は――他人というものを知ることを手始めとして進んで人間と人間との関係にまで導かれていく道程で、つねに二元的なものにつきあたり苦しまねばならなかった――と言い、従って技巧的な、手慣れたミクロコスモスの造型でもあり得る「風」の世界から――「風」を書き終った瞬間から私は『面』を書かねばならないと思った――という決意を併せて、彼の新たな出発が期待出来たのであった。

一九四八年五月刊行の詩集「面」は総ゆる意味から数多くの問題を孕んでいた。それは若しかすると祝の終末であり然も発端となるかも知れぬ。そこには彼による彼自身の疎外と、疎外されたものを反自的な自己の、或いは否定的な自己の映像として誠実に何処までも受けとっていかねばならない祝の苦渋が、構成の不確かさと、それによる不必要な長たらしさとなって表われていた。詩集＜面＞はその中でまさしく祝が彼自身の客観化に成功し、ひそかに対話を試みながらいつか顔を背けて了った敗北の詩調が刻みこまれた。＜面＞の構成を示すと次のようになる。

一連―ぼくときみの在る状況　二連―きみはだまってぼくの方へむかってやってきた／ぼくはたちまちきみの膝のへんから、みるみる巨人のようなきみをふり仰いだ　三連―ぼくはきみとまえからどこかで会うことにきめていたのか　それとも会いたくてはじめて会いにきたのかどっちかだった

四連―ぼくの新たな状況　五連―ぼくはきみに聞いてもらいたかった。きみからもぼくは聞いてみたかった　六連―きみはあれきりどこにもいなかった　七連―ぼくはきみのようにひらりひらりとよろけかかり人ごみをかきわけた　八連―きみははじめからどこにもいなかった。ぼくはうすうすわかってきた。きみはぼくのなかに、きみの逞しさがぼくを、二つの面の上に絶えず、ぼくはどっちつかずにころげていたのだ／ふりかえるとぼくの姿は、とおくはるかなところを、小さくいじけたなりで、ついてくるのであった。

この作品に於ての彼の息づかいは一見静謐を粧いながらその実内面にはかくされた荒々しさがあり、連と連との空間には隙間風が吹いているのであるが、問題は彼のこの試みが次後の彼の作品を殺した―つまりこの作品の生み出した自己疎外の方法を、彼の素朴なリアリスムは必ずしも容認出来ず、結局彼の自意識の袋小路で祝はモノローグとダイアローグの中間地点に於て悶絶するという意味で――これは重要な一篇であった。千田は＜失脚＞に重なる十篇程の作品で単一な主題を扱いながら文字通り水も漏らさぬ緊密な詩形の外廓を構築し、中央に強烈な自我を据えた。評家はその自我という彼の根城を彼の弱点とみることは手易かったが、城壁は攻めあぐねたのである。一方祝は＜面＞に於て自我の他にもう一つの他者を据えた。他者は無論自己の分身ではあるにせよ彼の自在な行動は、自己の軌跡をはみ出して了う事も自明のことだ。この場合尊大でしかも強力な自己が、影のような他者に対峙する事も易しいが、少くともおもしろいものではない。他者に自己と対峙させ、その迷妄な論理が、つねに最終は自己の弱点にたちかえってくるという哲学的な命題は、確かに好箇の主題ではあり得たろう。但し祝はエッセストではなかったのだ。

祝は恐らく＜面＞の発展として意識の袋小路を解析する論理を求めるところであった。一方逆に考えれば、それら自他の対立意識は、千田のもつぎりぎりの形式を与えなければ多分カフカの＜家＞または＜犬の回想＞に似た散文となっただろう。

散文詩の詩形は自ら冗慢な形になりやすく主題も流れやすい。詩形の緊迫度を喪えば勢い散文と似通った（お向こう様次第）といった曖昧さに向かうことになる。その中で生き続けていくものは、詩が本来するところの、自己中心の、或いは自己の軌跡の、修辞と論理のからみあわせだ。散文詩の記述性は、このしずかな弁の車によって曳きずられていくだろう。

執筆者住所録

木村信子 中央区佃島八 飯田方
斉藤広志 北区中里一一四 栗山方
長島三芳 横須賀市馬掘町一ノ八
水尾比呂志 藤沢市鵠沼六七一一
伊藤桂一 練馬区豊玉北一ノ一五
西垣脩 世田谷区赤堤町二ノ四一三
山下千江 大田区南千束二四五
笹原常与 足立区新田三丁目九の四 村上方
大野純 杉並区天沼一ノ二三〇 千波荘
木村嘉長 横浜市神奈川区斎藤分町三一
藤富保男 目黒区緑ケ丘二三四六
粒来哲蔵 古河市観音寺町

後記

ここに「葡萄」二十三集をお送りする。

季刊であった「葡萄」もいつか年二回発行することしか許されなくなった。それは何より経済的な問題であるが、今後年二回は何とかもちこたえていきたいと思う。

なぜなら今日のように文学が主に商品価値として云々される時代に、同人雑誌は商業雑誌ではないから、売る必要もなく、それだけに、だれに媚びる必要もないという点を、純粋に利用する雑誌を掌中に持ちたいからである。それはとりもなおさず自己のバックボーンにもなるわけである。

斎藤氏は「斎藤広志詩集」から、木村氏は雑誌「ある」から、伊藤氏は詩集「竹の思想」を縁に作品をお寄せいただいた。

粒来、大野、笹原、藤富氏は今月はエッセイを書いていただいた。山下氏には無名の歌人を掘り起していただいた。ぜひ御批評をお願い申し上げたく思う。（堀内）

1962年11月15日発行
定価 50円
編集発行人 堀内幸枝
東京都新宿区柏木2—446
千葉方 葡萄発行所

葡萄

25

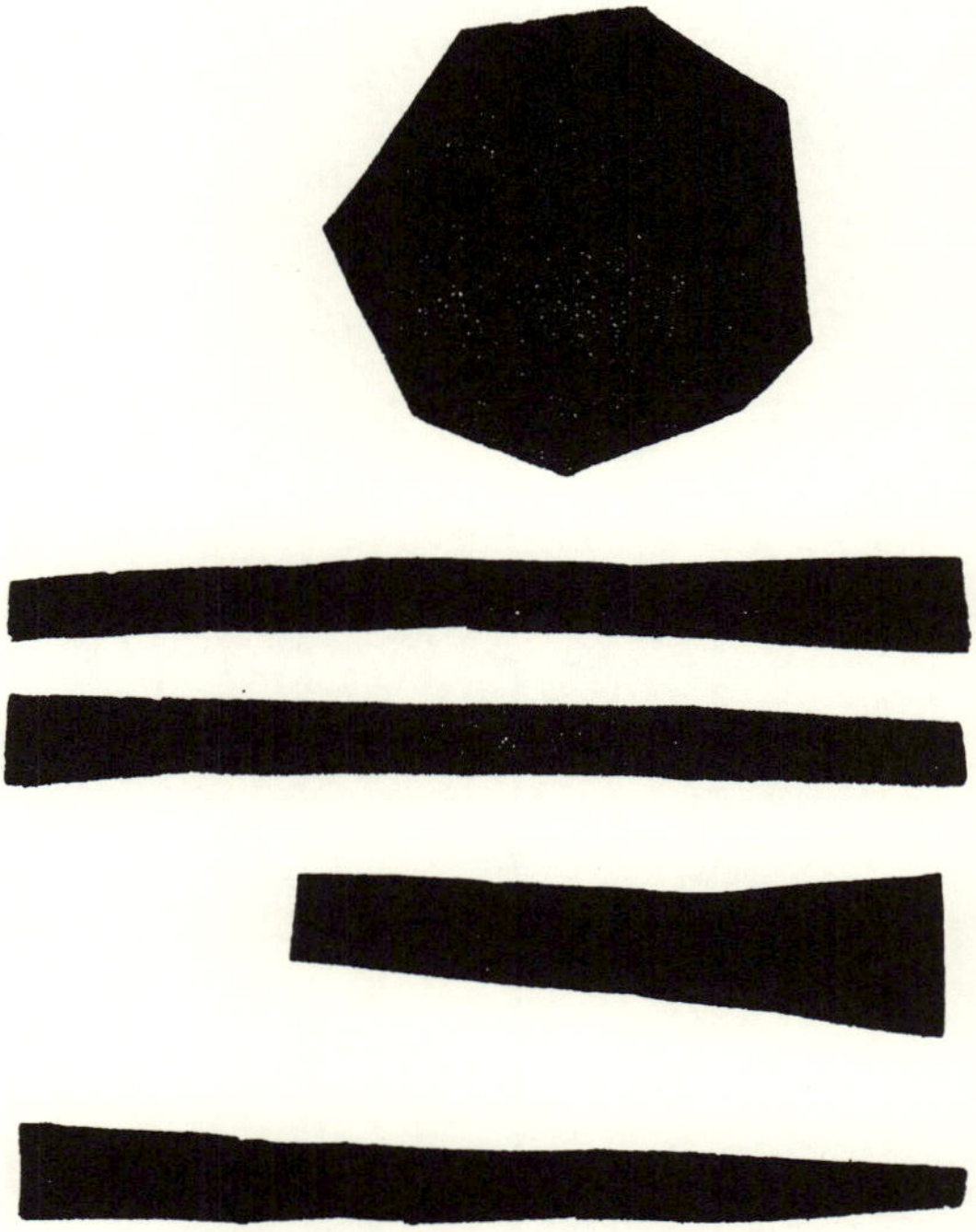

葡　萄

25

1964年6月

感想—わが反省—………三　好　豊一郎… 1
ひとつの傷へ向けて……石　原　吉　郎… 4
盲　　人…………………阿　部　弘　一… 6
春の嵐……………………斎　藤　広　志… 8
陽　　炎…………………上　野　菊　江…10
無　　題…………………中　江　俊　夫…12
日　　月…………………堀　内　幸　枝…14
春たけなわ・ふるさと…堀　内　幸　枝…16
恋　　歌…………………堀　内　幸　枝…17
或る未完成………………吉　野　　　弘…18
短かい散歩………………内　山　登美子…20
投　　身…………………畑　島　喜久生…22
小さなパブロ……………水　橋　　　晋…24
伝　　令…………………片　瀬　博　子…28
三ツの詩篇………………堀　内　幸　枝…31

感想　―わが反省―

三好豊一郎

私は昨年七月以来、丁度八ケ月間、清瀬の結核研究所に入っていたが、その間殆ど詩を読まなかった。殆どというのは、送られて来る雑誌や詩集は読んだけれど、積極的に求めて読んだわけではないから、求めて読むという点から云えば、殆ど読まなかったに等しい。自分で詩を作っていながら、読む気にならないというのはどうしたことか、こんなことで一般の人が、詩を読む気にならぬのを、とやかく云うことはできぬ。一体、自ら求めて詩集を買ったことが最近あるか。

二十年も詩を書いていると、たいていの詩が、言葉にあらわれてくる過程の、その作者の頭の仂きがわかってしまうので、たとえ一応の感銘をもって読了しても、その詩の効果の範囲を見極めてしまえば、再び手にとることもなくなる。それまでに一読から十読位の違いはあるので、十読を強要する作品なら立派なものであることは言うまでもない。

枕頭の書というからには百読をも強いるものか。尤も若いころは百読した枕頭の詩集もあったから、思うにこれはわが感受性の衰えともみることができる。なぜなら、青少年の頃は些細なことにも驚きを新たにし想像力を刺激されたが、長ずるに及んでは、より手のこんだ効果がなければ感心しないようになったからである。人工の巧みをこらしたものを面白がるようになったのである。これは私一個の傾向ではなく、現代詩の性格そのもののようで、いわば現代詩の性格が、わるい意味での専門家的すれっからしの傾向を帯びてきたためかと、愚考されるのだ。現代詩は初心を忘れたのかも知れぬ。忘れたのならまだいい。或は初めから初心を持たぬようになるかも知れない。

詩的感動の直接性を故意にねじ曲げて、紆余曲折の思考の迷路を巧む現代詩の独断的性格は、しかし、それが現代文明の錯綜、生活環境の増大する刺激過多、社会機構の複雑巨大な非人間的圧力から、必然的に結果したものだとか、その反映だとかは、言訳にもならぬし、又、直ちにそう帰決することも妥当でない。もしそれが許されるとしたら、外界に対する強靱な知性による批判とはうらはらの、巧むことそれ自体が、表現というものについての没論理の無反省、生理的な感覚刺激への素朴な反応という態度にすぎなくなってしまうだろう。

現代詩はわるい意味の専門家的すれっからしの傾向を持つ、とはいえ現代詩の表現が専門家的になって来たのは、或はそう見えるようになってきたのは、明らかに理由のあることで、それは現代というものの、様式の喪失、或は未だに発見されていないことにもとずく。いやむしろ、発見は不可能であるという自覚にもとずく。そこでは、表現を基礎づけるものは様式ではなく、個人の工夫による独創的個性的表現の世界が可能であるという予想に過ぎない。なぜなら様式とは一個人の独創的工夫によるものではなく、個人を超え、個人をそのなかにつゝみ込む生活、社会、文化、伝統などの全体を総括的に基礎づける感受性の問題に関わるものだからである。

芸術は様式の中で深まってゆくが、個人の創意工夫のみに頼るときは、表現は万華鏡的に変化し、錯雑した個々の現象として撒布されるにすぎない。こういう観点からみれば、芸術もその近代的性格はウルトラとならざるを得ない。

それゆえ私は現代詩の性格が、個人的になり専門家的に特殊化してゆくのを非難するつもりはない。ただ、独創という想像力の解放を、無秩序な自己表現へ、でたらめと放縦な自己主張へ、珍奇な曲折ある独善的表現へと、歪ませている無自覚がうかがわれるのを難じたい。これでは様式の欠除という現代詩の弱点を、積極的な利点となるよう転化させるいとぐちは発見できない。

「詩と詩論」のころ、民衆派などのだらしない口語自由詩が、行ワケ散文として非難されたが、現代詩も自由詩の詩学を持っていない現在、さして違いはないようである。民衆派の口語自由詩と異なるのは、表現上の自然発生的素朴さの代りに、珍奇な曲折的雑駁を巧んだ独善的表現があるだけである。

当然、私も今だにそこから脱却できないでいるので、若い詩人達の、青春の自己中心的思考の感傷過多、被恐迫者的自己主張、過剰な自意識を爆発させるような言語上の暴走をみても、それをやみくもに非難することはできぬし、又そこに若い情熱と思想の萠芽を見出そうと努めないわけではない。

しかし、こういう詩壇の傾向が、一般の人を納得させないのみならず詩をますます見失わせることになるだろうことを怖れるのである。なぜなら雑駁な表現過剰ともいうべき言語上のこの暴走は、言語を雑音と化して、詩としての言語の内蔵すべき沈黙の空間を成熟させないで、表面的に羅列させるにすぎないでたらめな符号と化してしまうからである。こういうところには思想の萠芽などというものはないので、自己を客観化することができないのみならず、世界を主観の中で感傷的に分解して独り芝居を演じているところには情熱の空転のみがあるばかりだから、一般の人がそこに不可解な文字の羅列しか見出さないのは当然で、私も、この異様な自己主張の嘔吐を、精神の糧とはなし得なかった。心のなぐさめとして読む気になれなかった。

ここにいう一般の人とは詩作者以外の一般読書人を指すので、こういう人達は、娯楽としてか、知識を豊かにするためか、心のなぐさめを見出すためにか、読書をするわけで、つまりはそれは生きることのために求めるわけである。感傷的な過剰表現による自己主張を押しつけられて顔をしかめるのを責めるわけにいかない。

まあそれ程でないとしても、ともかく生きるための心のなぐさめにもならぬものをどうして読みたがることがあろう。精神の糧ともならぬ文芸をどうして求めるわけがあろうと納得されるのである。

強烈な個性の表現、自我の主張には、強烈な思想の体験が裏打ちされてある筈で、単に奇妙で雑駁な感傷的独断とは異っている。

私は一年近く現代詩を読まずにいて、何の不自由も現代詩を恋うる気持も感じなかった。私も遅まきながら青春の自己陶酔から漸くさめようとしているからであろうか。私は現実の中でねむりながら生きるのでなく、眼ざめて生きねばならぬことに気付いたとき、一般の人も亦生きるべく生きていることに気付いたのである。ということは、生きることの体験の深さを語ったは或は語ろうとした文字こそ求むるに価するということである。尤もこの生きることの体験の深さということは、日常生活の凡庸な次元に眠りながら生きることから決して得られるものでないことは勿論である。

ひとつの傷へ向けて

石原吉郎

鉄の癒さぬものは
火をもって癒す

ヒポクラテス

こいつがうずくとき
うずきやまぬとき
ばら色の旗をおしたてては
未明へ立ち去る
明確な一隊がある
こいつがうずくとき
うずきやまぬとき

夜よりも深く泥濘をふんで
声もなく還る
むざんな一隊がある
麦となり襲撃となる五月
ひとえぐりの傷へ
ひとつの海をかたむけて
癒えうるものは
すこやかに癒えしめよ
てのひらを引く潮
呼吸《いき》へ満ちる月
ひとつの傷口へ向けて
灯《ひ》のともる深夜の町となり
ひとつの岬へ向けて
水尾《みを》を引く安堵となり
癒えうるものは
かならず癒えしめよ

盲人

――雨――

阿部弘一

私の聴覚をぬらし
悲しみのかたちをとかす
しぶきの世界

盲目であることを超えて
それを　外部に私が待つとき
逆に
私の内部
私の盲目の深部に
もっと深い深部をふとひろげる
他の　ひとつの
盲目の

世界

いま　私は見失ったのだ
そこに降りこめられていた
なつかしいものたちを
私をさそうイメージのように遠くあらわれけむっていた
橋や樹や犬のすがたを
そしてなによりも
私の内部に誰も行きつくことがなくはてしなくひろがっていた雨の曠野を
ふとはげしくなったそのしぶきの中に

それらを追って
ああ　私も
どのように走り出せばよいのか
私の遠い内部から
いま私のまぶたのすぐ内側に迫ってきたはげしい雨の中に
私も
どのように身を投げればよいのか

春の嵐

斎藤広志

芝生に据えられた岩には
古い水流や風の音が彫られていて
もう岩のようには見えない

彼は岩ではなかったらしい
風が通った跡という作品
水が流れる音がきこえる
断層があり爬虫類や人類の歴史が破壊された
いさぎよく傷ついた運命
埋没された有の忘却　今はその周辺に

そこはかとない存在の無の遊泳
流れやらぬうつし世が渦巻いた時間の垂心

この一点にしがみついた妄執の
その重さの故にただ一つ常にとどまり
しずかにうつろいゆくもののなかにうつろいゆきし幻影

岩があって
岩が見えない

またひとしきり芝生を漂う桜花のまぼろし

〈駒込六義園にて〉

陽炎

――狂女お柳に――

上野菊江

ハイヤーがエンジンをふかす
荷台の上から子供が粘土を放る
秋田犬とオートバイがならんできえる
三輪車がはげしくボデーを傾けてすぎる
流れがぼっくいにまきついたわらたばを押す
若者たちの口笛が赤黄の背をまるめてちいさくなる
かたわらで
牛は青い雲をみている
雲のなかに鳶が
じいっととまどっている

……ような一瞬があなたにくる
鉄の輪にかまれ血のしたたる手首の
深く縞をきざむ格子の影をあなたはみる
牧場は悪徳じゃないわ
あたしには見るかいのある夢なのよ
そうなんだお柳
そう　愛するのはわるいことではない
けれど　ねえ
自然を愛さなくってもさしつかえないのだ
と彼女のひとみを稲妻が裂き
沛然たる春雷の
再び狂気
花がめと燃えるろうそくを
交互に立てた円のなかで
彼女はあつい星を飲む
足首にもかたい鎖がまかれてある

無題

中江俊夫

僕はこの女をたべてやりたい
まるごとたべてやりたい
砂糖もかけず
火もとおさずに
生のまま　いきたままたべてやりたい

僕はこの女の首をきってやりたい
手足をもいでやりたい
乳房をとってやりたい
髪毛を抜いてやりたい
僕のものにしておきたい

僕はこの女の歌をたべてやりたい
その麦畑をたべてやりたい

その木をたべてやりたい
その菜の花をたべてやりたい
その春をたべてやりたい

僕はこの女の男を殺してやりたい
この女のなかを泳いでいる魚　ごそごそ這う虫　走る蛇　のんびりした犀
それらを追いだして
この女をいかしてやりたい
この女のなかに太陽をよびいれてやりたい

僕はこの女の霊をすうてやりたい
その雲をとらえてやりたい
その空をとらえてやりたい
その月をとらえてやりたい
その星をとらえてやりたい

僕はこの女とともにありたい
この女を守ってやりたい
この女の父をたべ　母をたべ　兄弟をたべ
僕はたべてもたべてもたべつくせないあの
神もたべてやりたい

日月

堀内幸枝

空間にまるく浮んだ日輪
あの言葉にならない孤独が
孤独をくるんで
まひる
うすぼんやりしたあれを見ると泣きたくなる
いつまでも消えない
古い日月をヒラヒラさせた
朱の輪をみると
まひるどこかへ駈出したくなる
縁側のふとんの上でポカポカ暖まって
もう一生の月日がたってしまったらと念願しつつ

人間の持ついつわりの中の真実の黒点
真実の中のいつわりの黒点
かすれたようでうすれない
まだ太陽の黒点をしいてみつめたくなっては
瞼がヒリヒリする
うすぼんやりした太陽からはみ出した風船の
ような日月に
しいて回答すれば
雑草のように生れて
戦争に出会って
雪深い貧村に飢えて
愛をなくして
からっぽになって
月と日が廻って
幾年たったかそのあと
忘れた

春たけなわ・ふるさと

堀内幸枝

どこまで行っても麦畝がしま目のように続いて
長い春の麦畝をつたわって何がどう逃げてしまったのか
それから先は言わない
去ったものについては
朝日が出ても虹がかかっても蛙がとび出しても
麦畝は横を向いてしまっている
それだけではない
麦畝が童話のようにおもしろく曲って明るいけど
この景色は写真のように軽いな
それは桃の花や菜の花やげんげが村の古い藁屋根をかくして
野道にも山にも咲きこぼれているからかもしれない
犬ころがコロコロと麦畝の間を通っている
ほら　豚の尾っぽが菜の花をふりこぼしている
それだけではない
それは一枚の絵のようだが――観念ではない
ともかく　しばらく　私を少量しか泣かせないように
田圃道の先にまるい石がピリオドのように落ちていて
私はそこで一度立ちどまって
私がここを歩いているということも
忘れてしまっている田圃道よ
　こんにちは――この田圃道よ。

恋歌

堀内幸枝

あなたに出会うとそのたび、わたしは棒くいになる。わたしはわたしの心の内を見透かされまいと、懸命にこらえていなければならないので、すぐ近くにいる犬やニワトリの中にかくれんぼして、やっとワンとかコココとか、おどけた話しでつじつまを合わせて、うまくあなたと話し終える。それも度重なるうち、実は疲れ過ぎ、またたくまにわたしの胃の九部どおり夏みかんのすっぱさがたまって、いやでも話していられなくなり、別れる時になる。でも最初あなたの眼の奥を見てしまうと、うまくかくれんぼ出来ないで、わたしは棒くいのまま、心から溢れてくる涙をそのまま頬につたわらせて妬ましくネコやニワトリを横目で眺めていなければならない。がそれにもまして、ふざけ方があまり堂に入り過ぎて、ほんもののネコのようにニワトリのようになってしまった時もっと深い涙になるわたし、私達の愛は動物よりあわれで、それがまたどのようにあわれであるか、ないか、わかったようで、わからないで、なにがなんだか、そのあたりで、まだ涙が出たりして……。

或る未完成

——ピアノおさらい会で

吉野弘

義務を果たそうとするかのよう
小さな子供はピアノの鍵に
こみいった暗符を
いそいで走らすのだった。
演奏しているスコアに
自らの感情のどの部分をからませたらいいのか
よくは呑みこめぬという面持ちで——。
しかし、一曲を弾き終え
それを聞くために集った親たちから
拍手を浴びると
頬をほころばして一礼し
いそいそと退場するのだった。

さすがに、やや年長の少年少女は

スコアに対する解釈と表現があり
彼ら自らの感情のひだに
しなやかな指が触れるのを
理解するふうだった。

彼らはやがて大人になる。
数多くの曲の中から
心にふれるものをよりわけ
それに彼らの生活をにじませることだろう。

しかし、いつの日か
彼らの好んだスコアでは
自らを支えきれないひとときが
訪れるのではなかろうか。そのとき
殆ど無意識のうちに
楽想がピアノを叩いてゆく
それはしかし完成せず
日常の物音の中で無理に中断される――
そんな姿が
年長の少女の肩のあたりに
チラと見えたりもするのだった。

短かい散歩

内山登美子

散歩の途上で私は踏み迷う
家の建ってない空地に

屋敷町の続くなかで
ここばかりは土もしっとりと濡れている
冬だというのに桃の花が咲いて
よく見ると　それは桃の花でなかったり
再び見ると桃の花であったり
知らないひとの顔であったりして

それにしても　ここは大地
わずかの空地にしても
ここには根源の所有者がいるのだ
私を誘ったのはあなただろうか
家が亡びて家が始まる

そのわずかの間の休息に
私などは必要ではないものを
それとも　あなたは
私を試めされて
散りやすい香りを満たす業
桃の花のひらひらを見せようとしたのか
ひとは軽々と罪を背負う
そのように私にも

たしかに私は見た　といえる
冬陽のなかで花がゆれて
私の肩に散りかかったのだから
だが私は何を見たのだろう
いま眼をあけて見ようとしても
私には何も見えないのだ

あなたは　いづれに賭けているのか
そして私は　どちらに賭ければよいのか
はじめに見た最後の一輪
そのおぼろげな色とかたちが
いまは　あなたの顔のように思えてくる

投身

畑島喜久生

その河を　まだ
見たこともないというのならともかく
（ついけさがたも　ぼくが
そこは通ったばかし）
ときに　ふと忘れものにきづいたりして
眼下に
おもわずその　黒い流れをみつめる
河が流れていたとき　すでにもう
橋が架っていた

記憶をめくると　それだけでもう尽きることない悔恨の
流れのまま　それは
ひとの　からだからからだへ澱み

手摺りに靠れ　やたらと
爪は伸び

もうそこから
身を投げかける人影などは見えないのだ

小さなパブロ

水橋 晋

暖かい夜をくぐりぬけるとき泣くのはいいこと。
パブロは手をばたばたさせる
誰もがそうしたように
こんにちは　パブロ
はだかの蛇をつれてお目ざめですか
おふとんかけてあげなさい
パパはクジラの足
シーツの波を滑って
パクパクパクンって海をたべる
だから夜を
やわらかい筋肉の夜を
いま一度くぐりぬけるときまで
バイバイしましょうね

朝は痛い光をつれて広がりはじめる

キョウモ　マタ
イナイイナイ　バア
誰もがそうしたように
パブロは手にいれる、涙のあとに。
花火とラクダはなんですか
ミルクです
アアとエエとオオはなんですか
ミルクです
はい　ミルク
乳房をふくむとママは
ジーンとして胸の中を川が流れ
ボートで漕げないほどたくさんの
波のかたちでおまえをつつむのです

誰もがそうしたように
パパはそうするママがそうしたように
パブロはそうする
イナイイナイ　バア。
出発のけ・ん・た・い・感
ふるいたちなさい
ダンシ、シキイをまたげばテキはシチニン。

ママやパブロは
もちろん たいへんなえーと、えーとだよ。
「いってらっしゃい」
午後おれはふしぎな電話をかけている
「その点についてですが、はあ、はい
そうではなくてですね……。」
いやいや
この電話はどこかで鳴りつづけている
あたりまえの電話にちがいない。
むこう側でおまえは
にぎりこぶしのまま送話口を叩く
たんねんに。
ラクダのミルクじゃないよ
デンシャのミルクじゃないよ

そう
チビ 泣きなさい
また夜をくぐりぬけるのだから
ふきげんになって
そしたらパブロの目の中におりていく。
背骨を通っていちばん深いところで

だまりこくっている
もうひとりのおまえを抱きあげるために。

それから
ひっぺがした夜明けの空で
おまえをくるんであげたい
誰もがそうしたように
だから
チビ　さがしなさい
小さな盲いた手で
そんなにも涼しくもえた目で
ドッシンドッシン打つ
にせのクジラの胸にそって
鼓動を
暖かい夜の出口を
イナイイナイ　バア
イナイイナイ　バア

伝令

片瀬博子

夢想の夜の灰の中に
うかび上る断念の額《ひたい》
白日の兵士よ
その鋼鉄の目は
大きな幻滅の中にひらいている
谷かげや沙漠でたちはだかる怪物と
戦かうのは彼の分ではない
彼は絶対命令のまゝに
判読できない暗号を
炎のように身内に抱いて
全てのものゝ中を駆け抜けてゆく

伝令なのだ
埃をたてながら　ぬかるみや小石や
鋪道や岩の間に汚れた軍靴がたてる
その単調な足音のリズムは
大地に伝わってくるトムトム
永遠の女のくりやの中の
火や水の音のようだ
世界はいつも未知だ
重い武装にのどをしめあげられ
彼はかたときも立ち止る事がゆるされない
彼は考えない　ただみる
目の中に流れこむ汗をすかして
もえる空のきれはし　ふるえる枝　光る鱗
それらのときめく贈与のせつなを
封印された手紙のようにしまいこむ
ひた走りながら
敵がひそんでいる白日の
森と野山の神秘なかゞやき

油断なくすゝむ彼は また
限りなく見られているものだ
灰色の顔 鉛のように重い手肢
ゆきついた部隊で任務をはたし
彼は野営をする
前線はたえず動いているようだ
明日の道のりの地図と
新たな暗号を受けとって
彼は眠りに入る
夜は売りわたされたものを
ふところに抱く
夜半 彼は忘れていた自分の名前を
よばれたようにめをさます
見栄えのしない制服の上に
遠いかゞやきがおちている
種子のように横たわる彼の体から
夜空は権威と美しさにみちてひろがる
彼のものではない夢想《ヴィジョン》が――

三ツの詩篇

堀内幸枝

病中の人間は時に食事の嗜好が変るように精神の嗜好も変っていくものだ。セザンヌの絵の強さを愛していたものが、生と死の間に立って急速にユトリロの静謐やボナールの牧歌に救いを求めていくように。

私の病中もこのような変化が起きた――林房雄が朝日新聞で、喜谷繁晴氏「象の村」に魔教的な異端の詩を見たと言ったが……（紫の煙の上は赤、赤の煙の上は黄、黄の煙の上は青、青の煙の上は白、白の煙の上は空／五色の煙のたなびく下で男が寝ている／男の下に女が寝ている／すこしばかり死斑が出て愛嬌がある）（「愛嬌」）この無頼奔放な詩は健康な魂への美の送りものであり、現代人の貪欲な精神へ向ける一段の狂想曲ともいえよう。だがショッキングな詩は一度で終る。私はむしろ病中は次の三ッの詩篇をとり出してよく読んだものだ。

川の流れを忘れしめよ　　稗田菫平

川の流れを忘れしめよ
ふりかえって川の流れを望むことはならぬ
下流の砂を見ることなく上流の石を溯り行け
夜―川は暗さに耐えて声を立てぬ
深みに凝っと身をくねらす女体のように
川を知ろうとする者は一度川に身を投げる

人は死なないその水に不安がないので
瞑目して水の流れを谷の深きに聴け
山が傾むいて転落するそのさまを見よ

岩の肋骨にはねっ返る声の森の
女体に濡れて身を変えんとする
予感の声を川の遠くに忘れしめよ。

稗田菫平氏は自らの感受性と精神の形体に最も合った音色を生活の襞から作り出している。この表朴な原始人そのものの感受性を、現代人そのものの高い音韻にくるみこむという方法は氏の長年苦心したものであろう、氏はすでに八冊の詩集を出しているというが、この格調の高さは急に至り得ることのできるものではない。

しずかな人　　天野忠

もう　年をとってしまったから
あんたは
あんなに立派すぎる空を　見てはならない
あんたは

台所で
しずくをたらす　水道の栓を
とめてはならない

もう　年をとってしまったから
あんたは
自分の低い場所で　くちぶえを吹きなさい
ゆっくり
わら屑をもやしなさい
すべる清潔な血の上で
乾いた指さきで　ふるえながら
わら屑をもやしなさい

ときたま
溜り水が　こぼれるような
うす笑いは
やめなさい

あんたは　もう　すっかり年をとってしまった

台所の水道の栓は　キッチリ
わたしがとめます。

天野忠氏も詩を流行やイズムでなく、著者の個性と不可分の状態の中でとらえている、詩集「しずかな人　しずかな部分」の中では特にこの一篇がすぐれていた。詩集というものは不思議なもので、一篇すぐれたものがあれば、それで光りを発してくるものである。今日の詩があまりひねくられているだけに、私はこの自然さの中に自分一人の鎮魂の曲を見出したのだった。

手

笹原常与

手はとっさに
虚空でためらった
それは何という理由のあることではなかった
ほんの一瞬のことだから
だがそのわずかなためらいのすきに
受けとめられなかった「物」は手からそれて
手の下の深淵へ
はてしなく落ちていった
落ちてしまった以上　手はもう
ふたたび「物」をひろいあげることは出来なかった
手はすぐに
ためらったことの誤りに気づいた
それに気づいた手は　追いかけるように
思いきりさし出してみた
「物」が落ち去ったあとの　何の手ごたえもない世界の奥へ
手はそれからしばらくの間
そのままの形で身動きもせずに
深淵をのぞく虚空に　じっとさし出されていたが

手が受けとめねばならぬ「物」は
もはや　いつまで待っても現われなかった

さし出している手自身の重みだけが
しだいに加わった
その重みは　やがて耐えがたい痛みにかわっていった

手はひっこめたがっている
それをとがめる者は誰もいなかった
初めから　手をとりまいている深い空以外
そんな手を見ている者はいなかったのだ
しかしなぜかひっこめることは出来なかった

手は手自身の痛い重みに
いつまでも耐えねばならなかった
やがて　その手をさし出させている心の方で
かすかなすすり泣きがはじまった。

この詩も笹原氏の詩集「井戸」からとったものである。現代詩の流行もテクニックも十分こころえているこの若い詩人は、その中にあって手に合わないことはしない。氏の詩はどれもこれも深々と井戸の底をのぞくように、自分の顔だけをみつめている。

私はこれ等現代のはげやすい意匠からは遠い作者の魂にぴったり合った数篇の詩を、人間との対話を拒絶した当時の私の心は、雨だれがしみこむように、受け取ったのである。

後記

さいきん出会う人から二つのことを聞かされる。このごろ小説は全くおもしろくなくなった。これから詩を真剣に書いて行きたいと。逆にこのごろの詩はちょっともおもしろくない、まだしも小説を読んだ方が救われる。

結局、今日はどちらもおもしろくない時代であろう。シャガールが「現代は感動もすなおに涙になりにくい、ただ個性のない微笑の表情をカーテンのように広げているだけだ」と言ったのは、今日のあらゆる芸術のジャンルに言えることではないだろうか。

詩がおもしろくなくなったという事の中にはマス・メディアの侵食もあろう（これは詩にとって大きな問題であるが）しかもこういう時代でもなおかつ、小説から離れて詩を読みたいという我々の心の中には、この無償の文学への素朴な願いが残されている——私はその願いだけを持って、ギッチン、バッタンでも「葡萄」を続けて行きたいと思う。

「わが感想」で三好さんも書いてるように、詩は増々巧緻をきわめているのに——的確な格調と感動を失っていくと——全く我々が詩を魅力的なものにして行こうとする意志とは、常に詩は逆の方向に向って歩んでいるようである。ここにも我々は皮肉なうすら笑いでしか見ることの出来ない今日の悲しさがある。ともかく詩に大きな窓を開けたいとは、だれしも思っていることであるが——それには作品の一段上に立つ、現代と人間の根源に向った強力な評論こそ必要なのではないだろうか。（堀内）

1964年6月発行
定価　60円
編集発行人　堀内幸枝
東京都新宿区柏木2—446
千葉方　葡萄発行所

執筆者住所録

石原 吉郎 埼玉県入間郡福岡町上野台団地八一の三〇二
阿部 弘一 東京都世田谷区羽根木町一七一四
斎藤 広志 東京都北多摩郡小平市上水本町一二八二 旭荘
上野 菊江 東京都板橋区中板橋十一
中江 俊夫 名古屋市緑区鳴子町三丁目六一の一五三七街区一五〇
三好豊一郎 八王子市横山町一〇〇
吉野 弘 東京都板橋区向原町一三一二向原住宅Cの五一三
内山登美子 東京都豊島区駒込一ノ五六中島方
畑島喜久生 東京都小金井市前原町一の六三一
水橋 晋 横須賀市秋谷五三六一
片瀬 博子 福岡市香椎御幸町一の三公務員アパート一の四五

葡萄

26

葡　萄

26

1965年9月

青いパイプ……………………稗田菫平… 2

ボロ・長談義……………………斎藤庸一… 4

ぼくのなかにもう一人いて…藤富保男… 8

村……………………………………小松郁子…11

行状記……………………………川崎　洋…14

対　話……………………………武田隆子…16

影絵の花…………………………堀内幸枝…18

風　景……………………………喜谷繁暉…21

＊

わが印象深い戦後作品

土橋治重…22

滝口雅子…24

堀内幸枝…26

那珂太郎…29

沢村光博…31

青いパイプ

稗田菫平

1

苧環《おだまき》の花を摘んで
哀しむ男の　夏のパイプ
蒼める青いパイプ　の舟がたの花弁を
雲に浮べて
寂しむ女に　苧環の花

2

栗の穂が
青白く垂れ咲く憂鬱の村

水車の朽ちて　野薔薇のしげる
みぞそばの花の虚しき
ルソーのように項垂れた
男の過ぎる
曇日の虚しき

3

苧麻《からむし》の花に
女の哀しむ
アポロの寂しむ
風の琴も虚しき　一色《ひといろ》の花の虚しき
谷水は冷たく　山蟹の子の鋏の寂しく
金水引の花の虚しく
盲目の男の肩に
アポロの哀しむ

ボロ・長談義

斎藤庸一

タロとオレのふたつの弁当が並んでいて
どちらも今朝入ってきたマーケットのチラシで包み
めずらしくジャズのひとふしをハミングしていたマコだ
昼にひらけばコロッケふたつと生姜と梅干
おなじオカズをタロもいまごろニヤニヤしているだろと
マコ礼讃のこころで帰ってきたら
タロが簞笥のかげでしゃくりあげて泣いてる
どうしたといってもロとがらしてうらめしげに見上げるばかり
見上げる目が真赤に泣きはれてよほど前から
泣いていたんだな喧嘩でもしたか
負けて泣く男の子があるものかといったら
やにわに喰いつく反論だ　お母ちゃんがぶった
暴力はいけないのにお母ちゃんがぶったんだアーン
そこへお帰んなさいもいわないマコが眼をつりあげて
オレをにらみつけながら台所から出てくる

いくらワンパクだからって先月買ったばかり
ひとつきにもならないズボンが裂けて破けて
いったいどうするんだい　このロクデナシときた
ロクデナシだか　バカであるかは知らんが
そう嚙みつきあう犬みたいな母子は情ない
オレは高い高い裁判官殿のように
ツマラヌ判決など下せるものか　だまって着がえて
久しぶりの銭湯に出かける出がけに
コラ　タロ　コイ　ミチ　オマエモ　コイ
二人ひきつれて何事なかったごとく夕暮の露地を出る
アレ　スズキサンノ　コンヤノオカズワ　イワシダナ
アレ　アノヤセイヌ　マタゴミバコアサリシテルナ
アレ　ヤヌシサンワ　マタヘボショウギ　ダナ
云わずもがなの非連続を声に出していると
タロも　ミチも　ようよう朗らかだ
アレ　ワルイクセデ　コマカイオカネ　マタワスレテキタナ
番台のねえちゃん　まごまごしているその間オレの眼は
ルネサンスのヴィナスの浴みをすまして見てる
アレ　バカニ　オンナユワ　コンデマスネ
などと　すっかりたのしくなってくるのだ　ボロをぬぐヴィナスだ
さあ　ぬげぬげ　はやくぬげ　破けたズボン

ボロのパンツもシャツも すばやくぬげ
ボロがわからぬうちにすばやくまるめて籠の中だ
アハハハハ フフフ ヘッヘッヘ
とまあそれから帰って夕飯くって子供たちが眠って
さっきから黙って不気嫌でブツブツのマコに
しかしなあ ボロはいい 全くボロってえのはいいといえば
あんたは子供にあまいからキライッと聞かぬふり
おれの田舎の母や祖母のツギのあてかたといったら
絣の着ものの破れには縞のツギ
縞のもんぺの破れには手織ツムギのはし布を
足袋のボロのサシコの美しさなんざあ
もう見たくたって見られめえ
大寒の冷えをこめる一針一針の心のこめよう
たまには居眠りも出る糸の乱れ縫い目の乱れ
いわば不器用だが身につけてあったかい
そういうボロはいいもんだ すばらしいもんだ
板きれに穴が三つあれば縄を結えて下駄になり
二つの掌と屑藁あればアシナカだって草履だって
雪ぐつに ミノに 背負いっこに
ああ あの子供たちの馬や牛の玩具だってコケシだって
人の手が人のこころがいっしんに作ったもんだ

木をくりぬけば椀となり盆となり
立て板ならべれば水ももらさぬ桶となる
いわばボロボロの貧乏がボロを見つめて生みだした
篠や竹を編めば　どうだい　カゴとザルだよ
土をねってやけば　どうだい　壺だよカメだよ
おわかりかな　最愛の妻マコよ　おみなごよと長談義
マコはポカンと口あけて　あきれはて
子供のズボンの破れがどうしてそうなって
大事なあんたがキチガイにならねばならないのと
首をかしげかしげ　していたが
もうやめましょ　たった五百円のズボンは
あしたマーケットに行けばちゃんとある
ねましょ　ねましょ　夜も更ける
椀も盆も　桶も壺もカメも
いまは　あたしのカラダに　たしかにある
土も竹も木も　藁だって麦わらだって
ここにある　ボロでない素材そのもの
ね　作ってよ　暗くして　今夜！

—「雑魚寝の家族」より—

ぼくのなかにもう一人いて

藤富保男

ぼくのなかにもう一人いて
ドアはしまっていて
まっていて
ぼくは空虚に信頼をもつことで　ぼくを支えていて
ぼくともう一人の自己たちは
ほんとうに自己たちで争っていた
美しい　は
もう一人のなかにしっかりあって
むせかえるシャトー・マルゴの香りがして
急に
これまで
じっとしていたことが
まちきれないようになって

ところが
しずかに踏む音が階段をたたいて

こちらへ聞えてきた

いとしい　は気味が悪い
発音をするのはたえられない
人の前で歌うのは完全にできない
ココア
如露
まんだらげ
飴色の雨
あれはオブジェだから
ふれると
ふとい銅の茎のようにおかしい
隠すことを持っている人は善の人だ
それから
雷の行ったり来たりの盲目
三時まで風と雨の靴音だけ

そのもう一人はまだ背中がかゆいのか
いや　これは意味ではない

ぬれているのか
これも意味から比喩にかけてではない
の
むこうで何をしているのだ

句読のために括弧と引用について
言語学はうるさい
さて　の次に
ところで
がやって来た
走りながら　の　とびながら
そして
もうどこかに　とんでもない所へ
とんでいってしまった

涙は知的なものだ
と　病気の薔薇について書いた詩人は言った

もう一人が行ってしまうと
ぼくは机と椅子だらけになって泣いたのだ
雉子のような声を発して

村　　小松郁子

I

夏の幻想　は
ビードロ細工の青い矢車草の花叢から
来る
空気には　はりがあって　息をするたびに
よろこびがある
それから
そう　なにもかもあっけらかんとし
空気が重くたるんでしまうと
本物の　夏が
太った酔っぱらいのように
息苦しい息を吐きつけながら来る
その頃
村は　物音を立てない
草や木も息を殺す
赤ん坊も生まれない
老人たちがコトッと息を断つ
それまでに生まれていた赤ん坊たちは
おなかの中でなくようになく
それは
ぴったり時間もとめてしまう

村は　眠りこけている
死者たちは咋日のまゝの顔で
あけっぴろげの家々の戸口から
影のように出たり入ったりする
こんなとき目をひらいたまゝの
ひとりの小ちゃな子供は
声を出さずに泣いているのだ
やけついて乾割れた大地の上を
蛇が
チロチロ赤い舌を出して這いまわる

Ⅱ

お墓も
空地も　草に埋まり
ぼうぼうぼうぼう
と　その上を
空が燃えている
草いきれのする土堤で
とかげに出あうと
村の子供たちの
あの長いとかげ色の夏休みが来る

がらんどうの夏休みは
葡萄園の中で
忘れ物をさがすように鬼ごっこをする
疫病で死んだり
溺れて死んだ子供たちの話が
遠い国からの不思議なしらせのように
ぽっくり口をあけたまゝ
届いて来る
この頃
村は夜だけ目をさます
冷たい空に上ってはパチンと開く氷の花　しなだれ落ちる紫の星星
町では
賑やかに　水祭が行なわれ
それは
空を拡がって
村を訪れる
夜になると　村のひとびとは
はっきりした手ざわりと
風通しの良い感じ方で
ゆっくり
自分たちの村をひきのばしたり縮めたりしはじめる

行状記

—秋子6才　菜子4才—

川崎洋

菜子　痳疹ニカカリ注射サレ機嫌悪イ
寝ナガラ祖母ニ喰ベサセテ貰ウ
祖母「ヨク噛マナキャ駄目ヨ」
菜子「スグノドヘイッチャウヨッ！」

菜子ガ来テ「手袋」ノ反対ハナンダ
トユウ
「ロクブテ」トユウト
嬉シソウニ笑ッテ父ヲ六ツブツ

父ハ猫ガ嫌イデアル
祖母モ嫌イデアル
秋子「オ父サンモオバアチャンモ死ンデカラ猫ヲ飼ウ」ト母ニユウ

夕食ノオカズガギョーザデアル
父ハギョーザ一コヲ大体二口《フタクチ》デ喰ベル
秋子「イイナオ父サンハ口ガ大キクテ」

秋子鬼ノ絵ヲ画イテイル
突然父ヲ振向キ
「鬼ニ　オッパイアル？」
「サア　アルダロ」
「フーン」

時折全ク通ジナイ会話ガ交サレル
今朝ノ秋子ガソウダ
夢ト　本ノ話ガゴチャマゼニナルラシイ
秋子「ウチニモウ一ツノオ父サンガ来タラキャベツノ中ニ捨テルトイイネ」
父　「ヘーエ　モウ一ツノオ父サンガ来ルノ？」
秋子「ウン」
父　「ジャ　オ父サーント呼ンダラ　二人ノオ父サンガ　ハーイッテ返事スルノ？」
秋子「ソシタラ　川崎ノオ父サンッテ云エバイイジャン」
葉子「川崎ヒロシサン　ダヨ」

対話

武田隆子

ひっそりとしていた　わたしのうちに
夏のある日
白いベールに花束をだいて
およめさんがきた

それから
うちのなかがピンクにそまって
植物の葉もいろが濃くなってきた

およめさんが　外から帰ってくると
のらねこが二匹　硝子戸に顔つけて
ニャオー　とよびかける

その猫がごはんを食べのこすのを
雀たちが屋根で待っている

こうしておよめさんは
まいにちなにかを生かしつづけている

牧師のまえで
誓いますといって
指にはめてもらった指輪のほかに
二人の詩人と一人の画家から贈られた指輪をもっている

一つは秋川渓谷の石を磨いたもの
一つは南の国の木をほったもの
一つは犬吠崎の海藻からつくったもの

その三つの指輪は
いつも　およめさんに何かを語っている

影絵の花

堀内幸枝

曇天の中に開く夾竹桃
バス道路に見える赤いバラ
植木鉢のシクラメン
それらもみなたしかな花の色

それがたしかな色だけに
目の奥の奥だけに清い水車が光っていた
緋桃が一輪咲いていた
どこで見たのかそれは
たしかなのは眼の奥の奥だけにある花の色

青い茅の林を背に
時には深い空を背景に
烈しい恋か深い悲しみの痕跡の上に落ちた
影のように

目の奥の奥だけに記憶している悲しい疲労の向うの花

目をつむるとそれが
たしかな記憶につながりそうで　あまりに弱い記憶のためかつなが
　らない　もどかしさのため
またしても私はその細い記憶を断切ってしまう

束の間に柔らかい記憶は風のように通り過ぎ
私はポケットに何かを捜すように手を入れる
どこかに何かが発見できるかのように
空を仰いで日の光をみる
束の間の　束の間
私は小さな道の石の上に座ってみる
その色は日光にも風にも弱く
私の目には何も見えないで
心の奥の奥の記憶の端をわずかな存在だけが通りすぎる
日光が少し強く風が少し荒いとき　私はまたしてもそれを見失い
それはどこかの光か風に殺されてしまう

求める事の出来ないその色は
墓もなく私の中で死ぬ

または私が亡びるとき
宿り木のように私の中で死ぬ

真夏の太陽は今日も庭の夾竹桃に
垣根のバラに照りつける
真夏の嵐は庭のカンナを吹きとおる

若い日わが双葉の心と人生を収縮させてしまったおまえは
一輪の花にもならず
究極は私の手にペンをにぎらせ人生の重さを知らせ
目の奥の奥だけで
一切は求めることも出来ず　私はこうして目をつぶる
愚にもつかないことのため――

小高い茅の林には今日も
また永い間　風が吹く
目の奥の奥の花は墓もなく私の中で死ぬ。

風景

喜谷繁暉

十人の首の骨二十人の足の骨三十人の腰の骨千万人の咽仏
鬼の足音の聞こえる前に何とか萩や菊になっておいて下さい
五十人の尻の肉二百人の腹の肉三千人の頬の肉
何とか水たまりや石ころになっておいて下さい
月の出る頃に太い男根ぶら下げて鬼が泣きに来ますから

わが印象深い戦後作品

寺門仁の「遊女」について

土橋治重

どうしても書きたいものがあって、それを書くことに全力をそそぎ、長い時間をかけて仕上げると、へんな味のある、そのひとでなくては書けないような詩ができてくると、私は思っているが、それをやったのが寺門仁さんの一連の「遊女」である。

かしこい人たちばかり多いので、遊女なんて古めかしいものに、長い時間をかける人などいないだろうが、古めかしいものでも、時間をかけて磨きあげると、結構新しくなり、人たちの眼を見張らせる。

彼の一連の「遊女」は、彼も同人である『風』に発表されたものだが、〃現代的怪談〃の不思議な魅力に、あっと声をあげたというようなハガキが、何通も編集を担当している私のところに、舞いこんできたのである。

たしかに、寺門さんの「遊女」は、現代的な怪談かもしれない。過去の明治、大正時代ごろの遊女を現代に生かし、民主社会における現代詩の照明をあたえた〃新五月物語〃であるかもしれないのだ。

私も、ほんとうは彼の「遊女」の読者であり、彼が原稿をもって千葉の流山から烏山の小宅にあらわれるのを、編集の都度、どのくらい待っていたことだったろうか。

最近、彼が遊女たちとともにあらわれたのは、『風』十五号に発表した「遊女忌」の原稿をもってきた時であった。

私は溜息をついた。彼の詩は長く、読むにも時間がかかり、それにぜんぜん世界が違うので、溜息をついて、からだところを、しっかりおちつけておかねばならなかった。

読者も、しんどいかもしれないが、いまからここにうつそうとする彼の遊女の詩のために、しばらくお眼をお貸し願いたいと思う。

遊女忌

浄閑寺の地下で遊女たちは
荷風忌が自分たちの祭りでもあると信じて
朝早くから忙しかった
ある遊女は霧がたちこめるので
いっそう量感に溢れた首を垂れる竹むらを
眼の前にみながら
それにも負けない豊かな高島田を
鏡に映してみた
堕胎したことのある遊女は
堕ろさなければならないとしか考えなかった昔が口惜しく
忌によって罪が許されるようにと
水子たちの蠢めいている仄暗い処へいって

手を合わせた
また胸に紫の大痣をつけられて
墓地へ送りこまれた赤子をもつ遊女は
晴れ着を着せてやりながら
その痣が消えるように願った過去を思い出していた
さまざまな遊女たちは
時間が近づくと地下から出て
荷風碑をとりまく墓石の間にずらりと立った
いよいよ忌が始まった
が　人々は遊女たちの総霊塔の方には眼もくれず
話は姿を見せない荷風のことだけで
遊女とか遊女の子とかいう言葉も
聞くことはできなかった
忌の終りになってはっきりと
人々の差別に気付いた遊女たちは
悄然と地下へ戻っていった
そして己れたちの不運を悲しんだ
そこへ荷風が遠い世界からやってきた
途中地獄の新道にはしょぼしょぼと雨が降り
草履の泥がぼんのくぼまではねあがった
彼は遊女のところにだけ来たのだった
彼の眼の前では
死んでからもなお差別された遊女たちが
悲嘆の劇を繰りひろげていた
夕闇のなかで肩を落した遊女たちは
背中合せに大きな輪を作って座わり
慰めあっては空を仰ぎ
また啜り泣いた
輪の脇に赤子を抱いた遊女が一人いて
遊女という烙印に見えるお白粉の剥げた顔を
その赤子が無心に見上げていた
それらをすべて美しいと荷風は感動した
近頃はなにひとつ自由平等でないものはなくなってしまったが
ここには己れをなまめかしく卑しめる虚ろな姿の遊女たちがい
　るのだ
遊女のひとりに
赤い眼をらんらんと光らせた蛇が
ずるずると近寄っていく
その蛇も遙かな時代からの
残酷さに輝いていた
ふいに風が吹いてきて
母遊女たちが伽羅の匂いを含ませて
水子たちを覆っておいた衣がめくれ
水子のひとりひとりのひこひこと動く胸が露わになった
その不思議さにひきつけられた蛙が
鮮烈な魅力に跳びつこうとして
身構えた
次第に夕闇が濃くなった
荷風は脂粉の重く漂う空気を
深く吸いこみ

遊女たちが身をもって描いた
それらの屏風絵を巻き納めると
言葉もかけないで
静かに地獄の新道の方へ立ち去っていった

この長い詩はここでおわった。

ふたたび私は溜息をついた。読者もつかれたろうと思う。が、やはり、不思議な魅力が、この詩の中から、煙のように立ちのぼっているのを私は感じた。

これは、長い時間をかけて、つくりあげたまがいもない寺門仁自身の詩なのである。

眼前の小成にとらわれない根性が、これを書かしたのだろう。

遊女の現代的意義などというモノサシでははかることのできない〝男〟というものの反省のとどかない心理からこの詩は水を吸いあげているようだ。

この詩が発表されてから、ややたって、アメリカにいる同人の堀場清子さんから、「アメリカにいて読んでもこの詩には凄味があるが、遊女は高島田はゆわないと思うがどうでしょうか」という意味の手紙がきた。

それでそのことを寺門さんにいうと、彼は笑っていて、なんとも答えなかった。

彼の世界の遊女は、たとえ現実はどのようであったにしても、つねに美しい高島田をゆっているのであろう。

彼の遊女の詩は、戦後もっとも私を楽しませてくれた詩の一つである。

谷川俊太郎氏のネロ

滝口雅子

ネロ　―愛された小さな犬に―

ネロ
もうじき又夏がやってくる
お前の舌
お前の目
お前の昼寝姿が
今はっきりと僕の前によみがえる
お前はたった二回程夏を知っただけだった
僕はもう十八回の夏を知っている
そして今僕は自分のや又自分のでないいろいろの夏を思い出している
メゾンラフィットの夏
淀の夏
ウイリアムスバーグ橋の夏
オランの夏
そして僕は考える
人間はいったいもう何回位の夏を知っているのだろうと
ネロ

もうじき又夏がやってくる
しかしそれはお前のいた夏ではない
又別の夏
全く別の夏なのだ

新しい夏がやってくる
そして新しいいろいろのことを僕は知ってゆく
美しいこと　みにくいこと　僕を元気づけてくれるようなこと　僕
　をかなしくするようなこと
そして僕は質問する
いったい何だろう
いったい何故だろう
いったいどうするべきなのだろうと

ネロ
お前は死んだ
誰にも知れないようにひとりで遠くへ行って
お前の声
お前の感触
お前の気持までもが
今はっきりと僕の前によみがえる

しかしネロ
もうじき又夏がやってくる
新しい無限に広い夏がやってくる
そして
僕はやっぱり歩いてゆくだろう
新しい夏をむかえ　秋をむかえ　冬をむかえ
春をむかえ　更に新しい夏を期待して
すべての新しいことを知るために
そして
すべての僕の質問に自ら答えるために

　私の好きな詩を一つ、戦後の詩のなかから選ぶように云われたとき、私は大へん狼狽してしまった。このとても簡単なことが私にはそう簡単でなかった。例えば私のつきあっている人のなかで誰が一番好きかと云われると困るように、私は困った。多くの男性のなかからただ一人の人を選ぶことが私に難かしいことであったように、私には当惑することであった。

　ひとつの詩に、あるときぴたっと吸いつけられ、いつまでも忘れない、というのはどういうことだろうか。りくつはない。ただぞっこん惚れこむばかりである。時がすぎ場所が変り、境遇が変化しても尚心にはっきりと刻まれる詩には、ただ惚れこんだからであってりくつはない。そういう惚れこみ方は現代的でないだろうか。今は電子頭脳ですべての計算がぴたっと出るという時代だが。

　戦後の詩のなかで私の気にいった詩はいくつもあった。誰々の何という詩、と十くらいは数えることができる。戦後の混迷をよくあらわした詩もあった。非常に乾いた詩もあった。それらを初めてよんだときのふるえるような心の痕跡は今でも残っている。そしてそのなかからぽっかりと浮んだのが、谷川俊太郎氏の「ネロ」であった。

どうしてか。やはり私は答えなければならないだろうか。例えばこういうふうに。今よめば何でもない素直そのもののようなこの詩が、そのナイーヴさの故に、詩そのものの一つの原型のようにあるのだ、と答えなければならないだろうか。

神西清が堀辰雄文学について語った言葉。それを私は引用する。

（いったい堀辰雄ほどに自分の創作のすみずみにまで通暁している作家は、すくなくもわが国では稀ではないだろうか。彼は決して自然発生的な抒情家ではなく、真に自覚的な詩人なのだ）

私はこの言葉を谷川俊太郎氏にあてはめて考える。その柔軟で殆ど関節の固さを感じさせない感性が、ひとりでに柔軟な批評を伴っていることについて。一人の詩人が、その感性と知性のバランスのとり方に妙を得ていることのおどろきについて。

「ネロ」は詩の原型であると同時に、谷川さんの詩の原鉱でもあると思う。のちにひろがり発展するものの要素がここに素朴な形としてある。

場所にも時代にも時間にも空間にも自己にすら制約されない一つの無垢な魂がここにある。無垢でいて、つよい魂。「死」すらもひきこむことの出来ない強靱な確固とした精神が、やさしい感じ易い少年の心のなかに既に存在している。

（いったい何だろう
いったい何故だろう）

この問いかけは、答えてくれるもののないひろがる『世界』に向って発せられる。返事をしてくれるものがないだろうと知っていて質問は、子供がふきあげるしゃぼん玉の泡のようにいくつとなくふきあがる。詩人は若くして既に知るのだ。質問に答えるのは自分自身しかないのだ、ということを。詩人は新しい経験のなかに進んで入っていこうとする姿勢をもつ。

「ネロ」という詩は谷川俊太郎氏には初期の詩であって、もっと美しく、もっと上手なもっと複雑な、もっと気にいったものがあるのはたしかだが、この「ネロ」は読んだときに私を無限にひろげた。血が他と交わるのを感じた。いまもそれに似た感じは、これをよんでなくならない。

この詩が自分と自分でないものとの見事な交流のなかに、失うことのない自己の原形をもっていることなど、私はくり返し云いながら、やはりこれは「惚れた」というにつきるのだと考えた。

わいざつな文明よ、消えてなくなれ。いま幼いけれど、一つの詩の原鉱があって、そこから発する光の線は、さまざまな世界に向いつつある、と信ずるよりどころのように、この「ネロ」は私によびかけてくる。

（一九六五・六・十五）

生気を感ずる「夕映え」

堀内幸枝

終戦と同時に私達の廻りには、その日の食べ物には飢えても、人間性開放を高く掲げた、ガリ版の詩雑誌がたくさん生まれた。それから今日まで、若い世代のファイトとエネルギーが傾けられ、さまざまな詩論・批評が交され、また詩の方法論から実験作品に至るまで、高度に高度にという勉強がされて、内容に於ても技術に於ても戦前の詩に比べたら、比べものにはならないほどの高級な作品が生まれた。

戦後こうして書き続けられた多くの詩は、二十年たった今日、時間とともにおし流され、書庫の隅に或は古本屋の店頭に（或は屑屋にまで売られると聞くが）忘れられて行くのも自然のなりゆきであろうが、その歳月の経過の後にも強靱に生き残っていくような作品はいったいどんな作品であろうかと、ふと私は興趣をそそられる時がある。

戦後私もあふれるばかりに多くの詩雑誌を読んだ。戦時下に青春を送った私には、戦争をテーマにした人間性のギリギリをついた作品にひかれたが、ここでそれ等をとり上げるには、たった一篇だけではすまされないので、後日に譲ることにして、ここでは時代の変化にも古びる事のない最も人間的なものをそのまま含んでいるような（実は私はこの作品を読んで、人間の根本は二十年たってもそんなに変るものでないものだという感慨に耽り）その感慨が最近の自分の気持をきわめて新鮮なものにしてくれたのでここにとり上げてみたい。

一齣

をんな
ゆめにもつかれました
いまさらなにが未練なのでござゐましゃう
聖母さま
　私のこの汚れた声と
　顔の赦らむ　あののぞみと
そっくり　おあづけして
なんにももう考へたうござゐませんでした
どうぞ御命令だけをお聞かせ下さい
かうして私は
あのひとに抱かれました

お祈り

あんなに楽しいことでした
誰れもおうらみはいたしませぬ
私はひとりでしのびます
どなたより私はあのかたを存じてゐます
どうぞあのかたのお名前を聞かないで下さいまし
随分はづかしいことをお教へになりました。
けれどもあのかたはいゝかたなのです
こんな可愛いゝ天使を
おなかのなかに残して下さいました
いいえ　私はみだらなをんなではござゐません
私は生きてゐたうござゐます
神さま　どうぞあなたを信じさせて下さいまし
このまゝ私をころさないで下さいまし

この作品は本年三月私の手許に送られてきた林富士馬著詩集「夕映え」の中の二篇である。私はこのページを開いて、今日、要領よくまとめられた詩を見なれている私は、人間の虚飾とプライドを捨てて率直に自然な姿と向かい合っている作者のこの心に、二十年前の作品であろうと、永遠の詩があるように思えてならない。さらにいえばここに今日、どこにも見られなくなった詩の生気を感じたのである。

この柔らかい感受性は名声への野心を持つ詩人や、すでに有名な詩人などは書くことのない部類の詩である。巷に自分の姿を深くかくして生きている詩人のその生き方と、素朴さと、真実によって書かれたものであろう。そうでなければ、特別の技術もほどこされていないこれ等の詩がこれほど深く私の心をとらえるわけがない。この詩集は現在小説の分野で仕事を続けていられる林富士馬氏の若い日の作品集である。私は詩論家でないので多くを言うよりこの詩集の序文がきわめて良いのでここに引用してみよう。

「なによりも肌怏はな、愛すべき肉体の抒情に満ちてゐることがこの詩集の生命と価値であって、もし、その肌怏はな、この詩集の生活が解らぬ人があったならば、この一冊は読まぬ方がいいと思う。時折、世の中には、抒情という心の在り方を理解しないで、いたづらに、偉丈夫の詩精神のみを愛する人もあるが、さういう人々に、この詩人の肉体と素直な生活の在り方は解るまいと考えて、自分はこのやうにこの詩集のために援護射撃をして一筆して置きたいと思う」（山岸外史）

絵画には画面という制約があり、詩には言語という制約がある事は当然の事だが、この詩に打たれるものは、不思議とその言語という仲介物を忘れさせるほど、作者の心情が祈の姿勢をとって作品全面にあふれていることである。しかも現代の詩は巧妙に書かれていながらも再度読み返す魅力に乏しいのに、この作品は読み返すたび新たな感動に引きこまれるのは、人間の原初の心情が、その真実の深さの故に、やさしい気品と香気と格調の高さを附加されているからであろう。

詩人の仕事は小説家のように職業になり得るものではなく、それだけに詩人の生き方そのものが、作品の価値にも繋がるものであるように私には思える。

こんな事を考えていると、朝日のプリズムに「今日の詩や詩論を読むには、中学一年生がシエークスピアを原文で読むようなものだ」と、あるジャーナリストが書いているが、一口に言えば今日の詩は感情の自然な把握が不足して、加工技術の要領ばかりでまとめられているからではないだろうか。

私には難解という事は、詩学の難解さにあるのではなく、文学の底を支えている感情への今日の軽視にあるように思う。自分は抽象的な作品にしろ、前衛的な作品にしろ（水流に接触しない井戸から水が出ることがないように）感情の水脈に接しない作品がどんなに加工技術が高級になっても、一向に読者の目や心を打つわけはなく、今日複雑に高度化された詩論がくり返されている中で、むしろたった一つのこの単純な事の内に、戦後難解だと言われる問題が潜んでいるように見えてならない。

この作品を読んで、岩清水に出会ったような清新さを感ずるのは、逆に今日の詩があれほど高度化されつつも無感動であることと、丁度うらはらな問題を含んでいるように思えてならないのだ。

吉原幸子さんの詩

那珂太郎

だれでもそうだろうが、ぼくもまた、いまいちばん関心をもっているのは自分自身の詩であって、「わが印象深い戦後作品」という課題を出されたときも、「印象深いわが戦後作品」の意かと感違いし、それなら近作をあげるほかあるまいと、念のため堀内さんに電話してみると、なんぞはからん、「自分にとって印像深かった人さまの戦後作品」という趣意とのことで、いささかガッカリした次第。

さてもこれは難題である。戦後二十年、おもえば遠く来たもんでぼくみたいな、動きののろい精神にとっても、さすがそこにはすくなからぬ転変があり、二十年昔のこととなれば、まるで前世のことのようにしか思い出されない。その折その折に「印象深い」いろいろの作品があったにちがいないが、その中から、一つだけをとり出すことはほとんど不可能なのである。戦後間もないころ、小林秀雄氏の編輯で「創元」という豪華な雑誌が出た、それにのった草野心平氏の、「くらぁい空だ底なしの／くらぁい道だはてのない」ではじまる、氏としては珍らしく詠歎性のつよい、ちょっと中原中也風の調べの、長い詩、「ちょいと寄りかゝるにしてからが、闇は空気でできてゐる」。というのも、あの頃しきりに停電の夜が続いたな、ということといっしょに思い出されるし、また村野四郎氏の、これまた洒落た「ＧＡＬＡ」という雑誌にのった「肉体」という詩に、抒情の質なり発想法がややもすれば固定しがちな氏の従来の作品をこえた、一種抽象主義的なイメェジ構成の新しさに、目のさめる思いをしたことも甦ってくる。あるいは、「旅人かへらず」という薄っぺらな詩集ではじめて西脇順三郎氏の作品にふれ、これが詩か？と呆れかえり、読みながらしばしば失笑し、こんなネゴトをサラサラと書きつらねるのが詩だったら、詩を書くとはなんと容易な、弛緩した精神の作業だろう！と感じたこともたしかに思い出される。やがてのちにこの第一印象をぼくは自らあらためることを余儀なくされ、（サラサラと書くとはどんなに困難なことだろう！）かえって西脇氏の作品に大いに傾到するにいたったのだが。これと似た経験は、山本太郎氏の作品に対しても持ったのだった。それから「荒地詩集」からうけたつよい衝撃。——

しかしこれらすべてのことは、すでに追憶に属しており、当時の印象は、そのままの形ではとうてい復元させるすべはない。詩とは、もしくは時間とは、ふしぎなものだ。当座の感銘はぼくの肉体をつらぬいていつか脳髄の皺の間に沈んでしまい、改めてそれらを読み返しても、いまとなってはちがった印象しか得られないだらう。それは、既知のものをあらたに味わい直すことでしかないし、批評や鑑賞の対象とはなり得ても、すべては現在のぼくとはほぼ等距離にはなれた存在になってしまっている。

ただ、当時、ぼくにとって特に印象深かった作品の殆どは、なんらかの点で、それまで漠然とぼく自身がいだいていた詩というものの通念、詩の既成概念をやぶる要素をもつものばかりだった、と省みられる。いわゆる詩でないものから詩をかく、といった詩論をどこかで読んだ記憶もある。ぼくの詩についての観念は、それら諸作品によって攪拌され、たぶんいろいろに影響をうけただろう。そしてぼくは、自分の態度としては、詩らしい詩を書きたいと念じた。その「詩らしい詩」ということが、年とともに少しずつ移行してゆき、いまはいまで、その「詩らしい詩」を自分なりにつくって行くことをめざしているわけだが、その「詩らしい詩」はじっさいに自ら書くことによってさぐって行くほか、方途がなく、ひとの詩をいくら読んでもこれが詩だ！という充足感は、どうも与えられないのである。

そういう次第であってみれば、現在つよい印象なり感銘なりをうけるひとのどの作品も、ほぼ等価的にぼくから離れた存在であり、その中の一つをえらぶことは、どうにもできないのである。だからここに強いて一篇をえらび出せとあれば、いずれ任意のやり方になるほかなく、それならいっそ日常的次元における遠近法にすなおにしたがって、かつて（二十年ほど前！）ぼくの生徒であった吉原幸子さんの、それも近ごろ刊行された「幼年連禱」・「夏の墓」の中からではなく、おそらく詩界のだれにも――同級生のひとりだった石川逸子さんをのぞいては――知られていないだろうと思われる十八年前の彼女の作品を、紹介をかねて掲げようと思う。これは昭和二十二年五月という日付をとどめているから、吉原さんの女学生二年、十四才のときの作である。少女時代にふさわしい人生の観念的把握ではあるが、それは彼女の本質的思考の質を示しており、当時これをはじめて読んだときの一教師のおどろきは、それが書かれた内容自体というより、十四才という年令とその表現力についてのおどろきであり、いまとなっては遠いものとなってしまったものの、やはり追憶に値するものではあるのだ。

考へ方

吉原幸子

夜見る夢の中でだって
「これが現実だ」とおそれながら
はかない喜びやかなしみを味ってゐるんですものね。
生れて、育って、泣いて、笑って、考へて、人を愛したり憎んだりして、
そして死ぬ――
このことが、やっぱり「現実」と呼ぶはかない夢にすぎないのを誰が否定できるでせう。
無限に太陽のまはりを廻りつづける地球がたった五十回廻ると終ってしまふ夢のなかで、
何が「幸福」でせう、「不幸」でせう！
たった五十回――その後の永遠の「無」を私は思ひます。
私にはいまのこの生以外の生を考へることはできません。
私は神をも信じられません、
いまいきてゐる人もいつかはみんな死んで、
そしてそれでその人たちけ終りです。
何もかも終りです。あとは「無」です。
だから、五十年の夢がなほはかないんでせう？
――でも、夢でも私はこの生を愛してゐます。
いいえ、夢だからこそ愛してゐるのかもしれません、
それとも、私の愛してゐるのは夢の中の夢なのかもしれません、
せめてできるだけ美しく「夢」を過したいといふ「夢」を
私は愛してゐるのかもしれません。

つまり、ときどきやるせない気持でたまらなくなるけれど、
ときどき希望にほほゑむ、といふ――
これがいまの私です。
でも、これは子供の考へ方かも知れませんね。
なぜって、私はまだ子供なんです。
お母さんに叱られたとき、いちばん涙が出ますもの。

もう一人のクリストフェルス

沢村光博

詩人は群集のなかにまぎれこんで、それらしい姿など見せない方がよい。声だけを存在させてやれればよいのである。詩人が姿をあらわすのは、夜の沈黙のなかがふさわしい。樹木や岩の間に姿をあらわすときは、わずかに一匹の犬を連れている、という位のところがよい。

詩人は、声だけを存在させてやればよいのだ。詩人の魂は、非常に鋭敏でかすかないきものだ。詩人は月桂冠などかむらぬ方がよい。ジャーナリズムや派閥などのお蔭で有名になったりしない方がよい。――それらは詩人が存在するためには、重荷となろう。

私は詩人を、名声によって判断したりしたことはない。私は詩人をその運命のなかでだけとらえる。運命は、近代的な意味での、個性の独自性などとは関係がない。個性の独自性などというような曖昧なものをふりきってしまっている。運命というものは、その人の非常に深い無意識の内部にある重心のようなものである。運命の運動するときは、この重心が運動するときだ。

私もずいぶんたくさん詩を読んできた。そしてさまざまな性質の感銘をうけてきた。その私の経験から、次のようなことが言える。非常にすばやく名声を得た詩人の作品は、私の記憶からこぼれ落ちる速度もはやいということである。その技巧がいかに巧緻であり、その詩人がいかに学識があっても、である。

技巧も、学識も、むろん名声はなおのこと、相対的なことがらだ。相対的なものは、非運命的なものである。

ある無名の詩人が、こんな詩句を書いているのを読んだ。――

「死ほどに近く、おまえの傍にいてくれたものがあったか」

これはラヴ・ソングの一節である。実に単純に、ずばりと言いきっている。この詩句には恐怖をおこさせるほどの魂の響がある。また憐憫の深い響がある。

こういう詩句は、名声への野心からはでてこない。名声をかちえた詩人たちからは殆どきかれない。ふだんは、姿をかくしている詩人だけが、運命とともに生きて、私たちの心をうつ詩句をかきつけるのである。

リルケは、運命よりも生が偉大であるように、と言ったことがある。パラフレーズするとなれば、運命とともに生きるのでないかぎり、生はその偉大さをあらわにすることはあるまい、となるはずである。

＊

ここでは戦後の詩人のなかから一人だけ取りあげることになる

が、私がしばしば心の中で思いめぐらす詩人は、すくなくとも二、三人はいる。ほとんど名前の知られていない詩人もあるし、名前のよく知れている詩人もいる。そういう区別はどうでもよいとして、ここでは、「薔薇の木、にせの恋人たち」を刊行した詩人をあげる。作品は、第二詩集「眠りと犯しと落下と」の中から、任意の一篇をあげることとする。

柘榴も枯れ　オリーブも眠り
接骨木《にわとこ》の魂も　土ふかく眠りについた
枯れ枯れになった木たちのぬけがらをくべ
魂のはじける悲劇的な音を聞きながら
揺り椅子の中で　ゆらゆらと　この人は眠る
眠るこのひと　うすい皮膚のすぐ下まで充血させ
暗く赤い隔穽《おとしあな》に　落ちつづける
このひとの背後　大きなガラス戸に　火は映え
くらい庭の中で　植物たちの情欲は
ぽきぽきと　枯れつづける

これは連作詩の一篇である。詩は部分ではなく、全体を読むべきであるから、連作詩の全部を引用する方がよいのであるが、いまはこれだけにとどめる。

　この詩人のもっとも独自な詩的世界は、ホモ・セクシュアルを主題とする「薔薇の木、にせの恋人たち」の中にあざやかにあらわれている。この最初の詩集も、全体が一つの世界を照明しているので、とくに一篇の詩を引用することができにくい。ただ「どろぼうたちのキリスト」とか「一九五五年夏」のような詩は、誰にでも読んで貰いたいと私は思っている。

　「眠りと犯しと落下」という詩集は、「薔薇の木、にせの恋人たち」ほど官能的ではない。官能の深淵のかわりに、知的な計測がある。詩人の個人的な宿命のかわりに、存在一般の定式化がある。

　詩としては、「薔薇の木」の方が、はるかに稀なる高貴性をそなえている。それははるかに孤独だからだ。

　この詩の世界が汚辱《ミゼール》にまみれていると人は言うかも知れない。それはこの世の汚辱《ミゼール》をひときわ深くうけとめている。身をもって、高貴にうけとめていることを意味している。何もホモ・セクシュアルを高貴ななどと言うつもりはない。明晰な意味を持続するときに、はじめてこの詩人の孤独と高貴さが運命的に輝きでることをいうのである。

＊

　この詩人と私が言うのは、高橋睦郎のことである。

　高橋睦郎は、技巧的にも非常にすぐれている。引用した詩をみても、植物たちと眠る人との対比は、実にあざやかで、一風景に地獄的なトーンを発見させる。

　この詩人は修辞にあたらしい意味を与える。――「詩人は修辞という、クリストフェルスは愛という、それぞれ苦脳の薔薇によって自己救済という聖化をなしとげるのだ」

　このような美学の意識に到達した詩人は、わが国では、高橋睦郎が実に最初である。

　これまでボードレェルが、ランボオが、ヴェルレーヌがわが国に移植されてきたが、詩人の修辞の可能性を、このようなかたちで、想像できた者はひとりだにいなかった。

詩人における修辞とは、背中でしだいに無限に重くなる幼児を、杖をついて河向うの岸まで渡すクリストフェルスの愛の忍耐とアナロジックなものである。

詩人が、修辞という一事のために言語に執着するのもまた、殉教に似た一つのまれな運命であるということを、高橋睦郎ほど明快に証拠だてた者はいない。

私は、心ある読者にのみ、この詩人の二冊の詩集を、何度もくりかえして読み、この詩人の孤独と読者の孤独の間で、あたらしい対話の可能性を開発してもらいたいと希望する。

後記

暑さにやりきれずにいると、もう八月下旬、秋が近ずいてきた。庭に咲き出す秋の花と、机の上に積まれた詩誌とを見ていると、現代詩の成長か混乱か迷路かわからないものに私は頭をかきみだされる。

現代の社会情勢が複雑怪奇であるように現代詩もかなり複雑に思える――それでいて詩のとりこになった人間は、なかなか詩から抜け出すことは出来ない――そういう人間ばかり集まると詩の迷路はますます深くなっていくのであろうか。今日気ままにテレビのスイッチをひねってみたら、中国民謡踊の「豊作の歌」という番組に出合った。ところが私はその番組に妙にすいよせられた。というのはどうも、日本のどの番組にもない、生活と、健康と土の匂を原型にした上にその舞踊は振り付けられているようである。毎日、日本で放送されている、毛細血管を病的に流れていくたぐいのものとは根本を異にしているようである。私は最近、大動脈を音をたてて流れていくような、オオソドックスな、或いは、共感の広い場につながる感性というものの必要がかえりみられてならない。これは自分自身の行きづまりであろうか。人間は長い間、詩とか小説とかにかかずり合っていると文学の核というようなものを見失いやすい。時々私は、その文学のヘソというものへの郷愁にかられてならない時がある。（堀内）

1965年9月発行
定価　60円
編集発行人　堀内幸枝
東京都新宿区柏木2―446
千葉方　葡萄発行所

執筆者住所録

稗田菫平 富山県小矢部市横谷九四 琅玕社
斎藤庸一 福島県白河市横町九〇
藤富保男 目黒区緑ケ丘二―十一―十五
小松郁子 杉並区成宗一の六八 田辺荘
川崎 洋 横須賀市金谷町五五八
武田隆子 世田谷区赤堤二ノ四〇一
喜谷繁暉 西宮市枝川町公団浜甲子園六三号館二〇一号
土橋治重 世田谷区祖師谷一の四三九
滝口雅子 港区青山北町五の十七公団第一アパート五二二号
那珂太郎 杉並区久我山一の二七五
沢村光博 杉並区成宗三ノ三二二

葡萄
27

葡　萄

27

1966年7月

古　妖……岡崎清一郎… 2
非人湯女……寺門仁… 4
方眼紙の神……能村潔… 8
要らんかね……髙野喜久雄…10
炎……竜野咲人…13

＊

わが印象深い戦後作品
粒来哲蔵…14
上原矌人…17
恋文ではなくて……内山登美子…20
紅の花よみがえれ……堀内幸枝…22
花二題……木村信子…24
その池に……相馬大…26
「女の風景」その一……斎藤広志…29

＊

詩集評……堀内幸枝…32

古妖

岡崎清一郎

吹きあらぶ風は
どしゃ降り雨は
おちこちに出没する
群盗らは。

ひと夜さ
小暗い森を
襲撃しおののかせ
あをじろい家系を掠め
奇体な精霊を
宿らせた。

やがて
東雲《シノノメ》
日は照りだし

血みどろの
物の怪《ケ》は
四方《ヨモ》に飛んだ。

かなしい森
それがそのまんま
地底より湧きいで
遠い彼方に城廓のよう
あらわれ。

この中世の薄明の
見晴らしにして
なぜか牝鹿や
乙女心に激しい傷害を
蒙らせ

ああ
幾百年を過ごした。

非人湯女

寺門 仁

湯女は死んでからは
山に入り山蛭などと枯葉の間にいた
やさしい姿をしながら
どうしてこんなに強く
暗さと汚れとを求めるのだろう
彼女のいた処はいつも
幸わせの下の不幸な場所だった
湯女は
恋人が欲しかった
山から降りて隅田川べりを捜したこともある
乞食にまで近づいてみたこともあった
荷風に会い
理想と思う男について話してみたが
微笑するばかりで答えてくれなかった

いつか郊外へ出ていた
人家に押された田んぼが
滅びの歌を歌っていて心をそそられた
湯女はどっぷりした溝に緋鯉に変身して入り
嘆き流れる土の霊たちと泳ぎまわった
そのとき
ひとりの男が泥と芥を胸で掻き分け追ってきた
顔には執念がこもり何物にも満たされない
不遇な非人めいた翳があった
湯女は逃げきったが　太陽の沈む西へ向って
汚穢の水に白い半身を抜きだしたその姿にひどく心を動かされた
山へ戻りながら
男がもっと暗い心と
真実が裏にこもる背徳とを持つことを願った
水鏡に髪を梳くと
会いたい衝動にかられるそんなときは
緋鯉になって岩の上を苦しく泳いだ
泳ぎながら男の魂が成長することを祈った

男の住むあたりの森には団地が建ち
黒ストッキングの女の姿もみかけるのだが

彼には女たちが林に捨てた布きれの方に
女というものの魂が宿っていると思えた
さみだれ模様の午後
広い田んぼを歩った
小川の薄墨色の水が脆い畦を越え
たぷたぷと田に流れ込むそのありさまは
ぐっしょりと濡れた湯女の小さな腰そっくりだった
水草は煙るような毛を
惜し気もなく汚水に浸している
「この小川湯女に眼を近づけ　鼻を寄せるほど
胸にすがすがしく何かの芽が育つ気配があるのは
どうしたわけか」
そう呟きながら手を浸していった
するとその手は乳房に触れた
男はふと
神社に奉納された額のなかの
悲しみだけが漂う白々とした女の顔を想い
その体に触れたのかと思った
が　汚水が動いて現われたのは
眸の澄んだ湯女であった
湯女は髪も衣裳もぐっしょりと濡れていた

男の全身がしびれ
互いの暗い心が通った
ふたりはしっかと抱きあった
抱かれながら　湯女は心が限りもなく
明かるむのを覚え
低い滲み入る声で汚水をかけてくれるよう頼んだ
頭から爪先きまで幾度も幾度も汚水で濡らすと
土のなかで永久に生きつづけてきた女の美しさが輝やいた
男が接吻すると
湯女の手は男の肩をすべって
生命の最後の証しのように細かく顫えた
男は不可解な嘆きが
鋭く現われているその指に
高貴なものを感じた

方眼紙の神

能村　潔

ぎくしゃくした枯枝から
揺れるともなく　揺れながら、
つりさがってゐる　埃《ごみ》くづのやうなやつ、――。

気圧の　しめっぽいひしめきが、
めっきり　疎《あら》くなり、
からり　となり、
たっぷり　墨をふくんだ鴉口《からすぐち》が、
まぶしいかげろふを
もてあましぎみに　おひかける。

ひときは　素朴さをとりもどした
にっぽんの　遠じろい突起のうへで、
銀いろの複眼が
ゆっくり　回はってゐるばかり、……。

明るい　時間の枝にとりついて、
翅を搏《たた》きはじめた
埃くづのやうなやつへなぞ、
眼も　くれようとしない

まして、もっこを担《かつ》ぎ、
じとじと　水泥《みどろ》など垂らしながら、
枯枝の向かふで
うろちょろしてゐた、
なにか　犯罪の匂ひのする、ぶきみな　もののかげなど、
もう　方眼紙のどこにも　見あたらない。

ここは底抜けに明るい
にっぽんの庭隈だ。
方眼紙から脱けだした神が、
枯枝にとりついた埃くづのやうなやつの
埃くづのやうな殻に潜《もぐ》りこみ、
膝小僧をだいて、
こっくり　こっくりしてござる。

—一九六六・四・五—

要らんかね

高野喜久雄

要らんかね
種なし西瓜の種は要らんかね

要らんかね
このかわうそのかわほんとのかわうそのかわ

要らんかね
要らん金 入れる財布は要らんかね

要らんかね

泣きべそ出べそ曲がりへそ
要らんかね
口車　くちなしの実は要らんかね
要らんかね
螢のおなか　潰れてもなお光る
要らんかね
底無し桶に底無し釣瓶は要らんかね
要らんかね
間いで無い樋　摘めない罪は
要らんかね
このごろあわせは要らんかね

要らんかね
この痩せた内包　無い方がよかった言葉
要らんかね
無欠をも欠き得なかった無欠要らんかね

要らんかね
この十字　この育たない外延は要らんかね

要らんかね
この要らんかねには　要らんかねも要らんかね

要らんかね
だがどうしても要らんかね　もうこの先も要らんかね

炎

竜野咲人

驟雨
色めきたつ街
毛虫だけだ　静かに首をふって
ひげの先にひかる真珠の虚飾を嫌うのは

どろんこの生活であってさえ
そこから逃れでるのが　蝶ではあるまい
うぶ湯につかって
初めてひらいたみずからの二葉

何処へむかうのか
袋の身
どうすればいいのか
ひっそりと待ち伏せするおのれの中の落し穴
種子よ　ひなげし
こころ　はばたき燃え
毛虫は　毛虫でなくなる

詩集〃鬼火〃のこと

——わが印象深い戦後作品——

粒来哲蔵

物事を良く理解することの出来る頭脳は羨しいが、記憶することの出来るそれはなお羨しい。記憶するという技術は、半ばは生得的なものであるようでもありそうでないようなところもあって掴みにくいが、少なくともその正体不明の技術なるものに私は縁が無いばかりか、逆に失念するという技術に長けているということを発見するに及んでは、すでに記憶術は私に無用のものとなった。

戦後詩についてその印象深かった作品は、ということになれば、誰だっけほらあの詩人のあの詩さ……などと手振りも加えて口惜しげな顔をすることは出来るが、肝心の作品の題など到底思い出せるものではない。

余程それに食いいったか、或いは何かのきっかけでその作品にガンと一発くらったような覚えでもない限り、私の記憶はひとよりも少々短い距離のところから莫とした霞につつまれてしまう。こうなると祝算之助の作品について語るのが莫迦の一つ覚えのようなものだが、氏に就ては六二年度の〃葡萄〃に述べたことがある他、魔法の会テキストで、〃歴程〃のゼミナーで夫々言及している都合上、何とも書き難い。そこで私は一枚の写真と一冊の詩集を手がかりにある少女について書いてみたいと思う。これは私の〃少年思慕調〃となるだろう。

駅を下りて左へ折れると、楽器正宗の赤煉瓦の酒倉があり、その二つの倉の間を芳香に鼻をくんくんいわせながら抜けると、矢吹ケ原は近かった。昭和二十三年の秋、教師になろうなどという所存は些かもなく、むしろそれを問われるとむっとしたままおし黙って了うのが常だった師範学校生が二人、つまり私ともう一人が矢吹在中畑村の中学校の教師をしていた菊地貞三を訪ねるべく田舎道をえいえいと歩いていた。私は詩誌〃竜〃の同人見習という形でその校正などをしていた頃で、同行のMは〃はいれしす〃を出していた栃木師範の学生だった。私とMは校庭で野球をしていた菊地をみたが、彼の仮寓で待つことにした。彼はその頃部落の農家の隠居部屋のようなところに原稿紙を拡げていた。炉端にジャガ芋が転っていて、私とMは喋り疲れるとその芋をゆでて茶布しぼりをつくりながら帰りの遅い菊地を待った。その夜私は彼の手から一冊の児童詩集を受け取った。菊地が中畑中学校の教え児の作品をガリ板で刷ったもので、白模造紙の大きな表紙に赤い色紙がはられてあり、そこに中潟寿美子詩集と書かれていたと思うが判然としない。その後私が教育実習生となりやがて教師となるに及んで、この詩集はたびたび私の教室に掲げられ、私の教え児たちの作品の一つの指針となった。—

がしかし、私は果たして中畑村でこの少女に出遭ったものかどうか……。中学校の廊下での少女たちの輪の中に照れた恰好の私とMが入っていて何かぼそぼそ喋っていたのではなかったかとも思われるが、これは現在詩筆を断ったMに質ねるより仕方がない。若しかすると私はその前から菊地学級の少女詩人を知っており、それをMと見に行ったのかも知れない。が何れにせよこの詩集は今でも私の書架に納っている筈である。

上京した菊地を追うようにして私も上京し、彼の在るところ影のようについて廻った。〝地球〟のAは真顔であなた方は同性愛なのかと私に尋ねた程である。当時菊地は必死になって生きていた。畳の傾いた幡ケ谷の彼の住居で昔の彼の教え児たちの動向を聞かされると、私はそれがさながら私自身の教え児でもあるかのように錯覚することもしばしばだった。その中で殊更中潟寿美子の名はなじみ深く忘れ難かった。がある時その彼女から小さな詩集が送られてきたのだ。一九五六年十二月刊、七十部限定五十ページほどのこの詩集には、二十才を記念して—と書かれてある。私は彼女の二十才がどのような意義をもつものかをこの詩集の跋文（菊地）で見知ったのだが……「しばらく音信のなかった彼女から、詩集をつくるということを聞いたとき、ぼくは俄かには肯い難いあるためらいを感じた（中略）がそれは、むしろそういう意識に汚れたぼくの杞憂であったことがすぐ明らかにされた。多難であった彼女の二十才を記念し、いたわってやろうというお父さんの発案によるものであり、また〈本当にいろいろのことがありました。自分なりに自分の青春を自覚し、処理すべきものは処理し……〝処理〟ということ、そのことで私の二十才は明け暮れたのです。〉という彼女が、その最も有効な処理方法として一冊にすることを必要としていることが判ったからである。そして、彼女の多難を極めたこの三年間…（後略）」—というその〝多難さ〟を私は身勝手にあれこれと推量し気に病んだ。——作品にかかろう。これは山本太郎が、彼女が私の眼前から消え失せて暫くしてからも、歴程の例会などで何かと口にしていたものである。

鬼火

雨の夜は鬼火になりたい。
遠くには渋面とみられる笑いに顔を歪ませ
て
ひくひく家々の屋根をかけて歩きたい。
おびえながら愛した日々を
つまんで捨てて歩きたい。

夜空の下にはいつだって呪いがあるのだ。
決して許せない多くのものが
風化した家々のせまい窓
自然石のような煙出しにうまくかくれてい
るのだ。

私が鬼火になったら似合うだろうか。
目玉はどこに

型は球でよいか
それともボロ屑のようにささくれだったものがよいか。
憎しみのあまりちぎれやしないか。
私は不安に息づまってしまう。

用心深く窓をあけると
うなだれて続く雨の行列。
絶え絶えに光って
ことこと水たまりに落ちていく雨の粒々。
ぽつぽつ私は燃えおちるだろう。

幼年時代

弟たちは憶えているだろうか。古い歌の記憶の中には灰色の空にたつ黄色の塔があり小さな一つ窓では頭の大きい女が何やらわめいていた。私の考えでは女の顔は母であった。

夢に走るのは決って新式の汽車である。むかでのように車輪が動き出すと何処からか虫のように子供たちがとびのった。だが私は知っていた。彼らが乗ってしまうと汽車は見知らぬ町へ彼らをとらえさせてしまうということを。

西向きの館があって窓は曇り、日も蛾のように燃えた。すぐりを盗みにもぐりこんだ庭には盲の少年が昼でも犬のように唸っていた。

日が沈むと家々の軒では疲れたこうもりが人の声をあさっていた。私は昨日越していったやさしい少年の家を叩いた。愛する足音を私だけに呼びかえすために。

菊地の詩集〃五時の影〃は昭和三四年四月に地球社から出、六月に出版会が高田の馬場のレストランでもたれたのだった。そこで私はゆくりなく中濁寿美子に遭った。

彼女は肩まで髪を無造作に垂らした胸の大きい少女だった。彼女は少なくとも私よりは大人びており、事実その目と唇に〃処理〃する者の非情なまでの烈しさがかくされていた。今にして思うのだがこの詩集鬼火の中で、戯画化され、木偶のように扱われる男共をみると、そのあやつりの糸をもつ鬼女のような彼女を想いみることができる。彼女の詩の解明には彼女の男共への加虐性とそのための甘い痛苦が問題とされようが、これが彼女の二十才の閲歴のどの地点で交叉する野辻となるのか私には判らない。然し何れにせよこの詩集一冊を残して消え失せた少女は、私のアルバムの中で椅子に凭れ、その強烈な瞳を地の斜め前方にすえて、微動だもせず現在も生きているのである。（文中敬称略）

森の少女

小池玲子詩集『赤い木馬』

上原　曠人

甲州街道に沿って府中から西へ二キロほどのところに、谷保天神というお宮がある。その社の森は、杉や欅《けやき》の大木が鬱蒼と茂り合って、遠くから眺めると、∧俗化の波∨の浸蝕にさらされた一個の島のように見える。事実、そのみごとな森も、老木が枯れたり伐採されたりして、この一二年、目に見えて小さくなってゆく。

去年の二月、詩集『赤い木馬』の作者は、この森に近い鉄路に身を砕いて、その十七才の若い命を断った。一通の遺書と、詩二十四篇を一字一字たんねんに浄め書きした朱色のノートを私の手に残して。

彼女がこの森のそばの家へ越して来たのは高校一年の五月、それからはまるで魅入られたように森の樹々を愛して、最後の一年有半を過ごした。

樹

樹
荘厳な樹
オマエは私を傍にした
その無限に伸びる腕で
私は動けない
一歩オマエに近づくことも
一歩後退することも出来ない
今日の空はあまりにも高すぎる
オマエは無言でそれに挑む
オマエの道は高く長い
目が眩みはしないのか
おじけづきはしないのか
オマエが大地から飲みこんで
幹を通して空に打出しているものは何
私の胸に　痛く恐ろしい響きを残して　次々と空の彼方に向う
　ものは何
オマエの血は黙って流れる
その流れは激しいが
冷たかった

結局私は　オマエより離れるしかないのだ

『山の樹』の鈴木亨さんは、詩の最後の一行に首を傾けた。∧オマエより離れるしかないのだ∨この断念が詩を弱くしている、という。後で分ったのだが、草稿と思われる別のノートでは、次のようになっている。∧ああもう離して　気が狂ってしまうから∨

小池玲子さんは、昭和二十二年十月八日、秩父市の郊外の家で生れた。家の真南に、庭におおいかぶさるように武甲山の嶺が迫って、壮大な借景をなしていたという。武甲は名のように男性的な山である。彼女はこの山のふところに抱かれて生気溢れる少女に育った。
一家が東京に転住したのは彼女が中学三年の時で、やがて彼女は激しい受験競争にもうち克って都立のK高校に入学した。鈴木亨さんが十六年勤務したその学校を去って、入れ替りに私が赴任した、同じ年である。その頃、府中の町中にいた彼女は、校庭の広い田園の中のK高校が大変気に入ったらしい。それなのに、何故に学業半ばに死を願うに到ったか、その経緯は鈴木亨さんの跋文に詳しいのでここではふれない。ただ一つ、私の想像の中にだけある理由を次に述べておこう。
彼女がその魂をこめて愛した谷保の森は、K高校からもよく見えた。歩いて十分ほどの距離である。彼女は毎日、この森を通って学校へ往復した。ところが、彼女の入学後一年ほどして、この森と学校とのまん中に、巨大なマンモス団地が出来ることになったのだ。畑は一たん荒地となり、やがてブルトーザが荒地の肌を引き裂き、工事が始まると、煌々と輝く明かりの下で、夜を日に次ぐ鉄骨の林立。＜彼女の家からは、どうしてもそこを通らずには学校へ通えない。静かな田園の中に突如出現した恐るべきエネルギーの塊。冷たい鉄とコンクリートが作り出す異様な熱気。やがてそれらが、巨大な蜂の巣のようなベッドタウンとなるのだ。それは＜現代＞の典型であり象徴である。生きてゆくためにはそれに耐えなければいけないことを知っていながら、彼女には耐えられなかったのではないか。＞当時の私の日記である。そして今、K高校の窓からは、谷保の森も、その背景にあった多摩丘陵の美しい陵線も、すべて静かな田園の風物は姿を消してしまっている。私は、ここで朔太郎の『小出新道』を思い出さずにはいられない。＜われの叛きて行かざる道に／新しき樹木みな伐られたり。＞
彼女が好きだったベートーヴェンの『田園』のジャケットに、ウイーン郊外の美しい風景が印刷されている。中の解説には、ベートーヴェンの次のことばが引用されている。＜田園にいれば私の不幸な聴覚も私をいじめない。そこではひとつひとつの樹木が私に向って、神聖だ、神聖だ、と語りかけるようではないか。森の中の歓喜の法悦！誰がこれらのすべてを表現できよう。＞
「ベートーヴェンと話してみたい。」と彼女は子供のような言葉を母親にもらしたことがあるという。何を語りたかったのだろうか。

明度

ああ　眩しい
あたるこの　花やかな風よ
腹這いになって進もうか
食い付きたいようなこの土よ
生える緑の優しさよ
一体此処は何処なのだ？
恋の味でいっぱいだ
私は何をしたらいいのだ？
自然に食われてしまえ！

鈴木亨さんは、「彼女の詩は単なる抒情詩の枠に納めおおせるものではない。むしろ思想詩と称せられるべきものであろう。」という。しかも、それは「背景にキリスト教的風土を背負った、ヨーロッパの象徴詩を正統に継承するもので、今日まで日本の風土には一度も育たなかったものだ。」ともいう。また「彼女の詩には、現代には珍しい〈志《こころざし》〉というものがあった。」ともいっている。

彼女は、自分で〈十八世紀の心しかもてない〉と言っているように、古風な乙女であった。現代の文明を信じなかった。現代社会がこのまま進めば、がさつな自己主張ばかりがのさばって、花や小鳥や樹木や、そういう秘やかな美しい生き方をするものたちを、すべて亡ぼしてしまうことを感じとっていた。

けれども彼女には、朔太郎の蒼い怒りの炎は燃えていなかった。無惨な激しい死を選びはしたが、自己破壊という、裏返しにされた攻撃衝動が働いていたとは思えない。彼女の自殺に現代社会へのプロテストを読みとるのは人々の勝手だが、それは彼女の意識の中にはなかったものだと私は思う。

〈私は海の中に深く沈む死を選びたかったのです。喜んで鮫にも食べられましょう。
でも実際には、薬でしか死ねないと思いました。
綺麗な寝間着を着て、睡眠薬を飲んで知らぬ間に死ぬつもりでした。
ところが情なくも、それまでの手順ができそうにありません。
（中略）
多くの人に迷惑がかかると思います
その一つ一つを思うと、私は惑ってしまいそうです。
許して下さい
先生、結局私は、主人公ではなかったのですね。〉

彼女の遺書の一部である。彼女は生れてくる時期を誤った。彼女はそれを悟って、いつの日か人々が文明の迷妄からさめて、再びこの地上に楽園の蘇る日まで、静かに眠り続けるつもりだったのではないだろうか。

赤い木馬

深い川底に眠っている
堅く　冷たい　氷ガラスにはめられて
赤い木馬は眠っている

深い　深い　水の底
誰も触われる者はない
淋しいか？
痛いだろう？
上を　上を　水が行く
赤い木馬は眠っている

赤い木馬は待っていた
この地に楽園の来る時を
重い扉の開く時を
永遠の　その時の来るまで
赤い木馬は眠っていよう
堅く　冷たい　氷ガラスにはめられて

恋文ではなくて

内山登美子

えれきぎたあはカヤマユウゾオの歌だけが好きで
〃きみといつまでも〃を聴くために年令を捨てることにした
ほんとうはサコオのためにしたのだが
サコオは実在しないのだから恋は成立しないのである
ほんとうにサコオは実在しないのか
それなら私が夢中になることはない
一日に一度　電話を掛けることはない
週に一度　会う必要はない
別れたあとで　すぐ会いたくなる必要はない

虚しく美しい時間があるという
恋文でない恋文を書くとき　水のような時間を掬っている
しかし　虚しさのすみずみにまで光りをあてることはできない

ぎんざあしべにはしゃんでりあがあったろうか
しゃんでりあのあったのは別のところかもしれない
細い銀の針金が抱きあげていたもの
等身大の花芯がむらさきに炎えていた
あれは見事なしゃんでりあであった
墜ちるところを見たいと思った

ほんとうにサコオは実在しないのか
ぎんざを野と森にかえし
そよぐ草の園遊会をひらこうか
マンスフィールドはあの一篇でマンスフィールドである
アンドオイチロオの訳は私を少女っぽくさせる
これからどうするの　と問わせたりする
嫌いという言葉が好きになって　どうするの――
ぎんざは嫌いだ
しゃんでりあも嫌いだ
実在しないサコオはもっと嫌いだ　としても
それからどうするの――

紅《べに》の花一本よみがえれ

堀内幸枝

六月の雨ただひたひたと降りそそぎ
ブクブクとガマガエル
草の合から泡を吹き出し
流れるでもない水面　ホトンホトンひろがり
今日も二十四時　明日二十四時
六月の雨ただひたひたと降りつづく

私もまた
生まれた日から何か分らず
雫の中に　心安らぎ
ブクブク　ガマガエルのよう
身の廻りに倦怠の泥を盛り上げ
花の酔？　阿片の酔？　など知らないが
雨の中にあまりに長く生き過ぎたため
わが頭は酩酊し　わが心呆けて

雨の中のかやつり草の白いブツブツの房を見るのみ

読書に閉じこめられた文字も
意味もなくふやけて
竹の節にも似て頑固にのびた命も
今はみな呆け
わが幼い日いだいた心の音楽も
ブクブク
今は雨の音以外に
音はきこえず

このうっとうしい雨の中にも
一層爽やかな麦畑があるように
雨の合間にするどくさす日光があるように
ただ
六月の雨降る中に
清潔な　まだ消えてしまわない幼い日の恋
紅の花一本
よみがえれ
雨の中の麦畑のように。

花二題

木村信子

くりの花

くりの花咲く
けむしのように
少女のように
はじらいながら
ゆめみながら

ききょう

ききょうの花のかなしさで
母と秋とは

ひとつのもののように
わたしの裡によみがえってくる

ききょうは不吉な花だからという母
それでもききょうがすきなわたし

母が死んだ年の秋
だれもまかなかったのに
庭のすみにききょうがあざやかに咲いた

（あれからいくとせすぎたろう）

だんだん母とわたしは近ずいて

あのときのふたつのおもいは
なんのためらいもなくひとつになって

ききょうが咲いている

その池に

相馬 大

池の南端を遠い馬蹄のひびきをぬりこめた
コンクリートの街道が
西の山に向かって
小さな家々をしたがえて
カーブしながらつづいている
池の北のここにも野寺があって
小さな山があって
竹やぶはその小さな山の頂上へせまってゆれ
うすぐらい竹やぶの中に
散在する風化した石の中には
この町の人々の求めた

風雅が封じこめられている

緑色の竹の風がその石の中にしみわたるとき
石の下でこおろぎがこおろぎと戦闘するとき
遠くにひかる池の面に没していた
この町の人々の求めてきた風雅が
さざ波のひだにずぶぬれの顔をのぞかせて
岸辺のいのころ草の葉をなめる

いのころ草は
ほこりにまみれた中の馬蹄のひびきにおののき
空に星のすみきったころには実をむすび
自分の過去の時間をみのった
その生命の中に封じこめて
ずぶぬれた顔とともに水底の泥の中へ
移動させたりした

いのころ草は
竹やぶに追われ追われて
この岸辺に達し
わずかに得た空間の中に
この自分を没しきらせようとしている

その大竹やぶの夜の空に
ほととぎすになった人を
竹やぶは覚えてはいないだろう
この竹やぶの多い嵯峨野の中のこの池に
その時代の死と風と光と恋を
そこに選びつづけてきたこの町の人々の風雅は
この池の水底のこの泥の中に
このコンクリートのこの重みの下に
影のように濁らせたそのままで沈ませている

髪

――「女の風景」その一――

斎藤広志

僕ははらはらしながら年頃になった女性がそのみずみずしい女になったという証しのように、一種のはにかみと奢りとを見せながらその顔をパーマネントにつつんで現われてくる瞬間に接していた。僕の失望はそこで女性の肌をきわだてる水の流れのように自然な髪があられもなくちぢられ遥かにさざめきながら霧散する現象のためであった。西洋の彫刻には「女の首」という頭部の像が沢山造られていて、これに狎れた僕はそのうるさいパーマネントされた部分を捨象して顔だけの、皮をむいた瞬間の林檎の肌の芳烈さを楽しみ、それだけを眺めて納得する習性をもっていた。異質の石膏とか粘土とかで造られている彫刻の首は昔から「黒髪ながく柔らかき……」とうたわれている「首」のなかでも最も重要な装飾を余り強調せず、（むしろそれは控え目に伴奏のように波うたせながら）最初からまるはだかの顔の裸体を見せてくれたせいかも知れない。石膏の場合はそのしろい乾いた面に緻密に吸収される空間の静まり返った欲望の透視が、また大理石のようななめらかな硬質の肌には逆にその面の内部からにじむ情愛の濡れがあった。眉はやさしく滑り、眼は開きながら眠れるように静かに置かれ、白雪を享けた高山の麓の微笑のように脣の沼が漂う。そこにしてひかえ目に彫られた毛髪は樹氷のようにこの風景の奥深い静寂《シジマ》に控えている。まことに髪は女の顔の欠くことの出来ない背景であり伴奏である。一しきり映画で尼さんブームが流行し、なんとも妙ちきりんな坊主頭の女が白衣をあらわに愛欲する光景を見せつけられて興覚めたが、これなどは女性美に抵抗する一種の変態趣味で芸術的な観照とは縁遠い不快極まる、むしろ惚れ止めか、幻滅のための一種の不浄観を誘うものであった。或る現代人は美人への惚れ止めに、彼女の頭部に一本の毛髪もない状態を想像すると告白した。鼻が欠けても、口がえびつになり、にきびが無数に繁殖しても惚れたが最後アバタもエクボなのである。しかし、彼女からその毛髪を奪うことは殺人的行為であろう。

西方の髪の結い方はギリシアの昔から多少細かな編み毛、捲き毛なぞも見られるが、おおむね月桂樹の葉のように結えられて端正であった。いずれもウエーヴであのパーマネントのチリチリはなかった。波形のうねりがややこきざみではあるが、それは大ぶりなその表情をデリカなトレモロに変律するためで、これは効果的にその大きな女体を愛らしくみせている。日本のそれは平安期の垂髪に代表する如く比較出来ない程大きい。十二単衣を纒った美女はその裾の長さと等しくたわわな黒髪を滝のように流し、なまめかしいその歩行がこれをすりへらすにまかせていた。江戸時代の島田や銀杏返し等に致ってもリズムに幅があり、これらのゆるやかな髪のうねりは繊細な日本女性の表情を大きな余韻にぼかして優調であった。試みにその女人の髪型の変化を図面にみるなら、埴輪や神武天皇のオサゲから、那智の瀑布を思わせる平安の垂髪は次第にそのリズムを波うたせ、鎌倉の束ね髪、足利の桂巻、それからヘアスタイルの黄金時代ともいうべき江戸の下げ髪、やりて、角ぐり髷、御所風、すべらかし、結び島田、勝山髷、もん所わげ、つっこみ髷、吹髷、片笄髷、吉原丸髷、後家髷等々元禄の花魁の頭上を流れ、現代の断髪でその美しい流れを断っている。与謝野晶子・岡本かの子の断髪はその鋭い才女の理智的な美を研いだが、これはまた戦後、その尖端まで切ってしまい、後からみると原始人のようなヘップバーン・セシールカット等の女性が横行しだしたに到っては現代の髪の美学は誠になげかわしい時代となった。毛髪における女性美の自殺的現象、ザンギリやパーマネントは生活の便利主義が生んだ、そして無意識裡に断行した虐殺行為で、ここで女の顔は「女」の背景を失った。しかしそれは付属品をかなぐり捨ててなまなましい「女」そのものを投げだして来たとも考えられる。年頃の娘がこうして彼女の生来の美しい毛髪を黙殺して現われる習慣は繁雑な現代生活にマヒされた男性の眼にはスピーディにその裸体美を投影するにしても余りに色気がなさすぎるようである。手や指や脚線は夏さえ薄いレースを纒うことを忘れないし、まして全身常に衣服にかくされている人体にあって、顔というものほど横着に裸のままである代物はない。腰部や乳房などは特に二重三重に護装されてうっとうしい位に内燃した余情をみせているなかで「顔」ははだかのまま平気で笑い、なまめかしく泣き、その紅い唇を割って食欲してみせる。この放埓な姫君の演劇をつねにいましめ、なだめすかしているとき、その舞台の緞帳とも言うべき黒髪は神秘的なまでに端正な威厳を以ってわれわれに迫る。彼女がその一日の演技を止めた後に閉じられる黒い幕の静かさ、黒髪の生き生きした敬虔なまでに艶麗な美しさは一層深くなる。歌麿の愛欲絵図で無念無想な女体の白痴じみた頭上の崖からだらりと垂れ、褥《シトネ》の上にうねった黒髪のなまなましさに眼をみはるとき僕は祈りのような感動さえ覚える。それは女の、人間の身体や魂の象徴として扱われ、信仰と結合したその伝統にも溯る。感染呪術の原理は切った髪に害を加えると災がその所有者に及ぶことを信ぜしめ、それを切って神に捧げて祈禱したり、謝罪を表わすために剃髪するというような幾多の習俗を思いだせる。こうした因習の一面には単に生命の一部としての象徴のみでなく、そこに思いを到らせた髪の毛そのものへの美意識の潜在性を認めねばならないだろう。黒髪の信仰はここに断絶され、凄惨な原子力科学はこれを殲滅したかに見えたが、めまぐるしい都市の雑踏にいつの間にか原子雲へアスタイルがあらわれ、ここにまた妙な楊貴姫のそれがゆうもらすに近代女性美をひきたてている。この女性美の背景を流れる瀑布の化身――黒髪の流動美はつきることなく、その顔の裸体美の背景に人智をつくして永遠と無限を感じさせるものがある。

黒田三郎詩集「時代の囚人」

―一九六五年刊詩集より―

堀内幸枝

黒田三郎氏がいかなるグループに属し、いかなる詩歴を歩んできたかという事とは、別個に、私はここで黒田三郎著「時代の囚人」一冊について考えてみたい。

あとがきとして

「この詩集は、一九四六年末から一九四八年にかけて書いた詩から成っている。従って、すでに刊行した詩集「失われた墓碑銘」と「ひとりの女に」の間にこれは位置する。一九四二年から一九四六年に至る空白を除いて。」とあり、著者略歴に「一九一九年二月二六日生まれ」とある。すると、この作品は黒田氏の青年期の作品であり、その時期がちょうど、終戦直後に合致するわけである。

パラパラと開いて、すぐ感じられる事は、一切の詩学やテクニックより先に、敗戦という世相から受ける一青年の感受性が鋭い縦糸として全篇に通されている事である。

道

それは美しい伯母様の家へ行く道であった
それは木苺の実る森へ行く道であった
それは夕暮ひそかに電話をかけに行く道であった
崩れ落ちた町のなかに
道だけが昔ながらに残っている

いそがしげに過ぎてゆく見知らぬひとびとよ
それぞれがそれぞれの中に遊った心をもって
それぞれの行先に消えてゆくなかに

僕は一個の荷物のように置き去られて
僕は僕に与えられた自由を思い出す

右に行くのも左に行くのも今は僕の自由である
戦い敗れた故国に帰り
すべてのものの失われたなかに
いたずらに昔ながらに残っている道に立ち
今さら僕は思う
右に行くのも左に行くのも僕の自由である。

戦い敗れ何一つ持たない当時の若者がただ持っていたものは、この詩に書かれているような特殊な「自由」だけであった。この詩を読んでいると、

「右に行くのも左に行くのも今は僕の自由である」と貧しいが、文明の糸は電線さえ切断されたままでいた二十年前の東京の原野がそのまま鮮やかに思い出される。

それは又次のような詩

声明

大事な眼鏡をいつのまにか
なくしてしまったのではないか

僕が僕につける愚かな言いがかりよ
ああ　いまさら

燃えた町の崩れた壁や瓦を掘り起したとて
何になろうか
燃えた町の葉のない並木の下をうろついたとて
何になろうか

頭の中の空の抽斗をあけたりしめたりしてみても
新しい不安を見つけ出すだけである

この「声明」の前半だけ読んでみても、敗戦という大きな苦しみも辛さも過去に繰り入れられると、不思議にも一種のなつかしさに置換えられるものである。

我々に一九四八年の時代を、そっくり目の前に思い浮かばせてくれるのにこれ以上の作品はないであろう。

終戦直後、東京のど真中で、その日その日の生活に追われていた私は、当時自分が書いたものと言っては、一冊の日記帳さえ残っていないので、一層この詩集のあちこちに過去の自分の心象を見出してなつかしく思うのである。

黒田氏は同世代の多くの作家、詩人が、戦争体験者としてのイデオロギイのかげに身をひそめ、個人の代りに世代の声と顔でものを書いてきたのに比べ、同じ敗戦当時を扱いながら、彼は黒田三郎氏個人が敗戦当時をいかに生きたか、繊細に個人の感情で当時の模様を呼吸音さえ伝わるように書いている。そこにこの詩集の特殊性があり、戦後のみに限定されない作品の永遠性がある。

次のように「歴史はどこにあるのか」の一部、

崩れた壁から崩れた壁へと
ひとは横切ってゆく
けちくさい月給取よ　人絹のシャツを着た者よ
赤いリボンの少女よ
崩れた壁から崩れた壁へとひとは無言で横切ってゆく

「一人の女に」の一部

人生は過失である
戦い敗れた故国の美しい山河に
生き残り
罌粟の花よりも散りやすいひとよ

「友よ」の一部

雑草のようにのびるものを押しわけて
ひとり背を見せてゆく友よ

「愚かなからくり」の一部

ある晴れた日に
村から村へゆく通路にいて
猿のように自由に南京豆を喰っている僕を
うっかり僕が見つけ出すことはないのであろうか

これからも戦争体験を書いた作品は、さまざまな形で、あらゆるジャンルにあらわれてこようが、私は当時を思い起すのに「人絹のシャツを着た者よ」といい、「ある晴れた日に」といい、「罌粟の花」といい、この詩集を開くだけで、今日の東京の空とちがい、雑草の上に深々とのっていた、あの焼跡の広い空や、雑草の中にポチッと咲いていた小さい赤い花を今も目の前に思い浮かべる事が出来る。

その上、これからも当時を題材に自分が何か書こうとする時、この詩集を開けば、文章や事件以外の当時の生きた人間たちの体温のようなものが伝わってくるので、この一冊を私は自分の古い写真帳のようにかたわらにおいて読返していく事であろう。

執筆者住所録

岡崎清一郎　足利市大町五〇一
寺門仁　千葉県流山町前ケ崎六四〇
能村潔　神奈川県平塚市平塚一七六三
高野喜久雄　東京都豊島区池袋東一の五五　現代公論社
竜野咲人　小諸市石峠
粒来哲蔵　東京都文京区日本女子大学区
上原噴人　小平市学園東町二
内山登美子　東京都豊島区駒込一の五六　中島方
木村信子　東京都中央区佃島四二　飯田方
相馬大　京都市北区紫野北舟岡町九
斎藤広志　北多摩郡小平市上水本町一二八二　旭荘

後記

今年に入って雑誌の評論に「明治大正の文学は封建的圧迫の中で青年が個人の解放と個性の実現を目ざしてたたかってきたものだが、個人が解放され、青年が自由な境涯にある今日ではその使命は終わりを告げた。現代の青年は文学をやる必要がなくなり、当然金と名誉のために「売れる話」を書くことを目ざすようになった。

「そのへんのマスコミを渡っている詩人たちは、聞くところによると、小説家の及ばない収入を得ているそうだ」などと目についたが、詩にはたしかにそういう道もあるが、いつの時代でも、さまざまなジャンルと屑から成り立っているのではないだろうか。

短かい生涯には書く時間はそう多いものではない、居直ったように、自分の身に合った場所で、身に合ったように、たとい爪のひっかきほどの疵痕でもその時代につけてみたいと、バカげた真実に必死で命を賭けてる青年たちもいないことはない。私はそう思う。

（堀内）

1966年7月発行
定価　80円
編集発行人　堀内幸枝
東京都新宿区柏木2―446
千葉方　葡萄発行所

葡萄

28

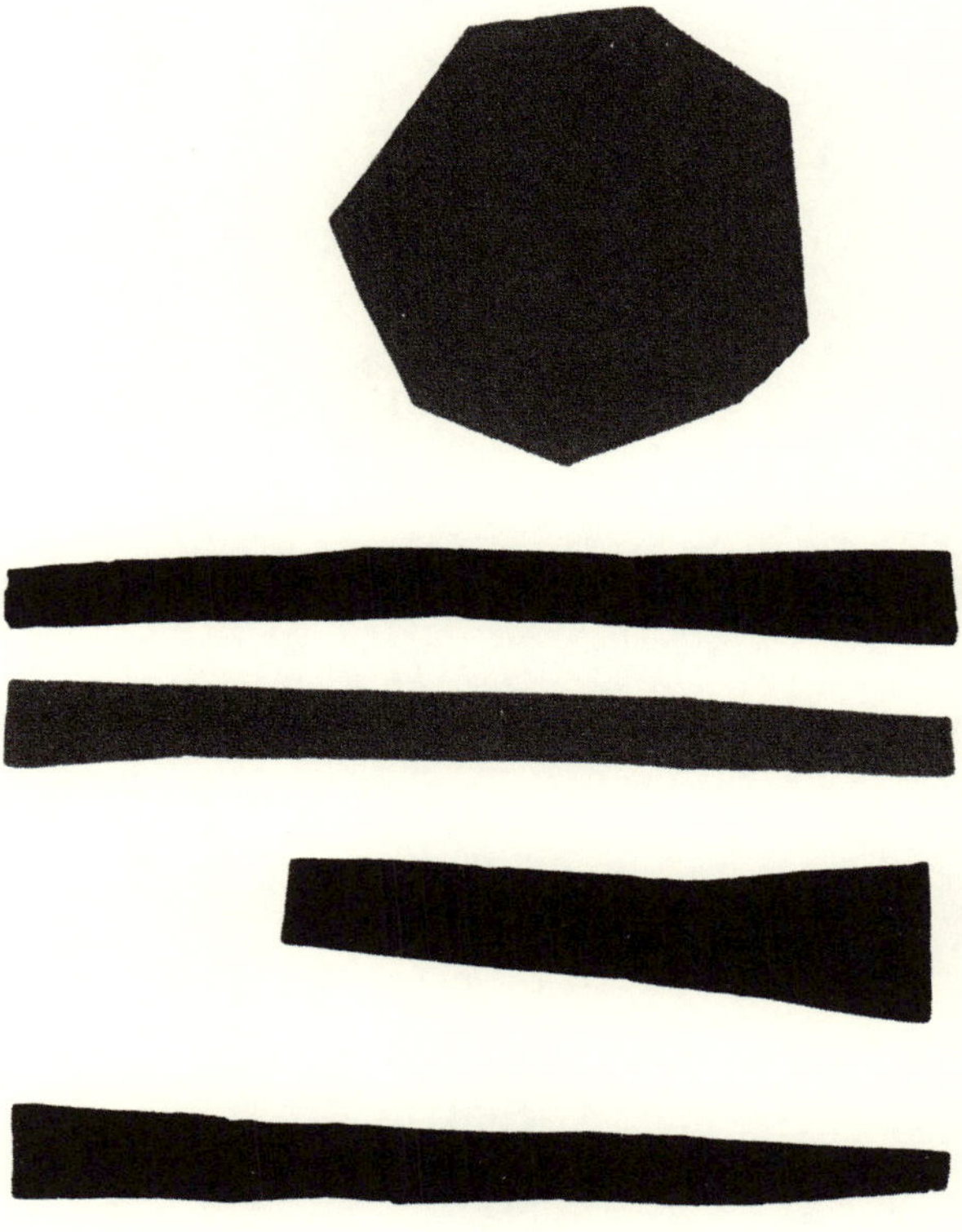

葡　萄

28

1967年11月

真　実……………………………沢村光博…4
仙石原……………………………石垣りん…6
井　戸……………………………堀内幸枝…9
蝕の日……………………………粒来哲蔵…12
執　著……………………………三井ふたばこ…14
生と死の谷間で…………………香川紘子…15
葡萄棚……………………………糸屋鎌吉…16
おくりもの………………………水尾比呂志…18
部　落……………………………嶋岡晨…20
ある異変…………………………木村信子…24

詩　論

わが断片的詩学…………………関口篤…2

わが断片的詩学

関口 篤

詩人の型について。最近、或る詩誌に安藤一郎氏の詩集「夢のあいだ」についての短評を書いた。そのなかで詩人のタイプを家父長型、革命経世型、高踏派、破滅型、吟遊型の五つに分類してみた。そして日本、中国、欧米の著名な詩人をそれぞれ例としてあげておいたのであるが、気がついた事は従来のわが国の有名詩人はその殆んどが破滅型または吟遊型にはいることであった。このことに大げさに云えば僕は暗然とした。僕自身もどちらかと云えば吟遊型らしい。いよいよ暗然である。日本民族の文学的発想そのものが人麿呂、芭蕉の血液型でそれが相変らず優勢を続けているのかなとも思う。高村光太郎、斎藤茂吉には家父長的要素があり、西脇順三郎、金子光晴には高踏派的要素も認められるのだが、むしろこれは例外中の例外と云えそうである。日本語の「詩人」は遂には破滅型、吟遊型しか意味しないのではないだろうか。

一方、英語の「Poet」は事情を異にしているらしい。「Poet」の意味するものは家父長型と高踏派である。云いかえれば巨人的性格と学識である。前者の典型はホイットマン、ロレンスであり、後者のそれはエリオット、パウンドである。彼等はそのそれぞれの典型において畏怖される高い峰である。ところが一方、ポーやデイラン・トマスのような型の詩人がいる。彼等もまた英米においては一級であり、今後も一級であり続けるだろう。しかしこの二人の持続的人気の源泉には、その長くはない生涯につきまとう破滅的吟遊的要素が多分にあるらしいのである。と云ってもこれが彼等の遺産の価値をいささかも減ずるものではないのだが、こうなると僕の「Poet」の定義も怪しいとせねばならない。

家父長的、革命経世的、高踏的な諸要素の欠落を「哲学」の欠落かと思案してみたのだが、そう大げさに考えることもあるまい。破滅型は破滅型で、吟遊型は吟遊型で行くべし。個人の生涯は遂には吟遊でしかあり得ないのだから。差しあたっての結論である。

詩論について。堀内幸枝さんの何かエッセイをとの話を気楽に引受けてはみたものの、実は詩に関するエッセイ、つまり詩論というフォームでは大して書くこともなくて弱り果てたのであった。僕の感覚のなかにある詩論とはかつての鮎川信夫氏、大岡信氏、平井照敏氏等の、詩を書くという困難な作業に立向う心を鼓舞しつゞけるあのまっとうな文章なのである。あの大上段にふりかぶって、根源へ発想の源へとわけ入る真摯さであった。

生きる事と同様、詩を書くことも相当に面倒くさい作業である。笑い話がある。主人に油を買ってこいと命ぜられた小僧が忘れるといけないので「アブラ、アブラ」と口のなかで唱えながら小走りに駆けてきたが、小川を飛超える時に「ヨイショ」と云ってしまった。「ヨイショ、ヨイショ」と叫びながら小僧は油屋で「ヨイショを下さいな」と云うのである。何かの用事があってこの世にやってきた筈ではあるが、その用事がトンと思い出せない。仕方がないので思い出せるまでは面倒ではあるが「ヨイショ」と時に詩を書くのだ。他のことでは思い出す手がかりすらなくしてしまうだろう。少くとも僕にとってはこんな具合である。同感の士も多少はあろうかと思う。

こういう精神は常に詩論というもので鼓舞され続けていなければならない。良い詩論とは僕にとっては「書く」ものではなく「読む」ものなのである。強い刺戟剤として。常に「何かの用事」のことを思い出させていてくれる鮎川、大岡、平井の三氏に暮夜しばしば敬礼するのである。

何語でもない言語。姪といってもまだ一才三ケ月であるが、その夏子嬢が小生宅に滞在しはじめてから十日ばかりになる。彼女は非常にしばしば二十秒間ほどにわたって何事をか云う。彼女が何事をも思想していないという確証はどこにもない。しかも彼女が発音する音声のうちで明瞭に日本語として僕に伝達されるのは「ネンネ」と「マンマ」だけである。先方からすればこちらは甚だ頼りない聞き手である。彼女が開陳しつゝある思想を正しく理解できれば、そこにはひょっとすると相当に上質な作詩上のヒントがあるかも知れない。いや、あるに違いない。これを彼女は二度とは告げないだろう。彼女はおそらくこの世で最もナイーブな感情を何語でもない言語で一度だけ僕に語ったのである。何語でもない言語、感情の最初の発生、詩の最初の出発。

プロフェショナル詩人。野暮な青くさい書生論をふりまわすつもりは毛ほどもないのだが、職業詩人なんて、詩の教師なんて、どことなくおかしい。詩人と哲学者は人間の使命である。宗教の伝道者もそうであろう。旅行の時の宿帳の職業欄に僕はいつも考えたあげく「無」と記入する。職業とは外国の宿帳ではOccupationである。何かをOccupy（占有）するものは何物かにまた占有されている。なにものにも占有されない精神が詩人のものであろう。柿本氏も松尾氏もそれぞれの時代のプロ詩人であったらしい。何くわぬ顔でその座にのっかり、心では彼等は全然べつのことを考えていたふしが見える。「隣りは何をする人ぞ」なんて人を食ったものである。この二人のスケールの大きさである。

たいして長い人生でもない。時代の風潮に身をすりよせてのうわ言に何の意味があるだろう。この世の用事がわかる迄は僕の職業欄は「無」である。それがわかる日はやって来そうにもない。宿の女中はうさんくさげな顔をするのみである。

詩の後衛。「永劫回帰」のニイチェさんや「天長地久」の老子さんや「陽の下に新しいものなし」のギリシャの誰かさんなど、僕にとってはいちばん親しい心根のわかり合える友人のような気がしている。この世に新しいものなどあろう筈がない。僕は詩は全時間・全空間という舞台に立つべきだと頑強に信じている。詩の後衛の弁である。もっとも僕が詩と思いこんで書いたり発表したりしている詩らしく書かれたものが詩であればの話だが。ひよっとするとかゝる後衛の意識こそ最前衛かも知れない。であれば「なるべく戦闘的詩論を」との堀内さんの依頼にもかなうと云うものだ。論に飛躍があるのも又いたしかたない。

真実

沢村光博

目には目を
歯には歯を
これが人間の真実だ
暴風の支配には樹木のふかい沈黙と
葉のゆらぎで答えよ
雑多な詰めものでもってふくらみだす
家庭の平安にも
ほんのすこし　死への
猶予を
与えよ

けものの文体で肉体人の詩を多彩に試みるため
ぴかぴか光るフライパンから
変な臭いのするおむつまで
素材は大多数の者に共通するのだ
そしてこれ
これが人間の真実だ
僕たちは　すでに神のものに憑かれて
追われている悲しい霊魂の群れですらない
路上の埃を
追い立てているのが
恐らく　狂った影の僕たちなのだ

(1967.10)

仙石原

石垣りん

そうり
内閣総理大臣
保守党のイケダはどこへ行った、

日本中に声を知られ
その顔写真が届いていた
もとソウリ。

こうして箱根仙石原で
眼下にひろがる芦の湖と
みずうみをとりかこむ山々を見ていると

庭石をこよなく愛したという
この高原に立っていた
一人の男が忍ばれる、

こよなき愛に背を向けて
答えることをしなかった
石だけが地上に残された。

祭りの鈴のように名を鳴らし
随員を従えアメリカへ行ったり
フランスへ飛んだり
上半身テレビの中にあらわれたり
国民と呼ぶものの意識のうえに
浮かんで死んだメガネの雲、

こうして夏の終り

照り返ることで
その外の闇が青くうつる空の深み
ただよう雲の高さは人の目がとどく程度だ
どこへ行くか。

かつて石よりもかたく黙し
麦を喰ったヤマトナデシコが
青大将のかたわらで
ステッキのかわりに木の枝をつき
政治家を気取る一日の休暇、

どこへ行こうとソウリ
我が国が心配である。

井戸

堀内幸枝

ある日のこと
あるところにあるだろう
こんな古井戸をのぞいてみよう
羊歯のたれ下った積み石を伝わって
底に水鏡がうつる
長く首を突込んでいると
水鏡は割れ地底に草原が見えてくる
その草原の真中を小川が流れ
小川に添ってたわわな桃の小枝が下がり
小枝の下にまだら牛
牛に草を食ませている少女はどうやら
私の古い昔の影絵のようだ
牛の横に少女。少女の横にまた

のんびり草原に寝転がってる白シャツの少年
牛と少女と少年の間の信和感
ずいぶん古い世界だ
戦争を挾んで　どれほど昔の影絵だろう

井戸に半分突込んだ頭を落着け
目をつむり
自分の足もとを確かめると
私はこちら側　地上の人
私の背には灰色の生命感　空疎な愛情　腐蝕した人間関係がつみ重
　なっている
井戸の枠木を挾んで上と下の別々の歴史

お前はこちらへ下りて来てはいけない
と……………………………
井戸の底に見える世界の水鏡が割れ
草原の中では　ななかまどや　みずひき草や　まだら牛や　少女や
　少年の背にあざやかな日光が光る

あそこへ下りて行きたい　すぐ下へ
私は涙を落す
私の落した涙は一、二、三、四、と、
数えるように響いて井戸の底へと

もう一度深く首を突込んでみる
その涙は水鏡には交らないで
ゴミのように水面に浮かんでいる

井戸　井戸
きっとこんな古い景色を隠した井戸が
だれも住まなくなった田舎の枯葉の中に埋れている
しぐれの降る頃
細い雨足が
そんな井戸のありかを私に教えてくれる。

蝕の日

粒来哲蔵

その日、日を蝕むものへ、蝙蝠へ、つまりその悪意でぬくぬくとした毛深い胴と汚点だらけの羊皮紙まがいの翼と凝った肩と、白すぎる歯がむりに永劫を食いちぎろうとするその執拗な目差と手鈎と紫蘇色の舌へ、憎しみはわけもなく募りひろがっていき、ひとは竹棒を振るってこれらの頭と長すぎる耳を砕いた。またその日、抛り上げられた藁束に爪をたて、かれらが煤《すす》のように舞いおちると、ひとは争って取り囲み朴歯の下駄で腹を潰した。

その日、子供らは飛石様に竝んだ仲間たちのくぐまった背に指をたて、かるがると跳んでいた。仲間のうちとりわけ少女の背は柔らかく、指をたてればそのままそれがめりこんでしまうかにおもわれて、身構えたまためらうと、そのあとにたちまち葱坊主のように味気ない頭が二つ三つと立ち止まり、互いに押しあいへしあいするので、くぐまるものの肩や背が波のように揺らぎだす。

その日、木椎《きいづち》頭の細脚の子が意地になって跳んでいた。赤い頬でぜえぜえ咽喉をならしながら鞠のように背から背を跳んでいた。彼が手をかける度毎に、くぐまったものたちがひょいと身を縮めるので、彼は危うく転落しかかり辛うじて肘をつき袖を汚す、と汚れた袖と兵古帯と、頸にかけた銀色の真綿の輪が宙に舞い、彼は飽くことなく跳んでいた。

その日、彼の背を跳ぶことには些かの疑意もなかった。葱坊主はむやみに彼の背をたたき、彼の腰に泥だらけの手形をつけてほほえんだ、ほほえみながら跳んでいくその下で、彼の脛は飴のように撓んではこれらの重すぎる悪態を辛うじて支えていた――。と一瞬大柄の少女が跳び、その飛形のしろいかるさにおもわずめくらめくうちに、彼はねじれるように倒れたが、そのとき彼の背から彼を覆うようにして墜ちるもののはだけた衿の、まるい小さな茱萸《ぐみ》色の乳首をみた。

日ならずして少年は発熱した。彼は熱のある手で竹竿を振り、よく蝙蝠をたたいていた。――が、何故か地に転び這いずりながら逃げまどうものへも少しの容赦もしなかった。そしてその日から確実に彼の中を蝕むものが音もなく羽搏いて、羊皮紙まがいの翳りをその子の肺に印していた。

執著

三井ふたばこ

太古人もおさえきれなかった
風が吹いている、
風は人間との不協和音を
よろこぶ、
それゆえに夜中は
激しく喘息《ぜんそく》のような咳をする。
風は人間の家の
ともしびの灯に
郷愁をかんじる
風は羨《うらや》み求めている
人や村や家や小鳥でさえも
そして羽毛や皮膚《ひふ》や髪にも
わけ入れられるだけ入ってゆきたいのだ。
風のゆびもこころも
　骨格ばかり硬く
ひとりでさびしい。

生と死の谷間で

―M伯父に―

香川紘子

永年住みなれた土地の若戸大橋よりも
まだ長い
レイテの河の橋を八分どおり渡りながら
急に忘れものを思い出したように
あなたは引き返えして来た

生命の電源の故障で
宙づりになったロープウェーのゴンドラから
あなたを救出する方法について
呼びよせられたわたしたちは暗い顔を集めるのだが

次第に濃くなる夕色にのまれて
ポツンと揺れているあなたを乗せたゴンドラを見つめながら
わたしたちは生と死の中間に永くとどまることに堪えきれなくて
病気の仲間をつつきだしてしまう鶏のような
健康な者のエゴイズムで
死が唾をつけたあなたのゴンドラのロープが切れることを
ひそかに願ってしまうのだ

葡萄棚

糸屋鎌吉

葡萄棚の暗がりに
佇っている
白い房が垂れ下がり
女の人達の青ざめた顔の向うの
影絵

K市の灯が 河をはさんで広がっている
ステージ裏の暗がり
男の子をつれたひとを
姉と間違ってしまって

いつまでも　そう信じているなんて

葡萄棚の暗がりに
佇っている幻想
棚をすけて見える斜めになった月よ
女の人達の顔が青ざめて見えるわけだ
影絵

あゝ
KR市の灯を
その丘で見ていることか
何処までも間違っていたいと
思っているなんて

おくりもの

水尾比呂志

それはほのかにあたたかくて
おもひやりの　ぬくもり　のやう
それはしづかにやさしくて
ゆふぐれの　こころ　のやう
それはさはやかにみづみづしくて
いづみの　あふれるかほり　のやう
それはかなしくうつくしくて
ふるいほとけの　ほほえみ　のやう
それは　あなたのてにいだかれて

あなたを
いっそう　やさしく　あたたかく
もっと　さはやかにうつくしくするだらう
すこし　くもってゐるそのかがやきは
みがかれる　あい　のため
ちいさめなそのおほきさは
これからそれをそだてるため
けふ
わたしはこれをおくる

あなたに
そして　わたしにも

部落

嶋岡晨

ねずみ

腋の下のすすきの原で鳴くねずみ
股ぐらの沼で鳴くねずみ
てのひらの畑で鳴くねずみ
目のうらの井戸に走りこむねずみ
はらわたのふとん綿のなかで鳴くねずみ
どいつも黒いながいしっぽを垂らし
ぽたぽたと死のしずくをしたたらせている
そいつらの足は「逃散」の足

そいつらの歯は「一揆」の歯
そいつらの目は「農兵」の目
そして
そいつらの腹はずるがしこい「ねがえり屋」

おれをなぐりころしたって
なぐりころすやつのからだへすばやく移って棲むだけだ
そのさびた鍬で泥と藁とをこねまぜたって
どんな厚い壁も
おれを仕切ることにはならないのだ。

家

谷川で尻をあらい
あかね空をむしって腰にまいた女は
部落じゅうの種馬の珍棒をきりとり

果樹園

つやつや黒いそいつらを
自分の畑のまわりにつきたて
かこいのなかに種をまく
俎板で刻んだ間男の種
かいば桶でかきまぜた夜這いの種
土はねっとり肥えている
間引かれた子らの産ぶ声といっしょに
かこいの棒はぐんぐんのびて
天をつきさし
しげる枝葉が屋根になる
萌えでる種はことごとく
他人の顔して飛び出ていくが
女はどっしり坐りこみ
血だらけの口で自分の乳をすっている。

ひとふさの葡萄のなかに
おれを見つめる無数の目がある
なまぐさく粘った視線のつるはのび
おれを腐った棚にしてしまう
さからうよりも
からみつかれて滅びていくことに
おおくの価値を見出そうとする
だが夢を信じる手はにぎりつぶす
汁をしぼりとる
情熱という檻の戸を野獣のためにあけてやる
葡萄つくりの目は
葡萄いろ。

（部落連作の一、一四二、一〇）

ある異変

木村信子

秋になったばかりのある朝
いつも見なれた街角で
わたしは
とうめいのくびかざりをひろいました
それをかけたとたん
へんてつもない貧乏たらしい街は
憧れていた行ったこともない異国の街のように視えてき
ました
色あせて夏のほこりがくっついている
わたしの服も
絹のあかむらさき色にかわり
背中にはみどり色の羽が生えてきました

その羽をふわふわうごかすと
わたしはとべる!!?
二階の窓から下をみるのさえ身ぶるいするわたしが
へいきで空をとぶ!!
でもこの街では
こんなことは
いらいことでも恥しいことでもなく
みんなそうしてとんでいます
あかやブルーやオレンジ色の風船にのってとんでいるの
は子供達です
いらいらもそうおんもないから
わたしは小さな少女の頃のように……ううん

もっとずうっと以前もしかしたらまっ白な神さまだった
　ころのようにのんびりしています
こゝには鏡がないからわからないけど
きっと今のわたしは美くしいだろうなとおもいます
空とぶじゅうたんにのったくだものやさんが来ました
あおいみかん　まっかなりんご　いっぱいかたまってい
　るぶどう
それをみると
わたしは街へ出てきたときのことをおもいだしました
ずいぶんながいこととんでいるような気がするけど……
記憶はだんだん見えてきて
さいふの中には千円札が一枚ありました
街のすみからすみまで物色してあるいて
親子四人分の食料を買うこと
安くていっぱいあって
おいしくて栄養があって
あゝそれがわたしの日課だったのです

三度三度の食事をはらいっぱい食べているってことは
だらくなんだなんてなげきながら
ぶたとあまりかわらないようなものを
はらいっぱい平気で食べてきました
あのへんてつもない街や小さなわが家がこいしい
かえることはかんたんです
このくびかざりをすてればいゝんですから
かえりたい
かえりたい
くびかざりをすてるだけでいいんぢゃないの
ほらはやく
そういいながらわたしの手は
きつくくびかざりをにぎっているのです

執筆者住所録

嶋岡　晨　高知市天神町四六の二
水尾　比呂志　藤沢市鵠沼藤ケ谷三丁目十三の二三
糸屋　鎌吉　世田谷区砧町六一
香川　紘子　松山市御幸町一四四番地
粒来　哲蔵　文京区目白台二、日本女子大学内
三井　ふたばこ　世田谷区成城町十三
石垣　りん　品川区西中延一の五の二二
沢村　光博　杉並区成宗三の三二二
関口　篤　杉並区高円寺南一の二の八

後記

次の一文は、竜胆寺　雄氏がある雑誌に書いていたものである。

「私は文学者としては昔から異端で、今でも異端です。私は現代の日本文学――小説をほとんど信用していません。文学者がその文学ゆえに殺される――それぐらいの覚悟でその時代と歴史に影響力を与える作品を書くのでなければ、心の砂漠の中をひとりで歩いていた方が、よっぽどましだ、と今でも考えているのです」

そのまま借用するのは恐縮たが営業ならざる雑誌を作る気持はこの言葉につきるようだ。多くの御意見と、次号にも力作を寄せていただきたい。

1967年11月発行
定価　80円
編集発行人　堀内幸枝
東京都新宿区柏木2―446
千葉方　葡萄発行所
電話（371）9891

葡萄

29

葡　萄

29

1968年11月

湯島天神……………………金　井　　直… 1

浚 渫 船……………………笹　原　常　与… 2

つ つ じ……………………三　井　葉　子… 6

食　欲……………………薩　摩　　忠… 8

盲 遊 女……………………寺　門　　仁…11

現代詩の魅力について………堀　内　幸　枝…14

眼の中の眼…… ………………中　村　千　尾…17

やさしさについて……………滝　口　雅　子…18

お　話……………………新　川　和　江…20

斗　牛……………………窪　田　般　弥…22

無 言 歌……………………片　岡　文　雄…24

舞　台……………………堀　内　幸　枝…26

後　記……………………………………………28

湯島天神

金井直

人がいても　いなくても寂しいのはなぜか
それは鳩のせいだ　鳩の鳴く声のせいだ
あれは世界のもっとも寂しいはてからやってきたのだ
あの声は男坂の急な石段をのぼりつめたところから
危険な心ののどぼとけを通ってきこえてくるのだ
女の胸が鳩の声のようにふくらんでいるのをみると
男は女坂を下ってはるかに寂しい国へかえりたいと思うのだ
てのひらに寂寥をのせて鳩を呼ぶ声
寂寥で病んだ男の肩はつねに鳩の糞で汚れている

浚渫船

笹原常与

浚渫船を
わたしは　自己の内部へ放った
もう何年も前のことだ
暴風雨と冒険にみちた青春期が暮れる頃
——悔恨をめざめさせるようにして

その時以来　浚渫船は
わたしの「生」の領海を漂い
遠く　魂の方へさかのぼりつづけている
いつしかわたしが見失ってしまった　生きることの意味と
「在る」ことの理由をさがし出すために

わたしの耳は　木々のかすかなそよぎを聴き

ひそかに降り過ぎる雨音を聴いている
わたしの眼は　深い夏の奥ゆきや
木立の繁みを映している
広場を横切るように　日ざしの中を蔭の方へ
だまって横切る人々の姿を映し
時にいちめんにひろがる夕焼空を映している

だが　それら日常の耳や眼の世界の下に
わたしの「生」の領海は
どの海溝よりも深くよどみ
さまざまな過去と　色とりどりの物語を沈め
「在る」ことの意味を秘めたまま
水平線をひろげている

――わたしの幼年期や少年期
そして短く過ぎた無為な青春期
それらの季節の中で会った沢山の人々や
別れたいくつもの顔

わたしの泣き声や　かたくななわたしの沈黙
それらの世界を色どった強い日ざしや夕照
そして細い雨や街や坂や乾いた路

わたしの眼の中を曳航しつづける途中で
艫《とも》から先に沈んでいった国籍不明の難船や
溺死者の短い悲鳴と　伝わらなかった遺言のかずかず……

それらを沈めたまま
魂の海は
時に荒れてうねりを高くし
時にまた凪いで　空いちめんに夕焼けをひろげている

浚渫船は
波にもまれて左舷に傾いたり
水平線の方へ流されたりしながら
深測錘を垂直に　海底におろしては
ひそかな浚渫作業をつづけている

今は　帆柱も折れ
かつて色鮮かにはためいていた旗もふきちぎれ
乗組員の姿も見えぬまま

そして　ひき上げた悲鳴をわたしの耳に
濡れてしずくをたらしている溺死者や　古いまっすぐな雨を
わたしのまぶたの裏にうちあげては
まだそれらがかわかぬうちに
ふたたび遠く発ってゆく

ただ一つのもの
いまだみつからぬ生きることの意味と
「在る」ことの理由を探索するために
暗礁や危険水域をおかし
「生」の領海を漂いながら
魂の方へさかのぼってゆく

つつじ

三井葉子

死にたいとあなたがお言いになれば
ひのしをしている布《きれ》のうえに
山のつつじが燃え浮かぶ
いのちを寄せるのがそんなに単純なことなのを泣きながら
白い布《ぬの》につつじのいろの寄るはやさにも及ばずに
燃えるつつじの谷にまで
ゆっくりと駆落されてゆきます。

たんす

ゆたんを引いてゆたんのたんすは浮いていた
もうなんの役にもたたなくなってしまった百枚の着物だけれど
用をなくしてしまったたんすのなかには　髪を結いたてたおんなら
　のかちかちと陶器を当てあうようなさんざめくおともしていた
水害《みず》に会うたゆたんのたんすが用をなさなくなってから
だて帯は腰に巻きたち
腰ひもたちはいろあやあやにたって
たち交りながら　たんすのなかに入れられたものらはひとむらのも
　ののように　囲まれていることの　しるしのさんざめきを浮いて
　いた
物語りのなかのかけがえないふたつの名の封印に　赤い十文字のし
　めをみな抱きながら

食欲

薩摩 忠

わたしは食べる
目で
わたしは飲む
鼻で
わたしは味わう
指で

あなたは食べる
耳で
あなたは飲む

肌で
あなたは味わう
翼で

ふたりは　貪り合う
ショートケーキの
クリーム
苺の実

エチケット

レディは
扇子を半開きにして
脚の間に置きましょう

昼の月

青い空の胸に咲いている
昨夜の名残り

色腿せて行く
ヒナゲシの花びら

盲遊女

寺門　仁

谷川を背にした遊女屋のひとつから
男は出て小道をのぼって橋にかかる
向こう岸の上手に
ぽつんと小屋がある
そこに盲の遊女がひとりの子供と住んでいる
橋のまんなかまで来て
男は小屋をみつめる
昨夜この男でない他の客と過ごして
子供のところへ帰っている遊女も
男が泊ったことは知っていて
今朝は橋の袂へ立ってくれることを期待していた

遊女はこのことだけが
じぶんのものであると大切にしてきた
遊女は小屋の縁側にめぐらしてある荒縄を伝い
庭に降りて子供も降ろすと
洗濯物の入った籠をこ脇に
まといつく子供と手をとり合って川岸へと歩む
男の気配に胸をおどらせながらも
なに気なく振舞い洗濯をはじめる
しきりと子供に話しかけ
いくどでも子供の所在を確かめる
せせらぎの音に混って
か細くも優しいその声は
男の耳にとどくと体をしびれさせる
その声は子供の命綱であると同時に
男への囁きでもあった
遊女は多勢の男を
盲目の美しさでひきつけたが
この男だけをとても好きになった

本当に好きになると
体は与えてはいけないと考えるようになった
男の心に美しいままでいたかった
遊女は男にこの決心を話し
そしてつけ加わえた
「わたしを好いてくれながらも
どうか自然な気持を失わないで
他の女のひととつきあってください――」と
男は今
遊女の働きぶりをみつめる
洗濯が終わると
子供は危なげに
遊女も手さぐるようにして家へ向かう
途中なん度も顔を男の方へあげる
しっかと閉ざされた瞼の
はかない面差しがひたと男に向き
全身が喜びを表わしている
男は橋の袂まで近よってその姿を心に納めた

現代詩の魅力について

堀内幸枝

「現代詩の鑑賞・5・」の中で村野四郎氏は、詩とはなにかというテーマは一口には定義しにくいものであるといい次のように書いている。「そもそも詩というものは、人間の生命から生まれでて、生まれた後も、いつまでも人間と生命的な関係をもちつづけているもので、人間それ自体に似ているからである。だからちょうど「人間とは何か」ということと同じくらい定義しにくいものだからである。要するに、詩は人間の顔色に似ていて、その時々によって、その様相に万態の変化をあらわすものだから、常住の本心をとらえることが、なかなかむずかしいのである」といわれるように我々が詩の魅力にとらえられるのも、この万態の変化をあらわす人間の顔色をみる、そうした複雑なところにあろう。

戦後は戦前にも増して沢山の詩が書かれている。だがすべての詩が、このような魅力にさそってくれるとは限らない。はなはだ独自の自己の世界に深く没入し、その中に於て、徹底的に詩的情熱の昇華をはかりながら、個性的という点では極めて個性的ながら、読者にあまりにドグマを強い過ぎるもの——読者との交感を固く鎖している作品——などに出会うこともしばしばある。

実験的という言葉が一時流行したが、実験的作品には、詩としての最少の秩序も伝達性も無視され、自己の詩的情熱にだけたよりすぎた場合、作者の意気込も読者の胸をたたかずじまいに終るものもある。

しかしこうしたいくつかの実験的歯車によって、現代詩は切開かれ、進められて来たわけであり、戦前には比すべきもなく、人生の深奥をとらえた作品も多く残されてきた。これはほんの私の机のまわりに置かれた本の中から、二、三篇とり出したに過ぎないが、次号からは、いろいろな詩人にこのテーマについて書いていただきたいと思っている。

匂い

斎藤庸一

なにして今夜も嫌だのかと
ゲンは声をころしてねめつけた
真暗だからわかんねえだが
向うむきに寝がえりうって
まためんこい唇を
仏頂面にとがらしてやがるだべ
なんぼ嫌だいうても
おらとお前は夫婦だべ
頑張んねえで
いいからこっちへ来う
なあや
とやさしく言えば
眠くて眠くて聞えねえ
うるさくすんなと声たてた

これや　そう家中に喋んなや
羞かし話は囁くだぞや
とそろそろ怒りたくなって
むっくり起きて正座しただ
やいこら
なんで嫌だか言うてみろ
返事によってはかんべんしねえと凄んだら
あんたは臭いから嫌だ
なに臭いだというたら
臭いものいっぱい並べやがる
――小川で洗うこやし桶くさい
　朝の湯気たつつみ藁くさい
　ニワトリひねった首の血くさい
　田の草とりのドブガスくさい
こくな　こくな
だから何して嫌だ
――吐きだす息のどぶろくくさい
　そんなヤバンなキッスはやだ
　胸の毛むくじゃら湯灌くさい
　そんな仏くさい抱っこはやだ
ぬかすな　ぬかすな
おめえだってくせえだべ
腐ったアンズのつぶれくさい
納屋の味噌桶かびくさい
たたきつけた蛙の干ぼしくさい
いろりで乾かすオシメくさい
それからな
それからだいたい女くさい
だから
こっちへ来うというに
このアマ！
とやにわに夜具ひんめくり
抱く気なんぞ消しとんで
虐めてくれる
虐めて泣かしてくれる
憎ったれ
生意気め
とびかかり組んずほぐれつ
やだアやだアと泣く奴を
馬のりに押えて
喰らいついたら
ほんとだ
いい匂いする
レンゲ畑の花むらみてえに
あまくて酸っぱくて
かんべんしろなといったらば
顔中の泪が塩からかった。

不運

鎌田喜八

ろくに物心もつかぬうち　或る日大人共がやって来　僕を
毛むくじゃらな股倉にしっかりと挟む　〈お前はなにを望む

か　将来どんなものになりたいか　叶えてやる　申して見よ＞　僕は動転しつい口を滑らせる　云ってはならぬこと　この甲冑のようにいかめしい連中に通用しない感情を表明してしまう　＜涙だよ　涙になって見せる＞　見る間に大人共の顔がふくれあがり荒々しく卓子を叩き声をつまらせて怒鳴る　行儀よく席についた利発そうな子供達がいっせいにふり返りけげんな面持でこっちを見ていた　＜なんという侮辱だもう一度申して見よ　船長か　教誨師か　軍人か　発明家か＞　僕はすっかり度を失い　こんどは片っぱしからいろんな物の名を羅列する　壁かけ人形　コーヒー沸し　汗知らず象　おだまき　ヘヤピン……大人共は呆然とし　小首を傾け　はては額を寄せて協議をはじめる　やがて云う　＜全く馬鹿気ている　だが改めてやる　公衆の名誉のためわれわれはお前の不幸に干渉することに決めた＞　まるで拷問だ　僕は一室におし込められ　盗賊のように折檻され改悛を強いられる　止むなく僕は誘導に乗り彼等の好む希望という奴を決めて虫類や下等動物からはじまり　清掃人　隠亡　浚渫夫といったあたりまで　非常な努力の末少しずつ引き上げられる　苦痛が和らぎ胸がふくらみ出す　そしてとうとう　例えば＜大富豪＞といった言葉が喉からいきいきと湧き出されようとする　ところがどうしたことだ　一挙に激痛が戻って来口は魔法にかかったように　＜涙になる＞と云ってしまう＜責めないで下さい　僕にはあなた方のおっしゃる意味がわからなかったのです＞　僕は床を鳴らして怒る大人共に泣いて訴え　気を失ってしまう　少年期が終り　青年期が過ぎ　今もなお望みは芽ぐまず

夏

木村信子

ふるさとよりとおいところで
わたしの夏がある

あおいすすきのようで
ぎこちなく

ほたる草のようで
ゆめをみながら

せみのぬけがらのようで
ひっそりと

つるばらのとげにきずついて
素足がある

白い花をむしって
左手がある

あさつゆにかくれて
むねがある

ふるさとよりとおいところで
わたしの夏は
いまも
無言歌をうたっている

眼の中の眼

中村千尾

どこへ行っても
私はすぐに自分の中へ帰りたくなった
涼しい隠家へ
水甕の睡蓮にせまる雲の峰
その夏の日もやがてくずれ
一人でお茶を飲んでもつまらなかったが
それでもなぜか心に残るものがあった
だれも見なければ
ものは存在しなかったのに
淋しさだけはどうしてもかくせなかった
あの深い空の色をのぞきながら
見えないものが犠牲になっているのを見た

やさしさについて

滝口雅子

あなたは
一日に十度衣裳をとりかえる。
糊のきいた木綿がすり
少しこっけいなタキシード
さわさわする織ズボン
皮のネクタイ　ポロシャツ
とっかえひきかえとりかえる。
あなたは落差がはげしい。
やわらかな
京麩《きょうふ》のように落下するが
落下音を
聞いたものはない。
生命に音がなかった。

あなたは
すれちがってそれっきり。
早朝の林道におとした
カメラのレンズ
存在を消す白日のなかの白い光
あなたは
リバーシブルコート。
一日じゅうひらひらする
急に上昇する声がとらえにくいように
とらえられない。
ゆっくり切株《きりかぶ》の上で考えよう。
どれだけのやさしさが
どのようにして死んだか
について

あなたは
軽やかな優しさ

お話

——あなたに

新川和江

とほうもなく
お話したいことがたくさん
あるような気がするのです　あなたに
わたしが今日まで
通り過ぎてきた街々の話や
ある夏滞在した美しい海辺の村の話
失くした腕輪《ブレースレット》のこと　幼女のころの髪型のこと
すっかりあなたに　なにもかもあなたに

そればかりでなく　うぶ着などと
かたちあるものにくるまれるよりもずっと以前に

ういういしいはだかの女の子だったわたしが
まだ何ものにも触れたことのない手で
すくって飲んだ
泉の水のおいしかったこと
野にみちていたひかりのこと
そのひかりの中を　やはりはだかの男の子が
水を飲もうと　こちらに向って駆けてきたこと
さいげんもなく　記憶をたどり
お話したい　しなければと
そんな気が
むしょうにするのはなぜでしょうか

つい　このあいだ
お会いしたばかりの　あなたに
やさしい微笑をかわし合って
二三度　お茶を
いただいただけの　あなたに

斗牛

窪田般弥

クエレンシア[1]を見つめる牡牛の瞳に
夏空の午後は遠くまばゆい
小舎の白壁に鮮やかな
牛飼いたちの名前と牧場の紋章！

及腰の騎士ピカドールの怯えた馬
銛《バンデリエロ》打ちの前奏曲と赤い布の棒《ムレタ》
手を汚さぬ道化者マダドールの緑の晴着
牡牛の影は高貴で悲惨だ

涯しない曠野に転がる石の命よ

首の鈴ばかりが高らかに鳴り
背中には血糊の柘榴がべったり割れる
フェラ・トドス！フェラ・トドス[2]！

牡牛は蹄で大地を掻いた
音楽は最後の行進曲を奏でる
ハバナ煙草の匂いが立ちこめ
煙がきれいに夕暮れの孤を描いた

――一九六×年　南仏にて――

(1)最後が近づいたときに牡牛が閉じこもる場所。
(2)「みんなどけ」の意味。マタドールが助手たちにいう言葉。

無言歌

あるいはとうろう流し

片岡文雄

この暗いながれに
だれがひさしく待っているというのであるか
露おいた岸から
だれを祈るというのであるか

かろくおしだされたとうろうに
飼いならされた魚のように
無邪気にむらがるものはない

ほろほろと透けたとうろうは

ないだ水のおもてに
魂しづめの掌をもとめるが
闇がなだれてくるばかりなのだ

むしろ　掌をあわせ
水の上をおがんでいるおんなのひざのあたりに
みづからのおもかげを訪ねて降りた
やわらいだたましいが
明かるんでみえる

死のたびのはじまりは
立ちあがったおんなのうしろ姿にも
みえてきた。

舞台

堀内幸枝

急にそこへ眼を転じたとき
強い日がてっていた
夾竹桃の花房は
ほてる土に蜜色の影落し
花房の前で　はなむぐりは銀粉の夕日にまみれて
ひとしお高く
雌に向って破滅の乱舞を行う
赤いくさむらには
かまきりの雄が雌の歯噛みの前で
らんじゅくした恋の
苦悶を続け
いやます夕日の熱気にあふられ
土にひいた花影は
殺人者の血にまみれ
この背徳の美しい日差しに含まれたもの

この赤裸裸な日差しについても風景についても人生についても　穿鑿しても思考してもい

けない
全部を包含し　切放し　追放し　客体化し　みつめ受け　立っていよう

赤い夕日は傾いて
ぼんやり夕暮れは近づいてくる
一瞬　眼を他に転じ　また戻したとき
さっきまでの花房はうすぼんやりと
また戻した時なにもありはしない
しかし見えないものでありながら
ふりむくと
夕暮れに移行するうすぼんやりした空間に　楚々と桔梗が一枝ゆれている

赤裸裸に血を流した夾竹桃の空間は私を領有していない
桔梗の花の芯は涙の匂を含みながら
これも私を領有していない

昼と夕のわずかな境　二つの風景から
私は二つの投影を受けていたにすぎない
舞台に眼を向けた客席のように
全くそれ等にかかわりなく
それで烈しく――せつなく　この夕

執筆者住所録

金井　直　東京都北区西ケ原町四―六二
笹原常与　東京都足立区新田三の十九の六
三井葉子　大阪府八尾市北本町一の八一
薩摩　忠　東京都杉並区松ノ木町三―一〇―一二
寺門　仁　千葉県流山市前ケ崎六四〇
中村千尾　東京都世田谷区玉川等々力町二の一〇五の二
滝口雅子　東京都港区北青山三―三―七　五二二号
新川和江　東京都渋谷区恵比寿南一―十九
窪田般弥　東京都杉並区西田町公団住宅二〇号一〇七
片岡文雄　高知市上本宮町二一二

後記

現代とはなんとめまぐるしい時代であろうか、昔と違ってここ新宿に住って、一層その事を痛感する。めまぐるしいというより複雑といった方がいいだろうか。

「私は知っています、あなた方日本人の言葉をこえる深い心を」といったのはシャガールだが、その深い心も日本人は言葉にのせる術が弱い、それでありながら外国の文学のように、すべてを語りつくす文学より、そこに又日本特有の美しさも生まれていることを感ずる。

いかにめまぐるしい時代であっても、地味で目立たない、詩として存在する雑誌をほしいと思う、マスコミにも詩のブームにも関係なく、ただ詩を愛する気持だけで作っておきたいという私の念願も、その念願のみではあまり弱いためか、ここ年に一冊くらいしか出ていない。が、私はここに各詩人の自然な個性があらわれているように思う、それを大切に思う、そんな意味からも続けていきたいと思う。

1968年11月発行
定価　80円
編集発行人　堀内幸枝
東京都新宿区柏木2―446
千葉方　葡萄発行所
電話（371）9891

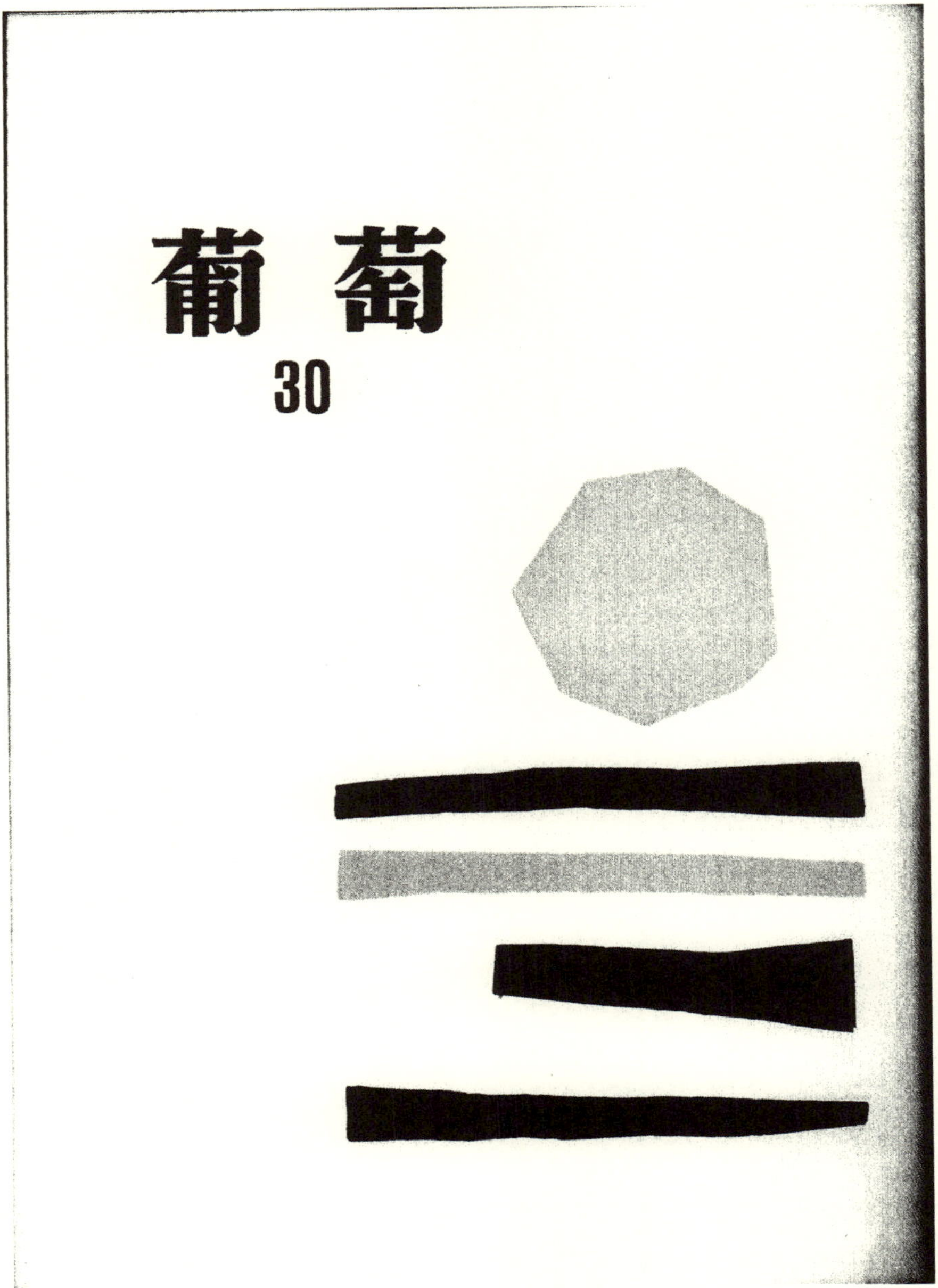
葡萄
30

葡　萄

30

1969年10月

コーカル線……………………大　木　　実…1

雨に濡れた……………………長　島　三　芳…2

無　言　歌……………………内　山　登美子…4

石　段　で……………………堀　口　太　平…6

くちなしの花…………………山　口　ひとよ…8

坐　　像……………………伊勢山　　峻…10

思　い　出……………………堀　内　幸　枝…12

マリー・ゴールド……………三　井　葉　子…15

立原道造……………………小　川　和　佑…16

後　　記

ローカル線

大木　実

Mという小さな町が終着駅であった。

本線から支線に乗換え、その支線からさらに分岐するローカル線。

二輌連結のジーゼルカーは、しばらく平野のなかを走ると、やがて山あいへはいっていった。

日曜日なのに、車内はがらんとして空いていた。おそらく日中の時間は、日曜日も平日も変りなく、すくない乗客なのだろう。僕は新聞記事で数日前、このローカル線がひどい赤字のために、やがては整理されるであろうと報じていたことを、思い浮かべた。

支線の分岐駅から、一時間あまりでMに着く。

曇った日で、いつか小雨が落ちていた。

遅れてプラットホームに降りた僕は、ふと目にとめた。いま僕らをここまで運んできた二本のレールが、プラットホームを出はずれると、——五〇米とはないであろう、ついその先きの草なかで尽きているのを。そうしてレールがそこで尽きたことを、はっきり知らせるように立っている、レールのうえの車輛止め。

　このローカル線はここで終ったのだ、——もうこの先きはないのだ。

車輛止めは小雨に濡れながら、そう僕に語りかける。

雨に濡れた

長島三芳

雨に濡れたレーンコート
雫のままのブルーの傘
いつも酔眼のなかで
網棚に置き忘れるものは
深い霧の中まで走っていって
色彩もなく見失ってしまう
それは渚のように遠い私の荷物だ
それは赤い糸で縫取られた
私の名前の固形の寂しさだ
その寂しさを突き止めるためには

深い霧の終着駅までいって
荒縄でかたくゆわかれた
私の同類の沢山の傘の束と
レーンコートの山を見ればよい
だがそこにゆわかれているものは
じつは傘やレーンコートではなく
私自身の寂しさがゆわかれてあることを知るがよい
雨に濡れたまま
くらい裸電球の下に眠る
沢山の名の赤い糸の縫取り
その寂しさの数を
まだ誰れも数えたものはいない

無言歌

内山登美子

優しく地をたたき
空を蹴りあげる縄とびの縄よ
ゆるやかに弧をえがく縄とびの縄よ
おまえを揺っているのは　わたしたち二人の手だ

二人が近づけば　おまえはこわれる
遠のけば　おまえはこわれる
そして　手放せば　おまえは消える
しめった火縄のように
物置の隅に　しどけなく

すべての力を失って

この完璧な美学よ
たぐりよせれば触れあうこともできるのに
背を向けて駈けだすだけでもよいのに
ああ　ほんの一歩　身を投げ出せば
あなたもそのまま倒れてきて下さるのに

優しく地をたたき
空を蹴りあげる
縄とびの縄
今日も　よそのひとを遊ばせて
無疵のまま……

石段で

堀口太平

石段のおりぐちにさしかかった
小さな老婆があがってきた
お面をかぶっている
いったいどうしたというのか
おかめのお面なんかかぶっている
今日は初午かとおもったが
よくみると素顔だ
小さなからだにつるつるした大きな顔をしているからまちがえた
悪いのはおまえさんの方だ
何だか非難したくなってきたねェ
どうもおかしい
それにひどくみじめだ
ああ
こんなことまで昔は戸籍にのったものだ
戸籍簿は開明墨汁をつかってガラスペンでかいた

私も若いとき登記所に一年ばかりいたから
不動産登記簿や船舶登記簿にガラスペンでかいた
おかめのお面が石段をあがってきた
私が石段のおりぐちにかかった
そこで動きがとまる
またくりかえし
ガラスペンが
いやおかめが石段をあがってきた
重い外套をきてマスクをかけた私が石段のおりぐちにさしかかった
そこで動きがとまる
またくりかえし
くりかえしくりかえしくりかえす
ガラスペン
きききききい――
ああわかった
これはにこやかなる差押さえだねェ
莞爾たる執達吏だねェ
魂が蚊にさされたぐらいではないのだねェ

くちなしの花

山口ひとよ

薄明の冷気に濡れながら匂っている
くちなしの花　この
一種強烈な芳香をかぐとき　私は
私の朽ちていく肉体も
よみがえっていく心もともに芯のほうまで
恍惚状態におちいってしまわなければすまない
暗い情熱にいきなり縛られ
どれいのように屈服したくなる
欲情と性殖は切りはなされているらしい

ふと気がつくと　私はいま
にんげんの頸に手を当てている　そこの
皮膚はくちなしの花びらに似た手ざわりなので
締めつけることはできない　しかし
ここまでくればもう　この

とつぜんの衝動に反抗することはできない
高層アパートのベランダから
私は影のように半身をのりだし
私の肩にくいいっている
しなやかでゆたかな四肢をもつものを
夕霧のひっそり這い上ってくる
深い谷底のような大気のなかへ
突きおとすしかなかった

呪いと祈りの空の彼方
水平方向にゆっくりひろがる
暗いブルー　不意に雲の間から
錯覚のようにあかるい夕日がもれると
白く乾いた道がくっきり見える
無限の重荷を負って辿らなければならない
日ぐれてとおい一本の軌跡
未熟と性殖がいっしょだったことのせめを
神に負わせることはできない

坐像

伊勢山 峻

白っぽい街の海岸公園から
詩人の坐像が消えたという
みつめる岬の先の鷗に遠く
額のあたりに
魚のはらわたがへばりつき
蝿が舞っていたのはこの間のことだ

土台石のあたりは
ぽっかり大きな穴があき
大声で怒鳴っても

カビ臭いにおいが
もどってくるばかりだ

その晩から
ほうかぶりの男が
土台石のあたりで
人造牛酪を売りはじめ
腕を組んだ恋人たちは
自分のことばかり語って
紙の花びらの桜の木の下へ
通り過ぎていってしまう
人造牛酪が
詩人の坐像になる
祝祭の前夜だ。

思い出

堀内幸枝

みたの　みなかったの？
みたの？
裏山の崖の切通しの道で
太陽の沈みかかった
三才の日
山道を踏みまよった子守の背で

その日
太陽は半分落ち
空は暗紫色に変ると
ふしぎな大鳥の後羽根は
山脈に残るアルミの残光を消して
大空いっぱい広がった

山道でそんな大鳥みたの？

大鳥の暗い影に入ったとたん
毒だみの匂が鼻にせまり
ピカピカッと何かが体を通りぬけ
数秒の間に私は体中の水分をどっと吐いた
子守は三才の赤子をくさむらに下し
苦悶し転回した
暗い光で脳髄を射られたにちがいない
やがて起上った子守は
別人のように変化していた
覚えている人生の意義の入れ代ったその日を
子守は一つの思想を私に教えた
人生には捜しても幸せなんぞはない
生きることは怠惰になること
怠惰の広い広い海のただ中を
三才の子に示した
その日から他人と私は異分子
人生の価値感が逆転し
キドアイラクの原点がくい違う
朝に日が出て仕事につき
夕べ家に帰る
人間の行為にパッパッとつばを吐きたくなる

ごろりごろり
この怠惰の海に暮れる時の甘い甘い香り
どの花にも似ない言えない
一つの色のついた
これが三才の日に見たあれだ
遠い記憶からただよい立上ってくるあの香気
絶えずその香りを生生しく記憶しようと
一層自分を怠惰にする

言葉にならない
私は柱に寄りかかって遠い一瞬を思う
子守の背にいた山道を——

あなたにとって
見たの　見なかったの
過去にそんな大鳥いたの
私は永遠にきゆうする
この思い出に

マリー・ゴールド

三井葉子

切り戸のむこうに
丈をのびているマリー・ゴールドのはなが見えている
横坐りにして坐っているあし首が奥のほうにのびてゆき
ずうっと入ってゆくさまがなまめいている
のびてゆくあし首のうえにはうすく濁っているひかりがたち
まばたきするようにして鮮やかにマリー・ゴールドと訣れているのが
立ちながらの影のようにみえて
抱いてしまえるものをもらしているのが
ちりちりとしているはなの萼には。

立原道造

失ふといふことがはじめて人にその
意味をほんとうに知らせたなら

──「小さな墓の上に」──

小川和佑

1 序章

信越線の列車は横川駅を出ると、七月の暑い照り返しの中を黒い昆虫のようにゆっくり碓氷峠を攀っていく。峠の急勾配を攀るためのアプト式というこの特殊な路線は東大工学部の学生立原道造には決して物珍らしいものではなかったが、小さな赤煉瓦造りの古風な隧道を幾つかくぐり抜け、車窓から手の届きそうな山際の楓を見ていると、やはり、旅情といったものが感じられるのだった。

彼の乗った急行列車は軽井沢駅の一つ手前熊の平駅をそのままゆっくり通過して、最後隧道を出ると急に視界が明るく拡がった。右手の浅間から信越線を越えてずっと裾野に広がる信濃の高原。そして、いま浅間を囲む山々が指呼のところにある。

指呼すれば、国境はひとすじの白い流れ。
高原を走る夏期電車の窓で、
貴女は小さな扇をひらいた。

─津村信夫「小扇」─

この六月、向島新小梅町の堀辰雄を訪れた折、堀から与えられた、今度新しく「四季」の仲間になる津村信夫たちが出していた雑誌「四人」の中に、その津村のこんな短詩があったことを、彼は思うともなく思い出していた。

この春、彼は一高を卒業して東京帝国大学工学部建築科に入学したばかりであった。黒い詰襟の学生服に、ある先輩が譲ってくれた少し古びた角帽をかぶり、下り急行の信越線の車中にひっそりと坐っていた。それが癖の長い足を持て余したように組んで、峠を下りながらそれに応ずるように拡けて行く信濃の自然に独り眺め入っていたのだった。

それでなくても信濃の空は蒼い。

乾いた夏の日の光が透明なので、事物の翳は克明に、遠い山襞までを見せている。その明快さが彼には何よりも快かった。例年の御岳神社での避暑をやめて、一高時代の短歌の師で、大学の先輩でもある理学士の近藤武夫に誘われて、はるばる碓氷を越えて信濃に来たことに彼は幸福を覚えていた。その追分の脇本陣油屋にはこれも先輩であり、彼の最も敬愛している堀辰雄も小説執筆のために滞在しているはずだった。

近藤武夫。この大学院を卒えたばかりの若い科学者兼歌人は、立原が一高に入学した年の六月、誘われて一高歌会に初めて出席した折、その口語自由律短歌の詠草を賞讃してくれた。どちらかというと「アララギ」系の短歌が盛んだった一高短歌会の中で、中学時代から啄木や白秋の短歌にだけ馴染んでいた彼の短歌はひどく場違いだった。そんな場違いの歌の一首に特別な詩才を見出してくれたのが、一高では高見順や堀辰雄の同期生で、前田夕暮主宰の「詩歌」の同人で当日の講師に招かれていた近藤武夫だった。

その後、立原が「詩歌」に加わり、三木祥彦という新進歌人に生長し、次第にこの天文学者志望の少年が文学の世界に踏み入っていったのは、専ら近藤武夫の作歌指導を通じての影響に負うところ多しといわねばならない。「詩歌」誌上で用いた筆名三木祥彦も以前に立原が用いた山木祥彦とミチ・タチの筆名から近藤が創案して、立原が用いたものであった。

近藤が「詩歌」を脱会してからはなんとなく疎縁になっていたこの若い旧師にきょう再会できることが立原にとって何よりの喜びだった。東大生になった立原はもう以前の歌人三木祥彦ではない。本名にかえって、この十月に創刊される堀辰雄の雑誌「四季」の最年少の同人であった。彼は何よりもそれを青年らしい自負心から誇りに思い、また、旧師近藤武夫に告げたく思っていた。

七月の信濃の樹々は鮮かに濃い緑の蔭を作っている。停車した軽井沢駅は避暑客たちで花畑のような色どりであった。それは堀辰雄の小説のとある一頁の情景であり、また外国映画の一情景でもあるようだった。幾組の家族連れの避暑客たちの半ば以上は外国人だった。下町育ちの立原にはそれはすべて新鮮な感動だった。急に空席ばかりの目立つようになった列車はここで再び蒸気機関車に変えられると、午後の火の山の麓をゆっくりと動きはじめた。

2　ユリ科ワスレグサ属多年草本ユウスゲ

沓掛駅から追分宿までは旧中仙道を徒歩で三十分ばかり。一里塚、浅間神社を過ぎて、立原が宿場の中ほど、火の見櫓の辺りまで来ると、暑い午後の蝉の声はにわかに蜩の声に変った。風がひと吹きして、いまやっと夏が初まったばかりなのに、浅間高原の午後にはもう何処かに秋の気配がひそんでいるようだった。夕暮れにはまだ間のある宿場はまことにひっそりと静まっていた。火山灰の白い街道が東西に一条続いて林の中に消えている。

そこはいましがた見て来た軽井沢の日本の中の西洋のような風情とはうらはらな、古い江戸後期の日本の地方がそっくりそのまま物寂び残っているような宿場だった。

> 村は、おなじやうに大きい黒い家の建つ縁に沿うて街道が東から西にとほってゐた。それらの家の或るものは何百年の歴史を持ってゐた。或る者はもうその歴史のために壊れかけてゐた。そして彼らの歴史を軒先の青い龍に刻んでゐた。……

立原は後年、「ちひさき花の歌」という詩的散文の中で、この古い宿場を右のよう描いていた。彼は白っぽい街道をたどって宿場に行きつくと、その脇本陣油屋の前でなんだか彼自身までがこの江戸後期そのままの日本的な情景の中の点描のように融け込んでしまいそうに思われた。それは軽井沢とはまた別の趣きの、ひどく親し気な、そして、長い間尋ねあぐねて再びたどり到いた幼年時代の故郷を見るような想念にも似ていた。

彼は少し背を曲げて、その肩幅では如何にも重そうな書物の入った重い鞄を右手から左手に持ちかえると、宿場の中ではひときわ大きな油屋の仄暗い土間に入っていった。その土間の一隅の水を入れた手桶の中に一束の淡い黄色い花が無造作に投げ入れてあった。その花の辺りだけが思いなしか明るく、そのために花は彼の来訪を迎えるこの仄暗い広い空間にともした灯のようだった。その淡い黄色い百合に似た花を「ユウスゲ」の花だと後日、近藤武夫が教えてくれた。――街の花奔ばかり見馴れている彼にはこの野花の名をまだ知らなかったのだった。

「ユウスゲ」若しくは「アサマキスゲ」と呼ばれるこの花は、ユリ科ワスレグサ属の多年草本で草丈一メートルばかり、夏の夕方百合に似た淡い黄色い花を咲かせ、この浅間一帯に自生する野草である。「ヤブカンゾウ」「ノカンゾウ」「ニッコウキスゲ」はこの花と同属の草本である。「ワスレグサ」の異名はこの花を胸に抱いていると憂いを忘れるという民間伝承からつけられたものと思われた。漢字では「夕萱」と書き、また「萱草《かんぞう》」とも書いて、「萱草《わすれぐさ》」とも読ませたらしい。

後年、この「萱草」の字が田中克己によって、「萱草吾が紐につく香具山の故りにし里を忘れぬがため」という、万葉歌などを引用して、立原が「萱草」をヤブカンゾウとユウスゲを混同していたかのように回想しているが、理学者だった近藤武夫がそのような誤りを立原に教えるはずもない。立原はこの花がはじめからワスレグサ属のもので、異称をカンゾウも含めてワスレグサと呼ぶものだったことを知っていたのであろう。ただしワスレグサという可憐な呼び名にヤブカンゾウはふさわしくない花ではあるが……。

昭和十二年の夏、田中克己が追分を訪れた折り、田中が立原に「萱草」と「夕萱」の混同を万葉歌や中国古詩などの引用から指摘した折、温和な立原はこの博識な先輩詩人の説に敢えて異を称えなかったのであろう。立原にとっては「夕萱」は「萱草」であり、それはあのヤブカンゾウをも含めた花の総称で、近藤武夫の説に誤りないのだった。立原はだから遂に自説を訂正せず、その詩集も『萱草に寄す』とした折に、その表紙に「AN・MEINR・WASUREGUSA」と入れて置いたが「KANZOU」とは入れなかったのである。

立原は初めてこの花を見、その名を知った折からこのワスレグサ属多年草本を偏愛した。そして、この宿場で出逢った黄色い帯の少女・関鮎子を「ゆうすげびと」とこの花に托して呼んでもいた。いかにも立原らしい感傷趣味ではあるが、この花に因んで、その第一詩集に『萱草に寄す』という書名を題している。なお、この詩集のソナチネ第一番だけを手書き本にした「ゆうすげびとのうた」があり、また、彼の詩を最初に作曲した今井慶明の歌曲集も「ゆふすげびとの歌」であった。

この浅間山麓のユリ科ワスレグサ属多年生草本は立原にとって単なる追分の花でなく、十四行詩の世界を形成するために重要な要素となるものを含んだ花であったのだ。

3 若　菜

「源氏物語」の中に〈若菜〉という巻がある。この第三十四帳、三十五帳の二巻に渉る章は、この王朝物語の中でも一番上りつめたところにあると指摘したのは折口信夫博士であった。

宿場の外れの草叢の方から次第に夕暮の色が滲んで来る頃、立原が油屋の家人に案内されて落着いたのは、その〈若菜〉に因んだような、これもこの宿場が江戸時代ににぎわっていた頃の旅籠の一軒だった。避暑客――といっても学生たちで満員になっていた油屋では昔は縁続きでもあった。そして、いまはもう廃業して、その二階建の建物が夏場以外はがらんとしているこの一軒と契約して、母屋に泊め切れない滞在客をこちらに泊めて、食事だけは油屋の方に用意して置くのだった。

近藤武夫はこの若菜屋の一室に滞在して、浅間地方の火山帯に関する研究リポートをまとめていた。だから、立原の最初の追分滞在は、従来の諸年譜に記されたように堀辰雄とともに油屋に滞在したのではなく、近藤の招きによって、追分を訪れ、近藤とともに若菜屋に滞在したということがその真実である。それは恐らく七月八日か、九日であったろう。この年の追分よりの第一信は、全集に収録されている限りでは七月十日、松永茂雄宛に送られたものがその最初のものである。従って、彼が追分に到いたのは先ず八日以後十日以前ということはあり得ない。

そして、伝記研究上で、もう一つ重要なことは「ゆふすげびと」関鮎子と相識ったのもこの若菜屋の滞在がその機縁となっていることである。

仄暗く黄色い電灯の下で、少しおどおどしたように入って来た立原の唇は、近藤が四年前、初めて一高短歌会で見たときと同じように少女のように鮮かすぎて見えるのが、何かひどく不健康のように思われた。秀麗な面輪に柔かそうな豊かな髪を長く伸ばした立原は近藤が彼を初めて知った五分刈り頭の少年時代よりも一見遙かに大人びた、けれども、なにか脾弱なままに大人になれずに生長したといったような印象がその時以後昭和十二年の秋、近藤が元気な彼の最後の姿を愛用のライカに収めて別れるまで残っていたという。

立原は、こんど九月に創刊される堀さんの雑誌「四季」の同人になったのだと誇らしげに胸を張った。近藤はそんな彼の若々しさを羨ましいような、幾分くすぐったいような顔で、このかつての若い歌の弟子の話を聞いた。そうして、近藤は立原との会話の中で、久し振りで若やいだ気持に次第になっていく自分がおかしかった。近藤には青春という人間のある最も華やかな一時期が、いま、現実の立原の姿になって目の前にあからさまに存在していることに非常なさわやかさを感じて快かった。

「明日は……、君をこの追分の古い姿を見せてあげようか。」

近藤もいつの間にか明るい声になっている自分をひそかに苦笑しながらこの若い詩人に向ってそう言わずにはいられなかった。立原は長い足を学生服のままで、きちんと折って坐っている。近藤はなんだかそんな彼の姿に気弱な小動物を見るような頼りない可憐さのようなものを覚えるのだった。

古びてもう桟の木目もあらわに浮き出てはいるが、綺麗に磨き抜かれている障子が勢よく開いて、健康に日焼けした小柄な浴衣姿の娘がお茶を持って部屋に入って来た。立原はやっぱり憶病そうにびくりとして身をずらせた。娘はそんな彼に少しも気をとめる風もなく二人の間に無造作にお茶を置いた。立原は呆っ気に取られたようにその娘の手元に見入った。近藤は眼に笑いを含ませて、

「鮎ちゃんだ。ここの土地の旧家のお孫さんでね。千葉の人なのだが、夏だけ毎年追分に帰って来る。僕のここでの仕事の色々な身の周りの手助けもしてもらっている。――鮎ちゃん。こちらが詩人の立原道造君。まだ東京帝大の学生なんだが……。」

と紹介した。

娘は詩人と聞いて、この学生を物珍しいものでも眺めるように幾分好奇的な眼で立原を見た。立原は気まり悪そうに少しどもりながら、

「まだ、僕はそんな有名な詩人なんかじゃありません……。」

と小声で言うと、その気弱げな眼を伏せた。思いなしかその耳のあたりが薄っすらと赧らんだようだった。

この夏の鮎子の印象はこの追分滞在に想を得た、そして「四季」に初めて掲載された詩「村ぐらし」の中にさり気なく描かれている。

郵便函は荒物店の軒にゐた
手紙をいれに　真昼の日傘をさして
別荘のお嬢さんが来ると　彼は無精物らしく口をひらき
お嬢さんは急にかなしくなり　ひっそりした街道を帰って行く

＊

あの人は日が暮れると黄色いろな帯をしめ
村外れの追分け道で　村は落葉松の林に消え
あの人はそのまま黄いろなゆふすげの花となり
夏は過ぎ……

しかし、立原と鮎子の初めての出逢いの年は夏の信濃で逢った好ましい少女の一人という印象以上は出なかったようだ。

この年の立原の追分での生活は専ら読書と散歩に明け暮れたに尽きる。

特筆するとすれば八月某日、堀辰雄に伴われて、軽井沢大塚山下の犀星別荘を訪ねて、室生犀星に面識を得たことであろう。それについては次章で述べる。

4　村ぐらし

それは八月のある一日だった。堀辰雄は淡いグレーのセーターに黒いベレーといういつもの通りの装いで、いま本町のジャーマン・ベーカリーで買ったパンの包を小脇にかかえて、大塚山下の犀星別荘の小径を登っていく。今日、立原はそんな堀に連れられて、初めて室生犀星を訪ねるのだった。

別荘に着いて堀は如何にも勝手を知った風に玄関へは上らず、庭木戸を押して夏木立のひやりとする庭に入っていった。庭の一隅に一人の小柄で頑丈そうな老人が土いじりをしていた。立原にはそれが犀星だと一目に知れた。雑誌や書物で見る犀星よりもその後姿は一廻り小さかった。しかし、実物の犀星には写真にない一種の精悍な気、それもどこか土俗的なといって悪ければ、民芸品などに見る奔放で自由な精悍な気のようなものを漂わせていた。それは堀にも立原にもない犀星の個有のものだった。堀は、そんな仕事中の犀星の背に簡単なあいさつをすると、後は開け放された縁に坐って犀星の庭仕事を眺めはじめた。そんな犀星と堀辰雄のやりとりに戸迷ったような顔をしていた立原は自分もやがて庭前に置いてある木の椅子を見つけると、行儀よくそれに坐って堀に倣って犀星の庭仕事を眺め出した。この木の椅子はこの日以来、立原が好んで坐る犀星別荘での場所になった。その後、立原が室生家の人々と次第に馴染んで、夏毎にこの大塚山下の犀星別荘を訪れるたびに、この椅子に一

度は腰を下すのだった。

しばらくして、犀星はやっと庭仕事を終え、その汚れた手を羽織の裾でふきながら堀に向って微笑を見せ、堀の連れてきた学生服の立原を見ると、おやというように一瞬不審そうな眼を止めた。

「こちらは、御親戚か。」

立原はあわてて椅子から立ちあがった。

「立原君です。こんど一諸に『四季』をやることになりまして……、今年帝大の建築科に入りました。」

堀はそんな風な意味の簡単な紹介をした。犀星は堀の言葉を聞きながら、少し不遠慮に立原を眺めていた。

「詩を書いているんだってね。一度見せてくれたまえ。」

犀星はそういうと、もう家に上った。堀も犀星の後について部屋に入っていったが、立原はその場になんとなく居残ってしまった。それからしばらく躊らっていたが、また、もとの木の椅子に腰を下ろした。午前の木洩日が坐った立原の腰の辺りにちょうど明るく斑らに落ちて来る。綺麗な苔が一面に敷つめたようなこの庭はいかにも涼しくさわやかだった。耳元で虻が一匹うなっていた。彼はそのまま椅子にかけて堀が用談の終えるのを待つつもりだった。しかしいつの間にかいい気持になってうとうとと眠ってしまった。

しばらくして、「ワッ」と小さな女の子の声がして、立原はびっくりして眼を醒ました。小学生くらいの女の子がにこにこして彼の前に立っている。

「ああ　びっくりした。」

「びっくりしたでしょう。」

少女は犀星の長女室生朝子だった。犀星と堀辰雄はそんな立原と朝子のやりとりを縁に立って面白そうに眺めていた。

この軽井沢の木の椅子を愛していた立原のことを、犀星は戦後に出した詩集『旅人』の中で次のように歌っている。

人は夕ばえのなかに去り
君は神のみ脛を踏んだ
そのために肺を悪くして逝った。
君は何時も
庭の木の椅子にねむった。
子供だと思って人は君を対手にしない
対手にしないから君はねむった
その君の姿はわが庭にある
誰もそれをさまたげはしない
立原よ
今夜も泊ってくれ。

—室生犀星「木の椅了」—

昭和九年の夏の追分生活は立原にとって、散歩と読書の明け暮れだった。彼はプーシュキンの「吹雪」や、バルザックの「ヴィジェニィ・グランデ」を読んで暮らした。この読書の中で彼はE・ジャルウの「リルケ論」を読んだ。ジャルウを手引きに彼は次第にリルケへ傾倒していったのであろう。彼が傾倒するリルケの詩を訳出して発表したのはそれから三年後のことであった。

そしてやうやくそれは少女であった
これらの幾つかの歌と琴とのしあはせからあらはれ
そして　明るくきらめいた　春の面紗を透し
そうして　ベットをつくった　私の耳に。

そして眠った 私の内に。そしてすべては眠りであった。
樹木よ、それは私の或る時感嘆した、これらの
感じられる遠い景色、感じられる牧場、そしてあれらの驚き、
　それが私にやって来た。

それは世界を眠った、うたの神よ、どうして
それをつくられたか、少女が覚めてゐるのを望まなかった
世界を？ みそなはせ、少女は蘇生しながら眠ってゐる。

どこにあるのだらうか、死は？ おお、この主題《モチーフ》を
なお創られるのだらうか、あなたの歌の終らぬうちに？
どこに沈むのだらうか、それは私から？ ……その、ほんの少
　女……

―リルケ「オルフェのソネット」―

立原はリルケの詩を二編訳出している。もう一編の「真面目な時」も如何にも立原らしい訳し方であった。しかし、リルケの詩が立原の詩に大きな投影を与えるのはもう少し先のことだった。リルケの存在が立原に急に身近なものになったのは、この八月の某日、堀辰雄から貸し与えられた前記ジャルウの「リルケ論」を読んで以後のことであろう。

　立原はこの年も美しい手紙を幾通も書いているがそれらのものには次のようなものがある。

　はるかな浅間路の空からおたよりします 旅立つ前に一度是非お目にかかりたいとおもひながら取りまぎれそのをりを得ませんでした
　夏まだ浅く雨のしづかにけぶるなかをくわっこうが啼いてゐるばかりです
　けれどもこのたのしい雨もけふで どうやらあがってしまひそうな空のけはひです
　君のおいでになる頃きっとよい天気になってゐるでせう 十二日には お待ちいたします 竜樹さまもごいっしょだったらうれしいとおもひます
　この旅ではじめての手紙を 宿から借りた 小諸のとのさまの定紋のついた硯箱に墨をおろして書きつづりました いまは十日の朝 まだ霧のふかい空には 小鳥の歌がやさしくひびいてゐます
　では お目にかかって また― 草々

立原道造

七月十日

松永茂雄様

これは追分からの立原の第一便である。宛名の松永茂雄と文中の竜樹というのは兄弟で、兄茂雄とは一高時代の同級生だったが、その後、茂雄は国学院大学に転じて、兄弟ともに同じ大学で国文学を専攻した。翌昭和十年、立原はこの兄弟たちの雑誌「ゆめみこ」に加わって詩や短歌を発表した。立原の十四行詩形成のための新古今和歌集への接近はこの松永茂雄の影響に負うところが多いのではないだろうか。

　イワンよ！ 返事おくれてごめん候。当方、君のはがきは、信州追分でよみ候。追分は霧ひどく、ときどき浅間が見えるだ

けに候うが、高原のこととて、おもしろく候。書物は、何もよまずに居り候。★閒花集は、二冊追分に持って来てあるから、一冊送ってもよろしく候。それで小包と致し候。★小諸では藤村庵とて、藤村のもとゐた家を見ましたが、軽井沢なる犀星先生の仮の宿りのよろしさには残念乍ら及ばず候。犀星先生とはすこしはなしを致し候。羨しく思へ!! ★当地には堀辰雄氏滞在、近藤武夫氏滞在。知り合ひ多くて、お菓子のたぐひに不自由するほか、孤独の感はすくなく候。★ふるさとは、とほきにありておもふもの、霧のなかの散歩の片手に、愛する本なきをいかんせん。とにかく、本をすこしきり持って来ないで、さびしく候。先ずは一筆返事です。

この戯文めかした候文の手紙は七月二十八日に、一高で一年上級だったアララギの歌人杉浦明平に宛て七月二十八日に追分より発信したものである。立原のもう一人の文学上の師となった室生犀星を軽井沢の別荘に訪れたのも前記のようにこの年だった。立原は堀辰雄の小説や詩から多くのものを学んでその抒情詩を作っていったように、室生犀星の初期詩集『抒情小曲集』や『愛の詩集』からもより多くのものを摂取していた。こうして信濃の夏に彼は詩人となるべき多くのものを学び急速に文学的な成長を遂げていったことは疑いもない。この年の夏なしに彼のあの透明で清らかな朝の果実にも似た十四行詩の世界の成立は考えられない。

冠省。太田克己から住所をきき、早速たよりします。ぼくは追分といふ信濃路の廃駅にゐて、日夜寂しい宿屋ぐらしをつづけてゐます。君はまだ家庭に似た宿にゐるのですか。（僕は、隣の部屋に他人がゐる生活はすこしきらひだから、先づこれが気になる。）追分にはお女郎の墓があってその碑銘に泡雲幻夢童女、花幻善童女などといふかなしいものがあります。爆発しさうな浅間の噴煙を眺めてゐます。二十日頃、東京へ帰るから間に合ひさうもなかったら、返事は向うに下さい。

八月十六日発信の立原が発行していた同人雑誌「未成年」の仲間国友則房への手紙である。文中の〈お女郎の墓〉とは宿場の一隅にある泉洞寺の墓地にある墓のことで、ここには江戸時代まだ宿場が盛だった頃、この宿場の遊女たちが葬られた小さな墓石が暗い木蔭に苔むしている。そうした碑名のあることを教えたのも近藤武夫であった。これに限らず立原の追分地図は近藤の案内で出来たものだという。この墓地の入口には堀辰雄が愛していた〈樹下石仏〉がある。この名もない野の仏について、堀辰雄はその作品集『花あしび』の序章「樹下」に描いているのだが、立原も恐らくこの石仏の可憐さには心魅かれていたのに違いない。墓地を出抜けると、落葉松林、その向うに浅間が大きく姿を現わしている。林の縁には小径が続き、村の外側を半周する。立原はこの小径が気に入っていた。この道はこの時以来、立原の愛する散歩道になるのだった。

八月二十一日、立原は上松滞在中の生田勉を訪ねて、更に二十二日、福江の杉浦明平を訪問して、二十三日に帰京した。四十余日に渉る追分滞在は従来の立原の詩をまったく新しいものに変えさせた。

その年の十二月、「四季」第二号に立原は初めて二編の詩を発表した。即ち「村ぐらし」と「詩は」がそれである。

昼だからよく見えた　街道を
ひどい埃をあげる自動車が
浅間にかかる煙雲《けむりぐも》が

昼だから丘に尖った倒れやすい草の上
御寺の鐘がきこえていた
とほかった

—立原道造「村ぐらし」の一節

これらの詩は堀辰雄の初期詩編に倣う素描と言うべきものであろう。立原がその独自の詩風を確立するためにはまだ一年程の時間がそのために必要だった。

5　夢—鏡花との訣別—

ドイツ・ロマン派の傾倒者だった立原は夢をひどく愛していた。そして如何にもこの詩人らしく、その夢を克明にノートに記録している。彼が泉鏡花の小説を永く愛読していたのも理由のないことではあるまい。鏡花的な審美の世界は立原の中に最も自然な形で存在していたといっていい。雑誌「未成年」に書き続けられた幾編かの物語はいわば立原風に作り変えられた鏡花的世界であった。しかし立原はこうした己れの血縁に最も近い世界を昭和十年の一月を境にはっきりと訣別しようとした。

僕が自分の愛する作家を如何にして失って行ったか。何故、彼等のかはりに、別の作家に向って行ったか。それは僕の心のなかの成長でもなかった。ただ僕のそばにゐる友だちの気に入るためだった。僕は、「君に反対して、泉鏡花を愛すること」は出来なかった。そして今ではもう泉鏡花を憎む。といふのは誇張だ。だがとに角、嘗てあの作家が僕の前にあらはれたときのやうに読むことは出来ない。嘗て僕は針金細工のやうなだらしない詩を愛した。それを、「君に反対して愛しつづける」ことは出来なかった。或はそれを捨てたのは、僕の成長だったと考へられるなら、考へたいのだ。だが思ひ返すとき、僕はさうではなかった。

親友杉浦明平に彼はこう苦い告白を書き送った。彼が愛蔵の「鏡花全集」の全冊を古書店に売り払ったのはそれから間もなくのことである。これは立原の二度目の転期となった。その頃、彼は新しい雑誌の創刊を構想し、その詩風も少しずつ変化を見せはじめていた。

三月、立原は大学に提出した「意匠」によって辰野金吾賞を授けられた。建築科での恩師岸田日出刀教授はこの詩人兼建築家の才能の中に衆に優れたもののあることをひそかに注目しはじめたのであった。

6　再び追分の夏

先刻から橙色の電灯の囲りを白い蛾が一匹執拗に飛びまわっている。その蛾をしなやかな手が何度か把えようとするのだが、蛾は素早く飛び去ってしまう。浴衣の袖を押えて伸ばしたその二の腕の白さが立原の心に言いようもない圧迫を感じさせた。

「お姉さま、それでは捕れないわ。」

妹の方が、今度は夕刊を折りたたんで、蛾を打った。蛾は畳の上に落ちて、その厚ぼったい翅をばたつかせている。妹は眉をしかめながらその蛾を手にした新聞紙の上に掬い上げると窓から夜の闇に向って無造作に捨てた。窓を閉じようとすると、浅間の噴火は夜になっても止まず、その窓硝子を赤く染めた。

今しがた、蛾を追っていた姉の優雅な手を立原はもう一度、鮮かに眼に浮かべることができた。

——人の心を知ることは……人の心とは……。そんな詩句が彼の敬愛する先輩津村信夫の詩の中にあったことを立原は何処か遠い所で思い出していた。そして、いま快活に蛾を打落した妹の方の印象は一高時代のドイツ語の時間に竹山道雄に学んだシュトルムの小説「みずうみ」の女主人公エリーザベトにどこか似ているな、などとりとめもなく思っていた。立原には大人寂びた女性を感じさせる洗髪姿の姉よりも、まだ少女といった方がいっそ似付かわしい妹に心魅かれていた。若しかすると、この妹をふっと愛してしまいそうな予感がした。空想癖のある立原は柴岡亥佐雄がその伯母たち家族と楽しげな会話をはずませている外にいて、しきりに恋の物語を空想し始めている自分に気がついた。

姉妹の若いよく透る笑い声が油屋の一室をひどく明るいものにした。立原はひっそりと影のように坐って、その姉妹の話に耳を傾けていた。それは立原にとって追分での初めての幸福で印象的な夜であった。

その翌朝、朝の散歩の途中で、立原は自転車に乗った別の少女に呼びとめられた。立原の姿を火の見櫓の下で見つけるとその少女は少し遠くから手をあげた。そして、片手で自転車のハンドルを器用に操りながら二人に近づいて来る。昨年の夏、若菜屋で近藤武夫が紹介してくれた関鮎子だった。

「知っているひとかい。」

「去年、ここで近藤さんから紹介されたひとなんだ。追分の旧家の娘さんなんだ……。」

立原はなんだか歯切の悪い言い方で半分口ごもりながら、顔を赧くしていた。

鮎子はそんな立原に頓着なく、二人の傍で軽々と自転車を降りて、

「昨日、やっと千葉から出て来たの。立原さんは今年は油屋にお泊りでしょう。」

と、立原の思惑などまるで無視して明るく言った。

「今夜、遊びにいくわね……。」

言い終らない中に再び自転車は浅間神社の方に走り出していた。長い髪が朝風になびいて、立原はそんな後姿と昨夜のエリーザベトの姉の洗い髪のイメージを重ねあわせたが、巧くそれは重なって来なかった。

柴岡はなんとなく格恰のつかないでいる立原を見て、面白そうに笑った。

「村の少女か。元気がいいんだね。じゃあこの村ぐらしも君の言っている程、寂しいわけじゃないじゃないか——。」

「僕はなにも……、そんなつもりじゃあ……。」

立原はまた赧くなって、少しどもりながら語尾を濁した。

柴岡やエリーザベトが追分から東京に帰ってしまうと、立原と鮎子たちがよく連れ立って岐か去れあたりを散歩している姿が見かけられた。立原と鮎子については次回でもう一度詳細にとりあげて見たいと思っている。

昭和十年の夏、この年は堀辰雄は婚約者矢野綾子とともに富士見療養所で夏を過していた。追分にいた津村信夫が長野に移ってしまうと、立原は追分で一人になった。毎年、夏を此処で過す近藤武夫はまだ八月になっても姿を見せなかった。

八月が終ると、高原の秋はにわかに深くなる。鮎子も千葉へ帰ってしまうと、油屋は日毎にひっそりとなり、障子に映るH射しばかりが急に黄ばんで来る。九月になっても立原はまだ東京に帰ろうとはしなかった。

彼は軽井沢の犀星別荘を訪ねたり、作曲家志望の友人今井慶明とモツアルトを聴いたりして、日を過していた。

そして、九月ももう半ば、立原はこの年の追分での記念に二編の十四行詩を書いた。それはエリーザベトとの邂逅を記念したものだった。あの八月十八日の夜の印象をモチーフにして彼は「はじめてのものに」と「またある夜に」の二編の十四行詩をまとめた。「雲の祭」以来苦心していた十四行詩型は「風のうたった歌」「風に寄せて」を経て、ようやくここに立原の中に定着した。

その夜、立原はもう薄ら寒くなった夜、炬燵の上に広げたスケッチ・ブックに立原は薄青色のドイツ製の色鉛筆で一センテンスずつその詩を書きはじめた。一行書いてはそれを消ゴムで丹念に消して新しい詩句に置きかえた。彼はその間に何度かインゼル版のレナウ詩集の頁を開き、また、岩波文庫の「新古今和歌集」の恋の部の歌を読んだ。

彼は最初にあの夜ふと思い浮かべた

――人の心を知ることは……人の心とは……

という詩句を書きつけた。するとその夜の情景が鮮かに蘇った。

彼はそのまま続けて、

私は　そのひとが蛾を追ふ手つきを　あれは蛾を
把へようとするのだろうか　何かいぶかしかった

と書いて色鉛筆を置いた。十四行詩の第三連が出来たのであった。そこで彼はあの夜、浅間の噴火で窓硝子が赤く染ったのを目に浮かべると、前半の第一、二連の四・四行は自ずと詩語をなして来た。

ささやかな地異は……

九月に入って浅間の噴火はすっかり鎮まっている。そして、一息に

よくひびく笑ひ声が溢れてゐた

と八行を書くと、そこで再び鉛筆を置いた。

彼はこの恋歌を書いているうちに、エリーザベトに本当に恋してしまったような気持に次第に陥入っていった。すると今まで、ただ一夜、この高原の村で出逢った少女が、もう自分が長い間憧れていたこの世でたった一人の少女のように思われて来るのだった。ラインハルトの運命がそのまま自分の運命に重ね合せられるように思えてならなかった。そこで彼は、

その夜習ったエリザベートの物語を……

と先ず書いて、次に新古今の替歌《パロディ》で、

いかな日にみねに灰の煙の立ち初めたか

と書いた。第一連の詩句とこの一行は巧く照合していた。しかし、彼はそこでしばらく考えてから、

その夜習ったエリザベートの……

の詩句を削り、

火の山の物語と……　　　　……果して夢に

とまで書いて、もう一度

その夜習ったエリザベートの物語を……

と書いて見た。詩はどうやら型をなして来た。最後の一句をどんな形で結ぼうかと思い迷った。立原は宿で出してくれたメロンを一匙すくって口に運んだ。その彼の部屋には夜半まで電灯がともっていた。若しかすると、エリザベートはこの詩を東京で読むだろうか。彼はそんなことをしきりに案じながらメロンの甘さを口に含んだまま、次の言葉をしきりに捜しあぐねていた。

7　挿　話

その街は秋の明るい陽が照っているのに、いつも夕暮のように薄暗いのだ。細い路地が家並の間を迷路のように曲りくねって、そのまま歩いていくと、何度でも同じ場所に出てしまいそうな錯覚に把えられる。

立原はもう先刻から、先に立って歩いている学生服の杉浦明平の肩越しに

「もう帰ろう。解りやしない……。」

と呟くように声をかけたが、杉浦は相変らず風呂敷包に包んだ手土産の菓子折をさげて丹念に路地に並んだ小家の表札を一軒一軒読んでは、

「おかしいなあ、確かにこの辺だと聞いて来たのに……。」

とひとりごちている。

二人は本郷の白十字のウエトレスをしていた可愛らしい少女がもう一週間も病気で店に出勤していないので、杉浦の誘いで、その下町の彼女の家に見舞に来たのだった。

杉浦の下宿のある本郷の通称落第横町を出たのは正午過ぎだったから、まだ三時には間のあるというのにこの町中はなんと仄暗いのだろう。路地を走り廻っている喚高い子供達の声だけが、付近の小さな町工場の機械の騒音に混って聞えるばかりで、その癖、町全体はひっそりと生気がなく、息をころしているようだった。

二人が何度目かの同じような湿った路地を曲って、また、もとのような同じ家並の横町に入ろうとした時、見知らない中年男が、何気ない親しさを装って立原の肩を叩いた。労務者のように健康な顔色で、柔和な微笑を浮かべている男だった。三つ組の背広にきちんとネクタイもしているので、この辺りの職工のようでもない。彼は中折帽をかぶったまま、ひどく物優しく、快活な調子で二人を表通りにある交番に誘った。

立原は相手が特高刑事だと解った時、物も言えないくらい蒼ざめて、横目で杉浦を見た。杉浦はいっこうに無頓着で、相変らずのんびりと茫洋たる含み笑を頬に浮かべていた。

大学の制服制帽の二人の学生と、背広姿の男との三人連れは、この下町の界隈では余程目立つらしく、八百屋の御用聞の小僧がそんな三人を自転車を止めて振りかえって見ていた。

交番で、男の態度は一変してにわかに峻厳な訊問口調のものになった。二人の大学生がこの町の労働者のある組織にレポに来たのではないかと、男は二人に何度も尋ねた。それ以外に二人がこの下町の町工場の中を徘徊しているはずがないというのが男の観察だった。――それで二人がこの職工町へ入った時から、ずっと男は後をつけていたのだった。

取調べの間中、立原は蒼白になったまま、大きな眼を鳥のように見開いて、殆ど受け答えも出来ない有様だった。そんな傍らで杉浦はひどく落着いた様子で、知り合いの少女の病気見舞のために家を捜していたことをゆっくりした口調で説明した。風呂敷の中の菓子折を見て、男もだんだん納得がいったらしい。

「ところで、君の持っているその本は……。」

男は立原の手にしていた一冊の書物を見せるように言った。立原がおずおず差し出したのは先刻、落第横町の杉浦の下宿から借りて来たばかりの「聊斎志異」だった。

「なんの本、これは……。」

「怪談、カイダン集です。」

「カイダン——。」

「ええ、支那の古い怪談集です。歌舞伎の牡丹灯籠なんかの複本にもなった。」

杉浦は立原の答えを引き取ってそう答えた。男は、その「聊斎志異」をぱらぱらめくって、

「不健全なものではなさそうだね。」

と立原にまた手渡した。

「でも、お化けが主人公だから、やっぱり不健全だと思うのですけれど……。」

立原はあわてて言い添えたが、男はもう取り合なかった。立原の必要以上のおびえ方が男の心証をよくしたものか、二人は小一時間程して
「時局柄、若い学生の身で、昼間から女の家を捜しまわるようなことは……」

などという紋切型の説諭の末にどうやら放免された。

交番を出ても立原はまだ毀れた玩具のようにぎくしゃくしながら歩いている。まだ、連行された衝撃から抜け出せないらしい。杉浦はゆったりと大股で駅の方に向って歩き出していた。もう二人は少女を見舞いたい心は消えてしまっていた。

今度は本当に町の空に夕暮の色が立ちこめはじめていた。

「怖かった。ほんとに怖かったね。」

立原は杉浦に言うともなく口ごもった。立原にとってこんな経験ははじめてらしかった。しかし、杉浦は「そんなに怖かったか。」とは聞きかえさなかった。杉浦はそんな立原を少しばかり意地の悪そうな眼で眺めていた。立原道造という一人の抒情詩人にとって、所詮、政治や革命は無縁なところにある。思想や権力の構造を説いたところでなにになるだろう。そんな立原が近頃、「コギト」の思想に共鳴しているのが杉浦には滑稽で哀しかった。

「あの女の子は病気なんかではなかったかも知れないな。……もう、あそこにはいないかも知れない。」

立ち止った杉浦の話し方は、先刻の茫洋とした口調と反対にひどくきっぱりしていた。乾いた声だった。

「どうしてさ……。」

立原は唐突な杉浦の話にとまどったような、はにかんだような表情をして、杉浦の眼をのぞきこんだ。杉浦の眼はひどく暗かった。その眼の底の方で憤怒が揺れているのを堪えているようだった。立原はその眼に射すくめられると、また、得体の知れぬものにおびえたように急いで眼を伏せながら、

「だいたい『聊斎志異』なんて怪談集を読ませる気になるから、こんな酷い目に逢ってしまうのだ……。」

といった。弱々しいものがその額の辺りに翳った。杉浦はその時ふと何気なく〈この男は案外早死するかも知れないな。〉と思った。しかし、杉浦はもうそれっきり口をつぐむと、黙ってまた歩きはじめた。


（この稿・続く）

○本稿を書くに当って左の諸編を参考にしました
「立原道造の思い出」近藤武夫（「詩歌」）
「『聊斎志異』との因縁」杉浦明平（「中国」）
「追分を訪ねて」柴岡亥佐雄（「立原道造全集月報」）
『杏の木』室生朝子（三月書房）
『追想の犀星詩抄』室生朝子（講談社）

執筆者住所録

大木　実　大宮市上小町二一〇
長島三芳　横須賀市浦賀町一の八の一〇
内山登美子　豊島区駒込一の二〇ノ一　中島方
堀口太平　板橋区中台町二の六の六
山口ひとよ　小平市小川東町一八二一
伊勢山　峻　練馬区氷川台二ノ七ノ七（八木沢内）
三井葉子　大阪府八尾市北本町一の八一
小川和佑　宇都宮市宿郷町三九

後記

若いころ考えていた。下手な横好きでもいい、一生の中ですごく小さくとも心をこめた仕事をしてみたいと。それが「葡萄」という形であった。戦前は今日のように、マスコミのはげしい時代ではなかったので、そんな夢を持ったのであろう。今日では年間一冊しか出ないような雑誌はアクタのように流されてしまうが。

時代は変ったが人間二十代に考えたことはなかなかかえられないもののようである。それでもバックナンバーを調べていると、その詩人の代表作品がのっているのをみると、葡萄の生き生きした顔に出会ったようでうれしい。

これからも私の年と共にこの形と目的で続けていくだろう。雑務的な事がにが手で、かなりわがままなやり方を通しているが、御迷惑をおかけの方々にここからおわび申上げます。

1969年10月発行
定価　80円
編集発行人　堀内幸枝
東京都新宿区柏木2―446
千葉方　葡萄発行所
電話（371）9891

葡萄

31

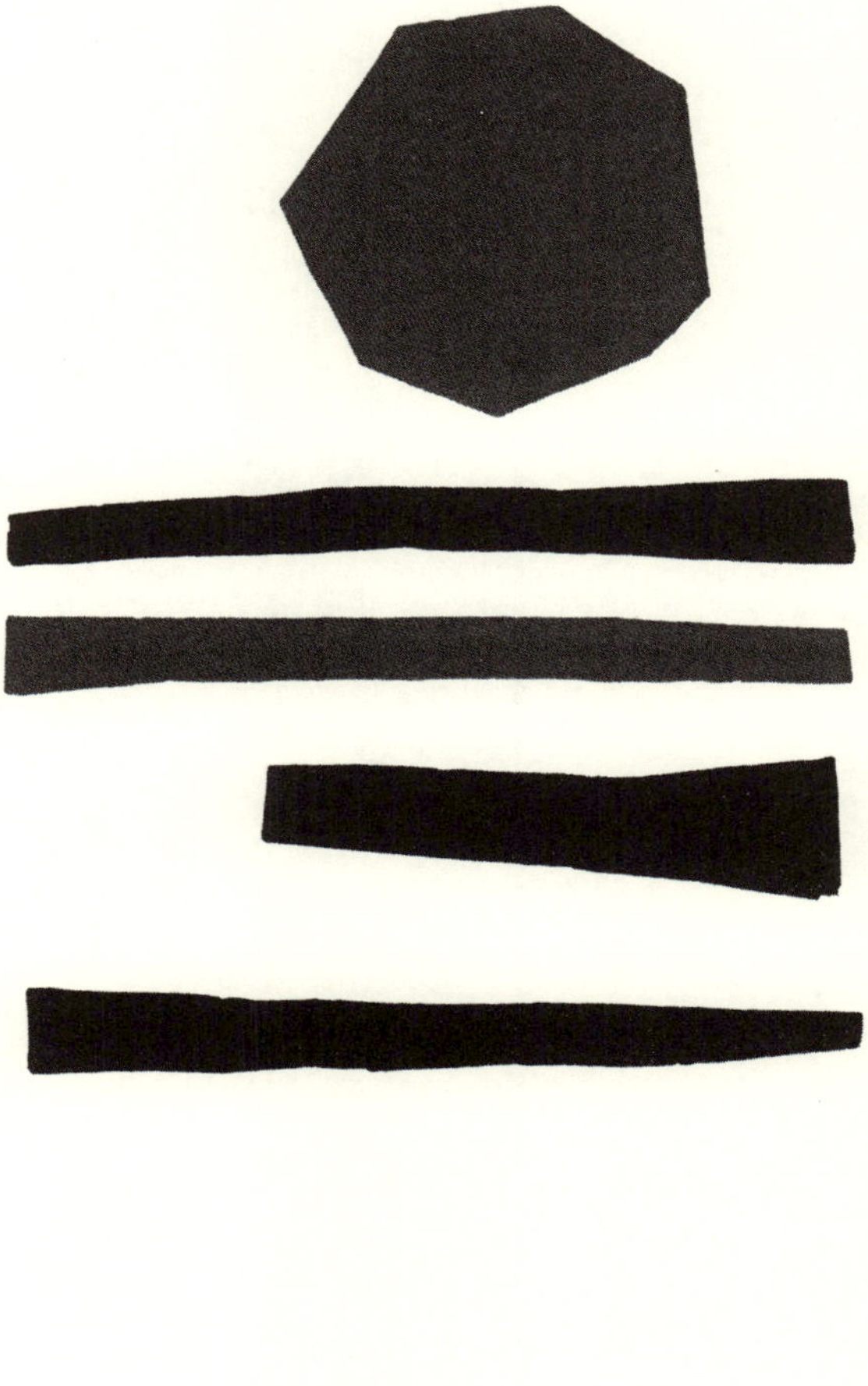

葡　萄

31

1971年10月

綱渡り…………………………杉山平一…1

一つの祭り……………………宗　左近…2

八十八夜の頃…………………田中冬二…4

涅槃…………………………岡崎清一郎…8

三味線草……………………三井葉子…10

狭き門………………………会田千衣子…11

光の影………………………安宅啓子…12

優しき歌―立原道造伝―……小川和佑…14

福島の詩人たち………………斎藤庸一…20

土佐の詩人たち………………片岡文雄…21

市之蔵村……………………堀内幸枝…24

後記

綱渡り

杉山平一

けさも　猫は
となりの塀の上をゆっくりとあゆみ
けさも　飛行機は
銀色の機体をすべらせている
六甲山の陵線の上　五センチのところ

午前九時三十分　おれは　東へ
福知山線のレールの上を
はしっている

この線から外れることは
おれにとって転落である

『葡萄』 第31号 1971（昭和46）年10月 600

一つの祭り

宗 左近

ビールの泡の海のなかの明るい闇だった
倒れた瓶みたいに濡れた焔を光らせて
太陽が沈んだまま炎えていた
ラヴェルの空が剥がれてゆらめいていた

立ち並んだ家々の窓ガラスの一つ一つに
ぎっしりはめこまれた仮面の一つ一つが
熟れたトウモロコシの粒々みたいに
照りはえて舌出して赤く笑っていた

ビールの泡の海のなかを立ち泳ぎする
からっぽのサイダー瓶の櫓だった
王冠のはねあがったあたりの青さのなかを
カラスたちの環が舞っていた
影が乾いた血のりのように落ちていた

太鼓が遠い爆弾をとどろかせていた
笛が見えない機関銃を鳴らしていた

真昼のなかの悪夢ではなかった
悪夢のなかの真昼ではなかった
一枚一枚の舌はおやみなく波うっていた
ビールの泡は底から泡立ち続けていた

あれは昨日の祝祭だったのだろうか
それとも明日の葬儀だったのだろうか

サイダー瓶の底に落されたドライアイス
今日の太陽はふきあがって白く炎えていたそして
サイダー瓶は青くすき通って瞬いて待っていた
手榴弾みたいにつかまれて投げこまれることを
爆裂した姿のままで花環と咲きかわれることを
見物人一人いない広場の形したあなたの胸のなかに

八十八夜の頃

——日 記 抄——

田 中 冬 二

若葉にさすあかるい光りに、五月来りぬという感じがはっきりとする。一両日来具合の悪い孫の章江、熱は下ったが吐き気があって食欲なし。吐き気の原因は学校の給食に因るものの如し。学校の給食については予てから如何と思っている。

東京書籍より依頼の「中学生に読ませる詩」の原稿を書きはじめる。

庭の小さい赤いつつじの花可憐なり。籬の山吹の花もよし。千賀子（章江の母）章江を元気づけ慰めるためなるべし、ズックの運動靴を買って帰り枕元におく。

夕食に鰹《かつお》のさしみ、蕗の煮付にて一盞。

しずかな晩春の宵なれども幼きもの病みてあれば心重し。

五月二日（土）晴
私の大好きな八十八夜の日だ。それで予て小さな桝に入れておいたゆずの種五顆を播いた。芽生えは無理だとは思いながらも。

石榴の芽吹き出し、柿若葉朴も若葉。

初夏というより未だ晩春の感じなり。

八時二十分、郡山の竹内よしのさん来宅。

十時四十分、八王子の鳥信へ鳥肉を買いにゆく。五百四十円。そのついでに八百屋にて三つ葉を求む。五十円。昼食は親子丼。

章江食慾出る。シャーベット、粥、レタアスを食べる。竹内さん二時半辞去。五時半義妹淑子来宅宿泊。東京書籍の「中学生に読ませる詩」の原稿夕食後一応書き終る。

五月三日（日）晴
午後一時、相模原の青柳寺。十和田操氏の古稀祝賀会を兼ての例年の筍句会。青柳寺の庭、茱萸《ぐみ》の花。赤い星のようなかりんの花、馬酔木《あせび》の花。青柳寺の庭は昔の儘だが、附近は都会風の高層の建物林立し、往年の鄙びたるところなし。青柳寺又昨年四月の本堂炎上にて、復興建築中のため雑然たり。
当日の出席者は主賓の十和田操氏はじめ、八十島稔三浦逸雄小林清之介八木義徳岩佐東一郎城左門高橋邦太郎福田清人の諸氏。青柳寺名物とも称すべき、心こもれる手料理に酒を酌み交わしつつ歓談つくることなく、たのしき集ひであった。帰りには例年の如く土産に筍を貰った。城高橋二氏と原町田の駅近くの小亭でビールを飲み別る。帰宅八時半。章江の容態依然として捗々しからず気にかかる。
麻の種播いて八十八夜かな 当日の作。

五月四日（月）晴
欅の梢若葉のいろ濃くなる。もう青葉なり。

石榴の若芽、のうぜんかずらもようやく芽を吹く。朝の天気予報は午後より曇り後雨となると報じたが、午前中の模様ではそのような気配なし。東京書籍の「中学生に読ませる詩」の原稿完成したので清記する。午後一時頃東京文献センターの初沢君来宅。「妻科の家」の刷り上りの見本持参。印刷可なり。出来上りは二十二三日頃とのこと。初沢君は遅れたことをしきりに詫びる。仝君を激励して帰す。

家内霊友会の講中にて伊豆の本山へ赴く。

高橋邦太郎氏へ約束の色紙三枚書く。

五月六日（水）曇り夜雨となる
麦の穂出揃い、落花生の芽、小粉団《こでまり》の花。
十二時半、東京書籍の丸山氏原稿をとりに来宅。一日中翳っていて若葉のいろ暗し。牡丹ざくらの花散りはじめる。アンニュイを感じる。潮流社へ電話、八木社長と「四季」のことについて打ち合わせをする。家内夕方近く伊豆より帰る。たいへんたのしかった由、それに疲れた様子もなし安堵する。夕食後法帳に戯れ書きをする。八時過ぎ柚木の川和たまえさん令嬢福代さんと来宅。福代さんの縁談の件。テレビでナイターの巨人広島戦を見る。広島昨夜と同様惜敗。入浴十一時就寝。

五月八日（金）朝の中雨後曇り

九時半日野市立病院へ家内の薬を貰いにゆく。来診者多く混雑。帰途予て家内から聞いていた公園の近くの朴の木を見る。見上げるような見事な朴の木なり。四時からの新宿京王デパートの秀華展のレセプションまで、充分時間があるので、頃合を見計い神田駅近くの大沼理髪店へ赴く。理髪をすませて秀華展へ。三時半なり。秀華展の今年の催しのあたらしきアイデアは、立体的壁面、動的表現にあり、何れも新鮮味溢れ感嘆す。千代倉桜舟国井誠海筒井敬玉岩井春蓉金子鷗亭の諸書道家と久々に会し挨拶を交わす。レセプションは飯島春敬氏の主催だけに流石に頗る盛会なり。

秀華展は飯島春敬氏門下の女流書家の書道展なれば、出席者は若き女性の方大半にてさながら花園の中にあるが如き心地がした。中華料理にビールの酔いも快く七時帰宅。何事もなく無事帰ったのでこれを祝し一盞。

涅槃

岡崎清一郎

西へ西へ行くと
こんもり
木のしげりセミが
わんわんみな泣いていて
たいへんなところだが
あたりはまことに
神韻縹渺としてゐる。

私はもう疲れたと云ッて
石の上に大きなふしぎなものが
死んでいた。

春風

巷《チマタ》を行けば気もそ
ぞろほがらほがら
と「春風や魔法つ
かひの人あつめ」

春風やは木志

三味線草

三井葉子

おもいつめて
水を呑み
柄杓をわたしにわたしながらだんだん消えてゆくあなた
わたしを呑みはできないけれどもと
水をつかいながらわたしはおもう
水を呑んだ
あなたのぴたぴたと鳴る舌のそばで。
わたしは三味線草とももいろの舌を糸で巻くゆうひぐれ。
虫がみなみちを通うて
かえるひぐれに。

狭き門

会田千衣子

現実の変動がなくても
心と心の通い道があるなら耐えていける
わたしの窮極の才能が試されるこの宇宙で夢があるなら導きがある
　なら最も古典的な方法で
狭き門からいたり
心の憂愁を閉ざさずに
枯枝のめぐる冬の野原で
　自我放棄と
ひとつの所有と
幼年と
わたしの領土と
すべての交わる座標があるのなら
わたしの魂は試されよう
時空を隔てた純白の意志がわたしの最も豊かな資質に命じるのなら
　その声に従うだけだそれが幻想でも

光の景

安宅啓子

天地揺籃のはじめ　光は全身に朝霧の衣をまとっていた
光は　血縁とか血統のように　磨き上げられた翼を駆使して　空中を飛びまわっていた　樹の小枝の間をすりぬけたり　花々にかこまれた茂みへ入っていったり楽しみがどっさりあった　茂みの影で　牧童たちが吹く角笛に　我れを忘れた
　地の神たちの唾液を養分にして生えている水草があった　光は　この水草の中にわけ入るときの敬虔な態度におとらず　他の仲間たちにも控え目で　やさしかった
　孔雀緑の芝の原っぱの端に　緋色に煮えたぎった池があった　池のふちをとりかこむようにして　≪摂理≫の手が生えていた　そこを通るときに≪摂理≫の触手の食慾をかわして　すばやく飛び超えることが出来るものは　数少なかったが　光はその≪摂理≫の追手を許したことがなかった
　この雑食性の≪摂理≫の触手の繁殖力から想像すれば　このままこれが加速度的に増殖を続けてゆくと　やがて　人類の出現後には　人類の棲む全領土を支配することが予測された

　ある日　太陽の黄経が　零度になる時刻に　詩を司どる女神ムーサーが　春分点に立ち現れた　ムーサーの声帯は　びろうどの感触を持ち　雷光を浴びながら沐浴した　ムーサーは　知性と反知性に加えて　迷宮の美学にもくわしかった　光はこの審美の女神を一目見て敬愛した

ムーサーは　腕を上げて　光によって明るい大空の一角に　北斗星のある位置を指して　何事か啓示を告げようとした　そうすると　ムーサーの炎なす頭髪は　いちだんと輝きを増してくるのだった

ムーサーの両股間の真下に　口を開けていたクレバスから　白金色に輝く斧が飛び出してきた　いきなり彼女の亜麻色の乳房を切り落とした　斧に鳥兜の根の汁がぬられていたので　彼女は顔面蒼白となり　じきに息がたえてしまった　ムーサーの頭髪は　一瞬　一本一本が火の矢となって　飛び散っていった　切り落とされた乳房は　雲間に見えなくなり　まもなく春分点の近くにある　もう一つのクレバスに落ちていった　彼女の切り落とされた乳房のあとに　ヒドラの歯型をした黒印が刻まれていた

隕石よりも素早く　夜闇が落ちてきた　ムーサーの崇拝者だった光の目は悲しみのために霧氷の涙で閉されてしまった

光は　乳房を追って　クレバスに降りていった

全土にムーサーの死の告知は行き渡り　人々は悲調の日々をおくっていた　彼らの告別の祈りの声で　クレバスの巨大な壁は崩れ　口を固くとざしてしまった

光がクレバスの底に姿を消してから久しくたって　ふたたび朝がきた

しかし　朝がきても　空には塩水のような灰色の膜がたれさがったままだった

クレバスに降りて行った光が　ふたたび元の姿でクレバスの底から戻ってくることは期待できることではなかった。

優しき歌

——立原道造伝——

小川和佑

村はずれの歌 —関 鮎子—

追分宿を東西に通る中仙道の北側、つまり浅間山の側にはちょうど宿場の外廓をめぐるかたちで、落葉松林を貫く村道がある。

道は宿場の入口から岐れ、落葉松林の中を抜けて、やがて宿場外れの「岐か去れ」に出る。落葉松の林がつきると泉洞寺の墓地の外縁に添って、丈高い芒の草叢をゆるやかに下る。その草叢の中には馬頭観世音の碑が建っている。

鮎子はつと腕を伸ばした。浴衣の袖口から健康そうな二の腕まであらわにして、その小径のかたわらに枝を差し伸べている胡桃の小枝に触れた。背伸びするようにして、やっと届いた指さきは、しなやかな弾みで大きく揺れた。枝にはもう青い胡桃の実がついている。

「これは胡桃……。」

鮎子はまだ腕をあらわにしたまま立原に教えた。立原はまぶしそうに、枝の胡桃の実と鮎子のその内側の柔かな健康そうな二の腕とを見較べた。目まいのようなものがほんのしばらくだが、立原をそこに釘付けにした。それから、遁れようとするように立原は眼を遠くにやった。八月の信濃はまだ夏なのに、もう秋のように澄みわたって、遠い山脈の稜線が如何にも画然と空際を区切っている。

「もう、帰りましょうよ……。」

鮎子はいつまでも黙っている立原をうながした。立原は突然、夢を中断された子供のような表情で歩き出した。草叢が尽きかけると、そこは北国海道の起点で、いつも見馴れた岐か去れの常夜灯が目に入った。

「わたくし、——あと四、五日したら千葉に帰らなくてはならないの。だって、もう直き学校が始まるでしょう。」

「ほら、とんぼがもうこんなに、めっきり増えてきた。」

その一匹が人を怖れぬ気に飛んで来て、鮎子の右肩のあたりに止ろうとしている。

「わたくしね……。」

鮎子は立原に背を向けたままで、

「小さかった頃におかあさまをなくしているの。」

と小声で言った。

「そんなこと、誰にも云ったことがないわね。立原さんにも……。」

立原は鮎子の告白めいた呟きに突然感動しそうになった。しかし、それを言葉にするのには、言葉がどうしても直ぐに見付からない。

「蜻蛉だって、秋になれば死んでしまふ。」

鮎子は立原のこの唐突な答えを聞いて思わず笑い声を立てた。

「……蜻蛉と、わたくしのおかあさまとどういう関係があるの。」

このひとはもう大学生なのにいつでもこうなんだ。私とお話していても、いつも会話は違った方へ逸れていく。そして、いつも最後にはこのひとの話は空想の中に溶けこんでしまう。まるで大人じゃあないんだ。でも、決して、このひとは愚かなんかじゃあない。それなのにこのひとはいつも自分の世界の外に出ようとしない。それは卑怯なんじゃあなくてひどく憶病なのかも知れない。

鮎子はそこまで考えると、ふと悪戯心が湧いて、立原の正面に向きなおった。そして、立原の大きな眼を真直に凝視したまま、ひどく真剣そうな低い声で言った。

「立原さん――。立原さんはわたくしをお好き、それともお嫌い。……返辞して、直ぐに。」

「……そんなこと、急に言い出して。」

「どうなの。」

「どうも困っちまったなあ。」

「卑怯よ、はぐらかすなんて、はっきりおっしゃって。」

立原はもうすっかり困惑して顔を赧くしている。鮎子は眼をキラキラさせて立原の答えを待った。

かなしみではなかった日のながれる雲の下に
僕はあなたの口にする言葉をおぼえた
それはひとつの花の名であった
それは黄いろの淡いあはい花だった

僕はなんにも知ってはゐなかった
なにかを知りたく　うっとりしてゐた
そしてときどき思ふのだが　一体なにを
だれを待ってゐるのだらうかと

昨日の風に鳴ってゐた　林を透いた青空に
かうばしい　さびしい光のまんなかに
あの叢に　咲いてゐた……さうしてけふもその花は

思ひなしだか　悔いのやうに――
しかし僕は老いすぎた　若い身空で
あなたを悔いなく去らせたほどに！

――「ゆふすげびと」――

「あなたを悔いなく去らせたほどに！」この一行は立原の鮎子への痛痕をこめた詩句ではなかったか。もっとも一説によれば「ゆふすげびと」とは関鮎子ではなく、今井慶子だという説もある。しかし、立原の詩は私小説のようにいつも生活的現実に還元できるものではない。鮎子も慶子も、もしかすると、中学時代の金田久子も立原の想念の中では一つになって、それが「ゆふすげびと」と呼ぶ一人の少女に抽象されているのかも知れない。

秋風高原

療養所の病室に続くベランダを降りると、八つ岳が見えていた。日射しはもうすっかり秋だった。八月二十七日のことである。

「君も……。」

堀辰雄はいつものように柔かい微笑を含んで、立原に語りかけた。

「君も、本ばかり読んで暮しているよりは、少しは女のひとも愛してみなくては……。」

この夏、二度目に訪問した富士見の療養所での堀辰雄は婚約者の矢野綾子ばかりか、彼自身もすっかり健康をそこねているらしく、立原の目から見ても、この日はすっかり元気がなかった。しかし、そう言われても立原には堀の言葉は把え所がなかった。堀の言葉としては意外なのだが、立原には、

「なぜ……。」

と、問い返してはならないような気持が動いていた。堀にとっては夏休みの宿題のような立原の可憐な追分の詩がなにかもどかしかった。大人になり切れぬ魂に、一番適切で自然な精神的手術は恋愛であろう。立原にとっていま必要なのは「他人」との遭遇である。そして、その「他人」の心を通じて、現実を透視する眼であった。自分だけの世界に浸ることでなく、自分だけの世界を構築することである。確かに立原には衆に優れた詩人としての一流の才能はある。しかし、その詩才は現在のままでは彼の青春が終り、三十代、四十代という人生の半ばを越した時、果して、それがその文学を支え得るであろうか。堀自身がコクトオやラジイゲの文学に触発されて文学的出発をしながら、やがてそれらを捨てて、リルケ、プルースト、モーリャックの世界を経て来ている。立原の詩才は若年故の花なのだ。それに自覚することが出来ず枯れていった有能な詩人も数多い。三木露風もそうだし、柳沢健もそうだった。早くから文壇に出た堀にはそういうことも既に多くの例を見て来ている。立原の場合も早咲きの薔薇の

ように終ってしまう才能ではないのか。堀にはそれが案ぜられてならなかった。つまり、恋愛という精神的手術を経て、彼の才能も初めて本当に開花すると、堀は思った。

　しかし、その時の立原はその言葉の真の意味をこの時はよく理解できなかったらしい。彼はあの日の岐か去れの関鮎子を思い浮かべてみた。あれがひとを愛することなのだろうかと——。

「もう帰りましょうよ。」

　鮎子はもう一度、その同じ言葉を繰り返して、立原に背を向けて村の方に歩き出した。林の奥では蜩の声がしている。いつもの泉洞寺の前まで来ると、鮎子はそこの植込みの低い枝から赤い木の実を摘んだ。

「あら、まだごんびが成っていた。」

「ゴンビ。」

「ええ、ごんびよ。」

　立原は眼の前に出されたなんの変哲もない赤い木の実を不思議そうに眺めた。鮎子はもういつもの快活で明るい鮎子にもどっている。くるくるとその度に変る鮎子の気持の変化に彼はなんだかついていけそうもないような心細さを感じていた。

　それで立原はもう一度、追分にもどり次第、鮎子の愛を確かめねばならないと思った。三日間、堀辰雄と過した彼は、八月二十八日、再び油屋にもどった。追分ももう初秋の気配が立ち初めていた。しかし、関鮎子は既に千葉に帰っていた。

　関鮎子にとっての立原は、夏の避暑地で出逢った一人の青年という以上でも、以下でもなかったらしい。鮎子には既に明春、女学校の専攻科を卒業すると同時に結婚する婚約者もいる。この夏の追分で逢った何人かの青年たちについて強いてその好悪をいえば、立原よりも、むしろ近藤武夫の助手をしていた東大理学部の学生により多くの好意を寄せていたという。立原はそのことについてはよく解っていなかったらしい。無邪気に鮎子と過ごす夏の幸福感のようなものに酔っていたといえばいえるであろう。

昨夜　月の出を見たあの月が
昼間の月になって　朝の空に浮かんでゐる
鮮やかな群青は空にながれ
それが散っては白い雲に　またあの月になったと

幾たびかふりかへり見　幾たびかふりかへり見
旅人は　空を仰いで　のこして来た者に　尽きない恨み
　を思ってゐる
限りないかなしい嘘を感じてゐる

―「旅のをはり」―

立原は九月二十一日午後、追分を発ち、信濃を木曽路に抜けて、名古屋に東大での友人生田勉（現東大工学部教授）を尋ねて帰京した。

その年の東京は残暑がことのほか厳しく、立原の帰京した頃になって、ようやく涼風が立ち初めたばかりであった。

太宰治

「おい、あれは工学部の立原道造じゃあないか。」

東大の安田講堂の前で、蒼白い顔の長い和服に袴の学生がその仲間らしいこちらはどちらかというと丸顔の体格のいい学生に問いかけた。立原は工学部の学生らしくT定規を小脇にかかえて、こちらにやって来る。花壇の縁に腰を下ろしていた丸顔の方の学生が立ちあがって、立原の方を見ながら、

「やっぱり立原だよ。だいいち、あんな痩せぽちの蚊とんぼみたいのはこの本郷界隈にもめったにいやしないからな。」

「どうだろう、ひとつからかってやろうか。」

和服の学生はこの自分の思いつきにすっかり楽しくなったのか、くすりと笑った。笑顔がひどく人懐っこかった。人を魅きつける笑顔である。立原の方ではもうそんな二人を目聡く見つけて、困ったような顔をしていた。二人は「青い花」や「日本浪曼派」の同人で、既に文壇では新進作家と目されていた万年東大生の太宰治と檀一雄の二人だった。

「立原君、これから講義があるの。」

故意に二人に気づかない振りをして行き過してしまおうとした立原は、仕方なくなったいま太宰と檀の存在に気づいたように足をとめて、行儀よく帽子をとって、この先輩たちにあいさつをした。

二人は立原の前に立ちふさがると、

「実はな、俺たちも久しぶりで学校に出て来たんだが、どうも面白くもねえ。それで気晴しに、まだ日も高けえが、吉原へでも繰り込んで、昼遊びとでもしゃれようじゃねえかって相談していたとこだ。ちょうどいいや、きょうはおまえさんも一緒に行って見ないかね。粋なもんだよ。軽井沢なんかでお嬢さんと遊ぶのとはまた別の味さね。」

太宰は立原の顔をのぞきこんだ。

「それとも、おまえさん、生粋の江戸ッ子の癖に吉原で遊んだことがないのかい。」

檀も悪戯そうに立原に話しかけた。

「ヨ、シ、ワ、ラですか……。」

「ああ、そうよ。あの助六の芝居の吉原さ――。」

肩に手をかけようとした檀から立原はあわてて体をずらすと、顔は次第に蒼ざめて来た。

「あの……あの、ぼくは――僕はそういう所へは行きません。」

＜失礼します＞という最後の言葉をどもりながら口の中で呟いて立原は、工学部教室の方へ逃げるように立ち去った。

その学生服の後姿を見ながら、

「あの……あの、ぼくは――僕はそういう所へは行きません。――か。」

太宰は面白そうに立原のいまの言葉を口真似て見せた。

「蒼くなっていたぜ、立原君。可哀そうだったかなあ。」

「なにせ彼は、『四季派』だからね。」

当時、「四季派」という呼称がようやく詩壇の中に普遍化しようとしていた。「カルイサワ＝四季派＝微熱の詩」という図式的連想から多分に揶揄めいた意味をもって呼称されていた。後年になって、「四季」の同人で編集者の一人の三好達治はこの「四季派」という呼称をひどく嫌っていた。戦後になってから、三好達治は文学運動としての「四季派」そのものを否定して、自分は「四季派」の詩人でないことを力説している。

「立原は、きっとまだ女を知らないのだなあ。可哀そうに。」と太宰はいったのだが、その眼はどこか、黝い翳が多かった。

「立原のように……。」

「そうだ。立原のように俺たちだって生きることもできるはずなのになあ。」

檀の言葉の終りは思いなしか、しみじみとしていた。銀杏並木の梢の方は黄ばみ初めている。本郷通りも、もう十月だった。

人は言ふ　秋が来た　日は慌しく
血を流して死んでいったと
たそがれに　花は　お前の歪んだ帽子の上で
まだ明るく　ただかすかに燃えるばかりだ
道には　お前と僕のゐるばかり　お前はしづかに僕の手を
おしつける　それはすりきれた手袋だ
お前はたづねる　旅に行くの　と――
おお僕は行くんだよ

お前は立ってゐる　僕の外套に小さな頭を埋めて
頭には別れの言葉がいっぱいだ
帽子から赤い薔薇がうなづいてゐる　日暮はもの憂げに
ほほ笑んでゐる

―「愛する」Ⅷ―


これは立原が「四季」に発表した連作詩「愛する」の終章である。立原は堀に教えられたリルケのフランス語で書いた挿絵入りの小詩集『窓』にならって、「愛する」の八章を書いた。

「おお僕は行くんだよ」という一行のように立原の短かい生涯はいつも彷徨の中に在った。それは太宰と違った型の、立原なりの無頼の日々でもあったろうか。

「檀さんや、それでは俺たちも出かけましょうや。」

太宰は額にかかる長い髪を右手でかきあげて、表情だけはそれでも明るくして見せた。それから、懐ろ手をしてゆっくりその長身をやや猫背にかがめて赤門の方に歩み出した。


（「優しき歌」その部分・了）

福島の詩人たち

斎藤庸一

詩人を考えるとき、「福島の」といった地域性をことさらに分類することを私はしない。風土とその詩人はきりはなせないひとつの個性となっているが、詩人の仕事がどういうぐあいに、日本の現代詩に関わっているかに関心があるばかりである。それは、現代詩の可能の拡大性に、混沌性に、知的遊戯に、日本語の蘇生に、無国籍と土着に、いろいろと少しずつの崩壊と誕生をもたらしている。

「詩壇70年回顧」で大岡信氏が書かれているが、詩の「凝縮」と「飛躍」にそれぞれに真剣な模索がなされていて、現代と文明の、緊張にみちた崩落感の中で、言葉のあるかぎり文字をしるしつづけているのである。「道の半ばに」あるという実感をふまえて、詩に対する熱をおびた眼は、詩人ばかりでなく、小説家からも向けられてきた。そういう緊張に満ちた作業の時に、ひとつの地方性に眼をむける余裕はない。あるのは、日本語の深い凝縮とひびきへの拡大に向って、暗い土壌を少しずつ掘ってゆくような、詩人の日常的な闘いに対する、励ましと思いやりが、私たちの批評のひとつの在り方だろうと思う。

福島の、という分類に従って、いくつかの個性を考えてみようと思う。

草野心平。太平洋岸のいわき市を中心にかつて山村暮鳥、猪狩満直、三野混沌、草野民平、心平、天平という屹立した個性たちが日本の詩の不思議な磁場をかたちづくっていた。昨年の三野混沌の死によって、いよいよたった一人生きのこっている草野心平は、老いてますます旺盛な仕事ぶりである。「どんどん書きたいものが見えはじめて、次々に書ける時がきたようだよ」と先日お会いしたときに話されていた。「こわれたオルガン」のあと「太陽は東からあがる」「止る歩く」が出て、近く「草野心平全詩集」が筑摩から出るらしい。

長田弘。福島出身の若い秀才は、「開かれた言葉」という詩論集を出して、言葉に遡ってすぐれた仕事を見せてくれた。わたしたちはわたしたちじしんの、ほんとうの大道《オープン・ロード》の言葉をまだもっていないのではないか？ まことに同感である。その集中的な思索のかずかずに広汎な理論があって、教えられた。

会津からは歴程の斎藤広志、酒井蜜男。吉本隆明全集の編集に当っている川上春雄。

　中通りからは、「竜」で相変らず旺盛な仕事ぶりの大滝清雄。散文詩に独自な世界を築いた粒来哲蔵。詩集「おれの地球」を出した菊地貞三。

　「黒」に「架空の対話」を連載しはじめ近く詩集「さびしい繭」を出す三谷晃一。「霧のなかの架橋」を近く完結させ、詩集「雑魚寝の家族」を出した斎藤庸一。詩集「井戸のなかの魚」で好評だった瀬谷耕作。「夢、現実」を書きつづける小川琢士。いわき湯本にいて、手固い進境を見せる高草陽夫。詩画集で好評だった菅野拓也は郡山出身である。

　H氏賞の石垣りんは二十年前に郡山の、「銀河系」同人だったことがあり、上野菊江もかわらぬ仕事を「竜」に見せている。

　その他、いろいろな可能性を秘めて闘っている若い人たちがたくさんいて、なぜ福島は詩を書く人が多いのだろうか、と考えさせられる。風土の影響か、貧しさのためだろうか。不思議な地方である。

　東北地方をみても、山形の真壁仁を中心とする集団。青森では弘前。岩手では盛岡。それに福島であって、詩人の育たない地域と育つ地域がはっきりしている。

　全国的にみると、おおよそだが、札幌、山形、福島、東京、大阪、神戸、広島、高知、宮崎が詩人を育てている。不思議なことだがたしかに影響しあう塊りがあるようだ。

　なにかそこには、現代と文明の崩落のなかの人間を見つめる眼を、たえず覚醒させるいくつかの要素があるのだろうか。そしてその要素を育てるものは、ある独自の風土ではないだろうか。そしてその風土は、多く滅びの色彩が濃い地域のような気がする。そこに住む人々の血すじの滅びへの弱まりも考えられる。そういう末期の眼に与えられた覚醒の視力が、怨念のように詩のかたちをとるのかもしれない。とりとめのない漠とした仮説ではあるが。

土佐の詩人たち

片岡文雄

もう夏も終わった。ぼくは今日までキリギリス九匹つかまえた。去年は一夏で十三匹だったから、ペースはやや劣る。八月の初旬に東京に行ったり、台風十号が来たりで川岸の草むらを首うなだれて歩むことが少なかったせいでもある。だが昨夜はウマオイ一匹つかまえて、変化をもたらした。クツワムシはたくさんいるが、これはやかましいので捕えない。雨季の前後には螢（「ほーたる」と呼びたい）を採り、ついで蟬（「せび」と呼びたい）をおさえ、キリギリスからコオロギへと採捕の対象は季節の移行にしたがって変わって行く。

ぼくはこれによってなにも自然への愛を説くつもりはない。自然にめぐまれている環境では、自然を忘れているものである。川端康成が竹林に向かい、竹林の気持すなわち無我の境に遊んだ、そうした心が虫捕りする自分にあるのかも知れない。しかしそれよりもぼくはこれらの虫に流れる時間、肉を離れてはあり得ない死をみつめ、自らの死へのおそれを減ずる訓練としているようである。訓練などというものになるかどうか、とにかくそうした時間を引き寄せているのである。こうして内になにか耐えるようにして抱えこんで、抱えこんだ両腕が元通りには伸びないままに死んでいく詩人が、地方には多いとおもう。ことに土佐のような古くから流刑の地であり、いまでも日本の僻遠の地では。

土佐に岡本弥太という詩人が居た。昭和十七年四十四才、肺結核で他界している。生前に一冊の詩集「滝」を出したきりであったが、その声をおさえたいくぶん憂愁をふくんだ抒情には洗われた美しさがある。松永伍一も「望郷の詩」中でふれていて、弥太の詩は土佐以外でも割合知られているようにもおもう。代用教員からやっとこさ正教員への道がひらけているが、生前唯一の詩集も、上司のカンパによって上梓されている。結婚後、かねてより愛する女を追って上京すべきはずが、ふるさとを捨てきれず、「日本詩壇」など関西の詩誌に依るしかなく、東京にあまり縁がなかったようだ。地元の者らが「青きあられの高士」とか「南海の宮沢賢治」とかたたえ、その呼称に陶酔を求めようとした行為は、せつなく涙ぐましいものがある。昭和三十八年にやはり地元から三百余ページの詩選が刊行されたが、弥太がその名を知られているにくらべて、仕事の質は十分見きわめられてはいないうらみがある。生地には高村光太郎の揮毫になる立派な詩碑が友人や後輩によって建てられている。彼の場合、ずいぶん伝説化されて、その伝説の過剰には鼻もちならぬものがあるが、残された詩には土着のまま生涯をまっとうせねばならぬ者の、重苦しいオリジナリティがぐっしより示されているのである。

弥太と対蹠的な位置にあり、それも近年にわかにクローズアップされた者に槇村浩がある。死後二十六年目に当る一九六四年（昭三九）、槇村浩詩集「間島パルチザンの歌」（新日本出版社）が出されて、この反帝反戦の不屈の闘士で、天才的な二十六才の生涯を閉じた詩人の生涯が人々に知られるようになった。槇村が死を迎える数年を見るだけでも、伝説化されやすい人物のいろどりをもっている。一九三六年（昭一一）、槇村は高知の人民戦線事件関係者の検挙で捕えられる。ところが以前に獄中で得た拘禁性食道狭窄症と鬱病が悪化し、翌年釈放された。槇村の母は官憲の監視の目をそらすべく、発狂者でもない彼を、土佐脳病院に入院させるが、三八年（昭一三）

に、彼はその病院で死亡する。槙村の党派性に徹した、英雄的でまた天才詩人の生涯は、土佐文雄(私とは別人)が伝記小説「人間の骨」(新読書社)に書いており、近いところでは大原富枝の「ひとつの青春」(講談社)でも知ることができる。

その詩は、夭折の詩人らしいトランペットの高鳴りをおもわせる強く烈しいことばによっており、歴史の推移を鋭くとらえて、革命的で叙事的な要素を濃密に宿している。戦前のプロレタリヤ詩の時代の旗手として、いまや復活した。伝説にも尾ひれがつこう。

岡本弥太の繊細で、杜甫の憂愁につながる抒情とまことによい対照をなして、よくもこのようにタイプの異る者が同時代に生きていたものだと感嘆するのである。こうした対蹠性を同時にはらんでいるのが、また土佐の精神風土といえるかも知れない。

高知に生まれ、高知で死んでいった詩人たちでは前記三者で典型できるとおもう。これらの土着もしくは、故郷の土に埋もれていった者に対し、風土からの脱出を果たした詩人に、片山敏彦、大江満雄、乾直恵らがあり、自作詩はないが深瀬基寛もその仕事の重要さからいって加えなければならない。どちらかといえば、破大荒の詩人たちとはいえないが、それぞれにヒューマンな味をたたえた群像とおもわれる。それに片山、深瀬また土居光知までひろげれば、洋の東西を真につなぐ架橋工作者の一群として浮彫りされる。坂本竜馬に世界への関心があったが、脱風土の士たちにその血が流れていたというべきであろうか。

戦後にその仕事を完成もしくは成熟の域にもって行っている人はいない。沢村光博や嶋岡晨、また西一知など、これまで密度の高い仕事をしてきた若い詩人たちは居るが、いまとやかくいうより、これからの仕事を見てゆかねばならないのではないか。

土佐に土着する人たちのなかでは、文化工作者としてのイメージを強く投げかけた島崎曙海がすでに他界しており、ぼくなど疎開派以後の者が気がねするような存在は居ない。同世代では、真辺博章、坂本稔、沢英彦、大崎二郎、西岡寿美子、伊藤大、片岡幹雄、林嗣夫、浜田巳喜男、西森茂、猪野睦、清水峯雄、その他、期待したい者らは多いが、その仕事が畏怖と衝撃を与えっぱなしという存在は、まだ現われていない。

今年のはじめ八十四才で死んだぼくの母方の祖父は紙漉き、日傭、百姓などあらゆる低賃の仕事をやってきたものだが、ぼくがいちばんひかれるのは川漁師としての祖父の姿であった。いまひとりの伯父と、もうひとり従兄が川漁で細々と食っている。

キリギリスを聞き、夜となればコオロギとともに放心していたいぼくに、やはりわが血族に流れる自然とともに死んで行こうという感情が充ちてきて、おさえかねることがしばしばだ。こういう情意にみたされていくとき、ことばはずいぶん遠くにきらめいてしまうのだ。どうやら詩の死におびえ続けて、なおその生命をもやそうとする矛盾したたたかいが、詩の一つの領域をなしている。土佐には、こんなのが、他にいくらも居るにちがいない。

（七〇・九・一〇）

市之蔵村

堀内幸枝

市之蔵村という村は、広大な富士火山脈の中に迷いこんだ、小さな小さな寒村だ。私はまだ小学校へ上らないころ、自分の村は山梨県のどの辺にあたるのか、また小学校に上ってからは、地図を開いても、自分の村の渓谷や市之蔵富士と呼ばれる形よい山は、地図のどこにも載っていず、自分はいったいどういうところに生まれ、自分の居るこの村はどこなのか、地図にもない、誰も知らない、この小さな村でも、なだらかな土手には、山羊には食べきれないほどの雑草が生え、田の畦にはふきやせりなどが繁茂して、土手で爪を上げたり、母と一緒によもぎをつんだりして私は大きくなった。左隣の家から嫁にきている母は、やはりこの村に生れこの村で娘になった女なので、村の渓谷や小川の様子をよく知っていて、私は小さい日、赤い帯をしめた母に連れられて谷や小川にやまめやめだかを追って歩いた。

この小さな村の朝は静かな時計の音から初まる。両親は一人娘に育った私を、野良へ連れ出すのはかわいそうと、眼をさます頃は、朝食が膳の上に残されたまま、私は留守番役に廻され、母も作男も田圃へ出はらっている。私は母が残して置いてくれた朝食を縁側へ持ち出してすする。

朝日がだんだん上って庭が暖まってくると、山羊や鶏は小屋に入っていない。何時の間にか渡し木をくぐって往還へ出てしまう。留守番役の私はたくわんを口にくわえたまま何度も山羊をつかまえに出なければならない。

「お前たちは田圃に暖かい日が差してきたからって、そう往還へばかり出てしまわないで、少しは小屋に入っていてよ」

留守番役に廻されてもけっこう忙しい。家族中が野良仕事をしているので、私も山羊や牛の番ばかりしていられない。九時がなるとお湯をわかし、きびもちをやいて新しい藁草履にはきかえ、おおばこの繁茂する田圃道を持って運ぶ。葡萄園へお茶をとどけた帰りに野道から、雨上りの柔らかいいたどりをとってきて裏のせりと一緒にまぶして塩漬にする。

これで何かひと仕事してしまったような気持で縁側へ腰を下すのだが、家の中には誰もいず、留守の家の畳の奥まで暖かい日差しがくいこんで、もう昼頃になったと思えるのだが、葡萄棚にかゝる陽はまだ午前の静謐の影をひいている。

台所も片付けないで西畑へ大豆をまきにいっていた母が、「忙しい忙しい、まだ十時頃かな」とつぶやきながら帰り、地下足袋をドンドン軒石へ打ちつけて泥を落し、陽の差し初めた縁側で機を織りはじめる。

また、ぼーん、ぼーんと時計の音、私の家の時計は一ケ月も前に止まったままになっているので、あの音は上の家の時計の音だ。かぞえると十一時、まだ半日もたっていない。母は機織で忙しいので私が昼食の仕度をつくろいに三角畑へ出た。日が高くなるにつれ、雨上がりの上天気にきゅうりの苗床に敷いた麦藁の間から、春先のやわらかい、つゆむし、いなご、バッタ類がピョンピョン飛出し、これ等の幼虫の気持よさそうな跳躍を真似て、私もモンペの足を交互に上げ、くるくる回りながら、いい機嫌で駆けていると、また山裾まで出てしまった。あゝ、昼食の仕度だったと気づくと、まっしぐらに家まで飛び帰った。

両親は毎日、昼食がすむと、朝はやいせいか作男とともに地下足袋のまま、縁側へごろりところがって昼寝をしてしまう。私は家の者と一緒に昼寝しようとしても、やっぱりどういうわけか、日の差している田圃や、きゅうり畑の匂がとても好きなので、少々眠くとも田圃へ出て行く。午前も田圃から山へ廻ったので、これで三遍山へ登ったことになる。午前は冷く澄みきっていただけの日差しが、真昼も過ぎると、ほかほか暖かく変ってきた。

この村の太陽は、他の村で見る太陽とはなんとなく違う、楢林から出て赤い山寺の屋根に落ちていく太陽は、この村だけがひとり占めした太陽だ。それは粉をふいたような赤黄色さ！　山峡の太陽は暑くなく寒くなく、土手に固まって咲いたたんぽぽの上に丸くふんわり浮かんでいる。

またこの村の土と草の匂もどこがどうというわけか分らぬが他村とは違うのだ。土にも樹にもすべてに陽に暖まった草の匂がひそんでいる。ほんとの草の匂というものは、太陽の熱を受けて青梅のようにすっぱい匂だ。青臭さとすっぱい匂い、これがこの村の匂というものだろう。そしてこの村のバッタやテントウ虫、兜虫、黄金虫なども、他の村の昆虫よりはるかにつややかな羽根と強い足を持っていた。

この村で育った母も頬が赤く、昆虫のような皮膚と傾斜地を籠を背負って上がり下りするため強い足を持っていた。私も母によく似てターザンの娘のように敏捷な小娘に育った。こんな山の娘が両親の愛の深さによって、たった一人、三里も先の町へ下ろされ、町の女学校へ入れられたのだ。町の女学校へ五年行った間に、五年ふるさとと異なる町を見ききしてきたことになる。町の友人に接し、町の話を聞き込み、いつの間にか私の心には、村人や家族との考えの間にちょっぴり空間が出来る。学校を終え、家にいるようになってからも、町の話がときどき心をかすめる。小川にせりをつみながら、村娘とは変って、町へ出たい衝動も起きる。私の心にはときどき村を裏切った心が起きて、苦しい、苦しい。

こんなとき私は、藁草履をひっかけて西畑へ出る。大根の花が畑いっぱい真白く揺れて、小川の菖蒲が陽に光っている。私は菖蒲の葉の照り返しを眺めながら、葉先をなで、せぎの小草をなでて涙ぐむ。こんな純な村、何の疑惑もなく、ほそいせせらぎで私をくるんでフワフワ黄色い私の三尺帯をなびかせてくれる村に対して、私はときどきふっとすまない考えを抱く、そしてその後かならず、いっそう純な気持に返ってこの村にわびる。

「あゝすまなかった。すまなかった。」

私の心をときどき何がよぎるか、おまえも知ってる私も知ってる。私が押えても、押えても、起きてくるこのいやなもの、すると川上から芋車の音、

「ギリギリ、ギリン、ギイコギイコ、ギリギリン」

「この村から出ていっちゃいけないよ、ねえ。畑や林や葡萄園を飛び廻っている兜虫やてんとう虫のように、いつまでもこの村にいなさいよ。」

さっき楢の梢の上で休んでいた白雲が強い風に吹かれて盆地の方へ流れていく。

「ねえ、この村にいなさいよ、私が一番よく知ってるんだけど、こんなに山が美くしい村はほかにないよ。」

畑の畝で山羊までが

「ねえ、ねえ、出てっちゃいけないよ」

こんな気持で困惑したとき私は、田圃からもう一度、山の中腹をかけ上って村を見下す。草に座って静かに考えれば、私とお前がどんな関係にあったか、赤ん坊の日から両親に草に寝かされ、草の上で育ったのに、ときどき馬鹿な考えを起こす自分をせめ、

「すまなかったね」と。

匂やかな田圃道、土手の草にわびて和解すると、山野はいっそうやさしく私をくるんでくる。葡萄園と麦畑を渡って時計がぼーんぼーんときこえてくる。

「あゝ三時がなった」

朝日が出て三時までなんと長いのだろう。見下す村の段々畑では、蝶々は大根の花の上でじっと羽根を合わせ、大根畑の畝間では、百姓だけが、だまって鍬を使っている。いつも見慣れた山の松の木の二本に割れた幹の間では太陽がそこで止まってしまったようだ。全く午後のいっとき、太陽も蝶々も百姓も、その部分に固定してしまったと思われる時がある。

――眠いような静謐に包まれたこの午後のしじまを、私は村を見下しているのがとても好きであった――。

執筆者住所録

杉山平一　宝塚市星の荘五ノ二
宗　左近　渋谷区笹塚一ノ四七　京王コーポ一ノ三一〇
田中冬二　日野市豊田一〇九〇
岡崎清一郎　足利市大町五〇一
三井葉子　八尾市北本町一ノ三ノ三三
会田千衣子　市川市若宮町一丁目十八ー八
安宅啓子　金沢市兼六元町十五番三五号
小川和佑　宇都宮市宿郷町三九
斎藤庸一　福島県白河市横町九〇
片岡文雄　高知市上本宮町二一二ー一四

後記

この号はたいへん遅れてしまった。今になって出すのははずかしいくらいに。三十二号からは遅れをとり戻していきたいと思う。三十ページ限度の小誌であるが、個人誌の持つ特長を発揮して自由でのびのびした編集を続けていきたいと思う。そこに何かが生れてほしいと願い続けて。

私については詩集「村のアルバム」を再刊して、まだ自分の中に残っている別の村のアルバムのある事に気付き、それが風化してしまわない先に書きとめておきたいと思う。

今年もまた初秋となり、おそいサルビアの花が私の庭に満開で、家が古び、塀も庭石も苔にみちたこのあばらやの庭に鮮かに咲くサルビアをながめながら、「葡萄」をまとめていると、このアンバランスは今日の世情のあらゆるアンバランスに通じているように思えてならない。

1971年10月発行
定価　80円
編集発行人　堀内幸枝
東京都新宿区北新宿2-11-16
千葉方　葡萄発行所
電話（371）9891

葡萄

32

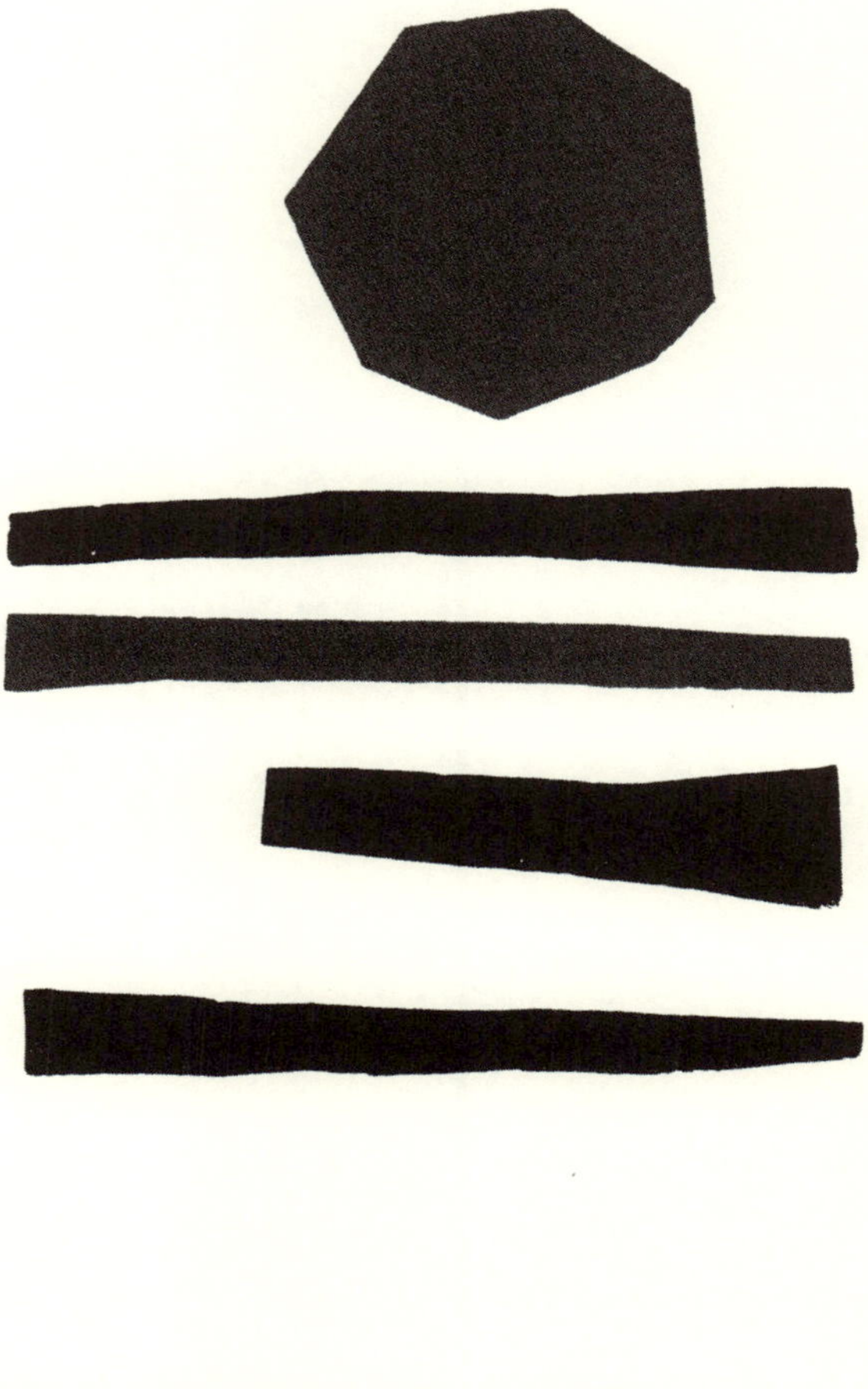

葡　萄

32

1973年3月

ヒマラヤ鉄道……………………秋　谷　　　豊… 1

深尾須磨子のふるさと………町　田　志津子… 7

財布を拾う………………………黒　田　三　郎… 8

日本人と短歌……………………磯　村　英　樹…11

舟　唄……………………………嶋　岡　　　晨…14

それからの記……………………中　村　千　尾…16

旅の感情…………………………滝　口　雅　子…18

蕎麦の花…………………………三　越　左千夫…20

門…………………………………片　瀬　博　子…22

夏の終る時………………………山　口　ひとよ…24

山峡の駅の花……………………堀　内　幸　枝…27

寂しい村の三つの花……………堀　内　幸　枝…28

後　記

ヒマラヤ鉄道

秋谷　豊

谷の村

一昨年の二月から三月にかけて、私はヒマラヤへ行った。ヒマラヤといっても、人に話せるような登山をしたわけではない。私たちパーティーが登ったのはアンナプルナの前衛の山である四、〇〇〇メートルにも及ばない無名峰であった。

しかし、今年の春、私は再度のヒマラヤ登山に出かけ、こんどは前よりも二、〇〇〇メートルほど高いところまで登った。十一人ほどのパーティーで、シェルパやポーターたちとキャラバンを組んでの一ケ月近い山旅だった。

六、〇〇〇メートルのクーンブ氷河は、蒼氷がきらきらと光って、その末端は荒れはてたモレーン地帯。途中のタンボチエの部落にはラマ教の僧院がある。部落といっても民家は一軒もなく、住んでいるのは僧侶ばかり。三、八〇〇メートルの高さにあるから、森林限界に近い。

ここは井上靖氏の新聞小説『星と祭』にも描かれたところだ。主人公の架山が仲間といっしょに、ヒマラヤ観月旅行に出かけ、エベレストの山のふもとで月見をするという場面がある。

井上さん自身も、昨年十月、取材のためこの僧院を訪れているが、私たちはここからさらに一週間ほど歩いてエベレストの未踏の氷河にはいって行った。

ヒマラヤの山地の風物や人々の生活については、すでに新聞雑誌にいくつか書き記しているので、ここではインド北部の山岳地方の旅を中心にすこし書いてみたい。

一回目のヒマラヤの旅で、私は乾燥して木もほとんどない寂しい谷の村を訪れたりした。このあたりの村は、生活はすべてチベット風であった。台地の上にラマ僧のいる寺があり、部落は森と大きな山にかこまれている傾斜した谷間にあった。

いくつもの雪の峰が、高さを増しながらつらなり、八、〇〇〇メートルのアンナプルナはその群れからひときわ高くそびえて、青白い氷のはりつめた姿を、空中にさらしていた。

私たちの立っている丘のその前方には、氷河がかすかに、きらきらとさえる光線をひろげていた。たまたまこの谷にはチベットへ通じている一本の街道があった。谷から谷へ登り下りしてつづいているその道は、隊商がチベットとの交易のため細々と通る道であった。

夏の間中、黒いヤクの背に荷をつけた隊商が道を這うようにして登ってくるのである。街道は人通りが多くにぎやかだった。太鼓や笛を持った旅芸人の一行。カゴを腰につけた魚売りの女たち。荷物を頭から背中に負い、コウモリをぶらさげたチベットの出稼ぎ女たち。ボロきれを腰巻みたいにまとい、そしてみんなハダシだった。

男たちはひざまるだしのズボンにチョッキ。中にはクークリとよぶ山刀を腹巻にさしたのもいる。

彼らヒマラヤの種族は、谷の平地をはさんで北と南から群がってくる。村にはバザールがあって、麦、こしょう、しょうが、かぼちゃ、じゃがいも、衣類、灯油などが地面いっぱいに並べてある。道はほこりと汗。そして牛の糞があちこちに乾いている。

これらの放浪者の一団は、どこからきたのか、とんと見当がつかなかった。だが、彼らにも故郷があり、家があるのだろう。

パッティとよばれる草ぶきの小屋の茶店では、チャンといううどぶろくや紅茶を売っている。中には土間に腰をおろしてチャパティという小麦粉をねってかためた平たいパンのようなあげものを食べているやつもいた。

私たちはふちのかけたコップで、ミルクのはいった紅茶を飲んだ。ミルクというのはどうもヤクの乳らしい。ヤクは黒い長い毛をたらした高地の牛で、チベット人は輸送家畜としてこれを使っている。ヤクを五、六頭、引きつれて上ってきた男が、「こいつはヒマラヤ牛だ」と言った。彼は、夏までの間、山の上の放牧地で生活するらしい。

「あの紅茶ときたら、とても飲めたしろものじゃないぜ」

「ぜいたく言うなよ」

口々にしゃべりながら、私たちは茶店を出発したが、彼ら山地の種族は、こんな一杯の紅茶やチャンを楽しんでいるのだ。夕暮れ、牛がたむろしている丘の上で飲むとか、星一つない暗い晩、菜種油の灯のある小屋の中で飲むとかするのであろう。

このあたりの村には、電灯はない。すべてランプだ。が、ランプのある家はまだ文明生活らしく、たいていは菜種油かローソクで灯をともして暮している。そんな石と土でできた家の軒したで、豆のからをぱたぱたとたたいている女たち。

石うすでモミつきをしたり、薄暗い土間で糸をつむぎ、はたを織っている女たち。

山の頂きまでつづいている階段畑を耕作しているのはマガール族であろう。二頭の黒い牛が原始的な耕作機をひいている。谷の平地の村には菜の花がいちめんにさいて、このあたりの季節は、日本でいえば、ちょうど五月ごろのようなのどかさであった。

しかし、ヒマラヤの地帯は乾期で、日中は二十度を越え、夜は氷点下十度に下がる。そんな山の寂しい村にも、人が住んでいる。

ヒマラヤの高地の部落は、ほとんどがチベット系である。このヒマラヤの種族は旅好きで、放浪が好きだ。だから彼らの仕事は、牧畜やキャラバンなど、野外労働が多い。こんどのエベレスト遠征隊のシェルパも、多くはこれらのシェルパ族の出身であった。

私たちは、あまりあてにならない地図をひろげて、その中の地形をたしかめながら方向や距離を測ってみた。四、〇〇〇メートルの高さのノウダラ峠まであと一〇キロはあった。谷間の上に通じる道を登り、またくだりながら私たちはポカラの町へ引き返した。午後、ものすごい雷雨が襲って、赤土の平原の道は水が急流のように音を立てて流れていた。

ポカラはバザールのある町。建て込んだ古い小さな町には郵便局があり、安ホテルもあった。石だたみの狭い道をはさんで、いろいろな店が並んでいる。雑貨、果物、野菜、古道具、生地……。山羊の肉をつるした店。店の前にしゃがんでいる牛どもを少年が追いはらっている。

手すりのついた二階の窓からは女たちが、私たちの通るのをじっとながめている。山地民族独特のかげのある顔。みんななかなか美人だ。

ダージリン

私たちは、こうしてアンナプルナの南麓の村々を歩いたが、このあたりは中部ネパールである。

ヒマラヤの登山基地は二つあり、一つはネパールの首都カトマンズ。もう一つはインドとチベットの国境にあるダージリンだ。チベットに近く、ネパールにも近い。インド北部のこの山の町は、イギリスの植民地時代、避暑地として開拓された町だが、歴史はかなり古いらしく、昔はこの地方の首都であったという。ヒマラヤの山また山にかこまれた海抜二、二〇〇メートルの高地の町は、シェルパたちの故郷でもある。

ダージリンにはヒマラヤ山岳研究所があり、そこの登山学校の教官をしているのがテンジン氏である。彼はいうまでもなくイギリスのヒラリー氏とともにエベレストに初登頂した山男で、さしずめシェルパ族の英雄といったところである。

私たちは日本山岳会のメッセージを持ってこの登山学校を

訪れるために、カトマンズからの帰途、カルカッタ経由でダージリンにまわった。

ダージリンはカルカッタの北方六六三キロのところにある。カルカッタから飛行機でバグドグラ空港に行き、バグドグラからジープでダージリンに向かった。

つまり、私たちは登山学校を訪れるためにダージリンに行ったのだったが、もうひとつ、私にとっては、ダージリンがなつかしい町として胸の中にあった。それはフランスの詩人アンリ・ミショーが、やはりこの町を訪れていたからである。もっとも、ミショーがインドへ旅したのは一九三一年のことだから、四十年も前。

最近、ミショーの『アジアにおける一野蛮人』（飯島耕一訳）を読んだ。その中にたまたま「ヒマラヤ鉄道」という一文があって、ダージリンの町やその町へ行く山岳列車のことが書かれている。

それは四十年も前のことだが、ミショーの描いたこのヒマラヤ山岳の地方の風景は、いまもそれほど変わっていない。

バグドグラは草原の飛行場。この町からダージリンまで八〇キロの深い山中を、イギリスの敷いた軽便鉄道が走っている。これがヒマラヤ鉄道だ。

「シリグリの町に着くと、とてもとても細っそりした間隔の二本のレールの上に一台の可愛らしい機関車をみつける。」

ミショーの「ヒマラヤ鉄道」はこんな書き出しではじまる。

このシリグリの町を、手もとの地図で調べてみたが記されていない。インド平野は大きい。乾ききった赤土の原野が、どこまでもつづいている。どこまでいっても乾いている。シリグリは地図にもない小さな町なのだろう。

煙突の長いおもちゃのような機関車には、客車と貨車が五輌つながれている。客車には小さな昇降段がついていた。板張りの車内は、鼻に飾りをつけた老婆がひとり腰掛けているだけである。機関士は頭に赤いターバンをまき、あごひげをはやしている。八ミリを持って近づくと、彼は真黒な顔で、「ナマステ」と言った。おはよう、こんにちは、さようならすべて「ナマステ」である。「何時に出るのか」ときくと「あと二十分で出る」と答えた。だがこれはあてにならない。インドでは一時間、二時間待たされるのは日常茶飯事だ。

私たちは撮影をあきらめ、ジープに荷物を積み込み、ダージリンめざして出発した。

町をはずれると、街道ぞいに小さな線路がつづいている。道ばたには茶店があり、バナナやマンゴーを並べていた。綿雲がぽっかり、ぽっかりと浮かび、その空の下を水牛がのしのしと歩いている。まわりはひろびろとした紅茶畑。このアッサム地方は紅茶の産地で、紅茶畑はどこまでもつづいている。

赤褐色のはだをしたヤシの木。ブーゲンビリアの赤い花。ヤシの葉でつくられた部落の家は、床を高くしハシゴがかけられている。「このあたりは虎が出没するところだ」と半裸の運転手は言った。

ジャングルを過ぎると、三十戸ほどの村があらわれ、きれいに着飾った娘さんたちが右往左往している。音楽がさかんに流れてくる。チベット系部落の結婚式らしい。ジープをとめて見ると、道のほとりの公民館みたいな建物の前に人だかりがして、花嫁と花婿が大きな傘の下に並んで立っている。ふたりともまだ少年と少女のような顔をしていた。音楽は手廻しの蓄音器から流れてくる古ぼけたレコードだった。

ジープは鉄道に沿った街道を上り下りして走った。あたりはブナ、ナラ、ツタの森林。山も谷も深く、そしてけわしい。ときどき、叢林からとびだしてきた野生のサルやイノシシがジープの前を横ぎる。

鉄道は上へ上へとつづく。バグドグラを出て二時間。高い煙突の蒸気機関車が、ピピーッ、ポオーッと汽笛を響かせながら登ってきた。その機関車の前に真黒な顔の男がしがみつくように乗っている。ただ乗りかと思ったら、男はわきにある砂袋の砂をまいているのだった。勾配が急なのでレールの滑りどめのためらしい。

客車が四輛、後尾に動物用の貨車がついている。これは山羊や鶏を運ぶためのもので、木柵のついた窓から羊飼いらしい男が顔をだし、にこにこしてこっちを見ている。この鉄道にはトンネルはない。ちっちゃな二本のレールが、谷をこえ山すそを曲がり、いくつもの円周を描いてつづいているのである。

峠を二つ越えると、小駅があった。片がわは山で、一方は深い谷。そのわずかな平地に家並みがつづいている。それでもこの町は、鉄道沿線の最大の集落地であった。駅の入口にKURSEONGとペンキで書いた標示があり、標高一、五〇〇メートルとある。

ジープから降りて、私たちはしばらく町の中を歩いた。マキを背にのせた若い女の顔は、ネパール的である。やはり山地民族なのだろう。モンゴルかチベット系と思われる中年の女。彼女は耳に輪の飾りをつけ、ひたいに朱をつけている。

牛や山羊の糞が道ばたで乾いている。その町の中を、汽笛を鳴らして汽車が通っていく。ふたたび出発する。ところどころに山上部落があり、数軒の赤土の家がかたまっている。登るにつれて、ヒマラヤの雪の峰々が姿をあらわしてきた。ひときわ高くそびえるのが、八、〇〇〇メートルのカンチェンジュンガだ。エベレストやマカールも見えるはずだが、それはこの地点からは眺められない。

ダージリンに着いたのは夕方、太陽は西にかたむきかけていた。

ダージリンはヒマラヤ鉄道の終着駅だ。人口約六万。町はチベットとの交易路の中心にあたり古くから拓けた町だ。山の上には古めかしいがどこかモダンな別荘が、点々とならんでいる。かつて、イギリス人が住んでいた家らしい。王宮風の広大な別荘の門もある。

　私たちの宿舎は、セントラルホテルという山小屋風のつくりのホテルだった。

　ホテルの建物はかなり古い。私の生れるずっと前だ。ざっと六十五年と刻まれている。旧館の屋根の下に、一九〇五年と刻まれている。商店はたいてい二階で木のバルコニがついている。これもイギリス風だ。ダージリンは坂の町である。まっ暗な坂道の方でこどもたちの何やら叫ぶ声がする。

　部屋の窓に白いものが貼りついている、と思ったら、粉雪だった。ボーイが煖炉用のまきをはこんできた。インド平野は炎熱の夏であったが、この山地は冬で、夜は粉雪が真っ白に降った。

　翌日、私たちはヒマラヤ登山学校を訪れた。ダージリンはネパールのカトマンズとともにヒマラヤ最大の登山基地でもある。この登山学校は、つまり国立のガイド養成機関なのであった。テンジン氏はここの教官をしている。彼は精悍な山男だ。日本にも来たことがあり、知り合いも多い。エベレストの地図の一角を指さして「私はここを登った。いまここ（南壁）を日本隊が登っている。大変むずかしいと思う」と言った。

　博物館のある白い建物のある庭に、エーデルワイスやシャクナゲなどの高山草がさいている。


インド隊は一九六五年にエベレストに登頂した。そのとき使用したテントや登山具がならんでいるが、いずれも粗末なものだ。壁に歴代のダージリンのガイドの肖像。もう一つの壁にはマロリーの肖像があり、CHL MA-LLORY1886―1924と記されている。彼はイギリスの登山家。「なぜ山に登るのか？山がそこにあるから」の言葉を残したまま、エベレストの蒼氷に消えて永遠に帰って来なかった。

　山の上に一つだけ教会がある。イギリスが支配していた時代のなごりらしい。屋根の上に十字架。入口まで敷石をしきつめた芝生に、赤い花がさいている。会堂の中はがらんとして、正面にイエス像がある。ラマ教とヒンズー教の国に、教会のあるのが不思議な気持ちだった。山をくだると、バザールのある広場。

　バザールは深い霧である。霧の中にいろいろな人種がひしめいている。チベット人の僧、ネパールの女。雑踏の中で声をはりあげてアジ演説をしている男、吐く息が白く凍っている。黒い牛をつれたチベット服のキャラバンもいた。布製の長靴をはいた彼は、頑丈な肩巾をしていた。

　ダージリンはチベットとの交易の町であったが、いまは国境が閉鎖されているので、キャラバンは途絶えているらしい。彼らはネパール、チベットにかこまれたヒマラヤの小王国シッキムの、国境近くの町カリンボンからやってきたという。

深尾須磨子のふるさと

町田志津子

深尾須磨子先生が六月に出版された詩集の「列島おんなのうた」に∧山帰来∨という詩がある。彼女のふるさと丹波で幼馴染の仙ちゃんという老爺と出会う話である。先生は今年も山帰来の枝を採りに、丹波栗と松茸のふるさとに里帰りされたことであろう。

四年前の十月半ば、山陰を旅して丹後に出た私は、その頃丹波に滞在しておられた先生のお誘いを受けた。福知山から福知山線で三つ目の黒井の駅からすこし入った春日町の波多家は、（先生の生家は他の土地に移って今はない）先生の亡くなられた長姉の嫁ぎ先である。甥御さんの家族と先生との間には、親子か姉弟のような愛情が通っていた。

波多家は築地の廻った三百年の由緒ある家で、上り框の桜の木材は虫がくい、鉱物のように光っていた。深い苔と高山植物に掩われた庭には、楠の大木が泰山木と背丈を争い、何百年かわからぬ梅の老樹、枝が盆栽のように曲がった山茶花、かいづか、もっこく。外庭にこれも樹齢不明の藤の古木、裏庭に数十年の丹波栗、柿の木があった。

旅館の料理にあきあきしていた私には、丹波竹輪と枝豆に似た黒い豆の前菜、焼き松茸、松茸入りとり鍋が、飛びつくほどおいしく、古たくあんと葉漬けにすり生姜をかけた漬物で、お茶漬を何杯もおかわりして先生を驚かせた。

折れ曲がって建てられた新しい棟の二階に寝た。翌朝早く目覚めて雨戸を繰った私は、築地や庭木を這っている深い霧に山里の秋を感じ、待望の松茸狩りの日であることを思い出した。床には先生の「霧の扇にうた一つ」の軸がかかっていた。

なだらかな線を描いて続いている山々の優雅なたたずまいは、私の住んでいる東海地方では見られぬ風景である。その一つの丘のような、上の方に赤松の生えている山に登る。木々の名前をひとつひとつ先生に教わりながら。青い実をつけているヒマラヤ杉のようなむろ、葉の美しいさやご、えんじゅ。うすと言う木の黒い実は、桑の実に似た味がした。これらの植物は、先生の詩＜植物考＞でお馴染の木々である。

生れてはじめての松茸狩りである。松茸第一号は波多さんが教えて下すった。二、三本かたまっていた。手を地中に入れて静かにゆすぶる。高い香りが鼻をつく。傘の裏が真白。段々上の方に進んでゆく。松の近くにあるのだが、すぐ根本にはない。苔などの生えてじめじめして凹まったところにある。道のすぐそばに、落ち松葉なりにぽこぽこ盛りあがっているのもある。二十本くらいになったろうか。皆ありかを教えて貰ったものばかりである。ビニールを敷き、山上の饗会。枯枝や松葉で焼き、塩をかけた松茸を肴にお酒。にんじん、ごぼう、里芋、油げ、こんにゃくの炊きこみ弁当のおいしいこと。食後一人で林の中に入る。ちょっと入った木の根のこみいったうろのようなところで、正真正銘の大きな松茸を見つけた時のうれしさ！思わず大声を挙げた。ところが、他人の持ち山に入りこんでいたことが分かって大笑い。先生は前から眼をつけていた山帰来を二枝切って貰われた。実がさんごのように美しい。茨が痛いので、猿とりいばらと言う。「山でこわいは猿とりいばら、里でこわいはおば姑」という俗謡の先生の詩の中にも引かれている。

その翌日、松茸、丹波栗、生姜をお土産に頂いて、帰京される先生といっしょに新大阪に出、意気揚々と帰ったものである。

財布を拾う

黒田三郎

金曜日、週一回の青山学院大学の講義を終えてから、その足で嬬恋村の山小屋へゆくことが多かった。渋谷駅の名店街で、すしや中村屋の支那まんじゅうを買い、上野駅のホームで缶ビールを、そして軽井沢でウイスキーを買ってバスに乗るという具合に、コースは決ってしまった。同じコースなので、あわてもしなければ、あせりもしない。

ところが、最初このコースで出かけた時はかなりあせったり、あわてたりした。〇時一〇分にならないうちに講義を終る、渋谷で買物をしてから地下鉄で上野へ出る。一時二十五分発の電車の切符と特急券を買う。時計を見ながら、大丈夫と思っていても、気はせいた。特急券を買うために緑の窓口に並ぶ。先客はひとりかふたりなのに、それでも、まだかまだかと思う。驚いたことに、そのとき、係の直前に切符を買ったひとが鰐皮の財布を忘れて行ったのに気がついた。「前のお客さんの忘れ物ですよ」と僕は駅員に財布を手渡した。そういう規則になっているのか、駅員はもうひとり係員をよんで、中身を調べはじめた。僕自身の切符と特急券はお預けになっているみたいで、僕は気が気でなかった。しかし、駅員のほうは、拾得物と拾得者をたしかめる必要があるのに違いない。慎重そのものである。名刺を出して、住所氏名を届けてから、僕は切符と特急券をもらい、危く僕自身も財布を忘れそうになって、小走りに改札口にむかった。そのときは全くガツガツであった。

二回目からは、すっかり見当がついて余裕たっぷりである。上野発の特急も、軽井沢からのバスも、シーズン外だと、全くからからである。

拾った財布は、まもなく上野駅から、そのあと警視庁から通知があって、僕はその拾得者ということになってしまった。「また財布を拾うんじゃないか」などと言いながら、金曜日ごとに僕は出かけたのだが、二、三週間たってからであろうか。娘がひとり留守番している家に、財布の所有者から電話がかかって来たという。きけば、福島県のひとで、上京したので調べたところ、僕が拾って届けたことがわかったというのである。ところが、所有者が名乗り出ても、拾得者の印がないと財布をかえしてもらえないのだという。

しばらくたってから、福島から金一万円を同封した手紙が来た。委細が記してある。僕は折り返し速達で、上野駅や警視庁からの通知いっさいをそのひとあて送った。

緑の窓口で、僕があわてたり、あせったりしていなかったら、きっと、そのひとが忘れて行こうとした途端、「忘れ物ですよ」と声をかけて、それっきりであったろう。いや、駅員たちが、慎重に財布を調べている間も、僕はその財布の所有者の買った列車の切符や特急券がすぐ調べられるのだから、その列車に連絡して、アナウンスしてもらえば、すぐわかるくらいに思っていた。しかし、きっとそんなふうにはゆかない理由もあるのであろう。ともかくも財布が御本人の手に帰る迄にはひと月以上かかったようである。

シーズン中だと、浅間牧場でも鬼押出でも物凄いひとである。夏に小学五年生の息子をつれて小諸へ行った時も物凄い人出で、僕はただそれだけでひどく疲れてしまった。だから人の集るところは極力避けている。それでも、ある朝、絵葉書を買いに出たことがある。まだ朝早かったので、茶店にもあまり客がいず、「じゃあ ビールでも飲むか」という気になって、二、三本ビールを飲んだ。ドル入れを持って出ただけだったので、それを払ったら、残金は一五〇円の絵葉書を買うのがやっとだった。ところが、茶店の小母さんが目ざとく僕の懐中を見ぬいて、すぐそこだから、大丈夫、歩いて帰ると言うのに、どうしてもバスで帰れというのである。バスに乗るとたった一区間で、行きすぎてしまうのだが、すぐ横道に入れる。僕は前夜来、山小屋でウイスキーを飲んでいたので、よほど御機嫌にみえたのであろう。小母さんは僕にバス代五〇円をくれて、店の少年にバスに乗る迄お送りしろと言いつけている。お送りしろったって、茶店の数軒先にバスはとまるのである。

いつだったか、まだシーズンに入らないうちに、この茶店でビールを飲んでいて、小母さんに声をかけられたことがある。閑散として、他に客はいなかった。「さっき、国道を歩いてお出でだったでしょう」と言うのである。自動車で追い越したのにちがいないと僕は思ったが、正にそうだった。

たったそれだけのことなのだが、毎日物凄い客がくるのによく覚えているものである。いつも時節外れに、道を歩いているのを見かけたり、ビール飲みに、朝早く来たりする、そういう客だからか。それとも、髪が白いからか。

石神井にいて、かかりつけの理髪店へゆくと、手伝いのよくふとった女の子が、いつも「旦那さんの髪、おもしろいですねえ」と言う。生え際は白いのに、先のほうはみんな黄色くなってしまっている。「金髪ですね」と言って笑うのである。

きっと、この髪が目印になるのであろう。僕が近くのスーパーに買い物にゆくのをよく知っているのである。どこで見ているのであろうか。もっともこのごろでは、スーパーの買物袋をもって、帰りに散髪に寄ることもある。

僕の拾った財布の所有者については、僕はほとんど記憶がない。順番を保っていらいらしながら、きっとその後頭部やら背中を見ていたであろうに。今度偶然町で出逢っても全くわからないに違いない。茶店の小母さんも理髪屋のおねえちゃんも今のところは僕をよく覚えている。だが、これでもし縁が切れてしまったとすれば、五年か六年先、偶然町で出逢って、それとわかるだろうか。

日本人と短歌

磯村英樹

人間は、運命の激変を予感するとき、経験の始源性とか、原型とかいうものに、無意識に到達するものであろうか。日本人が、文字以前からもっていた短歌などというものもいまは一部の歌人のものになってしまっているが、有史以前からのその呪術的、儀式的経験が血の中にしみこんでいて、何かの衝撃によって、突然噴き出てくるものであるらしい。

それを最初に感じたのは、死期の近い祖母によってであった。生涯、作歌などとは無縁であった祖母が、ある日、突然短歌らしきものを作ってわたしに書きとめさせたのである。

　太華山峯をはなれて行く雲はいずこをさ
　して流れゆくらん

太華山はリュウマチで手足が不自由だった祖母が、日当りの縁側で、きけぬ手に針仕事などしながら、朝夕眺めて暮した山だった。祖母は、その山を離れてゆくたよりなげな雲の姿を見て己れの死を予感したのであろうか。それとも、死期が迫っていたために、何十年も見なれたその風景が胸を打ったのであろうか。それだけでは、短歌へつなぐ理由が薄すぎる。わたしはそれを、死にのぞんで辞世をよむという、大変古い時代の儀式的な、来世の幸福をねがう呪術的な作歌経験が、死期を予感したとき血の中に目覚めたのではなかったろうかとおもうのである。

次には自分自身でそれを体験した。わたしの場合は、詩以前に多少短歌のようなものを作っていたし、いまでも時々歌集を受贈したりするので、祖母の場合とはかなり条件がちがう。しかし、二十余年作歌からは離れていたのに、ある朝、勤めにでる途上、ふいに言いようのないさびしさにおそわれすらすらと歌ができ上ったのである。

草原に風立ちそめて朝の虫らかなしき声
　を鳴きそろうなり

朝の虫しみじみ鳴きて止むしじま生きの
　いのちに風沁みとおる

わたしの通勤系路には、日比谷公園の一部があるが、そこでもまた立ち止って手帳に歌をしるさねばならなかった。

しんしんと風に鳴る葉のさびしさを見上
　げてシイと呼び初めたらむ

しろじろと葉裏返ししままにして嵐のあ
　とのものの葉よあわれ

祖母の歌とあまりちがわぬ古い形の短歌であるが、その出来ばえよりも、原因もなくそのようなものさびしい気持に襲われたことに対して、わたしは不思議でならなかった。その疑問はまもなく解かれた。

長男が、通学の途上、交通事故のため不慮の死を遂げたのはそれから一カ月もたたぬうちであった。

連綿と生きつないでゆくべき生命体の先っぽを、強引にもぎとってしまわれる苦痛への予感が、あの故わかぬものさびしさを湧かしめたとしかおもわれない。それが、ふだん書きなれた詩の形をとらず、歌としてあらわれたことに、わたしは日本民族としての詩の経験の浅さ、短歌の経験の深さを実感したのであった。

それから、葬儀、法要、墓地探しと墓作り、警察の呼出し、加害者との賠償折衝等々、万事不馴れな雑事に追われっぱなしだったが、遺骨を抱いて帰る霊柩車の中で、調書をとられる順番を待つ警察の交通課のバラックの事務所の片隅で（完全無過失の被害者の遺族が、なぜ呼び出されて調書をとられければならないのか。そのような被害者を生ぜしめた交通行政の欠陥を、むしろ警察が遺族の家へ出頭してわびるべきではないか。）長男への挽歌を書きついだ。それは、仏教が伝来して、葬儀や法要などの新しい儀式が普及する以前の、われわれの祖先が行なっていた鎮魂の呪術であったにちがいなかった。

長男は、暴走トラックに塀に押しつぶされ、膀胱破裂、骨盤破砕をおこし、意識が戻らぬまま病院で死んだが、無意識のうちに二声だけ母の名を呼んだ。

いにしえは禅丸《たま》に死ぬとき
いまの子は轢《ひ》かれ死ぬとき
「母よ」と呼ばう

長男は、川釣りを好み、休みを待っては溪流をさかのぼって釣り糸を垂れ、現代の高校生活というものによってもたらされる精神のひずみを矯めていた。釣った魚は生かしてもち帰り、水槽に入れて飼っていた。

水槽に残されたヒガイ、タナゴ、ハヤ、モロコ、クチボソなど、主人の突然の死も知らず無心に泳いでいる姿があわれだった。

なきもえずつぶらひとみをみひらきてか
なしきかなやさかなのかおは

前者には、今も昔もかわらぬ若者の死の無残さへの抗議意識があり、後者にはことばの調べに対する方法意識が見え、身から流れでた以前の歌の素直さ、おおらかさはないが、やはり短歌の形でレクイエムが生れたことに血の中の短歌の濃さを感じないではいられなかった。

吉本隆明は、昨年日本現代詩人会主催の『五月の詩祭』の講演で「俳人が現代詩を書こうとするとき、作句経験が役に立つが、歌人の場合は作歌経験が役に立たない。短歌は俳句とも現代詩ともちがう一種の詩的迷路をもっているからである。万葉集の東歌にある無意味な叙景部分にその謎が顕著である。東歌の作者ら、すなわち東国の庶民にとって、歌に詠みこまれた景物は、写実的な意味ではなく、自然信仰の段階で共同体の象徴としてあったにちがいない。」という意味のことを説いていた。

万葉の歌を読んで、万葉まで遡らなくてもたとえば斎藤茂吉のある種の歌を読んで、ことばの意味に関係なく、魂をゆすぶられるような力を覚えるのは、その未開明な、古い民族信仰の呪歌的要素に原因があるのであろう。国籍不明の日本の現代詩が、民族の詩歌的要素を強めるために、その迷路へ踏みこむべきか否かについては速断を避けるが、日本人の中に、たかだか百年たらずの歴史しかもたぬ現代詩がとって代ることのできぬ濃い短歌の血のあることの実感を述べてみたのである。

舟唄

嶋岡 晨

娘よきみは
父と母のふるさとの
暗く濁った血の川をながれる
いちまいの花びらだった
希望のてのひらにすくい上げたとき
いたましい家族の歳月がはじまった

きみは今
父にも母にもひけはしない
異国のピアノ曲のすみきった川を
流れていく薔薇色の舟
少女期の小さな祝祭に別れをつげて
鳥たちのくちばしが編んだ長い髪を
青い風の指がとかすと
もうきみはほんとうの娘だ

重たい雲におびえるな
酸っぱい雨にただれる腕が
かかえるつややかな竹籠のなかに
死なない魚たちが
やがて銀いろに跳ねるだろう

きみの胸の帆のふくらみは
きみを母にする未来の熱い唇に出会う
夕焼けの潮のいばらをくぐりぬけ
やがて父となるさびしい島のわき腹に
熟れおちる葡萄の唄をきくとき

娘よきみは
忘れるがいい　両手を失った古い舟
遠い岸にくちていくわたしたちを
きみは見つける　日常の神の羽毛のなか
肉体の底からころげ出るひとつの卵
沈まない舟をみちびく力を

そしてあたらしい歳月の嵐を。

それからの記

中村 千尾

1

だれにも逢いたくなかった
牛乳を飲んで眠ったが
夢も見なかった
毒あざみの他は何もなかった

2

きんぽうげの野道を通ったら
風が騒いでいた
そこから先は治さんの住家だった
くわがたの親子も一緒に住んでいる

3

犬が遠くでないた
野鳩もないた
屋根の上に樫の実がころがり落ちた
みんなみんな夢の中の声に似ている

4

秋の夜
涙ぐんでいる窓がある
星も燈をともす
一人イースト・コウカーを読むこそよけれ

5

もみじを焚いて
お酒をあたためる
一日蕭蕭煙
一日是好日

6

エズラ・パウンドが死んだ
テオドーロスは僕の死を聞いたら喜ぶだろう
これから冬に向って
木の実が土に落ちるのは自然だったから

旅の感情

滝口雅子

不愛想なロンドン
街のスナックの女主人が
やっとさし出したトマトサンドの皿
ゲンコツのように固くて大きいパンと
小さい櫛のような一切れのトマト
わたしたちからいつも目をそらしていた
女主人の初老のさびしさ　小さなからだ
頑固なイギリス
正直さ

凱旋門に灯がつくと
シャンゼリゼ通りの車のりんかくが
次第に夜霧にかすんでいく

カフエの椅子にかけて
暮れていく街を見ている老夫婦
若い二人は立ち上り
向き合ったままで女のせなかに
男はコートを着せかけながら
女の髪と肩をそっくり自分の腕に
抱きこんでいく
やさしいフランス
オレンジの明るさ甘さ

テヘラン空港
黒人の女のひと
チップの小ぜにを持たないわたしを
見上げた黒い大きな目
何度もくびをかたむけて
悲しみは淵のように
貧しさは濃い夜のように
わたしをおびやかす

蕎麦の花

三越左千夫

峠の上からの遠目に
雪のように白かった蕎麦の花
麓におりると
そこは高原の村だった
蕎麦の花の白さは村の優しさ

その白い花の照りかえしに
秋の気配の中で私は汗ばみ
木曽馬に会いたいと思った
御岳が見おろす道では

籠を背負った老婆にばかり出合った

—九月の末にはもう霜の害があるのだ
—空穂の多い村でも捨てられなかった
老婆たちは明るく笑ったが
若者が村を捨てるのを寂しがった
寂しさは木の刺となって
私の旅にもつきささってきた

とにかく手をあげて別れていくと
あの老婆たち！
老婆たちが　何時しらず
私の想いの中で
木曽の野仏になっていた

門

片瀬博子

もし雲や海や野や大地が　　そのまま
墓だったら……　搖籃と一つだったろう
しかし　人は　石を築く事で
死の言葉を創った
それは
暗い空と稲妻と終えんの目が
埋められている　門である

門は到りつく所でもある
ひるも夜も　幻のくびきを負って
駈けつづけねばならない者たちの

又　日常という坑道の出口でもある
はい出してくる曲った体　悲哀の筋が
浮き出ている顔　　油断ない獣の習性
形而下に服せしめられている狭い額

彼らは　酒と魚と花と馳走を下げてくる
大地の束ねられた撰民たちを　呪文を――
門の所で待っているのは
原爆の閃きの中の父や赤子である
馬や歩哨である
しかし　彼らにとって死者はいつも
同じ背丈なのだ
さかまく火焔や　雪や　土の壁や
きしりあう鋼鉄や　星の波浪の中に
落ちこんで消えていったままの

犀狼《さいろう》のひそかな気配で　花々がひらいてゆく
死者を呑みこんだ樹々が
思い出せない夢のような身ぶりをしている
墓の門のまわりで
太陽や沙漠や夜や氷が　失望の鋭い叫びを
あげながら　ひしめいている
しかし　土器《かわらけ》のような人々の
墓石の上の花とパンと酒を　のみつめている
優しく輝いた目は
疲労で　ついぞ開いた事はない

夏の終る時

山口ひとよ

植物のほそい管をフルスピードで駆け回る血の
最後の一滴まで全身で絞り出している

虚妄のように短い夏に執着して
謀反の打楽器を天へ吐く反吐のように
乱打していた日
金属を鋳ったような茎の尖端に
一輪のちいさなバラが咲いた

掌の中で小刻みに慄えている
凝り血のようなバラの花が
死んだ犬リラの

帰って来た可憐な心臓の鼓動を私につたえる

北の海

川が海へ堕ちる泥土色と
海が川へ昇る濃青色との烈しい拮抗
波音が咆哮する河口に近い荒涼の砂丘の
刑務所の高いコンクリートの塀に
抜けるような濃い影をおとしていた
ニセアカシヤ

絡みつくような甘い匂い
捲ることのできない白い花房
その樹の下で仔犬のリラとよく抱き合った
リラはながい舌やあかい心臓を
頸や胸に強く擦りつけ舐め回したりするので

私はたえまなく寄せては返す波濤に身をゆだね
浮いたり沈んだり口から黒い血を少し流したりした

片雲を浮かべていた夏の空が急に疲労して
音のない悲鳴のように日没が終ると
大声で泣くだけの海
亡骸のころがっている砂地に風がおちると
つきみそうもはまひるがおも瞼を閉じ
見ようとはしない

熱砂は冷え
残っているのは夜の闇だけ
耳元にたぐりよせる北の海のとおい潮騒
見えるものと見えないもののあやうい一点で
ぶるぶるふるえていたリラの若い肉体に合せて
やはりふるえていた夏の海よ

山峡の駅の花

堀内　幸枝

東京の友だちよ
あちらの山を迂回した向こうが私のふるさとです
どうぞ村へは入らないで下さい
駅の鉄柵に赤く咲く
アカマンマ・コスモス・アオイなど
村の花をひとまとめにしたものです
こちらが村から続いてきた道
これが村から流れこんできた小川
山ぞいの村は夕立と川瀬の音と山の花が咲いてるだけの変りばえし
　ないところです
谷間は風と光と水の他は何もないところです
興味を持たないで下さい
やまぶきそう・われもこう・ほととぎす・ほたるぶくろなどなど
みんな村の花です
寂しい　寂しい山の村の花です
どうぞこのまま引返して下さい。

寂しい村の三つの花

堀内幸枝

1 うつぎの花

ザラザラかたい産毛を持つ
うつぎの葉は
繭から生糸を取るとき つかう
村ではいたるところの川淵に
うつぎの枝が繁茂している
六月のまだ水の冷たい頃
子供たちの初のみず泳ぎの後《うしろ》でいつも匂っていた

水の匂と
どちらが
どちらか交り合って

岩清水のさびしい匂となり
まだ少年と呼べない子供たちの背をザラザラこすっていた
山の清く甘く澄んだうつぎの花の匂。

2　こんぺいとうの花

山裾を歩けば
山ぜり野ぜりにからまって土手の縁に
今も小さなコンペイトウの花を見つける
コンペイトウの菓子を持って　コンペイトウの花の咲く土手で女の
　児も兵隊ごっこをした赤茶けた女の児の頭髪は
山国の強い日差に
砂糖黍の匂がした
コンペイトウの咲く土手を駆けた
無口で素朴な少年たちは

まるい地球儀をみつめると
今はブラジルにも台湾にもインドネシアにも散らばってしまった
この地球上の小さな一点にもどることはないだろう
ここで語ることはないだろう。

3 蕎麦の花

少女の日
朝に夕に駆けめぐる山畑に
こぼれたように白かった蕎麦の花
山峡の風と山峡の太陽と
市之蔵蕎麦と呼ばれて
村の水と
村の空気を好んで
どこの村よりみずみずしく

繁茂していた蕎麦の花

六月
私は黒い髪をなびかせて
ひねもす花の気配にくぐりこんで汗ばんだほのかな感情
淡い照返しにくるまれて約束した
純潔な情熱を

なぜ　なぜ
ああなんにもわからない
都会の風に出会ってきた私と
お前は別の人生を歩んでしまった
許してくれない
許されないお前と向き合っている苦しさ
蕎麦の花
その村の白い蕎麦の花。

後記

現代は詩を作る層が広くなったせいか、大衆が昔のような抵抗もなく詩に近づいてきたせいか、詩の底辺は広がりながら、多くの読者を魅了する「一冊の詩集」というものは、なかなか現れにくくなってきた。

詩の朗読会は町にあふれ、詩を装飾的に利用した印刷物は日常生活のいたるところにばらまかれて、マスコミの中での詩は華やいでいる。一見現代詩は繁栄しているかに見えながら、こうした現象が、かえって私達の感受性を衰弱させ、筆から水々しさを奪い、詩と読者の素朴な結びつき、反応を弱めてしまったのではないか。片方詩を無償の行為とみなして内部燃焼と格闘する本格派のものも、次はあるエッセイの切り抜きであるが、適切に言いあらはしているので引用してみると、

「今日見る詩集は、一読、心がさわやかに開かれるといった種類のものではない。あらんかぎりの力をふりしぼって言葉の呪力のなかに潜水夫さながらもぐっていき、もはやそれが「詩」の世界なのかどうかわからないようなところに、言葉の構造体をきずきあげようとしている。それは熱狂的でもあり、異様でもある努力で、言葉がもっている伝達性は、しばしばあわれなほどにしめ殺されている。詩人のなまな声がじかに作品にあふれ出るのを抑え、主体である詩人の一人称の声を極力消し去ろうとする試みは、言葉に硬直した無表情な性格を与えざるを得まい。現代詩は、このあたりで大きな難問に直面している。現代詩人たちにとって言葉と想像力のかかわり合もないが、想像力の世界に深くわけ入ったはずの作品が、他人（読者）の想像力にはもどかしいほど訴えてこないという皮肉な例が、最近の詩集にはざらに見受けられる。」

このことは外部からの批評にとどまらず詩誌にたずさわっている者が、前者のマスコミに華やぐ詩も後者の孤独の城にこもる硬直な詩も十分に感じ苦しんでいる問題だが、それを語りつくすことはむずかしい。当分まだこの現象は続くであろう。

私は最近こんな風に思う。もう一度詩の魅力を取戻すには、詩がどれほど非生産性的なものであるかということをもっと深く知った上で、一人の詩人の心のつぶやきとその純粋な共鳴者という、一対一の狭い原形からもう一度考え直さなければならないのではないか。詩の間口は狭いものである。純粋であるためには、詩は小説や短歌より限られた少数の人々のものであるように思えてならない。

1973年3月発行
定価 50円
編集発行人 堀内幸枝
東京都新宿区北新宿2-11-16
千葉方 葡萄発行所
電話（371）9891
発売所 昭森社
千代田区神田神保町1—3

葡萄

33

葡　　萄

33

1973年6月

なめらかな短艇……………安　西　　　均… 1
日…………………………三　井　葉　子… 4
短…………………………藤　富　保　男… 6
立石遊女……………………寺　門　　　仁… 8
市之蔵村……………………堀　内　幸　枝…14
仁淀川橋……………………片　岡　文　雄…20
鳥 の 歌……………………内　山　登美子…22
毛…………………………竹　川　弘太郎…24
ただ水の意志だけが…………最　匠　展　子…26
微　　熱……………………木　村　信　子…28
後　　記

なめらかな短艇

安　西　均

若いころ博多湾の一角で短艇《ボート》を漕いでゐた
私は短艇部の艇長であつたから。
「海の中道《なかみち》」とよぶ神の腕《かひな》のごとく伸びた砂嘴《さし》
その先端の拳《こぶし》を握りしめたやうな志賀《しかの》島
博多湾はこの巨大な腕に抱かれて
春夏秋冬　甘いささなみを光らせてゐた。

学校が指定してゐた練習コースは
荒津崎といふ古い歴史の胼胝《たこ》がこびりついてゐる海岸であつたが
私はしばしば艇長の独断をもつてコースを逸脱し

福岡女子専門学校寄宿舎の脇を漕ぎまはつた。
女の寄宿舎といふものは不思議なほどいつも静まりかへつてゐたが
私たちには潤んだ硝子《ガラス》窓そのものが
幾つもの柔媚なまなざしに思はれた。

艇長たる私はいささか嗜虐的な号令で力漕を強要し
漕手たちがあはや！ 失神の直前に小休止を掛けたりした。
彼らは仮死さながらに全身を伸ばし仰向いてゐる
櫂《オール》は伸切つて硬直した腕であつた 先端をささなみにゆだねて。
私は仮死者の列を眺めながら 斜め後ろから注がれる
あの柔媚なものを独り占めしてゐた。
私のさびしい残酷！ 仮死者を腕組みして眺めるエゴ！

市街を西と東に両分して博多湾に注ぐのは那珂川である。
市中の河川を溯行することも禁止されてゐたが
私はまた幾たびかこれを冒した

私たちの禁じられた周遊を見かけた密告者が
直ちに学校に通報するであらうことも期待しながら。
河口にさしかかるや私の四肢を戦慄の鯊《はぜ》が走るのである。
私は舳先とその遙か彼方の悩ましく不確定な一点に
ピン！　と視線の綱《ロープ》を張渡す。そしてなめらかなピッティング。
私の短艇はビルディングや街路樹や橋梁の倒影を砕いた
それは幻影にひとしい市街であつたから。
市街とは私の青春にとつてオフ・リミットの世界であつたから。
やがて門限が迫つて艇庫に帰る時
河口で逆浪に弄ばれることも知つてゐながら。

日

三井葉子

日に糸を巻いて
糸はなないろにかわって
日は手のうえにわたって
手から糸に巻かれてころげておちて
山の坂は夕日ぐれていた
山の坂のうすくらいやみには
白い糸のような山ざくらがひかっていた
ひかりながら山ざくらは
よるに日をわたすようにうでをだしていた
さしだしたうでに巻かれて
日はころげていった
やみのよるに。

玉

かきこんでかりこんで積むのは
わたる支度なのだろう
わらくずの玉は日の玉ほどもおおきくて
ほろほろとわたしの手を灼く
つつじいろに灼けば
むこうはいっそう恋しくて
わらもつかむ手が
むねのしたに
あやめもつつじも積みこんで
うでを折って積みたして
玉にすれば
わたってゆけば
あやめの葉は小橋になり　ふめばふたよのうちに男のかいなにとどいてゆく
むねのしたに積みさえすれば
さかる玉が
つつじいろにもえてゆく
海山をわたって。

短

藤富保男

1

そこに立つな　と
無の声たたみかけてみても
光のどけき秋の昼に
誰もいないな
柿おちて鳥にげる

2

道がまがりくねっている
ことは自然におかしい
しぼんだ頭をかかえて
丸い風の中を
突っぱしった

3

ふりかぶって
影を投げる
藤の花が散らばっていて
犬がにおっている
紫の鼻に一粒の風

立石寺遊女

寺門仁

樹々繁り合い　奇巌怪石の奇なる怪なる山に
詣でる遊女わたし
心《しん》の臓はらわたまで男たちの臭いをしみこませたまま
わたしは奥の院をめざして
新郎にまみえるために登る
山に登って嫁になることの必然を
何度でも味わい噛みしめる
たしかに嫁になるために静かに
ゆっくり臭う身を運びあげる
つづら折りの参道の巌に彫りこまれた沢山の墓
死者たちは
よごれの女が嫁になろうと辿る姿に
うなずく　わたしを元気づける
後ろから来る人あればやりすごして
ゆっくり登る
人の喘ぎを隔たって求める心は深まり澄む

山門を入る
もうすぐ奥の院
わたしが嫁になる奥の院
堂内無数に奉納された一対の花婿花嫁人形
無言のまま向きあう婿と嫁
人形を見たとたん
満開の花の下にいる心地になる
魂がもちあげられるので畳のへりに手をつく
わたしは嘆きの親が
息子のために添えて納めた
ひとつの花嫁人形へくぐり入って
首を傾けたままの婿とみつめ合う
すると花婿が
「いとしい嫁よ」と
初めていう
若死にして娶ることなく
生ま身や世間の縁を
断って出たその声は全身にまわって
わたしは顫える
わたしも「あい」と答える
次々と花婿の霊と契る

霊たちの声に埋まって
お山の桜と化したと思う
神社の下の廓に耐えるわたし
神とお山が謀ってはるばる
ここへ寄越したのを知る
わたしは神の嫁なのだ
このことを何度でもこうして詣でて
知らねばならぬ
それにしても若死にした娘の嘆きの親が
奉納したものはとちらっと見れば
娘たちは己れ自身の装いと
婿人形の美々しさに満足している
娘たちのために安堵する
花婿たちの声々を呑んでわたしは降り
はるばると廓に戻る
小暗い部屋で
花びらはしばらくあでやかに咲く

暖簾遊女

梅雨に入って参拝者も少ない時期

本殿の奥にすっかり衰えて
影ばかりになった神が
昔々の思い出に耽っていた
境内で男たちは
巫女と寝て
田畑も若がえった
若者にも
妻ある男にも大事な儀式で
神　男　その妻
皆共に栄え
天地は力に満ちたのだ
それはすっかり跡を絶ったが
血の当然の
「晴れ」への欲求は今なお
男たちをかりたてて止まない——
そこまで考えていたとき
男が参詣に来た
神は男の心を読みとると
近道から
先まわりをして
谷津地の藪に

身を潜ませた
境内をぐるっと巡る道を
男は降りて来た
風呂の垢水のような
つんとくる臭いを嗅ぐと
木陰れの建物をみつけた
とたんに
ひらり
まっ赤な布きれが
建物の前を
横ざまに飛ぶと
傍の藪へ消えた
それは
男たちだけが眼にすることの出来る
かっては社殿の前を飛んだ暖簾
暖簾に男の胸も弾む
神はもっと
澄んだ赤だったと今日も無念がる
その玄関を入る
神もつづく
部屋の前までくるとひどく臭う

この女の匂いなのだが
男は惹かれる
女は白い脛をみせて
欄干の手摺りに登り
ひろげ干していた襦袢をとりこむ
細腰が上手に色気をかもす
これがこの女のおはこ
部屋の隅で
ついて来た神は
いつもの手口に呟やく
女は男の胸に手を入れ
しなだれかかると黙り
いつまでも何か考えるふりをする
「何を考えているんだよ」
野太い声に
われにかえったふりで
女は男をみあげる
ほんとに神はわれに返った
しとしと降りだした小雨にも気づかずに
境内の大木をみあげて
また思い出に耽ってしまっていたのだ

市之蔵村

——村の闇夜——

堀内幸枝

市之蔵村は山梨県の東部、甲府から御坂山系に入って四里の里程、鎌倉街道にも甲州街道にも面せず、従ってこの村を通過する旅行者もなく、御坂山系の中にポツンと取残された小さな村である。村と言っても実は字で、市之蔵を含む浅間村は狐新居、神沢、中沢、金沢、と沢のつく五つの部落から成り立っている。

それだけに細い山峡の村は、石垣が積上げられた上に家、また積上げられた上に家と、そんな形で奥の沢まで家が続く。

村の中を突抜けている一本の往還も、嵐がくるたび山から土砂が押し出して、里には見られない赭土と石ころ道が、ひとつづきに山から下《くだ》っている印象。春はその石ころの間に、すみれやたんぽぽが一株づつぽつんぽつんと咲くのもまたこの村特有の味である。

村の夕べは、覆いかぶさるように迫っている山ひだのため、陽が西山にかかると同時に、一足飛びに夜になってしまう。夜はお醤油のように暗い。秋頃この村では戸毎に濃い醤油を絞って味噌蔵へおさめる習慣があるが、帯状の長い沢では醤油の匂がどこへも逃げていかないで、夜道を歩くと、この醤油の匂と、真黒い色で沢は一層暗くなる。

こうした闇の匂の中に農家も没し、畑も没し、人間の暮しも没し、往還のふちの小川の水がわずかにちろちろ光るぐらい、眼の前で鼻をつままれても分らない暗さだ。だから日暮れ前は子供も早く家に入り、豚小屋でも鶏小屋でも急な暗さに家畜があばれるので、早目に菰をかぶせてしまう。

夜は静かだ。大人も子供も声一つ立てない。あまり静かなため、赤ん坊さえ泣く声がおこらない。時たま父が用事で出て行くか、また、他村の人が用事でやって来ると、闇夜の庭から突然起ってくるのは動物たちの鳴き声である。家族より先に人の足音を豚や鶏の方が聞きつけてしまうのだ。

こんな風だから、出て行く人もやってくる人も大方、音と匂と動物の鳴き声で方角を定めて歩く、上村へ行く時は、往還のふちを流れている溪流の光と匂に添って上り、逆に山裾づたいに横の隣村へ行く時は、田圃の麦株の葉ずれと、からからした穂の音や、熟れた匂の強弱で田圃の入口、真中を知り、麦の匂より豚小屋、鶏小屋の匂が強くなると、もはや田圃を抜けて、隣村へ入りかけた事を知る。隣村へ入ると、最初が安兵衛の味噌蔵で、その角を曲ると、又吉の豚小屋の角、そこまで来ると急に豚が騒ぎ立てるのに出会う。村人なら手さぐりで誰でも歩ける山峡の道だ。

山が迫っているため帯状の峡には、月夜の晩は少ないが、それでも一ケ月のうち十日ぐらいは、月が村をはっきり照らすわずかな時間がある。私はこんな時、裏からよく表へ出る。空には真青い星ばかり、星の光も、月の光も林は照らさず、谷間を流れる水の面だけ照らし、光は水中に吸入まれて月夜は川もまたまっ暗だ。私にとって青春という短かい期間だけ、どうした訳か夜もこの不気味な外へ出るのを好んだ。青春の日はそれほど夜の小川のふちで考えなければならない沢山のことを持っていた。川のふちに光る菖蒲の葉を引張りながら、姉も兄もなく、文通だけで知る東京の友に心引かれる自分に悩みぬいていたのだ。

太陽の熱が去ってひんやりした青草の土手にただずんで、山の月を眺め、小川の水をかぎ、寂しいが山暮しの生活から切り離されるつらさに私は涙を流す。眼を移して小川をみつめれば溪流のつめたさにまた胸がつまる。

小川の水が、真暗な菖蒲の根をキュルキュル引くように流れ、御坂おろしの冷たい風も、

〃出ていかないで〃

とすべて闇の中のものは昼と違って私と二人だけのものになる。

一ケ月のうち、二十日は闇夜である。夕は四時くらいで日が山に入ると、村は突然闇夜にかわる。私も弟も家のまわりの雨戸をガラガラ引きながら、庭を眺めると、さっきまで赤い実をぶら下げていた葡萄棚も、昼、縁側の前にぱっと咲いていたつつじも一様に真黒い怪物に固まっている。庭から沢まで闇夜にかわると、私も弟も急に不気味さに引込まれる。市之蔵村の沢は狐新居ほど多く狐は出ないが、それでも雨戸の大きな節穴の前を通る時は、ひょいと外から狐の長い手で足を引張られそうな気持になる。狐だけではない、御坂おろしの強い晩は、闇も深い晩で魑魅魍魎が家の外廻りにびっしり息もつけないほど、張詰めているように思え、私は弟か母のそばにへばりついていると、突然庭の鯉が飛上がる。私の家では豚小屋や鶏小屋は西側で、庭の入口は池になっているので父が帰る足音は、真先に鯉が知る按配になっている。

〃そらお父さんだ〃

母が大戸を開けて、父の足下に電灯をかざすと、急に醤油の匂、堀の水の匂、豚小屋の匂、昼間、庭に干した麦穂の匂、葡萄棚の匂、と庭に固まって立ちこめていた今までの匂が、すーっと大戸から入って来た。魑魅魍魎などどこにもいない。

「この山峡の暮しがこれから五十年続こうと、この匂が体にしみついてしまっている自分は、ここから去れないな」そう思うと、それでいいのだと、東京の友の手紙を破ってしまおうかと、手に握りしめながら、それも破けないで、布団をかぶって眼をつむってしまうのだ。

仁淀川橋

片岡文雄

ただ一筋西にむかう大橋を　わたしは四十年
たやすく描きすぎた　そして消しすぎた

けして水のかれない流れがあり　ひかりは十分に砕けていた
一つの橋にはひとつの名しかないことも

人馬の往来　やがて馬が欠け熟語は崩れ
まだわたしが生まれていなかった架橋物語はなおくずれ

月の冴えた夜半　少年は目をこすりながら渡ってかえる

母はなぜしげく伯父の前にすすり泣きに行ったのか

血族たちの骨をあか土の丘に埋めに渡るたび
橋を　実在の岸に無機質化しなければならぬ

気を許しあった隣人のごとくに思い
想念の霧に晴れない橋を架けることをやめよ

架橋工作とは　おのれの不明から
ものを有用の岸へ旅立たせるかなしみのことだ。

（仁淀川・その十四）

＊仁淀川―土佐の中央部を南下する大河。

鳥の歌

内山登美子

私が落ちるとき
地上は私にたおれてくる
そして私もたおれる
私が羽根のように軽いわけはないのだ
火のように熱い心をかかえていると
私はしばしば落ちる夢をみた

いけません
地上は恐ろしいところです
あの美しい花も食べられないのですよ

あのおかたはそういって飛びつづけた
そして　たなびく雲のように
青い空と入りまじった
けれど
私は　落ちる
どうしようもなく空にあって
夢みた　ひとつの　うたのなか

幻の野よ
黄の花の花ざかりよ
私が落ちるとき
地上は私にたおれてくる

毛 連作≪毛≫XII

竹川弘太郎

だれが刻んだのだろう
こんなところに　影を
こんなに寒そうな片隅に

どんなにはげしくゆすっても
とめどなく溢れる愉楽に
われを忘れて身悶えしても
消えもやらぬ影を

ひとは生きている
影につきまとわれながら
影を匿しながら
眠っているときも
街をあるいているときも

だがひとは　あるときふっと
なつかしげに見やることがある
もう二度と訪れはしない
愉楽の残り火のように
その影を

愉楽とともに色濃く
そしてその褪せゆくとともに
いつのまにかうすれてしまった
その影を――

うすれはしても　しかし
決して消え果てはしない
あの埋み火を
さりげなく蔽っている
まばらな影

気まぐれな膚よりも
はるかに執ねく
だが　あくまで
さらりと息づく
淡い影――

だれが刻んだのだろう
こんなところに　影を
こんなに寒そうな片隅に

ただ水の意志だけが

最匠 展子

時が区切られている
透明な遮りに仕切られている　場所で
わたしは労力を使いはたして
ひとつの作業を終える
音も匂いもない
浄化　という行為のあと
神代からいまのわたしにまで受けつがれた
みそぎの儀式

抜けた髪が水槽の底で
それぞれの姿態をたのしむ
指の爪は色を失って反りかえり
かわいた指先は鑢のように鋭利だ
タオルは　血を拭いとることによってタオルであるか
石鹸は減ることにより
水は流すことで
水滴は飛び散ることで　なにを贖うだろう

現存を指標するカレンダー
発条《バネ》のように内側に巻きこむ　ここには
壁があり　天井があり　床もあり

光さえ届き
いまこの位置は王座のごとく
そこ　でなければならぬ
空《くう》で

このとき　背骨の神経叢を引き裂いて叫ぶのは
両腕垂らして立ちすくむ
疲労しきったわたしでなく
巫子めいたわたしでなく
なにか別なにんげんである　はずで

閃光の速度で選びだされる記憶は
はなやかに空間を裁ち截るのだが

儀式は余念なく繰り返されて終らず
尨大な束《たば》となり　ときに宙で四散し
水の意志だけが　量となって
行き当る面までを
競い落ちる

微熱

木村信子

微熱というフラスコのなかで
大きな手にゆすられてうつらうつら。
わたしはゆうぐれのなかを帰っていくこどもだ
肩にかなしみとまらせて
なつかしいもの手のなかににぎって
うちはすぐそこのようでもあり
山を越えたずっとむこうのようでもあり
かげぼうしのおばけにばかにされながら
なきたいものをじっとこらえて
あすこに見えるのがうちのようでもあり
もうどこまで行ってもうちはないようでもあり。
微熱というフラスコのなかでうつらうつらいちにちじゅうゆめをみる。

後記

雑誌をまとめ上げるといつも喜びと共に現代詩へのさまざまな感想に出会う。一週間ばかり散らかした机のまわりを整理していると、引出から小さな紙切が出てきた。数年前開かれたシャガールの美術展のパンフレットである。

シャガールは言いました。

「日本に帰ったら、日本にいるいい人たちによろしく伝えて下さい。意地悪な人々には何も言わないで下さい。善意の人々に私からのボン・ジュールを。特に若い人々によろしく、中でも恋をしている人々にくれぐれもよろしく伝えて下さい。なぜなら私はいつも若い人々が好きだし、殊に恋をしている人たちが好きだからと。私の芸術は、多分狂気じみたそれであり、燃えさかる水銀であり、青い魂であり、また私はつねに夢見ていた。自然主義打倒、レアリスト打倒！」と書かれていた。一九六三年とあるので十年前のものであろう。私はその時、よほどその文が気に入ったとみえ、封筒に入れてクリップでとめ保存しておいたのである。今とり出してみてもやはり新鮮でこんな一文を読んだあとは初夏の花まであざやかに見えてならない。

1973年6月発行
定価 100円
編集発行人 堀内幸枝
東京都新宿区北新宿2-11-16
千葉方 葡萄発行所
電話（371）9891
発売所 昭森社
千代田区神田神保町1―3

葡萄

34

葡　萄

34

1974年1月

初版「赤光」中の削除歌……笹原常与… 1

天　気……………………中桐雅夫… 6

なつのひょうが……………新川和江… 8

火傷とKAPPUNT …………犬塚堯…10

雨の廃屋……………………硲杏子…13

死について…………………平山貢…16

夕暮の訪問…………………三井嫩子…18

いらくさ詩集………………堀内幸枝…20

独創と死語…………………澤村光博…26

後　記

初版『赤光』中の削除歌

笹原常与

初版『赤光』は大正二年に世に出た。収録歌数八三四首であった。それから八年後の大正十年に改選版『赤光』が出た。収録歌数は七六〇首である。改選版は初版に比べて歌数が七四首少くなっている。それだけの歌が作者自身によって削除された。これは周知のことである。

一般に作者が自作を改作、改訂、変更することは珍しいことではなく、それをしない者の方がむしろ稀れであると言ってよいだろう。改作等は、作品世界の一段の強調、補強、確定、要するに詩世界のより十全な完成にむけてなされるものであり、それだけ作者は自己の作品世界に執着しているわけである。執着の度合が強く、したがっていったん形を与えられた作品に不満を持ち、客観的に見た場合その結果がどうであれ、作者自身の主観においては改作によってその不満は解消されたと判断されるか、或いは不満の度合が縮少されたという自覚を持つに至ったとみてよかろうと思う。

茂吉が七四首の作品を削除した事情はこれと性質を異にしている。茂吉も自作に対する不満を述べている。むしろ茂吉ほど自作に対する不満をそこゝで述べ、実際に数多くの作品について改作を試みた歌人はそうざらにはいないとみてよいだろう。

「そこで久々で『赤光』の歌を読んでみた。いかにも不満な歌が多いので今更かなしんでゐる。かつてはいいつもりで居ったのであって、それが今は駄目である。」（「『赤光』三版に際して」）

「夜のひまひまに油煙のたつランプのもとで、『赤光』の歌の余りひどいのを直し或は削った（略）しかし直した歌が皆気に入ってゐるといふのではない。不満の気持は依然としてあるけれども、さう濫りに直すことをしない。」（改選版『赤光』跋）

しかし、茂吉の「不満の気持」「今は駄目である」とする考えは、表現しようと欲する詩世界の肯定に立った上での不満ではなく、「かつてはいいつもりで居った」詩世界そのものに対する不満であり、「駄目である」とする自覚であるように思われる。「直し或いは削」るに際しての茂吉の目安は、表現技法上の問題に置かれているよりは、歌の内実そのものに置かれている。したがって或る場合には、改作という段階にとどまることができずいきなり「削る」という行為に出たのであり、「直した歌」つまり改選版に収められている数多くの改作歌の場合も、改作におもむいた根本の動因は、作品世界の強調、補強、確定という点にあるのではなく、作品世界そのものの変更、改変を意図することにあったとみられるのであり、その点で削除歌に通う性質がそこにも働いていたと考えられる。

ひた赤し煉瓦の塀はひた赤し女を刺しし男
　に物いひ居れば

巻尺を囚人のあたまに当て居りて風吹き来
　しに外面《とのも》を見たり

ほほけたる囚人の眼のやや光り女を云ふか
　も刺しし女を

相群れてべにがら色の囚人は往きにけるか
　も入日赤けば

売薬商人《くすりうり》しろき帽子をかかぶりて歌ひしか
　もよ薬のうたを

驢馬にのる少年の眼はかがやけり薬のうた
　は向うにきこゆ

天竺のほとけの世より女人《をんな》居りこの朝ぼら
　けをんな行くなり

猿の肉ひさげる家に灯《ひ》がつきてわが寂しさ
　は極まりにけり

をとこ群《む》れをんなは群《む》れてひさかたの天《てん》の
　下びに木《き》を伐りにけり

こほろぎのかそけき原も家ちかみ今ほほ笑
　ふ女《め》の童《わらは》きこゆ

ほのかなるものなりければをとめごはほほ
　と笑ひてねむりたるらむ

入り日ぞら暮れゆきたれば尾を引ける星に
　むかひて子等走りたり

南蛮のをとこかなしと抱《いだ》かれしをだまきの
　花むらさきのよる

夕がらす空に啼ければにつぽんの女《をんな》のくち
　もあかく触りぬれ

なんばんの黒ふねゆれてはてし頃みごもり
　し人いまは死にせり

削除された七四首の歌のことごとくをここに掲げることは今の場合できないが、右に引いた歌はその一部である。これらの歌は茂吉自身によって「駄目である」とされ、「余りひどいもの」と判断された作品であるわけである。それでは何が駄目であり、どの点が「余りひどい」のであろうか。

茂吉は「『赤光』編集の時」（『童馬漫語』）の中で次のように言っている。

「明治三十八年ごろからの自分の作を初めて通読して見た。『赤光』を編まうと思って読んで見たのだ。而して何とも云えぬ厭な気持になって身ぶるひした。これはもう度々先輩から注意された事であるが、僕の歌には一種妙な習癖があって其が何時までも纏って来てゐる。それから不思議なのは想像的の歌の多い事である。この二つが明治四十一年頃極端に達してゐる。日本新聞に出た『虫』や『猿』の歌や、其前後の歌などは実にひどいものだ。自分の醜い有様をつくづくと見た。」

つまり茂吉は、「一種妙な習癖がある」ものや、「想像的」な要素を持つものを「駄目である」とし、「余りひどいもの」としたと理解してよいであろう。そしておそらく「妙な習癖」とか「想像的の歌」とも言われるものは、「左千夫先生が、『堀内は写実、斎藤は理想』と云はれたその理想」（『作歌四十年』）に通じるものを持ち、また、「長塚氏が僕に会った時、『君の歌は写生になると駄目だ』と評した。」（『短歌写生の説』）その「写生になると駄目だ」云々の指摘に通じるものを持っているとみてさしつかえないだろう。

ところで、左千夫の言う「理想」とか、節の言う「写生になると」云々の指摘は、茂吉の短歌のどのような性格をさして言っているのであろうか。それを考える上で節の次の評言は参考になるだろうと私は思う。節は「赤々と一本の道とほりたり……」をあげてこう言っている。

「一読して斎藤君の原作には言外に何物かが潜んでゐる」（「斎藤君と古泉君」）

また、大正二年「アララギ」第六巻第一号の合評で、茂吉の「郊外の半日」十八首に関して次のようにも言っている。

「今の僕から云へば、かふいふ事は散文で言ひ現はした方が大へん言い現し好いと思ふ。この歌の中で僕が敏感だと驚く分子も僕等が散文で書き現す場合には極めて容易に出来る様な感じがする。さふいふ頭で全体を見ると短歌といふ形式で之を現したといふ事に、大なる欠陥がある様にも思はれる。」

私は、言外に潜んでいる「何物か」と、「散文で言ひ現はした方が大へん言い現し好いと思ふ」事柄とを結びつけて考える。両者を全く同じものとして結びつけてしまっては誤りが生じてくるだろうが、両者には通じ合うものがあるとみなしてもさしつかえないと思う。

言外に潜んでいる「何物か」、即ち散文がとり扱うべき素材なり世界なりを、茂吉は、或る種の短歌に於て、自己の短歌世界にとり入れそれを短歌表現を通して表現しようとした。短歌表現による表現である以上、散文的素材は、散文の対象となるような形のままでとり扱われるものでないことは言うまでもないが、しかし散文的素材に内在する本質を、それを同じ質と量に於て自己の短歌世界にとり入れようとした。節の言う「散文で言ひ現はした方が大へん言い現し好い」事柄についても、それを苦心して短歌で言い現そうとした。「短歌的表現は、人間表現の一切を包含する。吾等にとつてはその一切の骨髄を以て短歌的表現とする。」（メモランダム」）という茂吉の言葉を私は思いうかべる。

たしかにそれらのことを三十一音字という短歌形式の中で行うのはむずかしい。したがって、そういう素材なり世界なりを対象とした場合の作品が、節の言う意味での「写生」になると「駄目だ」という結果をもたらし、或いは、言外に潜む「何物か」という形でしか読み手に伝わらないことにもなるし、「わかりにくさ」の生ずる原因の一端ともなっている。

とりわけて削除歌には総じて散文的素材をとり扱おうとした傾向が著しくみられるように思う。つまり一首がその作品世界の底に沈めている物語的な要素・背景の大きさ、従来の短歌が試みなかった視野の大きさと深さ、或いは長い時間の経過をとおして、人生の姿や人の生きざま、生きざまにまつわって現れる「命のあらわれ」の諸相を作品化しようと試みた、とみていいと思う。

なんばんの黒ふねゆれてはてし頃みごもり
　し人いまは死にせり

例えば、こゝでは一般には詞書となるべきはずの背景までもが、そのまゝ作品の中に歌いこまれ、作品主題の一部を形づくるに至っている。「黒ふねゆれてはてし頃」という第二句第三句、字数にしてわずか十二字の中に、決して短くない時間の経過と黒船渡来という歴史的、社会的背景がうたいこまれている。「ゆれてはて」るという表現には、渡来してやがてそれがとだえたという表現では決して表わすことのできない感慨がこめられており、いわば事柄に対する茂吉の人間的立場がはっきりと表われている、と言えるのである。その人間的立場は、「みごもりし人」に対する茂吉の見方や、「いまは死にせり」という感慨と深いかかわりを持っている。「なんばん」という用語自体が、この作品に於ては、一般に歴史書などで用いられているものとは別趣のニュアンスを持って働いている。黒船に乗ってやって来た紅毛南蛮の男の生涯は、そうした男の子種を宿した日本の女と同じく、なにがなし悲しい運命を持ったものとして描かれ、彼我いづれをも人間的に全く平等対等のものとしてここで捉えている。

いわばこの作品に於ては、「みごもり」やがて死んでいった一人の女の生涯が、要約的に、しかしその女が経験した生きる上でのさまざまな事柄、及びそれらの事柄によってもたらされたその時々の哀歓を類推させつつ、その経験した量の大きさと質の深さそのままにうたわれている、とみることができる。むろん短歌として表現する以上、三十一音字という短歌形式の制約を受けざるを得ず、したがって事柄の表現は要約的になるが、しかし要約的表現は読む者を抽象世界へ誘うことをせず、要約的表現を通して要約される以前の具体的なものへと眼をむけさせる。そして要約される以前の具体的なものとは、短歌に於ける詞書的な背景とは性質を異にしている。一般に詞書は作品の成立事情を明かすものであり、たといそれが作品の内実にどれほど深いかかわりを持っていようと、あくまでも作品の外に、言い換えれば作品の背景として存在を許されるにとどまるのだが、この作品の場合、要約される以前の具体的な事柄は、作品の素材として作品世界そのものの中に持ちこまれ、作品に密着し主題から切り離すことのできないものとなっている。それを除いては作品そのものが成り立たない。

年たけて又越ゆべしと思ひきや命なりけり
小夜の中山

西行のこの作品の背後には、「小夜の中山見し事の昔」（詞書）から、「また越ゆ」ることになった現在に至るまでの長い歳月が横たわっているし、その中で営まれた西行の生涯がひそめられている。西行の生涯はこゝでふりかえられ、一挙に集約され、そうして自己の生涯に対する個人的感慨は、やがて下の句に至って「命なりけり」という普遍的な感慨へと高められた。この作品の背景をなすものの大きさと深さ、そして見はるかされている時間は膨大である。しかしそれらが短歌として形を与えられるに際しては、作者西行によって一種の抽象化が行われた。「命なりけり」という感慨を主軸にしての整理統合、濾過作用が行われている。「年たけ」る迄の西行の生涯の全容は、「命なりけり」という感慨に深く結びついているけれども、「命なりけり」という主題の前では、その具体的相貌は捨象されることになった。捨象されることによってそれは、短歌世界に鮮明に定着されることになった。

茂吉の作品の場合はその逆である。短歌としての要約的表現を通して、一般に捨象されるべきはずの具体的相貌は、現実の姿よりもかえってはるかに具体的に見直される、そこへと心が及ぶように読者は強いられていると言えるように思う。

これらのことを私は「売薬商人」の歌にも、「驢馬にのる少年」「天竺の」「をとこ群れ」「南蛮のをとこかなし」の歌にも、その他削除歌のそれぞれにそれぞれの質と量に於て感じる。

一口に言えば、削除歌七四首は総じて節の言う「散文で言ひ現はした方が大へん言い現し好い」素材を、短歌世界に持ち込もうとした作品であると言うことができる。その結果、これらの作品は節の指摘するような「欠陥」を持つことになったが、「短歌といふ形式で之を現したといふ事に、大なる欠陥がある様にも思はれる」と指摘した時、節は「短歌といふ形式」について伝統的な立場に立っていたのである。伝統的短歌観による限り茂吉の試みは邪道ということになろう。しかし茂吉の試みが更に続けられ、発展させられていったならば、近代短歌はもう少し豊かなものになったのではないか。茂吉当人にもきらわれ、やがてあれらの短歌は削除されることになったが、そしてそれらが削除されることによって、茂吉の短歌は短歌としての首尾結構を整えたし、アララギ写生短歌は歌壇の主流をなすに至ったが、しかし一面では、短歌が依然としてまとまりのよい、それだけに狭い世界に自足しつづけるという結果をもたらしたと私は考える。（一九七三・十・七）

天気

中桐雅夫

八月の高原の最後の日曜日、
二日続いた雨がはれた朝のロッジの庭で、
洗濯ロープにとまったとんぼの数を、
母親が男の子に数えさせている。

ピンポン台のネットの締め金が錆びている、
そのうえに置かれた鳥籠が光っている、
いんこが金網に足をかけて逆立ちしている、
くちばしを一秒間に五、六回も動かす。

みんな太陽を楽しんでいる、それなのに、
一時間もしないうちに空がくもってくる、
谷間からゆっくり、だが着実に霧が攻めてくる、
伸びすぎた反魂草の花も見えなくなる。

すばらしい朝がすごい雨になってしまった、
ぼくはいつも少数派だった。

おふくろと女房

おふくろはうるさい、いろんなことをいう、
みそ汁のみそは溶いてから入れよとか、
散髪をしてきたときには男前があがったとか、
ズボンがずっているのはみっともないとか。

女房もうるさい、酔って午前さまで帰ってくるより、
いっそ帰ってこない方がいいという、
ぼくが煙草をやめているのに女房はすっている、
ぼくがわがままで、けちだという――そうかもしれぬ。

さんまより大根が高い世の中に、もう楽しみもないから、
生きていたくないと七十五のおふくろはいい続ける、
亭主なんかいなくてもなんとか食べていけると
いいはしないが女房はそう思っている――これは確実だ。

だからといって自殺するわけにもいかぬ、
甲斐性なしの耳には愚痴だけがよく聞こえる。

なつのひょうが

新川和江

わたしたちはとおくはなれていましょう
なかすのひるさがり
むくげのはなかげでひそかにあえば
いきなりおちてくるむみょうのやみに
あなたもめくら
わたしもめくら
へびのいるやぶにあしをとられて
みずからもちみもうりょうとなりはてる
まひるまのまよいのゆめを
きょうをかぎりと

みずにしずめて　みずにちかいをたてましょう
よくはれたひのふじやまのよう
たがいのこころがさやかにみえるとおさまで
おろかのこのみをひきはなしましょう
おもいのいとをきびしくはりつめ
こころだけをすずしくゆきかよわせる
かたえにはおりふしにじも
きれいにさいてくれましょう
それぞれのきしにわかれてふりかえれば
くさのうえ
あなたもまだぬれたすあしでたっているのに
はや　ぴしぴしとみずはとをたて
あのしまへは
にどとわたれぬ　なつのひょうが

火傷とKAPPUNT

犬塚　堯

「まばたきの中で何が見える？」
アフリカの南端　蟹の匍う港
船べりに腰かけて　彼
火傷している占者が聞いた

手作りの空合い　敏感な都市に向って
僕は一つまばたきする
雲が倒れる　鸚哥は籠の中にいる
それだけだ
それだけか？
首を振って火をつける
パイプに熱い草を押しこんで

そのとき釣られた魚が

海に血を返していた
漁師は帽子屋に出て行った
「もう一度みろ」と占者がいう
冬の重たいアフリカが微かに身を動かす
黒人を法区に追うにわか雨と
躄がもち歩く大時計と
とまることのない粉挽き臼と

次のまばたきを締めつけるあの情熱の時間
気位を求めるわずかな時間がやってきた
森からころげ落ちる小動物に
小さな魂の物音が追ってくる
習俗に不滅の美　本能に正しい姿勢がみえ
矢つぎ早に出てくる三輪車が
黍刈りに急ぐのがみえてくる

最後のまばたきで見たのは
狡猾な手にかくされたもっと大きなもの
ホッテントットの火傷をした
占者のうしろにかくれたものだ
衰える国の長い刑務所と

郊外の麦畑にいる軍隊と
南半球の遅いトンボの一列だ

僕が日本にいた時も
かつて一砦には試煉があった
流し目を貫く矢が飛んできた
視線のもつれを断つ刃があり
まばたきが神の航跡を捜した
ここもまた神の羽が波をうつところだ
占者の黒い頬にある火傷のわけは知らないが
それは恐らく天与のものだ
そこには昔から消えなかった炎がある
アフリカの正しい語法
果しない葡萄と休息
労働する犬　無用の利鎌
安らかな死者の色までみえるのだ

雨の廃屋

硲　杏子

ひと雨ごとに糊らない土の壁は崩れゆき
ひたむきに抑えていた腕はもう動かない
このままあと三日も降られたら
家は土台ごと倒れてしまうことだろう
置き去られてからまる八年
以来踏まれたことのない土間の土は盛り上り
さながら内庭のようになって草々を生やした
そうしていつしか棲みついたわたしは
待ちわびるかたちのらせんをしのしのと
幽かにこぼれるあかるみの方へとのばしていった
断ち切る一つのこだわりもなく
立ち上る赤い旗色もなく緑と白の双心《ふたごころ》を揺れながら
そうしてこのまま何を満ちて待つというのか
すでに蝶も夢まず鳥をも祈らず
ただいたずらに苛立しい刻の鈍色を巻き込んで……
ときおりひややかに予感の戸口をたたいても
狂めきをゆすってみても
行きつく先の野の極には
ただ黒い一すじのひもが置かれてあるだけで
絵草子にみたあのおどろしい血の海はみえない
してひと季《とき》は空洞をふるわせた

あの金色の虫たちは何処へ消えたのか
なぐさみのひとふしもとどかないいまは
ただぼんやりと凝視めいる天井の隙間から
したたりおちてくる天の点滴
亡者の数だけ重たい床下の闇にしみとおり
黴はかびを食んで生きのびているだけの
このうすくらがりのなんとのろわしいことか
灰緑色に匂いたつ置き去りのくらやみに
とうにねばらない土のおもいは崩れゆき
この上風でも強く吹き荒れようものなら
なにもかもおしまいになる
待つものもなければ待たれるものもない
根をもとどめぬ土ならば宿るひとつの玉もない
くるしく係累をはがれていった隠者のこころで
いまは引きずり込む遊女のしぐさで
わたしは捨てられてゆくひとつのくらやみに
みずからの貧しい薄桃色を塗りこめる
このしめりこのくらやみでなければ生きられぬ
うつくしいひかりごけのあることを信じて
みずからの落差に火をともし
かたくなな冬の蛇をも飼い慣らそうとする

そうしてけして花など見せない羊歯を繁らせ
その葉裏にひとつひとつのおもいを並べては
その粒々を
このような雨にゆるんだ土の上に
ひめやかにそっとおくり出せばよい
それからでも遅くはないあせってはならぬぞと
はるか後方のくらがりから亡母たちの声がして
やおら立ち上ればすでにむしごけのわたし
このうすやみのなんとのろわしく生けることか
めざめてさらに心耳をひらけば
すでに無用の人ともない物ともない場ふさぎな
もろもろの形骸がいつしか
それぞれ元の貌を顕わしてひそひそと
意味を抜かれてこの方の外界の移り身のはやさを
祈りのうすさを嘆き交しているようだ
廃屋にいまだ雨は小止みなく降りそそぎ
置き去りの土の瓶には
ただの濁り水が打ちたまり
軒先で眠ってばかりいるとりたちの
そのおとろえた対の羽にもいつしか
無色のつめたい雨が住みついている

死について

平山 貢

路地にくずれおちながら死を予感した。
胸のおくをはしる激しい痛みと呼吸困難のくるしさは
いささかの抗う意志をも封じこめ うすれていく意識の
なかに無力感・絶望感のみが克明だった。

冗談にもせよ一病息災なのだとか とうから余生のつも
りでいるなどと日頃口にしていたぼくなのだが この出
勤途上におきた発作には参った 幸か不幸か三途の川は
渡らずにすんだけれど いまさらのごとく厄年を気にし
たり 死について想いをめぐらしたりしている。

不死鳥にあたる言葉は人間界にない せいぜい不老長寿
といったロマンチックな願望が ときおり気泡のように
史上に浮びあがっては消えている 儚い仙境の秘薬より
もぼくは錬金術のほうが よほど可能性があると思うし
人間臭い肌合いを覚える 仮りに死ぬことがなくなった
らどうか 人はむしろ絶望して意外に早く自殺してしま
うにちがいない。

生死の境をさまよった挙句に生気をとりもどす例はあっ
ても 所詮キリストではないから死の深淵から復活する
ことはできないし むろん死の体験者にはなれない ぼ

くらにとって死が永遠に不可解なものなら　いたずらに
死を思いわずらって生をかきみだしたり　生を思いわず
らって死をかきみだすばかりだったら　額椽つきのピエ
ロになってしまうだろう。

いずれにしても　死の不安こそ人類に豊かな彩りをもた
らしたもので　いつ死ぬかわからぬ故にぼくらは生きて
いられるのだと思う。

祖父アル中死　中学同級生A戦災死
従兄戦死　知人B栄養失調死
友人C心中死　中学恩師結核死
祖母老衰死　知人D自殺（他殺の疑いあり）
友人E蒸発（失踪宣告により死亡認定）
兄航空機事故死　知人F白血病死
母すい臓癌死——

ぼくのまわりだけでも随分いろいろの死があった　よく
はわからないが死がとても大事なことなら　やはり生き
ているかぎりは生を大事にせねばならぬだろう。
　ぼくなど老年になるのをおそれがちだが　そこまで辿
りつけるのかどうかだってあやしいことなのだ。

夕暮の訪問

（シュペルヴィエル令嬢のパリーの家を訪ねる）

三井嫩子

親友鮎沢（現在タブー夫人）露子さんの招きでソビエートを越えて単身パリーへ着いたのは七月十一日の夜であった。白夜で昼のように明るい午後八時半のオーレリイ空港にはナポレオンの子孫と云う老齢のタブー氏、四十八才というのに少女のように爽やかに美しい露子さんが微笑んで迎えてくれた。ノルマンデイにある彼女のお城《シャトゥ》に、十九才をかしらに六人の可愛いい子供達にかこまれて過したのは一人ぽっちの私にとって夢のような賑やかな楽しさであった。

或る涼しい夕暮（パリーの今年の夏はことさら暑かった）、ノルマンデイからパリーへの道はガタガタけわしかった。然しパリー市内に入って華やかな凱旋門《エトアール》を越え、灯ともし頃の公園街を過ぎた頃運転している露子さんが、「パコー、何処へ行くかわかる?」とおかしそうに笑いながら私に尋ねる。

「いったい何処へ行くと言うの、そんなに笑ってなんだか不思議だわ。」と聞き返すと、「パコがあんなに会いたがっていたシュペルヴィエルのお嬢さんの家へ行くのよ。」と彼女はきっぱりと呟いた。

シュペルヴィエル！私の一生に一ばん忘れがたい人の一人であった。堀口大学氏訳の創元社の〃シュペルヴィエル詩集〃が出る前から、丸善通いの好きな父西条八十は「すごい詩人が出たよ。リルケより新しくて面白いよ。同じ傾向で出発しているが……」と語ってコスミックな詩を和訳して聞かせてくれた。「すごいぞ！すごい！」と言って、シュペルヴィエルを読む時、寝椅子の上で少年のような性格の父は両くるぶしをバタバタ動かしていた事を覚えている。

私が第一詩集をまとめている頃、その頃、健在であった柳沢健氏令嬢和子さんが仏語に秀いでているので、「パコの詩、仏訳してむこうで発表した方がよさそうよ。」と彼女もシュペルヴィエルのファンだったので私の詩を十五篇ほど訳して彼宛に送ってくれた。彼女は彼に見ず知らずの私の住所を附記しておいたのか、それから二週間後に彼の心をこめた序文が家に届いた。

フランス詩壇の巨匠は作品が気に入れば見知らぬ異国の名もない詩人にも序文を送ってくれる暖い公平な人柄であった。子煩悩でシュペルヴィエルフアンだった西条の父の喜びはひとしおであった。それから一年後に柳沢和子はパリーでシュペルヴィエルを訪問しその深い人格に傾倒していたが、そのなつかしい人は二人共、シュペルヴィエルも柳沢和子もすでに悲しく他界してしまった。

シュペルヴィエルのお嬢さんは美しい人で彼女も詩を書くと云う噂は前から聞いていた。然しあこがれの故シュペルヴィエルのお嬢さんに突然会うと云うので私は胸の動悸がおさえがたかった。

ヴェルサイユ宮殿へ行く径らしい。パリー中心から、非常に遠かった。彼女が車を止めた所は古風なアパート街であった。露子さんは車を乗りすてるといきなりその一軒のアパートに入り、さっさと二階へ登りつめて行った。

夕暗の中のアパートの水色の扉は深海の底のようにシーンと沈まっていた。四、五回のノックの後にとつぜんドアーが開いて白い顔が浮き出てきた。

「あゝ、この人だわ！シュペルヴィエルそっくりだわ」と私はその女性の高い鼻、黒く輝く瞳、やや大きい唇の微笑に私は故人シュペルヴィエルそっくりの面影をまざまざ見るような気がした。私は泣く事さえできない女性なのにあまりに暖い喜び故か、いつしか私の瞳が涙ぐんでいるし、ホロリと涙が零れるのも押さえようがなかった。

東洋的な赤い蒙古服をまとったお下げの彼女は微笑みながら私達を先導して階段を降り奥庭が微かに見える十八世紀風のかげりの深い古典的な客間に通してくれた。彼女の夫君がそこで待っていて下さった。額の広い気品のある然し暖い感じの三十七、八才の人と思った。

然し、あとで彼が貸して下さったフランス有数の文芸誌 Cahiers du Sud に数篇、彼の詩が紹介されていたが彼は1926年南米ウルガイの生れで四十七才の外交官、詩人とわかり、シュペルヴィエル嬢も到底五人の子供の母親とはみえず、夫君も十年も若く見え、詩人夫婦の精神生活のみずみずしさがうかゞわれた。

マリイ夫人は口数は少いけれど、いつ作ったのか話題が長くなると、おいしいパンにソーセージやトマトがのっかった恰好の良いオープンサイドを作ってきてくばられた。東洋的な黒い瞳がそっと微笑み時々チラッと私の方をのぞきこむ。私が日本語で露子さんに、「彼女ずいぶんおちついているのね。」と言うと、「大物《おおもの》なのよ。詩的なおちつきなのよ。」と露子さんが答える。

壁に二葉、不思議な絵が掛かっていた。「アンリーミッショオのデッサンです。」と夫君が答えられる。シュペルヴィエル亡き後は彼の詩風に似たミッショオがフランスの詩人達やこの二人の詩人達の畏敬の対象のようであった。

二十才になる御長男が挨拶に出て来られた。美しい両親の弟のように丈の高い少年で、日本ならば蕗谷虹児えがく挿絵のように情緒のたゞようたあまりに優雅そのものであった。

高等学校の先生は彼の由緒を知らないで〃シュペルヴィエル論〃を即座に書くように生徒一同に命じられた由である。エンジニア志願の彼はおじいさんの事なんか興味がないので白紙で出したら試験の採点がまったくゼロになってしまったそうである。それほど、フランスでは詩人の名が日本の小説家のように話題になり、尊敬されノルマンディのお城に来たマッサージ氏までシュペルヴィエルを知っている位であった。

帰途に彼女は自分が最近発刊した小説〃La Quinta〃と〃Un démon en moins〃をそっと手渡してくれた。幻想的な異色な傑作と露子さんは賞めていた。

〃どうせお一人ぼちならパリーへいらしゃい。私もお友達ができて楽しみ〃と彼女は言う。そして私の頬っぺたに心をこめたベーゼをして、詩を籠めるような深い瞳つきで見送ってくれた。

帰途、露子さんの助手台に揺られながら、五人の子のお母さんでご夫君にも許されてあんなに創作している彼女、美しい印象に酔っていた。

話の最中、「占《うらな》いは恐しくて見て貰えない」と呟いた彼女の温顔の底にきらめく父親ゆずりの鋭い感受性をふと思った。宇宙的なのどかな詩語を並べたかと思うと、人間性のはかなさ、おろかさにきびしいメスを刺しこんだ父君シュペルヴィエルを一瞬思った。フランスを愛うる彼女かもしれないが、或いは私みたいなつまらぬ女らしい気弱い悩みにすぎないかもしれない。あこがれの詩聖のお嬢さんに会えた満足感に助手台の私は嬉しくまどろみ始めていたのだった。

いらくさ詩集

堀内幸枝

眼

ふるさとに戻ってみれば寂しいばかり
こんなにも足もと近く流れる川が
実は一番よそよそしい顔で流れている
流れの美しさとよそよそしさとは別問題だよと
言わんばかり
澄んだ空もおたまじゃくしも今はエトランゼ

何か一つと求めれば
川縁につまれた石垣の

どんな粗末な石にも
美しい眼があって　その眼だけが
歳月の涙をたたえていた

いまは昔

真向かいのかっきり句切られた
山と空との稜線では　はや
待伏せしていた　ちぎれ雲が
おいで　おいでと
さあ　あの雲まで早くかけよう
細い足で軽やかにとべば
三ツ編の長い髪が白い雲を巻き上げて
走れば　まだ遠いわ　遠いわ

雑草の間に休めば肩に手をかけてくれる桃の枝
伸びすぎた葡萄づるが足を止め

もっと葡萄畑で遊んでおいでよねえと

赤い頬っぺのかぼちゃ　とまとを積込んだ
リヤカーについて走れば
山へは　遠いわ　遠いわ

いらくさの刺が
農夫の足はひっぱらないのに
私のモンペの裾にくっついて
一つ一つ実を取っていると
山の頂はまだむこう　むこう
すすきがちょっぴり頭を振る山は寂しくて
ちゅうちょしていると
中腹で楓の葉が火のように廻って
夕方になってしまうわ　はやく
雲の方が待切れず
夕焼の山へ私を引上げてくれる

自然よ

草の匂よ
かっての日よ
それ等は今みんな
どこへ
どこへ

愛とは

愛とは
いつも人間をさけて
山の夕日のあたたかさの中にあった
愛とは
いつもこちらから見上げる
山の中腹にあって
くるくる舞う一枚の木の葉の
赤さの中にあった
愛とは

野道に立って真向かいの寺山の
楓林の
だいだい色の日溜りの一箇所にあって
そこはいつも暖かくういういしく息づいていた
愛とは
ひと知れず山の赤さを恋うる
こちらの心の側にあった

一人きりになったいま
今もそこはそうだろうか
山への一本道を登って
確かめようとこころみると
＜この道を歩くと悲しいか＞と
太陽よなぜ聞くか
おまえがそう聞くなら
その場所のすべては失なわれているのだろう。

おまえが追うのは何？

山にはあんなに
赤い夕日がしみついて見えるのに
登っていくと
いつもからっぽ
いまのいま
悲しみは風を追い
風は枯葉を追いかけ
枯葉は夕日を追って
山を下りて行った
山はいっもこうしてからっぽ
あゝ　おまえが呼ぶのはなに
おまえの行くのは　どこ
おまえは私に語ってくれない
おまえを裏切った
私にはそれをきく資格もない
かっての日は今はむかし
だけどおまえの追うのは何？

独創と死語

——意味場論のための三つの断章

澤村光博

1　ノ貫の風雅

ある雑誌の座談会で能楽の人の発言に、いまでは鼓をポンと打って満場が感動するということがなくなった。一つには打ち方の名手がいない。もう一つは感動できるような聴き手がいなくなった、というのがあった。

よほど前に読んだものだが、折にふれて思いだす。反射的に現代詩の運命をそこに連想するからだろう。

そこでの私の思いはかなり多様でまた雑駁でもある。そのなかの一つに、感動できる聴き手がいなくなった場所で、打ち方の名手とははたして何か、というような疑問がある。逆にいえば、打ち方の名手などという者は、感動できる聴き手が目の前にいてはじめて成立することになるはず。すでに聴き手の耳の場をのりこえてしまった名手は、名手でも何でもなくて、妖しい変化（へんげ）の類いに近くて、ただひとり花のように虚無の上におのれの美を奢っているはずであろう。

その美はただの幻影か。現実の花となりうるのか。こういう境にある危うさを知らずに始められる表現を、私たちはどの程度信用できるのだろうか。

私がこんなことをいうのは、さまざまの意味場の不確定さを注視してきたからには違いないが、鼓打ちの話と関係がなくもない、山科のノ貫（べちかん）の透徹した知性のことを忘れられずにいるからでもある。

山科の隠士といわれたノ貫は、ご承知のとおり利休とよく比較される茶人である。このノ貫の最期はこの世にほとんど何の執着も残さないものだった。柳里恭は、ノ貫の死の前の姿を『雲萍雑誌』に書きとどめている。「ノ貫世を終るの年、みづからの書きたる短冊を買得て灰となし、風雅は身とともに終るとて没しぬ。」心ある者は、死後に何ものをも残してはならぬ。それは「身を実土の堅きに置かず、世界を無物と観じて軽くわたる」というノ貫の、中世的思想のあらわれにすぎない。だがそれだけで終っているのか。

風雅は身とともに終るという観念を徹底し、実行していくノ貫の精神のなかに、彼がひとりの表現者として生きてきたことを思うゆえに、かえって深く燃えあがっている生命の火のもの凄さを私は見てしまう。

風雅はついにはかない慰みにすぎぬ。他人の感動も賞讃もかりそめの場での幻でしかあり得ぬ。こういう事実の発見ならば、別に一流の才能を必要とはしない。意味場をにわかにくらくする幻滅は亜流の人もまたよく日々に実感していることであろう。

その先に明澄の知性の領域がある。彼はただ一回的な象徴の形式をえらびとり、同時に実行する。ノ貫は自分の作品を買いあつめてすべて灰にした。ノ貫自身も、ノ貫の作品も存在しなくなるが、偶然そこに投げこまれて生きた幻の場を否定する、彼の精神の透明な烈しい形式を、どのような虚無も打消すことはできない。

どんなに意味場が不確定でも、だれ一人行動からのがれ得ない。いかに行動するか。繰返しのきかないその選択の一回性は私たちのだれにも共通する。それが今日の象徴論の前提である。

2　才能の問題

哲学者のアランは「凡庸な詩人においては形成された言葉が彼に代わって詩作し思考する」といったそうだが、これは何も、亜流はできあいの修辞、できあいの観念(または通念)に頼って詩を書くという意味にとどまるものではないはずだ。ほとんどの詩人は、その社会をひたしている幻想の水準をこえて、詩作し、思考することは困難だというきわめてあたりまえの事実を指摘しただけだ。何事でもそうだが、社会の幻想の水準をうまく疑うことも容易な術ではない。

詩は若ものたちの所産だという。この種の考え方も、不思議なほど疑われもせずにうけいれられる。私はその考えから何かを啓示されたという記憶がない。私はデカルトから方法的に疑うという術を学んだ。それが私をしばしば支えてくれる。

ものを疑うということを方法化したデカルトは、そのことによって自分の精神を救った。方法化しないかぎり、精神は混乱した疑い以外ではないからだ。ところで混乱した疑いと無気力な信仰とはどこではっきり区別できるだろうか。

これは詩にかかわる場合も、社会をひたしている幻想の水準にとらわれる場合も、同じようにいえるのである。

疑うという行為の確実性は、対象への幾重もの信頼からきている。私たちは自分の疑いを生きる以上、疑いの対象の何らかの実在性を疑うことができない。つぎに、疑いが何らかの具体的な内容をもつためには（たとえば色彩とははたして光のスペクトルにすぎないのか、というような）、その対象と私の判断力との関係が、そこに無条件に信頼されていなければならない。ところで〈私〉の判断力は、さまざまの経験の蓄積からくるに過ぎぬ。経験は、私の精神がそれを養うための意味場——究局的には私の精神に先行するところの意味場——への信頼なしには、けっして有効な経験とはならない。このように、疑うという行為が、一つの確実性を私の精神に約束する場合は、その疑いを可能にする対象への、また対象を対象たらしめている諸条件への、幾重もの信頼を、逆に無条件にひきよせてしまうことになる。

詩は若ものたちの所産だというのは、若ものが感情の烈しい表現をもとめる年齢だということ以外に、何かを教えてくれるだろうか。その程度ならば、詩は若ものたちの所産だというのは、疑いの対象にすらなり得ないだろう。感情がはげしい表現をもとめたところで、それがどうだというのだ。凡庸な若ものたちの凡庸な感情のはげしい表現が流行するとき、私は不快で胸がわるくなる。問題はいつでも、それが表現に価するような感情であるかどうかだ。そこで疑いを活用できないような精神なら、書かれる詩も結局とるにも足りないものだろう。

簡単な原理だ。もともと若ものの見る夢に独創などはほとんどない。この事実を知悉せずに何が企てられようか。その社会をひたしている幻想の水準を、彼らはほとんどぬけだすことはできない。だから若ものの夢について語るときは、その社会に固有の幻想の水準が問題になるだけだ。若ものはしばしば自分の所属する社会の権威に反抗するが、その反抗の形式をみたしているのもまた、たいていは結局その社会に流行する幻想の水準である。

幻想の水準がマルクス主義の理論をかりていようと、超国家主義の、あるいは文明開化の、民主主義革命の理論をかりていようと、別に変わりがあるわけではない。若ものは、その幻想の水準を、より凡庸に、より独断的に、よりさわがしく表現しようとすることになる。独創的な幻想の水準をそこに産みだす詩人の能力とは、まったくかかわりのないことだ。独創にはどっちみち才能が必要だ。夢みることにも疑うことにも才能が必要だ。年齢が若いとか若くないとか、ということが才能を産みだしはしない。才能は多かれ少なかれ私たちに内在するものだ。目を覚ます機会に恵まれるかどうか。そこできまるのだ。

もう一つ。詩の朗読への私の疑いを書いておこう。

書くことを選ぶということは、喋る言葉を引き写しにする必要がないということだ。喋る言葉の意味づくりの速度は、私たちの精神の運動の機構の一部にすぎない。まずこの事実を知悉しておかねばならない。精神の密度はむしろ、私たちの喋る言葉がつくりだす意味の疾走を、一度故意にストップさせることなしには出現させることがないものだ。感性の組織や想像力の密度をもとめる場合でも同じことだ。喋る詩を支えるのは精神の密度ではない。朗読される詩に物語り性が必要となってくるのもその故だ。朗読したくらいで現代詩の何が救われるだろうか。

3　永遠の都

私が魂とか、魂の文化というような言葉をつかったので、ある人は苦笑したとのことだ。わざわざ私に手紙でいってよこした。魂とは何ですか、というわけだ。

私にだってうまく答えられる筈がない。了解できる共通の意味場が見えなくなれば、言葉はすぐに死語となるのだ。意味の空洞化こそ必然だ。了解できる共通の意味場がそこにあれば、魂とは何ですかと問う前に、何らの具体的な行為のイメージ、または情緒が喚起されるのだ。それが意味のありかただ。唯一のありかたである。

解釈とはよく知られているように言い換えの技術だが、意味にたどりつくための補助手段として、私たちがいつも必要に迫られるものだ。私と誰かとの意味場の共通する部分が狭くなればなるほど、解釈の技術と方法が発達しなければならなくなる。死後の再生はほとんどが解釈学の領域だ。

問題は、いまの時代には、どんな新語も短命だということだ。私が笑いものになったのは、魂というような古い死骸をひきずりだして、はずかしげもなく使っていると見えたからだろう。実のところ私ははづかしそうに使っていたのだ。意味場論の発想者である私としては、それなりのくふうもあった。古い死骸をもちだして再生の手術をしてみたかったが、失敗したというわけだ。死語の再生を試みることなしに、歴史の場での意味の伝承はない。解釈学を馬鹿にできないゆえんだ。

死語の再生がつねに失敗する運命にあるならば、歴史は死語の連続にすぎぬ。私たちは誰もみな、死語の海を放浪している永遠のオランダ人である。

若いころ私は、美学的分析という副題のあるゲォルク・ジンメルの一文「ローマ」に感動した。最近読み返してみて、また別の感銘があった。私が若いころ感銘したのは、たとえば次のような描写だ。――「ここで古代の残墟はその破壊のなかに、またその破壊をとおして、ある新しい形式を獲得している。同じようにローマにおける歴史的経過の、さまざまの外的関係の表象は――ローマではいたるところでその響きがきかれる――、ただこの都の現在の像として、あるいはこの都の美的なニュアンスとして作用するのだ。」

そこに生起した何ものも死語にはなることがない。それがローマ、すなわち永遠の都といわれるローマだ。ジンメルのこの幻想は美しい。彼はこの文章を一八九八年に書いたのだ。一九七〇年代のいまでは、ジンメルのこの幻想には当然いくつかの留保条件がつけられるだろう。

むろんここにいう永遠の都とは文化概念としてのそれである。美や芸術の永遠のイメージとしてのそれであみ。北方ゲルマンやくらい森林にすむ蛮族とは異なる世界だ。後者の場合では、不安や苦悩から人々を直接的に解放する呪術がもとめられる。だが、地中海的文化世界にとっては、すべては美を形成するための材料だ。不安や苦悩もまた、そのような材料として位置づけられる。この二つの異質の意味場は、類型としての普遍性をもっている。大そう乱暴な云いかたをすれば、田舎型と都市型だ。

永遠の都ローマは、ジンメルの考える精神（ゼーレ）の表現だ。ここでは精神（ゼーレ）の本質は、多様なるものの統一である。またそれは、ジンメルの考える美の象徴だ。美のもっとも深い魅力はどうして生まれるのか。第一に、美は、それ自身においてはつねに美に無頓着であり、無縁のものだ。第二に、美は、いろいろの要素が「共にある」ことによって生じる。いろいろの要素の個別性の上に、それの美をつくりだす形成的な共存がやってくる。一者はただ他者への関係においてのみ、他者はまたただ前の一者への関係においてのみ美をになう。美はそれらの上に附着しているが、しかもそれらのうちのどの一つにも附着していないのだ。それこそ美の深い魅力で、恩寵のように私たちは恭順にうけとることができるだけだ。

ゲォルク・ジンメルは、精神や美にあたえる自分の哲学理念が、このようにも見事に永遠の都ローマによって表現されていることに感動する・ジンメルのその感動を見て私もまた感動する。このように永遠の都ローマを夢みることができたジンメルの時代がすばらしかった故なのか。そうではない。すでに過ぎ去った時代を讃美し、いまの時代をけなしめたところで何の役に立とう。永遠の都ローマを、自分の哲学理念をつうじて、あるいは詩的理念をつうじて、そこに再生することのできたジンメルの天才に私は感動しているのだ。

永遠の都というのも、むろん比喩の一つにすぎない。意味場の可能な偉大さの極限をいうのだ。永遠の都が死語となる時代がくればどうなのか。その時は、私たちの存在そのものが、おそらく先だって死語となっているのだ。どんな小さな意味場も永遠の都をめざしている。それが意味場の生理だ。永遠の都が死語となるときは、私たちの方が完全に意味場の外にでているのだ。

（1973.9.15）

後記

「葡萄」もようやく三十四号へこぎつけた。それにしても創刊当時の戦後物資不足の頃の精神的エネルギーにみちた時代に比べ、最近は新聞記事にも雑誌記事にも、すっとぼけた、むしろものの中心に向かわずに、しらけきった雰囲気を感ずるものが多い。

私の住いは小学校のすぐ隣だが、音楽教室から、一日中きこえてくる唱歌は、子供の音楽ではなく、テレビ番組に流れる大人の歌かまたは民謡、明治大正唱歌のリバイバルかなのだ。それ等の歌はたんに、音楽時間をうずめているに過ぎない感じにきこえてくる。

同じことが、外部から見た詩に対しても、言われているようだ。次も雑誌の切抜きだが、「このごろのデパートは、蒸気機関車や飛行機も売る。「新劇」だって売りに出ているのだ、「詩の本」が売られておかしい道理はない。ほしいものを買うなともいえない。彼女たちに罪はない。罪なのはリボンをかけられてもおかしくはない詩をしか書いていない詩人たちだ。「詩」なんてどこにもないから、彼女たち、「本」を買うしかないのである。

どちらを向いても今日はこういう時代であろうか、それだけに同人雑誌をこそ必要な時代ではないだろうか。

1974年1月発行
定価 100円
編集発行人 堀内幸枝
東京都新宿区北新宿2-11-16
千葉方 葡萄発行所
電話（371）9891
発売所 昭森社
千代田区神田神保町1—3
電話（291）0324

葡萄

35

葡　萄

35

1974年6月

抒情の原型……………………唐　川　富　夫… 1
不　確　定………………………小　山　正　孝… 4
ストリーカー……………………磯　村　英　樹… 6
ライバルは「死」であった…永　瀬　清　子… 8
蕪村幻影…………………………堀　場　清　子…10
沈《しん》　園《えん》…………………………比留間一成　訳…12
風ありて…………………………竹　森　誠　也…14
古　事　記………………………宮　崎　健　三…16
船　の　上………………………高　田　敏　子…18
思い出の村……………………堀　内　幸　枝…20
村の駅で…………………………北　森　彩　子…22

抒情の原型

唐川富夫

「『芸術家はもう沢山だ。一人ぐらい人間の悲哀を描く画家があってもよいと思う』という主張の中に夢二の制作の姿勢があり、それによってこそ、彼ははじめて芸術家となり得たのである。」

これは細野正信著『竹久夢二』の巻頭にかきつけられている言葉である。夢二といえば、よき大正時代を象徴するセンチメンタルな抒情画家——という評価がこれまで定着していた。いや、これはわたしだけの認識不足だったのかも知れないが、じつのところわたしはそう思ってきた。ところが、偶然にも今年のはじめ、竹久夢二展が東京の高島屋と京王デパートで同時に催され、わたしはそのいずれをもみる機会を得た。正直のところ、正月の暇をもてあまして、先ず高島屋の方をみにいったわけである。そこで、夢二の「青いきもの」という作品におどろき、更に京王デパートの方もみにでかけたというのが事実である。

「青いきもの」という作品は、暗い昏れがたの砂丘（?）に、うちひしがれた姿勢の青衣の女がひとり描かれているだけの、単純な構図である。しかし、この暗い、悲哀そのもののような〈女の業〉を描いたともいえる作品にわたしは衝撃をうけたのである。この絵をみて、わたしたちは夢二を単純にセンチメンタルな画家と呼びすてることができようか。たしかに夢二は、絵を売るために数多くの、いわゆる夢二調の美人画を描いた。京都の舞妓ものなどがそうであろう。しかし、彼がこの「青いきもの」という暗い女の絵を描いたことは、彼をして不朽の画家たらしめるものではなかろうか。「芸術家はもう沢山だ。一人ぐらい人間の悲哀を描く画家があってもよいと思う」という夢二の言葉は、おそらく彼の舞妓ものではなくこの「青いきもの」によって重みを増してくる。真に人間の悲哀を描くことはなまやさしい事柄ではあるまい。考えてみると、絵も音楽も詩も小説もすべて芸術とは、窮極のところこの人間の悲哀を描くことにつきる、といえそうである。そして抒情の原型とはそのようなものであろう。◇

いまどき、なんという古くさい、判りきったことをいうのか——とわたしはいまの若い詩人たちから叱られるにちがいない。しかし、わたしは現代詩の諸様相を目撃しながら、いまあえてこのような文章をかきつけたいのである。今日の詩におけるイメージの氾濫を目のまえにして、夢二ではないが「芸術家はもう沢山だ」とわたしは叫びだしたくなる。そして夢二の一枚の暗い絵を思いうかべるのである。

　ところで、広島の原爆投下による人間の悲惨さをうたった詩人として、原民喜、峠三吉の名をわたしは忘れることができないが、いまもう一人の詩人についてかいてみたい。

ふたたび　すばやく美しく甦ったもの
それは三角洲《デルタ》をつらぬく川だった

日を趁うて　水脈《みお》は
色濃く冴えてきた

その色のなかで　私の子は
随分大きくなっただろう

夕映えて　川は雲を抱き
原色をまじえ燃えつづけていた……

これは、米田栄作詩集『広島不墟』（ひろしまはむなしからず）の中の「川よ　とわに美しく　その一」である。この詩はいっけん川の美しさをうたったものにすぎないようにみえる。しかし、最初の＜ふたたび＞と、三連目の＜その色のなかで　私の子は／随分大きくなっただろう＞という言葉が、この詩を単に川をうたった抒情詩とは異質のものにしている。ここには作者が、かって原爆で二才のわが子を喪った悲哀がこめられている。詩集『広島不墟』の中には、このような川をうたった詩篇が数多くおさめられ、それらはすべてわが子の死を悼む鎮魂の歌といえる。広島をながれる川は美しく、それはかっての悲惨な情況を忘却したごとくであるが、そのさりげない流れの中に作者はわが子の幻を見つづけ、鎮魂の詩をかきつづけてきたのである。

油照りの　揺れあうぎらぎらだ
しばらく　雲々を堰とめている藍いろだ
悶えて　思いつめたか
ぎらぎらが砕け散るとき
水脈《みお》がひかりを刺してしまう
（幾万幾千のミイラを蔵っている　川よ）
そのまま　藍いろが沈み
そのまま　浮び上った　つぎはぎの襤褸の落日よ
くるくる　狂い廻って
撒き散らす五色のはなびらを
踠《もが》いて　掴んでいる雲々に
火傷《ケロイド》の手をさしのばす幾万幾千のミイラだ
ああ　取り縋るものに
炎え移っていく　襤褸の夕映えだ

これも同じ詩集の中の一篇である。題名は「川燃ゆ」となっており、作者は川の夕映えを見つめている。しかし、その夕映えをとおして作者が見つめているのは、かってこの街で死んでいった襤褸の姿だ。それらは決して忘れ去ることのできない姿として作者の眼底に焼きつけられている。そのような夕映えとのダブルイメージとなって、人間の悲哀がこの詩にはこめられているのである。

　この世の親としてわが子の死に立ちあうことほど痛ましいものはない。磯村英樹詩集『水の葬り』は、交通事故で喪った、高校生の長男の死を悼んで、まとめられたものである。この詩集には、こうしてわが子の死を悼む鎮魂の詩が十四篇おさめられているが、いずれも胸をえぐられる作品ばかりである。

　夏の終りの夕ぐれ
子どもを送る小さなわらの帆掛舟を作り
子どもの好きだったバナナやジャガ薯を積み
夕焼雲を映して昏れる河の流れに浮べた

静かな河面に幾重もの水の輪をひろがらせ
海へ下って行くはずの舟は
あひにく　風が対岸から吹きつけるので
押しやっても押しやっても岸へ戻ってきた

父は裾をまくって中流まで入ってゆき
〈さあ　もう行くんだぞ〉と突き放したが
手をはなれると　舟はくるりと向きを変え
まっしぐらに岸へ戻ってきた

こらえかねてしゃがみこんでしまった母　と
岸にぴったりついてはなれぬ舟　と
〈来年もまた　お盆はあるんだから……〉と
つぶやくように言ってきかせている父　とを包み
河面の闇はずんずん濃くなっていった

　この詩「わらの舟」は、詩集『水の葬り』の終りにおさめられている。この詩の情景も川の夕ぐれである。もはやこのような作品の内容にあれこれふれる要はあるまい。子を喪った作者の悲しみがじかにつたわってくるような抒情詩である。先の米田栄作の「川燃ゆ」が、赫々とした、血の色のような川の夕映えであるのに対して、磯村英樹の「わらの舟」は昏れなずむ川の夕ぐれである。

◇

　現代のような、すべてが急テンポでながれてゆき、物を深く考えることのなくなった時代に、一篇のすぐれた抒情詩を味読することはますます貴重な時間である。わたしはいま、後向きの姿勢でこのような事柄をかきつけているのではない。うたかたの時間の推移の中で褪色しない〈抒情の原型〉について語ろうとしているにすぎないのである。今日もなお、わたしたちが中原中也や伊東静雄の詩に感動をおぼえるのはどういうわけか。いうまでもなく、それらの詩には時代をこえて変らぬ人間存在の悲哀がこめられているからである。

　ところで、堀内幸枝詩集『村のアルバム』（冬至書房版）におさめられている作品は、作者の少女期に甲州の山村でかかれたものである。少女期のものとはいえ、その抒情は感傷に押しながされていない。それらは甲州のきびしい風土の中から生まれた作品である。

　一羽の鴉が雲の低く下った部落の
陰気な午後を飛んでゐる

平たい藁屋根の上に
暗い陰翳が大きくうつりゆき
村全体が次々に
かげりの中に入ってゆく
今　私の村は一羽の鴉で暗くなる
静かな夕方私一人が二階に立ちて
この音もたてない淋しいものを
眺めてゐる

この詩「曇り日」は、いっけん山村の曇り日をうたった平凡な抒情詩にすぎないようにみえる。しかし、ここには作者のたしかな眼でとらえられた淋しい情景がある。この詩の中で＜鴉＞の飛翔は、山村の曇り日を象徴するかのように重要な役割りを果している。ちょっと心憎いような完璧な作品である。

詩集『村のアルバム』は、昭和十年代にかかれた作品の収録であるが、今日もなおその抒情は色褪せていない。冬は雪に蔽われる山岳の、美しい風光にかこまれた甲州盆地と共に、この詩集の存在も消えないであろう。そしてわたしは、戦前戦後を通じて日本の＜抒情の原型＞なるものを、あらためて考えさせられるのである。

不確定

小山正孝

僕よ　しづかに椅子にもたれてゐるもう一人の僕よ
君は眠らうとしてゐるのか

僕は眠ることが出来ないでゐる
窓の外では木の葉が飛び散ってゐる
二人のあひだの透明な空間を
何本もの線条になって血の色が去って行く
衣服をととのへることもわすれて　僕は
君に向って合図を送ってゐる
僕よ　しづかに椅子にもたれてゐるもう一人の僕よ
眼前の乱れに　僕は　おちつきを失ってしまった
立ち上ってゐるのは僕ではなくて君なのだ
合図を送ってゐるのは僕ではなくて君なのだ
窓の外では雪がふりはじめた
指さしてゐるのは僕ではなくて君なのだ
僕は眠らうとしてゐる
君は眠ることが出来ないでゐるのか

ストリーカー

磯村英樹

突然　素っ裸の若者が
長距離ランナーのように雑踏を駈け抜ける
疲れ澱んだ街に
みるみる一本の鮮烈な線が
飛行機雲のように残像を引く

詩人は言葉で
絵描きは絵具で
彫刻家は粘土で
素裸の人間原像を描く

若者は自らの体で
いきいきと直截にそれを描きあげる
わずかなたるみもみせぬ
筋肉のゴムテープを張りつめた
若者の体でなければその資格はない

イギリスの狩猟用語の∧ストリーカー∨は
グレイハウンドとフォックスハウンドの雑種で
特別足の早い犬のことだ

犬の呼び名を奪いとって
獣のように弾んで止まらない
現代の原始人間よ
麻痺した都会の皮膚に
縦横に鮮烈な引っ掻き傷をつくれ

ライバルは「死」であった

——砂のらめんと——

永瀬清子

おもかげはいま波だっていて
私の水面は静まらない
あなたはどこにでもいたから
逢わなくても私は安らかだった。
遠い凝視は私の足どりを軽くし
茨の中さへ静かに歩けた。

だのにもうその人はいない
彼が捕われ去ったときいた時
竜巻のように心は空へ縒《よ》れあがる
おゝ私を被っていた手はいま去った。
その見えない空洞の芯をめぐって

739　『葡萄』第35号　1974（昭和49）年6月

紐のようによじれて高く巻き揚がる宙の道よ。
高く、けれど羽によってではなく
たゞ砂につゞく熱い執着としてのみそれは移る——。

今日私が歩んでいるのはそのように重く
いづこを指してか、人目にはたゞしなやかにゆるやかに——。
捕われは空間に瞬間の光る痕のみを残し
ライバルは「死」であった。
茫然と彼が去ってまだ半月にすぎないことをいぶかしむ。
すでに焦悴は私の形を変えた。
雲が一つの形を保ち得ないで雨降るように
私はすべての部分から溶解し雨降る。
その微妙な、そして広漠とした全体よ
無限と釣合っているわが牽引よ。
レエテにまで降りそゝぐわが悲しみは
さゝえかねて
低く地にたゞよい
鉛色なる霧に紛《ま》ごう。

蕪村幻影

堀場清子

視野いっぱい
青墨の柳がうたっているゆれている
水面《みずも》に垂れた糸をくぐって
すいっ
と荷足舟が出る
なかほどにうずくまり
眩しさに目を細める頭布の翁は
夜半亭こと日本東成謝寅与謝蕪村である
へさきには童女がひとり
花のたもとを水にかざしている

鹿の子をかけた髷のあたりに
うつつなきつまみごころの胡蝶がくる
ステンレスの太陽がころがる夏のまひるま
アメリカ合衆国の首都の
人影たえた美術館の壁を脱け出て
舟足も軽く
議事堂《キャピトル》の白亜そそりたつ大樹陰路《ザ・モール》へと滑ってゆく
童女のきゃらきゃら笑う声が
桃李《ももすもも》の花びらになって大樹陰路の芝を泳ぐ
舟は故園の水を慕って
星条旗身を揉む空の群青にひとすじひかる水脈をひき
みるまに時空を遡行して去った

あとには燃えさかる夏の静謐　その濃緑の芝にのこる……
桃李《とうり》のはなの　二三片

沈《しん》園《えん》 二首

比留間一成 訳

陸遊

城上斜陽画角哀
沈園非復旧池台
傷心橋下春波緑
曽是驚鴻照映来

又

夢断香消四十年
沈園柳老不吹綿
此身行作稽山土
猶弔遺蹤一泫然

城壁は夕映えて
角笛の音　悲しくひびく

沈園の池も高楼も
もはや　昔のおもかげはない
橋の下の春の水をみれば
緑にさざ波だち
心の傷をゆらす
この水こそ　わが妻のあでやかな
とびたつ雁の軽やかさを
写したのであったが

再会した日の思い出も
恋しい人の香も消えうせて四十年
沈園の柳も老いて綿毛をとばさず
この身もまた故郷の土に化そうとする
だが　傷心をかかえて
形見の跡をたずねれば
あふれる涙をとどめがたく

風ありて

竹森誠也

そうそうと　風の吹くなり
山嶺を　恋うる風なり
けざやかに　命なびけて
ひさかたの　蒼穹《そら》のかたへと
吹き通り　明《あか》き風なり

しょうしょうと　風の鳴るなり
かなしみに　つのる風なり
月こそら　片雲《くも》鳴り出でて
ひと夜へぬ　水脈《みを》もあえかに
鳴りしずむ　清き風なり

びょうびょうと　風の啼《な》くなり
さびしむと　なける風なり
けもの道　遠く光れば
ひそかなる　霧のとざして
行方こそ　わかぬ風なり

ぼうぼうと　黄昏《たそが》るるなり
旅のはや　たそがるるなり
悲傷《いたずき》の　曠野《あれの》よはるか
ひとすじの　足跡《あと》しずけりや
さびさびと　あとしずけりや

『葡萄』 第35号 1974（昭和49）年6月 746

古事記

宮崎健三

幽霊一人前の重量は
三〇グラムだという
この科学的な研究に刺戟されて
日ごろ厄介になっている『古事記』三巻に
僕は科学的計測の照明をあてることにした
どきどきものの結果は
各巻一〇〇グラムずつ　計三〇〇グラムと出た
幽霊の十人前だから
大したものだ

研究には条件を変えねばならない
僕はある日　研究室で計ってみた

意外なことにバランスがやぶれて
上巻がいちばん重く
中巻がいちばん軽くなっていた
高天原や夜食国《よるのをすくに》や海原の世界がぎっしり詰まっているので
重量算定の公平を主張したのだろう
年代の水増しがばれて重量を吐き出したのだろう
ある夜僕は　電灯を消して計ってみた
秤の針があばれて計ることができない
三つの巻のいざこざが　まだ暗闘中と見えた
ある日僕は　明るい花壇の中で計ってみて驚いた
いつの間にか　目方がなくなっていた
北守将軍ソンバーユーのように
水も呑まなくなったオオノヤスマロが
千年の著作権をまっ先に
さばさばと抛棄したのだった

（注）　北守将軍ソンバーユー＝宮沢賢治作「北守将軍と三人兄弟の医者」の主人公

船の上

高田敏子

港は遠のき
手を振る人の姿も小指ほどになり
やがて消えた

船室に降りる階段で
裾長の服を着た白髪の婦人に出合い声をかけられた
――この港からお乗りですか？
――ええ　どうぞよろしく

乗船したばかりの私に船室はまだなじめない
白すぎるシーツ　白い毛布
レモン色のバスタオルが　菊の花形にたたまれてベッドを飾っている

スーツケースもそのまま　また甲板に上ると
若者が西に傾いた陽を背にして立ち
甲板に写る自分の長い影にカメラをむけている
パチリ　冴えたシャッターの音
――自分の影を写しておこうと思って
若者は恥らうようにいってから
――きょう船に乗られたのですか

陽は海に沈み
船は夕陽の染め残していった雲の方向に進んでいる
——きょう乗られたのですか。
同じ短かい問いを何度かかけられながら私は甲板をひとめぐりめぐった
誰も私の行く先については問わないで
おだやかな微笑をむけるだけだ

風の冷めたさにサロンのドアを押すと
人はシャンデリアの下にゆったりと落ちついて
小声で語り合ったり　書物に目を落したりしている
そこには陸地を遠く離れた静けさがあり
落ちつけないでいるのは私一人なのだ

落ちつけない心を見られないように
サロンの窓に額をあて
暮れ落ちた暗い海を見　空に星を探し
埠頭での別れも思いながら
死の国の私の第一日目もこのようにしてはじまるのではないかと思いつ
　づけていた

思い出の村

堀内幸枝

何十年　吾子《あこ》に食事を与えることもなく
風呂へ入れることもせず
母さんと呼ぶのに対して一度として
自分が母だと思ったためしなく

母よ　私の胸には
いつも
さちえさちえと呼ぶあなたの声のみがする
私はあなたの娘　永遠に
野芹《のぜり》　水芹《みずぜり》を摘んでおひたしを作った
村ぐらしのあなたの娘

都会に出て何十年

吾子の呼ぶ声に返事も出来ず
年経ても　妻らしくも母らしくもなれぬまま
頼り気なく母さん母さんと呼ぶ子等は
さびし気に大きくなり嫁いでいった

母よ
ふるさとへ戻った折
ひょいと
押入の角　納屋の隅を開けてみると
小さく生き生きと残っている　まだ
さちえ　さちえと呼ぶ父の母の
あなたのまろい声が
春の光のように
芹を摘んでおいで……
蓬《よもぎ》を摘んでおいで……
　（すっかり年おいた娘だが
　　私は永遠にあなたの娘）
さちえさちえと
今もなお
風呂や台所の煙にとりまかれて
納屋の隅に

村の駅で

北森彩子

草いきれの崖が　そよいでいる　七月の真昼
谷あいの　ペンキの剝げた　小さな駅
軽便鉄道の　緑色の窓枠につかまって
痩せた　十ばかりの男の子が
中にいる弟に　くり返し　くり返し言い聞かせている
「いいかい　向うに着いたら
　噴水のそばで　じっとして待っているんだよ
　キップをなくすんじゃないよ　すぐに後から行くからね」
幼な児は　目を丸くし　何度も　しんけんにこっくりする

電車が出たあと　丘の上の遊園地へ
大きな子は　歩いて行くのだ
お金がないから　日ざかりの石ころの　一時間の道を

ああ　そこでは　松虫草やかんぞうの花に囲まれ
噴水が　真青な空に向って
きらきらと　たえ間なく光の柱を噴きあげている
そこで飲むラムネは　夕立のように一どきに
胸の中で　涼しく甘いしぶきをあげるのだ
高原の風に　はたはたと鳴る　赤や黄の旗
楽隊や花火や物売りや迷路……
でも　どうしても　そこへ行き着くには
お金が無い者は　歩かねばならない

へりのほつれた麦藁帽子をかぶり直し
色褪せたブラウスの裾を閃《ひらめ》かせて

男の子は　歩き出す
入道雲と　昼顔の花　はげしく息づいている野原の中の
熱い　まぶしい一本道を
小さな弟の待つ　遠い丘の頂き
野の涯てで　白いお城のように光っている遊園地へ

わたしは　ただ　ぼんやりとそれを見ていた
何であったか　自分だけの　ささやかな憂愁に　うなだれて
その時　いそいで　木のベンチから立ち上り
すばやく　一枚の切符を買って
その子を　電車に乗せてやることもできたのに

あの子は　お城にたどりついたか
小さな弟に　めぐり逢えたか
世の中が　みんな　とても
貧乏だった　頃の　ことだが

後記

「葡萄」も振返ると今年で二十年になる。その間、何もせずに来たこと、これという具体的なこともない、むなしい日を生きてきた事を恥ずかしく思うが、だから戦後の革命的とも言える現実の変化にのめりこまず、雑誌が続けられたのだと、妙なところで、自慢にもならない事を考えてみる。

私が詩というものを書き初めて、もう三十年以上もたつこの頃、札幌の日塔聡さんから「あなたのお名前を拝誦しますと、古い〃四季〃と僕の青春のにおいがして来るようです。〃四季〃へ投稿当時のあなたの熱心な、原稿用紙に一字一字うめられた特徴ある文字を今もはっきり思い出すことができるのです」などという便りを頂くと、一瞬にして、三十年の月日が縮まってくる。

「光陰矢の如し」とする時間認識を、私は古い思想とは思わない。時間は捉えることの出来ない瞬時、瞬時の連続であり、自己の初まりと終りを一本の縄のように考えるなら、縄の編み初めに当る「青春」が、一本の縄をある形にしめくくっているかのように思えてならない。

「かりに人の寿命を七十才として、十代で死ぬことはその四分の一しか生きなかったと単純に割算はしたくない。人間のいのちは年をとるほど稀薄になる。少くとも二十才までに人のいのちの半分以上は生きている。その証拠に人が意識の奥底でいつまでも忘れないのは、いのちの濃い十代までの経験である。」

これは磯村さんの詩集「水の葬り」のあとがきから抜き出した記憶に深い文章である。こうした意味は若い日から、言葉を代えて、いろいろな場所でも接してきたが、二十代に寄せる私の鎮魂の感情が「葡萄」を作るエネルギーになっていることはたしかだ。

現代は「老人の文学」の時代だとも言われる。そういう一面も確かにあろうが「青春の文学」も存在していておかしくはない。二十才でも八十才でも、死ぬまでの日を純化した眼で一途に生きる者を「青春」と言いかえてもおかしくはない。

ともかく戦後の外面的変化は、目の前に見る通りだが、明治生まれの詩人がなお活躍している時代である。人間そうそう変れるものでもない。たんなる新しがりや、起伏の多い世界を私はあまり好まない。ひっそりと、しかし確かに「詩」のあるパンフレットを出していきたいというのが、生来の望みである。

今年は、二十周年にあたる。特に記念パーテーをする力もないが、眼の前に二十年の歳月が流れてしまったことだけは確かだ。一つの反省と次の「詩」を思う。

（堀内幸枝）

1974年6月発行
定価　200円
編集発行人　堀内幸枝
東京都新宿区北新宿2-11-16
千葉方　葡萄発行所
電話（371）9891
発売所　昭森社
千代田区神田神保町1―3
電話（291）0324

葡萄

36

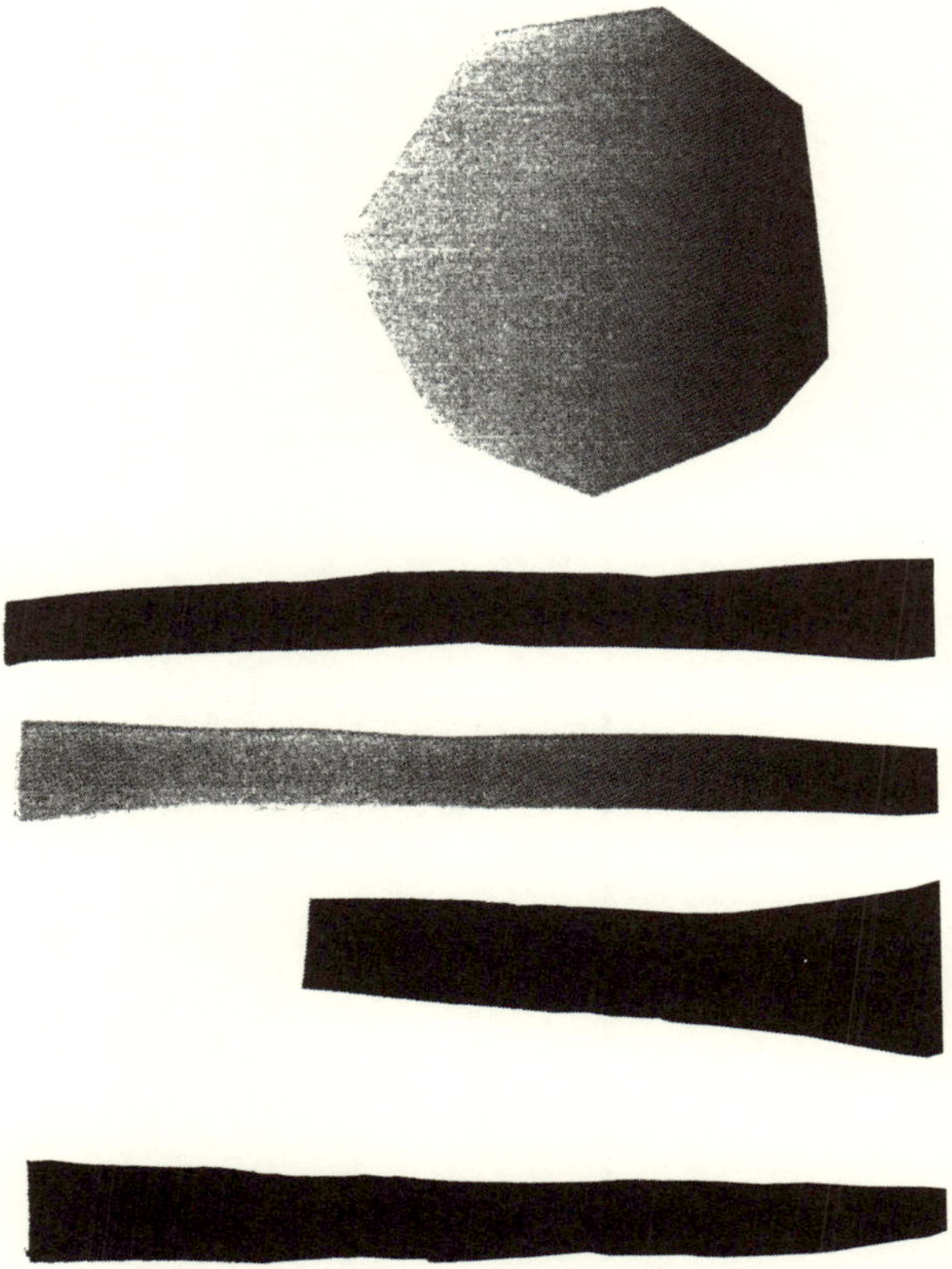

葡　萄

36

1975年2月

旅のスケッチ……………………山　本　太　郎… 1
はるかぜ……………………………太　田　　　浩… 4
扇状地の村…………………………堀　内　幸　枝… 6
≪モオブ色の朝≫……………坦　ケ　真理子… 9
さざんか……………………………三　井　葉　子…10
秋 の 水……………………………多　田　智満子…12

葡萄20周年

市之蔵の桃の花…………………安　西　　　均…14
「舟唄」まで……………………嶋　岡　　　晨…16
葡萄のこと………………………川　崎　　　洋…18
忘れていた詩ひとつ……………江　森　国　友…19

電話的エセイ……………………堀　口　太　平…22

旅のスケッチ

山本太郎

うかつであった
うつつであった
島から脱走し
沙漠へまぎれたとたん
閉所恐怖症にやられた

何も見えんからには
おのれが島か

ゆきくれ　という情念を踏む
ゆうぐれの長い長い影法師
これからが旅かよ

ゆくすえにむかって
遠吠えの姿勢で
狂えるうちに　狂っておけ
風狂！

裏切りの
あいそづかしの
つかされの
八方睨みの藪睨み
すねて笑って
四方ぺこぺこ

道があれば　細い岐路
うそ寒さの風をはらんで
はらわたなどは
尺寸の臓物などは

鈴懸けの枝につるして
とうとうたらり
とうたらり
どうどうめぐりの
旅へでかける

病名怪怪
病因惻惻
いづれ島なら
迷路は全身
刺青模様
天地の間《かん》に挟まれて

哭いて血を吐く
ほどよい
きぎすよ

はるかぜ

太田浩

とつぜんはるかぜが
大空いっぱい暗くなり
砂けむりを噴きあげる
はげしい動乱のように舞いあれる
岩角にぶっつかりすすむような冷めたい
日日の痛みが去ろうとする日
大空から黄塵の粒子がちるのを
また逃れられない日日の
あらあらしく来るのを
見る

そのまっただなかをゆかねばならぬため
なんにもみえない砂まみれとなって
春がきた春がきたと
押しもどす風圧とつき刺す無数の砂塵に耐え
苦しみを逃れる童うたをくりかえしながら
すこしずつすすんでゆくのだ
いつまでも安堵のない平和のない今日という日のはじまりの方へ
ああなんというギクシャクの日日だ
明日花花はひらくだろう
キラキラしい空のなかで
すさまじい爆発となって

扇状地の村

堀内幸枝

藪草路

青草がひっそりと茂っている
こんな小道の脇の藪草路はどこにもあるのに
だれも見ていやしないからいいではないか
ちょっと入ってみたい
そう思う気持とうらはらに
小道の脇の藪草路は
なぜか後めたいのだ
それは過ぎ去った日に対して

あの日
土手の向うにいた農夫も農夫が連れていた耕牛も

もうそこにはいない
もうだあれもいやしないのに

二人で敷いて座り
あなたは一言も言わず深い息ばかり吸いこんでいた
私は眼を伏せて涙ばかり落していた草むらは
この草むらによく似て

あの日
あなたも私もどんなに若かったか
道脇の草むらは　藪草路は
遠いその日の草むらによく似すぎていて

寂しい野

ふるさとの背戸に出てみた
去年の大風雨で押流され補修された新らしい
土手には　はや生き生きと新らしいカルカヤ

新らしいぎしぎし新らしい野蕗の株
片半分の古い土手には
見覚えのある古いカルカヤ　流れに根を浸した色あせた古いぎしぎ
　し野蕗の株
古い草むらの陰からわき起る古い風
わずかに私を受け入れてくれる土手の起伏
何十年目に出て見る野には
新らしい河川工事と切通し
昔と今が突き合い砕け合って風景をかえている
いま　見覚えのある古いカルカヤの葉裏から
飛立って
真新らしい御影石の土手に添って
一枚の蝶
ヒラヒラヒラと　ただ
空の向うへヒラヒラと
光る御影石に影を落してうすれていく

あれは今日の蝶？　きのうの蝶？

《モオブ色の朝》

坦　ケ　真　理　子

いつかみた　マグリットの空の青
はてしない存在の淵にたゆたう波音
今日の日はかくも透明に聳えたち
淡いピンクのちぎれ雲　たなびく明日《あした》

いつかみた　クリムトの淡い膚
はてしない百花遼乱いのちの錦地
今日の日は血にたぎり恋に燃えたち
コバルト色の彼岸波　よせくる明日《あした》

いつかみた　ムヒャの目眩めく花模様
はてしない蜜蜂の群　虚空に逆まく羽音
今日の日は愛を知り涙を流し
モオブ色の朝ぼらけ　ひとり待つ明日《あした》

さざんか

三井葉子

肉がはこんでいるせまいみち
それでも誰れがそのほかのみちをあるいたでしょう
どうしてあなたがわたしを霧のなかにおとさないようにしたか
手のひらでわたしをだきあげていたか
割れているさざんか　こわれているかわらけ
駆けてゆくほどせまい緊密なみちが
ずっとつづいているのは
かかえているからだろう生きていることが
さざんかのはな。

ゆく

あしに吹いているかぜ
かぜが吹いて　太いあかい柱にまきついているのが青くさ
あつい卓子のうえの火があおく消え
食事をおわれば
ながいながいトンネルをぬけてゆきましょうよ
火を焚くたびの月も日も
いつのまにこんなにながくのびていたろう
ゆくのには充分な胸のながさの入り口に
一本ろうそくのような太い柱に食事のような青くさに。

秋の水

多田智満子

秋の水

薔薇絶えて爪の根昏し半月に到ることなき月のみちかけ

秋の水眉に流れて有明けの夢の浅瀬に朱き蟹棲む

岩蔭の水にひろがる黒髪のひとゆれ揺れて滝鳴りいづる

影

懸崖の黄菊の雪崩なだらかになだれゆくなる
老いのまなざし

生涯を編年体に編むべしや掌《て》に静脈の行方透
かしつ

旅のなか旅する人の過ぎもゆかで影めぐりゐ
る秋草のなか

過ぎゆくは季節　巡回放浪の舞台　奈落に影
ひそめつつ

葡萄二十周年記念

市之蔵の桃の花

安西 均

淡々として何の衒いもなく、しかも心にしみる文章がある。現代女流では高田敏子詩文集『ひとりの午後』（PHP研究所刊）などが、まさにそうだとおもうが、わたくしがこれを挙げると仲間ぼめぐらいにしか受け取られないだろう。ならば次のような例を引いてもよい。わたくしの好きな語り口の好見本である。

「市之蔵村は山梨県の東部、甲府から御坂《みさか》山系に入って四里の里程、鎌倉街道にも甲州街道にも面せず、従ってこの村を通過する旅行者もなく、御坂山系の中にぽつんと取り残された小さな村である。

村といっても実は字《あざ》で、市之蔵を含む浅間《あさま》村は狐新居《きつねあらい》・神《かな》沢《ざわ》・中沢・金沢《かんざわ》と多く沢のつく部落から成り立っている。」

これは堀内幸枝さんが、近来『葡萄』誌上に連作風に書きついでいる〃市之蔵もの〃ともいうべき詩文の一つで、引用部分は「村の闇夜」と副題のある、その冒頭なのだ。

言うまでもなく、市之蔵は堀内さんの生家がある部落で、引用文でもわかるとおり山梨県東八代郡浅間村字市之蔵であったが、ここもご多聞に洩れず町村合併が施行され、現称は一宮町市之蔵なのだそうである。

わたくしが、こういう語り口にたいして懐しさを覚えるのは、日本の古い文芸で地名を指し示すときの伝統方法みたいなものを感じるからであろう。これが理由の第一である。

たとえば、神話に「竺《つく》（筑）紫《し》の日向《ひむか》の橘《たちばな》の小門《をど》の檍原《あわきはら》」とか「竺紫の日向の高千穂のくじふる峯《たけ》」といった呼称がある。類句は祝詞《のりと》にもあるから、呪詞風な地名の呼び方といえるだろう。

むろん、厳密に解釈すれば「筑紫」以外は実在しない普通名詞（たとえば「日向」は今の宮崎県でなく、よく日の射す土地の意味）であるが、神話にしろ祝詞にしろ語り聞く人たちにしてみれば、「檍原」も「くじふる峯」もどこかに実在する地名だと観念していた。

したがってこの場合、句の最初にある「筑紫」が大地名で、「日向」は中地名、以下は小地名である。日本語の基本的構文とも関係はあるが、わたくしたちが地名をよぶ場合は、大地名↓中地名↓小地名と、あたかもズームレンズで対象の中心を引きつけて拡大してみせるような叙述法をとるのだ。欧米とは逆である。

この住所表記法とまったく同じ叙述法が、抒情詩のなかにもとりいれられて、万葉集でも「遠江《とほつあふみ》　引佐《いなさ》細江の　みをつくし　吾《あれ》を頼めて　浅ましものを」などにも行なわれ、近代短歌の佐々木信綱の「行く秋の大和の国の薬師寺の塔の上なるひとひらの雲」にまで、てんめんとした伝統をもつ語法のようにおもわれる。堀内さんが語る生家の市之蔵部落という小地名もまた、山梨県（大地名）浅間村（中地名）と引き合っていることはいうまでもない。だからこそ、地名詞というものが持つ、どっしりとした実在感が、何やら安堵というか信頼というか、それを読者にあたえる。

わたくしが、この種の語り口に魅力をおぼえる、第二の理由――地名詞というものは、どのひとつとして他のものに代替させることのできない、擦り替えることのできない固有性をもっている。この固有性で綴られていることによって、筆者の占有物たり得る文章となる。

仮に、わたくしが山梨県の地図を机上に拡げて、さきの引用文とまったく同じような地理的記述をおこない得たとしても、わたくしがその文章の占有権を主張するのはそらぞらしいことになってしまうであろう。（ここで言っている占有権などという言葉は、法律的な著作権なんかのことではない！）

たとえば、わたくしが次のような文章を書いたとしよう。

「私の生まれ育ったところは、現在、福岡県筑紫野市大字筑紫とよばれることになったが、低い平らな丘の裾まわりに、イノコヅチのように人家がこびりついている部落である。

この小丘陵の端《はな》に、私の学んだ小学校が建っている。校庭からは、筑前平野の南端と、筑後平野の北端とが緩慢として相接する地勢を一望しうるのである。

つまり、この小丘陵は、砂時計の中央の、くびれた部分に似ているのだ。悠久の《時》の砂粒はこの小丘陵を擦《こす》りながら流れてきたのであった。」

わたくしの生地を通りかかった人なら、誰でもこの程度の地形説明はたやすいはずである。しかし、わたくしはこの文章の占有権（くどいようだが著作権ではない！）は、わたくしのものだと主張して譲らないであろう。それは「私」という主語で書かれた文章だからではなく、逆説的にいえば「筑紫野市大字筑紫」という地名詞が、それを主張してくれるのだ。思想とか観念とかは共有物であり得ても、このような場合の地名詞には筆者の私有権がある、としか言いようがない。

わたくしの場合は、弥生時代後期にあたる紀元三世紀の日本を伝える唯一の文献、魏志倭人伝に記載されていない「ツクシ」を、空想の鶴嘴で掘り起こそうがために、たまたま生地である「筑紫」部落を語ろうとするのであった。

堀内さんの場合は、自身の少女時代（おそらく昭和十年代末まで）における村落での体験の詩的記録を残しておくために、「市之蔵」部落を語りつづけようとするのである。

かくてはじめて、「筑紫」という地名詞はわたくしの書くもののなかでわたくしの占有物化され、「市之蔵」は同様に堀内さんの占有物となる。

おもうに、物を語るという仕事は、おそらくそういうことではあるまいか。たとえば『カラマーゾフの兄弟』の書き出しは、

「アレクセイ・カラマーゾフは、本郡の地主フョードル・パーブロヴィッチ・カラマーゾフの三番めの息子である。」

というセンテンスで始まる。けっして大げさではなく、堀内さんの〃市之蔵もの〃の語り口もまた、これと同じだということをわたくしは述べているにすぎない。

ところで、その市之蔵へ、ことしの四月中旬、桃の花ざかりのころに誘われて出かけた。同行者は嵯峨信之・磯村英樹・江森国友の諸兄であった。

甲府盆地のすり鉢の底が、桃いろに染まっている壮大な景観を俯瞰してみると、わたくしが勝手に山間の寒村を想像していた市之蔵とは、なんと桃畠に埋まりそうなほのぼのとした聚落であった。堀内さんの生家によばれて、令兄丹精の葡萄酒を馳走になった。母堂もご健在であった。

いかにも旧家らしい、太い木組みの屋敷の中に坐らせると、堀内さんもなんとなく娘ごころに戻って甘えているような感じにもみえた。（一九七四年十一月）

「舟唄」まで

嶋岡　晨

手もとに一枚の写真がある。たぶん堀内幸枝詩集『不思議な時計』の出版記念会だろう。とすれば、時は昭和三十一年、ぼくが大学を出て二年たったころだ。場所はまちがいなく、高田馬場の喫茶店「大都会」。小さな花束を抱いた堀内さんが、結婚式の日どりの決まった村娘のような、ほてった表情で中央にいる。その左隣に出版者・伊達得夫が、あの懐かしいシニカルな微笑を浮かべ、片手を顎にあてている。大岡信・小海永二・飯島耕一・堀川正美・岩田宏たちもいる。みんな若い。そしてみんな生真面目にカメラの方を向いているのに、何ということだ、ぼくひとり酒杯を手離さず横を向いて、何やらうそぶいているのである。そのころから、いっこう enfantin ぶりの抜けないぼくだが、若い顔だけは完全に消えた。時間は、首斬り役人より残酷だ。

その年、堀内さんの「葡萄」は、ぼくの詩の小特集を編んでくれている。なかの一篇「時間の街かど」は、翌年刊行した拙詩集『青春の遺書』に収めた。

その若い娘は見た。輝くすんだまなざしで、しなやかな腕で
ゆたかな重い乳房を抱いて。
遠くはないところ、むこう向いて立っている、
しなびた小さな老女のすがたを。
…………

これは時間のへだたりを鋏で切抜いたコラージュで、ひとりの女の若さと老いの残酷な接着だが、この詩的幻想を、時間は限りない悪意をこめて十八年後、ひとりの男の上に現実化したというわけだ。

そういう時間のからくりなど、そのころ三十代なかば過ぎの堀内さんはとっくにお見通しだったはずで、二十代の若い詩人たちに気前よく誌面を提供されたのも、ポエジーの〈不思議な時計〉のネジを巻いてみずからの青春を確保する、ひとつの賢明な方法だったと今にして思われる。伊達得夫装幀の典雅でモダーンな表紙、上質紙を使って活字をゆったり組んだ誌面、そして発行者の醇朴で熱い人間味に魅かれて、ぼくは大学を出たころから「葡萄」におつきあいしてきたが、大岡にしろ堀川にしろおそらくみんな、同じような気持ちで寄稿していたと思う。それに、何より堀内さん自身、若い才能に対して(これは伊達さんのお仕込みもあっただろうが)きわめて積極的に出会いを求める良質の貪欲さがあった。谷川俊太郎・中江俊夫・大野純・笹原常与・川崎洋・片岡文雄・白石かずこ……かれらの新鮮なポエジーの〈青春〉を、いちはやく探知し、そればかりではなくそれらの果実に気長に優しく光をあてる、すぐれた理解力をもった名編集長でもあった。

昭和三十二年、ぼくは結婚した。二十五歳と二十三歳。ぼくらの塒は、東中野駅の近く川添町の楽風荘と称する薄汚い木造アパートの、六畳一部屋、小道具を配せば寝起きがやっとの狭い貧しい舞台である。そのころ、ぼくはまだ、契学金をもらいながら大学院に通う学生だった。かたわら高校の講師やら家庭教師やら、食っていく算段はしていたが危ないもので、さっそく女房をある役所に勤めさせた。それでもおとなしく愛の巣をいとなんでいけば、さほど波風も立たなかったはずだが、まず皮切りが女房の貯金をはたかせての、詩集の自費出版。弱い体質で長生きできるとは思っていなかった(今でもそう思っている)し、作品は日日の遺書だという気があって、タイトルを『青春の遺書』とした。さらに、家計の余裕のありなしに関わらず、同人誌に金をつぎこむ。研究のため高価な原書を買うという口実でポケットに入れたものは、たいていアルコールに化けてしまう。男のつきあいと称して、やたらと飲み歩く。他の女との旧悪露見、質屋がよい、堕胎、その他もろもろで、もみくちゃにされたわが女房に、馳け込み寺めいた親類筋の家は一軒も東京にない。苦風荘と改称してもらいたいようなアパートから、歩いて十五分ぐらいのところ、柏木に、たまたま、堀内さんの家があり、ここがかっこうの「東慶寺」。胸にたまった愚痴の吐きどころと心

得て、何回となく堀内さんの家に押しかけていったらしい。ときには「葡萄」の発送の封筒書きを手伝うこともあったというが、なに、そんなことは堀内さんが蒙った迷惑の何程のつぐないにもなりはしない。

　近くに頼りがいのある女性がいると、厚かましく押しかけて甘えるのが女房の若い日の悪癖で、何年かして東中野駅の反対側の住吉町に越してからは、伊達さんの家が近かったものだから、ここにもしきりに足を運んで伊達さんの奥さんを手古摺らせている。亭主の不徳のいたすところで、仕方がない。

　堀内さんのところに押しかけ、女房が何を学んだか、今さら古傷をつっつくのもいやで、女房から詳かに聞き出すことはしないが、たくましい女の生き方を学び取ったことは間違いないらしく、十七年、いまだにくっついている。詩人の世界のことでも開眼させられたふしがある。文学について熱っぽく話していた堀内さんが、そのころ小学生だった娘さんが帰ってくるとたんに「母親」に変貌する、その変身のおもしろさを、憂さを晴らした顔の女房がぼくに洩らしたこともあった。

　堀内さんには、すっ裸で川に飛び込む村娘のイメージが今だにあり、そのがむしゃらで一途で大胆ですこやかで醇朴な性格が、愚鈍なわが女房のような人間にも、大きな魅力でありはげましであり支えであった。

　「葡萄」とその母親から、ぼくらは夫婦ぐるみ、ことばに尽くせない恩恵を受けているわけだ。

　一年ばかり前の「葡萄」に、ぼくは「舟唄」と題する詩を載せてもらった。ひとり娘の蘭のために書いたものだが、東中野時代に生まれたこの子も、もう中学二年生である。「時間の街かど」から「舟唄」まで……相変わらず黄昏どきになると酒杯を手に、ポエジーの歯ぎしりをなだめながら、ぼくは、この歳月と「葡萄」の歳月をかさねて、つい涙ぐんでしまうことがある。ああ、時間よ、首斬り役人よ！

葡萄のこと

川崎　洋

　十一月二十八日に、同人の岸田衿子さんの絵本「かえってきたきつね」が、第二十一回サンケイ児童出版文化賞・大賞を受賞したのを祝って、上野の北畔という料理屋に櫂の一同が集まりましたが、その折、友竹が、ふと、みんな歳をとったなあと声を挙げ、なるほど考えてみれば、お互いの人生の半分近くの年月をつき合ってきたわけです。

　堀内さんから、櫂のこと、葡萄についての想い出を書くようにとのお手紙を頂きましたが、櫂については、かなり何度もあちこちに書いてきましたし、更に書けば重複してしまうことになりそうで、それに、想い出す過去よりも、現在、そして、これからのことが、比重として大きく、来年一月にもまた集まって、連詩の試みをやろうと話し合ったばかりのことで、その連詩のことについては、もうしばらく試みを続けたあとで、いろいろ考えてみたいと思っています。

　堀内さんにはじめてお目に掛ったのは、あれはもう十年以上も前のことだったのでしょうか、獏と氾の方々と、どこかで会合を持った記憶があります。

　あの頃、たくさん出されていた詩の同人誌の中で、葡萄は堀内さんの個人誌として、非常に上質の、洒落ていて、しかもどこかに土のにおいが風に乗って舞っているような、すてきな雑誌で、詩稿の御依頼を受けると、とてもうれしくて、張切ったことを覚えています。

　詩は、そのように、ひっそりとした場所で、しかし手厚い扱いを受けて頁に発表されるのが、とてもふさわしい－という気持があって、葡萄はそれを満たして下さったのでした。

　でも、資金が大変だろうなあとは、正直あの頃感じたことでした。きっとずい分いろんな犠牲の上に、出し続けられているのだろうと、少し痛ましい気持もないではありません。

　櫂も、はじめ茨木さんと出した頃、金はなくても、生活は切りつめても、きれいな紙に活版で印刷した、美しい誌にしようという心意気がありました。

　今では、詩人もずい分金まわりのいい人が増えて、立派な同人誌を作るのは、一昔前ほど困難なことではありません。私は、広告を載せた同人詩誌というものはどうかと思います。それは、やはりどこかおかしい－と、口をとがらせたくなる気持があります。たぶん、年をとったせいなのでしょう。

　広告を載せて、その分立派な体裁の雑誌にしてどこが悪いと、問われれば、そしてその人が頭のいい人であれば、頭の悪い私は、恐らく、理屈の上では云い負かされてしまうでしょう。しかし、云い負かされても、心の中で頑としてうなずかない、変に透明な核のようなものがあって、それが、葡萄という詩誌を敬愛する気持に通じているような気がします。

　以上、走り書きの、短文で申訳ありません。どうぞお赦し下さい。

忘れていた詩ひとつ

江森国友

　難解さを武器としたような戦後詩に眼を眩まされていたが、いまやまた純正な抒情詩の時代が甦えった――やはりわれわれの思いは正しかったというような、党派的な物言いには組みしない。

のっけから荒々しいといわれようが、「四季」の法統をついで、この末世に、灯をともしつづけたなどという詩壇的な位置ずけは、堀内さんはとらないだろうし、この二十年の事業によせられる讃辞に、人もまた錯悟されないようにと訴えておきたい。事業と私はいったが、まさにこれは事業であったと思う。

私にもようやく物が見えかけてきたということなのか、此頃、昔のことを思い出して、その姿が、当時より（現場にあったという臨場的実感より）はるかに明確に示されることに驚ろきもし、その教訓を反芻してもいる。「詩の言語的構造の複雑な緊張を、いわば道徳的責任を負う人間の心の構造の反映」――として捉え論じていた文章を読んだが、このような観点から、私は堀内さんの「葡萄」の積極的な意味を見ている。

勿論堀内さんは、そのようには思っておられまいが、「葡萄」刊行二十年の持続された、そして人間に開かれ差し出された空間は、正しく道徳的責任を負おうとする人間の心によってひとつひとつわれわれに届けられたものなのだ。

謝意をこめて、このことは書いておく。

＊

戦後詩史が、どのような形で書かれるか知らない。時間は丁度、その表われを期待しているように思われる。そして、事実具体的なものが現われつつある。経験的な批評に裏打ちされた内省的詩史がまたれているだろう。

こんな時間のなかで、堀内さんの「葡萄」が、発行二十年の歳を迎え、三十四冊の詩空間をわれわれに展いてくれた。その空間は、私に懐しいものだ。

時間を空間化させるものあるいは力といったもの、そこに表現があるのだが、時間の変転のうちにあって、「葡萄」は明確な詩空間を私に提供し、設けてくれつづけた。

ふわっと、暖かい空間のような塊りが、心に湧いてくることがある。記憶が、心の求めに応じて（常の工夫と訓練があれば、その頻度はまた増えもするだろうと思われるような）、日常の単調を衝き動かして誘ってくれるような豊かな気配が満ちるときがあるのだ。

葡萄の里で詩を書く少女、この春、堀内さんの故郷甲州「市之蔵村」を訪ねた。甲府盆地に葡萄は知っていたが、この盆地がその花で埋めつくされたような桃のことは、堀内さんの明るいおしゃべりがつづくまにいつか只中にいる風景をみて知ったことだ。

堀内さんの屋敷裏から桃畑を抜け、小高い丘の麓の流れのふちで、堀内さんが摘んで指した勿忘草は、昔を偲ぶかのように、それは小さく可憐だった。私はつい去年アパートのベランダに観賞種の勿忘草を育てたが、それは、花咲くと少々もてあますほどの旺盛さを見せて名に過ぎた自己主張にうんざりしたことだが、その堀内さんの掌の勿忘草は、夕景色の一点に陽をあつめてつつましかったのを強く印象している。

堀内さんの詩誌「葡萄」のあり方に、詩のもっとも浄福なかたちが思われる。遠く心が運ばれる夢のような力が、この人のこの詩誌に働いて、戦後詩のなかの稀れに幅広い範囲の詩をたくまずにその園生に活かしめたことは有難いことだ。

＊

しかし、今はもっと時間を遡って、私が「氾」の同人として、堀川正美、山田正弘、水橋晋たちと堀内さんの「葡萄」との交りを思う。

当時、私に実在したのは、私個人であり、「氾」同人たちも、私がつき合った堀川個人、山田個人、水橋個人それぞれであった。ということは、それだけグループの個個人との接触が強く、そこを離れて私には詩壇のことや、いや具体的な意味でも「現代詩」について考える地平はまだ見えていなかったのである。堀川や山田には、それが見えていて、その自覚を大根に詩を書いていた。私は引っぱられてついていくのが精一杯だった。たとえ、それを越えようとする努力さえ、私にはごく個人的なものだったのだ。

「葡萄」を、堀川の部屋で展げて読み話しあったころは、まだ「葡萄」に詩を載せてもらうことさえ私は考えなかった。「葡萄」にのった一篇「愛情の花咲く樹」（第一四号・昭和三三・四）のことを、本当に私は忘れていて、詩集『宝篋と花讃』に収めることができなかった。

しかし、それは、私にとって「葡萄」がそれほどに無縁だったというのでなく、まだ私の詩がそれに価しない、少なくとも私自身そう思っていて、「葡萄」に集る詩人たちの作品を一生懸命読んでいたころだったのだ。「葡萄」に載った堀川の詩にあらためて感心したり、また「氾」の発行が止絶えてからずっとのち、水橋の詩を「葡萄」に発見して、なぜともなく有難いと思ったりしていた。

私は詩集『宝篋と花讃』を編むにあたって、敗佚したままの作品を蒐めるのに人にも頼み、記憶を掘りおこし、怠惰な私なりにかなり見当をつけて収録したが、「葡萄」一四号の作品「愛情の花咲く樹」はついに収められなかった。私は「葡萄」には書いていないと、てんから決めていたらしい。今度電話で堀内さんからこの作品のあるのを知り、またその一部分を、小川和佑氏が引用している（「無限」三四号）ことをあわせて知ったことであった。

この間の私の心理は、今の私から判断すれば、一言、自覚のなさといえようか。謙虚というものとはまた別の、或る種の居直りをふくんだ心理としての無自覚である。

私事のみを綴ってしまった。

堀内さん！

この勝手な感想になおつけ加え繰りかえしますが、広く戦後の抒情詩をその懐ろに包んだものは、堀内幸枝という一詩人の心であって、党派的な感情にないことを、折角後の詩のためにも、けじめをつけて教えられることをお願いします。

電話的エセイ

堀口 太平

●堀内幸枝さんに電話しているうちに、話が詩のことになったら、とたんに膝をのりだしてくる彼女が受話器の向うに感じられた。彼女のなかの「市之蔵村」がいよいよ混頓として、水量《みずかさ》を増してくるありさまは美事だ。逝くものはかくの如きかというが、逝くものはこのように増量する。川というのは大きくなって立ち戻るすがたのことだなどと、話していたら（こんなこと話さなかったかもしれない。忘れた）、ああ、そうそう、堀口さんがいま電話しているそんな調子でエセイを書いて下さいなといわれた。私は考えを分類整理できないから、とてもエセイとはいかないが、それでは思っていること吐きだしてみましょうかと約束した。

●私の身近かに不思議な現実をただよわせる詩人が何人かいる。作為的ではなく現象的なのだ。田中冬二さんや、小山正孝、堀内助三郎などで、こうした現実は彼ら自身に本然的に具足して、彼らの内部と外部の世界をかたちづくっている。読者がこれらの世界のいく分かでも本然しているかどうかで、彼らの作品は理解されたり無視されたりする。あれはフィクションだと彼らは控え目にいうが、勿論フィクションはある。だが、それだけとはいえない。彼らの幻想は、深くたどれば現実であって、アナーキスティクな作品とは成り立ちがちがっている。後者は作為された仮設世界で、現実のオカルト的な処理だといってさしつかえなく、真面目には相手にできない。

●〃死にいたる美〃と考えていることがある。川端さんが死んだとき、新聞に、わけのわからない短歌のような辞世（そう書いてあった）というのがのっていた。苦しみがいよいよ美しいものになっていく、といった内容で、忘れられない。いろいろな人が川端さんの死に触れようとしたが、みな見当がつかないといった。一昨年、私は堀内助三郎の詩集「ニルゲンツ」に解説を書いたが（生れてはじめてだ）、彼の〃変なんだ〃という詩をみると、あの美しさも実にあぶない。あのなかでは悔恨が美しさになっている。（だから「死に至る美しさ」だ）と、そのように書いた。川端さんは恐らく歯止めのないところに立っていた。家持が〃……この夕かげに鶯なくも〃とか〃……水城《みずき》のうえになみだのごわん〃といったところにいたにしても、とにかく事なき（？）を得たのは、私たち同様、境遇がブレーキ的だったからだ。

●一方、リルケは「ドウイノ悲歌」で、天使が私を抱きしめることがあっても、その烈しい存在に私は焼きほろびるだろう。美は怖るべきものの始めにほかならぬから——、といっている。〃怖るべきものの始め〃が、私の〃悔恨的な美〃とどんな関連性をもつことになるか。すぐには答えられないが、どこかリルケは推論的で帰納的で、私の経験的、演繹的な理解とはちがう気がする。それだけに私に働きかける信憑性はうすい。同じように〃怖るべき〃といっても、どこかが同じようではない。リルケは天使を想像していっている。大使に遭遇して感じたのか、考えたのかどうかということになると、そうではないようだ。

●私の経験主義を、好意的にではあっても軽くあなどっている人たちには、経験の意味がわからないから、私を理解してくれようとはしない。すべて解釈がなければ、行きずりの出来事であって、解釈を俟ってはじめて経験として成就する。経験は多面的な情感をくぐり抜けてきた哲学であると同時に、詩でもあって、もしこの認識が私になかったなら、この世界は私にとっては地獄《インヘルノ》である。

●親しい人から、私の「ひよどりのトルソ」のなかの〃義経はすきだ／不気味な倒錯を感じないこともないが／きらいならあんな目にあいっこなかった〃の三行がわからないといわれた。あれは私が私の過去に感情移入をやってだした結論で、むずかしいといわれても、あれはシュールでもなければアブストラクトでもない。これ以上やさしくしてくれといわれても私には無理だ。語句をいちいち解説していったのでは詩にならない。だからといって、この不便な詩の特質を逆手につかった、ずるいドグマのつもりでもない。あれは事柄に対する私の受け止め方で、大ざっぱにいえば、因果といってもいいかもしれぬものをいっている。自分や他人の心のひだが分るような人ならわかってくれるはずで、これだけいっても見当がつかなければ、説明したって始まらない。

●このごろになって、作品が生きているということが分りかけてきた。しかし、そう思っているだけかもしれない。流動性をもった上手な詩をみても、生きていないと思うことがある。精神の形成がものをいうところまでくると、詩学も史学も手が届かなくなるから、自覚できないまま生涯を終える詩人や評家もいることと思う。また、そこまで分らない方が、世間には通るのではないかとも思う。詩を書くことは、自分の生を書いていることで、何を書いているのでもない、目前の形象を書いているのだが、実は生々として形の定まらない自分の生を書いている。ロダンが「描移《モジュレ》」といったのはそれかもしれず、また華山が「風趣風韻を専らに心得候わば」といって、それを「山水空疎の学」だとしりぞけたのも、そんなところからではないかと思う。

●最近、茂吉の「鴨山考」を読んだ。考証はみな実地踏査によったもので、それを思うと私の意見などは、こうした考証のまえでは空論にひとしい。だが、私の意見にしても、経験からきていて、経験はまさしく実験証明でいわば実地踏査の結果にほかならない。茂吉は晩年いよいよ全力的になって、未曽有の境地に達した。昭和25年、窪川鶴次郎の論文を臼井吉見が「赤光とみだれ髪」で駁論しているのをみると、窪川は、「赤光」は近代短歌の最高峯を示すもので、近代化の限界といい、それ以後、茂吉の辿った道はもっぱら衰亡のそれだといっている。「白き山」の境地は窪川にはわからない。インテリの平均値といった感じがする。

●家持や茂吉が私には生きている。作品がのこっているという理由からではなく、同趣の生命が相寄るのは生死を超えていると思うからだ。夏の日のある曇ったひるすぎ、私は山のなかで彼らと腰をおろした。うしろの灌木のやぶのなかで鶯がないた。しばらくすると蜩《ひぐらし》がないた。他愛がないと笑うなら、笑ってもいい。

●区切り区切りして、編集後記みたいなエセイ(?)になった。私の考えに纒まりがない証拠になろう。こんなものでも載せてもらえるのだと思うと、堀内さんも大変だ。

青き葡萄

私は昔から実らないものがすきであった。未完成のものに心ひかれる事が多い。

私が出た女学校は旧制の女子師範の附属高女で、師範生は高等科から入ってくるので、高女生より、二年年上であった。女学生が十六歳なら師範生は十八歳であった。

その年代での二年の開きは大きく、年頃に成熟した肉体を制服に包んでいる師範生は、私にはとても立派でまばゆく、そしてちょっぴり少女の抜けてしまった大人という感じが寂しくも思えた。二年の違いで高女生は逆に非常に未熟に見えた。師範生に比べて青い葡萄のようであり野草のようであった。そして私はひそかに願った、なんとか一生、十六歳のままにとどまりたいと――。

後記を書きながら、ふとそんな遠い日の事を思い出してしまったのです。この小誌もそんな自分の好みから「青き葡萄」と名づけたかったのです。そしてこの青き葡萄という未完成なものは私以上に父が好きなものでした。

父は「雲母」の中の無名の俳人でしたが、微かなもの、ひ弱いものがすきでした。

「塀ぬちに菊一輪の冬日かな」

句集を持たぬ父の句はあまり覚えていませんが、ふと父のこんな句が口をついて出ます。葡萄の葉が風に裏返る棚の下で、青い実に袋をかけながら父が俳句の話などしてくれた遠い日のことを思い出します。そんな事で雑誌を作る時は「青き葡萄」と名づけたいとその頃から考えていました。

その葡萄も青く小粒のままはや二十年が過ぎ去り、小粒のままでもたくさんの詩人が優れた作品を寄せて下さり、編集にもそれなりの起伏がありました。

この号は形の上で一句切りつけたく記念号としてみました。安西様、嶋岡様、川崎様、江森様に二十年のお附合の上での感想をお寄せ頂いて、青い葡萄にあたたかいふくらみが加わってまいりましたことを嬉しく思います。

また次号から小さな葡萄の実にせいいっぱいの養分を吸い上げて行きたいと思うのです。

1975年2月発行
定価 150円
編集発行人 堀内幸枝
東京都新宿区北新宿2-11-16
千葉方 葡萄発行所
電話（371）9891
発売所 昭森社
千代田区神田神保町1―3
電話（291）0324

エッセイ・解題・関連年表
人名別作品一覧・主要参考文献

國生雅子

個性の実験場──『葡萄』

國生雅子

1　堀内幸枝と詩誌『葡萄』

終戦直後のバラック造りの家屋が残る一九五四年一〇月に創刊された『葡萄』は、創刊号の「後記」に「小さな個人誌」「個性的詩人の実験の場にあてて戴きたい」と記していたように、詩人・堀内幸枝の〈個人誌〉である。最新号は二〇一〇年五月刊行の第五七号。そして二〇一九年三月三一日現在、百歳近い彼女は存命であり、従って詩誌『葡萄』もまた継続中なのである。

彼女自身、初期は「同人制でも会員制でもない」としか雑誌を規定できず、時には「同人誌」という名称を使う場合もあったが（二一号解題参照）、「「葡萄」のこと」（『詩学』一九六〇年二月）や「リトル・マガジンを出す哀しみと愉しみ」（『詩学』一九七三年一一月）では、ためらわずに「個人誌」と呼んでいる。しかしそれは、彼女の作品だけを発表する場という意味ではない。詩を読み、詩を作ることを何よりも愛する彼女が、書いてほしい人に依頼し、原稿を集め、編集する。もちろん出版資金は彼女自身の負担である。一本の古樹がしっかりと根を張るこの『葡萄』

棚の葉陰には、詩によって繋がれた仲間たちが集い、それぞれに言葉の果実を実らす。堀内はその中の最も重要なひと房であると同時に、そのような場を創出し維持する役割を自ら背負った守人でもある。

堀内幸枝は一九二〇年九月六日、山梨県東八代郡御代咲村字市之蔵（現在の笛吹市）に生まれた。『葡萄』という誌名は、故郷の名産に因んだものである。結婚後上京、一時戦火を逃れて故郷に疎開したが、終戦後再上京、その後現在まで東京に在住している。『葡萄』創刊の年に『紫の時間』、その二年後に『不思議な時計』と、相次いで伊達得夫のユリイカから散文詩のみを集めた詩集を刊行し、一九五七年一一月には本来第一詩集となるべき、少女時代の作品を集めた『村のアルバム』（的場書房）を発表した。この詩集は大方が認めるように彼女の代表作とされ、一九七〇年一一月には一四篇を増補して冬至書房より復刊された。その後も不定期刊ながらもマイペースで『葡萄』の刊行を続け、『夕焼が落ちてこようと』（昭森社、一九六四年九月）、『夢の人に』（無限社、一九七五年九月）、『村のたんぽぽ』（三茶書房、一九九一年九月）、『九月の日差し』（思潮社、一九九七年九月）と詩集を刊行。他に故郷と少女時代の思い出を綴った随筆集『市之蔵村』（文京書房、一九八五年一一月）がある。また、中田喜直によって作曲された歌曲も多く、それらの歌を通じて彼女の名を記憶する人も多いであろう。

今回『コレクション・戦後詩誌』では第一四巻に創刊号から一二号まで、本巻に一三号から三六号までを収録している。前述のように『葡萄』は続刊中だが、一九七五年二月発行の三六号は、「葡萄二十周年」の特集が組まれ、堀内も「形の上で一区切りつけたく記念号としてみました」と編集後記の「青き葡萄」で述べている。今回私たちもそれに倣うこととした。なお、解題はそれぞれの号が収録された一四巻と本巻とに分散したが、本巻のエッセイと関連年譜では一九七五年までを中心としつつ、現在に至る『葡萄』の歩みと堀内幸枝の全詩業をでき得る限り視野に入れるよう努めた。

2　故郷

「市之蔵村は／富士から甲府へ向かう途中／河口湖から／八丁峠　五段返しを下って／金川にそって三里／盆地に下りる手前右／御坂山系の扇状地に／点在する／桃と葡萄の／小さな村である。」と、随筆集『市之蔵村』の扉裏に記されている。約八〇戸の集落で、堀内の幼少期には三〇人ほどの学童がいたという。俳句に親しんだ父が飯田蛇笏主宰の『雲母』の支部会を開催し、お茶運びをしながら句会の末席に連なったのが、彼女と詩との出会いであった。「わが心は村と東京を行き来して」（『詩学』一九九九年六月）や、講演「私と「四季」」（『四季派学会論集』二〇〇三年一一月）などには、その頃書いたという俳句とも詩ともつかない作品が引用されている。

今、入日の影は山峡にかゝり小さな村を包み
山裾の稲田の上まで伸びて来たが
まだ残された裏山は
赤々と夕日が照って
楓の葉が一枚梢の間で夕日より赤く
ヽヽヽヽヽヽ
くるりくるりと廻ってゐた

（「わが心は村と東京を行き来して」に拠る）

これは『村のアルバム』の「山の夕」と同一であり、「リトル・マガジンを出す哀しみと愉しみ」によれば、『雲母』の会で作った句が「山の夕」や同じく『村のアルバム』収録の「夕ぐれ」の「原型」とのことであるから、後年

手を加えたものであろう。ともかくも、一人娘が句会に連なることを歓迎し、俳句の精神を説いた父は彼女に大きな影響を与えることになる。文学に憑かれ、創作に熱中する大人たちの姿を幼い頃間近に見ていたこと、これが詩人・堀内幸枝、そして詩誌『葡萄』の出発点となる。

その後女学校に進んだ彼女は、田中冬二の『青い夜道』に出会い、『四季』という雑誌の存在を知る。卒業後二年間東京で学び帰郷。だが、詩を書く山村出身の少女にとって、東京の詩壇はあまりにも遠いものだった。そこに少しでも近づけたのは、『コギト』の同人であり、甲府放送局に転勤してきた船越章との出会いがあったからである。彼に関しては一九〇八年に生まれ、一九三四年日本放送協会入局という履歴しか確認できず、アナウンサーとしての著書以外に詩集等は残されていないようである。船越は彼女の詩才を認め、『コギト』『文芸汎論』への橋渡し役を務めたという。既に一九四〇年四月に甲府で創刊された『中部文学』の同人となり、作品も掲載されていたが、中央の文芸雑誌への投稿を積極的に行い、「わが心は村と東京を行き来して」や「私と「四季」」には、田中冬二や神保光太郎から「山の少女」と呼ばれ、「詩とラブしているような」「一番幸せな頃であった」と記されている。

一九四二年には『詩洋』『文芸汎論』『コギト』に作品が採用された。しかし同時に彼女の娘時代は幕を閉じる。結婚、そして上京、出産。林富士馬の『まほろば』の同人となったと、「堀内幸枝年譜」(『日本現代詩文庫35 堀内幸枝詩集』〈土曜美術社、一九八九年九月〉、『堀内幸枝全詩集』〈沖積舎、二〇〇九年一月〉収録)には記されている。日本近代文学館に一九四四年三月刊行三巻一号の複写版のみが収蔵されているこの幻の雑誌については、碓井雄一「林富士馬・資料と考察――(一)「年譜稿」補訂、『天性』『まほろば』、その他――」(『近代文学資料と試論』二号、二〇〇四年五月)を参考とするほかないが、同氏の調査によれば、一九四三年四月発行の第九号に、堀内は「蕎麦の花」を発表している。既に『中部文学』七号(一九四一年一〇月)に、同題の作品が発表されており、『村のアルバム』収録作品の初出形と認められるが、その作品の再掲、もしくは改作と思われる。なお『まほろば』に関しては、

『葡萄』第四五号（一九八六年一〇月）の牧野徑太郎「蕎麦の花」でも言及されている。

空は鼠色に変つて黄昏が近づいて来た
山も川も空の色に溶けてゆくと
蕎麦の花はほの暗い白さに続いてゐた
私の体から圧へきれない歓びのやうな
哀しみのやうなほのかな一つの思念が
煙のように拡がつて行つた

「蕎麦の花」初出形（部分）

3　東京

一時疎開していた故郷から東京に戻ったのが敗戦の翌年。結婚も出産も彼女の詩の営みにとって何の障害にもならなかったことは、『まほろば』での活動が証明している。しかし、田中冬二に傾倒し、『四季』派の詩に親しみ、故郷の自然とその中で暮らす少女の移ろう孤独な思いをうたってきた彼女は、戦後の目まぐるしく変転する詩壇の状況に、どう対応できたのだろうか？　今回確認できた戦後初の発表作品は、一九五三年九月、岩本修蔵主宰『PAN POESIE』九号の「紅い花」。一九四九年六月に創刊されたこの雑誌に関しても、今回、第四号（一九五二年一月）、第八号（一九五三年五月）、第九号（一九五三年九月）しか確認できなかったが、管見の範囲では戦後初の雑誌掲載作品であり、第一詩集『紫の時間』の巻頭を飾ることになる。

「こ、御坂の峠が国道に通ずる谷間に不思議な少女がいた。」と書き出されるこの作品は散文詩である。「POEMS CONTES CRITIQUES」と表紙に謳った同誌風に言うなら、コント。近代詩が作り上げ、自らも馴染んでいたであろう改行、連構成という形式を拒否して、彼女は一九五六年まで散文詩だけを発表し続けた。北園克衛の盟友、『MADAME BLANCHE』や『VOU』の岩本修蔵に彼女を紹介したのは、「堀内幸枝年譜」によれば、またしても船越章であったという。山の少女とモダニストの不思議な出会い。しかし「紅い花」が『村のアルバム』と地続きの世界である事は、指摘するまでもない。「紅い花」の少女は御坂山系の谷間、つまり市之蔵村に住む少女と設定されている。しかしそこには故郷の風景は描かれず、彼岸花や夕焼け雲に感応して詩を綴る少女の死と、「彼岸花の押花のある詩集を隠す少女」の婚礼の祝宴が語られる。故郷では、明快な言葉で表現できない自己の思いを、夕景の中に続く蕎麦畑の風景に託すことができた。しかし東京にいてはそれはできない。故郷の風景に代わる世界を、彼女は想像力だけで作り出さねばならないのである。その時改行、連構成という形式が邪魔になって捨てたのか、それとも所謂詩の形では書けなくなったのか、そのあたりの事情は不明であるが、「山の少女」は戦後の東京の女として詩を書き続ける方途を模索していた。

その中で、彼女の周りには次第に詩人たちのネットワークが形成されていった。深尾須磨子、中村千尾、三井ふたばこといった女性詩人たち。復刊された『VOU』や『荒地』に参加した高野喜久雄。『時間』に所属して独自の実験的世界を築く藤富保男。堀内と同じく四季派の影響を受けた秋谷豊と彼が創刊した詩誌『地球』の詩人たち——粒来哲蔵、内山登美子、小川和佑、新川和江、等々。一九五三年から翌年にかけては、『櫂』『貘』『氾』といった若手——茨木のり子、川崎洋、嶋岡晨、大野純、餌取定三、笹原常与、堀川正美等々——による雑誌も生まれ、戦後の詩は新たな時代を迎えつつあった。また、栃木県足利市では戦前より様々な雑誌で活動していた岡崎清一郎が一九五四年に『輓近詩猟』を創刊。翌年に『近代詩猟』と改題されるこの雑誌は、一時期『葡萄』と並ぶ堀内の主要な作品発表の場となった。いずれの雑誌もエコールとしての党派性にとらわれることのない、自由な場であったはずだ。しかし、堀内は自分自身の雑誌を欲した。

ここで登場するのが、「リトル・マガジンを出す哀しみと愉しみ」に、「個人誌を出したいと思うまでには、三人の強い影響があった」として、父、船越章に続いて名をあげている伊達得夫である。とある出版記念会で同席し、近くに住んでいるということで一緒に帰ったのが縁であったと「堀内幸枝年譜」や、岩田弘「書肆ユリイカ」（秋山邦晴ほか『文化の仕掛け人　現代文化の磁場と透視図』〈青土社、一九八五年一〇月〉収録）には語られている。そして、「リトル・マガジンを出す哀しみと愉しみ」にもあるように、同人誌に参加すると筆が凋むという悩みを相談した堀内に、伊達は小さな雑誌を出すことを勧めて、編集に関しては素人の彼女に割付や校正を教えてくれたという。伊達はまた『紫の時間』『不思議な時計』と立て続けに堀内の詩集を刊行するが、その頃のことを岩田は「ユリイカの初期、四季派の流れを汲む詩人堀内幸枝がまるで恋人みたいに伊達得夫と肩をよせあってなにごとか相談していた風景が瞼の裏に焼きついている。『紫の時間』という詩集を出している。」と回想している。

かくして、「自分だけでなく、他の詩人もくるんで、失敗作が出てもいい、どんどん作品が書かれていくうち、一つ二つと傑作が生まれていく、いっさいの注文なく、流派もなく、自由でのびのびと書くという場が一つくらいあっていいのではないか」（「リトル・マガジンを出す哀しみと愉しみ」）という思いから、一九五四年一〇月、『葡萄』は出発した。その創刊号の目次に「１９４５」と年号を誤記してしまったのは、初めて雑誌の編集をしたゆえのご愛嬌であろうか。どこか微笑ましい。

たとえば、一九五八年四月刊行の第一六号を捲ってみよう。『貘』の笹原常与、『櫂』の川崎洋、第二詩集『美男』を刊行したばかりの安西均、前年にH氏賞を受賞した金井直といった新鋭たちや、『近代詩猟』の岡崎清一郎らと同じ誌面に、堀内を詩の世界に導いた田中冬二の作品が並ぶ。

干し物は　人が脱ぎ捨てた形のままで
じっと待っている
空の青さの中で
嘆きの娘のように
——しづくのかわく時を
まぶたの内にひろがっている
海のかわく時を

（笹原常与「恋歌」第一連）

こんもりした森林《モリ》がある。
赤い屋根の村邑がある。
追いつめられてもう三日間。
半分程道のりを来たかと思うと屋敷がある。
「お金お呉れ。
彼は門前払いを喰わせられた。
このきたない身なり。

ぐッしょり汗だらけ。
口惜し紛れに腹癒せに、かれはどんどん村の火の見やぐらに駆けのぼッて行く。
えいそうです共、空に向ツての奥行き、逃亡。

（岡崎清一郎「洗濯女」冒頭部分）

明治四十二年の晩秋のうす寒く暗い日であった
公爵伊藤博文の葬列は　近衛騎兵の儀仗兵を前後に
粛々と内幸町を日比谷公園の斎場に向った
その厳かな葬列の通過のあと路上に
うす汚れた褌が結んだかたちのままでおちてゐた
その葬儀を拝送した中学一年生の私と友との二人は　それからどこか屋台店で今川焼を食べて別れた
そして家へ帰ると　葬儀の模様などよりも先づ褌のおちてゐた話しをした

（田中冬二「明治時代」）

さらに『まほろば』の林富士馬にも寄稿を依頼したがかなわず、お詫びの私信が掲載されている。これが『葡萄』である。年代も文学的な出自も異なる人々が、ただ堀内との繋がりで集められ、場を共有し、とりどりの個性を実らせる。

しかし、個人誌を出し続けるのは生半な苦労ではなかったようだ。「「葡萄」のこと」には、「個人誌を出したからには詩に生涯忠誠を誓うよりしかたがない。」「この雑誌が詩の無償性から出発したからには、そこに徹底しようと思っている。できるだけ細事の人間感情にわずらわされず、地球上に個々で立つ詩人の心と、交わっていきたい。」との覚悟が示されるのと同時に、「私はいつもオンボロ服に、オンボロ足袋をはいて、この恋人（葡萄）にみつぐために苦労している、」「私の財布はからっぽで、身の廻りはあつちもこつちもガタガタ、でもこの雑誌は自分からおしかけてねだった恋人のようなもので、後にも引けないし、なお、一枚一枚の着物をみついでいくより仕方ない。」と、経済的にも身体的にもギリギリの状態で持ち堪えていたことが吐露されている。実際、関連年表の一九五八年から一九六二年までを見ていただければ明らかだが、堀内は教育雑誌に毎月のように、時には何本も執筆している。ひたすら『葡萄』という恋人に貢ぐために筆で稼いでいたのだ。一九六二年末の大病はその蓄積した疲労のせいもあったのであろうか。一九六三年に刊行されたかもしれない『葡萄』第二四号は欠号となる。だが、翌年には復活し、以後時に出版社や個人の助けを得ながら、世紀を跨いで刊行され続けた。

たしかに、『葡萄』は詩にラブした少女時代の熱情を持ち続けた堀内個人の努力によって維持された雑誌である。しかし甲州女の意地だけで雑誌は作れない。作品を寄せてくれる詩人たちがいなければ、『葡萄』は立ち枯れてしまうだろう。友情か、感謝か、義理か、そのあたりの個々の事情は全く分からない。ただ、堀内の「無償性」、潔い覚悟、党派性を排除し「個」であろうとする強い意志に、多くの詩人たちは共感したのではなかろうか。『村のアルバム』に「葡萄棚」という作品が収録されている。家々の屋根から川原まで葡萄棚の続く故郷の風景をうたった詩である。『村のアルバム』収録作品の多くはただ風景を描写するだけで、景色を眺め、景色の中を歩く「私」の姿を想起させているが、他の人間の存在は希薄である。しかし「葡萄棚」は「どの棚の下にゐても／一日中　村人達の話し声がきこえてくる／隣のおばさんの声／母の声と……」と、人々の話し声、言葉が行きかう場なのである。しかも濃密で押し付けがましいコミュニケーションではなく、葉陰に声だけの交流。詩誌『葡萄』は、まさしくこの「葡萄棚」のような場を詩人たちに提供し、堀内は彼ら彼女らの声を聞くことを喜びとしたのではなかろうか。

4　赤と青

最後に、創刊号から毎号作品を発表した『葡萄』の中心的な詩人である堀内幸枝の作品について述べねばならない。先に触れたように、一九五三年から五六年まで、彼女は散文詩のみを発表していた。『葡萄』の出発期は堀内の散文詩の時代であり、その鋭角的で斬新な表現がまずは人目をひいた。小川和佑は「彼女もまた自ら、新しい時代への対応を見せようとするモダニズム風な作品を試作し、それは『紫の時間』『不思議な時計』の二詩集に収められたが、これらの作品はごく少数の作品を除いて結果的には失敗に終わっている。当時の書評はともあれ、この試行錯誤は彼女にとって不毛以外の何ものをも、もたらさなかった。」（『詩の妖精たちはいま』潮出版、一九七二年一〇月）と切り捨てているが、杉山平一のように「こころ牽かれる」とする評者もまた存在する。土曜美術社版『日本現代詩文庫35　堀内幸枝詩集』に収録された「堀内幸枝の世界」で、杉山はまず『紫の時間』から「哀れな少女と娘の記」を「堀内幸枝の詩のライト・モチーフ」として紹介する。

夜通しの豪雨が小暗い部屋に私を閉じ込め、豆打ちにすると、私の結括帯は切れて畳の上に、母と妻と少女と恋を含む娘とにばら〳〵に転り出す。少女は私を蹴つて奔放に駆出すと生家の谷間に戻つて、背戸の泉に黒髪を濯いでいる。村人はこの見知つたような少女を不思議そうに振り返つて行く。

（中略）

二三日して曼珠沙華で目を真紅に傷めた一人の少女と濡れそぼちた哀れな娘が、家の戸口を敲く。良人と子の淋しい夕餉の膳に向つている私の中へ、沱滂とした悔恨の涙に暮れて戻つて来る。私が総ての私を取り戻すと、子供達は喜びに溢れ胡蝶のように私を取り巻くが、而し一方影絵の中で物淋しい少女と娘が母の姿に締め附けられて慟哭する。

（中略）

このふびんな少女と娘はその昔、私の嫁ぐ日の事であった。私を乗せた人力車はそれは美くしい夕日の空と、土手一杯咲く曼珠沙華の中を走つて居た。去りかねた私の心は静かに下り立つて詮方なく、青春の詩集を花の中に弔つていた。思遣りない両親は私の心が私の中に戻るのも待たずに人力車を走らせてしまい、車夫に置き去りにされた少女と娘は一年一年、歳とつて行く母と妻の中で、何時までも大人になれないで悶えているのだつた。

少女と娘は、「紅い花」の死んだ少女と嫁いだ少女に重ね合わされる。この作品でも自己は二人の少女に分裂していたが、「哀れな少女と娘の記」では、さらに四分割される。「少女」と「恋を含む娘」とがどのように区別されるのかこの作品だけでは不明だが、結婚前の自己を、内に潜むエロスに全く気づかなかった時代と、それを自覚した時代とに分けているのかもしれない。少女と娘を内包した「私」は、その他の作品でも様々なかたちで分裂し変容を繰り返す。『不思議な時計』巻頭の「赤いカンナ」（『近代詩猟』一九五五年五月）では、「私の上に被つている（分別）の衣の下で切なげに啼くもののために、縁先のカンナを見つめていた私は、突然この円錐形の花の底へ落ち込む憂き目に合」い、そこで出会った青年と「法律を物ともせず放埒な酒宴をはった」。堀内は、現実への違和感、妻、母といった役割に押し込められたむき出しの自己を、詩の言葉による異世界への転移という方法で解放しようとする。先に書いたように、故郷の風景に代わる世界を、想像力だけで作り出さねばならなかったからである。多くの評者によって堀内作品の特徴と指摘される赤という強烈な色彩は、単にエロスの色、女の情念の色ということではなく、言葉の世界を構築しようとするエネルギーの色でもあると思われる。その試みは「不毛」なものではなく、貴重な詩的実験と言えるのではなかろうか。少なくとも、その時期の堀内はそのような「試行錯誤」を必要としたのである。

散文詩の実験が終るのは一九五七年。本来第一詩集となるべきであった『村のアルバム』を刊行した年である。堀内が少女時代の作品を世に問うことにした経緯はうかがい知れないが、『村のアルバム』は彼女だけに可能な表現の世界であった。想像力で作り上げた異世界と、故郷への愛着とそこで過ごした時間の込められた世界とでは、どちらが人々に訴える力を持ちえるのか、考えるまでもない。かくして、堀内は、自然をうたう純朴な田園詩人というイメージを纏うことになるが、故郷を再び題材とすることにしたわけではない。「あなたと　わたしは／読みかけの本を投げ出し／原つぱに来ていると言うのに／／カンナのように燃えるでもなく／キャッチボールのように戯れるでもなく」（「あなたとわたし」『葡萄』第一三号、一九五七年一一月）と、改行、連構成という住み慣れた形式には回帰したが、擦れ違う男女の微妙な心理をほのかなエロティシズムの中に描いている。堀内の新たな詩的世界を構築しようとする実験は続いているのである。そして翌五八年六月の『近代詩猟』には、歌曲としても知られる「サルビア」が発表される。

サルビアの花瓣を体に一杯ふりかけて頂戴
その花は血の色だわ
わたしはそれを見ていた時
自分の中に急に火事がおきたんだわね
そしてまったく突然悲鳴をあげて

愛の秘語を口に出してしまつたのね

（第一連）

『村のアルバム』収録作品との落差に、あるいは戸惑う読者もいるかも知れない。しかし、「山の少女」は決して汚れを知らない無垢で（あるいは無知で）透明な存在ではない。

随筆集『市之蔵村』に収録された「行水」には、次のような一節がある。彼女の故郷では、隣近所のどこかが露天風呂をたて、貸し借りしていたという。男も女も子供も大人も、人前で裸になり風呂に入った。

私の家では表の庭が、いったん低く落ちこむ川のどんどんぶちの縁にたてる。その横には一本の大きな栗の木があった。毎年初夏の頃、ほの暗い栗の木の下で風呂に入った。私は少女——川音に栗の花の強い匂いがまざり、胸苦しいほど強く青春の感情をさそった。体を洗いながら、自分の腰の曲線や、小さくひきしまった胸や乳房をやさしく川音に沈めながら、自分の行く先のあれこれを考えた、青春の日——

この後に、「女の幸福ってものはね、結婚すれば落っこちてしまうもんだよ」と弟に語る母の低い声が描写される。堀内の少女時代、結婚し妻となり母となるのが唯一の女の生き方とされていた。「紅い花」や「哀れな少女と娘の記」で婚礼が最後に描かれるのは、結婚とは自分が自分として生きられる青春の日の終わりを意味しているからである。しかし現実の堀内は、結婚後も詩を書き続けた。詩とラブしていた少女時代の自分を守り続けたのである。彼女がいかにして閉塞的な時代の現実を突破しえたのか、それはこの稿で論じるべき問題ではない。ただ、赤いカンナやサルビアの幻想が、栗の花の強い匂いに感じた胸苦しさの延長上にあること、淡々と故郷の自然を描写する少女の目が、同時に自己を見つめていたであろうことを指摘しておきたい。

赤と同時に、青もまた彼女のエネルギーを象徴する色である。『葡萄』第四〇号（一九七九年一一月）の「「青き葡萄」—わたしの十代—」と題されたエッセイに次のようにある。

静謐と清純、甘い哀しみをいだいて、野山をあるきながら、風呂の火をたきながら、私はまたふつふつとわいてくる一つの苦しみを持った。青春の多くの欲望、青春のほとばしる人生への欲望は、この山野の日々の生活の中に沈みきってはしまわない。

わたしの内部にはとめられない、青き葡萄のような生命力がみなぎり、新聞広告をみて、私は早稲田大学文学講義録を注文した。この山間の生活とはあまりにへだたる、講義録にふくまれた文学の世界のおそろしさ、その純一性に私は涙し、あこがれ、片方では板敷の縁に寝ころがって、こどもの日から、遊んでも遊んでも暮れない太陽が、一本の河原道の雑草の向うに落ちていく、春夏秋冬裏の段々畑に変っていくさまざまな農作物の色どりなどを思い、村の家々の間をやわらかい、時には甘く、時には冷たい風が流れ、山には山鶏の声、山羊の声のするこの村で、娘から、おばさん、おばあさんと年老いていく自分と、もう一つの文学をもとめる自分とが、いつもからみ合う。

この文章からも、自己の分裂という散文詩時代のモチーフが少女時代から抱いていた思いに繋がることがうかがえるが、文学への熱情、生命力は「青き葡萄」と喩えられる。「青」はまた未成熟を意味する色でもある。冒頭で取り上げた『葡萄』第三六号の編集後記も「青き葡萄」と題されており、「青き葡萄という未完成なもの」に「心ひかれる事が多い」と告白している。はたして詩に「完成」があるのだろうか。この問に対する答えは明らかである。一個の作品として、これで仕方ないと手放すことはあっても、「完成」などありえない。堀内は少女の頃のままに、永遠の未完成たる詩を求め続け、全精力を注いで『葡萄』という自己の戦いの場を守り続けた。そしてそれは同時に、さまざまな詩人達の個性の実験場となったのである。

＊作品の引用に際しては、初出が判明しているものは初出誌に、それ以外は初版に拠った。

解題

國生雅子

・『葡萄』（葡萄発行所、第一三号〜第三六号、一九五七年一一月〜一九七五年二月）

第一三号

一九五七年一一月一〇日発行。A五判。奥付には（季刊）とある。編集発行人は堀内幸枝（東京都新宿区柏木3—446　千葉方　葡萄発行所）。定価五〇円。目次（ノンブルなし）を含め全四一頁、最終頁の後表紙見返し部分に「後記」（堀内）と奥付。表紙デザインは一一号、一二号と同じ。後表紙には的場書房『村のアルバム』の広告。「著者の言葉」と収録作品「夜の山」全文の引用がある。

　巻頭詩は金井直「ひとに」。今号が初登場となる。「貘四人集」として、大野純「解約」、餌取定三「巣」ⅠⅡ、嶋岡晨「栽培《さいばい》」、笹原常与「顔」「道Ⅲ」（目次には「顔」のみ）が掲載されている。「戦後の青年達の精神を純粋に表現しているグループの一つ」（「後記」）として取り上げ、特集を組んだとのことである。また、堀内は佐川英三「詩の面白さについて」と澤村光博「この頃の詩はぼくにとつて面白いか?」の二本の詩論を、「見忘られているポエジーの生命を掘り返していて愉快だつた」と評価している。藤富保男（「三つの短い詩」123）、三井ふたばこ（「無題」（新しい衛星の下では）」）、堀内正美（「ひまわり」）、高田敏子（「台風《あらし》の中のかもめ」）等の詩作のほか、田中冬二、永瀬清子の随筆が掲載され、新旧の多彩な執筆者による充実した号となっている。堀内は詩「あなたとわたし」(『夕焼けが落ちてこようと』〈昭森社、一九六四年九月〉収録)と、三井ふたばこ詩集『後半球』及び嶋岡晨『青春の遺書』の書評を発表。

第一四号

一九五八年四月二〇日発行。A五判。定価四〇円となった以外、編集発行人及び発行所住所は前号に同じ。目次(ノンブルなし)を含め全三三頁、最終頁は後表紙見返し部分。表紙デザインが変更され、以降毎号色彩を変えて継続して使用される。後表紙には『村のアルバム』の広告。「著者の言葉」と収録作品「裏山」全文の引用がある。

巻頭詩は片岡文雄「眠る」。詩作品だけでなく、散文が目立つ号となっている。目次では「詩論」としてまとめられた堀内幸枝「現代詩における人間性について」、藤原定「詩の超越性」、堀内正美「題材としての人工衛星へのフラグメント」、中村千尾「春の夢」の四篇や、堀内の「四つの詩集」上野菊江「詩集評」といった書評が掲載された。詩作品では岡崎清一郎(「自転車に乗る女の子」)、滝口雅子(「屠殺場で」)といった常連の他、三好豊一郎が歌人・鈴木一念の追悼詩「悼辞」を寄せている。堀内はその他に詩「光線」(『夕焼けが落ちてこようと』収録)を発表。

表紙に関して、「堀内幸枝年譜」(『日本現代詩文庫35　堀内幸枝詩集』〈土曜美術社、一九八九年九月〉、『堀内幸枝全詩集』〈沖積舎、二〇〇九年一月〉)では、次のように述べられている。

> 自分は同人雑誌に参加すると筆が凋むと伊達氏(伊達得夫・引用者注)に相談すると「すごくかわいい、小冊子を作りませんか」とポケットから出した小さな鋏で切り抜いた色紙細工が今日も続く「葡萄」(創刊一二月)の装丁である(創刊は一〇月・引用者注)。

ただし、「色紙細工」の表紙装丁が使われたのは七号（一九五五年一二月）以降で、一〇号でデザイン変更が試みられ、二度目の変更となった今号以降、今日まで同じデザインの色違いが用いられている。上部に歪な八角形、下部にラフな棒状の図形。三個目は他より短い。八角形と上から二個目の棒は毎号色彩が変えられ、それ以外は黒。表紙に関しては、「リトル・マガジンを出す哀しみと愉しみ」（『詩学』一九七三年一一月）の記述の方が、実際の情況と合致する部分が大きいかと思われる。伊達が色紙細工の表紙を提案したのは創刊された後のことで、印刷費のことで相談に行くと、オフセット写真入の表紙をやめて代わりに使うようその場で作ってくれたという。

一方、長女の谷口典子によれば（「「葡萄」について思う」『葡萄』第五〇号、一九九四年七月）、表紙は堀内の手作りで、伊達が手を加えたという。

母は私の前で、折り紙をくるくると切りきざみ、いろいろな型、いろいろな色を白い紙の上においていった。ぼんやりみつめている私に、母は「こんど『葡萄』という詩の雑誌をつくるの。表紙はどれがいいかしら」と言いながら、折り紙を上にしたり、下にしたり、丸くきったり、棒にしたりしながら、紙の上にならべていった。私は母の手先と白い紙におどっていく折り紙のシルエットをおいながら、詩の雑誌ってずいぶん単純につくれるものなんだなあと思いつつ、「葡萄」というタイトルと、白い紙に彩色された簡単な表紙とに見入りながら、詩誌の誕生をいつしか心待ちにしていた。あとで聞いたら、それはぶどうの実とぶどう棚を意味しており、ユリイカの伊達さんが手を加えて下さったということであった。

なお、『葡萄』第四九号（一九九一年七月）以降、前表紙裏に「装丁・伊達得夫」と記されることになる。

第一五号

一九五八年一一月一日発行。A五判。編集発行人及び発行所住所、定価は前号に同じ。目次（ノンブルなし）を含め全三三頁、最終頁は後表紙見返し部分。「あとがき」及び奥付は後表紙。

巻頭詩は大木実「午前《あさ》の便り」。以下粒来哲蔵の散文詩（「腕」）や、藤富保男「まるで」などの詩作品と、詩論（大野純「詩は意匠であるか」、関口篤「メキシコの腕」）が二本。巻末に堀内「心うたれた詩集」の他、沢村光博（「詩集評」）、嶋岡晨（「評価街ゼロ番地」）、菊池貞三（「慣習への弔砲」）による詩集、同人誌評がまとめられている。堀内は他に詩「夕焼けが私の上に落ちてこようと」（『夕焼けが落ちてこようと』収録）を発表。詩集評が多い今号だが、「あとがき」でも堀内は「女性への甘えがなく知性と情感のハーモニーが斬新な世界を開いていて気持ちよかった。」と、香川紘子、福井久子、武田隆子を評価している。

第一六号

一九五九年四月二〇日発行（奥付は一九五八年）。A五判。発行所住所が東京都新宿区柏木2—446に変更。その他は前号に同じ。目次（ノンブルなし）を含め全三二頁。後表紙見返しに執筆者住所録と、バックナンバー取り扱いの告知（一一号より一五号の執筆者一覧）。後表紙には『村のアルバム』の広告。「著者の言葉」と収録作品「石垣」全文の引用がある。

詩作品の充実した号である。巻頭の笹原常与「恋歌」以下、田中冬二（「明治時代」「春愁」）、安西均（「目の閲歴」）、川崎洋（「夜の少し前」）、岡崎清一郎（「洗濯女」「誘惑者」）、金井直（「ナルシス」）等、新鋭たちの中に田中冬二の名が混じるのが『葡萄』らしいと言えるだろう。堀内は「「詩」と言う文字の持つ或る概念の廻りに人の心は（何かをもとめるように）寄り集ってきているのも純一な魂の在り処を求める行為にほかならないであろう」と記した「後記」の他、「緋桃」（『夢の人に』〈無限社、一九七五年九月〉収録）「動く木」（『夕焼けが落ちてこようと』収録）発表。

第一七号

一九五九年一一月一日発行。A五判。編集発行人及び発行所住所、定価は前号に同じ。目次（ノンブルなし）を含め全三五頁。最終頁は後表紙見返し部分。後表紙に執筆者住所録、「後記」及び奥付。

巻頭の大野純「すこしは眠っておくれ　不幸よ」以下、菱山修三（「亡き母によせる歌　二章」）、粒来哲蔵（「鶏―á NS―」）、吉野弘（「四月」）、村松英子（「あけぼの」）等の詩作品の他、仙川竹生「現代詩の悲願について」、唐川富夫「現代詩ノート―鮎川信夫「アメリカ」をめぐって―」、土橋治重「からだの中で生きている詩」、原崎孝「詩の発想についての断章」の四編の詩論がまとめて掲載されている。菱山、松村は初寄稿となる。堀内は「ある秋の日の散歩」（『夢の人に』収録）を発表。

第一八号

一九六〇年六月一〇日発行。A五判。編集発行人及び発行所住所、定価は前号に同じ。目次（ノンブルなし）を含め全四一頁。最終頁は後表紙見返し部分。奥付は四〇頁目。最終頁に「後記」と執筆者住所録。

巻頭は堀内正美「小詩篇」（1眠い　2イソップ物語　3夜のへり　4叫びと身ぶり）。小海永二による「アンリ・ミショオ詩抄」（「スフィンクス」「迷路」「世界」「冷静」）四篇が訳出されている。投稿者の中から、竹久明子と高瀬順啓の作品が掲載された。特集は「随筆　私の好きな詩」と題し、三好豊一郎、藤富保男、堀内幸枝、大野純、武村志保が執筆。堀内は「川底に住む魚の魅力」と題して田中冬二「渦」を取り上げ、政治に熱中していた高校二年生の自身の子供が、田中冬二の詩集を読んで「日本の土を握りしめたというような気がした」と語ったエピソードを紹介し、戦後生まれのわが子に「田中冬二の詩を受け入れる血液型」が「深く流れていた」ことに感慨を深くしている。三好は「吉岡実の詩」、藤富は浦田康子（「光沢のでる詩」）、大野純「安部弘一の詩」、竹村志保はイリヤ・エレンブルグ「長崎の雨」をそれぞれ取り上げている。堀内はその他に詩「困憊」（『夕焼けが落ちてこようと』収録）発表。

第一九号

一九六〇年一二月一〇日発行。A五判。編集発行人及び発行所住所、定価は前号に同じ。目次（ノンブルなし）を含め全三七頁。最終頁は後表紙見返し部分。奥付は三六頁目。最終頁に「後記」と執筆者住所録。

巻頭は金井直「霧」。その他に岡崎清一郎（「おめいとおれとおんな」）、藤富保男（「一人一人」）。粒来哲蔵（「唖―ある傍観者に」ⅠⅡⅢ）、中江俊夫の長文の散文詩「わが宇宙」1~10など、詩作品中心に編まれているが、前号より引き続き「随筆　私の好きな詩」が二編（白石かずこ「木津豊太郎について」、景山誠治「私の好きな詩」）が掲載されている。「後記」によれば、白石より「あまりに熱狂的な愛の文章」なので、取り扱いに困っているのではないかと危惧する手紙が届いたとのことで、堀内は「熱狂的に詩があつかわれることの少くなったこの頃」「大いにうれしいものであった」と述べている。巻末は沢村光博の詩論「LA BATAILLE　様々なる覚書」。堀内は詩「縞蛇」発表。

第二〇号

一九六一年九月一五日発行。A五判。編集発行人及び発行所住所、定価は前号に同じ。目次（ノンブルなし）を含め全二五頁。最終頁の後表紙見返し部分に「後記」と執筆者住所録および奥付。

二〇号という節目の号ではあるが、薄手になったのは「ここ、一、二年の私の境遇の悪さの反映でもある」（「後記」）とのことである。巻頭詩は笹原常与の「歌」。常連の藤富保男（「ふと」）のほか、石垣りんがはじめて作品を寄せている（「明るい墓」）。前号で白石かずこより熱狂的なラブレターが寄せられた木津豊太郎の詩「無い歌」が掲載されている。評論、随筆といった散文はなく、詩篇のみの紙面となっている。堀内は「後記」の他、詩「ある風景」発表。

第二一号

一九六二年一月二〇日発行。A五判。編集発行人及び発行所住所、定価は前号に同じ。目次（ノンブルなし）を含め全二五頁。最終頁は後表紙見返し部分。後表紙に「雑感」（堀内幸枝）と執筆者住所録および奥付。

巻頭は竜野咲人「夕べの鐘」。以下、木村信子（「めぐりあい」）、嶋岡晨（「紙風船」「幻」「凌辱」）、三好豊一郎（「魂の喜劇」）、水尾比呂志（「孤独」）等の作品が続く。片瀬博子はエリナ・ワイリーの「逃亡」「雨の鐘」二編を訳出。散文は唐川富夫の評論「嶋岡晨覚書」と三井ふたばこの随筆「或る詩人の死」の二編である。堀内は「煙の馬」（『夕焼けが落ちてこようと』収録）を発表。一七号、一八号の「後記」で堀内は「この雑誌は同人制でも会員制でもない」と述べていたが、今号の「雑感」では「いつまでも同人雑誌という青い葡萄を持ちこたえていたいと思っております」と、「同人雑誌」という認識を示している。

第二二号

一九六二年七月一〇日発行。A五判。編集発行人及び発行所住所、定価は前号に同じ。全二一頁。目次は前表紙見返し部分。最終頁は後表紙見返し部分。後表紙に「後記」と執筆者住所録および奥付。

巻頭は天野忠「夫婦」。以下、粒来哲蔵（「梯子《はしご》」）、岡崎清一郎（「虹」）、藤富保男（「困って　歌としての詩としての歌（時間は約八分）」）等の作品が続く。散文は木村嘉長「〝葡萄〟という詩誌」、片岡文雄「「葡萄」にまつわる小さな感想」（目次では上記二編は「「葡萄」批評」）、中村千尾「左川ちかの詩」と堀内「忘られた一つの詩論」。木村は大野純の「想像力とはオーソドクッシィを離れてはあり得ない」という言葉に堀内が共鳴しており、「〝葡萄〟という詩誌を語るには」この「主張をさしおいては語れない」と記しているが、堀内も大野のこの言葉を詩論中に引用している。また、「後記」では、中村の左川ちか論を取り上げ、「かくれた詩人たちを再び見直すのも、詩を愛する人たちの仕事ではないだろうか」と述べている。他に堀内は詩「バラとアブラ虫」発表。

第二三号

一九六二年一一月一五日発行。A五判。定価五〇円、編集発行人及び発行所住所は前号に同じ。全三七頁。目次は前表紙見返し部分。後表紙に「後記」と執筆者住所録および奥付。

巻頭は木村信子「きいろの記憶」。以下、斎藤広志（「秋の男」「驟雨」）、長島三芳（「枯葉が」）、水尾比呂志（「孤独」）、伊藤桂一（「滝の位置」）等の作品が続く。「後記」によれば、木村は雑誌『ある』、斎藤は『斎藤広志詩集』、伊藤は詩集『竹の思想』を縁として寄稿されたという。散文としては、「無名の歌人を掘り起し」（「後記」）た山下千江「江口きち女の歌」の他、詩論として、堀内「現代詩と叛骨のエネルギー」、笹原常与「友への手紙」、大野純「詩におけるものと言葉」、木村嘉長「現代詩とマス・メディアについて」、藤森保男「詩の見える窓から」、粒来哲蔵「感想・散文詩―千田光と祝算之介―」と、常連の執筆者が詩作品ではなく、散文を多く寄せているのがこの号の特色と言えるであろう。堀内は「野と白壁とカンナ」（『夕焼が落ちてこようと』では「白壁とカンナ」）発表。「後記」では、季刊であったはずの雑誌は、「経済的な問題」から年二回の発行となってしまったが、「何とかもちこたえていきたいと思う」と述べられている。

第二四号

欠号。後に堀内は『葡萄』第四二号（一九八一年一〇月）の後記で、「三十七年（昭和三七年・引用者注）、大病をした私は、その時の24が縁起の悪い数字という事で、一号とばしてしまった。悪いことではあったが。」と述べている。「堀内幸枝年譜」に、一九六二（昭和三七）年一二月に急性胆囊炎で入院し、「子供を残して死ぬのかと思う」と記されているように、かなりの重症であったと推測される。

第二五号

一九六四年六月発行。A五判。定価六〇円、編集発行人及び発行所住所は前号に同じ。全三三頁。目次は前表紙見返し部分。最終頁の後表紙見返し部分に「後記」と奥付。奥付には発行日の記載なし。後表紙に執筆者住所録と昭森社の詩集広告（滝口雅子『窓ひらく』、西脇順三郎『えてるにたす』、田村隆一『言葉のない世界』、原子郎『風流について』、黒田三郎『時代の囚人』『ひとりの女に』４版、堀内幸枝『夕焼が落ちてこようと』近刊）。

巻頭は三好豊一郎の散文「感想―わが反省―」。巻末の堀内の詩評「三ツの詩篇」以外、詩作品が並んでいる。主な執筆者は石原吉郎（「ひとつの傷へ向けて」）、斎藤広志（「春の嵐」）、上野菊江（「陽炎―狂女お柳に―」）、中江俊夫（「無題」）、吉野弘（「或る未完成―ピアノおさらい会で」）、内山登美子（「短かい散歩」）、片瀬博子（「伝令」）等。堀内も詩「日月」「春たけなわ・ふるさと」散文詩「恋歌」の三作を発表している。

第二六号

一九六五年九月発行。編集発行人及び発行所住所、定価等は前号に同じ。目次（ノンブルなし）を含め全三三頁。

最終頁の後表紙見返し部分に「後記」と奥付及び中村千尾詩集『日付のない日記』（思潮社）広告。奥付には発行日の記載なし。後表紙に執筆者住所録と堀内幸枝『夕焼が落ちてこようと』（昭森社）の広告。

巻頭は稗田菫平「青いパイプ」。以下、斎藤庸一（「ボロ・長談義」）、藤富保男（「ぼくのなかにもう一人いて」）、小松郁子（「村」）、川崎洋（「行状記―明子6才　葉子4才―」）、武田隆子（「対話」）等の作品が並ぶ。特集は「わが印象深い戦後作品」で、堀内「生気を感ずる「夕映え」」の他、土橋治重（「寺門仁の「遊女」について」）、滝口雅子（「谷川俊太郎氏のネロ」）、那珂太郎（「吉原幸子さんの詩」）、沢村光博（「もう一人のクリストフェルス」）がエッセイを寄稿している。堀内は詩「影絵の花」（『夢の人に』収録）も発表。

第二七号

一九六六年七月発行。A五判。定価八〇円、編集発行人及び発行所住所は前号に同じ。目次（ノンブルなし）を含め全三三頁。最終頁は後表紙見返し部分。後表紙に執筆者住所録と「後記」、奥付。奥付には発行日の記載なし。

巻頭は岡崎清一郎「古妖」。以下、寺門仁（「非人湯女」）、高野喜久雄（「要らんかね」）、内山登美子（「恋文ではなくて」）、木村信子（総題〈花二題〉「くりの花」「ききょう」）等の詩作品が並び、斎藤広志の長文の散文詩ともエッセイともつかない「髪―「女の風景」その一―」が異彩をはなつ。前号に引き続き特集「わが印象深い戦後作品」が編まれ、粒来哲蔵「詩集〝鬼火〟のこと」、上原曠人「森の少女　小池玲子詩集『赤い木馬』」が掲載された。堀内は巻末の評論「黒田三郎詩集「時代の囚人」―一九六五年詩集より―」の他、詩「紅の花一本よみがえれ」（『夢の人に』では「六月の雨」）を発表。

第二八号

一九六七年一一月発行。A五判。編集発行人及び発行所住所、定価は前号に同じ。目次（ノンブルなし）を含め全二五頁。後表紙に執筆者住所録と「後記」、奥付。奥付には発行日の記載なし。

巻頭は関口篤の詩論「わが断片的詩学」。以下、沢村光博（「真実」）、粒来哲蔵（「蝕の日」）、水尾比呂志（「おくりもの」）、嶋岡晨〈総題〈部落〉「ねずみ」「家」「果樹園」〉、木村信子（「ある異変」）等の常連のほか、二〇号以来久々の寄稿となる石垣りんの「仙石原」も掲載されている。堀内は詩「井戸」（『夢の人に』収録）発表。

第二九号

一九六八年一一月発行。A五判。編集発行人及び発行所住所、定価等は前号と同じであるが、発行所電話番号が記載されるようになる。全二八頁。目次は前表紙見返し部分。28とノンブルが打たれた後表紙に執筆者住所録と「後記」、奥付。奥付には発行日の記載なし。

巻頭は金井直「湯島天神」。三井葉子（「つつじ」「たんす」）、薩摩忠（「食欲」「エチケット」「昼の月」）、新川和江（「お話—あなたに」、窪田般弥（「斗牛」）等、初登場の書き手が目立っている。一方、笹原常与（「浚渫船」）、寺門仁（「盲遊女」）、滝口雅子（「やさしさについて」）、片岡文雄（「無言歌　あるいはとうろう流し」）等、常連組も健在である。堀内は評論「現代詩の魅力について」の他、詩「舞台」（『夢の人に』収録）発表。第二五号以降、年一回の刊行となった。「後記」には次のようにある。


いかにめまぐるしい時代であっても、地味で目立たない、詩として存在する雑誌をほしいと思う。マスコミにも詩のブームにも関係なく、ただ詩を愛する気持ちだけで作っておきたいという私の念願も、その念願のみではあまりに弱いためか、ここ年に一冊くらいしか出ていない。が、私はここに各詩人の自然な個性があらわれているように思う。それを大切に思う、そんな意味からも続けていきたいと思う。

第三〇号

一九六九年一〇月発行。A五判。編集発行人及び発行所住所・電話番号、定価は前号に同じ。全二八頁。目次は前表紙見返し部分。後表紙見返し部分に執筆者住所録と「後記」、奥付。奥付には発行日の記載なし。

巻頭は大木実の散文詩「ローカル線」。長島三芳（「雨に濡れた」）、内山登美子（「無言歌」）、三井葉子（「マリー・ゴールド」）といった詩作品が掲載されているが、この号で特色的なのは全体の半分近くの紙数を割いた小川和佑の長文の評論「立原道造」である。堀内は「思い出」（『夢の人に』収録）を発表。

第三一号

一九七一年一〇月発行。A五判。発行所住所表記が新宿区北新宿2―11―16に変更。編集発行人及び発行所・電話番号、定価等は前号に同じ。全二八頁。目次は前表紙見返し部分。後表紙見返し部分に執筆者住所録と「後記」、奥付。奥付には発行日の記載なし。後表紙に冬至書房『近代文芸復刻叢刊』の新刊三詩集（三好達治　増補版『測量船』、堀内幸枝『村のアルバム』、伊藤静雄『詩集夏花』）と、弥生書房『1970年版　日本女流詩人集』の広告。

第三〇号から二年後、「今になって出すのははずかしいくらいに」（「後記」）遅れて刊行された。巻頭詩は杉山平一「綱渡り」。田中冬二（「八十八夜の頃―日記抄―」）、岡崎清一郎（「涅槃」「春風」）、三井葉子（「三味線草」）の他、宗左近が初めて「一つの祭り」を寄稿している。前号に引き続いて小川和佑が立原道造論（「優しき歌―立原道造伝」）を執筆。また、地方の詩人たちにも目を向け、斎藤庸一が「福島の詩人たち」、片岡文雄が「土佐の詩人たち」を掲載している。堀内は随筆「市之蔵村」発表。

第三二号

一九七三年三月発行。A五判。定価五〇円。編集発行人及び発行所住所・電話番号は前号と同じであるが、新たに「発売所」として昭森社（千代田区神田神保町1―3）が加わった。全三二頁。目次は前表紙見返し部分。最終頁に「後記」と奥付。奥付には発行日の記載なし。後表紙見返し部分に冬至書房の新刊『近代文芸復刻叢刊』三詩集（三好達治　増補版『測量船』、堀内幸枝『村のアルバム』、伊藤静雄『詩集夏花』）と、小川和佑『詩の妖精たちはいま』（潮出版社）の広告。

巻頭は秋谷豊の随筆「ヒマラヤ鉄道」。以下、町田志津子「深尾須磨子のふるさと」、黒田三郎「財布を拾う」、磯村英樹「日本人と短歌」と、散文が並べられている。詩作品は嶋岡晨（「舟歌」）、滝口雅子（「旅の感情」）、片瀬博子（「門」）といった常連の書き手が目立つ。堀内は詩「山峡の駅の花」と、「寂しい村の三つの花」の総題の下「1うつぎの花」「2こんぺいとうの花」「3蕎麦の花」を発表。すべて『村のたんぽぽ』（三茶書房、一九九一年九月）に収録された。

第三三号

一九七三年六月発行。A五判。定価一〇〇円。編集発行人及び発行所住所・電話番号、発売所は前号に同じ。全二九頁。目次は前表紙見返し部分。最終頁の後表紙見返し部分に「後記」と奥付、冬至書房の新刊『近代文芸復刻叢刊』三詩集（三好達治　増補版『測量船』、堀内幸枝『村のアルバム』、伊藤静雄『詩集夏花』）広告。奥付には発行日の記載なし。

巻頭詩は安西均「なめらかな単艇」。三井葉子（「日」「玉」）、藤富保男（「短」1、2、3）、木村信子（「微熱」）等、おなじみの詩人の他、竹川弘太郎（「毛　連作《毛》Ⅻ」）と最匠展子（「ただ水の意志だけが」）が初登場した。堀内は随筆「市之蔵村―村の闇夜―」発表。

第三四号

一九七四年一月発行。A五判。編集発行人及び発行所住所・電話番号、発売所、定価は前号に同じ。奥付に発売所の電話番号が追加された。全二九頁。目次は前表紙見返し部分。後表紙見返し部分に「後記」と奥付。奥付には発行日の記載なし。

巻頭は笹原常与の評論「初版『赤光』中の削除歌」。新川和江（「なつのひょうが」）や、三井嫩子（随筆「夕暮れの訪問（シュペルヴィエル令嬢のパリーの家を訪ねる）」、澤村光博（詩論「独創と死語―意味場論のための三つの断章」）などの常連に交ざって、犬塚堯（「火傷とKAPPUNT」）等の作品も掲載されている。「葡萄」の古木に新しい果実は実り、ゆっくりと歩み続けている。堀内は「いらくさ詩集」の総題の下、「眼」「いまは昔」「愛とは」「おまえが追うのは何？」の四篇を発表。すべて『村のたんぽぽ』に収録された。

第三五号

一九七四年六月発行。A五判。定価二〇〇円。その他編集発行人及び発行所住所・電話番号、発売所は前号に同じ。全二四頁。目次は前表紙見返し部分。後表紙見返し部分に「後記」と奥付。奥付には発行日の記載なし。後表紙に村野四郎・関良一・長谷川泉・原子朗編『講座日本現代詩史』全四巻（右文社）と、秋谷豊編『青春と愛の詩集』（浪曼）の広告。

巻頭は唐川富夫の詩論「抒情の原型」。創刊二〇周年にあたるが、特に特集は組まれておらず、小山正孝（「不確定」)、磯村英樹(「ストリーカー」)、高田敏子(「船の上」)などの顔なじみと、陸遊の漢詩を訳した比留間一成(「沈《しん》園《えん》　二首」)などの新顔が肩を並べる、いつもどおりの紙面である。堀内は詩「思い出の村」(『村のたんぽぽ』では「声」)発表。

第三六号

一九七五年二月発行。A五判。定価一五〇円。その他編集発行人及び発行所住所・電話番号、発売所は前号に同じ。全二四頁。目次は前表紙見返し部分。最終頁に編集後記にあたる「青き葡萄」と奥付。奥付には発行日の記載なし。

巻頭詩は山本太郎「旅のスケッチ」。その他三井葉子(「さざんか」「ゆく」)、多田智満子(「秋の水」「影」))などの詩作品も掲載されているが、紙面の半分近くは「葡萄二十周年記念」と銘打った四本エッセイ(安西均「市之蔵の桃の花」、嶋岡晨「「舟歌」まで」、川崎洋「葡萄のこと」、江森国友「忘れていた詩ひとつ」)で埋められている。いずれも一九五〇年代、『地球』『氾』『櫂』『貘』といった雑誌が縁で『葡萄』と繋がった詩人たちである。

堀内は「扇状地の村」の総題で、『村のたんぽぽ』に収録されることになる「藪草路」「寂しい野」を発表。「私は昔から実らないものがすきであった。未完成のものに心ひかれる事が多い」と書き出された「青い葡萄」では、女学校時代を回想して、「私はひそかに願った、なんとか一生、十六歳のままにとどまりたいと——」と述べている。堀内はこの時五十代半ば。市之蔵村をうたい続ける彼女は、四〇年の時が過ぎても、詩を愛する十六歳の村娘であり続ける。

関連年表

〈凡例〉

①堀内幸枝の個人誌という『葡萄』の特質上、本年表は堀内の個人年表として編んだ。明記はされていないが、内容から見て明らかに著者自ら編んだと思われる「堀内幸枝年譜」が『日本現代詩文庫35堀内幸枝詩集』（土曜美術社、一九八九年九月）と『堀内幸枝全詩集』（沖積舎、二〇〇九年一月）に付されている。前者は一九二〇年より一九八八年まで、後者は一九二〇～二〇〇八年となる。一九八三年までの記述は両年譜全く同一であるが、後者では一九八九年以降が追加されただけでなく、一九八四～一九八八年の新たな書誌情報が付け加えられている。本年表は本巻に収録された『葡萄』第三六号が発行された一九七五年までを主に取り扱うため、両者は同一のものと見なす。なお、「堀内幸枝年譜」のみに拠った記述には《 》を付した。

②一九七五年までは、堀内の個人的な事柄、文学活動、彼女に関連する詩壇の動向を記し、作品については以下の三種に分けて示した。

■『葡萄』掲載作品

◆『葡萄』以外の雑誌等掲載作品

□アンソロジー、単行書収録作品

＊編著者のエッセイを主体としたものは「主要参考文献」に示したので、そちらも参照願いたい。

③一九七六年以降は、『葡萄』の発行を中心に、詩集刊行など特記すべき事項のみを記した。

④作品には詩、散文詩、エッセイ、アンケート、書評、選評といったジャンルを示した。エッセイは身辺雑記から詩論までを含むものとする。また、総題は〈 〉で示した。

⑤目次と本文とで題名の表記が異なる場合、本文に従った。

⑥年号の下に堀内の満年齢を示した。

一九一七（大正6）年

一一月、山梨県出身の飯田蛇笏、句誌『キラ、』の主催者となり、翌一二月に誌名を『雲母』とする。

一九二〇（大正9）年　0歳

《九月、父・逸栄、母・ひさじの長女として山梨県東八代郡御代咲村の地主の家に生まれた（6日）。父は文学好きの腺病質、祖父も趣味人であった》。御代咲村は一宮町を経て現在笛吹市。堀内の故郷市之蔵村は明治初期御代咲村に統合された。弟二人がいる。

一九二四（大正13）年　四歳
一〇月、前田鉄之助によって『詩洋』創刊。

一九二七（昭和2）年　七歳
《御代咲村立御代咲小学校入学》。

一九二九（昭和4）年　九歳
一二月、田中冬二『青い夜道』（第一書房）刊行。《秋から飯田蛇笏主宰の句誌『雲母』の会（市之蔵支部）が始まる。夜を徹して句作が行われる》。堀内は大人たちの末席に連なり、俳句か詩か分からない作品を作っていたという。

一九三一（昭和6）年　一一歳
九月、『文芸汎論』創刊。

一九三二（昭和7）年　一二歳
三月、『コギト』創刊。

一九三三（昭和8）年　一三歳
《県立山梨高等女学校入学。叔父に田中冬二『青い夜道』を見せられ、詩を書き始める》。

一九三四（昭和9）年　一四歳
一〇月、第二次『四季』創刊。

一九三六（昭和11）年　一六歳
《何時も鞄に『四季』を入れており、国語の先生に呼び出され質問される》。

一九三七（昭和12）年　一七歳
この年、《大妻専門学校に入学し、三番町の寄宿舎に入る》。『村のアルバム』（的場書房、一九五七年一一月）の「あとがき」によれば、『村のアルバム』収録作品は「昭和十二年から十七年の間、私の年齢で云ふと、十五歳から二十歳ぐらいの間に書いた作品である」とのことである。ただし、この年堀内の年齢は一七歳。

一九三九（昭和14）年　一九歳

この年、《故郷に帰る。『四季』に投稿を始める。『中部文学』に参加。甲府放送局に勤務し、『コギト』の同人である船越章と知り合う》。ただし、甲府で刊行されていた『中部文学』の創刊は一九四〇年四月である。

一九四一（昭和16）年　二一歳

◆**一〇月、**詩「蕎麦の花」「真夏の原つぱ」（『中部文学』第七号）。

一九四二（昭和17）年　二二歳

《五月、千葉幸男と結婚し、**九月、**上京。夫は精養軒に入社。本屋で林富士馬、横田帆呂路郎編集の「まほろば」を発見して同人となる》。なお、『まほろば』の創刊はこの年の五月。

◆**一月、**詩「村の抒情画」「烈日の歌」（『詩洋』第一九巻第一号）。**二月、**詩「母よ子よ」「バスの中」（『詩洋』第一九巻第二号）。**三月、**詩「囲炉裏」（『詩洋』第一九巻第三号）、詩「真昼の意志」（『中部文学』第八号）。**四月、**詩「日本の旅」「曇日」（『詩洋』第一九巻四号）。詩「曇日」（『文芸汎論』第一二巻第四号）。**五月、**詩「村の春」（『コギト』第一一八号）。

一九四三（昭和18）年　二三歳

《九月、長女典子誕生》。

一九四四（昭和19）年　二四歳

《七月、夫出征。**九月、**帰国。長女を連れて故郷に疎開》。

一九四五（昭和20）年　二五歳

《五月、夫再度出征。『村のアルバム』の詩集をまとめる。八月、終戦、夫復員》。

一九四六（昭和21）年　二六歳

《二月、上京》。

一九四七（昭和22）年　二七歳
六月、『日本未来派』創刊。七月、『歴程』復刊。八月、『ゆうとぴあ』を改題して『詩学』創刊。九月、第二次『荒地』創刊。《次女光子誕生》。

一九四八（昭和23）年　二八才
《一〇月、淀橋区柏木二ノ四四六に転居。近所に深尾須磨子が住んでいた》。なお、淀橋区は当時既に新宿区となっていた。この住所は後に「葡萄発行所」となるが、『葡萄』創刊号から一五号までは奥付の番地が「3―446」と記されていた。

一九四九（昭和24）年　二九歳
六月、岩本修蔵によって『PAN POESIE』創刊。

一九五〇（昭和25）年　三〇歳
四月、秋谷豊によって第三次『地球』創刊。五月、北川冬彦によって第二次『時間』創刊。この年、《中央線の電車で偶然船越章と再会し、共に北園克衛と岩本修蔵を訪ねる》。

一九五二（昭和27）年三二歳
《九月、岩本修蔵主宰『パンポエジー』に入会。中村千尾、三井ふたばこ、高野喜久雄、藤富保男と知り合う。また、秋谷豊らの『地球』の同人とも交流》。一〇月、三井ふたばこ編集『ポエトロア』創刊。

一九五三（昭和28）年　三三歳
五月、茨木のり子、川崎洋によって『櫂』創刊。一一月、嶋岡晨、大野純、餌取定三によって『貘』創刊、後に笹原常与などが参加。
◆九月、散文詩「紅い花」（『PAN POESIE』九号）。

一九五四（昭和29）年　三四歳
《二月、伊達得夫を訪ねる》。四月、堀川正美、江森国友らによる詩誌『氾』創刊。六月、伊達得夫の装丁による第一詩集『紫の時間』（書肆ユリイカ）刊行、散文詩一二篇収録。八月、岡崎清一郎によって『輓近詩猟』創刊。一〇月、『葡萄』創刊。一二月、『葡萄』第二号発行。

■一〇月、散文詩「地上……雨」、「後記」（『葡萄』創刊号）。一二月、散文詩「地上……人間解体」、「後記」（『葡萄』第二号）。

◆五月、散文詩「紫の時間」「樫の木と茶梅の木の話」（『作家』第六九号）。六月、散文詩「不気味な時計」（『作家』第七〇号）。九月、散文詩「木綿傘に包まれて」（『作家』第七三号）。一一月、散文詩「美しき過失」（『作家』第七五号）。一二月、アンケート「最近の歴象の作品動向について」（『歴象』第二〇号）。

一九五五（昭和30）年　三五歳

二月、『葡萄』第三号発行。三月、『輓近詩猟』が『近代詩猟』と改題される（〜一九六一年一月）。四月、『葡萄』第四号発行。六月、『葡萄』第五号発行。八月、中旬、自動車事故に遭い肋骨骨折（『葡萄』第六号「後記」）。一〇月、『葡萄』第六号発行。一二月、『葡萄』第七号発行。

■二月、散文詩「地上……悪疫」、「後記」（『葡萄』第三号）。四月、散文詩「沼地」、「後記」（『葡萄』第四号）。六月、散文詩「ニヒルなぬりえ」、「後記」（『葡萄』第五号）。一〇月、散文詩「波打際」、「後記」（『葡萄』第六号）。一二月、散文詩「悪夢の町」、「後記」（『葡萄』第七号）。

◆一月、散文詩「変つた時計」（『輓近詩猟』第六号）。四月、散文詩「赤い塗り絵」（『近代詩猟』第九号）。五月、散文詩「赤いカンナ」（『近代詩猟』第一〇号）。七月、散文詩「湖畔から」（『近代詩猟』第一二号）。九月、散文詩「ゆがんだ絵」（『近代詩猟』第一四号）。一一月、散文詩「影」（『詩学』第九四号）。一二月、散文詩「蜃気楼」（『新論』第一巻第六号）。

□一二月、日本文芸家協会編『日本詩集一九五五』（三笠書房）に「木綿傘に包まれて」が収録される。

一九五六（昭和31）年　三六歳

一月、第二詩集『不思議な時計』（書肆ユリイカ）刊行。散文詩一六篇収録、大岡信の跋文「詩人の世界」と堀内自身の「あとがき」を付す。《H氏賞候補となる》。**三月**、『不思議な時計』出版記念会（31日）、世話人は中村千尾、三井ふたばこ、高田敏子、内山登美子、「砂」同人（『葡萄』第八号「後記」）。**四月**、『葡萄』第八号発行。《高田馬場「大都会」で出版記念会開催》。**八月**、『葡萄』第九号発行。三好豊太郎「堀内幸枝「不思議な時計」の世界」が掲載される。**一〇月**、伊達得夫によって詩誌『ユリイカ』創刊。《北川冬彦、深尾須磨子が作った詩と音楽「蜂の会」に入会》。**一一月**、『葡萄』第一〇号発行。

■**四月**、散文詩「かすかな歌声」、「後記」（『葡萄』第八号）。**八月**、散文詩「悪魔の図」、エッセイ「粒来哲蔵詩集「虚像」について」、「後記」（『葡萄』第九号）。**一一月**、散文詩「水と死のリズム―水死したと云う女の写真に肖せてうたう―」、エッセイ「らくがき」「最近の詩集から」、「あとがき」（『葡萄』第一〇号）。

◆**三月**、散文詩「えたいの知れぬ景色」（『近代詩猟』第一八号）。**六月**、散文詩「月と変身」（『近代詩猟』第一九号）。

一九五七（昭和32）年　三七歳

前年末かこの年の始め、一～二ヵ月入院生活（『葡萄』第一一号「後記」）。**三月**、『葡萄』第一一号発行。**六月**、『葡萄』第一二号発行。**九月**、蔵原伸二郎などによって詩誌『花粉』創刊。**一一月**、『葡萄』第一三号発行。第三詩集『村のアルバム』（的場書房）刊行。詩二七篇、散文詩一篇収録、「序」船越章。著者の「あとがき」を付す。《新宿で三好豊一郎、嶋岡晨夫妻、大野純と出版記念会》

■**三月**、詩「曇天」（『文化人』より再録）、エッセイ「七冊の詩集によせて」、「あとがき」（『葡萄』第一一号）。**六月**、詩「地上」、エッセイ「はにかみの弁」「深尾須磨子詩集「詩は魔術である」」、「あとがき」（『葡萄』第一二号）。**一一月**、詩「あなたとわたし」、エッセイ「「後半球」三井ふたばこ詩集」「「青春の遺書」嶋岡晨詩集」、「後記」(『葡萄』第一三号)。

◆五月、詩「或る風景」(『地球』第二三号)。六月、散文詩「鏡の奥のもの」(『近代詩猟』第二一号)。九月、詩「また次の恋人に」(『近代詩猟』第二二号)。一二月、アンケート「「日本未来派詩集」評」(『日本未来派』第七九号)。

□一月、日本文芸家協会編『日本詩集一九五七』(三笠書房)に「不思議な時計」が収録される。

一九五八(昭和33)年　三八歳

四月、『葡萄』第一四号発行。一一月、『葡萄』第一五号発行。

■四月、詩「光線」、エッセイ「現代詩における人間性について」「四つの詩集」(『葡萄』第一四号)。一一月、詩「夕焼けが私の上に落ちてこようと」、エッセイ「心うたれた詩集」、「あとがき」(『葡萄』第一五号)。

◆一月、エッセイ「高内壮介氏の作品について」(『近代詩猟』第二三号)。三月、詩「わが墓に」(『花粉』第四号)。四月、選評「子どもの詩」(『小五教育技術』第一二巻第一号)。五月、「アンケート」(『潮流詩派』第一三号)。選評「子どもの詩」(『小五教育技術』第一二巻第三号)。六月、詩「サルビア」(『近代詩猟』第二四号)。選評「子どもの詩」(『小五教育技術』第一二巻第四号)。七月、詩「ふるさとの駅」(『花粉』第六号)。選評「子どもの詩」(『小五教育技術』第一二巻五号)。八月、選評「子どもの詩」(「『小五教育技術』第一二巻六号)。九月、エッセイ「女性詩について」(『ポエトロア』第九号)。選評「子どもの詩」(「『小五教育技術』第一二巻第七号)。一〇月、詩・総題〈森の中〉「一　猟犬の叫び」「二　一本道」(『詩学』第一三六号)。選評「子どもの詩」(『小五教育技術』第一二巻第八号)。一一月、散文詩「真夏の夜の谷間」(『近代詩猟』第二五号)。選評「子どもの詩」(『小五教育技術』第一二巻第一〇号)。

一九五九(昭和34)年　三九歳

四月、『葡萄』第一六号発行。五月、詩誌『無限』創刊。

一一月、『葡萄』第一七号発行。

■**四月**、詩「緋桃」「動く木」、「後記」（『葡萄』第一六号）。**一一月**、詩「ある秋の日の散歩」、「後記」（『葡萄』第一七号）。

◆**一月**、選評「子どもの詩」（「『小五教育技術』第一二巻第一二号）。**三月**、「最近の女性詩集から」（『地球』第二七号）。選評「子どもの詩」（「『小五教育技術』第一二巻第一四号）。**四月**、選評「児童詩研究室」エッセイ「現代の詩（日本における新詩の誕生）」（『小六教育技術』第一二巻第一号）。**五月**、選評「児童詩研究室」エッセイ「現代の詩（藤村による抒情詩の確立）」（『小六教育技術』第一二巻第二号）。**六月**、選評「児童詩研究室」エッセイ「現代の詩（感覚と官能の詩人・白秋）」（『小六教育技術』第一二巻第三号）。**七月**、エッセイ「現代の詩（薄倖の詩人・啄木）」選評「児童詩研究室」（『小六教育技術』第一二巻第五号）。選評「児童詩作品研究室」（『小五教育技術』第一三巻第五号」。**八月**、選評「児童詩研究室」エッセイ「現代の詩（強烈な意志の詩人・光太郎）」（『小六教育技術』第一二巻第六号）。選評「児童詩研究室」（『小五教育技術』第一三巻第六号）。**九月**、選評「児童詩研究室」エッセイ「現代の詩（孤独な魂の詩人・朔太郎）」（『小六教育技術』第一二巻第七号）。選評「児童詩作品研究室」（『小五教育技術』第一三巻第七号）。**一〇月**、選評「児童詩研究室」エッセイ「現代の詩（純真な感傷をうたう・犀星）」（『小六教育技術』第一二巻第八号）。選評「児童詩研究室」（『小五教育技術』第一三巻第八号）。**一一月**、詩「秋のこみち」（『5年の学習』第一四巻第八号）。詩「花詩集・野ぎく」（『女学生の友』第一〇巻第九号）。選評「児童詩研究室」エッセイ「現代の詩（美しき慕情をうたう・春夫）」（『小六教育技術』第一二巻第一〇号）。選評「児童詩研究室」（『小五教育技術』第一三巻第一〇号）。エッセイ「親子日記」（『小四教育技術』第一二巻第一〇号）。**一二月**、選評「児童詩研究室」エッセイ「現代の詩（農民への愛をうたう・賢治）」（『小六教育技術』第一二巻第一一号）。選評「児童詩研究室」（『小五教育技術』第一三巻第一一号）。エッセイ「親子日記」（『小四教育技術』第一二巻第一一号）。

一九六〇（昭和35）年　四〇歳

一月、堀内作詞・中田喜直作曲「サルビア」が第四回蜂の会で初演される。「あなたとわたし」もこの月に初演。**六月**、『葡萄』第一八号発行。**一二月**、『葡萄』第一九号発行。

■**六月**、詩「困憊」、エッセイ〈私の好きな詩〉「川底に住む魚の魅力」「後記」（『葡萄』第一八号）。一二月、詩「縞蛇」、「後記」（『葡萄』第一九号

◆**一月**、詩「再び赤いカンナをうたう」（『無限』三号）。選評「児童詩研究室」エッセイ「現代の詩（感傷の純粋さに光る・達治）」（『小六教育技術』第一二巻第一二号）。選評「児童詩研究室」（『小五教育技術』第一三巻第一二号）。エッセイ「親子日記」（『小四教育技術』第一二巻第一二号）。**二月**、エッセイ「「葡萄」のこと」（『詩学』第一五五号）。選評「児童詩研究室」エッセイ「現代の詩（素朴な生活性をうたう・心平）」（『小六教育技術』第一二巻第一三号）。選評「児童詩研究室」（『小五教育技術』第一三巻第一三号）。エッセイ「親子日記」（『小四教育技術』第一二巻第一三号）。**三月**、選評「児童詩研究室」エッセイ「現代の詩（現代の詩人たち）」（『小六教育技術』第一二巻第一四号）。「児童詩研究室」（『小五教育技術』第一三巻第一四号）。**四月**、アンケート「地球へ寄せる言葉」（『地球』第三〇号）。**五月**、座談会「児童作品研究室・作文と詩（飾りけないすなおな文）」（『小五教育技術』第一四巻三号）。エッセイ「おかあさんから（動物と子どもたち・つらい記憶）」（『小三教育技術』第一四巻第三号）。**六月**、詩「くさる」（『近代詩猟』第二八号）。エッセイ「おかあさんから（教育熱心なおかあさん。遠足のおやつ・ＰＴＡのあり方）」（『小三教育技術』第一四巻第五号）。**九月**、エッセイ「おかあさんから（母も叫ぼう・戦後の子たち・ＰＴＡのかげの声）」（『小三教育技術』第一四巻第九号）。**一〇月**、エッセイ「おかあさんから（天高く馬肥える秋に思う・さて男性はどうでしょう・このごろ気になるこ

と）」『小三教育技術』第一四巻第一〇号）。

一九六一（昭和36）年　四一歳

一月、伊達得夫急逝（16日）。**二月**、第五回蜂の会で堀内作詞・中田喜直作曲「こんなに気の滅入る夕方」が初演される。**九月**、『葡萄』第二〇号発行。

■**九月**、詩「ある風景」、「後記」（『葡萄』第二〇号）。

◆**一月**、エッセイ「生活詩から超現実詩への飛躍―緒方えいじ氏の児童詩指導記録〈本誌十二月号〉を批判する―」（『小五教育技術』第一四巻第一四号）。**二月**、エッセイ「おかあさんから（アダナとユーモア・新しい歌・テレビを見る子たち）」（『小三教育技術』第一四巻第一五号）。**三月**、エッセイ「おかあさんから（子どもの個性を育ててほしい・最近の交通事故に思う）」（『小三教育技術』第一四巻第一六号）。**五月**、エッセイ「くちべに十二章（女性のお色気）」（『小一教育技術』第一五巻第三号）。**七月**、エッセイ「くちべに十二章④（女性と映画）」（『小一教育技術』第一五巻第六号）。**九月**、エッセイ「くちべに十二章⑥（女性と小説）」（『小一教育技術』第一五巻第八号）。**一〇月**、エッセイ「くちべに十二章⑦（女性と鏡）」（『小一教育技術』第一五巻第九号）。**一二月**、エッセイ「くちべに十二章⑧（女性と手紙）」（『小一教育技術』第一五巻第一一号）。

一九六二（昭和37）年　四二歳

一月、『葡萄』第二一号発行。**七月**、『葡萄』第二二号発行。**一一月**、『葡萄』第二三号発行。《一一月、急性胆嚢炎で入院》。この年、堀内作詞・中田喜直作曲「ひなの日は」が第六回蜂の会で初演される。

■**一月**、詩「煙の馬」、「雑感」（『葡萄』第二一号）。**七月**、詩「バラとアブラ虫」、エッセイ「忘れられた一つの詩集」、「後記」（『葡萄』第二二号）。**一一月**、詩「野と白壁とカンナ」、エッセイ「現代詩と叛骨のエネルギー」、「後記」（『葡萄』第二三号）。

◆**一月**、エッセイ「くちべに十二章⑨（女性と写真）」（『小一教育技術』第一五巻第一二号）。**二月**、エッセイ

「くちべに十二章⑪（女性とパーティー）」（『小一教育技術』第一五巻第一三号）。八月、合評「よい詩・わるい詩」（『小五教育技術』第一六巻第七号）。

□一二月、『中田喜直歌曲集』（音楽之友社）に「サルビア」「こんなに気の滅入る夕方」「ひなの日は」「あなたとわたし」収録。

一九六三（昭和38）年　四三歳

◆一二月、詩「病中夢想」（『詩学』第二〇〇号）。

一九六四（昭和39）年　四四歳

六月、『葡萄』第二五号発行。九月、堀文子装丁による第四詩集『夕焼が落ちてこようと』（昭森社）刊行。

■六月、詩「日月」「春たけなわ・ふるさと」「恋歌」、「後記」（『葡萄』第二五号）。

◆二月、詩「病気と　赤ん坊」（『無限』第一五号）。一一月、詩「地球幻想」（『詩学』第二〇九号）。

一九六五（昭和40）年　四五歳

九月、『葡萄』第二六号発行。

■九月、詩「影絵の花」、エッセイ「生気を感ずる「夕映え」」、「後記」（『葡萄』第二六号）。

◆一月、「消息」（『時間』第一七七号）。三月、「消息」（『時間』第一七九号）。

一九六六（昭和41）年　四六歳

七月、『葡萄』第二七号発行。

■七月、詩「紅の花一本よみがえれ」、エッセイ「黒田三郎詩集「時代の四人」―一九六五年詩集より―」、「後記」（『葡萄』第二七号）。

◆一月、「消息」（『時間』第一八九号）。二月、「消息」（『時間』第一九〇号）。九月、「消息」（『時間』第一九七号）。

□四月、土橋治重編『日本の愛の詩』（理論社）に「蕎麦の花」が収録され、土橋の観賞文が付される。九月、新川和江編『女の詩集』（雪華社）に「あなたとわたし」

が収録される。

一九六七（昭和42）年　四七歳

一一月、『葡萄』第二八号発行。**一二月**、田中冬二らを中心として第四次『四季』創刊。

■**一一月**、詩「井戸」、「後記」（『葡萄』第二八号）。

□**一〇月**、三井ふたばこ編『恋愛詩集・日本編』（文理書院ドリーム出版）に「蕎麦の花」が収録される。

一九六八（昭和43）年　四八歳

《**二月**、田中冬二家を訪問。第四次「四季の会」入会》。

一一月、『葡萄』第二九号発行。

■**一一月**、詩「舞台」、エッセイ「現代詩の魅力について」、「後記」（『葡萄』第二九号）。

一九六九（昭和44）年　四九歳

一〇月、『葡萄』第三〇号発行。

■**一〇月**、詩「思い出」、「後記」（『葡萄』第三〇号）。

◆**三月**、詩「晩夏のあと」（『無限』第二五号）。**五月**、エッセイ「ありのままに生きよ」（『時間』第二二九号）**九月**、エッセイ「私的甲州音頭」（『政治公論』第五九号）。

一九七〇（昭和45）年　五〇歳

一一月、『村のアルバム』再刊（冬至社）。初版に詩一三篇、散文詩一篇を加えて全四二篇収録。初版の船越章の序文が「跋」として再録され、新たな序文として三好達治「「村のアルバム」のこと」が追加された。著者の「あとがき」を付す。

◆**九月**、詩「雨だれの音」（『幼児と保育』第一六巻第八号）。**一〇月**、詩「秋の海」（『幼児と保育』第一六巻第九号）。**一一月**、詩「ジヤングルジム」（『幼児と保育』第一六巻第一〇号）。**一二月**、エッセイ「寒村哀歌」（『政治公論』第六一号）。詩「サンタクロース」（『幼児と保育』第一六巻第一一号）。

□**四月**、関良一他五名編『日本近代詞華』（右文書房）に「想い出」が収録される。**五月**、みついふたばこ編『少年少女詩集』（弥生書房）に「祭りのたいこ」が収録される。七月、中村千尾編『女流詩人集』（弥生書房）に「数奇な運命の人」「晩夏の薔薇」が収録される。一二月、高田敏子編『わが詩わが心』（芸術生活社）に、「村の春」とエッセイが収録される。

一九七一（昭和46）年　五一歳

《一月、父死去。二月、四五年度芸術祭参加作品、堀内幸枝詞、中田喜直作曲「サルビア」他八曲が優秀所受賞。三月、『村のアルバム』出版記念会、新宿「鍋茶屋」》。一〇月、『葡萄』第三一号発行。

■一〇月、エッセイ「市之蔵村」、「後記」（『葡萄』第三一号）。

◆一月、詩・総題〈不意の影〉「1いらくさ」「2いまはもう」「3鳥」（『秋』第一一巻第一号）。詩「平安朝の乙女みたいに」（『幼児と保育』第一六巻第一二号）。二月、詩「冬の噴水」（『幼児と保育』第一六巻第一三号）。三月、詩「春の日ざしの中で」（『幼児と保育』第一六巻第一四号）。六月、エッセイ「軽井沢と立原道造の詩」（『解釈』第一九四号）。

□二月、嶋岡晨ほか編『戦後詩大系　四巻』（三一書房）に、「紅い花」他計一七作が収録される。一〇月、『文学の旅　六／伊豆・富士・箱根。湘南』（千趣会）の「裾野に月見草のうた戦国の夢流れる岸べ」（本文・秋山豊／解説・茂原二郎）で、『村のアルバム』から「葡萄棚」が紹介される。嶋岡晨編『現代エロス詩集』（秋津書店）に「サルビア」が収録され、嶋岡の解説が付される。一二月、中田喜直作曲『歌曲集・日本のおもちゃうた（ほか）』（音楽之友社）に「村祭り」「秋風よ」「柿の実」「おかあさん」が収録される。

□八月、新川和江編『翼あるうた』（童心社）に「わが住処」「三時」が収録される（装画・堀文子）。

一九七二（昭和47）年　五二歳

◆一月、エッセイ「市之蔵村—小さな村のはなし—」（『無限通信』第四号）。四月、エッセイ「市之蔵村」（『四季』

第一二、一三合併号)。エッセイ「市之蔵村―子供や少年たち―」(『アルプ』第一七〇号)。一〇月、詩「古きぶどう蔓」「村の山々」(『イディン』第四号)、詩「昔の蝶」「いらくさ道」(『やがて青空に』第八号)。

□八月、高田敏子編『詩の世界』(ポプラ社)に「村の春」が収録される。

一九七三(昭和48)年　五三歳

三月、『葡萄』第三二号発行。六月、『葡萄』第三三号発行。

■三月、詩「山峡の駅」、総題〈寂しい村の三つの花〉「1うつぎの花」「2こんぺいとうの花」「3蕎麦の花」、「後記」(『葡萄』第三二号)。六月、エッセイ「市之蔵村―村の闇夜―」、「後記」(『葡萄』第三三号)。

◆四月、エッセイ「市之蔵村―台風と村―」(『政治公論』第六三号)。六月、座談会「女にとって詩とは何か」(『無限』第三〇号)。一〇月、詩「わが田園詩」(『逓信協会雑誌』第七四九号。エッセイ「私と映画あれこれ」(『無限』第三一号)。一一月、エッセイ「リトル・マガジンを出す哀しみと愉しみ」(『詩学』第二八三号)。

一九七四(昭和49)年　五四歳

一月、『葡萄』第三四号発行。六月、『葡萄』第三五号発行。一二月、『無限』第三五号の深尾須磨子特集を担当。

■一月、総題〈いらくさ詩集〉詩「眼」「いまは昔」「愛とは」「おまえが追うのは何?」、「後記」(『葡萄』第三四号)。六月、詩「思い出の村」、「後記」(『葡萄』第三五号)。

◆八月、書評「石原八束「秋琴帖」」(『地球』第五八号)。「「まほろば」の思い出」(『さわらびの春』さわらび会)。九月、詩「一つの谷間」(『アルプ』第一九九号)。一〇月、詩「落葉」(日本交通公社『旅』第五七〇号)。一二月、エッセイ「須磨子の戦後詩と平和運動」(『無限』第三五号)。

□一二月、秋山豊編『青春と愛の詩集』(浪漫)に「いらくさ道」が収録される。

一九七五（昭和50）年　五五歳

二月、『葡萄』第三六号発行。九月、第五詩集『夢の人に』（無限社）刊行、「跋」嶋岡晨。一一月、女性詩人を中心とした詩誌『書顔』創刊、編集を担当する。

■二月、総題〈扇状地の村〉詩「藪草路」「寂しい野」、編集後記「青い葡萄」（『葡萄』第三六号）。

◆一月、詩「夢の道」（『詩と思想』第四巻第一号）。五月、エッセイ「お目にかかれぬまま」（第四次『四季』終刊号）。七月、エッセイ「「日本の反戦詩」の朗読を聞いて」（『詩人会議』第一五一号）。一〇月、詩「私は赤い樹を見ました」書評「『高原秋一郎詩集』」（『無限』第三七号）。一一月、詩「桜散る頃〈夢の人に〉」（『書顔』創刊号）。

□一二月、『日本現代詩大系第十一巻』（河出書房新社）に詩集『不思議な時計』『村のアルバム』『夕焼が落ちてこようと』の目次と詩七篇が収録される。

一九七六（昭和51）年　五六歳

二月、『葡萄』第三七号発行。エッセイ「市之蔵村　トリメのおばあさんの家」、「後記」。

一九七七（昭和52）年　五七歳

四月、『葡萄』第三八号発行。詩「母に」「いらくさの道」、「あとがき」。この号では葡萄発行所の住所が「東京都新宿区北新宿2―3―21ハイネス大久保310」となり、「あとがき」には多くの思い出が残る家を取り壊したことが記されている。《五月、自宅の新築仕上がる》。

一九七八（昭和53）年　五八歳

九月、『葡萄』第三九号発行。詩「あの頃―柿の花」、「後記」。再び、発行所住所が「東京都新宿区北新宿2―11―16」に戻る。

一九七九（昭和54）年　五九歳

一一月、『葡萄』第四〇号特集号発行。詩「蟬」、エッセイ

「「青き葡萄」—わたしの十代—」、「後記」。同号は四〇号記念号であり、田中冬二他計一五名がエッセイを寄稿している。皆、古くからの『葡萄』の仲間である。主要参考文献参照。

一九八〇（昭和55）年　六〇歳

四月、田中冬二死去（9日）。**一一月**、『葡萄』第四一号発行。エッセイ「市之蔵村（19）—山中の小さな住処—」、「後記」。「田中冬二追悼」が特集として編まれ、大木実、畠中哲夫、磯村英樹が執筆している。

一九八一（昭和56）年　六一歳

一〇月、『葡萄』第四二号発行。エッセイ「市之蔵村（20）—朝鮮飴を売る男—」、「後記」。「後記」では、二四号が欠号となった事情が明かされ、また、故郷・市之蔵村を綴ったエッセイをこのあたりでまとめるために、暫く『葡萄』を休むことが告げられている。この年《母、八六歳で死去》。

一九八四（昭和59）年　六四歳

一二月、磯村英樹、畠中哲夫、深澤忠孝と共に編集した『田中冬二全集』第一巻が、筑摩書房より刊行される。

一九八五（昭和60）年　六五歳

四月、『田中冬二全集』第二巻が刊行され、深澤忠孝と共著で「解説」を書く。**五月**、『葡萄』第四三号発行。エッセイ「市之蔵村（21）—けんぽなし—」「市之蔵村（22）—冬の朝—」「「田中冬二研究」あとがきから」、「後記」。山鴫の会編「田中冬二研究」は一九八〇年四月九日に冬二が死去した後、深澤忠孝、磯村英樹、畠中哲夫と堀内の四人で一九八二年二月に創刊した雑誌。第二号（一九八二年九月）、第三号（一九八三年二月）、第四号（一九八三年一一月）が刊行された。**六月**、『田中冬二全集』第三巻が刊行され、その「付録」に「冬二のやさしさと一途さ」を執筆。**一一月**、エッセイ集『市之蔵村』（文京書房）刊行。

一九八六（昭和61）年　六六歳

一月、『葡萄』第四四号発行。エッセイ「市之蔵村（23）―火の番―」「「田中冬二研究」あとがきから」、「後記」。

一〇月、『葡萄』第四五号発行。「若き日の詩集」欄に『村のアルバム』より「蕎麦の花」と自注を掲載。自注は新川和江編『女たちの名詩集』（一九八六年二月、思潮社）からの再録。また、エッセイ「市之蔵村（24）―朔太郎の「氷島」を読む―」「「田中冬二研究」あとがきから」掲載。

一九八七（昭和62）年　六七歳

一〇月、『葡萄』第四六号発行。詩「保谷の風」、「「田中冬二研究」あとがきから」、「後記」。喜春子と三田忠夫のエッセイは主要参考文献参照。坂本一敏による「堀内幸枝著作書誌」が付されている。葡萄発行所の住所が東京都保谷市（後に西東京市保谷）に変更。

一九八八（昭和63）年　六八歳

一一月、『葡萄』第四七号発行。詩「畑の話―記憶の中―」、「田中冬二研究」のメンバー四名による座談会「田中冬二・人柄と作品」、「後記」。一九七五年一一月創刊の詩誌『書顔』時代を回想する萩原悠子のエッセイが掲載された（主要参考文献参照）。また、巻末に『葡萄』創刊号より第四六号までの総目次が付されている。

一九八九（平成元）年　六九歳

九月、『日本現代詩文庫35　堀内幸枝詩集』（土曜美術社）刊行。

一九九〇（平成2）年　七〇歳

一月、『葡萄』第四八号発行。詩「遠い雨」、「「田中冬二研究」あとがきから」、「後記」。

一九九一（平成3）年　七一歳

七月、『葡萄』第四九号発行。詩「受難者よ」、「「田中冬二

研究」あとがきから」、「後記」。巻末に『村のたんぽぽ』初出一覧メモと、『現代詩文庫35堀内幸枝詩集』収録年譜追加メモが付されている。また、この号より前表紙裏に「装丁・伊達得夫」と記載され、奥付から発売所として昭森社の名が消えた。**九月、**第六詩集『村のたんぽぽ』（三茶書房）刊行。

一九九四（平成6）年　七四歳

七月、『葡萄』第五〇号特集号発行。詩「青い鳥」、エッセイ「書庫の椅子」「編集余滴」、「後記」。五〇号特集が編まれており、長女・谷口典子を含む計八名がエッセイを寄稿している（主要参考文献参照）。また、創刊号より四九号までの総目次が付されている。

一九九七（平成9）年　七七歳

九月、第七詩集『九月の日差し』（思潮社）刊行。

一九九九（平成11）年　七九歳

三月、『葡萄』第五一号発行。なお、扉には「1999年2月」とある。詩「太古の村」、「後記」。この号より奥付に発売所として西田書店が記載される。三井葉子、喜春子のエッセイについては、「主要参考文献」参照。高内壮介の「詩集『九月の日差し』に寄せて」という短文が載せられ、「詩集『九月の日差し』初出一覧」が付されている。

二〇〇三（平成15）年　八三歳

六月、『葡萄』第五二号発行。なお、扉には「2003年5月」とある。詩「嵐ヶ原　3」、エッセイ「私と日本歌曲」、「後記」。

二〇〇六（平成18）年　八六歳

七月、『葡萄』第五三号発行。詩「幼き頃—畑の食卓」、「若き日の詩集」欄に「九月の日差し（一）」と自注、「山鴫の会「田中冬二研究」—その後」欄に磯村英樹・畠中哲夫。深澤忠孝・堀内幸枝の連名（目次には堀内の名のみ）で「「田中冬二研究」「山鴫の会「田中冬二研究」5号あとがき」、「後記」。この号より鈴木正樹が編集の助力をすることになり、「葡萄」第二編集部として鈴木の住所が記載され、堀内に続いて「後記」を記している。前表紙裏には「装丁・伊達得夫」の上に「創刊1954年」と記載され、奥付より発売所・西田書店の名が消えて、「作製　七月堂」の名が入る。

二〇〇七（平成19）年　八七歳

七月、『葡萄』第五四号発行。詩「山の村の生き物たち」、「若き日の詩集」欄に「村の春」と「最初の一篇」と題された自注、詩誌『山梨の詩』より転載として詩「高山の花」エッセイ「思い出の村は美しく…人間に生まれてきた幸福を体いっぱいに味わう」、巻末に編集後記「詩に思うこと」。「後記」は鈴木正樹が執筆している。

二〇〇八（平成20）年　八八歳

三月、『葡萄』第五五号発行。詩「一枚の葉っぱ」、「若き日の詩集」欄に「終の住処」と自注、巻末に編集後記「詩に思うこと」。「後記」は鈴木正樹が執筆している。

二〇〇九（平成21）年　八九歳

一月、『堀内幸枝全詩集』（沖積舎）刊行。四月、『葡萄』第五六号発行。詩「あれは何だったろう」、「若き日の詩集」欄に「村のアルバム」と自注、「後記」。巻末に『葡萄』第五一号〜五五号の執筆者一覧が付されている。鈴木正樹の編集後記「葡萄棚」。

二〇一〇（平成22）年　九〇歳

五月、『葡萄』第五七号発行。詩「置いてきてしまったもの」、「若き日の詩集」欄に「籾がら」と自注、「後記」。鈴木正樹の編集後記「葡萄の小径」。

（國生雅子＝編）

人名別作品一覧

〔あ〕

会田千衣子　「狭き門」(『葡萄』第31号)。
青木徹　「夜の壺」(『葡萄』第15号)。
秋谷豊　「ヒマラヤ鉄道」(『葡萄』第32号)。
安宅啓子　「光の景」(『葡萄』第31号)。
阿部弘一　「橋」(『葡萄』第17号)。「ひまわり―証人―」(『葡萄』第20号)。「盲人―雨―」(『葡萄』第25号)。
天野忠　「夫婦」(『葡萄』第22号)。
安西均　「目の閲歴」(『葡萄』第16号)。「なめらかな短艇」(『葡萄』第33号)。「〈葡萄二十周年記念〉　市之蔵の桃の花」(『葡萄』第36号)。

〔い〕

石垣りん　「明るい墓」(『葡萄』第20号)。「仙石原」(『葡萄』第28号)。
石川逸子　「鳥と森と私と」(『葡萄』第15号)。
石原吉郎　「ひとつの傷へ向けて」(『葡萄』第25号)。
和泉克雄　「帰化植物」「場所」「睡眠」「紐」(『葡萄』第20号)。
伊勢山峻　「坐像」(『葡萄』第30号)。
礒村英樹　「発生」(『葡萄』第18号)。「日本人と短歌」(『葡萄』第32号)。「ストリーカー」(『葡萄』第35号)。
伊藤桂一　「滝の位置」(『葡萄』第23号)。
糸屋鎌吉　「朝顔」(『葡萄』第17号)。「天使」(『葡萄』第20号)。「葡萄棚」(『葡萄』第28号)。
犬塚堯　「火傷とKAPPUNT」(『葡萄』第34号)。

〔う〕

上野菊江　「詩集評」(『葡萄』第14号)。「原初的感動―詩人の魂について―」(『葡萄』第16号)。「冬至」(『葡萄』第19号)。「陽炎―狂女お柳に―」(『葡萄』第25号)。
上原畉人　「〈わが印象深い戦後作品〉　森の少女　小池玲子詩集『赤い木馬』」(『葡萄』第27号)。
内山登美子　「男の死」(『葡萄』第17号)。「短かい散歩」(『葡萄』第25号)。「恋文ではなくて」(『葡萄』第27号)。「無言歌」(『葡萄』第30号)。「鳥の歌」(『葡萄』第33号)。

梅本育子「人には人の」（『葡萄』第16号）。

〔え〕

餌取定三「巣」（『葡萄』第13号）。

江森国友「愛情の花咲く樹」（『葡萄』第14号）。「〈葡萄二十周年記念〉忘れていた詩ひとつ」（『葡萄』第36号）。

〔お〕

扇谷義男「わが帝国」（『葡萄』第13号）。

大木実「午前《あさ》の便り」（『葡萄』第15号）。「野遊び」（『葡萄』第19号）。「ローカル線」（『葡萄』第30号）。

太田浩「はるかぜ」（『葡萄』第36号）。

大野純「解約」（『葡萄』第13号）。「詩は意匠であるか」（『葡萄』第15号）。「すこしは眠っておくれ　不幸よ」（『葡萄』第17号）。「〈随筆〉私の好きな詩　阿部弘一の詩」（『葡萄』第18号）。「詩におけるものと言葉」（『葡萄』第23号）。

岡崎清一郎「自転車に乗る女の子」（『葡萄』第14号）。「洗濯女」「誘惑者」（『葡萄』第16号）。「おめいとおれとおんな」（『葡萄』第19号）。「虹」（『葡萄』第22号）。「古妖」（『葡萄』第27号）。「涅槃」「春風」（『葡萄』第31号）。

小川和佑「立原道造」（『葡萄』第30号）。「優しき歌―立原道造伝―」（『葡萄』第31号）。

〔か〕

香川紘子「鯉のぼり」（『葡萄』第22号）。「生と死の谷間で―M伯父に―」（『葡萄』第28号）。

影山誠治「〈随筆〉私の好きな詩　私の好きな詩」（『葡萄』第19号）。

風山瑕生「局面」（『葡萄』第21号）。

片岡文雄「眠る」（『葡萄』第14号）。「「葡萄」にまつわる小さな感想」（『葡萄』第22号）。「無言歌　あるいはとうろう流し」（『葡萄』第29号）。「土佐の詩人たち」（『葡萄』第31号）。「仁淀川橋」（『葡萄』第33号）。

片瀬博子「伝令」（『葡萄』第25号）。「門」（『葡萄』第32号）。

金井直「ひとに」「夏」（『葡萄』第13号）。「ナルシス」（『葡萄』第16号）。「霧」（『葡萄』第19号）。「湯島天神」（『葡萄』第29号）。

唐川富夫「現代詩ノート―鮎川信夫「アメリカ」をめぐって―」（『葡萄』第17号）。「嶋岡晨覚書」（『葡萄』第21

号）。「抒情の原型」（『葡萄』第35号）。
川崎洋　「夜の少し前」（『葡萄』第16号）。「行状記―秋子6才　葉子4才―」（『葡萄』第26号）。「〈葡萄二十周年記念〉葡萄のこと」（『葡萄』第36号）。

〔き〕

菊地貞三　「同人詩誌評　慣習への弔砲」（『葡萄』第15号）。
喜谷繁暉　「風景」（『葡萄』第26号）。
北森彩子　「村の駅で」（『葡萄』第35号）。
木津豊太郎　「無い歌」（『葡萄』第20号）。
君本昌久　「手の記憶」（『葡萄』第19号）。
木村嘉長　「〝葡萄〟という詩誌」（『葡萄』第22号）。「現代詩とマス・メディアについて」（『葡萄』第23号）。
木村信子　「めぐりあい」（『葡萄』第21号）。「きいろの記憶」（『葡萄』第27号）。「花二題」（『葡萄』第23号）。「ある異変」（『葡萄』第28号）。「微熱」（『葡萄』第33号）。

〔く〕

窪田般弥　「斗牛」（『葡萄』第29号）。
黒田三郎　「財布を拾う」（『葡萄』第32号）。

〔こ〕

小松郁子　「村」（『葡萄』第26号）。
小山正孝　「不確定」（『葡萄』第35号）。

〔さ〕

最匠展子　「ただ水の意志だけが」（『葡萄』第33号）。
斎藤広志　「秋の男」「驟雨」（『葡萄』第23号）。「春の嵐」（『葡萄』第25号）。「髪―「女の風景」その一―」（『葡萄』第27号）。
斎藤庸一　「ボロ・長談義」（『葡萄』第26号）。「福島の詩人たち」（『葡萄』第31号）。
佐川英三　「詩の面白さについて」（『葡萄』第13号）。
笹原常与　「顔」「道Ⅲ」（『葡萄』第13号）。「恋歌」（『葡萄』第16号）。「歌」（『葡萄』第20号）。「友への手紙」（『葡萄』第23号）。「浚渫船」（『葡萄』第29号）。「初版『赤光』中の削除歌」（『葡萄』第34号）。
薩摩忠　「食欲」「エチケット」「昼の月」（『葡萄』第29号）。
沢村光博　「この頃の詩はぼくにとつて面白いか？」（『葡萄』第13号）。「詩集評」（『葡萄』第15号）。「LA　BAT

ＡＩＬＬＥ　様々なる覚書」（『葡萄』第19号）。「〈わが印象深い戦後作品〉もう一人のクリストフェルス」（『葡萄』第26号）。「真実」（『葡萄』第28号）。「独創と死語―意味場論のための三つの断章」（『葡萄』第34号）。

〔し〕

志沢美智子　「大男のいつせいさん」（『葡萄』第14号）。「馬の鬣の中の夢」（『葡萄』第15号）。

嶋岡晨　「栽培」（『葡萄』第13号）。「評価街ゼロ番地」（『葡萄』第15号）。「誕生」（『葡萄』第18号）。「紙風船」「幻」「陵辱」（『葡萄』第21号）。「部落　ねずみ」「部落　家」「部落　果樹園」（『葡萄』第28号）。「舟唄」（『葡萄』第32号）。

白石かずこ　「〈葡萄二十周年記念〉「舟唄」まで」（『葡萄』第36号）。「〈随筆〉私の好きな詩　木津豊太郎について」（『葡萄』第19号）。

新川和江　「お話―あなたに」（『葡萄』第29号）。「なつのひょうが」（『葡萄』第34号）。

〔す〕

杉山平一　「綱渡り」（『葡萄』第31号）。

〔せ〕

関口篤　「メキシコの腕」（『葡萄』第15号）。「わが断片的詩学」（『葡萄』第28号）。

仙川竹生　「現代詩の悲願について」（『葡萄』第17号）。

〔そ〕

宗左近　「一つの祭り」（『葡萄』第31号）。

相馬大　「その池に」（『葡萄』第27号）。

〔た〕

高瀬順啓　「集まり」（『葡萄』第18号）。

高田敏子　「台風《あらし》の中のかもめ」（『葡萄』第13号）。

高田敏子　「船の上」（『葡萄』第35号）。

高野喜久雄　「要らんかね」（『葡萄』第27号）。

滝口雅子　「屠殺場で」（『葡萄』第14号）。「〈わが印象深い戦後作品〉谷川俊太郎氏のネロ」（『葡萄』第26号）。「やさしさについて」（『葡萄』第29号）。「旅の感情」（『葡萄』第32号）。

竹川弘太郎　「毛　連作《毛》Ⅻ」（『葡萄』第33号）。

武田隆子　「陽・白樺」（『葡萄』第16号）。「泡」（『葡萄』第

18号）。「春蘭は星を知らない」（『葡萄』第22号）。「対話」（『葡萄』第26号）。

竹久明子　「許してほしい恋人」（『葡萄』第18号）。

武村志保　「湖」（『葡萄』第13号）。「次の駅」（『葡萄』第15号）。「〈随筆〉私の好きな詩　長崎の雨」（『葡萄』第18号）。

竹森誠也　「風ありて」（『葡萄』第35号）。

多田智満子　「黄色い風に」（『葡萄』第20号）。「秋の水」（『葡萄』第36号）。

竜野咲人　「花くず」（『葡萄』第18号）。「夕べの鐘」（『葡萄』第21号）。「炎」（『葡萄』第27号）。

田中冬二　「秋の夜話」（『葡萄』第13号）。「明治時代」「春愁」（『葡萄』第16号）。「八十八夜の頃―日記抄―」（『葡萄』第31号）。

坦ケ真理子　「《モオブ色の朝》」（『葡萄』第36号）。

〔と〕

土橋治重　「からだの中で生きている詩」（『葡萄』第17号）。「〈わが印象深い戦後作品〉　寺門仁の「遊女」について」（『葡萄』第26号）。

〔つ〕

粒来哲蔵　「腕」（『葡萄』第15号）。「雛―á N.S―」（『葡萄』第17号）。「唖―ある傍観者に」（『葡萄』第19号）。「梯子」（『葡萄』第22号）。「感想・散文詩―千田光と祝算之介―」（『葡萄』第23号）。「〈わが印象深い戦後作品〉　詩集〝鬼火〟のこと」（『葡萄』第27号）。「蝕の日」（『葡萄』第28号）。

〔て〕

寺門仁　「非人湯女」（『葡萄』第27号）。「盲遊女」（『葡萄』第29号）。「立石寺遊女」「暖簾遊女」（『葡萄』第33号）。

〔な〕

中江俊夫　「わが宇宙」（『葡萄』第19号）。「無題」（『葡萄』第25号）。

中桐雅夫　「天気」「おふくろと女房」（『葡萄』第34号）。

長島三芳　「枯葉が」（『葡萄』第23号）。「雨に濡れた」（『葡萄』第30号）。

永瀬清子　「日記」（『葡萄』第13号）。「ライバルは「死」であった―砂のらめんと―」（『葡萄』第35号）。

那珂太郎　「〈わが印象深い戦後作品〉　吉原幸子さんの

詩」（『葡萄』第26号）。
中平耀　「発端」（『葡萄』第22号）。
中村千尾　「春の夢」（『葡萄』第14号）。「佐川ちかの詩」（『葡萄』第22号）。「眼の中の眼」（『葡萄』第29号）。「それからの記」（『葡萄』第32号）。

〔に〕
西垣脩　「燕」（『葡萄』第18号）。
西垣脩　「日曜日には」（『葡萄』第23号）。

〔の〕
能村潔　「方眼紙の神」（『葡萄』第27号）。

〔は〕
硲杏子　「雨の廃屋」（『葡萄』第34号）。
畑島喜久生　「投身」（『葡萄』第25号）。
林富士馬　「原稿に代えて」（『葡萄』第16号）。
原崎孝　「詩の発想についての断章」（『葡萄』第17号）。

〔ひ〕
菱山修三　「亡き母によせる歌　二章」（『葡萄』第17号）。
稗田菫平　「青いパイプ」（『葡萄』第26号）。
平岡郁朗　「現代詩への新しい課題―不満と希望とを含めて―」（『葡萄』第18号）。
平岡史郎　「秋の夜」（『葡萄』第13号）。「堰」（『葡萄』第15号）。
平山貢　「死について」（『葡萄』第34号）。

〔ふ〕
藤富保男　「三つの短い詩」（『葡萄』第13号）。「まるで」（『葡萄』第15号）。「吹」（『葡萄』第16号）。「〈随筆〉私の好きな詩　光沢のでる詩」（『葡萄』第18号）。「一人一人」（『葡萄』第19号）。「ふと」（『葡萄』第20号）。「困って」（『葡萄』第22号）。「詩の見える窓から」（『葡萄』第23号）。「ぼくのなかにもう一人いて」（『葡萄』第26号）。「短」（『葡萄』第33号）。
藤原定　「詩の超越性」（『葡萄』第14号）。

〔ほ〕
堀内幸枝　「あなたとわたし」「「後半球」三井ふたばこ詩

集」「「青春の遺書」嶋岡晨詩集」「後記」（『葡萄』第13号）。「現代詩における人間性について」「光線」「「四つの詩集」」（『葡萄』第14号）。「夕焼けが私の上に落ちてこようと」「心うたれた詩集」「あとがき」（『葡萄』第15号）。「緋桃」「動く木」「後記」（『葡萄』第16号）。「ある秋の日の散歩」「後記」（『葡萄』第17号）。「困憊」「〈随筆〉私の好きな詩　川底に住む魚の魅力」「後記」（『葡萄』第18号）。「縞蛇」「後記」（『葡萄』第19号）。「ある風景」「後記」（『葡萄』第20号）。「煙の馬」「雑感」（『葡萄』第21号）。「バラとアブラ虫」「忘れられた一つの詩論」「後記」（『葡萄』第22号）。「野と白壁とカンナ」「現代詩と叛骨のエネルギー」「後記」（『葡萄』第23号）。「日月」「春たけなわ・ふるさと」「恋歌」「三ツの詩篇」「後記」（『葡萄』第25号）。「影絵の花」「〈わが印象深い戦後作品〉生気を感ずる「夕映え」」「後記」（『葡萄』第26号）。「紅の花一本よみがえれ」「黒田三郎詩集「時代の囚人」―一九六五年刊詩集より―」「後記」（『葡萄』第27号）。「井戸」「後記」（『葡萄』第28号）。「現代詩の魅力について」「舞台」「後記」（『葡萄』第29号）。「思い出」「後記」（『葡萄』第30号）。「市之蔵村」「後記」（『葡萄』第31号）。「山峡の駅の花」「寂しい村の三つの花」「後記」（『葡萄』第32号）。「市之蔵村―村の闇夜―」「後記」（『葡萄』第33号）。「いらくさ詩集」「後記」（『葡萄』第34号）。「思い出の村」「後記」（『葡萄』第35号）。「扇状地の村」「青き葡萄」（『葡萄』第36号）。

堀川正美　「ひまわり」（『葡萄』第13号）。「題材としての人工衛星へのフラグメント」（『葡萄』第14号）。「小詩篇」（『葡萄』第18号）。

堀口太平　「石段で」（『葡萄』第30号）。「電話的エセイ」（『葡萄』第36号）。

堀場清子　「四月」（『葡萄』第22号）。「蕪村幻影」（『葡萄』第35号）。

〔ま〕

牧野芳子　「はつかねずみとスプートニク」（『葡萄』第16号）。

町田志津子　「流木」（『葡萄』第21号）。「深尾須磨子のふるさと」（『葡萄』第32号）。

〔み〕

三井ふたばこ（三井嫩子）　「無題」（『葡萄』第13号）。「或る詩人の死」（『葡萄』第21号）。「執著」（『葡萄』第28号）。「夕暮の訪問（シュペルヴィエル令嬢のパリーの家を訪ねる）」（『葡萄』第34号）。
三井葉子　「つつじ」「たんす」（『葡萄』第29号）。「マリー・ゴールド」（『葡萄』第30号）。「三味線草」（『葡萄』第31号）。「日」「玉」（『葡萄』第33号）。「さざんか」「ゆく」（『葡萄』第36号）。
水尾比呂志　「孤独」（『葡萄』第21号）。「孤独」（『葡萄』第23号）。「おくりもの」（『葡萄』第28号）。
水橋晋　「くぼみ」（『葡萄』第14号）。「小さなパブロ」（『葡萄』第25号）。
三越左千夫　「蕎麦の花」（『葡萄』第32号）。
南川周三　「小児麻痺の五才の犬」（『葡萄』第14号）。
宮崎健三　「古事記」（『葡萄』第35号）。
三好豊一郎　「悼辞」（『葡萄』第14号）。「〈随筆〉私の好きな詩　吉岡実の詩」（『葡萄』第18号）。「魂の喜劇」（『葡萄』第21号）。「感想―わが反省―」（『葡萄』第25号）。

〔む〕

村松英子　「あけぼの」（『葡萄』第17号）。

〔や〕

山口ひとよ　「くちなしの花」（『葡萄』第30号）。「夏の終る時」（『葡萄』第32号）。「北の海」（『葡萄』第32号）。
山下千江　「〈詩集評〉「櫂詩劇作品集」的場書房」（『葡萄』第13号）。「〈詩集評〉「蒐集癖の少年」南川周三詩集国文社」（『葡萄』第13号）。「〈詩集評〉「花盗人」鶴岡冬一詩集　小壺天書房」（『葡萄』第13号）。「弔詞」（『葡萄』第19号）。「江口きち女の歌」（『葡萄』第23号）。
山田野理夫　「街道」（『葡萄』第14号）。
山田正弘　「美しい子ども」（『葡萄』第14号）。「あるはかなさ」（『葡萄』第19号）。
山本太郎　「旅のスケッチ」（『葡萄』第36号）。

〔ゆ〕

由利一　「ぼくたちの中の永遠について」（『葡萄』第13号）。
吉野弘　「四月」（『葡萄』第17号）。「或る未完成―ピアノのおさらい会で―」（『葡萄』第25号）。

〔その他〕

アンリ・ミショウ（小海永二・訳）「アンリ・ミショウ詩抄」（『葡萄』第18号）。

エリナ・ワイリー（片瀬博子・訳）「逃亡」「雨の鐘」（『葡萄』第21号）。

ロベール・ガンゾ（平田文也・訳）「言語（抄）」（『葡萄』第20号）。

陸游（比留間一成・訳）「沈園二首」（『葡萄』第35号）。

主要参考文献

【目録・総目次】

『現代詩誌総覧』第六巻（日外アソシエーツ、一九九八年七月）

『戦後詩誌総覧』第一巻（日外アソシエーツ、二〇〇七年一二月）

『戦後詩誌総覧』第二巻（同前、二〇〇八年一二月）

『戦後詩誌総覧』第四巻（同前、二〇〇九年六月）

『戦後詩誌総覧』第五巻（同前、二〇〇九年一一月）

『戦後詩誌総覧』第六巻（同前、二〇一〇年二月）

『戦後詩誌総覧』第七巻（同前、二〇一〇年五月）

『戦後詩誌総覧』第八巻（同前、二〇一〇年八月）

復刻版『コギト』「著者別書目索引」（臨川書店、一九八四年九月）

【堀内幸枝単行本】

『日本現代詩文庫35　堀内幸枝詩集』（土曜美術社、一九八九年九月）

「解説」として、飯島耕一「故郷を思うことばのやわらかさ」、杉山平一「堀内幸枝の世界」収録

『堀内幸枝全詩集』（沖積舎、二〇〇九年一月）

「書誌」として、三好達治「現代詩について」「作者心得」、大木実「「村のアルバム」の詩人」、伊藤信吉「御坂峠」「市之蔵村」、野口武彦「花の詩学」、杉山平一「堀内幸枝の世界」、飯島耕一「故郷を思うことばのやわらかさ」「心と抒情の調べ」、川崎洋「ひととき詩をどうぞ」、小川和佑「近代詩空間の桜譜」、谷内修三「詩を読む詩をつかむ」収録

【堀内幸枝雑誌掲載（『葡萄』掲載分を除く）】

「『葡萄』のこと」（『詩学』第一五五号、一九六〇年二月）

「リトル・マガジンを出す哀しみと愉しみ」（『詩学』第二八三号、一九七三年一一月）

「蛇笏先生と幼き日」（『俳句』第四〇九号、一九八三年七月）

「新たなその役割について」（『詩学』第四七六号、一九九〇年二月）

「わが心は村と東京を行き来して」（『詩学』第五八七号、一九九九年六月）

「講演　私と「四季」」（『四季派学会論集』第一一号、二〇〇三年）

「軽井沢・山小屋での会話をもとに」（『四季派学会論集』第一二号、二〇〇四年）

【単行本】

明治大学文学部『堀内幸枝詩集研究論集』（私家版　発行・時

潮社、一九九五年）

【単行本所収（『堀内幸枝全詩集』「書誌」収録分を除く）】

『わが愛する詩　わたしのアンソロジー』（思潮社、一九六八年四月）所収、堀川正美「内面の少年」

『文学の旅　六／伊豆・富士・箱根・湘南』（千趣会、一九七一年一〇月）所収、本文・秋山豊／解説・茂原二郎「裾野に月見草のうた戦国の夢流れる岸べ」＊堀内に関する部分は『堀内幸枝全詩集』「書誌」に収録された伊藤信吉「御坂峠」と同内容

小川和佑『詩の妖精たちはいま』（潮出版社、一九七二年一〇月）

村野四郎ほか編『講座　日本現代詩史4』（右文書院、一九七三年一一月）所収、小川和佑「第五講　戦後の抒情詩　8『花の木の椅子』と『村のアルバム』」

太田浩『わが戦後抒情詩の周辺』（コスモ出版、一九七五年九月）所収、「村のアルバム・半跏思惟」

小川和佑『リトル・マガジン発掘』（笠間書院、一九七六年一月）

秋山邦晴ほか『文化の仕掛け人　現代文化の磁場と透視図』（青土社、一九八五年一〇月）所収、関根弘「書肆ユリイカ」

【雑誌掲載（『堀内幸枝全詩集』「書誌」収録分を除く）】

加藤つや子「堀内幸枝詩集『不思議な時計』」（『時間』第七三号、一九五六年五月）

高田敏子「『不思議な時計』堀内幸枝著」（『日本未来派』第七一号、一九五六年一〇月）

三好豊太郎「堀内幸枝「不思議な時計」の世界」（『葡萄』第九号、一九五六年八月）

秋谷豊「堀内幸枝詩集「村のアルバム」」（『地球』第二六号、一九五八年七月）

大野純「堀内さんというひと」（『ポエトロア』第九号、一九五八年九月）

内山登美子「赤の感情—堀内幸枝さんの詩集への覚書—」（『日本未来派』第一一四号、一九六五年五月）

内山登美子「堀内幸枝著『市之蔵村』」（『日本未来派』第一七三号、一九八六年六月）

嶋岡晨「わたしの現代詩人事典」⑮堀内幸枝」（『詩学』第四七五号、一九九〇年一月）

【『葡萄』第三七号以降】

杉田巖「孤独なるロマンの道—堀内幸枝の詩と背景としての風土—」（『葡萄』第三七号、一九七七年四月）

田中冬二「葡萄の詩人に」（『葡萄』第四〇号、一九七九年一一月）
土橋治重「「葡萄」は堀内さんの詩だ」（同前）
藤富保男「一房の記憶」（同前）
鈴木亨「〈知的抒情〉の純血種」（同前）
秋谷豊「葡萄棚の記憶」（同前）
嶋岡晨「はるかな「貘」の夢」（同前）
磯村英樹「「葡萄」・葡萄酒・市之蔵」（同前）
新川和江「すばらしき持続」（同前）
高田敏子「堀内幸枝さんに」（同前）
安西均「ある女流詩人」（同前）
寺門仁「『葡萄』の夢によせて」（同前）
江森国友「思い出と思う事」（同前）
糸屋鎌吉「ひとりのジャナリズム」（同前）
太田浩「二十三年の夏に」（同前）
斎藤庸一「「青き葡萄」」（同前）
喜春子「パン・ポエジイの堀内幸枝さん」（『葡萄』第四六号、一九八七年一〇月）
三田忠夫「「近代詩猟」の周辺」（同前）
坂本一敏「堀内幸枝著作書誌」（同前）
萩原悠子「「書顔」のころ」（『葡萄』第四七号、一九八八年一一月）
新川和江「堀内幸枝さんのアイデンティティ『村のアルバム』」（『葡萄』五〇号、一九九四年七月）
嶋岡晨「不思議な歳月」（同前）
小川和佑「堀内幸枝と『葡萄』」（同前）
磯村英樹「堀内さんの詩の持つ意味」（同前）
斎藤庸一「すでに四十年」（同前）
上田周二「陋巷に宝石を拾う」（同前）
坂本一敏「堀内詩集に惹かれて」（同前）
谷口典子「「葡萄」について思う」（同前）
三井葉子「詩誌『五瓣』のこと」（『葡萄』第五一号、一九九九年三月）
喜春子「あこがれと眩しさと」（同前）

【歌曲】
『中田喜直歌曲集』（音楽之友社、一九六二年一二月）「解説」
中田喜直作曲『日本のおもちゃうた』（音楽之友社、一九七一年一〇月）「作曲と初演について」

【ウェブサイト】
秋谷豊公式ホームページ
http://www.akiya-yutaka.com/2index.html

編者紹介

國生雅子（こくしょう・まさこ）

1956年、鹿児島県生まれ。

九州大学大学院文学研究科博士課程単位取得退学。

現在、福岡大学人文学部教授。日本近代文学専攻。

編著、論文等は『現代詩大事典』（2008年2月、三省堂、共編著）、『コレクション都市モダニズム詩誌 第8巻 主知的抒情詩の系譜Ⅱ・昭和の象徴主義Ⅰ』（編著、2010年8月、ゆまに書房）、『コレクション日本歌人選017北原白秋』（編著、2011年5月、笠間書院）。「北原白秋「雉ぐるま」贅注」（『福岡大学人文論叢』2004年12月）、「「児童研究誌における童謡蒐集（一）」（『福岡大学日本語日本文学』16、2006年12月）、「「児童研究」誌における童謡蒐集（2）」（『福岡大学研究部論集A人文科学編』9(1)、2009年5月）、「「児童研究」誌における童謡蒐集（三）」（『福岡大学日本語日本文学』24、2014年1月）など。

コレクション・戦後詩誌

第15巻　個性の実験場

2019年7月12日　印刷
2019年7月25日　第1版第1刷発行

[編集]　國生雅子

[監修]　和田博文

[発行者]　鈴木一行

[発行所]　株式会社ゆまに書房
〒101-0047　東京都千代田区内神田2-7-6
tel. 03-5296-0491 / fax. 03-5296-0493
http://www.yumani.co.jp

[印刷]　株式会社平河工業社

[製本]　東和製本株式会社

落丁・乱丁本はお取り替えいたします。　Printed in Japan

定価：本体25,000円＋税　ISBN978-4-8433-5081-2 C3392